Für Andreas

Jos F. Mehrings

Die unerhörte Liebe des Richters K.

Roman

Jos F. Mehrings
Die unerhörte Liebe des Richters K.
Roman

ISBN 978-3-86685-888-6

2. Auflage, August 2022
Verlag: Geest-Verlag,
Lange Straße 41 a, 49377 Vechta-Langförden
Tel. 04447/856580
Geest-Verlag@t-online.de
www.Geest-Verlag.de

Druck: Geest-Verlag

Prolog

Jetzt saß er bereits seit zehn Minuten vor dem Computer und starrte auf die Tastatur.

Kollmann wusste nur zu gut, dass er diesen Brief, diesen Brief an Eva, nicht schreiben sollte, denn dieser Brief konnte gefährlich werden. Er wusste jedoch besser als nur zu gut, dass er den Brief trotz aller Gefährlichkeit schreiben würde. Aber er hoffte, nein, er ging als sicher davon aus, dass er den Brief nicht abschicken würde, denn er wollte ihn ja nur für sich schreiben, für sich, um endlich wieder mit sich ins Reine zu kommen. Doch zugleich befürchtete er, rechnete gar damit, dass er den Brief abschicken würde, und was das auslösen konnte, verhieß nichts Gutes. Also schrieb er diesen Brief beinahe so, als würde man ihn dazu zwingen. Bisher hatte er sich, gerade auch in seiner Berufspraxis als Richter, über zwanghafte Menschen eher amüsiert. Er hatte sie für nicht ganz voll genommen, aber jetzt drohte er selbst ein Neurotiker zu werden; oder war er bereits einer?

Spare beizeiten, dann hast du in der Not
Deutsches Sprichwort

Dienstag, 28. Mai 2019, 13:04 Uhr

Der 28. Mai 2019 war ein schöner Frühlingstag, an dem es weder regnete noch die Kirchenglocken läuteten, obwohl Münster doch in dem Ruf steht, dass es immer und zu jeder Zeit entweder regnet oder Kirchengeläut erklingt. Richter am Landgericht Heinrich Stefan (Heinz) Kollmann, zu ½ Mitglied der 17. Zivilkammer und zu ½ Mitglied der 15. Großen Strafkammer, hatte am heutigen Dienstag seinen Sitzungstag als Einzelrichter. In diesen Verfahren war nicht die aus drei Richtern bestehende Zivilkammer, sondern Kollmann allein zuständig.

Vier Verfahren standen auf dem Terminzettel, der außen an der Tür des Sitzungszimmers hing: Zwei betrafen den Dieselskandal, also Klagen von Verbrauchern gegen VW und andere Automobilhersteller wegen der Verwendung von „Schummelsoftware" zur Messung der Abgaswerte der Fahrzeuge. Diese Klagen hatten sich wie eine Lawine über die Gerichte ergossen. Sie wurden im Gießkannenprinzip auf alle Zivilrichter verteilt, sodass auch Richter Kollmann mit einer Vielzahl solcher Prozesse befasst war. In der Gerichtskantine machte das Wort die Runde, man werde heute wieder kräftig „dieseln".

Die Verfahren liefen nach dem immer gleichen Muster ab: Die Anwälte der Autokäufer verwendeten zur Begründung der Klage über weite Strecken recht umfangreiche Textbausteine, die Anwälte der Automobilhersteller erwiderten mit noch umfangreicheren Textbausteinen, und die Richter begründeten ihre Entscheidungen, wie konnte es auch anders sein, unter Verwendung von Textbausteinen. Fast alle Argumente waren inzwischen ausgetauscht, viele unterschiedliche Lösungen lagen auf dem Tisch, wobei auch innerhalb *eines* Landgerichts divergierende Entscheidungen ergingen. Nicht nur die Richter warteten mit Ungeduld auf die ersten Urteile des Bundesgerichtshofs, die hoffentlich für Klarheit und Rechtssicherheit sorgen würden.

Kollmann hatte sich nach anfänglichem Zögern darauf festgelegt, den Klägern recht zu geben. Die Autokäufer hatten damit die Möglichkeit, die mangelhaften Fahrzeuge an VW oder die anderen Hersteller zurückzugeben und erhielten den Kaufpreis erstattet. Allerdings mussten sie sich auf den Kaufpreis eine Entschädigung wegen der von ihnen mit dem Pkw bisher gefahrenen Kilometer anrechnen lassen.

Kollmann war froh, dass er die um 10:00 Uhr begonnene Sitzung heute schon kurz nach ein Uhr beendet hatte. Er entschloss sich, das schöne Wetter für einen kleinen Stadtbummel zu nutzen und vielleicht eine Kleinigkeit zu essen. Kollmann bummelte gerne einfach so durch die Stadt, ohne die Absicht, sich etwas anzusehen, etwas anzuprobieren oder gar etwas zu kaufen, „das tut nicht not." Das war bei seiner Frau Therese ganz anders. Sie war immer irgendwie auf der Suche nach irgendetwas. Einfach so durch die Stadt zu gehen, fand sie langweilig, ja geradezu sinnentleert.

Regelmäßig blieb Therese an Kleiderständern hängen, die eine beinahe magische Wirkung auf sie ausübten. Vor ein paar Jahren war Kollmann deswegen einmal um ein Haar in ernsthafte Probleme geraten. Er hatte an diesem Tag sein Portemonnaie vergessen und seine Frau schon zweimal gebeten, ihm etwas Geld zu geben. Ohne Geld in der Tasche fühlte er sich unbehaglich, wie nackt. Therese hatte nicht reagiert. Irgendwann hatte er dann leicht verärgert und etwas unwirsch gesagt: „Verdammt noch mal, nun gib mir endlich etwas Geld!“

Kollmann war davon ausgegangen, dass Therese neben ihm ging, was aber nicht der Fall war, weil ein Kleiderständer sie zum Verweilen eingeladen hatte. Die unbekannte Frau rief zum Glück nicht laut um Hilfe, sah Kollmann aber doch recht befremdlich an. Er war froh, dass es ihm gelang, das Missverständnis schnell aufzuklären.

Bei einer anderen Gelegenheit hatte Therese gesagt, sie möchte sich gerne nach einer neuen Jacke umsehen. Er hatte gefragt, ob sie denn eine neue Jacke benötige.

„Wenn es danach geht, ob ich etwas benötige, müsste ich in den nächsten Jahren wohl kein einziges Kleidungsstück kaufen“, war ihre vielsagend nichtssagende Antwort.

Beim Anblick einer nahe gelegenen Buchhandlung fiel Kollmann ein, dass er als Geschenk für den bevorstehenden 79. Geburtstag seiner Mutter das neueste Buch von Ken Follett kaufen könnte. Seine Mutter war seit einigen Jahren ganz versessen darauf, Bücher dieses Autors zu lesen. Bis dahin hatte sie anspruchsvolle Literatur bevorzugt, etwa die Werke von Siegfried Lenz, Günter Grass und Heinrich Böll. Jetzt begnügte sie sich mit dem Hinweis „nun bin ich alt“ mit Ken Follett, was Kollmann nicht so recht nachvollziehen konnte. Einige Jahre davor hatte er einen Roman von Follett mit irgendwelchen Pfeilern oder Säulen im Titel gelesen, der ihn aber nicht vom Hocker gehauen hatte. Er hatte sich eher gelangweilt, aber dann doch bis zum Ende durchgehalten.

Ansonsten nahm Kollmann kaum mal ein Buch in die Hand. Mit der Begründung „Ich muss schon den ganzen Tag Akten lesen.“ las er fast nichts Außerdienstliches, einmal abgesehen von der als liberal eingeschätzten Münsteraner Zeitung (MZ). Indes war dieses Blatt schon vor Jahren verkauft worden und kam inzwischen aus demselben Verlagshaus wie die Westfälischen Nachrichten (WN), wobei beide Zeitungen denselben Chefredakteur hatten, was sicherlich eine sehr bescheidene Form von Pressevielfalt darstellte.

Die Lektüre der wichtigsten und auflagenstärksten juristischen Fachzeitschrift, der Neuen Juristischen Wochenschrift (NJW), kostete Kollmann nur wenige Minuten, weil ihn das meiste ohnehin nicht mehr interessierte. Sein beruflicher Ehrgeiz war, wenn er es denn jemals gewesen war, jedenfalls seit einigen Jahren nicht mehr besonders ausgeprägt.

In der Buchhandlung fand er im Regal mit den Bestsellern auf Anhieb den neuesten Ken Follett. Er fragte sich, wie es bestimmte Bücher auf solche Listen schafften. Aber er war tolerant genug: Wenn dieser Autor seine Mutter glücklich machte, wollte er nicht so streng sein, und so ging er mit dem Ken in der Hand zur Kasse.

Hier ärgerte er sich ein wenig darüber, dass er schon wieder vergessen hatte, eine neutrale Tüte mitzunehmen, und sich deswegen eine Plastiktüte mit einem großen Logo der Buchhandlung geben lassen musste, um damit unfreiwillig zum Werbeträger zu werden.

Danach schlenderte Kollmann durch eine der beiden großen Münsteraner Einkaufsstraßen. Dabei fiel ihm ein, dass er sich mal wieder den kleinen Luxus einer neuen Zahnbürste gönnen könnte. So betrat er einen Drogeriemarkt und steuerte auf die Zahnbürstenabteilung zu, wobei er sich wunderte, dass es derartig viele Bürsten zu so unterschiedlichen Preisen gab. Was sollte das? Wäre nicht weniger mehr? Und welche Bürste war die beste? Und bei welcher war das Preis-Leistungs-Verhältnis am ausgewogensten?

Da Kollmann trotz allen Wohlstands, den Therese und er in den letzten Jahren angehäuft hatten, ein sparsamer Mensch geblieben war, der nach der Maxime lebte „Spare beizeiten, dann hast du in der Not!“, entschloss er sich, ein Dreierpack zum Preis von zwei zu kaufen, und stellte sich damit in die einzige, recht lange Bezahlschlange. Am liebsten hätte er „Kasse zwei, bitte“ gerufen.

Kollmann konnte beobachten, dass bei der Kundin, die soeben bezahlen wollte, die EC-Karte offenbar nicht wie gewünscht funktionierte. ‚Mein Gott‘, dachte er, ‚warum müssen die Menschen auch kleinste Beträge mit der Karte bezahlen?‘ Wenn er es zu sagen hätte, würden Kartenzahlungen unter 20 Euro schlicht und einfach verboten oder mit einem zehnprozentigen Aufschlag versehen, es sei denn, es würde die Variante mit dem einfachen Kartenauflegen ohne PIN genutzt. Die war echt zeitsparend!

Die in diesem Augenblick an der Kasse stehende Kundin versuchte alle vier möglichen Varianten des Einsteckens der Karte, die vierte war schließlich die richtige. Jetzt traten aber Probleme mit der PIN auf. Die junge Frau war inzwischen so durcheinander, dass es ihr gelang, dreimal eine falsche PIN einzugeben mit der Folge, dass die Karte gesperrt war. Nun war guter Rat teuer, und das bei einem Kaufpreis von sage und schreibe 1,39 Euro.

„Wer soll das bezahlen, wer hat so viel Geld, wer hat so viel Pinkepinke auf der ganzen Welt?“, stimmte der vor Kollmann stehende Kunde, offenbar ein großer Anhänger des Münsteraner Karnevals, leise an. Die säumige Zahlerin war ratlos, die Kassiererin stand ihr in nichts nach. Die zwischen der verhinderten Käuferin und Kollmann stehenden sieben oder acht weiteren Kunden, auch der Sänger des Karnevalhits von Jupp Schmitz aus dem Jahre 1949, schauten betreten zu Boden, gerade so, als ginge sie die Sache rein gar nichts an. Kollmann betrachtete hingegen mit Interesse, wie sich das Ganze weiterentwickeln sollte.

Die Kassiererin zuckte die Schultern, die junge Frau zuckte die Schultern, alle anderen Anwesenden zuckten nicht die Schultern; sie taten vielmehr nichts – selbst der Gesang war verstummt –, außer äußerst intensiv, angestrengt und schweigend zu Boden zu schauen.

Nachdem zehn Sekunden rein gar nichts passiert war, passierte Kollmann die Kundenschlange, ging an die Kasse und sagte: „Ich übernehme das! Bongen Sie es bitte einfach zu meinem Einkauf!" Damit legte er das Dreierpack zum Preis von zwei auf das Förderband und sah die Kassiererin aufmunternd an, die überrascht zurückblickte.

„Sie müssen das nicht, aber wenn Sie das möchten, dann mache ich das", sagte sie etwas ungläubig und scannte die beiden Preise ein.

„Das macht dann 5,55, eine Schnapszahl", sagte sie gut gelaunt.

Kollmann zog sein Portemonnaie aus der Hosentasche und legte fünf Euro auf das Förderband.

Die junge Frau schaute völlig irritiert, hauchte ganz leise „danke, ich versteh das alles nicht", schnappte sich ihre nichtsnutzige EC-Karte, die Packung Einmalhandschuhe für 1,39 Euro und machte sich mit hochrotem Kopf eilends von dannen. Die Kassiererin sah ihr milde lächelnd nach, dann Kollmann an und sagte ganz unaufgeregt und freundlich, als sei gar nichts passiert: „Na, Sie sind mir ja einer. Erst so großzügig tun und dann versuchen zu betuppen. Fünf Euro reichen leider nicht, da fehlen noch genau 55 Cent."

„Ach, ja klar, ich dachte, das seien zehn Euro gewesen. War keine böse Absicht."

Kollmann fingerte in seinem Portemonnaie herum und nahm eine 50-Cent-Münze und ein kleines Geldstück heraus. „Tschuldigung, jetzt passt es dafür umso besser."

„Nein, leider immer noch nicht so ganz, das hier sind nur zwei Cent und nicht fünf!"

Kollmann wurde rot, zum ersten Mal seit vielleicht 20 Jahren. Mein Gott, war das peinlich! Er fühlte sich wie ein Trottel, zumal auch die hinter ihm Stehenden ihre Intensiv-Bodenblickphase beendet hatten und das Geschehen nunmehr mit großem Interesse verfolgten.

„Das passiert auch anderen immer wieder, der Zweier und der Fünfer sehen sich sehr ähnlich", sagte die Kassiererin freundlich, wobei sie mit der linken Hand ganz unbewusst mit leichter Ungeduld sacht auf das Fließband trommelte.

„Dann machen wir das so", sagte Kollmann und gab ihr 10 Cent. Er erhielt seine 2-Cent-Münze und eine weitere 5-Cent-Münze von ihr zurück.

„So, jetzt haben wir es tatsächlich zusammen geschafft, vielen Dank und vielleicht bis zum nächsten Mal."

Kollmann steckte das Wechselgeld achtlos in die Hosentasche und wollte gehen. Bloß schnell weg von hier.

„Halt, Ihre Zahnbürsten!"

Ach du großer Gott, die hatte er doch glatt vergessen. Er drehte sich schnell um, nahm die Zahnbürsten und eilte zur Ausgangstür, ohne sich nochmals umzudrehen.

Aber Kollmann hörte noch, dass ein anderer Kunde leicht hämisch Beifall klatschte, wobei er meinte, anmerken zu müssen: „Operation gelungen, Patient tot!"

Unmittelbar danach erklang ein ironisches „Gut gemacht, Kollege Kollmann!" Diese etwas schnarrende Stimme kannte er – sie gehörte Krescher aus der 19. Zivilkammer, der nicht gerade sein Freund war. Denn der konnte und wollte nicht vergessen, dass Kollmann ihm vor über 20 Jahren eine der sehr begehrten Stellen als Richter am Landgericht (RiLG) in Münster vor der Nase weggeschnappt hatte. Krescher war, weil er einige Monate dienstälter als Kollmann gewesen war, als sicher davon ausgegangen, dass er die Stelle bekommen würde. Doch dann war es anders gekommen und deswegen war Krescher noch zwei Jahre fast täglich mit dem IC von Münster nach Dortmund zum dortigen Amtsgericht gependelt.

Krescher, der einen ausgeprägten Hang zum Griesgram hatte, lebte nach dem Motto, „Ich lasse mir meine schlechte Laune durch Nichts und Niemanden verderben.", wobei er oft hinzufügte: „Wer mit mir nicht zurechtkommt, muss hart an sich arbeiten." Es verwundert nicht, dass Krescher bei den meisten Kollegen, Mitarbeitern und Rechtsanwälten nicht gerade beliebt war. Er galt in der Justiz als schwieriger Mensch. Das mag auch ein Grund dafür gewesen sein, dass er trotz recht guter Examina (einmal ein hohes befriedigend, einmal sogar ein knappes vollbefriedigend) und sehr guten richterlichen Leistungen den Sprung zum Vorsitzenden Richter am Landgericht bisher nicht geschafft hatte. Im Gericht wurde er in Anlehnung an die Fußballmannschaft von Bayer 04 Leverkusen „Krescherkusen" genannt, weil er bei der Besetzung einer solchen Stelle gleich viermal auf Platz zwei gelandet war. Unter Fußballanhängern ist „Vizekusen" eine spöttische Bezeichnung für die Werkself, die in etlichen nationalen und internationalen Wettbewerben seit den Neunzigerjahren nie mehr als den zweiten Platz erreichte. Krescherkusen als ewiger Zweiter machte inzwischen sein Ding, weil es einfach sein Ding war. Dabei hatte er sich bereits in seiner Zeit als Amtsrichter zu einigen Sonderlichkeiten hinreißen lassen.

Als eine Frau reklamierte, das von ihr im Versandhandel – der Online-Handel war noch nicht geboren – bestellte Kleid sei bereits einmal getragen worden, erfand Krescher als neue Fehlerkategorie des BGB das *besondere Gefühl des ersten Tragens.* In einem anderen Fall, in dem es um die Mangelhaftigkeit eines Reitsattels ging, gab er der Klägerin auf, den Sattel zum Zwecke des Augenscheins gemäß §§ 371 ff. Zivilprozessordnung (ZPO) in der mündlichen Verhandlung vorzulegen. Nachdem der Rechtsanwalt der Klägerin unter Hinweis darauf, dass diese den Reitsattel wegen des großen Gewichts nicht tragen könne, darum bat, die Anordnung aufzuheben, verfügte Krescher im besten Juristendeutsch:

„Die Anordnung, den streitgegenständlichen Sattel im Termin vorzulegen, bleibt aufrechterhalten. Der Klägerin wird anheimgestellt, sich einen Sattelschlepper zu besorgen!“

Und nun hatte ausgerechnet Krescherkusen, dieser verquere Typ, Kollmanns gelinde gesagt etwas unglücklichen Auftritt live verfolgt, womit für die nächsten Tage für ausreichend Gesprächsstoff in der Gerichtskantine gesorgt war. So viel stand leider nun einmal fest.

Bereits daran denkend, bemühte sich Kollmann, so schnell wie möglich an die frische Luft zu kommen. Er musste hier raus, er musste sofort raus aus diesem Laden, er musste das ganz schnell hinter sich lassen! ‚Scheiße, diese Peinlichkeit!' Er war durcheinander, es ging ihm nicht gut. Mein Gott, er hatte sich wie ein dummer Schuljunge, wie ein Trottel angestellt. Wie peinlich war das denn! Er, ein gestandener Richter am Landgericht! Was musste die junge Kassiererin nur von ihm denken? Und welche Geschichte würde Krescher daraus machen? Furchtbar!

Kollmanns Kreislauf, der ihm besonders in Stresssituationen immer gerne mal ein paar Probleme machte, war durcheinandergeraten, außerdem begann er leicht zu schwitzen. Er lehnte sich draußen an die mit Fliesen verkleidete, angenehm kühle Wand neben der Eingangstür und atmete tief, ganz tief durch.

„Beruhig dich, Heinzi, es ist doch nichts passiert!", sagte er leise zu sich selbst; so ein Psychoonkel hatte ihm vor Jahren, als er sich in einer Krise befunden hatte, den Tipp gegeben: „Reden Sie einfach ein wenig mit sich selbst, so kommen Sie zur Ruhe und mit sich ins Reine!"

„Kann ich Ihnen helfen? Geht es Ihnen nicht gut?", hörte er, gedämpft wie durch Watte, eine Frauenstimme, gefolgt von einem „Ach, Herr Kollmann, Sie sind das ja! Alles gut?"

Kollmann erwachte langsam aus seiner Lethargie und sah sich verstört um. Wo war er, was war hier gerade passiert, wer hatte ihn angesprochen?

Dann erkannte er eine Mitarbeiterin aus der Serviceeinheit, die hin und wieder bei den Strafkammersitzungen als Protokollführerin fungierte. Auch das noch! Erst Krescher, jetzt die Sandmann. So viel Pech konnte man eigentlich gar nicht haben, solch eine Häufung von Zufällen gab es nur in billigen Fernsehfilmen oder schlechten Romanen. Aber dies war kein Film, dies war auch kein Roman, dies war das Leben.

„Danke, Frau Sandmann. Es ist alles in Ordnung. Ich habe wohl etwas Falsches gegessen und mir war gerade etwas flau im Magen, aber jetzt geht es schon wieder."

„Gut, Herr Kollmann, dann muss ich mir ja keine Sorgen machen, bis nachher." Und damit ging Frau Sandmann weiter, wobei sie kaum, aber doch merklich den Kopf schüttelte.

Kollmann ging nachdenklich in Richtung der Kirche St. Lamberti, ein zwischen 1375 und 1525 erbautes Gotteshaus, das den nördlichen Abschluss des Prinzipalmarkts bildet. Die Lambertikirche gilt als der bedeutendste sakrale Bau der westfälischen Spätgotik. Hier nahm er wie in Trance im Lamberti-Café an einem Tisch im Freien Platz. Er tat nichts, er saß einfach so da.

„Guten Tag, hat der Herr schon gewählt?"

„Nein, noch nicht, einen kleinen Moment noch bitte."

„Ist gut."

Das Ganze wiederholte sich nach drei Minuten und die junge Frau im Service machte sich jetzt ihre Gedanken. ‚Was war mit diesem Gast los?' Noch einmal sprach sie ihn an: „Möchten Sie etwas verzehren? Soll ich Ihnen zunächst vielleicht nur ein Glas Wasser bringen? Geht es Ihnen nicht gut?"

„Ja, ein Glas Wasser wäre gut, und einen Cognac bitte."

Warum Kollmann einen Cognac bestellte, wusste er nicht. Er trank nie Cognac und seit vielen Jahren auch keine anderen härteren alkoholischen Getränke. Vielleicht mal beim Griechen einen Ouzo, beim Türken einen Raki oder beim Italiener einen Grappa. Im Übrigen begnügte er sich damit, hin und wieder ein oder zwei Bier oder ein Glas Wein zu trinken. Und zu Silvester und zu Geburtstagen gab es natürlich den obligatorischen Sekt, obwohl dieser ihm mehr schlecht als recht schmeckte. „Da kannste nix machen! Daran trinkste nicht vorbei!“

Wenig später wurden Wasser und Cognac serviert, doch Kollmann ließ beides zunächst unberührt. Denn vor seinem Auge lief die Szene ab, die sich gerade im Drogeriemarkt zugetragen hatte. Diese junge Kassiererin mit ihrer Freundlichkeit und – Donnerwetter! – ihrem Charme, das musste Kollmann anerkennen, die hatte was. Toll, wenn jemand, der sicherlich nicht besonders gut bezahlt wird, seine Arbeit mit so viel Freude verrichtet.

Kollmann überlegte, wie hoch oder wohl besser wie gering der Mindestlohn aktuell war. Er wusste es nicht genau, aber nach seiner Kenntnis lag dieser irgendwo bei knapp unter 9 Euro. Bei 40 Stunden in der Woche und circa 4,3 Wochen pro Monat ergab das unterm Strich so etwa 1.500 bis 1.600 Euro brutto. Nee, das konnte nicht sein. Kollmann rechnete noch einmal. Doch, seine Rechnung war richtig.

Mein Gott, war das wenig. Bei den aktuellen Mietpreisen in Münster, unter denen nicht nur die Studenten und die Geringverdienenden, sondern auch viele Angehörige der Mittelschicht litten, konnte man von 1.600 Euro kaum leben. An die Höhe der späteren Rente mochte Kollmann gar nicht denken. 48 % von 1.600 Euro?! Da musste wirklich die von der SPD geforderte Grundrente her. Zum Glück hatte Kollmann Aussicht auf eine gute Pension, die weit über dem Rentenniveau liegen würde. Und das Schöne war, dass er keinen Pfennig dafür zahlen musste. Ganz gerecht war das eigentlich nicht, aber was sollte er machen?

Und vielleicht verdiente *seine* Kassiererin ja auch mehr als 1.600 Euro, vielleicht gab es einen Tarifvertrag oder einen höheren Firmentarif. Er wünschte es ihr von Herzen. Und was hatte sie so nett gesagt? „Vielleicht bis zum nächsten Mal."

‚Nicht vielleicht, sondern mit Sicherheit bis zum nächsten Mal', dachte Kollmann. Ich werde weiter in dieser Filiale meine kleinen bescheidenen Einkäufe tätigen, und zwar ganz genau bei dieser Kassiererin. Aber andererseits würde sie sich vielleicht an diesen „alten Trottel" erinnern, den er gerade abgegeben hatte. Das wollte er nun wirklich nicht. Also würde er diesen Drogeriemarkt doch lieber meiden, was ja wegen seiner extrem kleinen Bedürfnisse und der großen Zahl vergleichbarer Märkte nun wirklich kein Problem darstellte. Schade eigentlich, denn diese junge Frau war doch *insoweit*, Kollmann liebte diese juristische Floskel in den Schriftsätzen der Rechtsanwälte, ganz nett! Dennoch – außer Spesen nichts gewesen.

Ein Problem konnte aber werden, dass Krescherkusen, der dummerweise alles gesehen hatte, die Geschichte nicht nur zum Besten geben, sondern mit allerlei Ergänzungen und Ausschmückungen versehen würde. Und zu allem Überfluss hatte die Sandmann ihn auch noch gesehen, als er an der Mauer gelehnt hatte. Er konnte sich denken, dass er dort keine glückliche, sondern eine sehr traurige Gestalt abgegeben hatte in der Art von Don Quichotte nach seinem heroisch geführten Kampf gegen die Windmühlen.

Zwar war Kollmann bei den Angehörigen der sogenannten Nachfolgedienste, insbesondere den Justizfachangestellten, nicht unbeliebt, aber ein Richter, der mitten am Tag an einer Wand stand, weil es ihm wohl gesundheitlich nicht gut ging, und der sich überdies etwas sonderlich benahm, sollte für die muntere Damenrunde nicht nur beim Frühstück ein gefundenes Fressen sein, sondern war auch darüber hinaus ein gutes Gesprächsthema.

Über diese Gedanken griff Kollmann zum Cognac, ohne daran zu denken, dass um 15:00 Uhr noch eine Sitzung in der Großen Strafkammer anstand. So eine Sitzung konnte man schon mal vergessen, zumal wenn man nur als Beisitzer beteiligt war, weil die junge Kollegin Annehild Falke-Karwinski, geborene Falke, die Berichterstatterin war. Diese fragte sich nach nur vier Ehejahren inzwischen immer häufiger, warum sie sich für den Karwinski entschieden und sich diesen zu allem Überfluss auch noch mit einem Bindestrich hatte anhängen lassen. Dagegen hatte sie sich längst daran gewöhnt, im Landgericht in der Regel lediglich AFK genannt zu werden.

In dem heute anstehenden Strafprozess, an den Kollmann im Augenblick indes gar nicht dachte, ging es um einen versuchten Raubüberfall in einer Spielhalle an der Hammer Straße. Er hatte sich mit diesem Verfahren bisher noch gar nicht befasst, da er ja zunächst nur mit einem interessierten Gesichtsausdruck den „Beischläfer" geben musste, wie man in Juristenkreisen so gerne formulierte. Dagegen fiel AFK als Berichterstatterin die Aufgabe zu, die Zeugenaussagen mitzuschreiben und später den Urteilsentwurf zu verfassen. Den Vorsitz würde Dr. Sondermann führen. Komplettiert wurde die Große Strafkammer durch zwei Schöffen.

Dr. Sondermann hatte als Vorsitzender der 15. Große Strafkammer zwei Sitzgruppen gebildet: Der ersten Gruppe gehörten neben ihm als Vorsitzendem AFK und Kollmann an, der zweiten Gruppe anstelle von Kollmann der Richter am Landgericht namens Pelzer. Auf diese Weise wurde aufgefangen, dass Kollmann und Pelzer der Kammer nur zur Hälfte zugeteilt waren. Der „halbe" Kollmann hatte das

Gefühl, dass der ganze Cognac ihm voll guttat. Deshalb bestellte er einen zweiten und sogar einen dritten, von der jungen Serviererin mit etwas Sorge betrachtet. Denn es war helllichter Tag, und der Gast erschien überdies etwas sonderbar. Sie sprach darüber mit ihrem Chef, der aus dem Lokal heraus einen Blick auf Kollmann warf und die Anweisung gab, bei fünf die berühmte Reißleine zu ziehen. Bis dahin solle sie es oder besser ihn einfach laufen lassen.

Kollmann gab aber keine weitere Bestellung auf, zumal die drei kleinen Seelentröster bereits eine deutliche Wirkung zeigten. Denn er war nicht im Training und hatte seit dem halben Mettbrötchen – „Man gönnt sich ja sonst nichts." – in der Gerichtskantine um kurz vor zehn nichts mehr gegessen. Er zahlte, wobei er ein viel zu großzügiges Trinkgeld gab, überlegte kurz, wo er sein Fahrrad abgestellt hatte, und machte sich auf den Weg. Jedoch wählte er einen kleinen Umweg, weil dieser ihn am Drogeriemarkt vorbeiführte, und er konnte nicht umhin, einen Blick hineinzuwerfen. Zu seiner Enttäuschung – wieso Enttäuschung, was hatte er sich denn erhofft? – saß jedoch ein junger Mann an der Kasse, sie hatte wohl eine Pause. Sei's drum. Leicht angesäuselt machte Kollmann sich mit seinem alten Hollandrad der Marke Sparta, von ihm Spartakus oder liebevoll Sparti genannt, auf den Weg zum Landgericht.

Wo kein Maß ist, ist keine Vergeltung

Franz Grillparzer

Dienstag, 28. Mai, 15:05 Uhr

Kaum dass Kollmann recht beschwingt sein Dienstzimmer im Gericht betreten hatte, klingelte das Telefon Sturm. Frau Sandmann erkundigte sich aufgeregt und sehr laut, wo er denn nur bliebe, ob er etwa die Sitzung vergessen habe. Die Kammer befinde sich bereits im Beratungszimmer und warte dringlich auf ihn.

„Kein Problem, ich komme sofort." Da er wegen der Sitzung am Vormittag bereits ein weißes Hemd trug, band er sich nur schnell die weiße Krawatte um, griff nach der schwarzen Robe und machte sich eilig auf den Weg über den langen Gerichtsflur und eilte die Treppen zum Beratungszimmer hinunter. Mit einem „Ich bitte um Entschuldigung, ich hatte noch ein wichtiges Telefongespräch mit einem Sachverständigen zu führen" wollte er Platz nehmen. Doch der Vorsitzende stand bereits auf und ging durch die Tür auf direktem Weg in den Sitzungssaal. Ihm folgten AFK, Kollmann sowie eine junge Schöffin und ein mittelalter Schöffe.

Alle bereits im Gerichtssaal anwesenden Personen erhoben sich beim Eintreten der Kammer von ihren Plätzen. Die drei Richter und die beiden Schöffen stellten sich hinter dem Richtertisch auf. Dr. Sondermann als Vorsitzender in der Mitte, rechts von ihm Richterin am Landgericht Falke-Karwinski, links von ihm Richter am Landgericht Kollmann, neben Kollmann die Schöffin und auf der anderen Seite neben AFK der Schöffe.

Frau Sandmann, die heute, wie von Kollmann befürchtet, als Protokollführerin tätig war, warf ihm einen, so empfand er es jedenfalls, etwas merkwürdigen, fast abschätzigen Blick zu.

Der Vorsitzende eröffnete die Sitzung, bat Platz zu nehmen und stellte die Anwesenheit fest:

Für die Staatsanwaltschaft Oberstaatsanwalt Dr. Brinker, der Angeklagte Jürgen Tönnies mit seinem Verteidiger Rechtsanwalt Alberts, die Zeugin Angelika Grotelüschen sowie die Zeugen Werner Hasemann, Bernd Schulze Wichtrop, Jürgen Raisky, Polizeimeister Willi Werner und Polizeiobermeister Norbert Heinrichs. Im Publikum befanden sich drei gerichtsbekannte Zuhörer, allesamt Rentner, die zum Zeitvertreib an zahlreichen Strafverhandlungen teilnahmen und inzwischen über beachtliche juristische Kenntnisse verfügten.

Die Zeugin Grotelüschen und die männlichen Zeugen wurden darüber belehrt, dass sie vor Gericht die Wahrheit sagen müssten, dass sie möglicherweise auf ihre Aussage vereidigt würden und dass ein Meineid mit einer Freiheitsstrafe von nicht unter einem Jahr bestraft werde. Sie verließen sodann den Sitzungssaal. All das wurde von Frau Sandmann fein säuberlich im Sitzungsprotokoll vermerkt.

OStA Dr. Brinker wurde vom Vorsitzenden gebeten, die Anklageschrift zu verlesen:

„In der Strafsache gegen Herrn Jürgen Niklas Alfred Wilhelm Tönnies, geboren am 12.06.1998 in Bochum, Taxifahrer, wohnhaft in 48153 Münster, Stutzstraße 43.
Dem Angeklagten wird zur Last gelegt:
Am 16.10.2017 betrat der Angeklagte gegen 21:40 Uhr die Spielhalle Goldene Sieben an der Hammer Straße 218 in Münster. Er hatte sein Gesicht mit einer Sturmmaske verdeckt und forderte die Zeugin Grotelüschen, die in der

Spielhalle beschäftigt war, mit den Worten „Mach keine Zicken, Alte, und gibt die Kohle raus, dann passiert dir nichts!" zur Herausgabe der in der Kasse befindlichen Barmittel auf. Weitere Personen hielten sich nicht in der Spielhalle auf.

Um seiner Forderung Nachdruck zu verleihen, bedrohte der Angeklagte die Zeugin mit einer täuschend echt aussehenden Spielzeugpistole, die von der Zeugin, wie vom Angeklagten beabsichtigt, für eine echte Waffe gehalten wurde. Als die Zeugin sich gleichwohl weigerte, der Forderung des Angeklagten nachzukommen, schlug dieser ihr mit der Waffe gegen den rechten Arm und schrie: „Das ist die letzte Warnung! Entweder rückst du jetzt die Kohle raus oder ich werde ganz böse und blase dir dein Hirn weg!" Durch den Schlag mit der Waffe trug die Zeugin Hämatome am Oberarm davon.

Die Zeugin ließ sich aber weder durch den Schlag mit der Waffe noch durch die ausgesprochene Drohung beeindrucken und verweigerte die Herausgabe des Geldes. Sie erklärte dem Angeklagten, dass sich nur 20 Euro in der Kasse befänden und dass es für ihn hier nichts weiter zu holen gebe. Er solle sich für so wenig Geld nicht unglücklich machen, sondern besser ganz schnell das Weite suchen, denn die Polizei sei bereits im Anmarsch.

Der Angeklagte war aufgrund des Verhaltens der Zeugin völlig verstört, ließ von seinem Vorhaben ab und verließ fluchtartig die Spielhalle. Das Verlassen des Gebäudes, bei dem der Angeklagte weiterhin die Sturmmaske trug, während er die Pistole eingesteckt hatte, wurde von den Zeugen Hasemann und Raisky beobachtet, wobei Letzterer mit seinem Mobiltelefon die Polizei benachrichtigte. Der Zeuge Raisky gab dabei den Hinweis, dass der Ange-

klagte mit einem alten Holland-Damenrad, das unverschlossen vor der Spielhalle gestanden habe, in die Augustastraße geflohen sei.
Der Zeuge Hasemann, der zu Fuß die Verfolgung des Angeklagten aufnahm, beobachtete, dass der Angeklagte nach einem lauten Knall von der Augustastraße plötzlich nach links abgebogen und durch eine offene Toreinfahrt in einen Innenhof gefahren war.
Die sich in der Nähe auf einer Kontrollfahrt in der Friedrich-Ebert-Straße befindlichen Zeugen PM Werner und POM Heinrichs nahmen nach Information der Einsatzstelle die Verfolgung des Flüchtenden auf. Inzwischen war der Zeuge Hasemann bis zur Toreinfahrt gelaufen und wies den Polizeibeamten den Weg. In der Einfahrt zum Hinterhof fanden diese das vom Angeklagten zurückgelassene Hollandrad, dessen Hinterrad keine Luft enthielt. Der Angeklagte wurde sodann in der im Hinterhof gelegenen Wohnung des Zeugen Schulze Wichtrop in der Augustastraße 43 a, in die er sich geflüchtet hatte, aufgefunden. Er ließ sich widerstandslos festnehmen und wurde zum Polizeipräsidium am Friesenring gebracht. Gegenüber dem POM Heinrichs gab der Angeklagte seine Personalien zutreffend an, erklärte aber, keine Angaben zur Sache zu machen. Auf seinen Wunsch wurde Rechtsanwalt Alberts benachrichtigt, der 40 Minuten später im Polizeipräsidium eintraf.
Verbrechen und Vergehen strafbar nach §§ 223, 224, 249, 250 Abs. 1, Nr. 1b), 23, 52 StGB."

Die auf die einschlägigen Vorschriften des Strafgesetzbuchs (StGB) gestützte Anklage lautete damit auf versuchten schweren Raub in Tateinheit mit einer gefährlichen Körperverletzung.

In der Anklageschrift fanden sich keine näheren Angaben dazu, wie der Angeklagte Tönnies in die Wohnung des Zeugen Schulze Wichtrop, der wenige Tage zuvor sein Erstes juristisches Staatsexamen abgelegt hatte, gelangt war.

Passiert war Folgendes: Als dem Hinterreifen des Fluchtrads die Luft entwichen war – die schon betagte Fahrraddecke und der noch ältere Schlauch waren der ungebremsten Fahrt über einen Bordstein nicht gewachsen gewesen –, beschloss Tönnies notgedrungen, seine Flucht zu Fuß fortzusetzen. Er hoffte, über den Hinterhof der Augustastraße in den nördlich davon gelegenen Südpark zu gelangen. Als er feststellte, dass dies nicht möglich war, und er außerdem bereits das Martinshorn des herannahenden Polizeifahrzeugs hörte, klingelte er in wilder Panik an der Haustür des Zeugen. Als dieser die Tür geöffnet hatte, schallte es ihm entgegen: „Lass mich rein, die verdammten Bullen sind hinter mir her. Ich habe nichts getan!"

Schulte Wichtrop ließ es ohne Zögern zu, dass der heutige Angeklagte in sein kleines Hinterhof-Ein-Zimmer-Apartment – eine formell und materiell baurechtswidrig umgebaute Doppelgarage – stürmte. Bevor sein Gast sich näher zu den Hintergründen der Flucht erklären konnte, klingelte bereits die Polizei an der Haustür. „Aufmachen, Polizei!" Tönnies warnte: „Halt bloß die Klappe!", und flüchtete in das kleine Badezimmer. Zu dem schnellen Eintreffen der Ordnungshüter kam es, weil der Zeuge Hasemann dem Angeklagten fast mühelos zu Fuß gefolgt war. Als Urenkel der Münsteraner Langlauflegende Harald Norpoth, der 1964 bei den Olympischen Spielen in Tokio im 5.000-Meter-Lauf überraschend die Silbermedaille gewonnen hatte, trug der gerade 16-Jährige das Läufergen ganz offensichtlich in sich und erwartete die Polizei an der Toreinfahrt. Hasemann zeigte den Beamten, wohin Tönnies geflohen war. Da diese den Flüchtenden im Innenhof nicht fanden, lag es nahe, dass er sich in der einzigen hier befindlichen Wohnung versteckte.

Auf die nach dem Öffnen der Wohnungstür von PM Werner an Schulte Wichtrop gestellte Frage, ob sich ein etwa 30-jähriger unbekannter Mann in der Wohnung befinde, guckte der Befragte die Polizisten zunächst abschätzend an. Nach einem kleinen inneren Kampf hielt er zwar – wie von Tonnies innigst gewünscht – die Klappe, entschloss sich aber durchaus nicht leichten Herzens, mit einer fast unmerklichen Kopfbewegung Richtung Bad die gewünschte Information zu geben.

Kollmann hatte bei der Verlesung der Anklageschrift nur mit einem Ohr zugehört, denn er hatte in seinem Richterleben schon viele, sehr viele, zu viele solcher Anklageschriften gelesen und gehört. Diese Sitzung als Beischläfer war für ihn nicht mehr und nicht weniger als ein gewöhnliches und wenig anregendes Alltagsgeschäft, eine fast alltägliche Routine.

Zunächst wurde der 21 Jahre alte Angeklagte nach seinem Lebenslauf befragt. Er war als zweites von drei Kindern eines Lehrerehepaars wohlbehütet aufgewachsen. Nach dem frühen Abitur (G8, Note 1,9) hatte er ein Studium der Volkswirtschaftslehre begonnen, aber nach drei Semestern geschmissen. Inzwischen war er unter der Woche als Taxifahrer tätig, am Wochenende nahm er vor einer Diskothek die Einlasskontrollen vor und entschied dabei, wer rein durfte und wer draußen bleiben musste. Hartz IV bezog er nicht, dazu sei er zu stolz. Er wolle allein für sich sorgen. Der Angeklagte lebte seit etwa drei Jahren mit einer zwei Jahre älteren Frau, einer Kindergärtnerin, zusammen.

Anschließend wurde der Angeklagte zur Tat vernommen, wobei er auf Anraten seines Verteidigers ein umfangreiches Geständnis zu allen ihm gemachten Vorwürfen ablegte. Bereits unmittelbar nach dem Überfall hatte er sich überdies mit einem großen Blumenstrauß beim Opfer persönlich entschuldigt und um Vergebung gebeten.

Zu dem Raubüberfall sei es gekommen, weil wenige Tage zuvor sein 14 Jahre alter Opel Corsa verreckt sei. Er habe dringend ein neues Auto gebraucht, schon um zur Taxizentrale und zur Diskothek fahren zu können, zumal er von Haus aus kein Fahrradfahrer sei. Da seine Eltern sich nach dem Abbruch seines Studiums weigerten, ihn finanziell zu unterstützen und er keinen weiteren Bankkredit bekommen habe, sei er auf die Idee mit dem Überfall gekommen.

Die ganze Verhandlung lief routiniert und ruhig, beinahe beiläufig ab, denn außer für den Angeklagten, der sichtlich nervös war, und für die junge Frau, die heute erst zum zweiten Mal als Schöffin fungierte, war das Verfahren für alle Beteiligten eine bloße, im wahrsten Sinne des Wortes alltägliche Routine. Dieser Prozess war weder spektakulär noch waren böse Überraschungen zu erwarten. Mit Rechtsanwalt Alberts als Verteidiger und mit Oberstaatsanwalt Dr. Brinker würde es keine Probleme geben, die Presse war nicht anwesend, die drei Zuhörer würden sich gewohnt unauffällig verhalten.

Bis auf die junge Schöffin machte sich im Augenblick noch keiner der Beteiligten viele Gedanken dazu, was für den jungen Angeklagten auf dem Spiel stand. Da dieser bei Begehung der Tat bereits 21 Jahre alt war, unterlag er zwangsläufig dem Strafrecht für Erwachsene. Die für 18- bis 21-jährige Täter bestehende Möglichkeit der Anwendung des milderen Jugendstrafrechts, von der in der Praxis oft Gebrauch gemacht wird, kam für ihn nicht in Betracht.

So schleppte sich die Sitzung, so empfand es der müde und unkonzentrierte Kollmann, bis nach halb sechs hin. Die fünf Zeugen wurden vernommen, blieben unvereidigt und sodann entlassen, ausgestattet mit einem Blatt Papier, um das bescheidene Zeugengeld in Anspruch nehmen zu können. Bis auf den Zeugen Schulte Wichtrop und auf das Opfer des Überfalls, die Zeugin Grotelüschen, machten sich die Zeugen unmittelbar nach ihrer Vernehmung auf den Heimweg.

Sodann wurde das Verfahren wegen der gefährlichen Körperverletzung mit Zustimmung des Staatsanwalts und des Angeklagten nach § 154a Abs. 2 Strafprozessordnung (StPO) eingestellt und die Beweisaufnahme geschlossen.

Von alledem bekam Kollmann nur wenig mit. Die peinliche Begebenheit im Drogeriemarkt, Krescher, die Sandmann, all das ging ihm nicht aus dem Kopf. Er war zwar körperlich im Sitzungssaal anwesend, aber nicht bei der Sache. So registrierte er kaum, dass der Vorsitzende den Oberstaatsanwalt und anschließend den Verteidiger um ihre Plädoyers bat. Während Dr. Brinker für die Anklage eine Strafe von drei Jahren und sechs Monaten beantragte, plädierte der Verteidiger auf eine Strafe von nicht mehr als zwei Jahren, die zur Bewährung ausgesetzt werden solle. Der Angeklagte schloss sich in seinem letzten Wort den Ausführungen seines Verteidigers an, wandte sich noch einmal direkt an die Zeugin Grotelüschen und brachte erneut sein Bedauern über die Tat zum Ausdruck. Er habe einfach nicht darüber nachgedacht, was er ihr damit antue. Auch diese Ausführungen nahm Kollmann nur gedämpft wahr, wie durch Watte, wozu neben dem peinlichen Vorfall wohl auch noch der genossene Alkohol beitrug.

Als sich der Vorsitzende, AFK und die Schöffen erhoben, stand Kollmann ganz mechanisch ebenfalls auf und begab sich wie die anderen vom Sitzungssaal in das daneben liegende Beratungszimmer, wo alle Platz nahmen.

„Und, wie ist Ihre Meinung?" Damit wandte sich der Vorsitzende an die Berichterstatterin AFK und danach an die beiden Schöffen, um ein erstes Stimmungsbild einzuholen. Kollmann wirkte so unbeteiligt, dass Dr. Sondermann ihn, was sehr unüblich war, einfach überging. Stattdessen bat er AFK und die beiden Schöffen darum, das Beratungszimmer kurz zu verlassen.

„Was ist mit Ihnen los, Herr Kollmann? Sie wirken geistesabwesend und außerdem meine ich, Alkohol zu riechen. Sie haben doch wohl nicht in der Mittagspause getrunken?"

„Doch, aber nur ein kleines Alster zum Essen. Allerdings fühle ich mich nicht ganz wohl, ich glaube, es ist eine Grippe im Anflug. Sie müssen sich aber keine Sorgen machen, die Beratung halte ich noch durch."

„Gut, dann woll'n mer mal weitermachen, aber reißen Sie sich insbesondere vor den Schöffen zusammen. Und lutschen Sie das hier." Und damit gab der Vorsitzende Kollmann ein Pfefferminzbonbon.

Die anderen Beteiligten wurden wieder hereingebeten. Dr. Sondermann bat um Entschuldigung für die kurze Unterbrechung, die er mit einer leichten Unpässlichkeit seines Richterkollegen erklärte, und setzte die Beratung fort. Da der Angeklagte nach Auffassung aller Anwesenden aufgrund seines Geständnisses und der Zeugenaussagen eindeutig als Täter überführt war und weil keine Zweifel an seiner Schuldfähigkeit bestanden, drehte sich die Beratung – wie so oft – nicht um das Ob einer Bestrafung, sondern allein darum, wie der Angeklagte zu bestrafen war, welche Strafe also angemessen schien. Insbesondere ging es darum, ob eine Bewährungsstrafe in Betracht kommen könnte. Dabei kam dem Angeklagten zugute, dass nur ein *versuchter* Raub vorlag, sodass die Strafe gemildert werden konnte.

Die Möglichkeit einer Bewährungsstrafe bestand aber nur, so wurden die Schöffen unterrichtet, wenn die Freiheitsstrafe nicht mehr als zwei Jahre betrage. Während der männliche Schöffe der Meinung war, die Strafe müsse deutlich höher ausfallen, war die Schöffin der Ansicht, dass letztlich nichts passiert sei und dass man dem Angeklagten doch eine zweite Chance geben solle. Er habe einen guten Eindruck auf sie gemacht. Er verzichte auf Hartz IV, gehe regelmäßig arbeiten, lebe in einer festen Beziehung, habe ein Geständnis abgelegt, sich beim Opfer entschuldigt und zeige ganz offenbar ehrliche Reue. Wenn er jetzt ins Gefängnis müsse, werde er völlig aus der Bahn geworfen.

Der Vorsitzende schloss sich dem im Wesentlichen an und fügte hinzu, dass die Zeugin Grotelüschen den Überfall überraschend schnell und gut verarbeitet habe, „Eine wahrhaft starke Frau!", denn bereits drei Tage später habe sie die Arbeit in der Spielhalle wieder aufgenommen und sei dort immer noch beschäftigt. Da gebe es ganz andere Opfer, die wesentlich stärker unter den Folgen eines solchen Überfalls litten, was teilweise dazu führe, dass sie entsprechende Tätigkeiten nie wieder aufnehmen könnten. Im schlimmsten Fall drohe sogar eine dauerhafte Berufsunfähigkeit.

Dr. Sondermann erinnerte außerdem daran, dass der Angeklagte laut dem in der Sitzung verlesenen Strafregisterauszug bisher strafrechtlich nicht in Erscheinung getreten sei, also noch nichts auf dem Kerbholz habe, und dass er bei der Tatbegehung reichlich dilettantisch vorgegangen sei. Auch wenn der Überfall keine spontane Tat gewesen sei, könne von einer überlegten Planung weiß Gott keine Rede sein. Aus seiner Sicht sei eine Bewährungsstrafe gerade noch vertretbar.

AFK als Berichterstatterin sprach sich hingegen für eine harte Strafe aus. Vier oder besser fünf Jahre wären gut, eine Bewährungsstrafe käme „auf gar keinen Fall!" in Betracht. Obwohl sich AFK den Karwinski hatte anhängen lassen, machte sie ihrem Geburtsnamen Falke auch heute – wie in anderen Fällen – wieder alle Ehre.

„Es ist und bleibt ein Raubüberfall mit Waffe, auch wenn diese nicht echt war, was das Opfer aber nicht erkennen konnte. Wegen der Vielzahl vergleichbarer Überfälle in letzter Zeit in NRW sollten wir ein Exempel statuieren. Eine Bewährungsstrafe wäre das falsche Signal. Wir müssen die Generalprävention in den Vordergrund stellen. Außerdem gilt die Maxime: Opferschutz vor Täterschutz!", so AFK.

Als Kollmann um seine Einschätzung gebeten wurde, erklärte er diplomatisch, aber auch völlig nichtssagend, er könne mit beiden Ergebnissen leben.

Nach längerer Diskussion verneinte die Kammer zunächst das Vorliegen eines minder schweren Falles des schweren Raubs im Sinne des § 250 Abs. 3 StGB. Danach beschloss das Gericht auf Vorschlag des Vorsitzenden, gegen den Angeklagten wegen versuchten schweren Raubes eine Freiheitsstrafe von zwei Jahren zu verhängen, deren Vollstreckung für drei Jahre zur Bewährung ausgesetzt werden sollte. Da der Raub nicht vollendet war, machte die Kammer in Bezug auf die Höhe der Strafe von der in Fällen des Versuchs nach §§ 23 Abs. 1, 49 Abs. 1 StGB bestehenden Möglichkeit Gebrauch, die nach § 250 Abs. 1, Nr. 1b geltende Mindeststrafe von drei Jahren um ein Jahr zu unterschreiten. Das wäre nicht möglich gewesen, wenn der Angeklagte den Inhalt der Kasse – in dieser hatten sich etwa 140 Euro befunden – erbeutet hätte. Er müsse deshalb der Zeugin Grotelüschen dankbar sein, die ihm die Herausgabe des Geldes mit dem Hinweis, in der Kasse befänden sich nur 20 Euro, verweigert hatte.

Die anschließende Abstimmung ergab ein einstimmiges Ergebnis; auch die geborene Falke, die kurz zuvor für eine deutlich höhere Strafe plädiert hatte, schloss sich dem Vorschlag von Dr. Sondermann sonderbarerweise ohne weitere Nachfrage oder Diskussion an. Da hatte der erfahrene Vorsitzende die junge Falke wie schon in früheren Beratungen im Stile eines alten, erfahrenen Falkners erneut ein Stück weiter domestiziert.

Nach dem Ende der Beratung betrat die Kammer um 18:02 Uhr erneut den Sitzungssaal, wobei sich die übrigen Beteiligten erhoben.

Sodann verkündete Dr. Sondermann folgendes Urteil:

„Im Namen des Volkes
Urteil

Der Angeklagte wird wegen versuchten schweren Raubes zu einer Freiheitsstrafe von zwei Jahren verurteilt.

Die Vollstreckung der Freiheitsstrafe wird zur Bewährung ausgesetzt.

Der Angeklagte trägt die Kosten des Verfahrens einschließlich seiner notwendigen Auslagen.“

Angewendete Vorschriften: §§ 249, 250 Abs. 1, Nr. 1b, 22, 23, 49 Abs. 1, 56 StGB.“

Anschließend verkündete der Vorsitzende folgenden Beschluss:

„Die Bewährungszeit wird auf drei Jahre festgesetzt. Dem Angeklagten wird aufgegeben, sich straffrei zu führen, dem Gericht jeden Wohnungswechsel unverzüglich anzuzeigen und 100 Stunden gemeinnützige Sozialstunden abzuleisten.“

Es folgte die Belehrung des Angeklagten zur Bewährungsauflage gemäß § 268a Abs. 3 StPO.

Dieser Beschluss wurde später im Benehmen mit der Gerichtshilfe und dem Einverständnis der Kindertagesstätte dahingehend konkretisiert, dass der Verurteilte die ihm auferlegten 100 Stunden gemeinnütziger Arbeit bis zum 01.09.2021 in der Kita Münster-Süd, Hammer Straße 142-144, 48153 Münster abzuleisten habe. Diese Auflage hatte die Kammer im Rahmen des ihr eingeräumten Ermessens auf Vorschlag von AFK gewählt, weil in der Kita Süd, die auch von der vierjährigen Tochter Lisa Karina des Opfers Grotelüschen besucht wurde, im wahrsten Sinne des Wortes Not am Mann war und weil die Einrichtung in unmittelbarer Nähe zum Tatort lag. So sollte dem Angeklagten, der sich bei den Angaben zu seiner Person als kinderlieb beschrieben hatte, das Unrecht seiner Tat nachhaltig vor Augen geführt werden.

Nach der Verkündung des Urteils wurde dies von Dr. Sondermann mündlich begründet. Da Dr. Brinker für die Staatsanwaltschaft mit seinen üblichen, gerichtsbekannten „wirklich ganz, ganz großen Bauchschmerzen“ und der mit dem Ergebnis sehr zufriedene Verteidiger nach kurzer Rücksprache mit dem Angeklagten anschließend einen Rechtsmittelverzicht erklärten, wurde das Urteil sofort rechtskräftig. Damit war die andernfalls zulässige Revision zum Bundesgerichtshof ausgeschlossen.

Die Schöffen wurden verabschiedet, die Mitglieder der Kammer gingen zurück zu ihren Dienstzimmern. Kollmann hängte seine Robe in den Schrank, legte die weiße Krawatte ab, zog den Mantel an und hatte eigentlich vor, mit Spartakus direkt nach Hause zu fahren. Stattdessen fuhr er in die Innenstadt und ging, warum auch immer, jedenfalls aber nicht zufällig, noch einmal durch die Salzstraße, in der sich der Drogeriemarkt befand. Und er hatte Glück: *Sie* saß an der Kasse, und er konnte durch die große Schaufensterscheibe einen Blick auf *sie* werfen. Er blieb einen Moment stehen und betrachtete sie. Dann wandte er sich mit einem vernehmlichen Seufzen um, schüttelte den Kopf über sich selbst und machte sich auf den Heimweg. Dabei murmelte er, ohne auch nur im Ansatz zu ahnen, was noch alles passieren sollte, leise „Gott, der Gerechte“ vor sich hin.

Und keinem Streite wohnt ein Zauber inne

Frei nach Hermann Hesse

Dienstag, 28. Mai 2019, 20:00 Uhr

Der Abend verlief ohne besondere Vorkommnisse, wie es so schön heißt. Nach dem Abendessen sahen sich Kollmann und Therese zusammen die Tagesschau und danach einen Krimi an. Die Handlung war abstrus und kaum nachvollziehbar, überdies handwerklich an vielen Stellen fehlerhaft. Insbesondere die Darstellung der Arbeit der Staatsanwaltschaft und die des Strafrichters hatte nur wenig mit der Realität zu tun. Das war leider in immer mehr Krimis der Fall. Warum konnten sich die Regisseure und Drehbuchschreiber nicht dazu durchringen, sachverständige Hilfe in Anspruch zu nehmen, um die Realität jedenfalls halbwegs korrekt abzubilden?

Die zusätzlich eingebaute Episode aus dem Privatleben des Kommissars – irgendetwas Privates musste offenbar immer dabei sein – war nach Kollmanns Meinung völlig an den Haaren herbeigezogen. Der fast 60-jährige, glücklich verheiratete Kommissar, ein deutscher Beamter durch und durch, verguckte sich in eine junge Buchhändlerin, die seine Zuneigung aber nicht erwiderte. Aber dieser sonderbare Fernsehkommissar wollte oder konnte nicht aufgeben und stellte der Frau nach, wodurch er nicht nur seine Ehe gefährdete, sondern auch das Leben seiner Angebeteten völlig durcheinanderbrachte. Wie konnte sich ein Autor solch einen Unsinn ausdenken? Unsinnig, völlig unsinnig und lebensfremd. Wie gesagt: An den Haaren herbeigezogen!

In den nächsten Tagen ging Kollmann wie gewohnt seinen Dienstgeschäften als Richter nach, mal mehr, mal weniger intensiv. Verfahren, die ihm so gar nicht behagten oder die viel Arbeit machten, schob er ein wenig auf die lange Bank. Dafür reichte es aus, in die Akte „4 Wo" zu schreiben, was bedeutete, dass die Mitarbeiter in der Serviceeinheit, in der die Akten verwahrt wurden, diese Akte in vier Wochen wieder vorlegen sollte. So lange war dann Ruhe, es sei denn, einer der beteiligten Rechtsanwälte reichte zwischenzeitlich einen Schriftsatz ein oder fragte nach dem Stand des Verfahrens, indem er „höflichst" anregte, „der Sache Fortgang gewähren zu wollen". Danach wurde die Akte sofort wieder vorgelegt, will sagen, von einem Justizwachtmeister auf einem ältlichen Aktenwagen von der Serviceeinheit in das Dienstzimmer des Richters gerollt.

Kollmann war froh, dass es noch Akten in Papierform gab. Über ihm wie über allen anderen Kollegen schwebte nämlich das Damoklesschwert der elektronischen Akte, deren Einführung bereits begonnen hatte. Kollmann hoffte, dass er in seinen noch abzuleistenden zehn Jahren weiter mit Papierakten zu tun haben würde. Die Vorstellung, seine gesamte Arbeit am Bildschirm erledigen zu müssen, behagte ihm ganz und gar nicht.

Notfalls würde er einfach ein paar Jahre früher in Pension gehen, was bei Richtern, die sich sehr gerne als überlastet bezeichneten, nur sehr selten vorkam. Auch einige „völlig überlastete Richter" versuchten, die mit Erreichen der Regelaltersgrenze anstehende Pensionierung hinauszuschieben, um noch einige Zeit im bisherigen Umfang tätig zu sein. In Zeiten des Richtermangels war dies mit Zustimmung der Dienstaufsicht möglich und wurde auch durchaus praktiziert.

‚Nun, dafür bin ich mit Sicherheit kein Kandidat', dachte Kollmann, während er sich an den peinlichen Vorfall im Drogeriemarkt kaum noch erinnerte. Auch in der Gerichtskantine war sein kleines Missgeschick kein Thema mehr. Unmittelbar danach hatte Kollmann allerdings wegen seines unglücklichen Auftritts einige wenig schmeichelhafte, zum Teil auch mitleidige Blicke geerntet. Krescher hatte, wie von Kollmann befürchtet, sein loses Mundwerk nicht halten können und nicht lediglich beschreibend über Kollmanns Missgeschick berichtet, sondern die Geschichte nuanciert angereichert. Unter anderem war von einem „tiefen und langen Blick" Kollmanns auf den wohlproportionierten Oberkörper der „sehr gut aussehenden, sehr jungen Kassiererin" die Rede.

Direkt angesprochen auf den Vorfall wurde Kollmann hingegen nicht, auch nicht von seinen Kammermitgliedern, die sicherlich Bescheid wussten, oder von den beiden Richterkollegen, mit denen er seit einigen Jahren etwas enger befreundet war und hin und wieder Skat spielte, auch insoweit eine freundlich-distanzierte Mauer des Schweigens.

Von den nichtrichterlichen Mitarbeitern, also aus den Nachfolgediensten, erreichten ihn keinerlei Reaktionen, was daran liegen mochte, dass deren Angehörige in aller Regel in ihren Dienstzimmern und nicht in der Gerichtskantine frühstückten. Obwohl Kaffeemaschinen offiziell verboten waren, strömte morgens schon ab halb acht aus vielen Büros ein köstliches Kaffeearoma.

Wenn Kollmann kurz vor neun ins Gericht kam, hatten die Damen und Herren den Kaffee vielfach schon auf. Viele nutzten die Gleitzeit dazu, bereits um sieben im Dienst zu sein mit der Folge, dass es in den meisten Serviceeinheiten nach 15:00 Uhr keinen Service mehr gab. „Versuch bloß nicht, nach drei im Gericht jemanden zu erreichen“, war ein geflügeltes Wort unter Rechtsanwälten.

Die Richter kamen in aller Regel morgens später als die nichtrichterlichen Mitarbeiter zum Dienst, manche Richter gingen dennoch früher als diese, andere blieben hingegen länger, gelegentlich auch schon mal bis in die Abendstunden im Gericht. Richtern kommt zugute, dass sie keine festen Arbeitszeiten haben und auch nicht zu bestimmten Zeiten im Gericht anwesend sein müssen. Für sie gibt es keine Kernzeit, ja nicht einmal eine Präsenzpflicht, aber natürlich muss die anfallende Arbeit erledigt werden, „die Akten müssen vom Tisch“, wobei es dem Richter aber freisteht, wo und wann er seine Arbeit verrichtet. Anders sieht es natürlich aus, wenn eine Sitzung oder eine Beratung mit Kollegen ansteht.

Außerdem gibt es Richter, die sehr schnell arbeiten können, aber auch solche, die eher langsam sind. Ein Richter erzählte Kollmann einmal, mit vielen Fällen habe er keine Probleme, solange er nicht „nur zur Absicherung“ in die Bibliothek gehe beziehungsweise in die JURIS-Datenbank sehe. „Dann finde ich fast immer was und damit fangen die Probleme an!“

Das Fehlen einer Präsenzpflicht im Gericht und die freie Zeiteinteilung für Richter sind zwei angenehme Ausprägungen der grundgesetzlich garantierten richterlichen Unabhängigkeit. Kollmann hatte sich angewöhnt, möglichst um Punkt neun im Gericht zu sein, denn seit seiner Studienzeit galt für ihn das Motto: „9:00 Uhr ist Arbeitsbeginn!“ Grund dafür war, dass er als Student oft in der Universitätsbibliothek Münster gelernt hatte, die ihre Tore damals um 9:00 Uhr öffnete. Dort gab es eine begrenzte Anzahl besonders beliebter Arbeitsplätze mit Aussicht in den Garten des

Bischofs von Münster, eine Art Pferdeboxen, in denen man vor dem Blick anderer Besucher geschützt war. Die wenigen Arbeitsplätze waren in der Regel kurz nach neun allesamt belegt. Deshalb kreuzten einige Studenten, zu denen Kollmann oft gehört hatte, schon kurz vor neun vor dem Eingang der Uni-Bibliothek, um rechtzeitig Einlass zu finden. So war aus Kollmann ein Neun-Uhr-Typ geworden. Der Versuchung, nach dem erfolgreichen Ergattern eines der begehrten Plätze zunächst einmal zum Kaffeetrinken in den nahe gelegenen „Kakaobunker" zu gehen, hatte Kollmann bis auf wenige Male widerstanden.

Auch war es ihm gelungen, die Losung „9:00 Uhr ist Arbeitsbeginn" fast sein gesamtes Berufsleben durchzuhalten. Vor einigen Jahren war er allerdings einmal in eine sogenannte Mitternachtskammer geraten. Das war eine Zivilkammer, deren Sitzungen bereits um 8:30 Uhr begannen. So musste er sich einmal in der Woche gut 30 Minuten früher als gewöhnlich auf den Weg zum Landgericht machen.

Bei der Terminierung seiner in der Regel wöchentlich, jeweils am Dienstag, stattfindenden Einzelrichtersitzungen war Kollmann sich selbst gegenüber sehr nachsichtig. Diese begann er in der Regel erst um 10:00 Uhr, sodass er vorher noch die Möglichkeit hatte, einen schnellen Blick in die Akten zu werfen, die zur Verhandlung anstanden. Außerdem konnte er schon ein wenig Büroarbeit erledigen, von den Richtern Dezernatsarbeit genannt.

Am heutigen Sitzungstag hatte es wieder zweimal gedieselt, daneben hatte ein Verkehrsunfall mit Personenschaden angestanden. Im vierten Verfahren war es um einen Rechtsstreit aus dem Gebiet des Persönlichkeitsrechts gegangen. Da für diese Materie spezielle Rechtskenntnisse von Vorteil waren, hatte das Präsidium des Landgerichts alle entsprechenden Klagen, bei denen es häufig um die Tatbestände der üblen Nachrede oder der Beleidigung ging, der 17. Zivilkammer zugewiesen. Diese erfreute sich wegen der damit begründeten ausschließlichen Zuständigkeit bei netten Kollegen wie Krescher & Co. der Bezeichnung „Arschlochkammer". Die Zahl entsprechender Klagen hatte in den letzten Jahren zugenommen, wozu wesentlich die zahlreichen Beleidigungen, aber auch Bedrohungen im Internet und in den unsozialen Netzwerken beitrugen.

Für die am heutigen Vormittag von Kollmann verhandelte Unterlassungsklage einer jungen Frau gegen ihren Nachbarn war er nach dem internen Geschäftsverteilungsplan der Kammer, den der Vorsitzende aufgestellt hatte, zuständig. Da Kollmann nur zur Hälfte seiner Arbeitskraft in dieser Kammer tätig war, entfielen auf ihn die bei der Kammer eingehenden Klagen mit den Endziffern 1 und 3 sowie jede zweite Klage mit der kammerinternen Endziffer 9, nämlich die 19, 39, 59, 79 und 99. Das jetzt anstehende Verfahren trug das Aktenzeichen LG Münster 17 O 81/2019, wegen der 1 in der 81 war Kollmann als Einzelrichter zuständig.

Die auf Unterlassung und Widerruf abzielende Klage wurde darauf gestützt, dass der Beklagte, ein 82-jähriger ehemaliger Beamter der Bundesbahn, die Klägerin, seine 20-jährige dunkelhäutige Nachbarin, gegenüber einem Besucher als „Hure, bei der die Kerle ein- und ausgehen" bezeichnet habe. Außerdem habe der Beklagte im Treppenhaus einen mit *Warnung! Zur Information aller anständigen deutschen Hausbewohner!* betitelten Aushang angebracht, auf dem diese Aussage wiederholt worden sei. Die Klägerin verlangte vom Beklagten, diese Aussage in Zukunft zu unterlassen und außerdem durch einen entsprechenden Aushang im Treppenhaus zu widerrufen.

Der Beklagte bestritt in der von seinem Rechtsanwalt verfassten Klageerwiderung, die Äußerung getan zu haben. Den Aushang im Treppenhaus habe es überhaupt nicht gegeben. Dieser entspringe der blühenden Fantasie der Klägerin. Und wenn es den Aushang doch gegeben haben sollte, so habe der Beklagte diesen nicht angebracht.

Kollmann hatte nach § 141 ZPO das persönliche Erscheinen der Parteien angeordnet, deshalb mussten die Klägerin und der Beklagte an der Gerichtsverhandlung teilnehmen. Im Gegensatz zum Regelfall reichte es mithin nicht aus, dass (nur) deren Rechtsanwälte zur mündlichen Verhandlung kamen. Die Anordnung des persönlichen Erscheinens wird von Richtern auch deshalb oft getroffen, um die Möglichkeit auszuloten, schon in der ersten Verhandlung einen Vergleich zu schließen. Die Anwälte können sich bei Anwesenheit der Parteien einem Vergleich nicht mit dem andernfalls gerne genutzten Argument verschließen, sie müssten zunächst Rücksprache mit ihrem Mandanten nehmen, der „ausgerechnet gerade heute auch telefonisch nicht erreichbar sei“. Das Gespräch zwischen Anwalt und Mandant lässt sich bei dessen Anwesenheit im Gericht ja unmittelbar vor Ort führen, in der Regel auf dem Gerichtsflur während einer Unterbrechung der Verhandlung.

Für die heutige Sitzung hatte Kollmann außerdem vorsorglich die drei von der Klägerin benannten Zeugen geladen, um nach einem etwaigen Scheitern der Vergleichsverhandlungen unmittelbar in die – wie Juristen es formulieren – Beweisaufnahme eintreten zu können.

Nach dem Aufruf zur Sache und nachdem die Prozessparteien mit ihren Rechtsanwälten im Gerichtssaal Platz genommen hatten, schilderte Kollmann, wie es üblich ist, zunächst, wie der Anwalt der Klägerin den Sachverhalt dargestellt hatte. Anschließend trug Kollmann die Darstellung des Beklagten vor, soweit diese sich vom Vortrag der Klägerin unterschied. Wie so oft waren die Schilderungen des Sachverhalts alles andere als kompatibel. Sie passten schlichtweg nicht zueinander.

Kollmann nahm sodann eine nach beiden Seiten offene erste vorläufige juristische Bewertung vor, wobei er insbesondere schon mal auf die mit einer Beweisaufnahme für beide Seiten verbundenen Unwägbarkeiten hinwies. Im Hinblick auf einen angestrebten Vergleich war es nämlich taktisch ungeschickt, sich als Richter frühzeitig zu weit aus der Deckung zu wagen. Denn warum sollte sich jemand vergleichen, den der Richter zuvor zum voraussichtlichen Prozessgewinner erklärt hatte?

Ins Protokoll diktierte Kollmann sodann: „Das Gericht führte in den Sach- und Streitstand ein." Kollmann, der als Einzelrichter die Einführung gemacht hatte, diktierte also, dass „das Gericht" einführt. Da dieser Satz gängiger Praxis entsprach, machte er sich schon lange keine Gedanken mehr darüber, dass er sich als „das Gericht" bezeichnete. Diese Formulierung würde ihm beim späteren Unterschreiben des Protokolls nicht einmal auffallen.

Kollmann sprach danach, wie von den Anwälten bereits erwartet, in einem konzilianten, fast väterlichen Ton die Frage an, ob „in diesem besonderen Fall vielleicht die Möglichkeit zu einer gütlichen Einigung zur Beilegung des Rechtsstreits bestehe". Die Anwälte hatten nichts gegen eine solche Einigung, zumal damit nicht nur das Verfahren sofort zu Ende gewesen wäre, sondern sie ihren Mandanten überdies neben den ohnehin bereits angefallenen 2,5-fachen Gebühren eine weitere Gebühr in Form der Einigungsgebühr von 1,0 in Rechnung stellen konnten.

Die Höhe einer Gebühr richtet sich nach dem Streitwert (Gegenstandswert). Bei einem Wert bis 5.000 Euro betrug eine Gebühr bis zu einer von der Anwaltschaft seit Jahren geforderten Erhöhung, die zum 1.1.2021 erfolgte, zum Beispiel 303 Euro, bis 10.000 Euro 558 Euro, bis 50.000 Euro 1.163 Euro und bis 100.000 Euro 1503 Euro.

In äußerungsrechtlichen Prozessen wie im vorliegenden „Hurenfall" ist der Streitwert nach § 48 Abs. 2 Gerichtskostengesetz (GKG) „unter Berücksichtigung aller Umstände des Einzelfalls, insbesondere des Umfangs und der Bedeutung der Sache und der Vermögens- und Einkommensverhältnisse der Parteien, nach Ermessen des Gerichts zu bestimmen. Maßgeblich für die Ausübung des Ermessens sind etwa der Grad der Verbreitung der Äußerung, die Schwere des Vorwurfs, die Beeinträchtigung des sozialen Geltungsanspruches des Verletzten in der Öffentlichkeit, die wirtschaftliche Bedeutung und die sonstige Bedeutung der Sache". Das alles sind nette, in feiner Juristensprache verpackte Kriterien, mit denen sich dieses oder auch jenes Ergebnis begründen lässt.

Da im „Hurenfall" neben der Unterlassung der Äußerung auch deren Widerruf in Form eines Aushangs begehrt wurde, würde Kollmann den Streitwert insbesondere wegen der Vermögensverhältnisse der Parteien und der engen Verbreitung der Äußerung recht moderat auf 7.500 Euro festsetzen. Im Falle des von Kollmann angestrebten Vergleichs könnte jeder Anwalt seiner Partei 3,5 Gebühren à 456 Euro zuzüglich Mehrwertsteuer und Auslagen in Rechnung stellen. Dazu kämen noch Gerichtskosten in Höhe von etwa 100 Euro pro Partei, sodass die Klägerin und der Beklagte jeweils mehr als 2.000 Euro aufzuwenden hätten. Eine stolze Summe! Wohl dem, der auf die Deckung einer Rechtsschutzversicherung zurückgreifen kann.

Aber so weit war es noch nicht. Der Vergleich war noch nicht in trockenen Tüchern, man stand erst am Anfang des Weges. Kollmann war der festen Überzeugung, dass ein Vergleich trotz der etwas höheren Kosten in der ersten Instanz für beide Seiten die beste Lösung gewesen wäre, denn gegen sein Urteil könnte der Unterlegene gegebenenfalls Berufung einlegen, wodurch weitere Kosten entstünden. Ein Vergleich wies überdies den Vorteil auf, dass der Streit, jedenfalls soweit er vor Gericht ausgetragen wurde, sofort zu Ende war. Außerdem besteht das Wesen des Vergleichs in einem wechselseitigen Nachgeben, sodass jede Partei, jedenfalls in gewissem Umfang, obsiegt und es keinen Totalverlierer gibt.

Das strategische Vorgehen des Richters Kollmann auf dem Weg zu einem Vergleich war gerichtsbekannt und in vergleichbaren Sachverhalten nahezu identisch. Er wandte sich zunächst an den Beklagten – den Ex-Eisenbahner – und fragte ihn, ob er die Klägerin – die junge Frau – als Hure bezeichnet habe und ob er einen Aushang im Treppenhaus gemacht habe.

Der Eisenbahner reagierte exakt so wie erwartet. „Warum sollte ich so etwas sagen? Das ist eine Unverschämtheit, so eine Behauptung aufzustellen. Ich weiß doch eigentlich gar nichts von der. Man sieht die ja kaum, die huscht immer nur durch das Treppenhaus. Ich betone ausdrücklich, dass ich großen Wert darauf lege, in einer netten und friedlichen Hausgemeinschaft zu leben mit wechselseitigem Respekt und Achtung voreinander, wie es unter zivilisierten Menschen üblich ist. Auch das Plakat habe ich nicht aufgehängt!", echauffierte sich der Beklagte.

„Das stimmt doch nicht, der lügt doch ...", mischte sich die Klägerin erbost ein.

Kollmann forderte die junge Frau in einem relativ scharfen Ton auf, sich nur zu äußern, wenn er ihr zuvor das Wort erteilt habe, eine Maßregelung, die durchaus ein wenig einschüchternd wirken sollte. Das war ein Teil seiner vielfach erprobten und angewandten Strategie ‚Zuckerbrot und Peitsche'. Überdies bat Kollmann den Rechtsanwalt der Klägerin, Sorge für ein angemessenes Verhalten seiner Mandantin zu tragen und beruhigend auf diese einzuwirken. Sie werde noch ausreichend Gelegenheit erhalten, ihre Sicht der Dinge darzulegen.

Nach dieser kleinen Unterbrechung wandte sich Kollmann mit einem verständnisvollen Lächeln wieder dem alten Herrn zu. „Gut, dann haben wir das schon mal klargestellt. Dann können wir davon ausgehen, dass Sie eine solche Behauptung auch in Zukunft nicht aufstellen wollen und auch keinen entsprechenden Aushang im Treppenhaus machen werden. Richtig, oder?"

„Ja, natürlich ist das richtig, das ist doch völlig klar!"

Kollmann diktierte ins Protokoll:

„Auf Befragen des Gerichts erklärte der nach § 141 ZPO angehörte Beklagte: ‚Ich habe die streitgegenständliche Aussage nicht getan und werde sie auch in Zukunft nicht tun. Ich habe auch keinen entsprechenden Aushang im

Treppenhaus vorgenommen und werde dies auch in Zukunft nicht tun. ‘“

Auf ausdrücklichen Wunsch des Beklagten fügte Kollmann hinzu:

„Ich bin ein friedliebender Mensch, der mit seinen Nachbarn in guter Hausgemeinschaft leben will.“

Damit war der erste Schritt zu einem Vergleich getan. Kollmann hatte den Beklagten mit seiner bewährten Taktik schon mal für sich eingenommen, gleichsam präpariert. Jetzt wandte er sich, nunmehr mit einem durchaus freundlichen und verständnisvollen Gesicht, an die junge Frau. „Sie haben gehört, was ihr Nachbar gerade gesagt hat, und ...“

„Ja, aber das glaube ich dem nicht, denn ...“, fiel die Klägerin Kollmann ins Wort, der aber sofort wieder die Initiative ergriff und etwas lauter wurde. „Nun lassen Sie mich erst mal ausreden! Danach kommen Sie an die Reihe. Also, Sie möchten doch, dass der Beklagte nicht so hässliche Dinge über sie verbreitet und keinen diffamierenden Aushang im Treppenhaus macht. Wie wir hier alle soeben gehört haben, und ich es auch zu Protokoll genommen habe, hat der Beklagte gar kein Interesse daran, so etwas zu tun ...“

„Ja, aber ...“

„Jetzt hören Sie doch mal zu! Egal, ob er es in der Vergangenheit getan oder nicht getan hat, was wir ja nicht wissen, hat er soeben ausdrücklich erklärt, jedenfalls in Zukunft nichts Derartiges zu tun. Das sollte doch ausreichen, weil es heute nicht darum geht, was war, sondern allein um die Zukunft. Das ist der Sinn und Zweck einer Unterlassungsklage. Also lassen Sie uns nach vorne schauen. Mit der Erklärung des Beklagten erreichen Sie ein sehr wichtiges mit der Klage verfolgtes Ziel. Und jetzt noch ein guter Rat von mir: Sie sollten auf den Aushang im Treppenhaus mit der ‚Richtigstellung' verzichten, der wirbelt nur unnötig Staub auf. Ich schlage deswegen vor", und jetzt sah Kollmann aufmunternd und freundlich erst die junge Frau und dann den alten Mann an, „dass Sie auf dieser Basis einen Vergleich schließen und so die Angelegenheit einvernehmlich, friedlich und schnell beenden. Denn ein solcher Prozess ist für Sie beide sicherlich sehr belastend, einmal in zeitlicher Hinsicht für die Besprechungen mit Ihren Rechtsanwälten, aber natürlich auch emotional. Das können Sie hier und heute alles hinter sich lassen."

Kollmann machte eine kleine Pause, ließ seine Worte nachwirken und fügte schon fast pastoral hinzu: „Ein Vergleich ist auch deshalb in Ihrem beiderseitigen wohlverstandenen Interesse" – eine wahrhaft schöne Floskel! – „weil Sie ja als Nachbarn weiter in einem Haus leben und sich zwangsläufig immer wieder sehen werden. Deshalb ist es gut, dass sich nach einem Vergleich keiner über den anderen als Sieger erheben kann und keiner von Ihnen mit einer Niederlage leben muss. Denn ohne eine Einigung wird einer von Ihnen den Prozess verlieren, ein Unentschieden gibt es hier nicht. Ein weiterer Vorteil eines Vergleichs besteht darin, dass wir die Zeugen nicht vernehmen müssen, zumal man ja nie weiß, was bei einer Beweisaufnahme herauskommt. Den schönen Satz ‚vor Gericht und auf hoher See ist man in Gottes Hand' kennen Sie ja sicher. Und last but not least: Gegen ein Urteil in dieser Instanz ist die Berufung zum Oberlandesgericht in Hamm zulässig, und derjenige von Ihnen, der am Ende verliert, muss alle Kosten tragen. Dieses enorme Risiko lässt sich vermeiden."

Die Anwälte schwiegen wohlweislich, indes innerlich zustimmend, und bevor sich die anderen Beteiligten überhaupt zu Wort melden konnten, fuhr Kollmann fort, er werde mal einen Entwurf für den Vergleich ins Protokoll diktieren. Und schon legte er routiniert mit fast mechanischer Stimme los:

„Nach Erörterung des Sach- und Streitstandes schließen die Parteien auf Vorschlag des Gerichts ohne Anerkennung einer Rechtspflicht und unter Aufrechterhaltung der in diesem Rechtsstreit vertretenen Auffassungen und der vorgetragenen Tatsachen folgenden Vergleich:

1. Der Beklagte verpflichtet sich, es zu unterlassen, die Klägerin als „Hure, bei der die Männer ein- und ausgehen" oder in ähnlicher Weise zu bezeichnen. Er verpflichtet sich überdies, es zu unterlassen, einen entsprechenden Aushang im Treppenhaus oder an anderer Stelle anzubringen.
2. Damit sind alle wechselseitigen Ansprüche der Parteien gegeneinander erledigt.
3. Die Kosten des Rechtsstreits und dieses Vergleichs werden gegeneinander aufgehoben."

Kollmann verzichtete aus strategischen Gründen bewusst darauf, zusätzlich in den Vergleichstext aufzunehmen, dass der Beklagte für jeden Fall der Zuwiderhandlung eine Vertragsstrafe von 1.000 Euro oder auch mehr an die Klägerin zahlen müsste, weil er sich sicher war, dass der knauserige Ex-Eisenbahner dem Vergleich mit einer solchen Klausel auf keinen Fall zustimmen würde. Eigentlich ist es besser, eine solche Strafklausel aufzunehmen, aber in einem Vergleich ist dies nicht unbedingt erforderlich.

Zur Kostenentscheidung erklärte Kollmann den Parteien, dass keiner etwas für den Anwalt der Gegenseite bezahlen müsse. Das war zwar richtig, aber doch irgendwie nur die halbe Wahrheit, denn Kollmann erwähnte nicht, dass jede Partei natürlich ihren eigenen Anwalt und eine halbe Gerichtsgebühr zahlen müsse.

Jetzt war der Zeitpunkt gekommen, in dem Kollmann auf die Hilfe der Anwälte angewiesen war. Denn es war völlig klar, dass weder der alte Mann noch die junge Frau vollständig verstanden hatte, was Kollmann gerade gesagt und diktiert hatte.

Kollmann sah demonstrativ auf seine Armbanduhr und schlug – und es sollte aussehen wie ein spontaner Gedanke – vor, die Sitzung kurz zu unterbrechen, „Was halten Sie davon? Die Zeit nehmen wir uns heute einfach mal!“, um den Rechtsanwälten die Möglichkeit zu geben, seinen Vorschlag außerhalb des Sitzungssaals mit ihren Mandanten zu besprechen. Die Anwälte nickten zustimmend und verließen mit ihren Mandanten den Sitzungssaal.

Kollmann war recht zuversichtlich, diesen Prozess wie viele ähnlich gelagerte Prozesse zuvor durch den Vergleich beenden zu können. Wenn alles so akzeptiert würde wie von ihm vorgeschlagen, müsste er weder die Zeugen vernehmen noch ein Urteil schreiben. Der Fall wäre damit im wahrsten Sinne des Wortes erledigt.

Doch er hatte die Rechnung ohne die Wirte gemacht. Nach etwa fünf Minuten – Kollmann hatte die Zeit genutzt, um einen Apfel zu essen – kamen alle Beteiligten in den Sitzungssaal zurück. Kollmann wandte sich zunächst an den Rechtsanwalt der Klägerin. Dieser erklärte, seine Mandantin sei „um des guten Friedens willen“ grundsätzlich bereit, den

Vergleich zu schließen, aber nicht bei Kostenaufhebung. Der Beklagte müsse vielmehr mindestens drei Viertel der Kosten tragen, weil er den Prozess im Falle der Vernehmung der Zeugen mit Sicherheit verlieren würde.

Der Rechtsanwalt des Beklagten erwiderte, es käme überhaupt nicht in Betracht, dass man das Ergebnis einer Beweisaufnahme vorwegnähme. Im Übrigen sei der Beklagte ohnehin nicht bereit, einen wie auch immer gearteten Vergleich zu schließen, weil er sich nichts habe zuschulden kommen lassen.

„Ich habe ihn nicht davon überzeugen können zu erklären, in Zukunft etwas nicht zu tun, was er ohnehin nicht getan habe und auch nicht tun werde", so der etwas zerknirscht wirkende Rechtsanwalt.

Kollmann versuchte zu retten, was eigentlich schon nicht mehr zu retten war, und wandte sich direkt an die beiden Parteien. So ging es zehn Minuten hin und her, ohne dass es voranging. Kollmann war aufgrund seiner langjährigen richterlichen Erfahrung klar, dass er die Sache hier und jetzt nicht wie gewünscht mit einem Vergleich „vom Tisch bekäme". Er hatte aber auch wegen der bereits weit fortgeschrittenen Zeit wenig Neigung, die drei Zeugen zu vernehmen, und schlug den Anwälten deshalb vor, einen Vergleich mit dem von ihm bereits diktierten Inhalt zu schließen, allerdings mit einem zweiwöchigen Widerrufsvorbehalt für beide Seiten. Er erklärte den Parteien, dass dies bedeute, dass sie den Vergleich widerrufen, also praktisch kündigen könnten.

Auch diesen Vorschlag besprachen die Rechtsanwälte mit ihren Mandanten auf dem Gerichtsflur, doch waren beide Seiten nicht einverstanden. Mithin blieb Kollmann nichts anderes übrig, als die Beweisaufnahme durchzuführen.

Er verkündete deshalb mündlich einen Beweisbeschluss und vernahm die drei von der Klägerin benannten Zeugen, ein älteres Ehepaar und einen jungen Mann.

Die Befragung der Eheleute Anton und Ida Wollenkamp, die zwar nacheinander vernommen wurden, ihre Aussage aber ganz offensichtlich zuvor abgesprochen hatten, erwies sich als unergiebig. Beide beriefen sich immer wieder auf Gedächtnislücken. Letztlich wollten sie nicht mit Sicherheit ausschließen, dass der Beklagte die ihm zur Last gelegte Äußerung *nicht* getan habe, aber auch nicht bekunden, dass er sie getan habe. „Man hört so viel, wenn der Tag lang ist." und „Was wird nicht alles geredet?" Ob es einen Aushang im Treppenhaus gegeben habe, wüssten sie nicht. Sie würden sich um solche Dinge nicht kümmern. Sie seien friedliebende Menschen und gute Nachbarn. Das gelte im Übrigen auch für den netten Herrn Adi Rienerskamp, dem hier ganz zu Unrecht von dieser Frau der Prozess gemacht werde. Man kenne den Adi schließlich seit über 30 Jahren.

Der dritte Zeuge war in seiner Aussage sehr klar. Im Protokoll, das Kollmann im Anschluss an die Anhörung des Zeugen diktierte, hieß es wie folgt:

„Zur Person:

Ich heiße Andre Fischer, bin 22 Jahre alt, Student der Betriebswirtschaftslehre, wohnhaft in Telgte, mit den Parteien dieses Rechtsstreits nicht verwandt und nicht verschwägert.

Zur Sache:

Ich habe meine Kommilitonin, also die Klägerin, besucht, um gemeinsam mit ihr für eine Klausur aus dem Gesellschaftsrecht zu lernen. Dabei bin ich im Hausflur vom

Beklagten angesprochen worden. Dieser hat mächtig über meine Kommilitonin hergezogen und auch die ihm zur Last gelegte Äußerung wörtlich oder doch nahezu wörtlich getan. Ich weiß allerdings nicht mehr, ob er sie eine Hure oder eine Nutte genannt hat. Der Beklagte hat mir überdies Vorhaltungen gemacht, dass ich ein solches Weibsstück besuche. Davon habe ich der Klägerin sofort berichtet. Ich nehme an, dass dies der Grund für diesen Prozess ist.
Auf Frage des Gerichts:
Ich bin mit der Klägerin gut bekannt. Ich würde aber nicht sagen, dass wir befreundet sind. Wir lernen oft zusammen für Klausuren. Soweit ich weiß, ist sie mit einem Jurastudenten liiert.
Auf weitere Nachfrage des Gerichts:
Nach meiner Erinnerung fand der erwähnte Besuch an einem Mittwoch im Januar statt. Ich weiß sicher, dass es direkt nach dem Mittagessen war, etwa gegen 14:00 Uhr. Die Lichtverhältnisse im Treppenhaus waren sehr gut. Ich habe den Beklagten hier im Gericht sofort wiedererkannt.
Auf weitere Frage des Gerichts:
Einen Aushang im Treppenhaus habe ich nicht gesehen, erst recht weiß ich nicht, ob der Beklagte einen solchen gemacht hat.

Laut diktiert und genehmigt.
Auf nochmaliges Vorspielen wurde allseits verzichtet."

Da die Rechtsanwälte keine Fragen an die Zeugen hatten, wurden diese entlassen, die Rechtsanwälte stellten die in den Schriftsätzen angekündigten Anträge.

Kollmann war nun dazu verdonnert, den Fall zu entscheiden und ein Urteil abzusetzen, wofür er sich die in der ZPO als Regelfall vorgesehene Frist von drei Wochen gönnte. Er teilte deshalb mit, dass eine Entscheidung am 18.06.2019, um 10:00 Uhr im Saal 65 verkündet werde. An die Parteien gewandt erklärte er, sie müssten zu diesem Termin nicht kommen. Das Ergebnis werde ihnen über ihre Anwälte mitgeteilt. Damit schloss er die Sitzung.

Besondere Freude hatte Kollmann dieser Prozess nicht gemacht. Er war auch in keiner Weise juristisch gefordert worden, alles bloße Routine. Die Aussage des Studenten hatte ihn überzeugt. Er war sicher, dass der Beklagte die Klägerin in der beanstandeten Weise bezeichnet hatte.

Diese Äußerung war auch nicht mehr durch die Meinungsfreiheit gedeckt. Zwar geht diese nach der Rechtsprechung des Bundesverfassungsgerichts sehr weit und lässt auch beleidigende und unehrenhafte Äußerungen zu. Dies gilt insbesondere in Bezug auf Personen, die im öffentlichen Leben stehen, wie etwa Politiker. Natürlich kannte Kollmann auch das Urteil des Landgerichts Berlin, das äußerst heftige Beleidigungen der Grünenpolitikerin Renate Künast als noch von der Meinungsfreiheit gedeckt angesehen hatte. Dieser Auffassung würde er aber nicht folgen, zumal hier keine in der Öffentlichkeit stehende Person, sondern eine junge Frau Ziel der Angriffe war. In diesem Punkt würde die Klage Erfolg haben.

Hinsichtlich des beanstandeten Aushangs sah die Sache anders aus. Auch wenn Kollmann sich gut vorstellen konnte und sogar glaubte, dass der Aushang existiert hatte und vom Beklagten stammte, würde die Klage in diesem Punkt nicht erfolgreich sein. Denn es kam nicht darauf an, was Kollmann sich vorstellen konnte oder glaubte, sondern darauf, was nach dem Ergebnis der Beweisaufnahme zur Überzeugung des Gerichts feststand.

Die Klägerin hätte den Aushang fotografieren, ihr Anwalt Zeugen benennen sollen, die den Vortrag der Klägerin hätten stützen können. Denn im Zivilverfahren ist es nicht die Aufgabe des Richters, nach Zeugen oder anderen Beweismitteln zu suchen. Vielmehr müssen die Zeugen von den Prozessparteien benannt werden, sie müssen dem Gericht gleichsam wie auf einem goldenen Tablett mit ladungsfähiger Anschrift präsentiert werden.

In diesem Verfahren hatte der Anwalt der Klägerin seine Arbeit nicht gut gemacht, aber Kollmann war als Richter nicht dazu berufen, Anwaltsfehler oder eine unglückliche Hand bei der Auswahl des Anwalts auszugleichen. So sind die Spielregeln des Zivilprozessrechtes nun einmal. Anders ist es zum Beispiel im Strafprozess. Dort gilt die sogenannte Amtsermittlung, das heißt, das Gericht muss selbst zur Aufklärung des Sachverhalts tätig werden, zum Beispiel von sich aus Zeugen laden oder Sachverständige beauftragen.

Die Kostenentscheidung im „Hurenfall" würde Kollmann dahingehend treffen, dass jede Partei die Hälfte der angefallenen Kosten zu tragen hätte, denn beide würden etwa in gleichem Umfang gewinnen und verlieren. Der geltend gemachte Unterlassungsanspruch der Klägerin würde Erfolg haben, hinsichtlich des Widerrufs in Form eines Aushangs würde die Klägerin hingegen unterliegen. Obwohl das Urteil relativ einfach war, diktierte Kollmann es noch nicht am Tag der Verhandlung. Das würde er frühestens machen, wenn das Protokoll mit den Zeugenaussagen in der Serviceeinheit geschrieben worden war.

Der Berg kreißte und gebar eine Maus.
Horaz

Freitag, 7. Juni 2019, 8:15 Uhr

Zehn Tage nach dem etwas verunglückten Zahnbürstenkauf fragte Therese ihren Mann beim Frühstück, ob er vielleicht heute in der Stadt einen Entkalker für die Kaffeemaschine besorgen könne. Diese zeige bereits seit einigen Tagen recht penetrant, dass sie wieder einmal vom Kalk befreit werden wolle.

Er sagte dies zu, zumal er an diesem Tag morgens und über die Mittagszeit keine Sitzung und deshalb ausreichend Zeit hatte, schnell in die Innenstadt zu radeln. Nachmittags wurde vor der Großen Strafkammer der Prozess gegen einen Psychologen fortgesetzt, dem die Anklage einen versuchten Mord an einer 39-jährigen Frau zur Last legte.

Nach der Anklageschrift hatte sich die Tat gegen 23:45 Uhr in Rheine ereignet, wo der Angeklagte an einer zweitägigen Fortbildung teilgenommen hatte. Am Abend des ersten Tages hatten sich einige Teilnehmer und Teilnehmerinnen noch „auf ein Bier getroffen". Aus dem einen Bier waren im Laufe des Abends ziemlich viele geworden, und der Angeklagte, der im Allgemeinen keinen Alkohol trank, war erkennbar angetrunken. Auf dem Heimweg zum Hotel kam es zum Austausch von Zärtlichkeiten mit einer Teilnehmerin. Seinen Wunsch, mit der Kollegin in deren Hotelzimmer zu gehen, lehnte diese ab.

Der Angeklagte war emotional so aufgeladen, dass er nicht schlafen konnte und deshalb gegen 23:30 Uhr wieder aus dem Hotel ging. In der Nähe der nur für Fußgänger und

Radfahrer freigegebenen Emsbrücke in der Innenstadt kam ihm das spätere Opfer entgegen.

Nach der Anklageschrift setzte der Angeklagte der Frau nach, fasste dieser von hinten an die Brüste und forderte sie zum Beischlaf auf. Als die Frau sich weigerte und laut um Hilfe schrie, stach der Angeklagte mit einem Schweizer Messer, das er regelmäßig bei sich führte, dreimal auf die Frau ein und fügte ihr erhebliche, wenn auch nicht lebensgefährliche Verletzungen am Oberkörper zu. Als das Opfer weiterhin laut um Hilfe schrie und sich Passanten näherten, ließ der Angeklagte von seinem Vorhaben ab und flüchtete. Er wurde am nächsten Tag gegen 16:00 Uhr verhaftet. Bis dahin hatte er wie unbeeindruckt an der Fortbildung teilgenommen.

Der Angeklagte verteidigte sich damit, die Frau sei direkt auf ihn zugekommen und habe ihn mit der Absicht, ihn auszurauben, angegriffen, sodass er in Notwehr gehandelt habe. Jedenfalls sei er davon ausgegangen, dass ein Angriff vorliege.

Die Kammer hatte nach vorheriger vom Wetteramt eingeholter Auskunft zu den am Tattag herrschenden Wetterverhältnissen einen abendlichen Ortstermin durchgeführt, um sich ein Bild von den Lichtverhältnissen am Tatort zu machen. Zu diesem Termin war der sportliche Angeklagte, der seit vier Monaten in U-Haft saß, in Fußfesseln vorgeführt worden, um einen Fluchtversuch zu verhindern, denn die etwas behäbigen und wohlgenährten Justizwachtmeister wären kaum in der Lage gewesen, ihm im Falle einer Flucht zu folgen.

Die meisten Strafprozesse waren tragisch, diesen empfand Kollmann trotz aller Professionalität als besonders tragisch. Der Angeklagte war seit 15 Jahren glücklich verheiratet und ein treusorgender Familienvater. Außerdem war er seit mehreren Jahren Ratsmitglied und stellvertretender Vorsitzender des örtlichen Sportvereins und nicht zuletzt deshalb in seiner Heimatstadt sehr angesehen. Und dieser gute Mensch hatte der Frau innerhalb von wenigen Minuten großes Leid zugefügt, unter dem diese selbst heute noch litt, aber auch sein eigenes Leben ruiniert. In seinem Freundes- und Bekanntenkreis gab es niemanden, der dem Angeklagten eine solche Tat auch nur im Entferntesten zugetraut hätte.

Nicht verwunderlich war, dass neben Kollmann auch die beiden Schöffen große Probleme hatten, zu begreifen, was hier geschehen war. Der des versuchten Mordes angeklagte Mann trat im Prozess äußerst zurückhaltend auf, er machte einen sympathischen Eindruck. Man hätte sich ihn als Nachbarn, gar als Freund gewünscht. Wie konnte er dem Opfer antun, was er ihm angetan hatte? Wie konnte es möglich sein, dass dieser freundliche Mensch in wenigen Minuten sein ganzes Leben und das seiner Familie zerstört hatte? Der Vorsitzende der Strafkammer behalf sich mit dem abgedroschen anmutenden Satz: „Ich habe als Strafrichter erlebt, dass es nichts gibt, was es nicht gibt." AFK fügte hinzu, sie habe in ihrer kurzen Zeit als Strafrichterin schon mehrfach erfahren, dass auch die gerade gewachsenen Stöcke schon mal im Feuer landeten.

Auch dem im Prozess gehörten Gerichtspsychologen gelang es nicht, eine überzeugende Begründung für das Verhalten seines Berufskollegen zu geben. Der Gutachter bezweifelte, dass die sicherlich vorliegende erhebliche Enthemmung durch den Alkohol eine ausreichende Erklärung sei. Denn er bejahte die Schuldfähigkeit des Angeklagten. Allerdings könne er eine infolge des Alkoholgenusses verursachte Verminderung der Schuldfähigkeit nicht mit Sicherheit ausschließen.

Das Verfahren zog sich hin. Statt der ursprünglich vorgesehenen fünf Verhandlungstage waren bereits acht absolviert. Heute sollten – endlich – die Plädoyers der Staatsanwaltschaft und der Verteidigung gehalten, das Urteil dann eine Woche später verkündet werden.

Aber dieser Zeitplan verkäme zur bloßen Makulatur, wenn die beiden Wahlverteidiger aus Dortmund, die vom Angeklagten vermutlich ein vierstelliges Honorar pro Sitzungstag erhielten, mit weiteren Beweisanträgen um die Ecke kommen würden. Dieses Spiel betrieben die bei Gericht „äußerst beliebten", weil auf Konfliktverteidigung spezialisierten und konditionierten Dortmunder Anwälte – es gibt daneben auch Kölner Anwälte und Bremer Anwälte, die ähnlich agieren – bereits seit drei Sitzungstagen, sodass die Beweisaufnahme nicht, wie vom Vorsitzenden geplant, nach dem vierten Sitzungstag beendet worden war. Nun war sie zwar abgeschlossen, aber falls ein neuer Zeuge auftauchen sollte, müsste die Kammer vermutlich wieder in die Beweisaufnahme eintreten.

Viele der von den Verteidigern bisher gestellten Beweisanträge waren, bei wohlwollender Bewertung, als wenig sinnvoll einzustufen, dennoch konnte die Kammer sie nicht einfach übergehen, denn sonst lief man Gefahr, einen Revisionsgrund zu schaffen mit der Folge, dass der Bundesgerichtshof (BGH) das Urteil aufheben und zur erneuten Verhandlung an das Landgericht Münster zurückverweisen würde. Dr. Sondermann war nach einigen bitteren Erfahrungen mit dem BGH zu einem sehr vorsichtigen Strafrichter geworden, der lieber einem Beweisantrag zu viel nachging, als einen Revisionsgrund zu riskieren.

Kollmann las nach seinem Eintreffen im Büro um Punkt 9:00 Uhr zunächst zwei neue Diesel-Klageschriften quer. Im Grunde genommen wusste er schon, was darin stand. In aller Regel variierten nur die Fahrzeug- und Motorentypen, das Kaufdatum, die Kaufpreise und die bisher gefahrenen Kilometer. Nach einer schnellen Durchsicht der beiden Dieselklagen – alles wie immer – diktierte er das Urteil im „Hurenfall" und einen Beschluss zu einer Beschwerde wegen der Kosten eines Sachverständigen. Hierbei ging es um die Erstattung von ganzen 39,60 Euro für Fotos, die der Sachverständige anlässlich eines Ortstermins gemacht hatte. Der im Prozess unterlegene und damit zur Übernahme der Kosten verpflichtete Bauunternehmer, der den Gutachter schon während des Verfahrens heftig, im Ergebnis aber ohne Erfolg angegriffen hatte, war der Meinung, dass die Anfertigung der vielen Fotos nicht erforderlich gewesen war. Kollmann gestand dem Sachverständigen die knapp 40 Euro zu, weil die Fotos für das Verständnis des Gutachtens nützlich gewesen waren.

Und schon war es 10:12 Uhr und damit fast Zeit für den obligatorischen Gang in die Gerichtskantine, der beim Landgericht recht intensiv gepflegt wurde, wenn auch nicht von allen Richtern. Es gab nämlich zwei Kollegen, „Spar" und „Fuchs", die daran nicht teilnahmen, weil sie „die Kantinenluft nicht vertrugen". Der wirkliche Grund war ein stark ausgeprägter Hang zur Sparsamkeit. Die beiden waren sich nämlich darin einig, dass sie „jede Form von Geldverschwendung hassten". Anders ausgedrückt: Sie liebten es, preisbewusst zu leben.

Spar und Fuchs holten sich deshalb täglich aus einem Boiler im Frühstücksraum für die Mitarbeiter heißes Wasser, „Kostet uns ja nix!", und bereiteten sich ihr „köstliches Heißgetränk" selbst zu. Spar tat dies durch Anreicherung des Wassers mit einem kleinen Löffel Instantkaffee, „Von Lidl, aber wirklich sehr gut!", und einer winzigen Prise Kaffeeweißer, Fuchs mit einem Teebeutel, den er aber nur zweimal ganz kurz in das heiße Wasser eintauchte. Den Beutel verwahrte er danach sorgfältig in einer kleinen, vormals weißen, inzwischen bräunlich gefärbten Plastikbox. So konnte er einen einzigen Teebeutel gleich mehrfach verwenden: Den ersten montags, dienstags und mittwochs, den nächsten donnerstags und freitags. Somit reichten zwei Beutel pro Woche für den vollen Teegenuss. Fuchs verzichtete schweren Herzens inzwischen darauf, „Man darf keine Lebensmittel wegwerfen!", den nur zweimal genutzten Donnerstags-Freitags-Beutel zum Wochenende mit nach Hause zu nehmen, obwohl er sich damit eigentlich am Samstagmorgen zum Frühstück einen Tee hätte zubereiten können. Aber seine Frau hatte dummerweise schon vor Jahren diese kleine Marotte entdeckt und für den Fall der Wiederholung mit Scheidung gedroht. Und die wäre unterm Strich deutlich teurer geworden als das arbeitswöchentliche und damit pro Jahr circa 45-fache Wegwerfen eines eigentlich doch noch einmal nutzbaren Teebeutels.

Kollmann war zwar auch kein Geldverschwender, „drei Bürsten zum Preis für zwei!", aber „die tägliche Kantine" gönnte er sich. Da er in zwei Kammern tätig war, hatte er sich kantinenmäßig in der Strafkammer verortet, denn deren

Mitglieder Dr. Sondermann, „für Sie bitte einfach nur Herr Sondermann!“, AFK und Pelzer, der wie Kollmann der Kammer mit halber Arbeitskraft zugewiesen war, waren interessanter als die Richter aus der Zivilkammer, deren Gespräche sich ausschließlich, aber wirklich ausschließlich um die am Vortag in der FAZ erschienenen Artikel drehten.

Da Kollmann die FAZ nicht las, hätte er wenig zur Unterhaltung beitragen können. Er hatte einige Zeit die FR bezogen, war dann über die TAZ bei der Süddeutschen gelandet. Aber vor etwa zwei Jahren hatte er das Abo aus Verärgerung über eine kleine Preiserhöhung und, weil er ja – so die offizielle Begründung – ohnehin vor lauter Arbeit nicht zum Lesen komme, gekündigt. Jetzt beschränkte er sich auf die Lektüre der in Münster erscheinenden MZ, um sich über lokale Ereignisse zu informieren. Zusätzlich kaufte er sich hin und wieder den SPIEGEL oder die ZEIT, wenn ihm Titelblatt oder Titelgeschichte zusagten, und drei- bis viermal pro Jahr gar die Titanic, „im Kopf bin ich ja jung geblieben“.

Im Hinblick auf die FAZ argwöhnte Kollmann im Übrigen, dass die jahrelang von dieser Zeitung genutzte Werbekampagne „Dahinter steckt immer ein kluger Kopf“ tatsächlich der Wahrheit entsprach. In Bezug auf die beiden anderen Mitglieder seiner Zivilkammer hatte er jedenfalls Zweifel daran. Die beiden waren sicherlich nette Menschen, umgängliche Kollegen und auch gute und engagierte Richter, die für ihren Beruf zwar nicht sterben würden, aber immerhin lebten. Kollmann bezweifelte aber, dass sie außerhalb der Justiz, etwa als Rechtsanwälte in eigener Kanzlei mit den damit verbundenen wirtschaftlichen Risiken, der Kanzleiorganisation und der Führung von Personal, zurechtkommen würden. Denn mit allgemeiner Lebenserfahrung konnten die beiden Kollegen der 17. Zivilkammer nur in begrenztem Umfang aufwarten. Landläufig würde man sie als typische Juristen bezeichnen.

Kollmann mutmaßte, dass der Anteil dieser Spezies am OLG noch größer als am Landgericht war. Jedenfalls war es nach seiner Kenntnis so, dass am OLG gegenüber den unteren Instanzen viel mehr Damen und Herren einen Doktortitel vor dem Namen führten, was wohl ein Hinweis für ein stärkeres Interesse an theoretischen oder wissenschaftlichen Fragestellungen war. Vielleicht deshalb, möglicherweise aber auch mit ein bisschen Neid ob seiner nicht abgeschlossenen Doktorarbeit, tröstete sich Kollmann gern damit, dass er als Praktiker an der Basis arbeitete, während die in Hamm und erst recht die in Karlsruhe bloße Theoretiker seien.

Kollmann fragte sich mehr als einmal, ob bestimmte Richter deshalb Richter sind, weil sie bereits bei Eintritt in die Justiz „typische Juristen" waren, oder ob sie heute typische Juristen sind, weil sie Richter geworden waren. Der Frage von Ursache und Wirkung sollte mal nachgegangen werden. Das wäre ein interessantes Thema für eine Doktorarbeit, wobei die erste Schwierigkeit schon darin bestünde, den Terminus typischer Jurist zu definieren.

Ein Richter, der seine dienstlichen Aufgaben souverän, pragmatisch und schnell erledigt hatte, betrat nach seiner Pensionierung gleichwohl Neuland. Mehr zum Zeitvertreib, denn um seine karge Pension aufzubessern, hatte er sich als Anwalt niedergelassen und war unter anderem als Berater für eine Wirtschaftsprüferkanzlei mit großen Mandaten und hohen Gegenstandswerten tätig. Nach kurzer Zeit erklärte er voller Überraschung, er habe in den ersten drei Monaten in dieser Kanzlei mehr über das praktische Leben gelernt als zuvor in 30 Jahren als Richter. Dass man „einfach mal so" in *einem* Fall auf zigtausend Euro verzichtete, weil man sich davon Vorteile in einem *anderen* Fall versprach, „man sieht sich immer zweimal im Leben!", war aus der Sicht eines pensionierten Richters auf Lebenszeit eine neue, aber auch sehr aufschlussreiche Erfahrung.

Zurück zu Kollmanns aktuellen Kollegen in der Zivilkammer: Aus Kollmanns Sicht war der junge Richter auf Probe, der der Kammer für acht Monate zugeordnet war, deutlich interessanter als die beiden planmäßigen Mitglieder. Obwohl der junge Mann erst vier Monate im Dienst war und noch vieles lernen musste, brachte er frischen Wind in die arg verstaubte Kammerluft. In den Beratungen trat er – wie es später in seinem „Personal- und Befähigungsnachweis" hieß – „stets freundlich, in der Sache aber bestimmt auf". In einem Rechtsstreit, zu dem bereits mehrere Termine vor der Kammer stattgefunden hatten, änderte diese zur allgemeinen Überraschung ihre bisherige Einschätzung zur Rechtslage. Der Vorsitzende gab zur Erklärung an, man habe die Sache in der neuen Zusammensetzung noch einmal ausführlich beraten und sei jetzt zu einem anderen Ergebnis gekommen. Hintergrund war, dass der junge Richter in der Vorberatung eine andere Rechtsauffassung als die erfahrenen Kammermitglieder vertreten hatte. Diese hatten daraufhin ihre Meinung geändert. Eine solche Kehrtwendung in einem laufenden Verfahren ist für die meisten Rechtsanwälte ein Novum, für viele gar ein einmaliges Erlebnis, denn es war schwer, Richter, die sich in der Vorbereitung der Sitzung auf eine bestimmte Lösung festgelegt hatten, vom Gegenteil zu überzeugen. Umso verwunderlicher war es, dass eine Kammer von sich aus eine Rolle rückwärts machte. Da dies hier geschehen war, mutierte derjenige, der bisher auf der Verliererstraße gewesen war, überraschend zum Gewinner, der bisherige Favorit fand sich plötzlich in der Defensive wieder. Aus diesem jungen Mann, so dachte Kollmann, konnte etwas werden. Er mochte ihn, zumal der Kerl auch weltlichen Dingen durchaus zugetan war, weil er nicht nur ahnte, sondern wusste, dass es ein Leben außerhalb der Justiz gibt. Hoffentlich würde der nicht im Justizalltag verschlissen werden.

Kollmann sollte sich an die Rolle rückwärts erinnern, als er zwei Jahre später in einem klugen Buch auf interessante Informationen über die optimale Zusammensetzung von Arbeitsteams stieß. Die entsprechenden Erkenntnisse sind einerseits naheliegend und lassen sich andererseits recht gut auf die Zusammensetzung von sogenannten Kollegialgerichten, also von Kammern am Landgericht und Senaten am Oberlandesgericht und am Bundesgerichtshof, übertragen.

Im Kern geht es darum, die Kraft der Diversität, also der Unterschiedlichkeit, der Vielfalt zu nutzen. Wenn alle Mitglieder in einer Kammer oder einem Senat nach Alter, Geschlecht und Lebenserfahrung einen ähnlichen Background haben, werden sie oft eine gleiche Sicht auf allgemeine Lebensfragen, aber auch auf juristische Probleme haben. Dies führt dazu, dass sie für die sich stellenden rechtlichen Fragen ähnliche Lösungsansätze finden. Für die Richter ist das eine angenehme Situation, weil jeder einschätzen kann, wie die anderen Mitglieder der Kammer oder des Senats denken. Allerdings besteht die Gefahr, dass die Kreativität unterdrückt und der Blick für neue Lösungen verstellt wird. Eine weitere Folge ist, dass Ideen und Gedanken weniger konkret formuliert werden, weil jeder davon ausgehen kann, dass die anderen verstehen, was man sagen möchte. Schließlich nimmt die Konzentration der Zuhörenden ab. Eventuelle Lücken werden durch ein Zurückgreifen auf das, was man aus der Vergangenheit kennt und als allgemeinverbindlich und richtig bewertet, geschlossen. In der Beratung einer Strafkammer fiel gegenüber den Schöffen die Aussage, für diese Tat betrage „der Kammertarif fünf Jahre". Hier könne man aufgrund der Umstände ein wenig „drunter bleiben". Damit war die Messlatte gelegt, was ein gerade unkonzentrierter Richter überhört hatte, aber ohnehin schon wusste. Er war deshalb nicht überrascht, als wenig später der Vorschlag einer Freiheitsstrafe von vier Jahren und neun Monaten zur Abstimmung stand. Und natürlich stimmte er diesem Vorschlag, der auch von ihm hätte kommen können, zu.

Kollmann gelangte zu folgender Erkenntnis: Wenn man die Chancen, die die Diversität eröffnet, nutzen wollte, müsste in Kollegialgerichten regelmäßig ein Wechsel der Richter erfolgen. Turnusmäßig könnte zum Beispiel alle zwei oder drei Jahre jeweils ein Richter ausgetauscht werden, um so frischen Wind in die Kammer oder den Senat zu bringen. Zwar wäre das mit Reibungsverlusten verbunden, weil immer wieder eine fachliche Einarbeitung und eine menschliche Eingewöhnung erfolgen müssten, doch ließe sich dies, falls organisatorisch möglich, dadurch abmildern, dass ein Richter zunächst nur teilweise in eine neue Kammer oder einen neuen Senat wechselt, während er für die laufenden Sachen mit dem anderen Teil seiner Arbeitskraft im bisherigen Spruchkörper bleibt. Kollmann überlegte kurz, diesen Gedanken dem Präsidium des Landgerichts vorzutragen, nahm davon aber schon im eigenen Interesse Abstand. Denn ein solches rollierendes System hätte auch für ihn persönlich mehr Arbeit und eine neue Eingewöhnung bedeutet und wäre mit großer Sicherheit bei den Richterkolleginnen und -kollegen, die sich wie er gut eingerichtet hatten, auf breite Ablehnung gestoßen, „mal wieder typisch Kollmann!". Vielfalt führt zwar oft zu besseren Ergebnissen, macht aber *immer* mehr Arbeit.

Kollmann wunderte sich deshalb nicht darüber, dass die Kammern am Landgericht und mehr noch die Senate am OLG nach seinen Beobachtungen über Jahre eine recht konstante Besetzung aufwiesen. Nicht umsonst spricht man in der Justiz davon, dass ein Vorsitzender schon jahrelang vertrauensvoll und stressfrei mit seinen beiden „Altgesellen" zusammenarbeitet. Natürlich ist eine angenehme Arbeitsatmosphäre ein wichtiger Baustein, der zu guten Ergebnissen beiträgt. Von Diversität kann allerdings keine Rede sein, sie wird geradezu unterdrückt, denn unter diesen Umständen bildet sich zu einem bestimmten Problem geradezu naturgemäß eine bestimmte Rechtsprechung, die unerschütterlich feststeht und nicht mehr hinterfragt wird. „Ein recht kluger und interessanter Gedanke, Frau Rechtsanwältin, aber das haben wir im Senat schon immer anders entschieden!"

Ein anschauliches Beispiel bildet etwa ein OLG-Senat, der für Familienrecht zuständig ist, in dem aber nur alte weiße Männer sitzen. Das vorherrschende Rollenverständnis zu Männern und Frauen wird sich auf die Entscheidungen, etwa zur elterlichen Sorge und zum Umgangsrecht, auswirken. Eine 40-jährige Frau und Mutter würde vermutlich andere Aspekte einbringen.

‚Die Zusammensetzung von Kammern und Senaten müsste eigentlich, aber eben nur eigentlich, unter Berücksichtigung der Diversität erfolgen', sollte Kollmann noch einmal denken, aber schweigen, weil auch ihm das Hemd näher saß als die Hose. Er verzichtete deshalb weiterhin darauf, die in der Sache recht naheliegenden Erkenntnisse dem Präsidium des Landgerichts, das über die Zusammensetzung der Kammern entscheidet, zu unterbreiten, weil er davon ausging, dass auch andere diese Erkenntnis hatten, aber aus gutem Grund ebenfalls für sich behielten. Es war doch angenehm so, wie es war. Warum sollte man das ohne Not ändern?

Nun denn: 10:13 Uhr. Kollmann beendete seine Arbeit fürs Erste, fuhr den Computer runter, räumte seinen Schreibtisch ein wenig auf und wartete. Jetzt rückte das gemeinsame Kaffeetrinken der 15. Strafkammer des Landgerichts Münster in der Gerichtskantine näher. Bei bestimmten, in § 74 Abs. 2 Gerichtsverfassungsgesetz (GVG) aufgezählten Straftaten war diese Kammer auch als Schwurgericht zuständig. Dies galt insbesondere, wenn die Anklage auf Mord oder Totschlag lautete. Mehr als einmal erfuhr Kollmann vorab aus der MZ von einem gewaltsamen Tod, der dann später vor der Kammer zur Anklage kam.

AFK als dienstjüngstes Mitglied der Kammer klopfte um 10:14 Uhr an Kollmanns Tür. Dieser saß bereits aufstehbereit, erhob sich, ging durch die Tür seines Dienstzimmers, schloss diese mit einem mehr an sich selbst gerichteten „dann woll'n mer mal" ab und sich der Richterin an. Um 10:15 Uhr, „bitte nicht früher, aber auch nicht später!", standen beide vor dem Büro des großen Vorsitzenden, der nach dem leisen Anklopfen statt „herein" jedes Mal, aber wirklich ausnahmslos jedes Mal rief: „Bitte noch einen kleinen Augenblick!" Dieser kleine Augenblick dauerte zwischen 25 und 35 Sekunden, in Ausnahmefällen bis zu 50 Sekunden. Was in dieser Zeit passierte, wusste niemand, zumal auch niemand den Mut hatte, der Sache auf den Grund zu gehen. Da Kollmann einmal im Dienstzimmer des Vorsitzenden gelb-schwarze Filzpantoffeln gesehen hatte – Dr. Sondermann war ein großer Fan von Borussia Dortmund und pflegte eine tiefe Abneigung gegen Herne-West, also Schalke 04 –, mutmaßte Kollmann, der Vorsitzende müsse die BVB-Pantoffeln aus- und seine Schuhe anziehen. Warum er das nicht rechtzeitig vor dem Kantinengang tat, blieb ein Rätsel, aber darüber wollte Kollmann sich keinen Kopf machen.

Auf jeden Fall stand Dr. Sondermann 25 bis 50 Sekunden nach dem Anklopfen in der Tür, und mit einem „dann woll'n mer mal" ging er beherzt, aber kontrolliert vorweg Richtung Kantine. Das vierte Kammermitglied, der Kollege Pelzer, nahm am Kaffeetrinken nur teil, wenn dieses an einem Sitzungstag der Sitzgruppe 2, der er angehörte, stattfand. An den anderen Tagen zog er es vor, als rechte Hand des Präsidenten mit eben diesem in die Kantine einzuschweben.

Das gemeinsame Kaffeetrinken ist in der Justiz nicht nur eine wichtige und überaus ernste Angelegenheit, nein, es ist ein Ritual, das gehegt und gepflegt wird und so manche Blüten treibt. Und es scheint, als ob die Blüten mit jeder Instanz größer, bunter, schöner und kräftiger sind.

Noch heute, nach über 20 Jahren, erinnerte sich Kollmann leicht amüsiert an das Kaffeetrinken am OLG Hamm, an dem er zwei Monate tätig gewesen war. In besonderer Erinnerung war ihm der „Kreisverkehr im Fahrstuhl" geblieben. Damit hatte es folgende Bewandtnis: Da die meisten OLG-Richter nicht in Hamm wohnten, arbeiteten sie überwiegend zu Hause, viele davon in Münster. Allerdings traf man sich in Kollmanns Senat dienstags um 9:00 Uhr zur Beratung und mittwochs um 9:00 Uhr zur Sitzung. An diesen beiden Tagen stand dann das gemeinsame Kaffeetrinken in der Gerichtskantine an, das nach einem strengen, wenngleich nicht schriftlich niedergelegten Protokoll ablief.

Punkt 10:50 Uhr unterbrach der Vorsitzende die dienstägliche Beratung. An Sitzungstagen, also am Mittwoch, fand das Kaffeetrinken nach der zweiten Verhandlung statt, konnte sich also schon einmal leicht nach hinten verschieben. „Leider schon wieder fast zehn Minuten zu spät!"

Der Vorsitzende läutete den Gang zur Kantine mit den immer gleichen Worten ein: „*Werte* Kollegen, Zeit für eine Stärkung, auf geht's." Danach setzte sich der Tross in einer an das große A erinnernden Formation in Bewegung. Vorneweg als A-Spitze der Vorsitzende, einen halben Schritt rechts dahinter – bildlich etwa auf dem rechten Senkel in Höhe des Querstrichs des A – der stellvertretende Vorsitzende und schräg links versetzt einen weiteren halben Schritt dahinter – gleichsam am Ende des linken Schenkels des A – der dienstjüngste Richter. Kurz vor Erreichen des Fahrstuhls kam wie aus dem Nichts mächtig Bewegung in die Gruppe. Denn jetzt oblag es dem dienstjüngsten Richter, den Fahrstuhl zu holen. Er spurtete zu diesem Zweck am Vorsitzenden vorbei, um den berühmten Knopf zu drücken, danach tat er einen schnellen Schritt zur Seite.

Nach Eintreffen des Fahrstuhls betrat der Vorsitzende diesen selbstredend als Erster, gefolgt vom stellvertretenden Vorsitzenden, das Schlusslicht bildete der dienstjüngste Richter. Im Fahrstuhl fiel dem stellvertretenden Vorsitzenden die Aufgabe zu, den Knopf mit der 6 zu drücken, da sich die Gerichtskantine im sechsten Obergeschoss befand. Das war eine der wenigen Gelegenheiten für den stellvertretenden Vorsitzenden – einem gestandenen promovierten Richter von fast 50 Jahren –, endlich einmal die Richtung vorzugeben. Etwa auf der Höhe des vierten Obergeschosses kam Bewegung in die Gruppe. Der dienstjüngste Richter, der als Letzter eingestiegen war und deshalb am nächsten zur Tür stand, drückte sich an der rechten Wand des Fahrstuhls an den anderen vorbei nach hinten, „Entschuldigung, darf ich mal?“ Unmittelbar danach stieß der stellvertretende Vorsitzende wie ein Fußballspieler nach einem gelungenen Steilpass in den frei gewordenen Raum vor, nur um sich sofort danach an der linken Wand zurückfallen zu lassen, „hängende Null“. Damit war der Platz vor der Tür wieder frei, der nun wie selbstverständlich und eher beiläufig mit drei kleinen Schritten vom Vorsitzenden eingenommen wurde. Durch diese immer gleiche Rochade war gewährleistet, dass der Vorsitzende, der den Fahrstuhl als Erster betreten hatte, diesen auch als Erster verlassen konnte, gefolgt vom stellvertretenden Vorsitzenden, der fortan wie gehabt einen halben Schritt schräg rechts hinter dem Vorsitzenden ging, während der dienstjüngste Richter auf der linken Flanke wiederum das Schlusslicht bildete.

Kollmann hatte den Kreisverkehr im Fahrstuhl gegenüber Therese „Operation Gyros“ getauft, da die ursprüngliche Übersetzung des in Deutschland allgegenwärtigen griechischen Nationalgerichtes „Kreisel“ oder „Runde“ lautet. Hier zahlte sich endlich einmal aus, dass Kollmann auf dem Gymnasium neben Latein auch Griechisch gelernt hatte.

Vor der Eingangstür zur Kantine wurde die nach dem Verlassen des Fahrstuhls erneut eingenommene strenge A-Formation aufgegeben, denn jetzt wurde eine Reihe gebildet: Großer Vorsitzender, kleiner Vorsitzender, dienstjüngster Richter. So betrat der Senat die Kantine, um nach dem Kauf eines Heißgetränks, „Keine Kartenzahlung möglich!“, und vielleicht sogar eines halben belegten Brötchens, „Ich bin heute mal leichtsinnig!“, *immer* zu demselben Tisch in *immer* derselben Ecke hinten rechts zu streben und auf den *immer* selben Stühlen Platz zu nehmen.

Jeder Senat des OLG hatte, ohne dass jemand das jemals angeordnet hatte, *seine* Kaffeetage, *seine* Kaffeezeit und *seinen* Kaffeetisch. Man kam nicht einmal auf die Idee, zu einer *anderen* Zeit zu gehen, sich an einen *anderen* Tisch oder gar zu einem *anderen* Senat zu setzen. „Ein wahrlich abwegiger Gedanke!“

Davon gab es nur eine, natürlich ebenfalls ungeschriebene Ausnahme. Sollten alle Senatsmitglieder bis auf eines im Urlaub oder aus anderen Gründen nicht im Dienst sein, konnte das einzig verbliebene Mitglied mit der Frage „Darf ich um Asyl bitten?“ an einem senatsfremden Tag zu einer senatsfremden Zeit an einem senatsfremden Tisch um Aufnahme bitten, die selbstredend kollegialiter gewährt wurde. Dabei wurde allerdings von allen anderen in der Kantine anwesenden Kollegen sehr genau registriert, an welchen Tisch und zu welchem Senat sich der Asylant setzte. Ganz besonders Mutige wagten sich sogar an den Tisch des OLG-Präsidenten, von den Kollegen mit „typischer Karrierist“, „das wird *dem* aber auch nichts nützen“ oder mit ähnlich freundlichen Bemerkungen bedacht. Aber diese extreme Ausnahmesituation trat nur sehr selten ein, weil in der Regel entweder *alle* Mitglieder des Senats oder aber *keines* im Hause war.

Der Gang zur Kantine stellte sich auch dann nicht als wesentlich komplizierter dar, wenn dem Senat zusätzlich ein Erprobungsrichter – wie Kollmann es weiland 1999 gewesen war – zugeordnet war und damit vier Richter der Kantine zustrebten. Denn der vierte Mann hatte sich – wiederum selbstredend – ganz hinten einzuordnen. Besondere Aufgaben wie das Heranholen des Fahrstuhls oder die Richtungsvorgabe „oben" auf dem Hin- bzw. „unten" auf dem Rückweg oblagen ihm natürlich nicht. Er war ja nur ein kleiner Erprobungsrichter, der die große Hammerwelt im Tempel des Rechts erst noch kennenlernen musste.

Seine vornehmste Pflicht bestand vielmehr darin, möglichst unsichtbar zu sein, nicht aufzufallen und sich nahtlos in den fließenden Verkehr einzuordnen, um den Kreisverkehr nicht zu behindern. Kollmann war bei den ersten Fahrstuhlfahrten zweimal mit dem stellvertretenden Vorsitzenden, Gott sei Dank nur dem stellvertretenden!, zusammengerasselt, hatte dann aber relativ schnell eine ausgefeilte Trippelschritttechnik entwickelt, um nicht aufzufallen. Außerdem orientierte er sich sofort nach Beginn der Fahrt, noch bevor die anderen ihre Gyros-Aktivitäten entfalteten, ganz schnell nach ganz hinten. *Das* hatte er jedenfalls hinbekommen!

Auch wenn das Konkursrecht inzwischen durch das Insolvenzrecht abgelöst war, hätte der im Jahre 2012 verstorbene Jurist und Autor Herbert Rosendorfer, der Ähnliches 1981 und damit noch zu D-Mark Zeiten in „Ballmanns Leiden oder Lehrbuch für Konkursrecht" so trefflich beschrieben hat, seine pure Freude daran gehabt, dass sich wenig geändert hatte. Manche Dinge blieben wohl ewig bestehen. Das In-die-Kantine-Geh-Ritual in der Justiz hatte bereits die D-Mark überlebt, es würde auch den Euro überleben.

Nur einmal schien das Ritual am OLG Hamm ein wenig in Gefahr zu geraten. Ein dem Senat zu Ausbildungszwecken zugeteilter Referendar, der die heiligen Gepflogenheiten nicht kannte oder sich gar erdreistete, sich vorsätzlich nicht an diese zu halten, ging nahezu beliebig und bar jeder Ordnung in den Fahrstuhl hinein und heraus und in gleicher geradezu unbotmäßiger Weise betrat und verließ er auch die Kantine. Er durfte sich in seinem Zeugnis an dem schönen Satz erfreuen: „Der Referendar tritt ungezwungen und natürlich auf!" Indes sollte selbst aus diesem Referendar noch etwas werden: Er war sogar einige Jahre Richter, allerdings nicht am OLG Hamm, und danach Professor für Wirtschaftsrecht an einer Fachhochschule und begann nach zahlreichen Fachveröffentlichungen damit, Romane zu schreiben.

Eine weitere Begebenheit sorgte bei vielen Senaten des OLG Hamm für pure Freude. In einem Anfall von Schwäche hatte Kollmanns Vorsitzender beim Betreten des Fahrstuhls einer attraktiven Referendarin, warum auch immer, den Vortritt gelassen. Jetzt wusste keiner mehr, die Referendarin eingeschlossen, was Sache war mit der Folge, dass es im Kreisverkehr mit den fünf verunsicherten Fahrgästen zu einem Verkehrsstau kam. Dieser löste sich erst auf, nachdem sich die Tür nach Erreichen der 6. Etage, in der sich die Kantine befand, wieder geschlossen hatte, sodass es mit dem kompletten Senat nebst Referendarin zunächst unfreiwillig abwärts ging. Erst in der 3. Etage gelang es, den Fahrstuhl zu stoppen und die erneute Aufwärtsfahrt einzuleiten.

Im Gegensatz zum OLG Hamm durfte am Landgericht Münster auf dem Weg zur Kantine jeder Richter gehen, wo er wollte. Eine bestimmte Reihenfolge war weder bei der Nutzung des Fahrstuhls noch beim Betreten der Kantine einzuhalten. Auch insoweit unterschieden sich die Instanzen.

Feste Kaffeezeiten und *feste* Tische in der Kantine gibt es aber auch am Landgericht, wenngleich nicht so starr wie am OLG, denn man geht auch schon mal etwas früher oder etwas später zum Kaffee und setzt sich auch schon mal an einen kammerfremden Tisch, ohne dass ein Asylgrund vorliegt.

Bisweilen finden auch zwei komplette Kammern zueinander oder gar mehrere Richter aus mehreren Kammern. Eine feste, kammerübergreifende Gruppe bilden die Richter der Kammern für Handelssachen, die die Kaffeezeit auch schon mal gerne für einen fachlichen Austausch nutzen.

Für die 15. Große Strafkammer des LG Münster ging es nach 30 angenehmen Minuten mit ein wenig Smalltalk – vorwiegend Sport, Politik und Regionales – nach einem freundlichen „dann woll'n mer mal" des Vorsitzenden zurück zu den Dienstzimmern. Vor der Tür des Zimmers von Dr. Sondermann folgte – wie nach jedem Kaffeetrinken – ein kurzer Zwischenhalt verbunden mit der Frage: „Haben wir nicht noch irgendetwas zu beraten?" Jetzt gab es zwei Varianten: Bei einem „Ja" gingen alle Richter in das Büro des Vorsitzenden, nahmen auf den *immer gleichen* Stühlen Platz und traten nach den *immer gleichen* Worten „dann woll'n mer mal" in die Beratung ein.

Die Dauer der Beratung hing maßgeblich davon ab, wie lange der Vorsitzende Spaß daran hatte. Es konnte alles sehr schnell gehen. Dann machten Floskeln die Runde wie „wir machen das so, weil es im Ergebnis richtig ist, finden Sie doch bitte eine schöne Begründung!" oder „das ist so, weil nicht sein kann, was nicht sein darf."

Kollmanns Vorsitzender Dr. Sondermann liebte Beratungen und verstand sie als Verlängerung der Kaffeepause. Sollte es aber wirklich nichts, rein gar nichts, also wirklich absolut rein gar nichts zu beraten geben, entließ der Vorsitzende seine Beisitzer schweren Herzens mit den *immer gleichen* aufmunternd gemeinten Worten „dann noch frohes Schaffen". Danach begaben sich alle Richter in ihre Arbeitszimmer und wandten sich der täglichen Arbeit zu. So war es auch heute, da es absolut nichts zu beraten gab.

Pedanterie ist die leidige Kunst,
im Kleinen groß, im Großen klein zu sein
Peter Sirius

Freitag, 7. Juni 2019, 12:10 Uhr

Kollmann erinnerte sich an die Bitte seiner Frau, einen Entkalker für die Kaffeemaschine zu besorgen. Also machte er sich mit Spartakus auf den Weg in die Innenstadt. Inzwischen lag der Vorfall, bei dem er sich im Drogeriemarkt wie ein Trottel benommen hatte, zwei Wochen zurück. Aber was hatte die nette Verkäuferin noch gesagt? „Vielleicht bis zum nächsten Mal!"

Er ging zum Drogeriemarkt, betrat diesen aber noch nicht, denn „rein oder nicht rein?", das war hier die Frage. Er entschied sich für rein. Obwohl er sich noch gut an die Freundlichkeit der Kassiererin erinnerte, allerdings nicht mehr an deren genaues Aussehen, „Mein Gott, ich wäre ein verdammt schlechter Zeuge", stellte er beim Betreten fest, dass *sie* nicht an der Kasse saß. Denn er wusste zwar nicht mehr so genau, wie *sie* aussah, aber er wusste genau, dass *sie* nicht so aussah wie die Kassiererin, die er sah.

Sei's drum! Also machte er sich auf, den Entkalker zu finden, was ihm aber nicht gelang. Er begriff einfach nicht, nach welchem System Warenangebote in Ladengeschäften präsentiert wurden. Was packte man nach oben, was nach unten? Was platzierte man in die hinterste Ecke, was war besser in der Nähe der Kassen aufgehoben? Kollmann verstand nichts von „visual merchandising", also der optischen Verkaufsförderung im Sinne von visueller Steuerung des Verkaufs. Da er in der Aufstellung der Waren kein System erkannte, war er überfordert, den Entkalker zu finden. Im

Nachhinein wunderte er sich darüber, dass er beim letzten Besuch die Zahnbürstenabteilung gefunden hatte. Vermutlich ein Zufall. Jetzt brauchte er jedenfalls Hilfe, sonst wäre er noch drei Stunden in diesem Laden. Und er hatte gleich doppeltes Glück:

In einem der Gänge war eine Mitarbeiterin in gebückter Stellung mit dem Einräumen von Ware in eines der unteren Regale beschäftigt. Er ging hin und sprach diese an: „Entschuldigung, wo finde ich wohl Entkalker für eine Kaffeemaschine?"

Sie drehte sich um und jetzt erkannte er *sie* sofort wieder – ja, das war *sie*! ‚So sieht *sie* also aus, toll sieht *sie* aus!'

„Genau gegenüber im oberen Regal", sagte sie freundlich mit einem kleinen Lächeln. Mehr sagte *sie* nicht, mehr tat *sie* nicht, *sie* hatte die gewünschte Auskunft gegeben und setzte das Einräumen der Ware fort.

Kollmann war verwirrt, weil er *sie* unvorbereitet wiedergesehen hatte, wobei *sie* ihm noch mehr und noch besser gefiel als bei ihrer ersten Begegnung vor zwei Wochen.

Zugleich war er irritiert, weil sie ihn offenbar nicht erkannt hatte. Wie konnte das sein, er hatte sie doch sofort wiedererkannt? Nach dem unglücklichen Auftritt, den er sich erlaubt hatte, hätte sie ihn doch auch erkennen müssen. Oder sah sie aus Höflichkeit über das Wiedererkennen weg? Das würde sie noch sympathischer machen! Ja, so musste es sein! Anders konnte es gar nicht sein! Er empfand tiefe Dankbarkeit für diese junge Frau, gepaart mit einem hohen Maß an Sympathie. ‚Eine tolle Frau, wirklich eine tolle Frau!'

Er nahm den Entkalker aus dem Regal, warf einen letzten Blick auf die hübsche Frau, die nach wie vor emsig dabei war, Ware einzusortieren, und machte sich auf den Weg zur

Kasse. Als er kurz danach das Lamberti-Café erreichte, überlegte er, ob er vielleicht einen Cognac trinken solle. Nein, besser nicht, denn heute Nachmittag stand noch die leidige Fortsetzung der Verhandlung gegen den Psychologen an. Andererseits, was konnte ein Cognac schon schaden? Und überhaupt: Wie hatte Christian Buddenbrook immer so schön gesagt: „Was soll das schlechte Leben nützen?"

Also dann: Schon hatte Kollmann Platz genommen und bestellte einen Cognac. Obwohl er durchaus Appetit auf mehr hatte, beließ er es bei dem einen. Er bestellte sich aber ein Wasser und ein Baguette. Danach ging er noch einmal nachdenklich den Prinzipalmarkt auf und ab und fuhr sodann mit Spartakus zum Landgericht zurück.

Während der Fahrt hing er seinen Gedanken nach: Er hatte *sie* sofort wiedererkannt und er hatte sich gefreut, richtig gefreut, *sie* wiederzusehen. Warum hatte er sich so gefreut? Mehr als er sich freuen sollte! Verrückt, oder? Dritter Frühling?

Sie hatte ihn hingegen nicht wiedererkannt, oder? Nein, es war wohl so, dass sie ihn nicht hatte erkennen wollen, weil sie eine feinfühlige Frau war. So konnte es gewesen sein, nein, so musste es gewesen sein, nein, so war es! Ganz klar, keine Frage!

Je mehr er darüber nachdachte, desto sicherer war er, dass sie eine feinfühlige, junge, sympathische, empathische, hübsche Frau war. Kollmann konnte sich nicht daran erinnern, jemals einen Satz mit so vielen Adjektiven gebildet zu haben, auch nicht in Zeiten seiner ersten Verliebtheit in Therese. Gedankenverloren versäumte er an einer Ampel, Spartakus bei Grün wieder in Bewegung zu setzen. Andere Fahrradfahrer forderten ihn mehr oder weniger freundlich „grüner wird's nicht!", „nun fahr mal los, Meister!", „in Bielefeld ist mal einer vor 'ner Ampel verdurstet!" auf, endlich zu starten.

Kollmann erreichte kurz vor zwei sein Dienstzimmer, legte die weiße Krawatte um, schnappte sich die Robe und wartete darauf, dass AFK ihn abholte. Für den Weg zum Sitzungssaal galt das gleiche Ritual wie für den Weg in die Kantine, nur mit dem Unterschied, dass man den Weg vom zweiten Stock zu dem im Erdgeschoss gelegenen Sitzungssaal über die große Freitreppe zurücklegte. Je nach Tagesform und Laune des Vorsitzenden nutzte man für den Rückweg ebenfalls die Treppe oder aber den Fahrstuhl.

Kollmann war in der Strafsache gegen den Psychologen der Berichterstatter, womit ihm die Aufgabe zufiel, die Zeugenaussagen mitzuschreiben. Das war ein recht mühsames Geschäft, aber er hatte sich inzwischen eine gute Technik zurechtgelegt und arbeitete mit allerhand Abkürzungen, die freilich selbst er bisweilen nur mit Mühe entziffern konnte. Auch deswegen übertrug Kollmann in seinen Sachen spätestens am Tag nach der Sitzung die Zeugenaussagen auf den Computer. Gerade dann, wenn mehrere Strafverfahren parallel verhandelt wurden, war es wichtig, sich nicht auf seine schlecht lesbaren Mitschriften oder gar auf sein Gedächtnis zu verlassen, sondern eine saubere Dokumentation zu fertigen. Diese erwies sich auch in der Beratung und beim späteren Schreiben des Urteils als großer Vorteil.

Die um 14:10 Uhr beginnende Sitzung – ein Schöffe hatte sich verspätet – verlief schon fast erwartungsgemäß nicht so, wie von der Kammer vorgesehen. Der Plan, die Plädoyers von Staatsanwaltschaft und Verteidigung zu hören, ging nicht auf. Kaum dass die Kammer Platz genommen hatte, bat einer der Rechtsanwälte um das Wort und erklärte, dass die

Verteidigung einen weiteren Beweisantrag vorbereitet habe. Damit lief alles so, wie das Gericht es befürchtet hatte. Man würde dieses Verfahren nicht heute und vermutlich auch nicht in der nächsten Woche abschließen können, denn dann würde es wahrscheinlich den nächsten Antrag geben. Die Verteidigung spielte eindeutig auf Zeit, denn die Substanz des jetzt schriftlich an die Kammer übergebenen Beweisantrags war dünn, sehr dünn. Darin wurde ein Zeuge dafür benannt, dass er den zur Anklage stehenden Vorfall beobachtet habe und die Darstellung des Angeklagten, wonach dieser in Notwehr oder doch in vermeintlicher Notwehr (Putativnotwehr) gehandelt habe, stützen könne. Wo dieser Zeuge nach so vielen Verhandlungstagen plötzlich herkam, blieb unklar. Auf die Frage des um Beherrschung kämpfenden Vorsitzenden, warum der Zeuge erst jetzt benannt werde, antwortete einer der Rechtsanwälte recht süffisant: „Sehr geehrter Herr Vorsitzender. Leider haben auch wir erst gestern Abend von diesem Zeugen erfahren, andernfalls hätten wir uns selbstverständlich früher auf ihn berufen."

Es stellte sich heraus, dass der Zeuge wie der Angeklagte in U-Haft saß, und zwar ebenfalls in der Vollzugsanstalt in der Gartenstraße. Natürlich wussten alle Richter, dass die Sache höchstwahrscheinlich nicht koscher war und die Zeugenbefragung keine neuen Erkenntnisse erbringen würde, auch wenn der Zeuge in der Nähe des Tatortes in Rheine wohnte und zur Tatzeit noch nicht in U-Haft saß.

Aber, was soll's? Deshalb unterbrach Dr. Sondermann die Sitzung und bat die Kammer in das Beratungszimmer. Zunächst wurde Kollmann als Berichterstatter nach seiner Meinung gefragt.

„Es bleibt uns wohl gar nichts anderes übrig, als diesen Zeugen zu hören, auch wenn ich fest davon überzeugt bin, dass da nichts bei rumkommt. Aber wir wollen uns keinen Revisionsgrund einhandeln, denn wir wissen ja, wie die Damen und Herren vom 4. Senat ticken."

Damit war der in Karlsruhe ansässige 4. Strafsenat des Bundesgerichtshofs gemeint, der unter anderem über die Revisionen gegen Strafurteile des Landgerichts Münster zu entscheiden hat. Auch in einer solchen Bemerkung zeigte sich das in der Justiz weit verbreitete gesunde Vorurteil gegen die nächsthöhere Instanz.

In Zivilsachen ist es zum Beispiel so, dass sich die an der Basis arbeitenden Richter am Amtsgericht schon mal über die Entscheidungen des Landgerichts amüsieren oder auch ärgern, durch die ihre Urteile aufgehoben oder geändert werden. Die Richter am Landgericht sind der Meinung, dass am OLG viele theoretisch sehr kluge Köpfe beieinandersitzen, die jedoch die Welt nicht so recht verstehen. Und die OLG-Richter sprechen von den „klugen weißen" – nicht etwa weisen – „Damen und Herren in Karlsruhe" oder auch „von unseren ziemlich besten Freunden im Südwesten", was durchaus nicht als Ausdruck einer hohen Wertschätzung verstanden werden will.

Zur Frage, ob der neue Zeuge gehört werden müsse, schlossen sich der Vorsitzende und AFK Kollmanns Auffassung an, die Schöffen nickten zustimmend.

Also verkündete der Vorsitzende nach Wiedereröffnung der Verhandlung, dass die Sitzung für heute geschlossen werde. Zugleich bestimmte er den Termin zur Fortsetzung der Beweisaufnahme in einer Woche, 14:00 Uhr, zur Vernehmung des gerade benannten Zeugen.

Mit einem so frühen Ende der Sitzung hatte Kollmann nicht gerechnet, es war noch nicht einmal halb drei. Da der Aktenberg auf seinem Schreibtisch – auch dank der ihm zu Ausbildungszwecken für einige Monate zugewiesenen fleißigen und fachlich sehr guten Referendarin – überschaubar war und er seinen Arbeitseifer gerade richtig gut unter Kontrolle hatte, beschloss er, die Gunst der Stunde und das gute Wetter zu nutzen und sich einen freien Nachmittag zu gönnen. Aber er würde nicht sofort nach Hause, sondern noch einmal in die Innenstadt fahren, obwohl er diese erst vor einer Stunde verlassen hatte.

‚Ich werde einfach einen kleinen Stadtbummel machen, mich treiben lassen, wie man so schön sagt, und mir einen doppelten Espresso oder einen Cappuccino gönnen', versuchte er sich einzureden. Doch eigentlich wusste er es besser. Er würde sich nicht einfach ein bisschen treiben lassen. Es war eher so, als ob er getrieben würde, jedenfalls ein wenig getrieben würde.

Sie ging ihm nämlich nicht aus dem Kopf. Allerdings glaubte er inzwischen nicht mehr, dass sie ihn nicht hatte erkennen wollen. Vielmehr war er jetzt davon überzeugt, dass sie ihn tatsächlich nicht wiedererkannt hatte. Aber mal ehrlich, wie konnte so etwas sein? Er ärgerte sich sogar ein wenig darüber!

Das war wohl die verletzte Eitelkeit eines Mittfünfzigers, der es, gerade auch in seinem Beruf, gewohnt war, dass man ihn wahrnahm, dass man ihn als Autorität respektierte.

Kollmann hatte inzwischen mit leichter Unruhe die Innenstadt erreicht und Spartakus abgestellt. Er musste sich fast zwingen, nicht sofort Richtung Drogeriemarkt zu streben, sondern zunächst einmal über die Ludgeristraße, das ist die andere große Münsteraner Einkaufsstraße, zu bummeln.

Danach steuerte er seine Schritte über den Domplatz, dann aber zog es ihn endgültig in Richtung Drogeriemarkt, wo er kurz nach drei eintraf. Fast so aufgeregt wie ein Pennäler warf er einen Blick in das Ladenlokal. Aber an beiden Kassen saßen männliche Mitarbeiter. ‚Schade', dachte Kollmann ‚*sie* ist nicht da.'

Aber er wollte noch nicht aufgeben. Deshalb machte er einen weiteren kleinen Gang durch die Fußgängerzone, doch auch sein zweiter Versuch 20 Minuten später war nicht von Erfolg gekrönt. ‚Na, dann ist es mir heute eben nicht vergönnt, *sie* noch einmal zu sehen, aber, sozusagen als Schmerzensgeld, werde ich mir jetzt einen Cappuccino gönnen.' Dies tat er im Marktcafé am Domplatz, danach fuhr er nach Hause, wo er gegen vier Uhr eintraf. „Hallo, du bist schon da, wieso denn so früh? Dann können wir ja einen Tee zusammen trinken", begrüßte Therese ihn freundlich.

Nach dem Teetrinken war er zunächst durch andere Dinge abgelenkt. Sein Physiotherapeut hatte ihm eine Mahnung über 39,50 Euro geschickt, die Kollmann nicht einordnen konnte. Seiner Erinnerung nach hatte er eine Liquidation über 400 und noch was Euro bekommen und bezahlt. Die Höhe der Rechnung konnte er im Moment nicht kontrollieren, weil er sie bereits mit einigen anderen Rechnungen bei seiner privaten Krankenkasse – „nur Originale!" – und bei der Beihilfestelle – „Zweitschriften oder Kopien, nicht heften, nicht klammern, aber durchnummerieren!" – eingereicht hatte. Er rechnete damit, dass insbesondere die Beihilfe – wie sie verkürzt genannt wurde – wieder ein wenig knausern und den einen oder anderen Euro nicht erstatten würde, während die private Krankenkasse in der Regel anstandslos alle Rechnungen bezahlte.

Aber Kollmann hatte sich im Lauf der Jahre abgewöhnt, sich über das Regulierungsverhalten der Mitarbeiter der Beihilfestelle Gedanken zu machen oder sich gar aufzuregen. Seine Taktik bestand darin, alle Arztrechnungen schnell zu bezahlen und sich später darüber zu freuen, wenn nach der Einreichung der Unterlagen – ein oder zweimal im Jahr – die private Krankenkasse und die Beihilfe die Erstattungen leisteten. Über die Höhe und die Art der Abrechnungen machte er sich schon lange keine Gedanken mehr. Er sah sich diese im Detail gar nicht an, sodass er sich auch nicht ärgern konnte. Ihm war nämlich sehr wohl bewusst, dass er als Privatpatient gegenüber den gesetzlich Versicherten viele Vorteile genoss, insbesondere bei der Terminvergabe bei Fachärzten, aber auch bei den Behandlungen, die ihm zuteilwurden.

Er musste diese Vorteile deshalb nicht bis zum letzten Euro ausreizen, denn es würde ihn finanziell nicht ruinieren oder gar umbringen, wenn er den einen oder anderen Euro nicht erstattet bekäme. Das sahen viele Kolleginnen und Kollegen übrigens ganz anders, die Beihilfepraxis war ein beliebtes Thema am Frühstückstisch.

„Die haben mir schon wieder 11,65 Euro abgezogen, allmählich reicht es aber auch!“ oder aber „Die blöde Beihilfe will das nicht anerkennen, das ist doch Willkür!“ und „Ganz genau, wir müssen uns doch ohnehin schon wegen dieser Kostendämpfungspauschale selbst beteiligen, die ziehen doch glatt 500 Euro pro Jahr ab. Das sind sozialistische Verhältnisse, die wollen uns mit den gesetzlich Versicherten gleichstellen.“

Solche und ähnliche Aussagen belustigten Kollmann, obwohl er diese bis vor etwa zehn Jahren noch geteilt hatte.

Aber dann hatte er die gute Idee, sich nicht mehr darüber zu ärgern, dass ein Euro *nicht* erstattet wurde, sondern sich über jeden Euro zu erfreuen, *der* erstattet wurde. So hatte er seinen Seelenfrieden mit dem Kapitel Beihilfe geschlossen.

In Bezug auf die Mahnung des Physiotherapeuten zahlte sich aus, dass Kollmann seit einigen Monaten am Online-Banking teilnahm. Jahrelang hatte er den Überzeugungsversuchen seiner Bank widerstanden. Doch nachdem die Deutsche Bahn urplötzlich auf die Idee verfallen war, zu *seiner* Sicherheit, nicht etwa zu *ihrer* Sicherheit, seine Mastercard nur noch mit einem besonderen Sicherungsverfahren zu akzeptieren, war er notgedrungen „wegen der Bahn umgestiegen". Denn das urplötzlich verlangte Sicherungsverfahren gab es nur für diejenigen, die an dem von vielen als unsicher angesehenen Online-Banking teilnahmen. Um in den Genuss einer tatsächlich oder vermeintlich höheren Sicherheit zu gelangen, musste man sich an einem möglicherweise nicht sicheren Verfahren beteiligen. Verrückte Welt!

Ein Vorteil des Online-Bankings bestand aber zweifellos darin, dass man sehr schnell einen Zugriff auf seine Buchungsunterlagen hatte. Statt lange in Kontoauszügen zu blättern – zumal, wenn diese nicht ganz sorgfältig abgeheftet waren oder der eine oder andere auch schon mal fehlte –, reichte es aus, dass Kollmann den Namen des Therapeuten eingab. Denn schon sah er auf den berühmten ersten Blick, dass er 423 Euro an diesen überwiesen hatte. Er rief deswegen am nächsten Morgen in der Praxis an. Die freundliche Angestellte seines Physios sagte, sie werde sich um die Sache kümmern und Kollmann über das Ergebnis informieren.

Undank ist der Welten Lohn
Deutsches Sprichwort

Dienstag, 25. Juni, 10:00 Uhr

Heute hatte Kollmann wieder einen Einzelrichtertag in Zivilsachen, wobei seit langer Zeit keine Diesel-Sache auf dem Terminzettel stand. Vier Verhandlungen waren angesetzt. Die umfangreichste hatte er, um nicht in Zeitprobleme zu kommen, an das Ende der Sitzung gelegt. In diesem Streit zwischen einer Großmutter und ihrem Enkel auf Zahlung von 11.000 Euro waren drei Zeugen zu vernehmen.

Im ersten Fall klagte der Vermieter einer Diskothek gegen seinen ehemaligen Mieter rückständige Mieten in Höhe von circa 50.000 Euro ein. Nach dem bisherigen Akteninhalt bestand kein Zweifel, dass die Forderung berechtigt war, doch verfügte der Mieter wohl nicht über die erforderlichen Mittel. Er erhob im Wesentlichen „die Einrede der leeren Kasse“. Vielleicht wäre es hier im Vergleichsweg möglich, die Forderung zu reduzieren und eine Ratenzahlung zu vereinbaren.

Der zweite Sachverhalt betraf die recht offensive Werbung eines Optikers, „Brille kann jeder! Aber wir können auch Durchblick!“, die einen not amuseden Wettbewerber auf den Plan gerufen hatte. Immer wieder kam es zwischen Konkurrenten zu solchen Prozessen, die teilweise skurrile Züge annahmen. Kollmann erinnerte sich an einen Sachverhalt, in dem der Inhaber eines circa 30 m^2 großen Ladenlokals in Roxel sein Unternehmen in der Werbung mit „Schuhkoloss“ bezeichnet hatte. Nachdem Kollmann ihm auf Antrag eines Wettbewerbers diese Bezeichnung wegen irreführender Werbung unter Androhung von Ordnungsgeld und Ordnungshaft untersagt hatte, verwendete der Unterlegene anschließend die Bezeichnung „Schuhtitan". Daraufhin hatte der Wettbewerber den sogenannten Bestrafungsantrag gestellt, und Kollmann musste entscheiden, ob die neue Bezeichnung „Schuhtitan" unter das von ihm ausgesprochene Verbot „Schuhkoloss" fiel. Unter Anwendung der Kerntheorie war Kollmann zu dem Ergebnis gelangt, dass dies der Fall war. Aber er hatte wegen der Größe des Ladenlokals den *bis zu* 250.000 Euro reichenden Rahmen des Ordnungsgeldes natürlich nicht ansatzweise ausgeschöpft, sondern es bei bescheidenen 1.000 Euro belassen. Damit hatte die Sache ein Ende gefunden, denn der wohl durch das verhängte Ordnungsgeld geläuterte Schuhhändler verwendete für sein Imperium von Stund an die Bezeichnung „Das kleine Schuhlädchen".

Im dritten heute anstehenden Rechtsstreit, „einem Bauprozess", klagte ein Unternehmer eine Restvergütung in Höhe von 39.826,53 Euro ein, deren Zahlung der Auftraggeber unter Berufung auf „diverse schwere Mängel" verweigerte. Bauprozesse sind in der Regel sehr langwierig und deshalb bei den Richtern nicht gerade beliebt. Fast immer müssen ein oder auch mehrere Sachverständigengutachten eingeholt werden, was in der Regel sechs, bisweilen aber auch neun oder mehr Monate in Anspruch nimmt. Dieser lange Zeitraum beruht auf zwei Ursachen: Zum einen gibt es zu wenige Sachverständige, zum anderen zu viele Bauprozesse. Die Richter sind deshalb gerade in Bauprozessen darauf bedacht, dass die Parteien möglichst im ersten Termin einen Vergleich schließen. Das erweist sich oft als besonders schwierig, wenn ein Bauunternehmer oder Handwerker auf einen bestens vorbereiteten, mit dicken Aktenordnern bewaffneten Pädagogen in Kampflaune trifft. Es ist nicht selten, dass dieser die Lösung des Falls bereits referiert, bevor sich das Gericht überhaupt dazu geäußert hat. Auch Rechtsanwälte können ein Lied davon singen, wenn der Mandant von Beruf Lehrer ist. Von einem in Ostfriesland ansässigen Anwalt wird kolportiert, er verwende für diese Fälle ein eigenes Merkblatt. Darin soll sich unter anderem der Hinweis befinden, dass auch bei einem Lehrer tägliche Nachfragen nach dem Stand des Verfahrens zu unterbleiben haben.

Der Sitzungstag lief sehr gut an, denn im Prozess zwischen Vermieter und Mieter wegen der rückständigen Mietzahlungen und auch im Streit zwischen den konkurrierenden Optikern wegen der Werbung „Brille kann jeder. Wir können auch Durchblick!" kam jeweils ein Vergleich zustande.

Im ersten Fall hatten die Parteien sich auf Kollmanns Vorschlag – an den Kläger gerichtet „besser nach und nach einen Teil der Miete bekommen als auf Dauer nichts!"; an den Beklagten gerichtet „besser nach und nach einen Teil der Miete zahlen als sofort Privatinsolvenz anmelden!" – auf eine langgestreckte Ratenzahlung in Höhe von 50 % der Forderung, also 25.000 Euro, verständigt.

Im zweiten Fall hatte der Beklagte die Erklärung abgegeben, die beanstandete Werbung in Zukunft zu unterlassen; der Kläger hatte auf eine entsprechende Veröffentlichung in der örtlichen Tageszeitung verzichtet.

Der Bauprozess wegen der „diversen schweren Mängel" ging hingegen in die nächste Runde, weil eine Einigung nicht zustande gekommen war. Letztlich war der Vergleich an 2.000 Euro gescheitert, weil der Kläger statt der ursprünglich geforderten knapp 40.000 Euro „Minimum 29.000 Euro" verlangt hatte, der Beklagte aber „als letztes Wort" nur zur Zahlung von 27.000 Euro bereit war. Dieses Beharren war aus Kollmanns Sicht etwas ärgerlich, bei wirtschaftlicher Betrachtung gar ziemlich unsinnig. Aber es war nichts zu machen, die Fronten waren völlig verhärtet, wozu der Anwalt des Klägers, „ein typischer Wadenbeißer", entscheidend beigetragen hatte. Der Rechtsanwalt des Beklagten war ein gänzlich anderer Typ: Von seinem Naturell her war er immer auf Ausgleich bedacht und sehr schnell, oft auch vorschnell, mit einem vom Gericht vorgeschlagenen Vergleich einverstanden, „Gut so, können wir so machen.". Nach Kollmanns Meinung hätte es ihm in vielen Fällen besser zu Gesicht gestanden, ein wenig mehr für seinen Mandanten zu kämpfen. Aber dieser Anwalt war Kollmann natürlich deutlich lieber als der Anwalt des Klägers, der nach der Maxime „Ein Vergleich ist für die Schwachen." agierte. Viele von Kollmanns Kollegen betrieben Vergleichsbemühungen nur mit gebremstem Engagement oder sahen ganz davon ab, „Hat doch gar keinen Sinn.", wenn der kleine Wadenbeißer zur Verhandlung erschien. Er hatte übrigens auch in eigenen Angelegenheiten schon diverse Prozesse mit wechselnden Ergebnissen bis hin zum Oberlandesgericht geführt.

In der aktuellen Bausache mit dem Wadenbeißer und dem zu konzilianten Anwalt, „Die Wahrheit liegt irgendwo in der Mitte.", würde Kollmann einen Beweisbeschluss verkünden und – nach der Leistung eines Kostenvorschusses in Höhe von 5.000 Euro durch den beweispflichtigen Beklagten – ein Sachverständigengutachten zu den vom Beklagten behaupteten Mängeln in Auftrag geben. In dem Verfahren würde es damit voraussichtlich für sechs oder mehr Monate nicht vorangehen.

Dagegen sollte es in einem Enkelfall mit der Vernehmung von drei Zeugen heute weitergehen. Kollmann hatte diesen

Rechtsstreit Anfang Mai bereits verhandelt, doch war es ihm trotz aller Bemühungen nicht gelungen, eine Einigung zwischen den Parteien herbeizuführen.

Da bis zum Beginn der Verhandlung um 12:00 Uhr noch 20 Minuten Zeit waren, ging Kollmann vom Sitzungszimmer in sein Dienstzimmer. In dieser Sache begründete die klagende Großmutter ihren Anspruch auf Zahlung von 11.000 Euro gegen ihren Enkel damit, dass sie dem jungen Mann das Geld geliehen habe. Dieser weigere sich aber trotz mehrfacher Bitten, das Geld zurückzuzahlen. Der Enkel wandte ein, nur 5.000 Euro bekommen zu haben, die ihm seine Großmutter aber – wie konnte es auch anders sein – geschenkt habe. Er sei deswegen nicht zur Rückzahlung verpflichtet.

Kollmann nahm zur Vorbereitung der Sitzung die bisher erst etwa 40 Seiten starke Akte zur Hand und überflog zunächst die von den Rechtsanwälten Dr. Meiners pp. aus Dortmund verfasste kurze Klageschrift vom 20.03.2019. Darin hieß es:

„Wir zeigen an, dass wir Frau Gertrude Bettina Meierdierks, Bahnhofsweg 6, 42103 Wuppertal-Elberfeld, anwaltlich vertreten und erheben Klage gegen Herrn Ralf Mandel, wohnhaft 48231 Warendorf, Lange Str. 85.

Im Termin zur mündlichen Verhandlung werden wir beantragen:

Der Beklagte wird verurteilt,

an die Klägerin 11.000 Euro zuzüglich 5 % Zinsen über dem Basiszinsatz ab dem 15.02.2019 zu zahlen.

Begründung:

Die Klägerin ist die Großmutter des Beklagten. Da dieser ständig in Geldnot ist,

Beweis: Zeugnis Hermann Elvers, 44321 Dortmund, Andi-Möller-Allee 16

hat die Klägerin dem Beklagten im Sommer 2017 bei einer Familienfeier 11.000 Euro geliehen, die dieser spätestens bis Anfang 2019 nach Ende seiner Ausbildung zurückzahlen sollte. Dies hat die Klägerin gegenüber dem Beklagten bei der Übergabe des Geldes deutlich zum Ausdruck gebracht.

Beweis: Zeugnis Frau Heinemann, Dinklage

Der mehrfachen Aufforderung zur Rückzahlung ist der Beklagte bisher nicht nachgekommen, ohne eine richtige Begründung anzugeben. Er soll aber gegenüber einer Freundin erklärt haben, die Alte könne die Knete getrost abschreiben. Er sei doch nicht blöd, sondern werde das Geld auf keinen Fall freiwillig zurückzahlen.

Auf eine anwaltliche Mahnung vom 12.02.2019 hat der Beklagte nicht reagiert.

Anlage K 1

Deshalb ist die Klage dringend geboten. Gerichtskosten sind per Kostendrucker beigefügt.

Dr. Meiners"

Kollmann liebte kurze Klageschriften, in denen die Rechtsanwälte die Sache auf den Punkt brachten und darauf verzichteten, in blumigen, bisweilen auch markigen Worten ausführlich Dinge zu schildern, die für den Sachverhalt kaum oder gar nicht von Belang waren.

Die hier vorliegende Klageschrift war indes *zu kurz* geraten und damit wenig detailreich. So fehlten nähere Umstände dazu, wo und wie die von der Klägerin behauptete Geldübergabe stattgefunden haben sollte. Dies mochte daran liegen, dass die Großmutter ihrem Rechtsanwalt keine genauen Informationen hatte geben können oder aber dieser hatte nicht richtig gefragt. Sei's drum: Diesem Vortrag fehlte es an Substanz.

Kollmann befürchtete deshalb ein wenig, dass die Klage wegen fehlender Substantiierung, so das schöne juristische Wort, abzuweisen sein könnte. Nach Eingang der Klageerwiderung entschied er sich dafür, die Großmutter im Termin auf der Grundlage der in der Klageschrift enthaltenen Tatsachen zu Einzelheiten zu befragen, um so ein wenig mehr Licht ins Dunkel zu bringen.

Zwar bestand seine Aufgabe als Richter in einem Zivilverfahren nicht darin, Defizite in den Schriftsätzen der Anwälte zu beseitigen, andererseits wollte er in dem ihm anvertrauten Verfahren zu gerechten oder jedenfalls vernünftigen Ergebnissen gelangen. Im Übrigen war ihm eine kurze Klageschrift immer noch lieber als eine solche, in der ein Anwalt Behauptungen ins Blaue hinein aufstellte.

Wenn Kollmann im Termin den Mandanten direkt zu derartigen Behauptungen befragte, stellte sich der Sachverhalt oft ganz anders dar. Anwälte kommentieren diese Abweichungen gerne schulterzuckend mit den Worten: „Ein bedauerliches Informationsversehen, Herr Vorsitzender."

Um derartige unliebsame Überraschungen zu vermeiden, kursiert unter Anwälten der Satz: „Ein kluger Anwalt lässt seine Partei zu Hause, denn dann kann sie nichts Falsches sagen." Richter unterlaufen diese Strategie aber häufig dadurch, dass sie „das persönliche Erscheinen der Parteien anordnen".

Für Rechtsanwälte ist es bisweilen einfacher, auch Nebensächlichkeiten in die Schriftsätze aufzunehmen, als sich mit den Mandanten auf eine Diskussion über deren Sinn oder Unsinn einzulassen. Zugleich beugt der Anwalt der Gefahr vor, dass der Mandant im Falle eines Prozessverlusts die Auffassung vertritt, schuld sei allein „dieser blöde Anwalt", weil er die wichtigen Sachen nicht an das Gericht geschrieben habe.

Dass die Anwälte deswegen auch Dinge, die nur am Rande oder bisweilen noch weiter außen liegen, in ihre Schriftsätze aufnehmen, stellt in der gerichtlichen Praxis kein Problem dar, weil der gegnerische Rechtsanwalt und auch das Gericht diesen Vortrag entsprechend einzuordnen wissen. Rechtsanwälte sind nun einmal Dienstleister und müssen davon leben, was sie von ihren Mandanten einnehmen, bisweilen ohne Rücksicht auf eigene Befindlichkeiten. Ein Rechtsanwalt hatte Kollmann einmal beim Bier erzählt, dass ihm einzelne Mandanten körperliches Unbehagen bereiteten, er diese aber gleichwohl bei Gericht vertrete.

Kollmann stellte sich nach so vielen Jahren als neutraler Richter, der ohne wirtschaftlichen Druck agieren konnte, die Tätigkeit eines Rechtsanwalts als schwierig vor. Er glaubte nicht, dazu noch in der Lage zu sein, denn letztlich müssen Anwälte auch in Fällen, in denen sie keine Gewinnchancen sehen, für ihre Mandanten eintreten und dabei auch Dinge zu Papier bringen und zu Gericht tragen, von denen sie selbst nicht überzeugt sind.

Ein schon im Rentenalter befindlicher Rechtsanwalt hatte Kollmann gesagt, dass er sich weigere, bestimmte Dinge in die Schriftsätze zu nehmen. „Ich ziehe die Reißleine und erkläre meinem Mandanten, dass nicht einmal ich ihm diese

Geschichte glaube, obwohl er mich bezahlt." Der neutrale Richter werde das alles erst recht nicht glauben, also könne man sich diesen Vortrag auch gleich schenken.

In einem Verfahren am Amtsgericht Lüdinghausen hatte Kollmann einem Rechtsanwalt vor Jahren zu Beginn der Sitzung gesagt: „Herr Rechtsanwalt, ich glaube, das wird nichts mit der Klage." Dieser hatte erwidert: „Herr Vorsitzender, als ich gerade von Coesfeld nach Lüdinghausen gefahren bin, dachte ich so bei mir: Das wird heut nichts mit der Klage."

„Möchten Sie die Klage aus Kostengründen zurücknehmen?"

„Das geht leider nicht, mein Mandant braucht ein Urteil."

Das war deutlich genug. Offenbar hatte der Rechtsanwalt seinem Mandanten mangels Erfolgsaussicht vom Prozess abgeraten, doch war dieser dem Rat nicht gefolgt. Also hatte der Anwalt die aus seiner Sicht aussichtslose Klage erhoben. Man kann verschiedene Umschreibungen für diesen Sachverhalt wählen, etwa „Wer die Musik bestellt, bezahlt sie auch." oder „Wes Brot ich ess, des Lied ich sing.", im übertragenen Sinne vielleicht auch „cuius regio, eius religio".

Bisweilen versuchen sich Rechtsanwälte dem Dilemma dadurch zu entziehen, dass sie die aus ihrer Sicht neben der Sache liegenden Geschehnisse mit der allerdings nicht unproblematischen Floskel einleiten: „Außerdem bittet der Mandant ausdrücklich um folgenden Vortrag ..."

Der Richter und der Kollege auf der anderen Seite wissen diese Formulierung richtig zu deuten, der Mandant ist zufrieden. Sollte der Prozess verloren gehen, kann er seinem Rechtsanwalt jedenfalls nicht vorwerfen, er habe diese wichtigen Dinge nicht dem Gericht mitgeteilt.

Kollmann kam mit den meisten Rechtsanwälten gut aus, da er ein feines Gespür dafür hatte, mit den unterschiedlichen Charakteren umzugehen. Er sah dabei auch schon mal großzügig über die eine oder andere Marotte hinweg. Ein Rechtsanwalt, der sich beim Juristenstammtisch gerne mal über die Unfähigkeit der Richter mokierte, hatte Kollmann vor Jahren einmal auf der Straße angesprochen. Dabei hatte der Anwalt angekündigt, Kollmann bekomme in dem Rechtsstreit gegen die Commerzbank in Kürze einen Schriftsatz, der so kompliziert sei, dass Kollmann ihn wahrscheinlich nicht verstehen werde. Kollmann hatte ein Lächeln mit Mühe unterdrücken können, dann aber scheinbar voller Sorge erwidert: „Mein Gott! Das kann ich mir gut vorstellen."

Im Enkelfall war auf die kurze Klageschrift eine ebenfalls kurze Klageerwiderung eingegangen. Das ist häufig so. Auf eine kurze Klageschrift folgt eine kurze Erwiderung. Wenn ein Anwalt hingegen in der Klage ausufernd und breit schreibt, zwingt dies den anderen Anwalt fast dazu, in gleicher Weise zu antworten. Wenn etwa eine Klageschrift 15 Seiten lang ist, wird ein Mandant es kaum verstehen, wenn die von seinem Anwalt verfasste Klageerwiderung nur drei Seiten umfasst. Also wird zur vermeintlichen Herstellung der Kampfparität auch schon mal die eine oder andere Seite mehr geschrieben, als es erforderlich ist.

Die Klageerwiderung im Enkelfall vom 10.04.2019 las sich wie folgt:

An das
Landgericht Münster
AZ. 17 O 39/2019

10.04.2019

In dem Rechtsstreit
Frau Gertrud Bettina Meierdierks

- Klägerin -

Prozessbevollmächtigte: Rechtsanwälte Dr. Meiners pp.

gegen

Herrn Ralf Mandel

- Beklagter -

Prozessbevollmächtigte: Rechtsanwälte Oldenschläger pp.

zeigen wir an, dass wir den Beklagten vertreten.

Wir werden beantragen,
die Klage abzuweisen.

Es ist traurig, dass ein solcher Prozess zwischen Großmutter und Enkel geführt wird. Offenbar ist es die Schwester des Beklagten, die hinter dem Ganzen steckt. Sie ist es, die die Klägerin aufwiegelt und in einen solch sinnlosen Prozess hineintreibt. Sie hat einfach einen schlechten Charakter und ist missgünstig. Außerdem will sie das Geld wohl selbst haben.

Beweis: Zeugnis N. N.

Alles, was die Klägerin vorträgt, ist schlichtweg falsch und wird bestritten. Es stimmt nichts davon. Die Klägerin ist offenbar schon zu alt, um sich richtig zu erinnern.

Insbesondere ist es nicht richtig, dass der Beklagte von der Klägerin 11.000 Euro erhalten hat. Er hat vielmehr nur 5.000 Euro bekommen. Es stimmt auch nicht, dass dieses Geld geliehen wurde. Vielmehr ist es ganz eindeutig geschenkt worden. Das hat die Klägerin immer wieder selbst gesagt.

Beweis unter Protest gegen die Beweislast: Zeugnis N. N.

Die Klage ist deshalb völlig unbegründet und unterliegt der Abweisung. Es kann doch nicht sein, dass geschenktes Geld nach Jahren zurückgezahlt werden muss.

Im Übrigen gilt der römische Rechtsgrundsatz: Schenken und wiederholen ist gestohlen.

Eine Mahnung hat der Beklagte nie bekommen. Erst recht keine vom 12.02.2019. Er hat im Übrigen zum ersten Mal aus der Klageschrift davon erfahren, dass er das Geld zurückzahlen soll. Das ist schon ein sehr sonderbares Verhalten, das er der Klägerin nicht zugetraut hätte. Denn er hatte immer ein besonders gutes Verhältnis zu seiner Oma. Er war ihr Lieblingsenkel.

Beweis: N. N.

Rechtsanwalt Oldenschläger

Kollmann hatte sich nach der Durchsicht von Klage und Klageerwiderung gut vorstellen können, dass die Großmutter ihrem Enkel über die von diesem eingeräumten 5.000 Euro weitere 6.000 Euro gegeben hatte. Es war auch gut möglich, dass die Großmutter davon ausgegangen war, dass der Enkel das Geld zurückzahlen würde, während dieser angenommen hatte, dass es geschenkt war. Menschen interpretieren Sachverhalte nun mal unterschiedlich. Höchstwahrscheinlich existierte kein schriftlicher Vertrag, es gab auch keine Quittungen; der Vorgang spielte sich schließlich innerhalb der Familie ab.

Im Prozess hatte die Großmutter als Klägerin die schlechteren Karten, weil sie beweisen musste, dass sie dem Enkel nicht nur die von ihm eingeräumten 5.000 Euro, sondern weitere 6.000 Euro überlassen hatte. Außerdem oblag ihr der Beweis, dass eine Rückzahlung des Geldes vereinbart worden war, dass juristisch gesehen ein Darlehensvertrag vorlag.

Wie in allen anderen Fällen verbot sich auch hier eine vorweggenommene Beweiswürdigung, doch hatte Kollmann erhebliche Bedenken gegen die Erfolgsaussichten der Klage. Er bezweifelte, dass die Beweisaufnahme ein für die Klägerin gutes Ergebnis liefern würde. Wahrscheinlicher war, dass die alte Dame mit der Klage scheiterte.

Der vor sieben Wochen stattgefundene Termin zur mündlichen Verhandlung hatte unter keinem guten Stern gestanden. Zum einen war der von Kollmann zur Verhandlung geladene Beklagte, also der Enkel, verspätet erschienen, außerdem trat für ihn nicht Rechtsanwalt Oldenschläger auf, der die Klageerwiderung verfasst hatte, sondern eine junge und noch unerfahrene Anwältin mit einer Untervollmacht.

Insbesondere – aber nicht nur – Berufsanfänger versuchen sich damit über Wasser zu halten, dass sie auch kleine Pflichtverteidigungen in Strafsachen übernehmen und Gerichtstermine in Zivilsachen für andere Anwälte wahrnehmen. Das ist oft nicht unbedingt lukrativ, aber nach dem Motto „Kleinvieh macht auch Mist" besser, als wenn man gar keine Einnahmen hat.

Für diese Anwälte finden sich wenig schmeichelhafte Bezeichnungen wie Terminterrier oder Terminhure, und das auch für männliche Rechtsanwälte. Kollmann meinte, dass diese eigentlich besser als Callboy bezeichnet werden sollten. In den Dieselklagen sind einige große Kanzleien, die vieltausendfach von VW oder den anderen Herstellern beauftragt werden, dazu übergegangen, dass Rechtsanwälte Vertretungen für Gerichtstermine im Internet ersteigern können. Hier kommt es zu einem wahren Unterbietungswettbewerb, zu einem Dumping in Reinkultur nach dem Motto „Wer bietet weniger?"

Für den heutigen Termin argwöhnte Kollmann, dass wieder die junge Rechtsanwältin und nicht der vom Beklagten beauftragte Rechtsanwalt Oldenschläger auftreten würde.

Er blätterte unterdessen weiter durch die Akte und überflog zur Auffrischung das Protokoll der ersten Sitzung:

Münster, 07.05.2019

Öffentliche Sitzung
der 17. Zivilkammer des Landgerichts

Geschäfts-Nr.: 17 O 39/2019

Gegenwärtig:
Richter am Landgericht Kollmann als Einzelrichter

- Ohne Protokollführer gemäß § 159 ZPO
- Protokoll wurde vorläufig auf Tonträger aufgezeichnet

In dem Rechtsstreit

...

erschienen bei Aufruf:

1. Die Klägerin in Person mit Rechtsanwalt Dr. Meiners
2. Für den Beklagten und die Rechtsanwälte Oldenschläger pp. Rechtsanwältin Werners in Untervollmacht

Rechtsanwältin Werners erklärte: Ich weiß nicht, warum der Beklagte nicht gekommen ist. Ich habe nicht mit ihm gesprochen.
Auf Nachfrage des Gerichts:
Ich kenne den Beklagten auch gar nicht. Ich habe die Akte erst gestern Abend bekommen.

Das Gericht führte in den Sach- und Streitstand ein.

Rechtsanwalt Dr. Meiners erklärte:
Der Beklagte muss beweisen, dass er das Geld als Schenkung bekommen hat. Sonst muss er es nach § 812 BGB zurückzahlen. So einfach ist das!

Rechtsanwältin Werners erklärte:
Das ist nicht so einfach. Die Beweislast ist genau andersherum. Im Übrigen ist der Vortrag der Klägerin unsubstantiiert.

Um 12:15 Uhr erschien der Beklagte und erklärte, sein Zug habe 40 Minuten Verspätung gehabt.
Auf Befragen des Gerichts erklärte die nach § 141 ZPO angehörte Klägerin: Die 11.000 Euro habe ich dem Beklagten schon im Jahr 2017 gegeben, 5.000 Euro im Frühjahr und danach nochmals 6.000 Euro an meinem 70. Geburtstag am 09.10.2017, und zwar jeweils in bar. Der Beklagte brauchte das Geld, um sich seine Wohnung einzurichten beziehungsweise um sich ein neues Auto zu kaufen. Er sollte es spä-

testens Anfang 2019 an mich zurückzahlen. Ich habe ihm geholfen und jetzt will er es nicht zurückzahlen. Undank ist der Welten Lohn!

Rechtsanwalt Dr. Meiners benannte als weitere Zeugin für diesen Vortrag *Frau Bettina Stein, Weserstr. 19, 44145 Dortmund.*

Auf Befragen des Gerichts teilte er die Anschrift der Zeugin Heinemann wie folgt mit:

Frau Margarethe Heinemann, 49413 Dinklage, Von-Galen-Str. 38 a

Der Beklagte erklärte:
Das stimmt so nicht. Ich habe nur 5.000 Euro bekommen, und zwar geschenkt. Die Klägerin hatte an dem Tag Geburtstag und hat gesagt: Die sind für dich, mein lieber, guter Junge.

Die Klägerin erklärte wörtlich:
Der Junge lügt wie gedruckt. Er ist ein schlechtes Kind.
Rechtsanwältin Werners rügte den neuen Vortrag der Klägerin als verspätet und benannte hilfsweise gegenbeweislich *Herrn Sven Mandel, Nordstr. 4, 45259 Essen.*

Vergleichsbemühungen des Gerichts scheiterten am Widerstand beider Parteien.

Die Klägerin stellte den Antrag aus der Klageschrift vom 20.03.2019 (Bl. 3 d.A.), der Beklagte den Antrag aus der Klageerwiderung vom 10.04.2019 (Bl. 13 d.A.)

b.u.v.

Termin zur Verkündung einer Entscheidung wird bestimmt auf

Dienstag, 28.05.2019, 10:00 Uhr, Raum 65

Kollmann, RiLG

Kollmann hatte am 28. Mai folgenden Beweisbeschluss verkündet:

---

17 O 39/2019

Landgericht Münster

Beweisbeschluss

In dem Rechtsstreit

...

hat die 17. Zivilkammer des Landgerichts Münster am 28.05.2019 durch den Richter am Landgericht Kollmann als Einzelrichter beschlossen:

Es soll Beweis erhoben werden über die Behauptung der Klägerin, sie habe dem Beklagten im Frühjahr 2017 5.000 Euro und am 09.10.2017 6.000 Euro übergeben, und zwar jeweils in bar, die er spätestens Anfang 2019 an die Klägerin zurückzahlen sollte.

Durch Vernehmung von:

1. Frau Bettina Stein, Weserstr. 19, 44145 Dortmund, von der Klägerin benannt,
2. Frau Margarethe Heinemann, Von-Galen-Str. 38a, 49413 Dinklage, von der Klägerin benannt,

3. Herrn Sven Mandel, Nordstr. 4, 45259 Essen, vom Beklagten benannt.

Termin zur Fortsetzung der mündlichen Verhandlung und zur Beweisaufnahme wird bestimmt auf

Dienstag, 25.06.2019, 12:00 Uhr, Raum 65

Die Ladung der Zeugen wird davon abhängig gemacht, dass die Klägerin einen Vorschuss von insgesamt 400 Euro und der Beklagte einen solchen von 200 Euro bis zum 11.06.2019 einzahlt oder Verzichtserklärungen vorgelegt werden.

Kollmann, RiLG

In der heutigen Beweisaufnahme vernahm Kollmann die Zeugen, fasste deren Aussagen zusammen und diktierte diese in das Sitzungsprotokoll.

Die Aussagen von Zeugen werden nicht wörtlich in das Protokoll übernommen, sondern so, wie der Richter sie versteht, und zudem in der Sprache des Richters. Wenn eine Zeugin in unserem Enkelfall von ihrer „Oma" spricht, macht der Richter daraus die Klägerin, aus dem Bruder der Zeugin wird der Beklagte.

Neben dem unproblematischen Wechsel in den Bezeichnungen der Personen besteht natürlich die Gefahr, dass sich zumindest in Nuancen inhaltliche Änderungen der Zeugenaussagen ergeben. Sie erscheinen möglicherweise in einem anderen Licht oder bekommen einen etwas anderen Zungenschlag, ohne dass insoweit ein böser Wille des Richters vorliegt.

Bei einem erfahrenen Vorsitzenden hatte Kollmann als junger Richter gelernt, dass dieser einen Zeugen vor dem

Diktieren der von ihm gemachten Aussage wie folgt ansprach: „Hören Sie bitte gut zu, was ich jetzt diktiere, es ist Ihre Aussage und nicht meine!"

Das war sicher gut gemeint, aber bei vielen Zeugen ist dennoch zu bezweifeln, ob sie es bemerken, wenn der Richter ihre Aussage nicht so wiedergibt, wie sie diese gemacht oder gemeint haben. Dazu trägt auch die durch die sehr ungewohnte Atmosphäre im Gericht erzeugte Anspannung bei. Kollmann konnte das damit verbundene Unbehagen gut nachvollziehen, weil er vor einigen Jahren einmal selbst als Zeuge hatte aussagen müssen. Das war schon eine ganz neue Erfahrung, nicht hinter dem Richtertisch, sondern auf dem Zeugenstuhl zu sitzen.

Kollmann fand es deswegen nicht verwunderlich, dass manche Zeugen schon aus der Fassung gerieten, wenn der Richter, der zunächst nach dem Namen des Zeugen gefragt hat, anschließt: „Und wie alt sind Sie in *vollen Jahren*?"

Oft lautet die Antwort zum Beispiel: „56, oder nee, warten Sie mal, 57, oder?"

Wenn ein Richter jetzt kein Feingefühl hat, sondern ungehalten antwortet: „Aber ich weiß doch nicht, wie alt Sie sind, das müssen Sie doch selbst wissen!", ist es um viele Zeugen bereits geschehen. In Bezug auf das Alter eines Zeugen ist es oft besser, nach dem Geburtsdatum zu fragen, jedenfalls sollte ein Richter den sonderbaren Zusatz „in vollen Jahren" weglassen.

Besonders problematisch ist, wenn der Zeuge seine Aussage nicht auf Deutsch machen kann und deshalb ein Dolmetscher hinzugezogen wird. Kollmann hatte in einem Strafprozess von einem Zeugen wissen wollen, wie spät es bei dessen Ankunft am Tatort gewesen sei. Der Dolmetscher wandte sich sehr langatmig und wortreich an den Zeugen, der sehr impulsiv und lebhaft antwortete. Danach sprach wieder der Dolmetscher und schließlich der Zeuge. Das Ganze nahm sicherlich fünf Minuten in Anspruch. Der Dolmetscher antwortete schließlich auf Kollmanns Frage nach der Uhrzeit: „Ja, der Zeuge hat eine Uhr!"

Nun, Sprachprobleme würde es heute nicht geben. Das Protokoll der Sitzung vom 25.06.2019 lautete wie folgt:

Münster, 25.06.2019

Öffentliche Sitzung
der 17. Zivilkammer des Landgerichts

Geschäfts-Nr.: 17 O 39/2019

In dem Rechtsstreit

...

erschienen bei Aufruf:

1. Die Klägerin in Person mit Rechtsanwalt Dr. Meiners
2. Der Beklagte in Person und für die Rechtsanwälte Oldenschläger pp. Rechtsanwältin Werners
3. die Zeuginnen Bettina Stein, Margarethe Heinemann und der Zeuge Sven Mandel.

Die Zeugen wurden über die Wahrheitspflicht und über die Strafbarkeit einer Falschaussage belehrt und sodann in Abwesenheit der später zu vernehmenden Zeugen einzeln wie folgt angehört.

Das Gericht unternahm vorab noch einmal den Versuch einer gütlichen Einigung, der erneut scheiterte.

1. Zeugin: Frau Stein

Zur Person:

Ich heiße Bettina Stein, bin 32 Jahre, Kfz-Mechanikerin, wohnhaft in Dortmund, ich bin die Enkelin der Klägerin und die Schwester des Beklagten.

Belehrt über das Aussageverweigerungsrecht:

Ich möchte aussagen.

Zur Sache:

Ich bin ganz sicher, dass sich der Beklagte von der Klägerin auf jeden Fall 11.000 Euro geliehen hat. Es war auch klar, dass er das Geld zurückzahlen muss. Er hat immer wieder Geld bekommen, weil er viel Geld für allerlei unsinnige Dinge ausgegeben hat. Er hat auch einen Autotick.
Es war am 70. Geburtstag der Klägerin. Sie hatte in einem Umschlag 11.000 Euro. Das hat sie mir jedenfalls so gesagt. Gesehen habe ich das Geld natürlich nicht.

Auf Frage des Gerichts:
Mir fällt gerade ein, dass ich einmal dabei war, als die Klägerin 5.000 Euro von der Bank geholt hat. Dieses Geld war ebenfalls für den Beklagten, weil sein Auto wieder mal kaputt war. Ganz genau weiß ich das aber nicht mehr, weil alles so lange her ist.

Die Zeugin erklärte ungefragt:
Ich möchte hinzufügen, dass ich einem Gespräch im Winter 2017/18 beigewohnt habe, in dem die Klägerin dem Beklagten gegenüber äußerte, nun habe sie ihm bald 11.000 Euro geliehen.

Auf Fragen von Rechtsanwalt Dr. Meiners:
Ich bin ganz sicher, dass der Beklagte das Geld zurückzahlen sollte. Von einer Schenkung war nie die Rede. Das hätte ich auch ungerecht gefunden, weil ich nie Geld von der Klägerin bekommen habe.
Laut diktiert und genehmigt, auf nochmaliges Abspielen wurde allseits verzichtet.

2. Zeugin: Frau Heinemann

Zur Person:

Ich heiße Elfriede Maria Heinemann, bin 79 Jahre alt, wohnhaft in Dinklage, nicht verwandt und nicht verschwägert mit den Parteien dieses Rechtsstreits.

Zur Sache:

Ich bin eine ganz alte Freundin der Klägerin. Ich weiß aus Erzählungen der Klägerin, dass sie dem Beklagten mindestens 20.000 Euro gegeben hat, wenn nicht noch mehr. Bei der Übergabe des Geldes war ich allerdings nicht anwesend. Die Klägerin hat aber immer wieder gesagt, dass der Beklagte das Geld zurückzahlen müsse. Sie wolle das Geld auf jeden Fall wiederhaben, bevor sie ins Grab gehe.

Auf Frage des Gerichts:
Ich habe vor dem heutigen Termin nicht mit der Klägerin gesprochen.

Auf Frage von Rechtsanwalt Dr. Meiners, ob sie ganz sicher sei, dass die Klägerin auch dem Beklagten gegenüber gesagt habe, dass dieser das Geld zurückzahlen solle:
Ik kann di't nich för woahr vertellen, oawer Thien's Willi heft segt, un Thien's Willi is 'n klauken Kerl.

Laut diktiert und genehmigt, auf nochmaliges Abspielen wurde allseits verzichtet.

Das Gericht wies darauf hin, dass die Klägerin die notwendigen Beweise bisher wohl nicht erbracht habe und die Klage deshalb abzuweisen sein dürfte.
Rechtsanwältin Werners erklärte: Ich verzichte auf die Vernehmung des Zeugen Mandel.
Daraufhin erklärte Rechtsanwalt Dr. Meiners, dass er den Zeugen Mandel zum Beweisthema benenne.

3. Zeuge: Herr Mandel

Zur Person:

Ich heiße Sven Mandel, bin 41 Jahre alt, zurzeit erwerbslos, wohnhaft in Essen, ich bin der Bruder des Beklagten und der Enkel der Klägerin.

Belehrt über das Aussageverweigerungsrecht:

„Ich möchte aussagen."

Zur Sache:

Ich weiß, dass „Erwin", das ist der Spitzname des Beklagten, Geld von der Klägerin bekommen hat. Wie viel, weiß ich nicht, wann, weiß ich nicht, und bei welcher Gelegenheit, weiß ich auch nicht. Ich habe das nur irgendwie so mal gehört. Ich selbst habe auch Geld von der Klägerin bekommen, zusammen über die Jahre so 4.000 bis 5.000 Euro, keine Ahnung. Natürlich habe ich das nicht zurückgezahlt, das war geschenkt.

Laut diktiert und genehmigt, auf nochmaliges Abspielen wurde allseits verzichtet.

Die Parteien verhandelten streitig zum Ergebnis der Beweisaufnahme mit den Anträgen wie zu Protokoll vom 07.05.2019, Bl. 24 d.A.

b.u.v.

Termin zur Verkündung einer Entscheidung wird bestimmt auf

Dienstag, 16.07.2019, 10:00 Uhr, Raum 65

Kollmann, RiLG

Alter schützt vor Liebe nicht, aber Liebe schützt bis zu einem gewissen Grade vor Alter
Jeanne Moreau

Dienstag, 25. Juni 2019, 13:05 Uhr

Kurz nach ein Uhr waren die Beweisaufnahme und damit auch die heutige Sitzung beendet. Richter Kollmann beschloss, seinen Arbeitstag ebenfalls zu beenden. Ihm war heute einfach nicht nach mehr Arbeit. Immerhin war in zwei von vier Verfahren ein Vergleich geschlossen worden, was einer guten Quote entsprach. Der leider erforderliche Beweisbeschluss in der Bausache mit der Beauftragung des Sachverständigen war bloße Routine und würde keine Probleme bereiten; dies galt auch für das Urteil im Enkelfall, das er in der nächsten oder übernächsten Woche nach Vorlage des Protokolls diktieren würde. Jetzt wollte er nur schnell nach Hause, um das gute Wetter zu nutzen und sich ein wenig im Garten zu betätigen. Therese hatte schon seit einigen Tagen diesen Der-Rasen-muss-mal-wieder-gemäht-werden-Blick drauf.

Aber andererseits mochte er in der Mittagszeit seinen inzwischen recht lauten Rasenmäher – Kollmann wartete seit Jahren darauf, dass die alte Mühle endlich ihren Geist aufgeben würde und er sich einen neuen Mäher anschaffen müsste – wegen der Nachbarn nicht anwerfen. Deshalb entschloss er sich, vorab eine kleine Stippvisite in die Stadt zu unternehmen, um eine Kleinigkeit zu essen. Doch er wusste sehr wohl, dass ihn eigentlich ein anderer Grund in die Stadt zog: Er wollte *sie* sehen, wobei er nur wusste, *dass* er *sie* sehen wollte, aber nicht so recht, *warum* er *sie* sehen wollte und *warum* er außerdem hoffte, einen Blick von ihr zu erhaschen, denn natürlich wollte er auch von ihr gesehen werden. Warum auch immer.

Er hatte Glück, *sie* saß an der Kasse. Kollmann beschloss, die Gunst der Stunde zu nutzen und sich nicht damit zu begnügen, nur von außen in den Drogeriemarkt zu linsen. Deshalb ging er hinein und schlenderte scheinbar ziellos durch die Reihen. Dabei gelang es ihm, *sie* fast die ganze Zeit im Blick zu behalten. Nach einigen Minuten sprach ihn ein älterer Mann an, vermutlich der Kaufhausdetektiv: „Ist etwas nicht in Ordnung?"

„Doch, doch, jetzt habe ich endlich gefunden, was ich gesucht habe", und damit nahm Kollmann überstürzt eine Wärmflasche aus dem Regal, vor dem er gerade stand. Weder er noch Therese benutzte jemals eine Wärmflasche, aber irgendetwas musste er ja kaufen, um nicht weiter aufzufallen. Sein Zahnbürstenvorrat war noch ausreichend (die erste der drei Bürsten war im Einsatz), die Flasche mit dem Entkalkungsmittel für die Kaffeemaschine nach einmaligem Entkalken noch zu vierfünftel gefüllt. Also eine Wärmflasche.

Im Markt waren zwei Kassen geöffnet. Natürlich stellte Kollmann sich in die Schlange, die zu *ihrer* Kasse führte. Endlich war er an der Reihe. *Sie* sagte – wie auch zu den Kunden davor – lediglich „Guten Tag", sah ihn ganz kurz an, sodass sie einen Kunden registrierte, aber ohne ihn wahrzunehmen oder gar zu erkennen. Sie hätte diesen Kunden schon eine Minute später nicht mehr beschreiben können, sie hatte ihn gesehen, ohne ihn zu sehen.

Routiniert scannte sie den Preis für die Wärmflasche ein, sagte „6,95 Euro, bitte", fragte „haben Sie eine Kundenkarte?", was er verneinte, und wartete auf die Bezahlung. Dabei achtete sie gar nicht auf Kollmann, vielmehr ging ihr Blick ins Leere. Es war dieser Gesichtsausdruck, den viele Kassiererinnen und Kassierer haben, wenn sie darauf warten, dass der Kunde den Bezahlvorgang einleitet, was häufig recht viel Zeit in Anspruch nimmt.

Kollmann wunderte sich jedenfalls immer wieder darüber, dass Kunden nach dem Einscannen der Preise plötzlich und unvermittelt davon überrascht werden, dass sie für ihren Einkauf bezahlen müssen. Denn erst nachdem dieser Ich-bin-überrascht-Typ-Kunde seine Waren sorgfältig, in der Regel sogar mit mehr als der gebotenen Sorgfalt, in den Einkaufswagen gelegt oder in der mitgebrachten Tasche oder einem Rucksack verstaut hat, beginnt er damit, nach seinem Portemonnaie zu suchen, das natürlich wieder mal in einer anderen Tasche als vermutet steckt. Dabei zeichnet sich auf seinem Gesicht schon mal eine leichte bis mittelschwere Verzweiflung ab, „Wo ist denn bloß mein blödes Portemonnaie? Ich hab das hoffentlich nicht verloren mit allen Karten drin!", der in aller Regel eine große Erleichterung folgt. „Ach, Gott sei Dank, da ist es ja!"

Kollmann konnte gut nachvollziehen, dass das Verkaufspersonal diesen ewig gleichen Vorgang nicht mehr sehen kann und nicht mehr sehen will und der Blick deshalb ins Leere geht. Die guten Kassiererinnen und Kassierer, so auch *sie*, sind aber so erfahren, dass sie, ohne hinzusehen, sofort bemerken, wann der Kunde den Suchvorgang abgeschlossen hat und nunmehr nicht nur willens, sondern auch in der Lage ist, unwiderruflich und mit der ihm eigenen Entschlossenheit den Bezahlvorgang voranzubringen. Dabei gibt es immer noch Menschen, die mit Bargeld bezahlen und deshalb einen Schein in der Hand halten.

Zu diesen altmodischen Menschen gehörte auch Kollmann. Er reichte *ihr* deshalb einen Zehn-Euro-Schein. *Sie* nahm diesen mit „Dankeschön, das sind zehn" entgegen, steckte ihn in eine Halterung vor die Kasse, zählte das Wechselgeld ab, zog die Kaufquittung aus der Kasse, gab Kollmann Kaufquittung und Wechselgeld und legte die Wärmflasche auf die Ausgabefläche neben der Kasse. Mit einem „Auf Wiedersehen" sah *sie* kurz auf, wobei sich ihre Blicke für vielleicht eine halbe Sekunde trafen. Das war alles! Wirklich alles! Denn schon wandte sie sich dem nächsten Kunden zu. Immerhin gelang es Kollmann, einen Blick auf ihr Namensschild zu werfen: Frau Eva Hartmann. Er schaute auch noch schnell auf ihre Hände und sah mit Freude, dass *sie* keinen Ring trug. Warum er sich darüber freute, wusste er nicht. Er dachte auch nicht darüber nach.

Kollmann verließ den Drogeriemarkt, die Wärmflasche unter den Arm geklemmt. Die musste er allerdings ganz schnell loswerden, und er hatte auch schon eine Idee. Er warf das Plastikteil kurzerhand in den nächsten Papierkorb, doch schon meldete sich sein ökologisches Gewissen: Eine neue Sache einfach so in den Müll zu schmeißen, und das auch noch unter Missachtung der deutschen Grundsätze zur ordnungsgemäßen Mülltrennung, war ein Umweltfrevel erster Güte. Deshalb griff Kollmann sofort, fast erschrocken über seine Gedankenlosigkeit, in den Papierkorb und zog die Wärmflasche wieder heraus.

Er dachte dabei gar nicht daran, welche wunderbare Geschichte es geben könnte, wenn ein Bekannter oder gar ein Kollege wie Krescher diesen Vorgang beobachtet hätte. „Richter K.", wie Kollmann im Gericht gerne genannt wurde, wenn von seinem zum Teil als sonderbar oder skurril empfundenen Benehmen, von seinen kleinen Eskapaden, die Rede war, „hat einen Papierkorb durchwühlt und eine Wärmflasche rausgezogen. Tolle Geschichte! Na ja, ein bisschen sonderbar war der immer schon, oder etwa nicht?“, würde es heißen. Sein Verhalten auf der Weihnachtsfeier vor 20 Jahren hatte man immer noch nicht vergessen. Damals war Kollmann mit dem Versuch gescheitert, eine neue Kollegin aus Südoldenburg unter den Tisch zu trinken. Nach der schmachvollen Niederlage hatte die Siegerin ihn mit einem treunaiven Blick ermuntert, ein Tänzchen mit dem Vize zu wagen. Richter K. hatte daraufhin vergeblich versucht, mit dem sich mächtig sträubenden Vizepräsidenten, einem Kerl von 120 Kilogramm, zu den Capri-Fischern von Rudi Schuricke einen flotten Tango aufs Parkett zu legen. Zwar war bereits mehrfach Gras über diese Sache gewachsen, doch immer wieder kam ein Esel vom Typ Krescher, der das Gras abfraß und Richter K. wieder auf die Spottweide stellte.

Wenn gar ein Zeitungsfritze Kollmann beim Durchwühlen des Papierkorbs beobachtet hätte, wäre seine Aktion gut für die Schlagzeile gewesen: „Neue Armut in Deutschland – Richter durchwühlt Papierkorb und findet Wärmflasche!“

Nachdem Kollmann das verdammte Ding wieder in der Hand hielt, stellte sich erneut die Frage: Wohin damit? Etwa nach Hause? Wie sollte er Therese den Kauf einer Wärmflasche erklären? Nein, das Ding musste dringend vorher verschwinden, notfalls würde er die Flasche im Landgericht in seinem Schrank deponieren. Kollmann fühlte sich an einen Sketch von Loriot erinnert, in dem dieser versucht, eine Bananenschale loszuwerden, was mit allerlei Problemen verbunden ist.

Aber er war nicht Loriot, er war Kollmann. Und er hatte das Problem, sich ökologisch korrekt einer Wärmflasche zu entledigen, bevor er sich auf den Heimweg machte. Denn er war ohnehin in Sorge, dass Therese schon bemerkt hatte, dass irgendetwas anders war als in den letzten 30 Jahren, die sie inzwischen zusammenlebten. Vielleicht war ihr schon aufgefallen, dass er häufig in Gedanken war, dass er abwesend wirkte oder es auch war. Und wenn er jetzt mit einer Wärmflasche zu Hause auflaufen würde, könnte das viele Fragen nach sich ziehen, auf die er keine rechten Antworten wüsste. „Sag mal, ist was mit dir? Hast du Ärger im Gericht? Spielt dein Kreislauf mal wieder verrückt, oder was ist es sonst?", würde Therese fragen, um hinzuzufügen, „Irgendetwas stimmt mit dir nicht, das merke ich doch."

Einer solchen Situation wollte Kollmann sich nicht aussetzen. Er hatte sie bereits einmal erlebt, als er sich in Wustrau bei der Richterakademie sehr stark zu einer Kollegin aus Stuttgart hingezogen gefühlt hatte. Zwar war damals nichts passiert, wie man so schön sagt, aber eigentlich hätte er es schon gerne gehabt, dass etwas passiert wäre. Jedenfalls war sie – Christa? Karin? Nein, Carola! – noch wochenlang in seinem Kopf herumgegeistert. Endlich hatte er sie über die Zeit zwar nicht vergessen, aber er dachte immer seltener an sie. Schließlich war sie nur noch eine zwar schöne, aber vage Erinnerung. Wie ein Wasserhahn, der zunächst stark tropft, dann immer weniger tropft und zum Schluss einen kleinen feuchten Fleck im Waschbecken hinterlässt, den man nur beim genauen Hinsehen erkennen kann.

Therese hatte damals schon kurz nach seiner Rückkehr etwas bemerkt. „Sag mal, was ist mit dir? Du bist so anders, seitdem du wieder zu Hause bist." Kollmann hatte drei Tage steif und fest behauptet, dass nichts, absolut nichts sei, dann war er endlich stark genug, um Therese in einer schwachen Stunde von seiner Sympathie zu der anderen Frau zu erzählen. „Diese Sache", wie Therese sie nannte, hatte ihre Beziehung einige Wochen belastet. Und schon deswegen wollte er seiner Frau nichts von Eva erzählen, Therese sollte keinen Anlass für Fragen haben. Deshalb musste diese verdammte Wärmflasche sofort verschwinden.

Damals Carola, heute Eva, wie er sie bereits nannte. Jetzt stand fest, endgültig fest, was sich in den letzten Wochen nach und nach angekündigt hatte, in kleinen, unbedeutenden Schritten, deren Summe aber größer war als es die kleinen Schritte mutmaßen ließen. Rechnerisch ging es nicht um eine Addition der kleinen Ereignisse, sondern um deren Multiplikation.

Ja, es stand fest, Kollmann konnte, er wollte seine Gefühle für Eva nicht länger verdrängen oder gar leugnen. Zugleich musste er zugeben, dass auch ein wenig verletzter Stolz und verletzte Eitelkeit mitschwangen, weil Eva ihn nicht wiedererkannt hatte oder hatte -erkennen wollen. Sie behandelte ihn freundlich, aber eben nur so freundlich wie jeden x-beliebigen anderen Kunden. Das ging doch gar nicht! Er fühlte sich wie ein, nein, er war doch ein *besonderer* Kunde! Warum erkannte sie das nicht?

Wieder steuerte er das ihm vertraute Lamberti-Café an. Wie selbstverständlich bestellte er einen Cognac, „Mein kleiner Seelentröster!", auch einen zweiten und einen dritten. Und auf elegante Weise entledigte er sich der Wärmflasche: Er legte diese einfach auf einen freien Stuhl und schob diesen unter den Tisch, sodass die Flasche kaum zu sehen war. „Gut gemacht, Kollmann."

Im Übrigen hing er seinen Gedanken nach, starrte mehr oder weniger in Richtung Drogeriemarkt, freilich ohne etwas zu sehen. Auch die Menschen, die an ihm vorbeihasteten, sah er nicht. Er sah durch sie hindurch. Doch unvermittelt schreckte er auf, denn Eva kam aus dem Markt und ging Richtung Café. Er hatte sie sofort erkannt, ohne hinzusehen, fast automatisch, gleichsam wie ein computergestütztes Gesichtserkennungssystem, das plötzlich anschlug.

Er wollte Eva ansprechen, er wollte die Gunst der Stunde nutzen, aber er tat nichts, er war wie gelähmt. Er war einfach zu überrascht, um zu reagieren. Aber er spürte ein flaues Gefühl im Magen, ein Kribbeln, eine Aufregung wie bei einem 16-Jährigen, der von Ferne seine Angebetete sieht. Doch schon war Eva vorbei, sie hatte ihn nicht einmal bemerkt, schon wieder nicht bemerkt. Er war enttäuscht, auch ein wenig verärgert. Das konnte doch alles nicht wahr sein! Verdammt noch mal! Warum beachtete Eva ihn nicht?

Kollmann war verunsichert, irritiert, geschockt, gelähmt, nicht in der Lage, sich von der Stelle zu rühren, unfähig aufzustehen, Eva nachzugehen, ihr zu folgen, um sie anzusprechen, sie zur Rede zu stellen, sie zu fragen, warum sie ihn nicht beachte. Stattdessen blieb er einfach sitzen und sah, dass sie sich immer weiter entfernte. Sie entglitt ihm förmlich wie ein Seil, das man nicht mehr halten kann, weil die Zugkräfte am anderen Ende zu stark sind. Sie ging nach links Richtung Rathaus und entschwand damit seinen Blicken. Er war versucht, sich einen weiteren Cognac zu bestellen – verrückt, denn bis vor wenigen Wochen hatte er nie auch nur einen einzigen Cognac getrunken –, doch widerstand er der Versuchung und bat um die Rechnung. Und jetzt? Was sollte er tun, wo sollte er hin?

Nach Hause wollte und konnte er nicht, denn er wollte und konnte Therese schon wegen des genossenen Alkohols in den nächsten Stunden nicht unter die Augen treten. Mein Gott, war das eine beschissene Situation, in was war er da hineingeraten? In nichts, in rein gar nichts, versuchte er sich zu beruhigen, denn es war ja nichts passiert. Und es würde auch nichts passieren, wenn er es nicht wollte, wenn er passiv bliebe, wenn er nichts unternehmen würde. Einfach nichts tun, das war die Lösung. Und deshalb gab er sich fast feierlich das Versprechen, nichts zu tun, wohl wissend, zumindest ahnend oder gar befürchtend, dass er es möglicherweise brechen würde.

Kaum hatte Kollmann das Café verlassen, in seiner Verwirrung hätte er fast vergessen, die Rechnung abzuwarten, und war ein paar Meter gegangen, als er schnelle Schritte hinter sich hörte. „Halt, so bleiben Sie doch stehen, Sie haben Ihre Wärmflasche vergessen!" Die junge Bedienung war sehr aufmerksam gewesen, zu aufmerksam, und ihm nachgelaufen. Wohl oder übel nahm er, sich höflich bedankend, „Sehr aufmerksam, vielen Dank!", die vermeintliche Fundsache entgegen. Vermeintlich deshalb, weil man eine Sache, die man absichtlich liegen gelassen hatte, mangels eines *un*freiwilligen Verlusts des *un*mittelbaren Besitzes *nicht* verloren hatte. Ergo fehlte der Sache die wichtigste Eigenschaft einer Fundsache, weil sie nicht verloren gegangen war, sie war vielmehr herrenlos. Eine herrenlose Wärmflasche! Kollmann war von dieser großartigen, wohl auch vom Cognac beeinflussten absolut logischen Gedankenführung, zu der nur ein wirklich guter Jurist wie er fähig war, geradezu berauscht.

Den überwiegenden Teil seiner beruflichen Tätigkeit war Kollmann Zivilrichter oder, wie seine Kinder es ausdrückten,

„Geldrichter" gewesen, einige Jahre war er aber auch Strafrichter, also „Gefängnisrichter". Nur in dieser Zeit war er nach Auffassung seiner damals noch jungen Kinder ein „richtiger Richter". Inzwischen war er seit einigen Jahren zur Hälfte Geld- und zur Hälfte Gefängnisrichter. Kollmann gefiel die damit verbundene Abwechslung, auch wenn die zwei halben Stellen unterm Strich wohl etwas mehr Arbeit als eine ganze Stelle machten. Während er als Geldrichter in den meisten Verfahren nur darüber zu entscheiden hatte, ob dem Kläger – etwa einem Vermieter, einem Bauunternehmer, einem Verkäufer oder einem Unfallopfer – gegen den Beklagten ein Anspruch auf Zahlung zustand, verlieh ihm der Staat in Strafprozessen die Macht, zu bestimmen, ob und wie jemand bestraft wird.

Kollmann hielt sich noch eine Stunde in der Stadt auf, um ein wenig auszunüchtern, und verbrachte schließlich zwei Stunden auf einer Parkbank an der Promenade in der Nähe des Zwingers. Dann fuhr er nach Hause, die verdammte Wärmflasche deponierte er zuvor in seinem Dienstzimmer im Landgericht.

Nach dem Abendessen machte er sich, um auf andere Gedanken zu kommen, seit langer Zeit zum ersten Mal wieder zur gemischten Freizeitvolleyballgruppe auf, an deren Übungsabenden er früher häufig, über viele Jahre sogar regelmäßig teilgenommen hatte. Jetzt hatte er sich einige Monate nicht mehr sehen lassen und wurde deshalb mit besonders großem „Hallo" empfangen. Die sportliche Betätigung tat ihm gut; er dachte nicht mehr an Eva, allerdings waren seine sportlichen Leistungen eher unterirdisch. Er ärgerte sich mächtig darüber, dass es ihm mehrfach nicht gelang, den Ball bei der Angabe über das Netz ins gegnerische

Spielfeld zu befördern, sodass man ihm doch tatsächlich – wie einem Anfänger! – anbot, den Ball zu werfen.

„Das wird schon wieder, Heinzi, du warst doch früher einer unserer besten Angeber. Du musst einfach häufiger kommen: Übung macht den Altmeister", spottete seine Sandkastenliebe Hiltrud, die wie er zeitlebens in Münster lebte und dort als Lehrerin tätig war. Nach dem Training ging Kollmann mit der Gruppe zur dritten Halbzeit „noch auf ein Bier", wobei er als Wiedereinsteiger generös die ersten zwei Runden spendierte. „Eine fürs Wegbleiben und eine fürs Wiederkommen, macht genau zwei Runden!"

Als er kurz vor Mitternacht leicht angesäuselt nach Hause kam, war Therese schon zu Bett gegangen. Sie schlief fest und wachte zum Glück nicht auf. Er lag noch lange wach und dachte an Eva. Eva. Eva.

Als der Wecker um 6:50 Uhr Alarm schlug, schreckte er hoch und dachte an Eva und daran, dass er nicht wusste, wie es weitergehen sollte. Erst als er unter der Dusche stand, wusste er es: Es würde gar nicht weitergehen, weil es gar nicht erst anfangen würde, denn er würde nichts, gar nichts unternehmen, er würde keinerlei Aktivitäten entfalten. Jetzt war Schluss. Das „Problem Eva", wenn man es denn so nennen wollte, würde sich ausschleichend erledigen, wie ein Medikament, dessen Dosis nach und nach verringert wird. Wie damals bei der attraktiven Carola aus dem Schwabenland, die ihm einige Wochen im Kopf herumgespukt hatte, dann aber verschwunden war.

Und heute? Er müsste ja verrückt sein, irgendetwas in Sachen Eva zu unternehmen, das seine Beziehung, seine Ehe gefährden könnte. ‚Der Wahn ist kurz, die Reue lang', hieß es doch ganz richtig, aber er würde nicht wahnsinnig genug sein, um eine Situation heraufzubeschwören, die er danach bereuen, bitter bereuen sollte. Mit Therese konnte man viel Spaß haben, aber in manchen Dingen verstand sie keinen, gar keinen Spaß. Und eine andere Frau stand ganz oben auf ihrer Nicht-Spaß-Liste. Also: Eva ade, scheiden tut weh! Das war natürlich übertrieben, weil keine Scheidung anstand, denn er kannte Eva ja gar nicht. Kollmann fühlte sich dennoch erleichtert, wie von einer großen Last befreit. Er war im Begriff gewesen, in den Abgrund zu stürzen, hatte aber gerade noch rechtzeitig die Kurve bekommen. Schade eigentlich, aber alternativlos.

In den nächsten Tagen ging Richter Kollmann seinem Beruf nach und diktierte unter anderem das Urteil im Enkelfall, das in einigen Wochen verkündet werden sollte. Keine besonders schwierige Sache. Nach etwa 25 Minuten war das Ding im Kasten, will sagen im Diktiergerät.

17 O 39/2019

Verkündet am 16.07.2019
Hermanns, Justizsekretärin
als Urkundsbeamtin der
Geschäftsstelle

Landgericht Münster

IM NAMEN DES VOLKES

Urteil

In dem Rechtsstreit

der Frau Gertrude Bettina Meierdierks, Bahnhofsweg 6,

- Klägerin -

- Prozessbevollmächtigte: Rechtsanwälte Dr. Meiners pp.

gegen

Herrn Ralf Mandel

- Beklagter -

- Prozessbevollmächtigte: Rechtsanwälte Oldenschläger pp. -

hat die 17. Kammer des Landgerichts Münster auf die mündliche Verhandlung vom 25.06.2019 durch den Richter am Landgericht Kollmann als Einzelrichter

für Recht erkannt:

1. Die Klage wird abgewiesen.
2. Die Kosten des Rechtsstreits trägt die Klägerin.
3. Das Urteil ist gegen Sicherheitsleistung in Höhe von 2.000 Euro vorläufig vollstreckbar.

Tatbestand:

Die Klägerin, die die Großmutter des Beklagten ist, verlangt von diesem die Zahlung von 11.000 Euro.
Die Klägerin behauptet, sie habe dem Beklagten im Jahr 2017 insgesamt 11.000 Euro geliehen. 5.000 Euro im Frühjahr und anlässlich ihres 70. Geburtstags am 9.10.2017 weitere 6.000 Euro, und zwar jeweils in bar. Der Beklagte habe das Geld gebraucht, um seine Wohnung einzurichten beziehungsweise um sich ein neues Auto zu kaufen. Er habe das Geld spätestens nach Ende seiner Ausbildung im Januar 2019 zurückzahlen sollen. Dies habe sie dem Beklagten auch bei der Übergabe des Geldes gesagt.
Den mehrfachen Aufforderungen zur Rückzahlung der 11.000 Euro sei der Beklagte aber nicht nachgekommen, ohne eine Begründung dafür zu geben. Der Beklagte habe gegenüber einer Freundin erklärt, er werde das Geld auf keinen Fall freiwillig zurückzahlen.
Auf eine anwaltliche Mahnung vom 12.02.2019 habe er nicht reagiert.

Die Klägerin beantragt,

> den Beklagten zu verurteilen, an die Klägerin 11.000 Euro zuzüglich fünf Prozentpunkte Zinsen über dem Basiszinssatz ab dem 15.02.2019 zu zahlen.

Der Beklagte beantragt,

> die Klage abzuweisen.

Er behauptet, nur 5.000 Euro erhalten zu haben, die ihm aber von der Klägerin geschenkt worden seien.
Wegen des weiteren Vorbringens der Parteien werden die gewechselten Schriftsätze in Bezug genommen.

Das Gericht hat aufgrund des Beweisbeschlusses vom 28.05.2019 durch Vernehmung der Zeuginnen Stein und Heinemann sowie des Zeugen Mandel Beweis erhoben. Wegen des Ergebnisses der Beweisaufnahme wird auf die Sitzungsniederschrift vom 25.06.2019 verwiesen.

Entscheidungsgründe:

Die zulässige Klage ist nicht begründet.
Die Klägerin hat nicht bewiesen, dass sie dem Beklagten einen Betrag von 11.000 Euro als Darlehen gewährt hat und dass der Beklagte deshalb nach § 488 BGB zur Rückzahlung verpflichtet ist. Die Klägerin ist sowohl für die Hingabe des Geldes als auch für die Vereinbarung, dass das Geld als Darlehen gegeben worden ist, beweispflichtig, weil der Beklagte im Hinblick auf 5.000 Euro schlüssig eine Schenkung und damit einen anderen Rechtsgrund vorgetragen und die Hingabe der weiteren 6.000 Euro bestritten hat (vgl. BGH NJW-RR-2007, 705; NJW 1983, 931). Diesen Beweis hat die Klägerin nicht zu erbringen vermocht.
Die Zeugin Stein hat bekundet, sie sei ganz sicher, dass der Beklagte sich 11.000 Euro von der Klägerin geliehen habe. Es sei auch klar gewesen, dass er das Geld habe zurückzahlen müssen. Am 70. Geburtstag der Klägerin habe der Beklagte einen Umschlag mit 11.000 Euro von der Klägerin erhalten. Gesehen habe sie das Geld aber nicht. Außerdem hat die Zeugin bekundet, sie sei anwesend gewesen, als die Klägerin 5.000 Euro von einer Bank abgeholt habe. Dieses Geld sei ebenfalls für den Beklagten bestimmt gewesen. Die Zahlung dieses Betrages wird vom Beklagten eingeräumt und ist mithin unstreitig.

Die Zeugin Stein vermochte indes keine konkrete Aussage dazu zu machen, dass das Geld als Darlehen gewährt worden ist. Sie hat insoweit nur bekundet, sie sei ganz sicher, dass eine Rückzahlung habe erfolgen sollen, zumal von einer Schenkung nie die Rede gewesen sei. Außerdem habe sie einem Gespräch zwischen den Parteien beigewohnt, in dem die Klägerin zum Beklagten gesagt habe, nun habe sie ihm 11.000 Euro geliehen.
Die Zeugin Heinemann hat bekundet, der Beklagte habe immer wieder Geld von der Klägerin bekommen, konnte aber keine Einzelheiten zu den streitgegenständlichen Zahlungen machen. Sie wisse auch nicht ganz sicher, ob die Klägerin den Beklagten eindeutig darauf hingewiesen habe, dass er das Geld zurückzahlen müsse. Dies habe sie nur von einem Mann namens Willi Thien gehört.
Der Zeuge Mandel hat ausgesagt, er wisse, dass der Beklagte Geld von der Klägerin bekommen habe, über Einzelheiten sei er aber nicht informiert. Er habe ebenfalls Geld von der Klägerin bekommen, und zwar etwa 4.000 bis 5.000 Euro. Dieses Geld sei ihm geschenkt worden, bis heute sei er nicht zur Rückzahlung aufgefordert worden.
Die Zeugin Heinemann und der Zeuge Mandel konnten wenig zum Nachweis der beweispflichtigen Tatsachen beitragen. Die Aussage der Zeugin Stein ist wenig konkret und nicht durch nähere Angaben unterlegt. Ihre Aussage – eine Zahlung von 11.000 Euro an einem Tag – steht überdies im Widerspruch zum Vortrag der Klägerin, wonach der Beklagte zwei Zahlungen im Gesamtumfang von 11.000 Euro erhalten haben soll.
Das Gericht hat deshalb nicht den für die Überzeugungsbildung erforderlichen Grad an Gewissheit gewonnen, dass der Beklagte tatsächlich 11.000 Euro erhalten hat *und*

dass dieses Geld als Darlehen gewährt worden ist, zumal die Zeugin Stein auch bekundet hat, ganz genau wisse sie das alles nicht, weil alles so lange her sei.
Bei dem Betrag in Höhe von 5.000 Euro ist unstreitig, dass der Beklagte ihn bekommen hat, doch bleibt die Vereinbarung als Darlehen unbewiesen. Nach alledem ist nach Auffassung des Gerichts schon nicht bewiesen, dass der Beklagte mehr als die von ihm zugestandenen 5.000 Euro von der Klägerin erhalten hat. Hinsichtlich dieses Betrags ist die Klägerin für ihren Vortrag, dass das Geld als rückzahlbares Darlehen gewährt wurde, beweisfällig geblieben.
In einer Gesamtbetrachtung sind die Aussagen der Zeugen damit nicht geeignet, einen Anspruch aus § 488 BGB zu begründen. Da weitere Anspruchsgrundlagen nicht ersichtlich sind – insbesondere scheidet ein Anspruch aus § 812 BGB aus –, unterlag die Klage in vollem Umfang der Abweisung.
Die Kostenentscheidung beruht auf § 91 ZPO, die Entscheidung über die vorläufige Vollstreckbarkeit auf §§ 708 Nr. 11, 709, 712 ZPO.

Kollmann, RiLG

Vom Ergebnis her kein besonders schönes Urteil, aber nach Lage der Dinge ein richtiges. Die Klägerin verstand freilich die Welt nicht mehr! Auf dringendes Anraten ihres Rechtsanwalts verzichtete sie dennoch darauf, Berufung einzulegen, sodass das Urteil rechtskräftig wurde und der Streit vor Gericht damit zu Ende war. In der Familie würde er sich vermutlich noch lange Jahre fortsetzen.

Das also war des Pudels Kern!
Johann Wolfgang von Goethe, Faust. Der Tragödie erster Teil

Freitag, 19. Juli 2019, 16:45 Uhr

In den nächsten Wochen bemühte sich Kollmann darum, möglichst viel Routine in sein Leben einkehren zu lassen, doch ließen ihn die Gedanken an Eva nicht los. Immer wieder tauchte sie vor seinem geistigen Auge auf, immer wieder beschäftigte sie ihn, immer wieder dachte er an sie, auch wenn er sich wirklich und wahrhaftig bemühte, dies nicht zu tun. Aber wie will man Gedanken, die sich aufdrängen, verdrängen? Er hoffte, dass die Zeit in diesem Fall zwar nicht alle Wunden heilen, aber doch seine Sehnsucht, seine Schwärmerei auf null reduzieren würde. Im Moment war dem aber noch nicht so.

Seine Einzelrichtersitzung am Dienstag war ausgesprochen gut gelaufen, zwei Vergleiche, eine Klagerücknahme, ein Anerkenntnisurteil, das waren gleich vier Erledigungen! Auch wenn es ihn sehr reizte, sah er weiter davon ab, zur Belohnung in die Stadt zu gehen, was ihm immerhin bis Freitag gelang.

Jetzt nahm er schnurstracks den Weg zum Drogeriemarkt. Durch die Schaufensterscheibe konnte er sehen, dass Eva an der Kasse saß, freundlich und sympathisch, wie er sie kannte. Ganz offenbar ließ sie sich nicht dadurch unter Druck setzen, dass sich eine lange Schlange vor der zu dieser Zeit einzigen geöffneten Kasse gebildet hatte. Eine tolle Frau! Aber zugleich eine Frau, die ihn nichts anging und von der er sich fernhalten sollte, fernhalten musste.

Er widerstand dem Drang, den Markt zu betreten und irgendetwas zu kaufen, zum Beispiel Zahnseide, einen Deoroller oder womöglich noch einmal eine Wärmflasche. Nein, er wollte stark sein, er musste stark sein, und er war stark. Bärenstark! Ende! Schluss! Aus! Mit dieser blöden pennälerhaften Schwärmerei.

Da Therese das Wochenende mit ihren Bridgefreundinnen in einem Wellnesshotel im Sauerland verbringen wollte und wohl bereits abgereist war, zog es ihn nicht nach Hause in die leere Wohnung. Stattdessen fuhr er zum Aasee, setzte sich dort im Restaurant A2 auf die erhöhte Terrasse, von wo man einen wunderbaren Blick auf den See, die Segelboote und auf die südliche Skyline von Münster hat, die durch ein etwas merkwürdig anmutendes Gebäude einer Versicherung eine recht individuelle Note aufweist.

Wie üblich nutzten, gerade bei dem guten Wetter, Hunderte von Läufern den Weg rund um den Aasee zur körperlichen Ertüchtigung. Allein, in Zweiergruppen, fast immer mit lautstarker Unterhaltung, oder auch in etwas größeren Kleingruppen, sonderbarerweise ohne Unterhaltung, wurde der Aasee Runde um Runde umrundet. Die Gesichter der Läufer waren dabei so unterschiedlich wie ihre Kleidung: Einige lächelten versonnen vor sich hin, andere guckten angestrengt, „So, als wenn se auf Maloche wären.", wie man im Ruhrgebiet sagt, und einige sahen richtig fertig aus, sie schleppten sich und ihre Pfunde mehr als dass sie liefen.

Hinsichtlich der Kleidung wechselten sich graue Mäuse und papageienhaft gekleidete Best Ager beiderlei Geschlechts ab, denen zwar möglicherweise ein Fitnesstrainer, auf keinen Fall aber ein Modeberater bei der Auswahl ihres Sportdresses zur Seite gestanden hatte. Eng anliegend um die aus der Form geratenen Körper, dazu pink gemischt mit Umbra und einem Hauch von Rosa. Über Geschmack lässt sich sicherlich trefflich streiten, aber hier waren manche Kombinationen nach Kollmanns Geschmack ganz eindeutig geschmacklos. Wie konnte man sich nur so anziehen, wie konnte man nur so herumlaufen? Zwar nicht vor aller Welt, aber doch vor einem recht großen Publikum, das sich nicht nur in den verschiedenen Lokalen, sondern rund um den Aasee befand. Kollmann gab auf der nach oben nicht offenen Richterskala der Grausamkeiten – Richterskala, das passte nun wirklich gut! – mehrfach die Höchstnote zehn!

Um auch äußerlich zu dokumentieren, dass die eigentlich gar nicht begonnene Sache mit Eva nun endlich zu Ende war, bestellte Kollmann nicht, wie er es seit Evabeginn getan hatte, einen Cognac, sondern einen Caipirinha. Dies tat er auch deshalb, weil gerade Happy Hour war und er für den Jumbo weniger bezahlen musste, als er außerhalb der glücklichen Stunde für einen Caipi in der normalen Größe hätte zahlen müssen. ‚Spare nicht nur bei Zahnbürsten, sondern auch bei Getränken, dann hast du in der Not!‘

Beim zweiten Caipi merkte er, dass dieser nicht der erste war. Kollmann war schon leicht betütert, fühlte sich aber irgendwie auch gelöst, fast befreit. Zum Glück war evamäßig immer noch nichts passiert, und es würde auch nichts passieren, gar nichts.

In dieser fast glückseligen Stimmung bemerkte er nicht, dass drei Tische neben seinem Tisch zwei junge Frauen Platz nahmen, zwei Jumbo Piña Colada bestellten und sich intensiv unterhielten. Zwar hörte Kollmann, dass dort gesprochen wurde, blendete die Stimmen aber aus. Erst als er zur Toilette gehen wollte, sah er sie, sah er Eva, *seine* Eva!

Zwar saß sie mit dem Rücken zu ihm, aber er erkannte sie natürlich dennoch, und zu seiner Überraschung bemerkte er sofort wieder dieses leichte Kribbeln in der Magengegend, auch stellte sich eine allgemeine Unruhe ein. ‚Mein Gott, mein Körper reagiert wie der eines 16-jährigen Pennälers, der seine Angebetete von Ferne sieht‘, dachte er. ‚Was wollen die blöden Schmetterlinge in meinem Bauch?‘

Er machte kehrt, um nicht an dem Tisch, an dem Eva saß, vorbeigehen zu müssen, denn er war – wenn auch vielleicht zu Unrecht – sicher, dass sie ihn erkennen würde, und das wollte er nicht, jedenfalls wollte er nicht unvorbereitet sein. Da er den Toilettengang nicht aufschieben konnte, wählte er einen anderen Weg.

Nachdem er sich die Hände gewaschen hatte, überlegte er, wie es weitergehen, wie er zu seinem Platz zurückgehen sollte. „Angriff ist die beste Verteidigung“, heißt es oft in Sportreportagen. Aber er wollte gar keinen Angriff starten und er musste sich auch nicht verteidigen. Aber andererseits und doch auch irgendwie ..., aber er wusste es einfach nicht, und da er von Haus aus nicht der Mutigste war, ging er auf demselben Weg und damit unsichtbar für Eva zu seinem Tisch zurück. Er setzte sich aber nicht auf den bisher genutzten Stuhl, sondern auf einen anderen, sodass er Eva sehen konnte, wenn er seinen Kopf ganz leicht zur Seite drehte.

Als der flinke Kellner erschien, „Junger Mann, noch ist Happy Hour!“, bestellte er, ohne groß darüber nachzudenken, einen weiteren, also seinen dritten Caipirinha. Wegen des inzwischen genossenen Alkohols meinte er, Evas Nähe zu spüren, was ihm behagte, aber zugleich unbehaglich war.

Einem plötzlichen Entschluss folgend, stand er, bevor er das Getränk verzehrt hatte, abrupt auf, legte 25 Euro auf den Tisch und verließ, wieder über den Schleichweg, eiligst das Lokal. Auf einen unbeteiligten Beobachter musste dies wie eine Flucht wirken. Ja, er flüchtete, er wollte weg, er konnte hier nicht länger bleiben, er war durcheinander, er war verwirrt. Er wusste weder, was er tun sollte, noch, was er nicht tun sollte.

Um sich auszupowern, fuhr, nein raste er mit Spartakus am Aasee vorbei, weiter und immer weiter, ohne Ziel, einfach weg, nur weg, weg von Eva, am liebsten auch weg von sich selbst. Denn er war wie weiland Dr. Kimble auf der Flucht, aber nicht vor der Polizei, sondern vor sich selbst. Er wollte das nicht mehr, er konnte das nicht mehr, er konnte das alles nicht mehr ertragen.

Nachdem er 20 oder mehr Kilometer – Spartakus war tacholos – zurückgelegt hatte, machte er in einer kleinen Dorfgastwirtschaft jenseits von Mecklenbeck Rast. Er verfiel wieder in das alte Verhaltensmuster und bestellte sich einen Cognac und dazu eine große Flasche Wasser, medium, denn die Fahrradfahrt hatte ihn angestrengt, mächtig angestrengt. Seine Leistung hätte sicherlich für Bronze oder gar Silber für die Ausdauerdisziplin beim Sportabzeichen 20 km Radfahren gereicht.

Dem ersten Cognac folgten ein zweiter und ein dritter – schon mehr als sonderbar, da er früher nie auch nur *einen* Cognac getrunken hatte – und schließlich ließ er sich vom Kellner einen Zettel bringen.

Er wollte diese Sache jetzt rational angehen. Er wollte notieren, was bisher passiert war und wie es hatte passieren können. So notierte er in Kurzform:

1) *Kauf Zahnbürsten, trottelhaftes Benehmen, E. zum ersten Mal gesehen, nette Kassiererin!*

2) *Entkalker Kaffeemaschine gekauft, sie sofort wieder erkannt, mich gefreut, warum? Sie hat „kleinen Trottel" absichtlich (?) nicht erkannt, sehr sympathische, tolle Frau*
3) *Drittes Mal kein Zufall, mit dolus directus in Drogerie, wollte E. sehen, musste sie sehen? Idiotischer Kauf Wärmflasche, zu ihrer Kasse, ihrer Nähe? Kurzer Blickkontakt, Namensschild Eva Hartmann, fühle mich zu E. hingezogen, was war das? Was sollte das? Danach: „You were always on my mind", morgens, mittags, vor dem Einschlafen, nach dem Aufwachen, und zwischendurch, auch im Dienst, sogar während der Sitzungen*
4) *Heute Begegnung am Aasee, heftige Gefühlsanwallung. Ohnmacht, mit Situation umzugehen, Flucht vor ihr, vor mir, vor uns?*

Er las seine Notizen noch einmal durch: Was folgte aus alledem? Ihm war etwas ganz Ungewöhnliches, ja etwas Verrücktes widerfahren. Er hatte sich vielleicht noch nicht verliebt?, aber sicher verguckt, mächtig verguckt in eine junge Frau, die er nicht kannte und von der er nur wusste, dass sie Eva Hartmann hieß und in einem Drogeriemarkt an der Kasse saß.

‚Himmel noch mal, was ist das für ein Mist, was ist das für ein Unsinn. Hör sofort auf mit dem Unsinn, Kollmann, reiß dich zusammen, lass die Spinnereien!', ging es ihm durch den Kopf. Er fühlte sich so, als wenn man ihm eine Droge zuführte, oder besser, als wenn er eine Droge zu sich nähme mit langsam steigender Dosierung und einer stetig steigenden Wirkung. Bei den Ereignissen 1) und 2) war die Dosis so gering gewesen, dass er sie nicht einmal ernsthaft bemerkt hatte. Bei Ereignis 3) hatte er die Wirkung schon deutlich gespürt, und jetzt war er in eine Art Rausch versetzt worden. Offenbar wurde die Droge in seinem Körper, in seinem Herzen nicht abgebaut, sodass die Wirkung mit jeder neuen Dosis stärker wurde, wie ein schleichendes Gift.

Aber damit hatte es jetzt ein Ende. Ab sofort würde er den weiteren Konsum einstellen und schon bald wieder clean sein. Er würde und müsste sich entgiften.

Er war schließlich ein gestandener, immer noch recht passabel aussehender Mann – zwar mit nur wenig Resthaar, aber auch mit wenig Bauch –, seit 28 Jahren verheiratet, Vater von drei Kindern, braver und treuer Ehemann, fast 30 Jahre in der Justiz, beliebter Kollege, freundlicher Nachbar, gesellschaftlich und politisch interessiert, wenn auch nicht engagiert.

Seine politischen Einstellungen und Vorlieben hatten sich im Laufe der Jahre gewandelt. Früher hatte er durchaus Sympathien für die Grünen gehegt und diese das eine oder andere Mal gewählt, jetzt war er in der bürgerlichen Mitte angekommen, wobei er ein Wechselwähler geworden war. Bei der letzten Bundestagswahl hatte er den Kandidaten der CDU gewählt, während er seine Zweitstimme fast schon aus Mitleid der alten kränkelnden Dame der Sozialdemokratie geschenkt hatte. Auch wenn Kollmann nicht mehr Grün wählte, versuchte er dennoch, grün zu leben. Wegen des viel beschworenen Klimawandels achtete er darauf, dass sein ökologischer Fußabdruck nicht zu groß wurde. Der Klimawandel mochte ein zentrales Problem der Menschheit sein, spielte im Augenblick aber keine Rolle! Gar keine Rolle! Jetzt ging es um Eva, um ihn und Eva, um Eva und ihn, um nicht mehr und nicht weniger. Das war schon sonderbar, nein, das war schier unglaublich. Wer war er denn, wie alt war er denn? 57 und ein paar Monate – und wie alt war Eva? 30, oder ein paar Jahre mehr oder weniger. Vielleicht genauso alt wie seine Tochter Henriette oder sein Sohn Raimund, auf jeden Fall älter als das Nesthäkchen Monica, das sich bei den Kollmanns fünf Jahre nach Raimunds Geburt überraschend angekündigt hatte. Damals hatten sie es zunächst gar nicht glauben können, dass Therese erneut schwanger war. Erst ein spät durchgeführter Test brachte die Gewissheit. Das positive Ergebnis war ein Schock, da sie mit der Familienplanung und dem Kinderkriegen eigentlich abgeschlossen hatten. „Damit sind wir durch." Mit zwei Kindern lagen sie vermutlich schon damals über dem Durchschnitt.

Aber natürlich hatte Therese das Kind ausgetragen, und Monica hatte ihnen in den nächsten Jahren viel Freude gemacht, mehr als die beiden Großen. „Wer zuletzt kommt, lacht am besten", sagte das kleine, immer fröhliche Mädchen gern.

Bereits mit zwei Jahren hatte die kleine Moni für eine große Erheiterung gesorgt. Der stolze Papa war mit ihr auf einem Spaziergang gewesen, ihre kleine Hand lag in seiner großen, als plötzlich ein kleiner Hund mit seinem großen Herrchen auf die beiden zukam.

„Du hast einen Dackel!"

„Nein, meine Kleine, das ist kein Dackel, sondern ein Fox Terrier!", so das Herrchen freundlich.

„Du hast einen Dackel!"

Das Herrchen hatte sich weiter sehr nett darum bemüht, Moni wegen der Hunderasse auf die richtige Fährte zu führen. Sie ließ sich aber nicht überzeugen, zog einen Schmollmund – Wieso können zweijährige Mädchen das schon? – und sagte zunächst einfach nichts mehr. Anschließend hatte sie „Arm" gerufen, sodass Kollmann sie auf denselben nahm.

Nachdem sich das Herrchen, „Schönen Abend noch!", und der Fox Terrier, „Wuff!", verabschiedet und entfernt hatten und sich ein Sicherheitsabstand von acht bis zehn Metern aufgetan hatte, erscholl, ermutigt und geschützt durch Kollmanns starke Arme, noch einmal ganz deutlich und sehr laut: „Du hast einen Dackel!" Das war zwar nicht richtig, sodass der Satz „Kindesmund tut Wahrheit kund" nicht so ganz passte. Aber es ist schon interessant, wie Kinder häufig ungeschminkt ihre Meinung sagen.

Ach ja, seine Moni, sein kleiner Sonnenschein. Die Familie Kollmann verdankte ihr einen ganz besonderen Satz, den Moni mit etwa zwei Jahren geprägt hatte, nachdem sie zum ersten Mal mit sehr geringem Erfolg versucht hatte, allein Spinat zu essen. Auf Mamas Vorwurf, „Mensch Moni, es liegt ja mehr Spinat auf dem Fußboden, als du gegessen hast", hatte sie mit einem spinatverschmierten Gesicht und einem entwaffnenden Lächeln geantwortet: „Besser geht nich!" Dieser Satz, ohne „es" und ohne „t", fand und findet in der Familie bis heute bei jeder passenden und unpassenden Gelegenheit Verwendung. Die über Jahre von Kitamitarbeiterinnen und später auch Lehrern unternommenen Versuche, Moni dazu zu bringen, den Satz richtig zu verwenden, waren fehlgeschlagen. Schließlich hörte sich dieser falsche Satz aufgrund der langjährigen Übung wie richtig an: „Besser deutsch geht nich!" Bisweilen fand sich auch die Abwandlung: „Schlechter geht nich."

Kollmann sah seine drei Kinder im Schnelldurchlauf aufwachsen, von den ersten tapsenden Schritten über die Einschulung und das Ablegen des Abiturs. Das war bei Raimund nicht so einfach gewesen, er hatte zwei Ehrenrunden gedreht. Inzwischen hatte er aber wie auch Henriette die ersten erfolgreichen Schritte im Beruf getan.

Nur seine kleine Moni war noch nicht so weit, sie studierte zu seiner großen Freude Jura. Kollmann hätte es gerne gesehen, wenn sie sich um einen Studienplatz in Münster beworben hätte, aber ihr Studienort Hamburg war zum Glück auch nur zwei Bahnstunden entfernt. Inzwischen war Moni im vierten Semester und Kollmann in einigen theoretischen Fragen bereits deutlich überlegen.

Moni war schon immer Papas Liebling gewesen, seit der Aufnahme des Jurastudiums war sie es umso mehr. Wenn er in etwa zehn Jahren in den Ruhestand ginge, könnte seine Moni nach abgeschlossener Ausbildung und erfolgter Promotion zur Dr. jur. vielleicht gerade zur Richterin am Landgericht Münster ernannt werden und damit die Kollmann-Tradition fortsetzen, die von Kollmanns Mutter Marianne begründet worden war. Vielleicht bekamen sie es hin, dass diese beiden Ereignisse an ein und demselben Tag stattfinden würden.

Seine Mutter war damals eine der ersten Richterinnen in Münster überhaupt, zuvor war sie unter den zu über 90 % männlichen Jurastudenten – heute sind es etwa 50 % – eine Exotin gewesen. Sie hatte es sich in ihrem Leben nicht leicht gemacht und es aus vielerlei Gründen auch nicht leicht gehabt.

Kollmann war das Ergebnis eines einmaligen Erlebnisses mit einem in der revolutionären Zelle tätigen Studenten namens Che, den sie in Unkenntnis seines Vorbilds Che Guevara versehentlich „Ste“ genannt hatte, was keiner, auch Che selbst nicht, gemerkt hatte. Dieser hatte im sauerländischen Malve, dem Heimatort seiner Mutter, im Zusammenhang mit dem geplanten Bau einer Riesentalsperre ohne Erfolg versucht, eine Revolte gegen den damaligen Bürgermeister Heinrich Kollmann anzuzetteln. Besagter Bürgermeister war der Vater von Kollmanns Mutter, also sein Großvater. Mehrfach hatte dieser gegenüber den verunsicherten Dorfbewohnern wahrheitswidrig behauptet, dass niemand die Absicht habe, eine Talsperre zu errichten. Doch diese war wie auch die Berliner Mauer trotz anderslautender Erklärungen kurze Zeit später gebaut worden.

Nachdem die von Ste gegen den Bürgermeister angezettelte Revolte kläglich gescheitert war, hatte seine revolutionäre Zelle ihm mit dem Ausschluss gedroht. Ste hatte gewinselt und gefleht und angeboten, zur Sühne für die verpatzte Aktion und zum Beweis für sein nach wie vor vorhandenes ausgeprägtes proletarisches Bewusstsein für zwei Jahre als Helfer zum Aufbau des Sozialismus nach Kuba zu gehen. Von dort kehrte Ste aber nicht mehr nach Münster zurück. Er hatte Gefallen am Leben der einfachen Leute und zudem einen guten Grund gefunden, das ihm verhasste Jurastudium aufzugeben.

Seine Genossin Rosa L., bürgerlich Rosemarie Lichtenstein, war Ste nach einigen Monaten gefolgt, nahm aber bereits nach drei Wochen schweren Herzens Abschied vom Leben der kleinen Leute, um im beschaulichen Münster als finanziell gut ausgestattete Arzttochter ihr Soziologiestudium mit der gebotenen Ruhe und Gelassenheit wieder aufzunehmen, um am Tag X die Weltrevolution zu unterstützen.

Rosa L. brachte aus Kuba das Gerücht mit, dass Ste zusammen mit Fidel Castro und seinem Idol Che Guevara am Lagerfeuer „Dem Morgenrot entgegen“ gesungen habe. Kollmanns Mutter hatte ihren Ste, der nicht ihrer war, nach jener folgenreichen Nacht nur noch einmal anlässlich der gescheiterten Revolution in Malve gesehen. Danach war er aus ihrem Leben verschwunden und nicht wieder aufgetaucht.

Von Rosa L. wusste seine Mutter aber immerhin, dass Ste zu einer proletarischen Mission in Kuba war. Über viele Jahre hatte sie auf seine Rückkehr und darauf gehofft, dass das Kind einen Vater haben würde. Von Jahr zu Jahr hatte die Hoffnung aber abgenommen, schließlich war sie erloschen. Ihr ursprünglicher Plan, in Kuba nach ihm zu forschen, war im Planungsstadium stecken geblieben und sodann in Vergessenheit geraten.

Dies galt indes nicht für die Nacht, die sie mit Ste verbracht hatte. Denn zwei Monate nach dessen Abtauchen hatte sie bemerkt, dass etwas mit ihr nicht stimmte, und sie musste sich eingestehen, dass sie sich ganz offenbar verrechnet hatte. Denn vor jener Nacht hatte sie sehr genau gerechnet und ausgerechnet, dass nichts passieren konnte, wenn es endlich passierte. Aber sie hatte sich verrechnet, denn nachdem es passiert war, war es doch passiert. Eine Katastrophe für eine 21-jährige ledige Jurastudentin aus Malve.

Ihr Vater, zu dem sie ein ausgesprochen gutes Verhältnis gehabt hatte und der ihr sicherlich zu Hilfe gekommen wäre, war kurz zuvor unter sonderbaren, bis heute nicht völlig aufgeklärten Umständen in einem kleinen Kotten nahe Malve verstorben. Dorthin hatte er sich geflüchtet, nachdem seine Ehefrau, also Kollmanns Großmutter, ihn durch den Gerichtsvollzieher vom Hof hatte jagen lassen. Dort lebte er einige Zeit zusammen mit Epi, dem Kalfaktor des Krankenhauses. Zuvor hatte es wohl eine geheimnisvolle Beziehung zwischen seinem Großvater und einer jungen Polin namens Ewa gegeben, die einige Zeit auf dem Hof Kollmann gelebt hatte.

Kollmann hätte dazu gerne mehr gewusst, doch weigerte sich seine Mutter beharrlich, darüber zu sprechen. Deshalb musste er sich mit einigen wenigen Andeutungen zufriedengeben. „Mit dem Tod deines Großvaters war auch der Rest der Familie zunächst für mich gestorben, weder deine Großmutter noch dein Onkel Karl-Wilhelm oder deine Tante Thea haben mich in den ersten Jahren nennenswert unterstützt."

Ihre Mutter, eine geborene Freifrau von Eschhausen, hatte zu der ungewollt schwangeren jungen Studentin „Genau so etwas habe ich befürchtet" gesagt und darauf bestanden, „das Kind wegmachen zu lassen". Die Freifrau hatte überdies kategorisch erklärt: „Wenn du das Balg bekommst, bist du für mich gestorben", und danach tatsächlich zunächst jeden Kontakt zu ihrer Tochter abgebrochen. Erst drei Jahre nach Kollmanns Geburt hatte sich dies nach einer niederschmetternden ärztlichen Diagnose für seine Großmutter geändert. In den zwei Jahren, die der Freifrau noch geblieben waren, kam es zu einer vorsichtigen Annäherung zwischen seiner Mutter und seiner Großmutter. Einige Male besuchte Oma Hanne ihr Enkelkind in Münster, einmal verbrachte der kleine Heinzi gar eine Woche auf dem Hof von Onkel Siegfried, auf dem seine Oma im Altenteil lebte.

Ihre Geschwister waren seiner Mutter ebenfalls keine Hilfe, sondern gleichfalls der Meinung gewesen, dass ihre Schwester das Kind nicht hätte bekommen dürfen. „Das geht doch gar nicht, wie stehe *ich* denn jetzt da? Was sollen die Leute denn von *mir* denken, bei so einer Schwester?", hatte Thea gejammert. Karl-Wilhelm hatte sich mit den Worten „So was Dummes, vor der Hochzeit schon was Junges" in eine Art Galgenhumor geflüchtet.

Kollmanns junge Mutter hatte nicht gewusst, wo sie, so ganz auf sich allein gestellt, mit einem unehelichen Kind bleiben sollte. Nach Hause konnte sie schon deshalb nicht, weil der Hof Kollmann vor einiger Zeit bei einem Brand zerstört worden war. In Münster hatte sie lediglich ein möbliertes Zimmer bei der höheren Beamtenwitwe Frau Dr. Reimann als Wochenendheimfahrerin gemietet. Hier konnte sie mit dem Kind nicht leben, zumal sie das Zimmer nach dem Mietvertrag nur unter der Woche, nicht aber am Wochenende nutzen durfte.

Aber nach dem Motto „Unverhofft kommt oft" war ihr das Glück in diesem Augenblick mehr als hold gewesen. Schon während der Schwangerschaft hatte sich Frau Reimann gerade fürsorglich ihrer angenommen, nach der Geburt stellte sie „ihrer kleinen Marianne, ihrem Kindchen" ein weiteres Zimmer zur Verfügung und sprang als Ersatzoma ein. Sie holte nach, was sie im Leben vermisst hatte, weil es ihr nicht vergönnt gewesen war, Mutter zu werden. Finanziert wurde das Ganze aus der Erbschaft, „Auf das Geld kommt es mir doch gar nicht an, Kindchen!", die Kollmanns Mutter nach dem Tod ihres Vaters zugeflossen war.

Der kleine Revolutionär kam in der Nacht vom 16. auf den 17. Februar 1962 zur Welt. Das war die Nacht, in der die Nordseeküste und die Stadt Hamburg von einer schweren Flutkatastrophe heimgesucht wurden. Der damalige Hamburger Polizeisenator Helmut Schmidt erhielt für sein couragiertes Verhalten im Kampf gegen die Wassermassen viel Lob und legte einen wichtigen Grundstein für seine politische Karriere, die ihn von 1974 bis 1982 ins Amt des Bundeskanzlers führen sollte.

Kollmann besuchte die Katholische Volksschule Heilig Kreuz, er war ein begabter Schüler. Und obwohl ihm im damals konservativen Münster der Makel des unehelichen Kindes anhaftete, durfte er dank des unerschrockenen Einsatzes seiner Mutter das Paulinum, ein sehr angesehenes Münsteraner Gymnasium, besuchen. Seine Mutter hatte sich sehr gefreut, als er zum Wintersemester 81/82 das Jurastudium aufnahm und zum 1.12.1991 mit 29 Jahren in den Richterdienst eintrat.

Und nun studierte seine Moni ebenfalls dieses tolle Fach! Kollmann nahm großen Anteil an deren Studium, hatte sich allerdings, auch auf Monis ausdrücklichen Wunsch, „Bitte nicht noch einmal, Papa!", entschlossen, in Zukunft darauf zu verzichten, sie zu unterstützen. Moni hatte ihn bei ihrer ersten zu schreibenden Hausarbeit zum kleinen BGB-Schein um Hilfe gebeten und – was sich als großer Fehler herausstellte – diese auch angenommen. Das traurige Ergebnis war eine mit schwach ausreichend bewertete Arbeit, in der wesentliche Probleme der Aufgabenstellung durch eine Verengung des Sachverhalts nicht gesehen worden seien.

Kollmann war diese Hausarbeit so angegangen, wie ein Richter im Alltag arbeitet. Es kam auf das Ergebnis an, ein Weg, um dieses zu begründen, würde sich schon finden, notfalls über die richtige Auslegung des Sachverhalts. Als Kollmann noch ein junger Richter war, stellte sich in einem Strafverfahren die Frage, ob ein 21-Jähriger, der bei einem Banküberfall das Fluchtauto gefahren hatte, als Mittäter oder nur als Gehilfe der beiden in der Bank agierenden Täter, seiner deutlich älteren Brüder, zu bestrafen war. Diese Frage hatte erhebliche Auswirkungen auf das Strafmaß.

Kollmann war zur Beratung der Kammer mit einem aus einer juristischen Fachzeitschrift kopierten Aufsatz zur Abgrenzung von Täterschaft und Teilnahme erschienen, in dem eine Reihe von Theorien und Lösungsansätzen zu dieser Problematik enthalten waren. Der erfahrene Vorsitzende der Strafkammer hatte sein weißes weises Haupt leicht geschüttelt, etwas süffisant gelächelt und freundlich gesagt: „Das brauchen wir alles nicht, denn wir treffen hier die Feststellungen: Entweder stellen wir fest, dass der Angeklagte die Tat als *eigene* wollte, also Tatherrschaftswillen hatte, dann ist er Mittäter, oder wir stellen fest, dass er lediglich als untergeordneter Gehilfe tätig werden wollte. Und je nach unserer Feststellung haben wir die Lösung, ganz ohne Theorien und wissenschaftliche Ausführungen von sicher klugen Strafrechtsprofessoren an Universitäten, von denen die allermeisten aber noch nie in der Praxis tätig waren."

Die Anforderungen der Praxis waren eben andere als die Anforderungen, die an Universitäten gestellt wurden, was sich auch auf die an Unis ausgegebenen Aufgabenstellungen auswirkte. Er würde Moni jedenfalls nicht mehr helfen, sie sollte und müsste ihr Studium allein absolvieren. Ohne ihn, so hatte seine Mutter es auch bei ihm gehalten, so wollte er es in Zukunft auch bei Moni halten.

Da gibt es heutzutage ganz andere Eltern, deren Helikopter nicht aufhören wollen zu fliegen. Unlängst hatte Kollmann sich mit einer Mutter unterhalten, die sich heftig über die Aufgabenstellung mokierte, die ihre Tochter in einer Hausarbeit aus dem Verfassungsrecht zu bearbeiten hatte. Die Aufgabe strotze vor logischen Fehlern, sei völlig lebensfremd und deswegen auch nicht sinnvoll lösbar. Wie sie selbst recherchiert habe, seien Entscheidungen des Bundesverfassungsgerichts zu den in der Hausarbeit aufgeworfenen Fragen weit und breit nicht sichtbar.

Die Antwort auf Kollmanns Frage, wo die Mutter denn Jura studiert habe, hatte ihn überrascht: „Gott bewahre, ich habe doch nicht Jura studiert, ich bin Lehrerin für Geografie und Englisch."

Kollmann hatte auf eine weitere Nachfrage verzichtet und vor sich hin gegrummelt: „Professoren an Universitäten sind doch alles lebensfremde Theoretiker. Das weiß doch jeder!"

Die Heimatkundelehrerin war mit dieser Einschätzung sehr zufrieden, bestätigte sie doch die ihre zur Aufgabenstellung, die ihre Tochter zu bearbeiten hatte.

Von dieser Tochter kehrte Kollmann gedanklich zurück zu seiner Monica, zu Raimund und zu Henriette, zu seinen Kindern. Das waren schöne Gedanken und er versuchte, sich daran festzuklammern, länger bei ihnen zu bleiben, was ihm aber nicht gelang, weil auch die Gedanken an seine Kinder immer wieder von anderen Gedanken überlagert, verdrängt wurden, von den Gedanken an Eva. An die junge Frau, die ihn sonderbar berührte, die ihn verzaubert hatte, und zwar gänzlich ohne, dass sie etwas dafür getan hatte.

Er verspürte den großen Wunsch, *sie* nun endlich näher kennenzulernen, mehr noch, er wollte *sie* unbedingt kennenlernen, um jeden Preis, nein, er musste sie kennenlernen, koste es, was es wolle! Und er hoffte einerseits, dass sie genauso zauberhaft war, wie er sie sah, und andererseits, dass der Zauber verfliegen, dass sein Leben wie bisher weiter in ruhigen und geordneten Bahnen verlaufen würde.

Bisher hatte er diese Bahnen noch nie verlassen, auch nicht wegen Carola in Wustrau, aber im Augenblick lief er ganz am Rande der Außenbahn, er berührte schon die

Umrandung. Ein letzter kleiner Schritt zur Seite und er liefe außerhalb der Bahn und würde disqualifiziert werden, wohl besser sich selbst disqualifizieren, sich selbst aus dem Rennen nehmen, weil er sich verrannt hatte. Sein Problem war, dass er nicht wusste, was er wollte, wie hieß es doch so schön? Das eine tun und das andere nicht lassen. Er wollte Therese auf keinen Fall verlassen, aber er wollte zugleich das andere tun. Ein Leben zu dritt?

Das würde schwierig werden. Frei von Standesdünkel machte sich Kollmann allerdings gar keine Gedanken darüber, dass es möglicherweise auch einen unüberwindbaren Standesunterschied zwischen dem Richter am Landgericht einerseits und der Kassiererin im Drogeriemarkt andererseits geben könnte. Die Zeiten, in denen eine Beziehung an dergleichen scheitern könnte, waren vorbei. Eine Parallele zur unglücklich verlaufenden Liebe zwischen dem ehrbaren Lübecker Kaufmann und Senator Thomas Buddenbrook auf der einen und dem Blumenmädchen Anna auf der anderen Seite verbot sich.

Ihr naht euch wieder, schwankende Gestalten,
Die früh sich einst dem trüben Blick gezeigt.
Versuch ich wohl, euch diesmal festzuhalten?
Fühl ich mein Herz noch jenem Wahn geneigt.
Johann Wolfgang von Goethe, Faust. Der Tragödie erster Teil

Freitag, 19. Juli 2019, 21:45 Uhr

Kollmann saß nach wie vor in der kleinen Gastwirtschaft jenseits von Mecklenbeck, 20 oder mehr Kilometer von Münster entfernt, in die er sich mit dem kleinem Sparti geflüchtet hatte. Er trank. Er trank Cognac. Einen nach dem anderen.

„Kollmann trinkt Cognac und Brautkleid bleibt Brautkleid" bekam er schon lange nicht mehr fehlerfrei über die Lippen.

Nach dem siebten oder vielleicht auch schon achten „Seelentröster" – er hatte nicht mitgezählt – fragte der Wirt freundlich, ob „es noch etwas sein dürfe", doch verriet die Tonlage, dass er die Kneipe gerne schließen und Feierabend machen möchte. Es war inzwischen fast zehn Uhr, Kollmann seit einer halben Stunde der letzte Gast; neue Gäste wurden an diesem Freitagabend trotz der noch recht frühen Stunde wohl nicht mehr erwartet, weil im Nachbarort das traditionelle Schützenfest mit dem abendlichen Königsschießen stattfand. Kollmann hatte ein Einsehen mit dem armen Kerl von Wirt und bat deshalb um die Rechnung, „ich möchte beschalen, bitte".

Ohne nachzudenken, antwortete der Wirt „31,80 bitte", Kollmann legte 40 € auf den Tisch und gab dem Wirt durch ein ungelenkes Handzeichen zu verstehen, dass er auf das Wechselgeld verzichte.

Der Wirt war freudig überrascht, er hatte auf 35 € gehofft!, und fragte den „Herrn, wohin denn die Reise mit dem Fahrrad noch gehen solle". Auf Kollmanns „nur schnell nach Münschter schurück" machte der Wirt einen anerkennenden Gesichtsausdruck. Dagegen machte er sich keine ernsthaften Sorgen, dass der genossene Alkohol ein Problem darstellen und der „Herr aus Münster" deshalb vielleicht vom rechten Weg abkommen könnte. Auch wenn der recht sonderbare Gast leichte Ausfallerscheinungen in Gestalt eines viel zu hohen Trinkgelds und kleiner Sprachprobleme zeigte, war er im Verhältnis zu vielen seiner sonstigen Gäste fast noch als nüchtern zu bezeichnen. Auto fahren war sicher nicht mehr, daran würde er ihn hindern müssen, aber mit dem Fahrrad nach Münster würde es wohl noch gehen. Der Wirt sah sich jedenfalls nicht in der Pflicht, den Angetrunkenen von der Fahrt abzuhalten. Kollmann erklärte mit verwaschener Stimme, er gehe noch mal „gansch schnell für kleine Jungschs" und danach gehe „die Poscht mit dem ollen Recken Spartakus aber scho was von ab, holla die Waldfee".

Es kam ihm gar nicht in den Sinn, dass er wegen seiner Promille auch bei einer Fahrt mit dem Fahrrad Probleme bekommen könnte, auch solche dienstrechtlicher Natur. Er würde sich gegebenenfalls eine gute Ausrede einfallen lassen, zumal er als Richter insoweit viel Anschauungsunterricht genoss. Kollmann schwang sich auf sein Fahrrad, „komm her, du alter Schossen!" Etwa eineinhalb Stunden später – sein Sparti hatte nicht immer die optimale Linie gefunden – erreichte er „das kleine Schloss". Es war sehr ungewohnt, dass Therese nicht zu Hause war, dass das Haus leer war. Das kam recht selten vor, und es gab feine Abstufungen. Wenn er wusste, dass Therese zum Singen im Gemischten Gesangverein Concordia von 1902 oder bei ihren Bridgefreundinnen war und in wenigen Stunden nach Hause zurückkehren würde, war das Haus zwar leer, fühlte sich aber nicht leer an. Wenn er hingegen wusste, dass Therese für zwei oder drei Tage nicht zu Hause sein würde, dann fühlte sich das Haus, sobald seine Frau das Gartentor hinter sich geschlossen hatte, schon leer an. Sonderbar, denn in beiden Fällen war Therese nicht zu Hause, sodass das Haus „leer war", aber nur in einem Fall fühlte es sich auch leer an.

Seine ohnehin schon gedämpfte Stimmung erfuhr durch das Wissen um Thereses längerfristige Abwesenheit einen weiteren Dämpfer. Er fühlte sich einsam, allein gelassen, er hatte Mitleid, großes Mitleid mit sich selbst, er versank geradezu in Selbstmitleid. Er warf „The Dark Side Of The Moon" von Pink Floyd in den CD-Spieler. Eine Scheibe, die er schon seit Jahren nicht mehr gehört hatte. Er war nicht lediglich traurig, nein, er trauerte, er trauerte intensiv, aber ohne so recht zu wissen warum, wieso, weshalb. Irgendwie um Eva, aber auch irgendwie nicht.

Der Titel der CD und die Musik passten perfekt zu seiner düsteren Stimmung, denn Kollmann wähnte sich auf der dunklen Seite des Mondes. Dabei kam ihm nicht in den Sinn, dass es eine solche Seite gar nicht gibt, sondern der Begriff nur fälschlicherweise für die der Erde abgewandte Seite des Mondes verwendet wird. Es interessierte ihn auch nicht die Bohne, dass dort Anfang des Jahres ein chinesisches Raumschiff gelandet war.

The Dark Side Of The Moon verstärkte Kollmanns Gefühle. Er begann – was er sonst nie tat, denn er war ja ein Mann – zu weinen, zunächst fast lautlos, dann stärker, schließlich richtig stark, richtig laut, gerade hemmungslos. Er ließ sich gehen, er ließ es mit sich geschehen, er fühlte sich verloren, er war verloren. Er wusste nicht, was er tun sollte, er wusste nicht, was er lassen sollte. Er war fertig, er war am Ende, er war auf der dunklen Seite des Mondes gelandet, wobei ihn nach wie vor nicht im Geringsten störte, dass es diese Seite gar nicht gibt, weil auch hier die Sonne scheint, was allerdings von der Erde aus nicht zu sehen ist.

Kollmann entkorkte mit Mühe eine Flasche Rotwein, stellte den CD-Spieler auf „repeat", legte sich auf den nackten gefliesten Fußboden des Wohnzimmers und verfiel in Gedanken. Es stand alles auf dem Spiel, alles. Noch hatte er Therese, noch hatte er seine Ehe; er blickte auf die 28 glücklichen, harmonischen und schönen Ehejahre zurück. Klar, es hatte auch mal die eine oder andere Krise gegeben, und sogar das Wort Scheidung war mehr als einmal gefallen, aber diese Zeiten lagen schon so lange zurück, dass Kollmann sich kaum noch an sie erinnerte, sie gehörten der Vergangenheit an. Viel lieber dachte er an seine drei Kinder, an die beiden Enkelkinder. Selbstredend war er – wie alle anderen Großväter auch – „der allerbeste Opa der Welt!", aber bei ihm stimmte das sogar, verdammt noch mal. „ICH BIN DER BESTE OPA DER WELT!"

Er dachte auch an das nicht gerade kleine Häuschen auf der Sentruper Höhe, „für zwei alte Menschen eigentlich viel zu groß", in Fahrradentfernung zur Innenstadt, „unser Auto steht sich kaputt". Ein stolzes Anwesen, um das die Kollmanns von vielen beneidet wurden. Heute sind derartige Objekte in Münster – für Otto-Normal-Verdiener, aber auch für besserverdienende FDP-Wähler – nahezu unerschwinglich. Damals waren sie mutig genug gewesen zu kaufen, obwohl die Zinsen – im Verhältnis zu heute – schwindelerregend hoch waren. Therese hatte dennoch mit einem leicht abgewandelten Rilke-Zitat „wer jetzt kein Haus kauft, kauft sich keines mehr" auf den Erwerb gedrängt, wofür Kollmann ihr heute mehr als dankbar war. Ihr Anwesen hatte gerade in den letzten Jahren nicht zuletzt wegen des 650 m² großen Grundstücks in „Süd-West-Ausrichtung" eine schier unglaubliche Wertsteigerung erfahren.

Außerdem übte er einen Beruf aus, der ihm ein auskömmliches Einkommen bescherte – einige Kollegen sahen das freilich ganz anders und wähnten sich an der Armutsgrenze –, einen Beruf, den er zwar nicht innig liebte und von dem er auch nicht sicher wusste, ob er ihn wieder ergreifen würde, den er aber ohne großen Stress und ohne große Probleme ausüben konnte, wohl auch für die noch vor ihm liegenden zehn Jahre.

In dieser überschaubaren kleinen, fein wohlgeordneten bürgerlichen Welt hatte Eva eigentlich, aber eben nur eigentlich, keinen Platz, einfach keinen Platz, aber er wollte ihr einen Platz einräumen, einen Platz für sie schaffen. Doch wie sollte das gehen? Das würde nicht gehen, das würde gar nicht gehen, das war unmöglich. Das würde seine kleine Welt aus den Angeln heben, drohen, sie zu zerstören. Und das Verrückte war, dass Eva von all dem gar nichts wusste; es war bisher allein *sein* Wunsch, *seine* Entscheidung. Und dabei kannte er sie nicht einmal, er wusste nach wie vor nahezu nichts von ihr. Klar, er hatte sie einige Male gesehen, aber kaum ein Wort mit ihr gewechselt, ein privates schon gar nicht. Vor allen Dingen hatte Eva gar nichts, rein gar nichts zu dieser Situation beigetragen, sie hatte lediglich zuverlässig und freundlich ihren Job als Kassiererin im Drogeriemarkt ausgeübt.

Kollmann wusste nicht, dass Eva den „kleinen Trottel" nicht wiedererkannt hatte. Sie erinnerte sich – da es außergewöhnlich war – zwar vage daran, dass ein Kunde vor einiger Zeit für eine Kundin einen kleinen Betrag übernommen hatte, aber sie hatte keine konkrete Erinnerung an das Aussehen des hilfsbereiten Mannes, ein älterer?, und auch nicht daran, dass dieser das Zwei- mit dem Fünf-Cent-Stück verwechselt hatte. Das passierte immer wieder.

Eva hatte Kollmann also nicht durch ein bewusstes Nicht-wieder-erkennen-wollen schonen wollen, wie er sich beharrlich einredete. Das entsprang allein *seiner* falschen Wahrnehmung, das hatte *er* sich so zurechtgelegt. Damit hatte sie nichts zu tun. Kollmann steigerte sich indes mehr und mehr in diese schon ins Wahnhafte abgleitende Vorstellung. Das war umso erstaunlicher, als er von Haus aus ein eher nüchterner Mensch war, der an so Dinge wie „Liebe auf den ersten Blick" nicht glaubte. Das war Hokuspokus. So etwas gab es im wirklichen Leben nicht. Es existierte nur in den für halb debile Leser verfassten Kurzgeschichten, die in den beim Friseur ausliegenden Zeitschriften erschienen, oder aber in „Groschenromanen", die es immer noch zu kaufen gab, die jedoch inzwischen teilweise mehr als 100 Groschen kosteten.

Indes, wie Juristen so gerne formulieren, lag dieser Fall, *sein* Fall, anders, da war Kollmann sich sicher. Er war gerade *nicht* mit anderen Fällen zu vergleichen, denn hier ging es um etwas ganz Besonderes, hier ging es um ihn und Eva. Jede Parallele zu anderen, auf den ersten Blick ähnlich gelagerten Sachverhalten verbot sich daher, es gab sie einfach nicht. Dies sagte Kollmann sich in dieser Nacht nicht nur einmal, sondern wiederholte es wie ein Mantra wieder und wieder. So lange, bis er es endgültig glaubte, bis alle Zweifel ausgeräumt waren. Und deshalb konnte er, durfte er nicht aufhören, er musste für diese Beziehung, für diese Liebe, arbeiten, kämpfen, Opfer bringen. So einfach war das, auch wenn es schwierig werden würde.

Über diese stark alkoholgetränkten Gedanken schlief Kollmann ein. Erst gegen vier Uhr morgens schreckte er auf und wechselte seine Schlafstelle vom Fußboden des Wohnzimmers ins eheliche Schlafzimmer, ohne der dunklen Seite des Mondes Ruhe zu gönnen. Mit Mühe zog er sich Schuhe, Hose und Pullover aus und warf sich aufs Bett. Als er morgens erwachte, warf er einen fast ängstlichen Blick nach rechts zur anderen Betthälfte und war erleichtert, dass diese unbenutzt war. Er hatte einen wilden Traum gehabt; er hatte geträumt, dass Eva dort läge, Eva statt Therese, die mit ihren Bridgefreundinnen in Sachen Wellness im Sauerland war. Eva im ehelichen Schlafzimmer. Mein Gott, so weit war es schon gekommen.

Kollmann hatte nach dem Aufwachen Kopfschmerzen, heftige Kopfschmerzen, ihm war übel, sein Magen revoltierte. Er stand kurz davor, sich zu übergeben, zu „reihern". So hatte man es zu Studienzeiten genannt, in denen er nachts durch die Münsteraner Kneipen gezogen war. Die letzte Station war oft der „Nordstern" gewesen, wo bis spät in die Nacht zu den letzten Bieren die legendären Hähnchen serviert wurden. Der gestern verkonsumierte Alkohol war zu viel, eindeutig zu viel, ganz eindeutig zu viel gewesen. Diverse Cognacs, danach Rotwein, viel Rotwein, zu viel Rotwein. Er, der Alkohol kaum noch gewöhnt war, „hatte sich richtig die Kante gegeben", noch so ein blöder Ausdruck aus lange vergangenen Zeiten.

Im Wohnzimmer stellte Kollmann zunächst den CD-Spieler aus, danach stieß er auf die Reste seines nächtlichen Trinkgelages. Zwei Rotweinflaschen waren leer – er erinnerte sich nicht daran, die zweite geöffnet zu haben –, das berühmte „letzte Glas“ war offenbar umgefallen und hatte einen hässlichen roten Fleck auf den hellen Fliesen hinterlassen. Auch das noch, er würde Mühe haben, diese Spuren zu beseitigen.

Kollmann beließ es bei einer Katzenwäsche, verzichtete auf die Rasur, zog lediglich den Bademantel an, setzte sich einen starken Kaffee auf, trank fast einen Liter Leitungswasser, nahm zwei Aspirintabletten, die er im Medizinschrank im Badezimmer gefunden hatte, ohne zu wissen, ob diese ihm helfen würden, und setzte sich an den Frühstückstisch. Aber er hatte keinen Appetit, er brachte nur eine Scheibe trockenes Vollkornbrot herunter. Die MZ hatte er zwar aus dem Briefkasten geholt, ließ sie aber ungelesen liegen.

So saß er einige Minuten, bei Kaffee und trockenem Brot, „bloß keine Butter“. Dann fasste er einen Plan: Er würde Eva einen Brief schreiben und ihr alles erklären. Danach würden sie sich treffen und alles würde gut werden, so sein Plan. Aber wenn er ehrlich war, wenn er den Plan trotz seines Restalkohols nüchtern betrachtete, hatte er große Zweifel, ob dieser aufgehen würde. Wie heißt es doch so schön in der Dreigroschenoper von Bertolt Brecht im Lied von der Unzulänglichkeit menschlichen Strebens:

„Ja, mach nur einen Plan! Sei nur ein großes Licht! Und mach dann noch 'nen zweiten Plan, gehn tun sie beide nicht.“

Kollmann hatte einen Plan, aber es war nur *ein* Plan, ein einziger, einen zweiten Plan, einen „Plan B“, hatte er nicht. Der erste Plan musste aufgehen. So ging er in sein Arbeitszimmer und fuhr seinen PC hoch. Aber Kollmann tat nichts, denn er war unfähig, irgendetwas zu tun, denn er wusste nicht, was zu tun war, was er tun sollte, was er tun musste.

Jetzt saß er bereits seit zehn Minuten vor dem Computer und starrte auf die Tastatur.

Kollmann wusste nur zu gut, dass er diesen Brief, diesen Brief an Eva, nicht schreiben sollte, denn dieser Brief konnte gefährlich werden. Er wusste jedoch besser als nur zu gut, dass er den Brief trotz aller Gefährlichkeit schreiben würde. Aber er hoffte, nein, er ging als sicher davon aus, dass er den Brief nicht abschicken würde, denn er wollte ihn ja nur für sich schreiben, für sich, um endlich wieder mit sich ins Reine zu kommen. Doch zugleich befürchtete er, rechnete gar damit, dass er den Brief abschicken würde, und was das auslösen konnte, verhieß nichts Gutes. Also schrieb er diesen Brief beinahe so, als würde man ihn dazu zwingen. Bisher hatte er sich, gerade auch in seiner Berufspraxis als Richter, über zwanghafte Menschen eher amüsiert. Er hatte sie für nicht ganz voll genommen, aber jetzt drohte er selbst ein Neurotiker zu werden; oder war er bereits einer?

Wie sollte er nur anfangen, wie diesen verdammten Brief beginnen, den er doch eigentlich gar nicht schreiben wollte?

Er unternahm einen ersten Versuch: „Liebe Eva, dieser Brief wird dich vielleicht überraschen, aber …" Nein so ging das nicht. Er konnte sie nicht mit „Liebe Eva" ansprechen und er konnte sie auch nicht einfach duzen, denn sie kannte ihn ja noch gar nicht. Mehr noch: Sie ahnte gar nichts von ihm. Also löschte er das bisher Geschriebene und begann erneut: „Sehr geehrte Frau Hartmann, ich erlaube mir, Ihnen diesen Brief zu schreiben, weil …" Nein, so ging das auch nicht. Viel zu förmlich, er musste einen Weg irgendwo dazwischen finden, nicht zu vertraulich, aber auch nicht zu förmlich, beides konnte abschrecken. Er durfte nicht mit der Tür ins Haus fallen, aber er musste einen Zugang finden.

Also ein dritter Versuch: „Liebe Frau Hartmann, Sie sind sicher überrascht, diesen Brief zu erhalten, aber ..." Nein, das war es auch nicht. Mist, verdammter!

Kollmann fand es nämlich merkwürdig, wenn er in E-Mails von Menschen, mit denen er gar nichts oder nur wenig zu tun hatte, mit „*Lieber* Herr Kollmann" angeredet wurde, denn er war äußerst zurückhaltend in der Verwendung des Attributs „lieber". Innerhalb der Familie sah das natürlich anders aus, etwa wenn er seinen Kindern eine E-Mail schrieb. Bei seinem Bruder, zu dem er einen recht engen Kontakt pflegte, war es schon nicht mehr so einfach. War das der „Liebe Jürgen" oder doch besser der „Hallo Jürgen"? Ähnlich verhielt es sich mit den Nachbarn und den Freunden aus dem Sportverein, auch wenn man sich schon jahrelang kannte und duzte. Kollmann hatte auch Probleme mit der gern genutzten Endfloskel der „Lieben Grüße", erst recht in der LG-Form. „LG" stand für Landgericht und für nichts anderes. Allenfalls eignete es sich daneben noch als Kfz-Kennzeichen für Lüneburg. Mit dieser modernen LG-Floskel hatte er jedenfalls nichts am Hut. Auch wenn sich Sprache weiterentwickelt und die Bedeutung von Begriffen einem Wandel unterworfen ist, ging es Kollmann auch nicht über die Lippen, ein Ereignis, nein, natürlich ein Event als „geil" oder gar „voll geil" zu bezeichnen. Er schreckte immer noch zusammen, wenn seine Kinder dieses Un-Wort seiner Kindheit und Jugend verwendeten.

Als besonders sonderbar empfand Kollmann es, wenn er – was allerdings nur selten passierte – beruflich veranlasste E-Mails von außerhalb des Gerichts bekam, die mit „Lieber" begannen. Über „Lieber Herr Richter bitte geben Sie mein Führerschein zurück isch fahre nie wieder mit Alkoholl isch schwöre beim Leben von meine Mutter“ hatte er sich hingegen unlängst amüsiert, zumal diese E-Mail nicht an ihn, sondern an den Kollegen Kohlemann vom Amtsgericht hätte gehen müssen, der als „Herr der Führerscheine“ fungierte.

Zwei Seelen wohnen ach! In meiner Brust
Johann Wolfgang von Goethe, Faust. Der Tragödie erster Teil

Samstag, 20. Juli 2019, 11:15 Uhr

Da es mit dem vermaledeiten Brief nicht vorangehen wollte und es im Haus leer und geradezu gespenstig ruhig war, machte Kollmann sich auf den Weg in die Innenstadt. Er würde einfach mal wieder wie in guten alten Zeiten ganz in Ruhe über den Wochenmarkt auf dem Domplatz bummeln. Damals hatte es noch in einer Ecke direkt am Dom den Verkaufswagen mit der leckeren Currywurst gegeben, die er – einem samstäglichen Ritual folgend – immer so gerne gegessen hatte, erst vor einigen Jahren hatte Kollmann sich eine freiwillige Selbstbeschränkung auf zwölf Würste pro Jahr verordnet! Leider war der Wagen von einem auf den anderen Samstag verschwunden gewesen. Heute gab es zwar an einer anderen Stelle einen größeren Stand, der auch Currywurst verkaufte, aber diese Wurst konnte es nach Kollmanns Meinung nicht mit der über lange Jahre geliebten Delikatesse aufnehmen, auch das Ambiente empfand er als weniger ansprechend.

Inzwischen war der Domplatz an Markttagen – gerade bei gutem Wetter wie heute – häufig so voll von Menschen, dass Kollmann den Spaß am Marktbummel ein wenig und Therese ihn gänzlich verloren hatte. Auch an diesem Tag waren wahre Menschenmassen unterwegs, offenbar hatten wieder zahlreiche Touristenbusse Münster angesteuert, ein guter Teil davon aus dem kleinen westlichen Nachbarland.

Waren heute schon viele Holländer auf dem Markt und in der Stadt, so ist ihr Andrang in der Adventszeit besonders groß. Es mutet fast so an, als wenn die Hälfte der etwa 17

Millionen Niederländer jährlich mindestens einmal zum Weihnachtsmarkt nach Münster fährt. Der in der ganzen Innenstadt aufgebaute Markt mit seinen 300 Ständen strahlt immer eine sehr schöne Atmosphäre aus, und alles wäre weihnachtlich friedlich, wenn da nur nicht die zahlreichen Besucher wären. Die meisten von ihnen haben gleichsam wie Getriebene das Bestreben, in möglichst schnellem Tempo von einem der fünf Standorte zu einem anderen zu wechseln, um sich nach dem schnellen Genuss eines Glühweins alsbald rasch auf den Weg zum nächsten Standort zu machen. Zwischen dem Platz hinter dem Rathaus, dem Aegidiimarkt, dem Kiepenkerl, der Lamberti- und der Überwasserkirche kommt es jedenfalls im wahrsten Sinne des Wortes zu einem regen Treiben. Besonders ins Auge und auch ins Ohr fallend sind die putzmunteren Damenrunden, die sich aus der Doppelkopp- oder Kegelkasse einen gemeinsamen Weihnachtsmarktbesuch gönnen. Die Weihnachtsfrauen tragen dabei häufig einen Kopfschmuck in Form eines blinkenden Hirschgeweihs und eilen frei nach dem Motto „alles rennet, rettet, flüchtet, taghell ist die Nacht gelichtet“ gleichsam als schillernde Erscheinung von einem Standort zum nächsten.

Im Verhältnis zum Andrang auf dem Weihnachtsmarkt nahm sich die Zahl der holländischen Gäste, die den heutigen Wochenmarkt bevölkerten, fast bescheiden aus. Zu diesen gesellten sich neben zahlreichen Münsteranern viele weitere auswärtige Touristen, von denen die meisten den Schlossplatz als Parkplatz nutzten. Dieser Platz ist auch der zentrale Abstellplatz für Busse, bisweilen finden sich dort mehr als 100 dieser großen Fahrzeuge. Unter der Woche dient das weite

Areal auch den Gästen und Mitarbeitern der Universität und des Amts- und Landgerichts als Parkmöglichkeit.

Der Schlossplatz hatte zunächst „Neuplatz“ geheißen, 1927 war er zu Ehren des 80-jährigen Geburtstags des neuen Namensgebers in „Hindenburgplatz“ umbenannt worden. Kaum hatte der Münsteraner Stadtrat nur volle 85 Jahre später im Jahre 2012 mit einer Zweidrittelmehrheit – die CDU im Rat stimmte dagegen – eine Umbenennung in „Schlossplatz“ herbeigeführt, machte sich eine maßgeblich von der Jungen Union getragene Bürgerinitiative dafür stark, den Namen des Reichsmarschalls, der Hitler im Januar 1933 zum Reichskanzler ernannt hatte, wieder zu verwenden. An einem dazu durchgeführten Bürgerentscheid nahmen lediglich 40 % der wahlberechtigten Münsteraner teil, die mit rund 60 % gegen eine Rückbenennung in „Hindenburgplatz“ votierten. Damit hatte sich in der Stadt des Westfälischen Friedens, die sich auch gerne mit dem Titel „Friedensstadt“ schmückt, gerade einmal jeder vierte Wahlberechtigte gegen die rückwärtsgewandte Rückbenennung ausgesprochen.

Nachdem Kollmann sich auf dem Wochenmarkt recht mühsam einen Weg durch die deutsch-holländische Menschenmenge erkämpft hatte, ging er zur Lambertikirche und nahm im vertrauten Café Platz.

„Guten Morgen, der Herr, wie üblich Cognac und Wasser?“, wurde er freundlich begrüßt.

„Nein danke, heute erst mal nur ein Wasser, gestern war es ein Cognac zu viel.“

„Verstehe. Soll ich vielleicht sofort eine große Flasche Wasser bringen?“

„Gute Idee, bitte mit Kohlensäure.“

„Kommt sofort.“

Kollmann registrierte mit Freude, dass die nette Bedienung mit „kommt sofort“ und nicht mit „sehr gerne“ geantwortet hatte. Dieses blöde „sehr gerne“ hatte es vor 20 Jahren noch gar nicht gegeben. Irgendwann war es in Mode gekommen und hatte einen unaufhaltbaren Siegeszug angetreten.

„Sehr gerne, sehr gerne“, alles wurde scheinbar „sehr gerne“ erledigt, auch von Servicekräften, die nicht den Eindruck vermittelten, als seien sie gerne, geschweige denn sehr gerne im Service. Einige hatten ihren Beruf echt verfehlt. Nicht so sehr vom Aussehen, dafür konnten sie nichts, sondern mehr in der Art und Weise, wie sie die Gäste bedienten. Kollmann war bei Lokalbesuchen jedenfalls das eine oder andere Mal echt bedient gewesen. Er hatte es aber dennoch nicht übers Herz gebracht, gar kein Trinkgeld zu geben.

Was das Aussehen der Servicekräfte betraf, musste Kollmann an ein legendäres Urteil des Bundesgerichtshofs denken, über das seine Kommilitonen und er sich bereits im Studium köstlich amüsiert hatten. Eine Fernsehansagerin war in einem großen deutschen Magazin, das Jahrzehnte später angebliche Hitlertagebücher ankaufen sollte, als „ausgemolkene Ziege“ bezeichnet worden, die „in ein zweitklassiges Tingeltangel auf der Reeperbahn“ passe und bei deren Anblick den Zuschauern „die Milch sauer“ werde.

Aufgrund der Härte des Angriffs und des „tierischen Vergleichs“ mit einer dazu gar „ausgemolkenen“ Ziege bejahte der BGH eine unzulässige Schmähkritik mit dem Ziel der Diskreditierung der Person und sprach der Ansagerin ein für damalige Verhältnisse hohes Schmerzensgeld in Höhe von 10.000 DM zu. Diese seinerzeit heftig kritisierte Entscheidung aus dem Jahre 1963 gilt auch heute noch als ein Meilenstein für die Anerkennung der Ersatzfähigkeit immateriellen Schadens im Fall der Verletzung von Persönlichkeitsrechten. Kurz gesagt: Keine Sternstunde für den Journalismus, aber eine solche für die Rechtsprechung.

Wie selbstverständlich unternahm Kollmann 1,4 l Wasser später – eine zweite Flasche hatte Not getan – einen kleinen Kontrollgang, der ihn selbstredend an dem in der Nähe befindlichen Drogeriemarkt vorbeiführte, doch Eva war leider nicht zu sehen. Dem Drang, den Markt zu betreten und nach ihr zu suchen, widerstand er.

‚So bringt das doch nichts!', dachte er, ‚ich muss endlich in die Hufe kommen und einen seriösen Kontakt zu Eva aufbauen. Ich kann sie doch nicht einfach so im Markt ansprechen. Was hätte ich denn sagen sollen und wie hätte sie reagiert? Etwa: „Hallo, ich bin der Heinrich, möchten Sie vielleicht nach Feierabend eine Tasse Kaffee oder ein Glas Wein mit mir trinken?"'

Toll, wie originell wäre das denn? Natürlich hätte sie dieses „großartige Angebot" nicht angenommen, das ihr gerade ein älterer Herr, der ihr Vater sein könnte, gemacht hätte. Vielleicht hätte Eva vor Schrecken sogar den Filialleiter gerufen oder sonst etwas Unbedachtes getan, was Aufmerksamkeit erregt hätte.

Nee, nee, er musste anders vorgehen, er musste ihr einen Brief, diesen verdammten Brief schreiben. Daran wollte er sich heute Nachmittag noch einmal versuchen, aber nicht am Computer. Nein, er würde den Brief mit der Hand schreiben. So ein handschriftlicher Brief ist doch gleich viel persönlicher, und hier ging es ja um viel Persönliches. Er durfte Eva dabei nicht überfahren, er musste ihr vielmehr die Möglichkeit geben, sich ganz in Ruhe für ein Treffen mit ihm zu entscheiden.

Zu Hause suchte er erfolgreich Papier und Kugelschreiber und fragte sich, wann er zum letzten Mal einen Brief mit der Hand geschrieben hatte. Er wusste es nicht. Seine Handschrift bemühte er nur noch, um in den Sitzungen der Strafkammer als Berichterstatter die Zeugenaussagen mitzuschreiben. Sei's drum, er wollte es probieren. Und als er jetzt mit der Hand schrieb, fiel ihm die Formulierung „Liebe Frau Hartmann" überraschend leicht.

Liebe Frau Hartmann,
ich möchte Sie bitten, sich ein paar Minuten Zeit zu nehmen, um diesen Brief zu lesen. Sie kennen mich noch nicht, aber ich möchte gerne, dass Sie mich kennenlernen, dass wir uns kennenlernen. Ich habe einige Male in dem Drogeriemarkt eingekauft und mich immer darüber gefreut, wenn Sie an der Kasse saßen, weil Sie eine so freundliche und nette Art haben. Ich finde Sie sehr sympathisch und möchte Sie deshalb auf einen Kaffee, auf ein Glas Wein oder auch zum Essen einladen. Natürlich ist das mit keinerlei Erwartung meinerseits oder einer Verpflichtung Ihrerseits verbunden. Es geht mir einfach nur um das Kennenlernen.
Ich würde mich wirklich sehr freuen, wenn Sie mir eine Nachricht per WhatsApp schicken würden. Meine Nummer lautet 01725 23 75 349.
Mit freundlichen Grüßen
Ihr Heinz

Kollmann hatte lange überlegt, ob er den Brief nur mit seinem Vornamen oder mit Vor- und Nachnamen unterschreiben sollte. Er hatte sich dann dafür entschieden, nur den Vornamen zu verwenden, weil er nicht einschätzen konnte, wie

Eva reagieren würde. Wenn sie auch seinen Nachnamen wüsste, wäre es nämlich ein Leichtes für sie herauszufinden, wer er war, welchen Beruf er ausübte und wo er wohnte. Er traute Eva weiß Gott nichts Böses zu, aber Vorsicht ist nun mal bekanntlich die Mutter der Porzellankiste.

Eine kurze Eingabe bei Google hätte Eva vermutlich zu seinem Beruf geführt, da der Geschäftsverteilungsplan des Landgerichts mit den Klarnamen aller Richter im Internet veröffentlicht war. Außerdem standen Therese und er im gedruckten Telefonbuch und waren auch in „telefonbuch.de" zu finden. Diesen Eintrag wollte er eigentlich schon lange löschen lassen, war aber immer wieder darüber hinweggekommen. Deshalb wählte er die Lösung, nur mit seinem Vornamen zu unterschreiben. Auf die Angabe eines Absenders auf dem Briefumschlag verzichtete er ganz.

Er las den Brief noch mehrfach durch, tütete ihn dann ein und klebte eine Briefmarke auf den Umschlag, wobei er zuvor nachsehen musste, wie hoch das Briefporto war. Er meinte sich zu erinnern, dass es in letzter Zeit eine Erhöhung gegeben hatte, aber er wusste ohnehin nicht, was ein Brief kostete. Er wusste ja nicht einmal, wann er seinen letzten Brief abgeschickt hatte. Vermutlich war es ein Brief mit Arztrechnungen an seine private Krankenversicherung gewesen, für die Übersendung der Unterlagen an die Beihilfestelle nutzte er den kostenlosen Dienstweg.

Weite Teile seiner Korrespondenz erledigte Kollmann per E-Mail. Seit zwei Jahren – er hatte sich lange dagegen gesträubt – war er sogar Besitzer eines Smartphones und nutzte hin und wieder, insbesondere um Kontakt zu seinen Kindern zu halten, WhatsApp. Allerdings verstand er nicht, warum sämtliche Familienmitglieder aus der WhatsAppgruppe „Family" gleich mehrere Fotos zugeschickt bekamen, wenn eines seiner beiden Enkelkinder mehr oder weniger erfolgreich Spinat gegessen hatte und warum es im Sekundentakt Reaktionen hagelte, „oh wie süüüüß!!!", „ist daaaas niedlich!" „schöner geht nich!". Um sich nicht zu überfordern, machte Kollmann um Facebook, Instagram und die anderen unsozialen Medien nach wie vor einen großen Bogen. Er wusste letztlich nicht einmal, wie diese funktionierten, geschweige denn, wofür diese gut waren.

Kollmann adressierte den Brief

An Frau

Eva Hartmann

und fügte den Namen und die Anschrift des Drogeriemarktes hinzu.

Nach kurzer Zeit riss er den Umschlag jedoch wieder auf, um den Brief noch einmal zu lesen. Er war unsicher, ob er den richtigen Ton getroffen hatte, er war noch unsicherer, ob er den Brief abschicken sollte. Heute würde er das auf keinen Fall tun, vielleicht morgen, vielleicht übermorgen, vielleicht aber auch nie.

Er las ein wenig in der Tageszeitung und machte sich an das Kreuzworträtsel. Dabei musste er schnell feststellen, dass seine Kenntnisse in der griechischen Götterwelt nicht die besten waren, obwohl er doch auf dem Paulinum neben dem Großen Latinum auch das Graecum erworben hatte. Er wusste auch nicht, was ein geländegängiges Motorrad ist. Zudem scheiterte er an Nebenflüssen von Hauptflüssen, zumal er nicht einmal deren Namen kannte. Zurück blieb kein halbwegs gelöstes Kreuzworträtsel, sondern ein Flickenteppich. So zog sich der Nachmittag dahin. Kollmann hatte den

Brief noch nicht wieder verschlossen, dieser lag geöffnet auf dem Couchtisch.

Ab sechs Uhr schaute er sich die Sportschau, besser die „Fußballschau“ an, denn in der ganzen Sendung wurde wie so oft nur über Fußball berichtet, beginnend mit der dritten (!) Liga, heute mit einem Auswärtsspiel von Preußen Münster gegen den TSV 1860 München, das unentschieden ausging. Andere Sportarten wie Basketball, Handball oder Volleyball gab es in Deutschland offenbar nicht mehr. Nach der Tagesschau stand eine Quizsendung auf dem Programm, in der altkluge Kinder, die sich wie alberne Erwachsene benahmen, gegen alberne Erwachsene, die sich wie altkluge Kinder benahmen, befeuert von einem kindlich-altklugen Moderator zum „ultimativen XXXXXL-Quiz-Duell“ antraten.

‚Mein Gott, was für ein Schwachsinn im Fernsehen gezeigt wird. Und das von meinen Gebühren‘, dachte Kollmann, stellte den Flimmerkasten aber nicht aus, sondern ließ ihn einfach ohne hinzusehen weiterflimmern. Alkohol rührte er an diesem Abend nicht an, der gestrige wirkte immer noch nach.

Am Sonntag schlief Kollmann recht lange. Den Tag verbrachte er mit konsequentem Nichtstun. Kurz nach fünf Uhr kam Therese zurück, und sofort fühlte er sich nicht mehr so allein. Gut zwei Stunden später brachen Therese und er mit den Fahrrädern zu ihrem Lieblingsitaliener an der Kreuzkirche auf. Dort genossen sie auf der leicht erhöhten, in der Abendsonne liegenden Terrasse bei einer Flasche Grauburgunder – der Wein schmeckte Kollmann schon wieder, Cognac hätte noch nicht gemundet – neben der Antipasto Misto die Pizza Pescatore mit Spinat, Lachs, Knoblauchsahnesoße und erfreuten sich in der später aufkommenden Dämmerung am Anblick der illuminierten Kirche. Eine friedliche und schöne, fast südländische Atmosphäre. Alles war eigentlich gut, aber eben nur eigentlich, denn Kollmann dachte viel, und er dachte die falschen Gedanken, er dachte an Eva, beim Essen, später beim Fernsehen, Anne Will, furchtbares Durcheinandergequatsche aller Gäste, vor dem Einschlafen am Abend und nach dem Aufwachen am Montagmorgen.

Am Montag nahm er den Brief, den er im Schreibtisch seines häuslichen Arbeitszimmers verwahrt hatte, mit zum Landgericht, hatte ihn aber auch am Abend nach seiner Rückkehr vom Gericht noch nicht in einen Briefkasten geworfen. Der Brief steckte wie eine schwere Last in der linken Tasche seines Jacketts. Kollmann trug ihn also direkt über dem Herzen. ‚Eva über meinem Herzen, Eva in meinem Herzen, Eva, mein Herz!'

Und im nächsten Moment dachte er ‚was für ein Unsinn, was für ein Quatsch, was für ein dummes Zeug!'. Er und Eva, Eva und er, Eva, die von nichts wusste, und er, der nicht wusste, was er tun sollte, aber auch nicht, was er lassen sollte: Diesen Brief sollte er jedenfalls *nicht* abschicken, er sollte ihn verschwinden lassen, am besten zerreißen und ins Altpapier werfen. Noch besser wäre es, in sein kleines häusliches Arbeitszimmer zu gehen, den kleinen Papierhäcksler anzustellen und den Brief hineinzustecken, und danach alles zu vergessen, Eva zu vergessen und seine naive pubertäre Schwärmerei zu beenden.

Er mochte sich nicht ausmalen, was passieren würde, wenn er den Brief nicht abschicken würde und Therese ihn fände. Würde sie den Umschlag öffnen, würde sie den Brief lesen? Das glaubte er zwar nicht, aber sie würde natürlich fragen, was es mit dem Brief auf sich habe, wer Eva Hartmann sei und warum er dieser einen Brief geschrieben habe.

Was sollte er dann antworten, was konnte er dazu sagen? Nichts. Gar nichts. Absolut gar nichts. Er hätte keine auch nur halbwegs plausible Erklärung geben können, nicht einmal eine blöde Ausrede wäre ihm eingefallen. Deshalb musste der Brief verschwinden, ganz schnell, für immer. Und Eva musste verschwinden, ganz schnell aus seinen Gedanken verschwinden, und zwar für immer. Endgültig.

All das quälte ihn, ja oder nein, nein oder ja, vielleicht oder auf keinen Fall oder eventuell oder doch nicht oder vielleicht doch? Er wusste es nicht, er wusste es wirklich nicht.

Erst am Dienstag beim Frühstück fällte er eine Entscheidung: Er wollte, er würde es darauf ankommen lassen! Er fuhr mit Spartakus am Landgericht vorbei zur Post am Domplatz – seine Sitzung begann erst um 10:00 Uhr – und warf den Brief ein, jedenfalls fast ein. Denn im letzten Augenblick zog er ihn aus dem Schlitz des Briefkastens wieder heraus und steckte ihn erneut ins Jackett, an sein Herz. Auf dem Weg zum Landgericht tastete er immer wieder, ob sich der Brief noch an seinem Platz befand; er musste gut auf ihn Acht geben, ihn wie seinen Augapfel hüten. Kollmann malte sich das Schreckensszenario aus, dass ihm dieser Brief abhanden käme, dass er ihn verlieren würde. Ein freundlicher Zeitgenosse könnte diesen finden und in den nächsten Postkasten werfen. Vielleicht würde der Brief aber auch nicht gefunden, wäre der Witterung ausgesetzt und würde langsam verrotten. Auf jeden Fall wüsste er im Falle eines Verlustes nicht, ob der Brief an Eva unterwegs oder nicht unterwegs wäre. Das durfte auf keinen Fall passieren. Deshalb deponierte er den Brief im Schreibtisch seines Dienstzimmers im Landgericht.

Damit entfiel das Verlustrisiko, zugleich war ausgeschlossen, dass Therese einen verhängnisvollen Fund machen könnte. Das eigentliche Problem war hingegen nicht gelöst, denn den nicht abgeschickten Brief gab es ja nach wie vor. Kollmann als Einzelrichter musste sich eingestehen, dass er keinen Schritt weitergekommen war.

Seine heutige Sitzung als lief gut: Zweimal Diesel, eine Räumung eines Geschäftslokals und eine heftige Beleidigung im Internet standen auf dem Terminzettel. In den Dieselsachen stemmte sich die für die VW-Anwälte mit Untervollmacht auftretende junge Rechtsanwältin auftragsgemäß gegen einen Vergleich, sodass Kollmann zwei Textbausteinurteile zu schreiben, besser zu erstellen hatte.

Der Mietprozess war juristisch einfach zu lösen, da die vom Vermieter erklärte fristlose Kündigung eines Mietvertrags über einen Grillimbiss in Albachten, „x-tra heiß zum kleinen Preis“, wegen mehrmonatigen Zahlungsverzugs des Mieters wirksam war. Also war der Mieter verpflichtet, den Imbiss zu räumen. Dieser spielte aber offenbar auf Zeit, um seinen Betrieb noch einige Monate am Laufen zu halten. Denn auch nach einem Räumungsurteil konnten, sollte der Mieter nicht freiwillig ausziehen, bis zur dann erforderlichen Räumung durch den Gerichtsvollzieher noch Monate ins Land gehen. Mit einem rechtskräftigen Urteil steht nämlich nur fest, *dass* ein Mieter die Mietsache räumen muss, aber nicht, dass er das auch tut.

Im vierten Verfahren war es erforderlich, ein Sachverständigengutachten einzuholen, da der Beklagte, obwohl die Indizien erdrückend waren, steif und fest behauptete, er habe die im Internet verbreiteten beleidigenden Äußerungen über den Kläger nicht getan. „Ein Vollpfosten, bei dem das

Holz gammelt", „die allergrößte Pfeife im Spielmannszug", „ein auf einen Fettkloß geschraubtes Spatzenhirn". Weil nach Lage der Dinge davon auszugehen war, dass der Computer des Beklagten für die Beleidigungen genutzt worden war, flüchtete sich dessen Rechtsanwalt in die Behauptung, dass sich ein Unbekannter, vermutlich aus Russland, „Mafia", in das System seines Mandanten eingehackt habe. Der Anwalt war sich nicht zu schade, sich für die Täterschaft durch die Russenmafia auf den Prima-facie-Beweis, Beweis des ersten Anscheins, zu berufen, weil der Kläger Ivan Iwanowitsch und dessen Ehefrau Olga heiße. Und außerdem und sowieso werde bekanntlich ohnehin alles immer schlimmer. Er sage nur Wahlkampf in den USA. Kollmann hatte gelächelt und hätte gerne nachgefragt, ob der Rechtsanwalt diesen Vortrag ernst meine, hielt sich aber zurück, um keinen Befangenheitsantrag zu riskieren.

Nach einem schnellen Mittagessen in der Gerichtskantine, „Hausgemachte Frikadelle mit Kartoffelpüree und Leipziger Allerlei", der Senf war sehr lecker!, kehrte Kollmann in sein Dienstzimmer zurück. Er nahm den an Eva gerichteten Brief aus dem Schreibtisch und war nahe daran, diesen zu zerreißen. Jedoch hielt er inne und beschloss, den Brief spätestens bis zum Wochenende abzuschicken. Die Hängepartie musste nun endlich ein Ende haben. Seine Gefühle zu Eva waren stärker denn je, sie hatten den Zustand der Sehnsucht erreicht. Kollmann machte sich Gedanken über die Herkunft des Wortes „Sehnsucht". Mochte es daher kommen, dass jemand süchtig nach einem anderen war? Er fuhr den Computer hoch und gab „Sehnsucht, Begriff" ein.

Im Onlinelexikon für Psychologie und Pädagogik wurde er fündig:

„Sehnsucht ist allgemein betrachtet ein inniges Verlangen nach einer Person, einer Sache, einem Zustand oder einer Zeitspanne, die bzw. den man liebt oder begehrt, wobei diese mehr oder minder mit dem schmerzhaften Gefühl verbunden ist, den Gegenstand der Sehnsucht nicht erreichen zu können."

Ja, genau, so war es: Ein inniges Verlangen nach Eva, die er begehrte – von Liebe wollte er noch nicht sprechen –, verbunden mit dem schmerzhaften Gefühl, Eva möglicherweise nicht erreichen zu können.

Kollmann las weiter:

„Der psychologische Aspekt der Sehnsucht betrifft vor allem das Faktum, dass es bei einer Sehnsucht um etwas geht, das im gegenwärtigen Leben fehlt, dass man etwas nicht mehr hat, verloren hat, vielleicht noch nie hatte, vielleicht auch nie erreichen wird oder nur ganz schwer erreichen kann."

Auch das war hundertprozentig zutreffend, was Kollmann stark verwunderte. Denn seine Meinung von Seelenklempnern war nicht die beste. Aber diese Beschreibung passte, sie war aller Ehren wert. Auch deshalb las er weiter:

„In solchen Fällen hat der Betroffene eine ganz geringe Hoffnung, dieses erwünschte Gefühl jemals zu befriedigen, sodass die Sehnsucht daher in manchen Fällen krankheitswertige bis psychopathologische Züge annehmen kann, und zwar bis hin zu Formen der Todessehnsucht".

Nun, diese Aussage mochte häufig zutreffen, auf ihn allerdings nicht. Zwar vermochte Kollmann nicht einzuschätzen, ob er nur eine ganz geringe, eine geringe, eine mehr als geringe oder schon eine berechtigte Hoffnung hegte, Eva zu erreichen und damit das erwünschte Gefühl zu befriedigen. Auf keinen Fall würde seine Sehnsucht aber krankheitswertige oder gar psychopathologische Züge annehmen. Und von einer Todessehnsucht war er so weit entfernt wie Preußen Münster von der Deutschen Meisterschaft. Da war er sich ganz sicher, dazu war er mental viel zu stark und stand überdies mit beiden Beinen fest im Leben, so dachte er.

Als Richter hatte er mehr als einmal mit bemitleidenswerten Menschen zu tun gehabt, auf die obigen Beschreibungen zutrafen, weil deren Sehnsucht *krankheitswertige, auch psychopathologische* Züge ausgelöst hatte. An zwei Rechtsstreitigkeiten aus dem letzten Jahr erinnerte er sich besonders. In einem Fall ging es um einen Mann, der die Trennung von seiner Frau nicht akzeptieren wollte, im anderen Fall war es umgekehrt. Hier stellte eine Frau jahrelang ihrem Ex nach.

Beide Unterlassungsklagen waren erfolgreich. Allerdings hatte es im Nachhinein immer wieder „Theater gegeben", weil die Verurteilten sich nicht an Kollmanns Urteil gehalten hatten. Vielleicht waren sie dazu gar nicht in der Lage, weil sie sich der Sehnsucht nach dem Ex-Partner beziehungsweise der Ex-Partnerin nicht widersetzen konnten. Vielleicht waren diese Menschen krank – an diese Möglichkeit hatte Kollmann bisher gar nicht gedacht, sie war ihm nicht in den Sinn gekommen. Aber vielleicht hätte er daran denken sollen.

Auf jeden Fall war sicher, dass ihm dergleichen nicht passieren würde, so weit würde es nicht kommen. Sollte Eva ihn nicht kennenlernen wollen oder ihn nach einem Kennenlernen wider Erwarten zurückweisen, würde er dies natürlich sofort und vorbehaltlos akzeptieren. Keine Frage. Das war doch ganz klar. Krankheitswertige oder gar psychopathologische Folgen waren also ganz und gar ausgeschlossen. Insoweit hegte er keinerlei Befürchtungen oder gar Ängste. Es ängstigte ihn hingegen, dass er nicht wusste, wie er Eva und Therese – ‚man beachte die Reihenfolge', dachte Kollmann – „unter einen Hut bekommen" könnte.

Kollmann zögerte noch bis zum Freitag, dann machte er sich wie schon am Dienstag erneut auf den Weg zur Post am Domplatz, um nunmehr zur Tat zu schreiten. Hier hatte er ein Déjà-vu-Erlebnis: Wie vor drei Tagen öffnete er mit der linken Hand die Klappe des Briefkastens und steckte den Brief mit der rechten Hand in den Schlitz. Und wieder zögerte er. „Rein oder nicht rein?", das war hier die Frage. Er stand, er verharrte, er überlegte, er war unschlüssig.

„Entschuldigung, es wäre schön, wenn Sie sich entscheiden könnten, weil ich im Gegensatz zu Ihnen ganz sicher weiß, dass ich meinen Brief einwerfen möchte", vernahm Kollmann eine fremde Stimme, bezog die Aussage aber nicht auf sich. Zwar waren seine Ohren auf Empfang gestellt, sein Gehirn weigerte sich aber, das Gehörte zu verarbeiten. Es war anderweitig beschäftigt. Das Multitasking funktionierte heute nicht.

„Verdammt, es reicht. Ich habe nicht ewig Zeit!" Damit drängte ein etwa 30-jähriger Mann Kollmann höflich, aber bestimmt zur Seite und versuchte sich damit Zugang zum Briefkastenschlitz zu verschaffen. Vor Schreck über die körperliche Attacke ließ Kollmann den Brief los, sodass dieser ihm entglitt und in den gelben Kasten fiel.

„Was fällt Ihnen ein, jetzt ist der Brief im Kasten. Ich hatte noch gar nicht entschieden, ob ich ihn abschicke!", schrie er den Mann an.

„Na, dann seien Sie doch froh, dass ich Ihnen die Entscheidung abgenommen habe, und schönen Tag noch. Die Eva wird sich sicher freuen", antwortete dieser hämisch grinsend.

Ach du heiliger Strohsack! Der Brief war weg und dieser unverschämte Kerl hatte Evas Vornamen gelesen, vielleicht auch die ganze Anschrift. ‚Aber viel wird der damit nicht anfangen können', dachte Kollmann erleichtert. Er ärgerte sich dennoch maßlos darüber, dass dieser Blödmann ihm die Entscheidung über das Abschicken des Briefs abgenommen hatte. Mehr noch: Er konnte, er wollte sich nicht damit abfinden, dass der Brief jetzt unterwegs war. Er wollte den abhandengekommenen Brief, „unfreiwilliger Verlust des unmittelbaren Besitzes!", zurück. Denn er, nur *er, er allein* wollte die Entscheidung „rein oder nicht rein" treffen, er ganz allein, nicht ein arroganter 30-jähriger Schnösel. Was fiel diesem Kerl ein, sich das herauszunehmen, sich in Kollmanns und Evas Leben einzumischen?

So ging das nicht, er wollte seinen Brief sofort zurück. Vielleicht würde er ihn danach wieder einwerfen, vielleicht aber auch nicht. Das war einzig und allein seine Entscheidung, nicht die eines Fremden, der überhaupt nicht wusste, nicht wissen konnte, was auf dem Spiel stand, welche Bedeutung dieser Brief hatte, und was noch alles passieren konnte.

Kollmann entdeckte auf dem Briefkasten das Schild „Leerung Montag-Freitag 09:00, 12:00, 15:00, 18:00 und 21:00 Uhr". Na also, er würde die knappe Stunde bis drei Uhr warten und sich den Brief aushändigen lassen.

Er setzte sich in das nahe gelegene Marktcafé, von wo aus er den Briefkasten im Auge hatte, und bestellte, wie konnte es anders sein?, einen Cognac und dann noch einen und einen weiteren. Eva und der Cognac gehörten offenbar zusammen so wie der Deckel und das Bier, Königsblau und Schalke 04, Dick und Doof, der Wind und das Meer und vieles andere mehr.

Tatsächlich kam kurz vor 14:59 Uhr ein älterer Postmitarbeiter aus dem Gebäude, ausgestattet mit einer gelben Plastikwanne, „Deutsche Post", und einem Vierkantschlüssel.

Kollmann sprang auf. „Entschuldigen Sie, mein Name ist Friedrich Wilhelm Voigt, ich bin Oberstaatsanwalt und in amtlicher Eigenschaft tätig. Hier ist gerade ein Brief eingeworfen worden, der in einem Strafprozess von enormer Wichtigkeit sein kann. Es besteht sogar der Verdacht, dass sich in dem Brief giftige Chemikalien befinden. Ich muss Sie deshalb bitten, mir den Brief auszuhändigen."

„Und ich muss Sie bitten, Ihren offenbar üppigen Alkoholgenuss am helllichten Tage etwas zu mäßigen. Sie haben bereits jetzt am frühen Nachmittag eine Fahne, die von hier bis zum Aasee stinkt."

„Ich wiederhole mich nur ungern, aber ich warne Sie! Ich kann auch ganz andere Saiten aufziehen. Ich rate Ihnen in Ihrem eigenen wohlverstandenen Interesse dringend, keine Sperenzchen zu machen, denn sonst wird das Ganze für Sie recht unangenehm werden. Ich kann hier ganz schnell die Polizei zu Hilfe rufen und ein Dutzend Kollegen von der Trachtengruppe auffahren lassen. Dann wird die Post gesperrt werden, bis der Brief gefunden ist. Die von Ihnen zu tragenden Kosten des Polizeieinsatzes wären dabei noch Ihr geringstes Problem, denn Sie behindern eine wichtige staatsanwaltschaftliche Ermittlung und machen sich deshalb strafbar. Also zum letzten Mal: Schließen Sie den verdammten Kasten auf und geben Sie mir sofort den Brief! Das ist eine staatsanwaltschaftliche Anordnung, der unbedingt Folge zu leisten ist!"

Der erfahrene Postler, der in seinem Leben im Außendienst als Briefzusteller in Köpenick allerhand erlebt hatte –

in Münster war er erst seit vier Jahren tätig –, schüttelte den Kopf, beachtete „den Spinner" nicht weiter, setzte den Vierkantschlüssel an, sodass der Boden des Briefkastens wegklappte, und fing mit der darunter gehaltenen gelben Wanne etwa 30-40 Briefe auf.

Jetzt war der gemeinhin ruhige und besonnene Kollmann auf Krawall gebürstet. Er versuchte, dem Postler die Wanne mit Gewalt zu entreißen, was aber misslang. Es kam zu einem heroischen Kampf, der bis zum letzten Brief geführt wurde.

Einige Briefe fielen bei dem Gerangel aus der Wanne und landeten auf dem Bürgersteig, darunter auch der, den Kollmann geschrieben hatte. Dieser bückte sich blitzschnell, gut, dass er letztens einige Male zum Volleyballtraining gegangen war, nahm den Brief an sich und quer über die Straße Reißaus. Er schaffte es gerade noch, diese vor zwei nebeneinanderfahrenden, wild klingelnden und schimpfenden Radfahrerinnen, „Ey, Alter, pass doch auf, hast du einen Sprung in der Schüssel!?", zu überqueren. Dem zur Verfolgung ansetzenden Postler gelang das nicht, denn er prallte gleich mit beiden Radfahrerinnen zusammen. Kurz danach befand sich ein Knäuel aus drei heftig fluchenden Menschen, zwei Fahrrädern und einem Vierkantschlüssel auf dem Asphalt. Das Ganze mutete an wie eine Slapstickszene aus einem drittklassigen Film.

Kollmann nutzte die Gunst der Stunde und mischte sich unter eine Reisegruppe, die nach einer Besichtigung gerade aus dem Münsteraner St. Paulus-Dom gekommen war. In dieser Kirche hatte der als „Löwe von Münster" bezeichnete Kardinal von Galen, der Bischof von Münster, im August 1941 in einer Predigt gesagt: „Wenn einmal zugegeben wird, dass

Menschen das Recht haben, unproduktive Mitmenschen zu töten, ... dann ist Mord an uns allen, wenn wir alt und altersschwach und damit unproduktiv werden, freigegeben."

Diese mutigen und wahren Worte hatten die Nazis freilich nicht davon abgehalten, ihre schon 1939 begonnenen unvorstellbar grausamen Vorhaben fortzuführen. Mit dem Ziel der Vernichtung „lebensunwerten Lebens" wurden mehr als 350.000 Menschen zwangssterilisiert, bis zu 6.000 Frauen und 600 Männer starben an den Folgen der Eingriffe, mehr als 300.000 Menschen fielen dem „Euthanasie"-Programm zum Opfer. Gegen diesen verbrecherischen Wahnsinn hatte auch der Löwe von Münster nichts oder nur wenig ausrichten können.

Kollmann war der Meinung, dass der Titel „Löwe von Münster" am heutigen Tage ihm zustehe, weil er einen heldenhaften Kampf gegen die deutsche Obrigkeit in Form eines ältlichen, uneinsichtigen Postlers geführt und gewonnen hatte. Er trug den Brief immer noch in der Hand und wedelte damit wie mit einer Trophäe so wild hin und her, dass er von einer älteren Frau aus der Reisegruppe angesprochen wurde: „Jongeman, voel je je niet lekker? Heb je hulp nodig?" Kollmann bedankte sich bei der hilfsbereiten Holländerin mit „dank u wel, alles gut, es geht schon wieder" und verzichtete auf den nicht mehr erforderlichen Schutz durch die Reisegruppe. Denn er sah zu seiner Erleichterung, dass der Postler nach dem Auflösen des Mensch-Maschine-Knäuels diensteifrig damit beschäftigt war, die weit verstreut liegenden Briefe unverzüglich, will sagen ohne schuldhaftes Zögern, wieder in amtliche Verwahrung zu nehmen, und deshalb notgedrungen darauf verzichten musste, ihm zu folgen. Gar nicht erleichtert, sondern stark beunruhigt war Kollmann hingegen darüber, dass er meinte, unter den zahlreichen interessierten Zuschauern, die den Briefeinsammler mit „einer geht noch, einer geht noch rein“ verhöhnten, seinen Kollegen Krescher zu erkennen. Wenn dieser Mann mit dem lächerlichen Schlapphut tatsächlich Krescher war, und dafür sprach einiges, und wenn der den Wannenkampf beobachtet haben sollte, wäre das gleichbedeutend mit einer Katastrophe. Kollmann mochte sich nicht ausmalen, wie Krescher die Situation ausmalend beschreiben und verbreiten würde. Verdammt noch mal, das war wirklich Pech. Warum musste dieser Vogel jetzt schon zum zweiten Mal in einer Situation auftauchen, in der Kollmann eine schlechte Figur machte? Egal, er musste weiter, sich weiter vom Ort seines Triumphs über die Obrigkeit entfernen. Und so ging er schnellen Schrittes von dannen, wobei er die Blicke zahlreicher Passanten auf sich zog, weil er laut – und falsch – den Triumphmarsch aus Aida pfiff und dabei – sogar fast im Takt – mit dem Brief wie einer Trophäe wedelte.

Erst nachdem Kollmann das kanalisierte Rinnsal namens Aa überquert und auf das Antiquariat Solder in der Frauenstraße, den ZDF-Zuschauern bestens bekannt als Antiquariat Wilsberg, zusteuerte, steckte er den Brief an seinen angestammten Platz im Jackett und beruhigte sich. ‚Krescher hin, Krescher her, ruhig zu bleiben ist nicht schwer!‘ Er freute sich trotz der warmen Jahreszeit wie ein Schneekönig, dass er den Brief, *seinen* Brief, wieder in *seinen* Händen hielt. Er war stolz auf sich, mächtig stolz, er hatte über das Böse triumphiert. Ganz ohne Frage war er heute der Löwe von Münster. Was er da gerade geleistet hatte, überraschte ihn sehr. Er hätte nicht geglaubt, dazu in der Lage zu sein. Seine letzte körperliche Auseinandersetzung musste etwa 40 Jahre zurückliegen. Damals war er wegen der hübschen Annemarie mit den dunklen großen Rehaugen in eine Schlägerei unter Jugendlichen geraten. Er hatte kräftig einstecken müssen, seine Nase war anschließend zweimal gerichtet worden. Wenn man ganz genau hinschaute, sah man aber, dass der Operateur nicht ganz genau hingeschaut hatte. Sein Riechorgan stand deshalb ein paar Grad schief.

In der ersten Verliebtheit hatte Therese, die sehr genau hingeschaut und auch getastet hatte, ihn „mein kleines Schiefnäschen“ genannt, was er wegen der recht ausgeprägten Lauscher seiner Frau mit „mein Großohrhase“ erwidert hatte. Daraus waren bald „Näschen“ und „Häschen“ geworden, doch waren die tierischen Zeiten inzwischen einige Jahre vorbei. Der Zauber der Verliebtheit war verflogen, an seine Stelle waren Vertrautheit, Harmonie und Geborgenheit getreten, alles Gefühle, die nicht schwächer, sondern im Laufe der Jahre intensiver geworden waren. Ja, er hatte eine tolle Frau, eine Frau, die ihn verstand, eine Frau, die er verstand. Das konnten weiß Gott nicht alle Frauen von ihren Männern oder Männer von ihren Frauen sagen. Da musste man nicht einmal die aktuelle Scheidungsrate von mehr als 35 % bemühen, auch viele verheiratete Paare lebten zusammen in *einer* Wohnung, ohne zusammen zu *leben*.

Kollmann schätzte an „seiner Resi“ – den Namen mochte sie gar nicht, wenn er sie so nannte, machte sie den Affen und kletterte auf die nächste Palme – ihren feinen, tiefgründigen Humor. Sie erfreute ihn nämlich immer wieder mit hintersinnigen Bemerkungen. Vor einiger Zeit hatte Kollmann, halb im Scherz, aber durchaus auch im Ernst geäußert, er wünsche sich spätestens nach seiner Pensionierung eine Modelleisenbahn. Er wünsche überdies, dass Therese und er diese Bahn gemeinsam bauen und betreiben sollten. Er trug Therese, die handwerklich deutlich geschickter war als er und die sicherlich die kleinen Fallerhäuschen und Viadukte zusammenbauen und Landschaften mit Tunneln aus Pappmaschee herstellen konnte, die Rolle der Baumeisterin und Landschaftsplanerin an, er selbst wolle aber Fahrdienstleiter werden. Das sei nicht verhandelbar! Absolut unverhandelbar!

Therese war unsicher, ob er das Projekt „Modelleisenbahn" wirklich ernst meinte, hatte aber mit scheinbar großem Ernst geantwortet: „Ach, mein Lieber, das ist wirklich ganz reizend von dir, ich weiß das auch sehr zu schätzen, aber *du* kannst *alles* sein!"

In einem anderen Fall hatte Therese Moni stark verunsichert. Als ihre Tochter gerade den Führerschein gemacht hatte, fuhren Therese und Moni anlässlich des „Westfalentags" ins niedersächsische Osnabrück. Mit dieser Bezeichnung ist der Fronleichnams-Tag gemeint, der in Nordrhein-Westfalen ein gesetzlicher Feiertag, in Niedersachsen hingegen ein Werktag ist. Jedes Jahr machen sich an diesem Tag Scharen von Westfalen auf, um in Niedersachsen einzukaufen, gerade so, wenn Fahrten über die Landesgrenze an anderen Tagen verboten wären. Nachdem Therese und Moni erschöpft, aber glücklich über ihre Einkäufe aus dem befreundeten Niedersachsen nach Hause zurückgekehrt waren, hatte Kollmann Therese gefragt, ob sie angesichts der bei Moni noch wenig ausgeprägten Fahrkünste Angst gehabt habe. Die Antwort hatte „nur einmal" gelautet, nach einer kleinen Kunstpause ergänzt von einem „das aber die ganze Zeit". Auf Monis ärgerlichen Blick hatte Therese laut zu lachen begonnen und damit die Situation gerettet.

Ja, das Zusammenleben mit seiner Resi war angenehm, richtig angenehm. Und weil es so, wie es war, gut war, sollte es so bleiben, wie es war, nämlich gut. Er würde nicht zulassen, dass Eva sich in sein Leben drängte, seine heilige Ordnung, sein Fundament, einfach alles durcheinanderbringen würde. Er würde, er müsste stark sein, Eva war passé. Endgültig passé. Dem Himmel sei Dank!

Ein Glücksgefühl durchströmte Kollmann. Er war in diesem Augenblick der glücklichste Mensch der Welt, weil es ihm, ihm ganz allein, gelungen war, diesem sturen, uneinsichtigen, übereifrigen Postler den verdammten Brief wieder abzunehmen. Erleichterung pur! Er hatte es geschafft, die Eva-Gefahr war gebannt.

Dieses Hochgefühl hielt an, bis er den nächsten Briefkasten sah. Kollmann wusste, dass dies eigentlich nur ein gelber Kasten aus Edelstahl, verzinktem Stahlblech oder was auch immer war, aber eben nur eigentlich, denn dieser Kasten übte eine geradezu magische Anziehung auf ihn aus. Kollmann näherte sich dem Objekt wie in Trance, Schritt für Schritt, nahm den Brief aus dem Jackett und warf ihn ohne zu zögern ein. Für einen äußeren Betrachter verhielt er sich genauso wie jeder andere Mensch, der einen Brief in einen Briefkasten wirft. Ein scheinbar ganz und gar gewöhnlicher Vorgang, der auch in Zeiten der E-Mail-Kommunikation stündlich tausendfach passiert. Business as usual. Aber eben nur scheinbar.

Denn Kollmann war bewusst, dass er, Heinrich Stephan Kollmann, dem, um es zu wiederholen, ganz ohne Frage die Ehrenbezeichnung „Löwe von Münster“ zustand, soeben eine Entscheidung von schier unglaublicher Tragweite getroffen hatte. Ihm war bekannt, dass jeder Vergleich hinkt, aber er zog trotzdem eine Parallele zum Jahr 49 vor Christus, als ein gewisser Gaius Julius Caesar, der ganz Gallien mit Ausnahme eines kleinen Dorfes erobert hatte und als Vorname die Ehrenbezeichnung „Imperator“ führte, den Rubikon überschritt und gen Rom marschierte. Nach der Flussquerung hatte es für Caesar kein Zurück mehr gegeben, und das traf jetzt in gleicher Weise auf Kollmann zu. Nun war es passiert und er würde sich nicht noch einmal darum bemühen, den Brief wieder an sich zu bringen. Er würde den Brief Brief sein lassen und zulassen, dass der Briefträger diesen austrug, zu Eva. Nicht 49 vor Christus, sondern Freitag, 26. Juli 2019, 16:03 Uhr: Litara iacta est!

Was jetzt passieren würde, war ungewiss, vielleicht würde nichts passieren. Vielleicht würde Eva den Brief einfach wegwerfen, vielleicht würde sie ihn zunächst einer Freundin zeigen, und die beiden würden sich womöglich bei einem Glas Prosecco, einem Aperol Spritz, einem Hugo oder einem anderen dieser neumodischen Getränke auf seine Kosten köstlich über den sonderbaren Schreiber amüsieren. Und wenn der Brief insoweit seine Schuldigkeit getan hätte, würde Eva diesen zum Mohr machen und wie nebensächlich wegwerfen. Einfach wegwerfen, ja, das hoffte Kollmann. ‚' diesen blöden Brief gefälligst wegwerfen, einfach wegwerfen. Ins Altpapier damit!‘

Das hoffte Kollmann wirklich inständig, aber gleichzeitig befürchtete er es auch, denn dann würde er Eva nie kennenlernen, würde seine Sehnsucht nie gestillt werden. Die Liebe des schon etwas älteren Richters zu einer noch jungen Frau mochte in den Augen anderer unerhört sein, aber sie sollte, verdammt noch mal, sie sollte nicht unerhört bleiben. ‚Mensch, Kollmann, was ist mit dir los? Einerseits und andererseits, topp oder flopp, schwarz oder weiß, Yin oder Yang, zwei Seelen wohnen ach! in meiner Brust.'

Kollmann war streng katholisch erzogen worden, hatte sich aber, obwohl immer noch zahlendes Mitglied, inzwischen recht weit von der Kirche entfernt. Im Gegensatz zu anderen Ungläubigen lehnte er es auch ab, an Weihnachten einen Gottesdienst zu besuchen. Dennoch waren bis heute einige Erinnerungen wach geblieben, zum Beispiel der Satz „Herr, ich begebe mich in deine Hände". So oder so ähnlich hatte es geheißen. Jetzt hatte er sich nicht in die Hände des Herrn, sondern in die Hände einer Frau, in Evas Hände, begeben. *Er* war aus der Sache raus, nun lag es an ihr, allein an ihr. Er war nicht mehr verantwortlich für das, was passieren oder auch nicht passieren sollte.

Kollmann wurde ganz ruhig, weil ihn das alles nichts mehr anging, weil er keinen Einfluss mehr auf den Lauf der Dinge nehmen konnte. *Er* hatte seinen Teil getan, nun war es an ihr, ihren Teil zu tun, oder eben nicht zu tun. Er würde dem Rat des Schafhirten und Kräuterheilkundigen Heinrich Ast folgen, der ungeduldige Kranke dazu aufgefordert haben soll, die Bettruhe einzuhalten, auf die Heilung zu warten und Kräutertee zu trinken. Abwarten und Tee trinken, mehr konnte und würde Kollmann nicht tun. Punktum. So war es und nicht anders.

Geduld ist die Tugend der Kraft- oder Mutlosen
Königin Christina von Schweden

Samstag, 27. Juli, 8:30 Uhr

Zwar rechnete Kollmann nicht damit, dass Eva bereits am Samstag antworten würde, er wollte eigentlich gar keine Antwort, aber er hoffte dennoch inständig, eine zu bekommen. Aber es traf keine Antwort ein. Er tröstete sich damit, dass der Brief wahrscheinlich noch gar nicht zugestellt worden war oder dass Eva keinen Dienst hatte. Also versuchte er, sich bis Montag in Geduld zu üben, was ihm jedoch nicht so recht gelingen wollte. Das ganze Wochenende war er nervös und gereizt, sodass Therese ihm aus dem Weg ging. „Sag mal, was ist denn nur mit dir los? Du gehst mir mit deiner Unruhe auf die Nerven! Ich fahr für ein paar Stunden zu Rita."

Das änderte sich auch bis Montagabend nicht und Kollmanns ohnehin schon schlechte Laune verschlechterte sich stündlich. Dieses Warten zerrte an seinen Nerven. Warten war nicht seine Stärke. Warten machte ihn fertig. Seine Gefühle unterlagen starken Schwankungen: Hoffnung, dass eine Nachricht käme, Enttäuschung, dass keine Nachricht gekommen war, aber auch schon Spuren einer leichten Verärgerung mit einer Prise Aggressivität. ‚Verdammt, warum antwortete Eva nicht, was fiel ihr ein, seinen netten Brief zu ignorieren?'

Am Dienstagmorgen herrschte evamäßig immer noch absolute Funkstille. An diesem Vormittag stand ausnahmsweise für Kollmann keine Sitzung als Einzelrichter in Zivilsachen an, sondern ab 9:30 Uhr – Dr. Sondermann hatte bezüglich des Sitzungstages und der Anfangszeit Rücksicht auf den aus Bremen mit der Bahn anreisenden „Herrn Verteidiger" genommen – eine Sitzung der Strafkammer, in der es um eine Vergewaltigung ging. Kollmann hasste diese Verfahren. Sie waren unangenehm, mehr als unangenehm, in erster Linie und ganz überwiegend natürlich für die Opfer, aber auch für die Richter. Eine Trunkenheitsfahrt oder ein ganz „normaler Raub" belasteten Kollmann so gut wie gar nicht, auch wenn ein paar Jahre Gefängnis für den Täter heraussprangen. Das war inzwischen Routine, das war sein Job. An einen solchen Prozess dachte Kollmann schon beim Abendbrot nicht mehr, nach ein paar Tagen war er glatt vergessen, es sei denn, Kollmann musste das Urteil schreiben.

Bei Vergewaltigungen stellten sich die Dinge anders dar. Das vermeintliche Opfer des heutigen Strafverfahrens war an diesem Tag bereits über eine Stunde vernommen worden. In allen Einzelheiten musste die junge Frau schildern, was der Täter ihr angetan hatte. Als ihre Kräfte für alle sichtbar nachließen, unterbrach Dr. Sondermann die Vernehmung und verkündete eine Verhandlungspause von 30 Minuten. Zugleich bat er die Psychologin, die das Opfer auch in der Hauptverhandlung betreute, um ein kurzes Gespräch.

Diese erklärte, das Tatopfer könne an diesem Tag allenfalls noch eine halbe Stunde aussagen. Es sei auch sehr unsicher, ob die Vernehmung an einem anderen Tag fortgesetzt werden könne. Ihre Patientin sei gesundheitlich extrem angeschlagen, sie müsse geschützt werden. Sie als Psychologin werde nicht zulassen, dass das Opfer ein weiteres Mal zum Opfer werde und einen vollständigen Zusammenbruch erleide.

Die Kammer nutzte die Verhandlungspause, um über das weitere Vorgehen zu beraten. Dr. Sondermann wies auf die ernst zu nehmende Gefahr hin, dass der Prozess platzen und der Angeklagte gar nicht bestraft werden könnte, denn dessen Verteidiger hatte angekündigt, diverse weitere Fragen an die Geschädigte zu haben. Die Kammer wusste aus früheren Verfahren, dass dieser Advokat *immer* viele Fragen hatte, von denen ein großer Teil in keinem erkennbaren Zusammenhang mit der angeklagten Tat stand. Dieses Spielchen konnte sich über Stunden hinziehen. Aber es ist kaum möglich, einem Verteidiger das Fragerecht zu beschneiden, ohne einen Revisionsgrund zu riskieren. Auf der anderen Seite ist es für die Opfer von Vergewaltigungen wichtig, dass der Täter bestraft wird, zumal in vielen Fällen erst danach eine erfolgversprechende Therapie möglich ist. Was also war zu tun? Was war sinnvoll?

„Wir sollten versuchen, einen Deal auszuhandeln: Geständnis gegen Strafmilderung", so der Vorschlag von Dr. Sondermann. „Wir könnten eine Strafe von bis zu drei Jahren in Aussicht stellen, die deutlich unter der Strafe läge, die der Angeklagte, wenn er ohne ein Geständnis überführt würde, zu erwarten hätte."

Kollmann widerstrebte ein solches Vorgehen, aber er sah so recht keine Alternative. War es nicht besser, dass der Angeklagte jedenfalls eine dreijährige Haftstrafe erhielt, auch wenn er mehr „verdient hätte", weil die Gefahr bestand, dass der vermeintliche Täter das Gericht ohne einen Deal als freier Mann verlassen würde?

Auch AFK war „wirklich schweren Herzens" dieser Meinung. Die beiden Schöffen, ein pensionierter Lehrer und eine kurz vor der Pension stehende Lehrerin, waren zunächst entschieden gegen einen Deal, weil sie zu Recht der Auffassung waren, dass der Angeklagte angemessen für seine Tat bestraft werden müsse.

„Drei Jahre sind deutlich zu wenig", so der Pädagoge. „Ich finde, selbst mit fünf Jahren käme der Angeklagte noch viel zu gut davon", so die Pädagogin.

„Sie haben beide vollkommen recht, aber es besteht die ernst zu nehmende Gefahr, dass der Angeklagte freizusprechen ist, weil die Beweisaufnahme nicht vollständig durchgeführt werden kann. Wir können dem Verteidiger das Recht, das Opfer als Zeugin zu befragen, nicht absprechen. Wenn dieses aber nicht mehr zur Verfügung steht, dann wird es zu einem Freispruch kommen, und zwar auch dann, wenn wir alle der Meinung sein sollten, dass der Angeklagte die Tat begangen hat", erläuterte der Vorsitzende. „Es kommt nämlich nicht darauf an, ob wir uns bereits eine Meinung gebildet haben, sondern darauf, ob der Angeklagte nach den Regeln des Prozessrechts eindeutig der Tat überführt ist. Und so weit sind wir heute noch nicht und werden wir heute auch nicht mehr kommen." Nach dieser Erläuterung waren die Schöffen, auch wenn sie sich sehr schwer damit taten, ebenfalls damit einverstanden, einen Deal zu versuchen.

Nachdem die Kammer den Sitzungssaal wieder betreten hatte, bat der Vorsitzende den Verteidiger des Angeklagten und die Staatsanwältin um ein Rechtsgespräch, das in einem Nebenraum geführt wurde. Darin unterbreitete Dr. Sondermann den Vorschlag, dass im Falle eines Geständnisses eine Freiheitsstrafe von nicht mehr als drei Jahren verhängt werden würde. Der Vorsitzende vermied es, Einzelheiten zu dem Gespräch mit der Psychologin mitzuteilen, wies aber auf die zutage getretene Erschöpfung der Zeugin hin und darauf, dass man deren Vernehmung für heute in 15-30 Minuten beenden würde. Das Verfahren würde dann in der kommenden oder vielleicht auch in den kommenden Wochen fortgesetzt.

Der Verteidiger teilte seinem Mandanten den Vorschlag der Kammer mit, der sich nicht abgeneigt zeigte. Deshalb wurde die Hauptverhandlung für weitere 30 Minuten unterbrochen, um dem Rechtsanwalt die Möglichkeit zu geben, den Sachverhalt unter vier Augen mit dem Angeklagten zu besprechen. Kollmann empfand die Situation als bizarr: Der Angeklagte, der die Tat bisher vehement bestritten hatte, „Die wollte das doch auch, warum hat sie mich denn sonst mit in ihre Wohnung genommen?", zog in Erwägung, ein Geständnis abzulegen. Das sprach doch dafür, dass er der Täter war. Aber davon durfte die Strafkammer nicht ausgehen, weil auch die Möglichkeit bestand, dass das Geständnis allein dem Zweck dienen sollte, einen spürbaren Strafrabatt zu bekommen und sich damit ein paar Jahre Gefängnis zu ersparen.

Nach Fortsetzung der Hauptverhandlung legte der Angeklagte ein Geständnis ab. „Die fing plötzlich an zu zicken, da habe ich ein bisschen nachgeholfen." Der Vorsitzende verzichtete darauf, den Angeklagten für seine völlig unangemessene Ausdrucksweise zu rügen. Es fiel ihm und auch den anderen Mitgliedern der Strafkammer sichtlich schwer, Vokabeln wie „zicken" und „ein bisschen nachgeholfen" unkommentiert zu lassen.

Dr. Sondermann schloss stattdessen nach kurzer Beratung mit der Kammer die Beweisaufnahme und bat die Staatsanwältin um ihr Plädoyer. Diese beantragte, den Angeklagten zu einer Freiheitsstrafe von drei Jahren, die zuvor als Höchststrafe abgesprochen war, zu verurteilen. Anschließend plädierte der Verteidiger und beantragte – von Kollmann äußerlich ruhig, innerlich aber kopfschüttelnd zur Kenntnis genommen – „wegen des Geständnisses" eine Freiheitsstrafe von zwei Jahren, die zur Bewährung ausgesetzt werden müsse. Neben dem Geständnis sei strafmildernd zu berücksichtigen, dass das Opfer den nicht vorbestraften Angeklagten nach beidseitigem Alkoholgenuss zur Nachtzeit mit in ihre Wohnung genommen und damit falsche Hoffnungen geweckt habe. Der Angeklagte rang sich in seinem letzten Wort mit ersichtlicher Mühe eine wenig glaubhafte Entschuldigung ab und berief sich für sein Handeln auf ein „dummes Missverständnis".

Die Kammer nahm auch diese nicht von Einsicht oder gar Respekt zeugende despektierliche Äußerung mit der gebotenen professionellen Distanz kommentarlos zur Kenntnis, verließ den Sitzungssaal und trat in die Beratung ein. Die drei Berufsrichter und die beiden Schöffen waren davon überzeugt, dass das Geständnis, das sich weitgehend, wenn auch nicht in jedem Detail, mit der Aussage des Opfers deckte, richtig war. AFK hatte im Übrigen ohnehin schon vorher gewusst, dass der Angeklagte die Tat begangen hatte. „Wer hier steht, der war es auch!" Der weiteren Erörterung folgte eine einstimmige Abstimmung, die im Ergebnis dem Antrag der Staatsanwältin entsprach.

Nach Wiedereintritt in die Hauptverhandlung verkündete Dr. Sondermann das Urteil: „Drei Jahre Haft!" – das war nicht schuld- und tatangemessen, aber besser als der „ohne Deal" drohende Freispruch, auch und insbesondere für das Opfer, das mit Abschluss des Verfahrens hoffentlich einen großen Schritt zur Verarbeitung der furchtbaren Tat machen könnte. Inzwischen waren schon acht Monate verstrichen, ohne dass – so die Aussage der Psychologin – die Therapie nennenswerte Erfolge gezeigt hatte. Erst das Urteil, dann die Therapie, so war die Reihenfolge auch in vielen vergleichbaren Fällen.

Weder die drei Berufsrichter noch die beiden Schöffen waren mit dem Ergebnis zufrieden, es war ein Ergebnis, aber nicht mehr. Doch das Urteil war gesprochen, der Prozess endgültig beendet, „allseitiger Rechtsmittelverzicht", das ungute Gefühl und die Frage, ob man nicht doch einen anderen Weg hätte finden können, blieben zurück.

Immerhin war es Kollmann vergönnt gewesen, in den letzten Stunden kaum an Eva zu denken, denn dieses Verfahren hatte seine ganze Aufmerksamkeit gefordert, es belastete ihn. Die geringe Strafe fühlte sich falsch an, sie war auch falsch, Kollmann war unzufrieden, wusste aber auch nicht, was man hätte anders, besser machen können. „Drei Jahre", das war zu wenig, eindeutig zu wenig, zumal wenn man bedachte, dass die *Mindeststrafe* für einen schweren Raub schon drei Jahre, in bestimmten Fällen sogar fünf Jahre beträgt. Da stimmen die Relationen nicht. Immer wieder wird beklagt, dass die Strafandrohungen bei Eigentumsdelikten höher sind als bei Delikten, in denen es um die körperliche Unversehrtheit geht. Warum das bisher niemand geändert hatte, konnte Kollmann sich nicht erklären. Das wusste er nicht, das verstand er auch nicht.

Auch vieles andere wusste er nicht, etwa wie es mit ihm, mit ihm und Eva, mit Therese, eigentlich mit allem weitergehen sollte. Wieder einmal fasste er den Entschluss, alles zu beenden, aber wieder einmal ahnte er schon, dass er daran nicht festhalten würde.

Inzwischen begann er die Achtung vor sich selbst zu verlieren, weil er immer wieder wankelmütig war. Er war von sich selbst genervt. Er war sich sicher, dass jeder, der seine Geschichte, der diese Geschichte hören oder gar lesen würde, von diesem ständigen Hin und Her ebenfalls genervt wäre.

Mein Gott, er war doch Richter, er traf seit 30 Jahren jeden Tag Entscheidungen, die für die Betroffenen von großer Reichweite und Bedeutung waren. Warum, verdammt noch mal, warum konnte er nicht endlich in dieser, in seiner eigenen Angelegenheit eine endgültige Entscheidung treffen? Er musste an ein Grundprinzip des Rechtsstaats denken, wonach niemand Richter in eigener Sache sein kann. Aber er wollte gar nicht über sich richten, er wollte doch nur endlich Klarheit haben, wissen, wie es weitergehen würde.

Kollmann hatte sich von seinen Kollegen verabschiedet und sein Dienstzimmer erreicht. ‚Ich werde nichts mehr tun, rein gar nichts, um die Sache mit Eva zu forcieren. Wenn sie nicht antwortet, umso besser. Dann habe ich diese Episode hinter mir, vielleicht nicht sofort, aber mit der Zeit wird sich das alles ausschleichen', dachte und hoffte er.

Kollmann war erleichtert, dass sein Smartphone in den letzten Stunden stillgehalten hatte, denn er hatte vergessen, es auf lautlos zu stellen. Das hätte ihm zu seinem Glück gerade noch gefehlt, dass das Ding in der Sitzung losgegangen wäre. Kollmann dachte insoweit an eine Fortbildung, bei der das Handy einer Richterin aus Zweibrücken, das sich, wie konnte es anders sein, in deren riesiger Handtasche befand, laut geklingelt hatte. Die Angerufene tauchte ab und wühlte und wühlte in der Tasche, wurde aber augen- und ohrenscheinlich nicht fündig. Schließlich wurde es dem Referenten zu bunt und er fragte zur Freude der anderen Teilnehmer: „Entschuldigung, sollen wir vielleicht so lange rausgehen, bis Sie Ihr Handy gefunden haben?"

Wenige Augenblicke nach Erreichen seines Dienstzimmers machte sich Kollmanns Handy doch bemerkbar. Aufgeregt schaute er auf das Display. „Eine neue WhatsApp – gehört nicht zu Ihren Kontakten."

„Nicht zu Ihren Kontakten." Also war es keine WhatsApp von seiner Frau, von einem seiner Kinder oder von einem Bekannten. Es war eine fremde Nummer, Evas Nummer?! Kollmann war ähnlich nervös wie damals, als er nach wochenlangem Warten endlich den Brief des Justizprüfungsamtes mit den Ergebnissen seiner Examenshausarbeit und seiner Examensklausuren in Händen gehalten hatte. Er atmete dreimal tief durch, setzte sich aufrecht hin, rief die Nachricht ab, las diese und freute sich wie ein Kind: *„Ich möchte ein Treffen mit Ihnen!!!"* – Nicht mehr, nicht weniger. Jetzt war der erste wichtige Schritt getan. Eva wollte sich mit ihm treffen. Mit drei Rufzeichen!!! Besser! Geht! Nicht!

Voller Freude schaute er noch einmal auf das Display, dann ein drittes Mal, noch genauer, ganz in Ruhe, er wollte diesen Satz genießen wie ein Weintrinker, der das Glas Rotwein lange in der Hand hält, den Wein fast versonnen schüttelt, an diesem riecht und sich an der Farbe erfreut, bevor er genuss-, fast andachtsvoll den ersten kleinen Schluck zu sich nimmt.

Doch das, was Kollmann jetzt las, erschütterte ihn in seinen Grundfesten. Denn er hatte sich gerade verlesen, er hatte gelesen, was er lesen wollte, aber nicht, was da stand. Ganz nach dem Motto: „Einstellung steuert Wahrnehmung."

„Ich möchte kein Treffen mit Ihnen!!!", so hieß die Botschaft, mehr stand da nicht, aber eben auch nicht weniger. Nur dieser eine kurze Satz mit diesem blöden kleinen „k", keine Anrede, keine Erklärung, kein Gruß.

„Ich möchte kein Treffen mit Ihnen!!!" – mit drei Rufzeichen.

Kollmann hatte beim ersten Lesen das kleine „k" nicht gelesen, es überlesen, ein kleines verdammtes „k", einen einzigen lächerlichen kleinen Buchstaben. Er war wie vom Donner gerührt. Mit allem hatte er gerechnet, mit allem, aber doch nicht mit so was! Eva wollte kein Treffen mit ihm, ihn *nicht* kennenlernen, ihm *nicht* die Gelegenheit geben, dass er sie kennenlernte, sie wollte ihnen *nicht* die Möglichkeit geben, dass sie *sich* kennenlernten. Never ever!

Das konnte doch nicht ihr Ernst sein, nein, das konnte ganz und gar nicht sein. Das war unmöglich, das war ausgeschlossen, unvorstellbar, unbegreiflich. Dieses „blöde k" musste ein Versehen sein, ein dummer Fehler, ein Flüchtigkeitsfehler. Eva hatte des „k" gar nicht schreiben wollen. Vielleicht hatte auch die verdammte Autokorrektur wieder einmal ihr Unwesen getrieben, die sich immer wieder scheinbar kleine, in Wirklichkeit aber große Änderungen erlaubte. Oft unbemerkt, immer ungefragt.

Auch Kollmann hatte schon WhatsApps mit Inhalten in die Welt geschickt, die die Welt besser niemals erreicht hätten. Endlich hatte Monica ein Einsehen mit ihm gehabt, „ach Papa, du und die Technik, mehr als zwei Welten", und ihm gezeigt, dass man eine schon verschickte WhatsApp noch für kurze Zeit löschen kann, schon mehrfach hatte Kollmann davon Gebrauch gemacht. Bei den Empfängern tauchte dann die wundersame Nachricht auf „Diese WhatsApp ist gelöscht worden". In aller Regel schrieb er dann die Nachricht mit den richtigen Inhalten direkt hinterher. Wenn er bemerkte, einen falschen Empfänger beglückt zu haben, löschte er die WhatsApp ebenfalls sofort und schickte diesem die Mitteilung, die gelöschte Nachricht sei für einen anderen bestimmt gewesen. Diese schnellen Kommunikationsmittel waren schon ein Problem, weil sie oft einfach *zu schnell* waren. Auch Eva *musste* ein Fehler passiert sein, das „k" beim Wort „kein" hatte sich von ihr unbemerkt in den Satz hineingeschlichen. Es musste deshalb gestrichen, ersatzlos gestrichen werden, erst dann ergab der Satz einen Sinn. Das galt auch für die drei Rufzeichen, denn sie drückten aus „ich möchte mich unbedingt!, gerne!, schnell! mit Ihnen treffen". Das sollte ihm nur recht und billig sein, das passte ihm ganz hervorragend in den Kram.

Kollmann bemerkte in seinem langsam beginnenden Wahn nicht, dass er zusehends Gefahr lief, den Bezug zur Realität zu verlieren, diese zu verlassen, zu leugnen, zu negieren. Er flüchtete sich in seine Träume, seine Vorstellungen, seine Wünsche, seine Hoffnungen, seine Fantasien, die aber allesamt nichts mit der Wirklichkeit zu tun hatten, die vielmehr diametral entgegengesetzt dazu standen.

Er vergegenwärtigte sich nicht, dass Frau Eva Hartmann nichts von seinen Träumen und Hoffnungen wusste. Kollmann realisierte auch nicht, dass Eva ihn bisher nicht einmal bewusst wahrgenommen hatte, denn die kurzen Begegnungen im Drogeriemarkt waren für sie rein professioneller Natur gewesen. Er war einer von vielleicht 300 oder mehr Kunden, mit denen sie zu tun hatte, wenn sie einen ganzen Tag an der Kasse saß. Dies passierte zum Glück sehr selten. Zum einen hatte sie ihre Arbeitszeit auf 0,5 reduziert, zum anderen achtete der umsichtige Filialleiter darauf, dass seine Mitarbeiter zur Abwechslung auch andere Tätigkeiten übernahmen, etwa das Einräumen oder die Eingangskontrolle nach der Lieferung neuer Ware. Ein älterer Mann mit einem durchschnittlichen Aussehen war Eva deshalb nicht aufgefallen. Ein Mann würde formulieren, dass dieser nette Opa ohnehin nicht in ihr Beuteschema passe.

Das alles war Kollmann, dessen Bezug zur Realität schon ein gutes Stück verloren gegangen war, nicht bewusst. Er war vielmehr nach wie vor von der fixen Idee besessen, dass Eva sich mit ihm treffen, dass sie ihn kennenlernen wollte. Denn andernfalls hätte es – so seine Schlussfolgerung – gar keinen Grund für sie gegeben, auf seinen Brief zu antworten. Dass Eva geantwortet hatte, war ein sicheres Indiz dafür, dass sie sich mit ihm treffen wollte. Deshalb war Kollmann fest davon überzeugt, dass sich das „kleine blöde k" unwissentlich in den Satz geschlichen hatte.

Da hatte Eva sich ganz eindeutig versehen, weil sie nach der Lektüre seines Briefs sicherlich völlig durcheinander und deshalb unkonzentriert gewesen war. Dafür hatte Kollmann volles Verständnis; über diese kleine Unaufmerksamkeit sah er einfach hinweg, diese sah er Eva großzügig nach. Später würden sie gemeinsam darüber lachen, herzhaft lachen, sich amüsieren. Kollmann würde das falsche „k" bei ihren ersten Treffen gar nicht erwähnen, denn es war, da folgenlos, nicht erwähnenswert. Gut, dass er ein so kluger Kopf war, dass er mit einem extrem guten Intellekt ausgestattet war, um den Satz richtig zu verstehen. Sollte Eva der kleine „k-Lapsus" beim Tippen der Nachricht *nicht* versehentlich passiert sein, dann traf das automatische Korrekturprogramm von WhatsApp die volle und alleinige Schuld. Für den Programmierer sollten zehn Jahre Haft bei Brot und Wasser verhängt werden.

Also, stellte Kollmann mehr als zufrieden, fast schon beseelt noch einmal fest: Eva möchte sich unbedingt!, gerne!, schnell! mit mir treffen. Da sie aber weder eine Zeit noch einen Treffpunkt vorgeschlagen hatte – auch dieser Umstand nährte nicht den Hauch eines Zweifels in Kollmann –, oblag es ihm, dies zu tun. Weil er ihre Arbeitszeiten nicht kannte – auch das würde sich natürlich ändern, wenn sie sich es kennengelernt hatten –, googelte er die Öffnungszeiten des Drogeriemarktes: Montags bis freitags von 9:00 - 21:00 Uhr, samstags von 9:00 - 16:00 Uhr, sonntags geschlossen.

Na, das passte doch gut. Er würde einen Termin am Samstag um 16:15 Uhr in der Nähe des Drogeriemarktes vorschlagen. Dabei kam ihm sofort das vertraute „Café Cognac" an St. Lamberti in den Sinn. Aber dort würden sie wie auf dem Präsentierteller sitzen. Freunde, Bekannte oder Kollegen, etwa Krescher!, könnten dort vorbeikommen und sich wundern, Fragen stellen oder reden. Nein, das war keine gute Idee. Kollmann dachte nach: Wo war es ruhiger, wo herrschte weniger Publikumsverkehr, wo war das Risiko, mit Eva gesehen zu werden, geringer? Wie konnte er diese Gefahr ganz ausschließen?

Die Frage, wo sie sich zum ersten Mal risikolos treffen könnten, war schwierig zu beantworten. Auch danach würde es nicht einfach sein, ihre Beziehung geheim zu halten. Münster ist zwar eine Großstadt, aber die Kollmanns hatten viele Bekannte und eine Reihe von Freunden. Überall lauerte deshalb die Gefahr, erkannt zu werden. Bei Kollmanns Glück könnte womöglich schon beim ersten Treffen die etwas zu neugierige Nachbarin aus Haus 16, Krescher oder sonst wer auftauchen. Schwierig, verdammt schwierig. Zwar ritt Kollmann *noch* nicht auf der Rasierklinge, aber er hatte diese schon gekauft – natürlich in Evas Drogeriemarkt. Zum Glück musste er den Ort für das erste Treffen heute noch nicht festlegen. Er würde zunächst nur den Termin mitteilen und Eva bitten, einen Ort vorzuschlagen. Ja, das war wirklich eine gute Idee, Eva von Anfang an in die Planungen einzubeziehen, denn die anfallende Planungsarbeit würde man nur zu zweit, nur im Team, bewältigen können. Hier war ein hohes Maß an Umsicht und an Kreativität gefragt.

Jetzt stellte Kollmann sich die Frage, ob er sofort antworten oder vielleicht noch ein paar Stunden oder Tage warten sollte? Was war besser? Galt die Parole „Gut Ding will Weile haben" oder die Losung „Was du heute kannst besorgen, das verschiebe nicht auf morgen"? Er wusste es nicht, es gab jeweils Argumente dafür und dagegen. „Heinz", sagte er sich, „du bist ein Richter und du hast es gelernt, Entscheidungen zu treffen, also triff eine Entscheidung – hic et nunc oder doch lieber später antworten?" Nun fiel ihm aus seinem kleinen Zitatenschatz ein: „Gott schuf die Zeit, von Eile hat er nichts gesagt", und er hatte Zeit, sie hatten Zeit, alle Zeit der Welt, er musste deshalb nicht sofort handeln. Es kam hinzu, dass Eva sich mit ihrer Antwort auch ein wenig Zeit gelassen hatte; so wollte er es auch halten. ‚Eine kluge Entscheidung, Richter Kollmann', dachte Richter Kollmann und fügte gedanklich hinzu: ‚Die könnte glatt von mir sein.'

Die nächste Frage war, was er mit Evas WhatsApp-Nachricht machen sollte. Er wusste aus dem Kollegenkreis, dass eine langjährig bestehende Ehe in erhebliche Turbulenzen geraten war, nachdem die Ehefrau auf dem Handy des Mannes eine unzweideutig eindeutige WhatsApp entdeckt hatte. Zwar hatte Therese kein großes Interesse an Kollmanns Handy, aber es war auch nicht so, dass sie es nie in die Hand nahm. Kollmann entschloss sich deshalb, die WhatsApp zu löschen. Bevor er dies tat, schoss ihm durch den Kopf, dass er damit möglicherweise auch Evas Telefonnummer gelöscht hätte. ‚Mensch, Heini, reiß dich zusammen, konzentrier dich!‘

Deshalb fügte er Evas Mobilfunknummer unter „neue Kontakte“ ein, natürlich nicht mit Evas Namen, sondern unter Annehild, also dem Vornamen der Kollegin AFK. Das war auf jeden Fall unverdächtig, ein kluger und umsichtiger Schachzug. Kollmann registrierte, dass das Versteckspiel, obzwar es noch gar nicht begonnen hatte, bereits jetzt viel Umsicht erforderte, aber auch Spaß machte.

Danach löschte er die WhatsApp, nachdem er noch einmal den Kopf über das von Eva versehentlich eingefügte „k“ geschüttelt hatte. Gut, dass er diesen Irrtum sofort bemerkt hatte. Die juristische Ausbildung und eine fast 30-jährige berufliche Praxis waren äußerst hilfreich. Zwar handelte es sich bei Evas Mitteilung wohl nicht um eine Willenserklärung, „fehlender Rechtsbindungswille“, aber man konnte die für Willenserklärungen geltenden Auslegungsgrundsätze wie bei Mahnungen ohne Frage analog anwenden.

Danach waren unklare Erklärungen so auszulegen, wie der Erklärungsempfänger sie nach Treu und Glauben und unter Berücksichtigung der Verkehrssitte verstehen musste. Kollmann bedachte indes nicht, dass Evas Mitteilung gar nicht unklar, sondern eindeutig und deshalb einer Auslegung gar nicht zugänglich war. Diese „Kleinigkeit“ übersah er. So machte er sich mit einem hohen Maß an Zufriedenheit und auch ein klein wenig Stolz über seine guten juristischen Kenntnisse und sein geschicktes strategisches Verhalten auf den Heimweg. Die Sache begann zu laufen. Sie lief schon jetzt deutlich besser als Spartakus, der dringend ein paar Tropfen Öl oder wohl besser sofort eine neue Kette benötigte.

Kollmann hielt seinen Vorsatz, Eva nicht sofort zu antworten, sondern damit einige Zeit zu warten, nicht durch. Kaum dass er zwei Stunden zu Hause war, nahm er in einem unbeobachteten Augenblick – Therese war im Bad und föhnte sich ihre Haare – noch am Dienstagabend sein Smartphone zur Hand und tippte: „Liebe Eva, vielen Dank für Ihre Nachricht. Ich freue mich! Treffen am Samstag um 16:15 Uhr. Bitte schlagen Sie einen Ort vor! Liebe Grüße Heinz."

Kollmann zögerte noch einen Moment, um zu überlegen, ob er den richtigen Ton getroffen hatte. War „Liebe Eva" die richtige Anrede, war „Liebe Grüße" die richtige Grußformel? Ganz sicher war er sich nicht, aber er wusste keine besseren Formulierungen.

„Hallo Eva", „Guten Tag Eva" oder gar „Sehr geehrte Frau Hartmann"? Nein, das ging alles noch viel weniger. „Beste Grüße" oder „Mit freundlichen Grüßen" klang auch nicht so toll, aber vielleicht „Schöne Grüße"? Aber was heißt schon „Schöne Grüße" bei dem, was sich zwischen ihnen entwickeln würde. Er hielt es deshalb in Erinnerung an seine Zeit auf dem Paulinum mit Pontius Pilatus: „Quod scripsi, spripsi", will sagen: „Was ich geschrieben habe, bleibt geschrieben", und drückte die Senden-Taste.

Kurze Zeit später waren zwei graue Haken hinter der WhatsApp zu sehen. Kollmann wusste nicht genau, was diese bedeuteten, ging aber davon aus, dass der erste Haken die Absendung der Nachricht und der zweite deren Zugang auf dem Smartphone des Empfängers anzeigte. Jedenfalls war dieser weitere Schritt nun auch getan. Kollmann war wirklich sehr gespannt, welchen Treffpunkt Eva vorschlagen würde. *Dass* sie einen Ort vorschlagen würde, war in seiner Vorstellung mindestens so klar wie die berühmte klare

Fleischbrühe. Er hegte nicht mal den Ansatz eines Zweifels. Warum auch?

Auch als Eva weder am Mittwoch noch am Donnerstag geantwortet hatte, wurde Kollmann nicht besonders unruhig. Es ging ja nur noch um den Ort des Treffens, nicht mehr um das Treffen als solches. Den Termin „Samstag um 16:15 Uhr" hatte Eva dadurch bestätigt, dass sie nicht sofort geantwortet hatte. Denn wenn der Termin ihr nicht passen sollte, hätte sie ihm das unverzüglich mitgeteilt. Hier lag einer der wenigen Fälle vor, in denen Schweigen als Zustimmung gilt.

Kollmann redete sich ein, dass Eva den Ort für ihr erstes Treffen am Freitag oder vielleicht erst am Samstagmorgen mitteilen würde, um noch abzuwarten, wie sich das Wetter entwickelte. Denn davon war ja abhängig, ob man sich unter freiem Himmel, etwa im Schlossgarten, beim Zwinger an der Promenade, am Kanal oder am Aasee, in den vor der Stadt gelegenen Riesenfeldern treffen könnte oder ob ein Café, ein Restaurant, die Münsterarkaden oder gar ein Museum ein guter Treffpunkt wäre. Das hatte Eva, seine Eva, gut bedacht, dachte Kollmann.

Denn was man schwarz auf weiß besitzt, kann man getrost nach Hause tragen

Johann Wolfgang von Goethe, Faust. Der Tragödie erster Teil

Samstag, 3. August 2019, 7:45 Uhr

Inzwischen waren drei Tage vergangen – ohne eine Nachricht von Eva. Am Samstagmorgen griff Kollmann nach dem Aufstehen sofort nervös nach seinem Handy: Keine Nachricht. ‚Verdammt, warum hatte Eva immer noch nicht reagiert? Warum schlug sie nicht endlich einen geeigneten Treffpunkt vor? Jetzt wurde es doch wirklich Zeit, es waren nur noch ein paar Stunden, bis sie sich treffen würden.' Beim Abräumen des Frühstückstischs – das war eine der wenigen Aufgaben im Haushalt, die Kollmann zufiel – vibrierte das auf Lautlos gestellte Handy in seiner rechten Hosentasche. ‚Na also, spät, aber nicht zu spät.'

Obwohl Kollmann mit dem Abräumen des Frühstückstischs noch nicht ganz fertig war, verließ er sofort die Küche, eilte in sein Arbeitszimmer, schaltete das Gerät frei und las voll freudiger Erwartung: „Eine neue Nachricht." Was dann folgte, war eine große Ernüchterung, eine Enttäuschung, die schon fast in Verärgerung umschlug, denn diese WhatsApp stammte von Raimund. Er kündigte für Sonntagnachmittag seinen Besuch mit Frau und Kindern an.

‚Soll die ganze Brut doch meinetwegen kommen. Das ist mir egal, aber es ist mir nicht egal, dass Eva, verdammt noch mal, immer noch nicht geantwortet hat. So geht das doch nicht. Das kann einfach nicht sein.'

Kollmann merkte, dass er sich mehr und mehr ärgerte. Was sollte das, was fiel Eva ein? Es ging doch nur um einen ersten Schritt, um ein erstes Treffen, um ein bloßes Kennenlernen, um ein Sich-Beschnuppern. Aber anschließend, da war er sich sicher, würde sie sich danach sehnen, ihn wiederzusehen. So wie er sich schon heute danach sehnte, endlich einmal in Ruhe mit ihr zu sprechen, endlich einmal ein wenig mehr von ihr kennenzulernen, als es während der 20- bis 30-sekündlichen Bezahlvorgänge im Drogeriemarkt möglich war.

Eva müsste nun gefälligst endlich mal antworten, sonst würde das Ganze nicht in die Gänge kommen. Aber es kam keine Antwort. Kollmann wurde noch unruhiger, nervöser, er lief in seinem im ersten Geschoss gelegenen Arbeitszimmer ohne Unterlass auf und ab. Seine Schritte waren in dem darunterliegenden Wohnzimmer gut zu hören. Eine Holzbalkendecke war im Hinblick auf den Schallschutz allenfalls eine drittklassige Lösung.

Irgendwann wurde es Therese zu viel und sie ging nach oben: „Sag mal, was ist denn mit dir los, du benimmst sich ja wie ein eingesperrter Tiger?"

„Ach nix, ich habe nur im Gericht ein ganz schwieriges Verfahren, das mir echt Sorgen macht. Schon verrückt, dass mich das nach so langer Zeit noch so stark belastet. Ich glaube, ich muss einfach mal raus, ein bisschen an die frische Luft, damit mein Kopf wieder klar wird."

„Na, dann könntest du mir einen Gefallen tun und zum Markt fahren, um Äpfel zu kaufen. Du weißt ja, dass ich keine Lust auf diese Menschenmassen habe. Ach, und Entkalker brauchen wir auch schon wieder. Ich habe den Rest für die Spülmaschine genutzt. Bring doch den vom letzten Mal mit, der ist richtig gut."

‚Ein Wink des Himmels', dachte Kollmann, ‚ich muss mir keine Ausrede überlegen, ich kann tun, was getan werden muss. Ich muss herausfinden, warum Eva bisher nicht geantwortet hat.' Dennoch fragte er etwas zweifelnd: „Auf den Markt? Ich weiß nicht. Aber gut, ich kann das machen. Die frische Luft wird mir sicherlich guttun."

Verdammt, war das gut gelaufen. Therese schickte ihn praktisch zu Eva, übertrieben gesagt trieb sie ihn in Evas Arme. Jetzt konnte er der Sache auf den Grund gehen, er würde Eva direkt ansprechen, sie zur Rede stellen. Da Kollmann sicher war, dass Therese keine Lust hatte, mit auf den Markt zu gehen, fragte er scheinheilig, ob sie nicht doch wieder einmal wie früher gemeinsam über den Markt schlendern sollten. „Geh mir weg, auf diese Menschenmassen und auf dieses Gedränge habe ich nun wirklich keine Lust. Das weißt du doch." „Gut, dann fahre ich allein. Vielleicht trinke ich mal wieder im Zelt mit den Münsteraner Bildungsbürgern einen Cappuccino." „Na, viel Spaß dabei. Ich verzichte. Aber wenn du schon gehst, könntest du einen Salatkopf und Tomaten mitbringen. Dann muss ich gar nicht mehr los." „Ja, das mache ich gerne."

Und so machte Kollmann sich gegen elf auf den Weg, der ihn zunächst nicht zum Wochen-, sondern zum Drogeriemarkt führte. Er betrat diesen ganz offensiv. Zwar waren die Würfel noch nicht endgültig gefallen, aber er hatte den Würfelbecher an Eva geschickt. Diese saß indes nicht an der Kasse. Er suchte geordnet alle Gänge ab, fand sie aber nicht. Den Mut, nach Eva zu fragen, brachte er nicht auf.

So machte er sich enttäuscht auf den Weg Richtung Wochenmarkt, trank dort mit vielen kultivierten Menschen einen Cappuccino, „ganz köstlich, meine Liebe, meines Erachtens der beste Cappuccino der Welt!", im kultigen Cappuccinozelt, gönnte sich in Erinnerung an alte Tage eine Currywurst, ‚nicht wie früher, aber doch ganz gut', und kaufte über 300 Gramm Holländische Lakritzen. Wie viele andere war auch Kollmann schon wieder darauf hereingefallen, dass der geschäftstüchtige holländische Lakritzenverkäufer mit einer viel zu großen Schippe die kleinen Köstlichkeiten in viel zu große Tüten warf. Dieses doppelte Zu-Groß sorgte dafür, dass fast jeder Kunde viel mehr Lakritzen kaufte als er wollte. Den meisten war es nämlich peinlich oder jedenfalls unangenehm, wenn nur der Boden der riesigen Tüte mit den Köstlichkeiten bedeckt war. Das grenzte an Papierverschwendung.

Jetzt musste Kollmann sich konzentrieren. Er wusste, dass er mehrere Dinge mitbringen sollte, aber was hatte Therese ihm genau aufgetragen? Das wusste er nicht mehr, er war mit seinen Gedanken woanders gewesen, er hatte gar nicht richtig zugehört. In diesem Augenblick vibrierte sein Smartphone und zeigte den Eingang einer neuen WhatsApp an. Kollmann bemerkte, dass seine Hände feucht wurden, dass er fiebrig wurde, in seinem Magen stellte sich ein leichtes Kribbeln ein. Also doch. Endlich. Spät, aber nicht zu spät. Das konnte nur, das musste Eva sein. Gerade noch rechtzeitig! Kollmann las: „Bitte auch noch Apfelsinen mitbringen."

Mein Gott, welche Enttäuschung, aber immerhin ein guter Vorwand, um Therese anzurufen. „Ich habe deine Nachricht bekommen, wie viele Apfelsinen sollen es denn sein? Und sag noch mal, nur zur Sicherheit, außerdem Äpfel, Tomaten ..." – Äpfel und Tomaten standen immer auf der Einkaufsliste – „und ...?" Kollmann hustete, um Zeit zu gewinnen.

„... einen Salatkopf.

„Ja, das weiß ich doch ..."

„Na, dann ist es ja gut, aber bitte die kleinen Cherrytomaten aus Spanien, nicht die dicken Wassermelonen aus Holland. Und kauf nicht wieder so viele Lakritzen bei diesem freundlichen holländischen Lümmel. Du weißt schon, der mit dem netten Lächeln, mit der großen Schippe und den großen Tüten."

„Keine Sorge, den Trick kenne ich seit 30 Jahren, auf den falle ich schon lange nicht mehr rein."

Kollmann erledigte seine Einkäufe auf dem Markt wie aufgetragen und fuhr nach Hause, ohne einen Entkalker mitzubringen. An den hatte er nicht mehr gedacht. Das Wochenende verbrachte er in steter Unruhe und mit vielen Blicken auf sein Smartphone. Denn er hoffte immer noch, dass eine Nachricht von Eva käme, auch wenn der Termin für das erste Treffen vorbei war. Auf Thereses „Was guckst du denn dauernd auf dieses blöde Ding?" wusste er zu antworten, dass er auf eine Nachricht von Jürgen warte.

„Wenn das so wichtig ist, warum rufst du Jürgen nicht an?"

„Der ist auf einer Fortbildung, da will ich nicht stören."

Nun, das mochte Therese glauben oder nicht glauben, jedenfalls gab sie sich mit dieser Erklärung zufrieden. Kollmann verhielt sich ab jetzt geschickter. Er sah nur noch auf das Gerät, wenn Therese nicht in der Nähe war. Aber nichts passierte, am gesamten Wochenende kam keine einzige WhatsApp mehr an.

Am Montagmorgen fuhr Kollmann in die Stadt, stellte Spartakus an der Lambertikirche ab und machte sich schnurstracks auf den Weg zum Drogeriemarkt. Da er am Samstag vergessen hatte, den Entkalker zu kaufen, wollte er das heute mal eben schnell nachholen, redete er sich ein. In Wirklichkeit ging es ihm um etwas anderes: Er wollte Eva zur Rede stellen!

Kollmann sah schon beim Betreten des Marktes, dass Eva an der Kasse saß. Sie sah heute, so fand Kollmann, besonders hübsch und begehrenswert aus. Während sie ihre schwarzen Haare bisher häufig zu einem Pferdeschwanz zusammengebunden hatte, trug sie diese heute offen. Ein wunderbarer Kontrast zum schlichten weißen Arbeitskittel.

Kollmann schaute aus drei Metern Entfernung zur Kasse. Für einen kurzen Moment blickte Eva zurück, und er hatte das Gefühl, dass sie ihn erkannt hatte, dass sie wusste, wer er war. Das musste sie doch auch spüren, denn er spürte ihre Nähe sehr intensiv. Da konnte es doch nicht sein, dass es ihr anders ging. Er blieb stehen, bettelte gleichsam wie ein junger Hund um einen zweiten Blick, aber Eva schenkte ihm diesen nicht. Sie beachtete ihn gar nicht, Kollmann hatte das Gefühl, dass sie ihn förmlich ignorierte. Sie wickelte routiniert und freundlich die Bezahlvorgänge mit den zahlreichen Kunden ab, ohne ihm auch nur einen weiteren kurzen Blick zu schenken.

‚Du könntest jedenfalls noch mal gucken, Eva', dachte er, ‚so viel Zeit muss sein, auch wenn die Kundenschlange lang ist und eigentlich dringend eine zweite Kasse geöffnet werden müsste.' Fast hätte Kollmann, obwohl er gar nicht an der Kasse stand, spontan zum Klassiker „Zweite Kasse, bitte!" gegriffen, einer Aufforderung, die häufig in einem leicht aggressiven Ton vorgetragen wird.

„Entschuldigung, stimmt etwas nicht? Geht es Ihnen nicht gut?" Der Hausdetektiv hatte ihn angesprochen, da diesem aufgefallen war, dass Kollmann sich bereits mehrere Minuten im Drogeriemarkt aufhielt und intensiv den Kassenraum beobachtete. Da kurz davor ein anderer Drogeriemarkt in Münster von einem „älteren Mann", so die Zeugenaussagen, überfallen worden war, hielt der Detektiv es für möglich, dass Kollmann den Tatort für einen künftigen Raub auskundschaften wollte. Vorsichtshalber verzichtete der Detektiv in der Folge darauf, die Sequenz der Videoüberwachung, die Kollmann zeigte, zu löschen. Das verstieß zwar gegen den Datenschutz und gegen die betriebsinternen Vorgaben, aber nach dem Motto „man weiß ja nie, wofür es gut ist" unterblieb die Löschung gleichwohl.

Kollmann erschrak darüber, dass er angesprochen worden war, reagierte aber geistesgegenwärtig: „Nein, vielen Dank, alles gut, keine Sorge. Ich warte nur auf meine Frau, sie wollte hier Entkalker kaufen, hat sich aber wohl verspätet. Ich schicke ihr eine Nachricht, dass ich bei Stuhlmacher" – das ist eine Münsteraner Traditionsgaststätte, die neben dem historischen Rathaus liegt – „auf sie warte." Der Detektiv war nicht ganz überzeugt, gab sich aber mit Kollmanns Erklärung zufrieden. Dieser nahm sein Smartphone aus der Tasche, widerstand der großen Versuchung, ein Foto von Eva zu machen, ‚vermutlich hat dieser übereifrige Detektiv mich noch im Auge', und tippte eine Nachricht ein, die indes nicht für Therese bestimmt war. „Eva, ich verstehe das nicht, warum haben Sie keinen Ort für unser Treffen am vergangenen Samstag vorgeschlagen? Heinz", schrieb er.

Im Hinausgehen sah Kollmann, dass Eva ihr Smartphone – trotz strengen betrieblichen Verbots – aus der Tasche zog. Die Zeit dafür hatte sie, weil die an der Kasse stehende ältere Dame unbedingt „passend bezahlen" wollte. „Moment mal, ich such' das mal eben raus, ich habe hier so viel Kleingeld. Das möchte ich loswerden." Das „Mal-eben-Raussuchen" endete nach einer schier endlosen Zeit wie so oft damit, dass ein paar Cent am Rechnungsbetrag fehlten und dann doch mit einem großen Schein bezahlt wurde.

Kollmann konnte vor dem Verlassen des Drogeriemarktes gerade noch beobachten, dass Eva seine Nachricht las, ihren Mund zu einem schiefen Grinsen verzog und fast belustigt leicht den Kopf schüttelte.

Er war entsetzt! Evas ganz und gar ungebührliches Verhalten löste sogar Wut in Kollmann aus. „Das ist eine Frechheit, so geht das nicht. Was bildet die feine Dame sich ein? Das werden wir ja sehen, so nicht, so nicht mit mir, meine Liebe!", sagte er leise drohend vor sich hin. Dass er sein Vorhaben, Eva bereits heute zur Rede zu stellen, nicht umgesetzt hatte, fiel ihm nicht auf. Aber es war etwas in ihm erwacht, das er über Jahre nicht mehr gespürt hatte, so etwas wie Kampfgeist, Zielstrebigkeit, auch Jagdfieber, gespeist aus Enttäuschung, aber auch aus verletzter Männlichkeit, aus Eitelkeit. Diese unguten Gefühle paarten sich mit tiefer Zuneigung und aufrichtiger Fürsorge. Er musste Eva helfen, sie musste erkennen und begreifen, dass sie ihn genauso brauchte wie er sie, dass sie und er eine wunderbare Zeit, tolle gemeinsame Jahre haben würden. Der sorgen- und verständnisvolle Kollmann leidete Eva ihr ungebührliches Verhalten nicht. Es beruhte auf Unsicherheit, auf nichts anderem. Denn Eva war noch jung und zu unerfahren, um schon jetzt zu erkennen, was er schon lange wusste. Er, der liebe Heinz, würde die liebe Eva tatkräftig unterstützen, sich fürsorglich um sie kümmern und Eva einfühlsam auf den richtigen, auf den Weg zu *ihm* führen.

Kollmann verschloss sich dem Gedanken, dass er falsch liegen, dass er unrecht haben könnte. Er war durchdrungen von der fixen Idee, dass Eva und er zusammengehörten. Punktum. Ende. Er war geradezu besessen von dieser Vorstellung und blendete alles aus, was dagegensprach. Er hatte einen Tunnelblick.

In Strafverfahren kommt es vor, dass der Angeklagte bei der Begehung der Tat einen Tunnelblick hat oder sich, anwaltlich gut beraten, darauf beruft. Ausgangspunkt ist häufig, dass sich ein Partner trennen und das gemeinsame Zuhause verlassen möchte. Der spätere Täter sieht seinen Partner weggehen, hat panische Angst vor dem Verlassenwerden, er blendet alles andere, was links und rechts passiert aus, er sieht nur und ausschließlich den weggehenden Partner. Das Gesichtsfeld ist wie bei einem Blick durch einen Tunnel eingeschränkt. Es existiert nur das *eine* Ziel, den Partner am Weggehen zu hindern. In Extremsituationen kommt es zur Tötung des Partners, der die Beziehung beenden möchte. Ein solcher Tunnelblick kann zu einer Milderung der Strafe führen.

In einem der ersten Verfahren, an dem Kollmann als junger Strafrichter teilgenommen hatte, hatte ein unter Medikamenten und Alkoholeinfluss stehender Ehemann seine Frau getötet, nachdem diese ihm erklärt hatte, sie werde jetzt endgültig ausziehen und sich von ihm scheiden lassen. Als die Ehefrau das Haus mit einem kleinen Reisekoffer verließ, lief der Angeklagte ihr nach und erstach sie von hinten blindlings mit einem Küchenmesser. Kollmann erinnerte sich auch heute noch gut daran, dass der Angeklagte ein netter, unauffälliger Mann gewesen war, der bis zu dieser schrecklichen Tat jede Form von Gewalt abgelehnt, der seine Frau und die drei gemeinsamen Kinder geliebt hatte. Der Einfluss der Medikamente und des Alkohols sowie die drohende Trennung hatten ihn vollständig aus der Bahn geworfen und den verhängnisvollen Affekt ausgelöst.

Der Gutachter attestierte dem Täter eine stark verminderte Schuldfähigkeit. Die für Tötungsdelikte zuständige Schwurgerichtskammer kam nach intensiver Beratung zu dem Ergebnis, dass deshalb nur ein minder schwerer Fall eines Totschlags vorlag und verhängte eine Freiheitsstrafe von vier Jahren und sechs Monaten. Dieses Strafmaß lag 1993 für dieses Delikt an der oberen Grenze des Strafrahmens, der bis zum 1. April 1998 (lediglich) sechs Monate bis fünf Jahre Freiheitsstrafe betrug. Kollmanns Meinung, dass dieser Strafrahmen deutlich zu gering war, hat sich der Gesetzgeber im Jahre 1998 angeschlossen und die mögliche Strafe auf Freiheitsstrafe von einem Jahr bis zehn Jahre erhöht. Im damaligen Fall galt aber noch die Höchststrafe von fünf Jahren, die die Kammer fast ausschöpfte. Kollmann hatte dennoch Zweifel, ob die Strafe von vier Jahren und sechs Monaten angemessen war.

Nicht nur als junger Richter sah Kollmann bei den Tötungsdelikten in erster Linie und ganz maßgeblich das Opfer, dessen Familie, die Angehörigen und Freunde. Aber er nahm auch die Angeklagten in den Blick, die selbst ein Opfer waren – ein Opfer ihrer unentschuldbaren, oft auch abscheulichen Tat. Es fiel ihm auch nach vielen Richterjahren bisweilen schwer, die erforderliche professionelle Distanz zum Täter zu wahren. Er empfand so etwas wie Mitleid oder doch Mitgefühl mit dem Angeklagten, also mit einem Menschen, der vorsätzlich einen anderen Menschen getötet hatte. Zugleich verspürte er ein völliges Unverständnis über die Tat, bisweilen auch so etwas wie Wut auf den Täter.

Der Fall des Familienvaters war auch deshalb besonders tragisch, weil der Angeklagte den drei noch minderjährigen Kindern die Mutter genommen, die Familie unwiederbringlich zerstört hatte. Wie sollte er mit dieser Schuld weiterleben? Was würde sein, wenn er nach Verbüßung seiner Haftstrafe aus dem Gefängnis entlassen würde, was bei guter Führung nach drei Jahren auf Bewährung möglich war? Wie sollte er seinen Kindern gegenübertreten? Würde er seine Kinder überhaupt jemals wiedersehen oder würden diese sich weigern, den Mann, der ihre Mutter getötet hatte, zu treffen? Und würde er die Kraft für einen Kontakt aufbringen? Konnte der Täter in seinem Leben jemals wieder froh sein, würde er je wieder lachen können? Kollmann hatte das bezweifelt und keine Antwort auf seine Fragen gefunden.

Über seine eigenen Zweifel hinaus hatte Kollmann damals erhebliche Probleme, dieses Urteil, über das in der Presse auf der Basis eines weit verbreiteten gefährlichen journalistischen Halbwissens ausführlich berichtet worden war, „Skandal: Brutaler Muttermörder kommt mit vier Jahren und sechs Monaten davon!", in seinem Freundes- und Bekanntenkreis zu erklären.

Anlässlich der Feier von Thereses 33. Geburtstag im Hause Kollmann hatte er sich ehrlich darum bemüht, einen weit verbreiteten Irrtum zum Verhältnis von „Mord" und „Totschlag" zu beseitigen. Breiteste Teile der Bevölkerung – Therese eingeschlossen – waren und sind auch heute noch der Auffassung, dass ein Mord vorliegt, wenn jemand einen Menschen *vorsätzlich* tötet, während die versehentliche Tötung ein Totschlag sei. Dass auch der Totschlag eine *vorsätzliche* Tötung eines Menschen voraussetzt und dass davon der Mord und die fahrlässige Tötung abzugrenzen sind, ist nicht bekannt und auch nur schwer zu vermitteln. „Mord ist vorsätzlich, Totschlag aus Versehen!“ So einfach ist das, das ist Volkes Stimme.

Kollmann hatte auf der Feier zu erklären versucht, dass die vorsätzliche Tötung eines Menschen zunächst *nur* ein Totschlag sei. Nur dann, wenn im konkreten Fall über die vorsätzliche Tötung hinaus ein sogenanntes Mordmerkmal vorliege, werde aus dem Totschlag ein Mord. Die Juristen sprechen insoweit wenig feinfühlig von einem „Qualifizierungsmerkmal“, das aus dem Totschlag einen Mord macht.

Kollmann hatte erläutert, dass im „Mordparagrafen“, § 211 StGB insgesamt neun Mordmerkmale enthalten seien, etwa Habgier, Heimtücke oder ein Handeln zur Ermöglichung oder Verdeckung einer Straftat. Während für einen Mord die lebenslange Freiheitsstrafe gelte, werde der Totschlag mit einer Freiheitsstrafe von fünf bis fünfzehn Jahren bestraft. Außerdem gebe es den minder schweren Fall des Totschlags mit einer Freiheitsstrafe von sechs Monaten bis zu fünf Jahren. Und eben eine solche Tat habe im Fall der Tötung der Ehefrau aufgrund der besonderen Umstände vorgelegen. Kollmann war mit seinen Erklärungen auf taube Ohren gestoßen. Man konnte oder wollte ihm nicht glauben, „mag ja alles sein, aber das war trotzdem Mord“, man verstand ihn schlichtweg nicht, weil man es vermeintlich besser wusste.

Kollmann hatte es mit mathematischen Formeln versucht, die er auf eine Serviette kritzelte.

$T + QM = M$ oder $M - QM = T$ bzw. $QM = M - T$,

Er war damit aber auf breites Unverständnis, „Mathe konnte ich schon auf der Penne nicht“, und auf heftige Ablehnung, „das ist zynisch und geschmacklos“, gestoßen, sodass er folgende Erläuterungen abgab:

- „Die vorsätzliche Tötung eines Menschen ist ein Totschlag mit der Folge einer Freiheitsstrafe von fünf bis fünfzehn Jahren (entspricht der höchsten zeitlichen Freiheitsstrafe).
- Die vorsätzliche Tötung bei Vorliegen eines Qualifizierungsmerkmals ist ein Mord mit der Folge einer lebenslangen Freiheitsstrafe, wobei nach 15 Jahren eine Strafaussetzung zur Bewährung in Betracht kommt. Das gilt nicht, wenn das Gericht die besondere Schwere der Schuld festgestellt hat.
- Außerdem gibt es den Totschlag in einem minder schweren Fall mit der Folge einer Freiheitstrafe von sechs Monaten bis fünf Jahren.
- Und schließlich die fahrlässige Tötung („aus Versehen", z. B. bei einem Verkehrsunfall) mit der Folge einer Freiheitsstrafe bis zu fünf Jahren oder Geldstrafe.
- Außerdem die Körperverletzung mit Todesfolge, für die eine Freiheitsstrafe von bis zu drei Jahren vorgesehen ist."

Da Kollmann auch danach immer noch auf breites Unverständnis und ungläubiges Staunen gestoßen war und zudem erhebliche Zweifel an der Korrektheit seiner Darstellung angemeldet wurden, „das stimmt so sicher nicht", „das glaube ich einfach nicht", „wenn das wirklich so wäre, hätte das schon längst geändert werden müssen", war er in sein Arbeitszimmer gegangen und hatte ein dickes rotes Loseblattwerk, den Schönfelder, geholt, eine Gesetzessammlung, mit der sich auch schon ganz junge Jurastudenten gerne schmücken. Jetzt verfuhr er nach dem Motto: „Denn was man schwarz auf weiß besitzt, kann man getrost nach Hause tragen" und las vor:

§ 211 Mord

(1) Der Mörder wird mit lebenslanger Freiheitsstrafe bestraft.

(2) Mörder ist, wer aus Mordlust, zur Befriedigung des Geschlechtstriebs, aus Habgier oder sonst aus niedrigen Beweggründen, heimtückisch oder grausam oder mit gemeingefährlichen Mitteln oder um eine andere Straftat zu ermöglichen oder zu verdecken, einen Menschen tötet.

§ 212 Totschlag

(1) Wer einen Menschen tötet, ohne Mörder zu sein, wird als Totschläger mit Freiheitsstrafe nicht unter fünf Jahren bestraft.

(2) In besonders schweren Fällen ist auf lebenslange Freiheitsstrafe zu erkennen.

§ 213 Minder schwerer Fall des Totschlags

War der Totschläger ohne eigene Schuld durch eine ihm oder einem Angehörigen zugefügte Mißhandlung oder schwere Beleidigung von dem getöteten Menschen zum Zorn gereizt und hierdurch auf der Stelle zur Tat hingerissen worden oder liegt sonst ein minder schwerer Fall vor, so ist die Strafe Freiheitsstrafe von sechs Monaten bis zu fünf Jahren.

§ 222 Fahrlässige Tötung

Wer durch Fahrlässigkeit den Tod eines Menschen verursacht, wird mit Freiheitsstrafe bis zu fünf Jahren oder mit Geldstrafe bestraft.

§ 227 Körperverletzung mit Todesfolge

(1) Verursacht der Täter durch die Körperverletzung (§§ 223 bis 226a) den Tod der verletzten Person, so ist die Strafe Freiheitsstrafe nicht unter drei Jahren.

(2) In minder schweren Fällen ist auf Freiheitsstrafe von einem Jahr bis zu zehn Jahren zu erkennen.

Das nächste Problem auf Thereses Geburtstagsfeier hatte darin bestanden, den ungläubigen Gästen – allen voran Thereses Bruder Thomas – zu erklären, warum die Schwurgerichtskammer zu dem Ergebnis gelangt war, dass die Tötung der dreifachen Mutter nur als minder schwerer Fall des Totschlags zu bestrafen sei. Auf Vorbehalte wie „wie viele Kinder muss eine Frau denn haben, damit ein schwerer Fall vorliegt?" und „mal wieder typisch für eine Strafkammer, die von Männern dominiert wird" wusste Kollmann so recht nichts zu erwidern. Da die Stimmung auf der Feier zudem kurz davorstand zu kippen und Therese ihn bereits zweimal scharf angesehen hatte, resignierte Kollmann und nahm von weiteren Erklärungen zu Mord und Totschlag Abstand.

Auch bei anderen Gelegenheiten hatte Kollmann Probleme, Nichtjuristen bestimmte Dinge klarzumachen. Hartnäckig hält sich zum Beispiel die Auffassung, eine GmbH hafte mit mindestens 25.000 €. Gegen diesen Irrtum hatte Kollmann auch immer wieder zu kämpfen, als er für einige Semester einen Lehrauftrag an der Fachhochschule Münster übernommen hatte. Die angehenden Betriebswirte hatten auf der Berufsschule auswendig gelernt, dass eine GmbH mit 25.000 € hafte. Das ergebe sich aus dem GmbH-Gesetz. Die meisten von ihnen ließen sich nur ungern und nur schwer von dieser schlichten und vermeintlich einfachen Wahrheit abbringen.

Kollmann hatte sich mehr als einmal gefragt, warum Menschen sich Dinge, die eindeutig falsch sind, so gut merken, während Dinge, die eindeutig richtig sind, so schnell in Vergessenheit geraten. Zunächst hatte er den Studierenden erklärt, dass der Ausdruck „GmbH" eigentlich falsch sei, denn eine GmbH sei keine Gesellschaft mit „beschränkter" Haftung, vielmehr hafte sie mit allem, was sie habe, also mit ihrem gesamten Vermögen, und damit unbeschränkt. Korrekt müsste die Abkürzung also GmuH heißen. Für „GmbH" bliebe „Gesellschaft mit bösen Hintergedanken" und die auf dem Bau früher an Lehrlinge gerichtete Aufforderung „GmBh" für „geh mal Bier holen".

Dann hatte er den staunenden Studierenden mit viel Mühe erklärt, woher der Irrtum zur Haftung der GmbH rühre. Er beruhe auf einer Verwechslung beziehungsweise Gleichsetzung des Stammkapitals und des Vermögens der GmbH. Richtig sei, dass das Stammkapital einer GmbH *mindestens* 25.000 € betragen müsse. Die Gesellschafter müssten sich deshalb bei der Gründung der GmbH verpflichten, diesen Betrag auf deren Konto einzuzahlen. Dabei müsse für die Anmeldung der Gesellschaft zum Handelsregister zunächst nur die Hälfte geleistet werden, der andere Teil bilde eine Forderung der GmbH gegen deren Gesellschafter auf Einzahlung. Man könne deshalb etwas vereinfacht durchaus sagen, dass das Vermögen einer GmbH im Zeitpunkt ihrer Gründung 25.000 € betrage. Wenn die GmbH nun ihre Geschäftstätigkeit aufnehme und ein schlechtes Geschäft mache, sinke ihr Vermögen, wenn sie ein gutes Geschäft mache, steige es. Das Vermögen der Gesellschaft sei damit eine dynamische Größe, das Stammkapital dagegen eine statische, im Gesellschaftsvertrag festgeschriebene Größe.

Wichtig sei nun, dass die GmbH immer mit ihrem aktuellen Vermögen hafte, „womit denn auch sonst?". Dieses könne weit über 25.000 € liegen, aber auch negativ sein, zum Beispiel wenn die GmbH eine Forderung gegen einen großen Kunden nicht realisieren könne und sie abschreiben müsse. Die Studenten hatten sich verwundert die Augen gerieben, weil ein hehres, auf der Berufsschule gelerntes Gesetz umgestoßen wurde. Die allermeisten hatten Kollmanns Erklärung verstanden. In Bezug auf den verbleibenden kleinen Rest hatte Kollmann sich mit der althergebrachten Dozentenweisheit „Manche Böden sind so steinig, dass man sie nicht bearbeiten kann“, getröstet.

Und andere Böden wehren sich dagegen, bearbeitet zu werden, wie Kollmann auf Thereses Geburtstagsfeier zum Thema Mord und Totschlag erfahren musste. Wohlweislich hatte er damals aus guten Gründen nicht einmal den Versuch unternommen, die Problematik des sogenannten Tunnelblicks anzusprechen. Denn mit einem derartigen Unterfangen wäre er ohne Frage krachend gescheitert, „komm, hör doch mal auf“, „nun reicht es aber wirklich“, „das glaubst du doch selbst nicht“.

25 Jahre später nahm Kollmann nicht wahr, dass er in Bezug auf Eva selbst einen Tunnelblick hatte. Selbst wenn er die insoweit recht eindeutigen Symptome bemerkt hätte, hätte er sich dies ohnehin nicht eingestanden. Schließlich gehörte Kollmann dem Stand der Juristen an, und diese hatten für Sachverhalte, die eigentlich eindeutig *waren*, aber eine andere Beurteilung erfahren *sollten*, eine schöne Floskel: „Zwar ist es ..., indes (oder auch „indessen“) liegt dieser Fall anders“, wobei Kollmann die „Indes-Variante“ bevorzugte. Mit dieser sprachlichen Wendung lassen sich nicht gewünschte Ergebnisse, auch wenn sie naheliegen, *indes* aber nicht gewünscht sind, vermeiden. Und so war es auch hier. Zwar gab es bereits erste Parallelen zu Stalkingfällen, auch solchen, über die Kollmann schon selbst gerichtet hatte, *indes* lag dieser Fall anders; Kollmann fielen schon die Parallelen nicht auf. Ganz im Gegenteil: Er musste Eva helfen, die richtige Entscheidung zu treffen, die zunächst einmal darin bestand, dass sie einem Treffen mit ihm zustimmte. Die dafür erforderliche Hilfe würde er ihr zukommen lassen, denn schließlich ging

es nicht nur um sein Glück, sondern auch um ihres. Diese Unterstützung war er also nicht nur sich, sondern auch Eva schuldig. Und er würde alles daransetzen, sein Vorhaben umzusetzen, wenn auch noch nicht heute. Ein paar Tage Zeit würde er sich und ihr noch lassen.

Während Kollmann zum Landgericht radelte, dachte er bereits über die nächsten Schritte nach, schmiedete Pläne und arbeitete an einer neuen Taktik. Er musste klug vorgehen, durfte nichts überstürzen, aber auch nicht zu lange warten, nicht zu sehr drängen, aber auch nicht lediglich bitten. Das Mittelmaß, er musste das gesunde Mittelmaß finden. Dann würde, dann müsste Eva zur Vernunft kommen, denn im Augenblick verhielt sie sich unvernünftig, ganz und gar unvernünftig. Das würde sich bald ändern. Dafür würde er sorgen.

Am diesem Montag fand ab 10:30 Uhr eine Sitzung in der Strafkammer statt, die sich über den ganzen Tag erstreckte. In der kurzen Mittagspause von 35 Minuten ging die Kammer geschlossen in die Gerichtskantine, „Hähnchenschnitzel mit Pommes und einem kleinen Salat". Kollmann mochte nicht darüber nachdenken, wo und wie die Hähnchen aufgewachsen waren. Nach der Mittagspause wurden weitere Zeugen vernommen. Angeklagt waren drei junge Männer aus Warendorf, die in großem Umfang Drogen aus Holland in das Münsterland geschmuggelt hatten. Kollmann musste ihnen bescheinigen, dass sie ein sehr ausgeklügeltes und gut organisiertes System entwickelt hatten, das nur einen „kleinen Schönheitsfehler" aufwies: Sie hatten sich erwischen lassen.

Aber das war nun wirklich Pech gewesen. Einem jungen, sehr aufmerksamen und engagierten Grenzbeamten, der aus dem Landkreis Warendorf stammte, war aufgefallen, dass mehrfach in der Woche frühmorgens ein mit zwei jungen Männern besetzter roter Golf mit „WAF“ als Kennzeichen die deutsch-niederländische Grenze passierte, um gegen Mittag nach Deutschland zurückzukehren. Er hatte sich Gedanken dazu gemacht, was wohl der Grund für diese regelmäßigen Fahrten war, und die richtigen Schlüsse gezogen. Nachdem er seinen Vorgesetzten über seinen Verdacht informiert hatte, ordnete dieser an, den „regelmäßigen Grenzverkehr“ noch für zwei Wochen zu beobachten, in denen gleich acht Fahrten erfolgten.

Danach wurde das Fahrzeug bei der Wiedereinreise nach Deutschland einer ausführlichen Untersuchung unterzogen. Dabei machte Hasso, der beste Freund der Polizisten, wieder einmal „einen tierisch guten Job“ und erschnüffelte eine Riesenmenge Haschisch und Kokain. Fahrer und Beifahrer wurden vorläufig festgenommen. Weitere Drogen, eingeschweißt in kleine Plastikbeutel, kamen in der vom zuständigen Amtsgericht verhängten Untersuchungshaft nach Toilettengängen der Beschuldigten auf natürliche Weise ans Licht. Die anschießenden Ermittlungen hatten ein weit verzweigtes und sehr professionell mit flacher Hierarchie organisiertes Vertriebsnetz zutage gefördert.

Die drei Angeklagten verweigerten nach Absprache mit ihren Verteidigern die Aussage, sodass auch deshalb eine Vielzahl von Zeugen gehört werden musste – ein mühsames Unterfangen. Dieses Verfahren würde sich über Wochen, wenn nicht Monate hinziehen, auch wenn teilweise zwei Sitzungstage pro Woche angesetzt waren. Da Kollmann der Berichterstatter war, musste er alle Zeugenaussagen mitschreiben. Auf seine Bitte erklärte sich die Kollegin AFK dazu bereit, dies zur Sicherheit ebenfalls zu tun. Man könnte dann später die Mitschriften vergleichen und gegebenenfalls Ergänzungen oder Änderungen vornehmen.

Erst um Viertel vor sechs war die Sitzung zu Ende, die Kollmann aufgrund der Länge und der schlechten Luft im Sitzungssaal – irgendetwas stimmte mal wieder mit der Klimaanlage nicht – sehr angestrengt hatte. Fast alle Zeugen waren „Vertriebsmitarbeiter" oder „Stammkunden" der beiden Angeklagten gewesen. Um sich nicht selbst zu belasten, stand mehreren Zeugen ein Aussageverweigerungsrecht zu, von dem gerne und reichlich Gebrauch gemacht wurde. Bei den anderen Zeugen schloss sich eine Erinnerungslücke nahtlos an die nächste an. Das war kein Flickenteppich, das hatte System. Kollmann wurde den Verdacht nicht los, dass die beiden Verteidiger der Angeklagten im Vorfeld einige Schulungseinheiten mit den Zeugen durchgeführt hatten. Das konnte er freilich nicht beweisen. Im Übrigen war ein Gespräch zwischen Verteidiger und Zeugen nicht verboten, es sei denn, die Zeugen wurden zu falschen Aussagen angehalten.

Wenn ein Zeuge doch einmal konkrete Angaben machte, verrichteten die Verteidiger ihren Job sehr gut. Durch gezielte, teilweise sehr schwierig formulierte und schwer verständliche Nachfragen, „Gehe ich etwa unrecht oder recht in der Annahme, dass es nicht so, sondern anders war?", gelang es ihnen, den Zeugen zu verunsichern, sodass dessen Angaben nicht mehr belastbar waren und der Beweiswert seiner Aussage erheblich geschmälert wurde. Die Strafkammer nahm dieses Verhalten der Rechtsanwälte klaglos hin, da es sich im Rahmen der prozessualen Spielregeln bewegte. Einen verärgerten Schöffen versuchte Kollmann in einer Verhandlungspause mit den Worten zu beruhigen: „Alles regelkonform. *Die* machen *ihren* Job, *wir* machen *unseren*."

Obwohl Kollmann wenig Neigung hatte, übertrug er nach dem Ende der heutigen Sitzung mit Rücksicht auf seine Handschrift und sein nicht immer perfekt funktionierendes Gedächtnis die dünnen Zeugenaussagen mithilfe seines Computers in eine auch später noch lesbare Form. Eigentlich wäre er lieber in die Innenstadt gefahren, andererseits wusste er nicht, wie er die Annäherung an Eva forcieren konnte. In den Drogeriemarkt gehen und Eva einfach direkt ansprechen, das war wohl keine gute Idee.

Aber irgendetwas musste passieren, die Hängepartie ein Ende haben, er musste sich schnell etwas einfallen lassen. Da das Übertragen der Zeugenaussagen aufwendiger als gedacht war, dauerte dieser Vorgang bis nach halb acht. Kollmann fuhr danach direkt nach Hause, wo er noch rechtzeitig vor Beginn der Tagesschau ankam. Die Acht-Uhr-Tagesschau bildete bei den Kollmanns einen festen täglichen Termin, häufig sahen sich die Eheleute danach auch noch gemeinsam das heute journal im ZDF an.

Die Tagesschau hatte im Laufe der Jahre kleine Änderungen erfahren. Kollmann erinnerte sich noch an den langjährigen Chefsprecher Karl-Heinz Köpke, dem „Mister Tagesschau", von dem man im Nachhinein den Eindruck hatte, dass er der alleinige Sprecher war. Inzwischen bestritten mehrere Sprecher und Sprecherinnen im Wechsel die Sendung. Neu war auch, dass die Begrüßung sich geändert hatte. Während es lange Zeit „Guten Abend, meine Damen und Herren" geheißen hatte, wird seit einigen Jahren „ich begrüße Sie zur Tagesschau" hinzugefügt.

Heute präsentierte Judith Rakers wieder einmal jede Menge Katastrophenmeldungen. Kollmann fragte sich, wie es sich anfühlt, wenn man immer wieder so viele schlechte Nachrichten vorzulesen hat, denn positive gab es viel seltener. Im Übrigen bewunderte er die Redakteure der Tageschau, die es schafften, das Weltgeschehen einschließlich der Wettervorhersage in genau 15 Minuten unterzubringen, denn nur bei ganz besonderen Ereignissen schloss sich ein Brennpunkt an. Doch auch ohne diese zusätzlichen 30 Minuten hatte Kollmann nach der Tageschau eigentlich das Gefühl, recht gut informiert zu sein. Bemerkenswert war aber, dass in dem von Claus Kleber oder Marietta Slomka moderierten heute journal um 21:45 Uhr oft andere Schwerpunkte gesetzt und über andere Ereignisse berichtet wurde. Was war denn nun wichtig? Über was wurde berichtet, vor allen Dingen aber, über was wurde *nicht* berichtet? Wer traf die Auswahl, nach welchen Kriterien, wer trug die Verantwortung? Gab es ein funktionierendes Kontrollsystem, eine demokratische Legitimation?

In einer Anzeige der Reporter ohne Grenzen hatte Kollmann vor einiger Zeit gelesen, dass der Krieg in Syrien nicht vorbei sei, nur weil nicht mehr über diesen berichtet werde. Und das galt mit Sicherheit auch für viele andere Ereignisse in der Welt, die berichtenswert waren, über die aber nicht berichtet wurde, vielleicht auch nicht berichtet werden konnte, weil weder die Zeit noch die Aufnahmefähigkeit und wohl auch die Aufnahmebereitschaft der Zuschauer dafür ausreichend groß war. Dennoch freute sich Kollmann, in einem Land zu leben, in dem die Pressefreiheit grundgesetzlich geschützt ist und einen hohen Stellenwert genießt. Das ewige Gebrüll von der Lügenpresse stieß ihm übel auf. Im Internet las Kollmann aber zu seiner Überraschung, dass Deutschland nach Einschätzung der Reporter ohne Grenzen in Bezug auf die Pressefreiheit weltweit nur Rang 13 belegt, hinter den führenden skandinavischen Ländern, aber auch hinter Costa Rica und Jamaika. Die USA fanden sich in den Vierzigern wieder. ‚Immerhin Platz 13 oder aber *nur* Platz 13?', dachte Kollmann vor dem Einschlafen.

Am nächsten Morgen saß er wie üblich um Punkt neun an seinem Schreibtisch und nahm sich die neuen Akten vor, die auf ihn als Einzelrichter übertragen worden waren. Für den heutigen Dienstag hatte er keine Termine anberaumt, stattdessen stand das Aktenstudium auf dem Programm.

Die beiden ersten Verfahren waren, jedenfalls auf den ersten Blick, langweilig, die dritte neue Sache könnte interessant werden. Es ging um einen Fall von Stalking. Eine 24-jährige Studentin stellte ihrem „Angebeteten" nach, in dessen Firma sie ein Praktikum absolviert hatte. Der Mann wollte aber partout nicht, und schon gar nicht von der Ex-Praktikantin, angebetet werden, möglicherweise war er gar nicht religiös. Nachdem seiner Meinung nach das Maß des Erträglichen überschritten war und die Aktivitäten und Anstrengungen der jungen Frau für ihn eine erhebliche Belästigung darstellten, hatte der 57-jährige Herr Zimmermann, „der ist ja in meinem Alter", einen Rechtsanwalt aufgesucht. Dieser hatte beim Landgericht Münster einen Antrag auf Erlass einer einstweiligen Verfügung gestellt, für dessen Bearbeitung Kollmann zuständig war.

Dem Antrag war als Anlage 1 ein Schreiben des Rechtsanwalts an die Anbeterin beigefügt, in dem diese aufgefordert wurde, jedwede weiteren Annäherungsversuche und Kontaktaufnahmen mit seinem Mandanten ab sofort zu unterlassen. Ausdrücklich genannt wurden das Ansprechen, Hinterhergehen, Hinterherfahren und verschiedene Formen der technischen Kommunikation, nämlich Telefonate, SMS, WhatsApps und E-Mails. Auch das stundenlange Warten im Pkw vor der Firma seines Mandanten und das Zusenden von Blumen, Pralinen, Sportzeitungen und anderen kleinen Aufmerksamkeiten waren aufgeführt. Außerdem hatte der Anwalt die Studentin, „Antragsgegnerin", in einem als Anlage 2 gekennzeichneten Schriftstück aufgefordert, eine von ihm vorbereitete Unterlassungserklärung zu unterzeichnen. Darin waren alle in der Anlage 1 genannten Aktivitäten ausdrücklich aufgezählt.

Weiter hieß es: „Für jeden Fall der Zuwiderhandlung verpflichte ich mich, eine Vertragsstrafe in Höhe von 6.000 € an Herrn Wolfgang Zimmermann zu zahlen."

Für den Fall, dass die Antragsgegnerin die Unterlassungserklärung nicht binnen drei Tagen abgeben sollte, hatte der Rechtsanwalt damit gedroht, „unverzüglich gerichtliche Hilfe in Anspruch zu nehmen".

Mit der Anlage 3 hatte der Anwalt sich schließlich „erlaubt, seine Kostennote zu überreichen", die sich auf etwa 600 € belief und um deren gelegentliche Begleichung er bat.

Alle vorgenannten Unterlagen waren drei Tage nach ihrer Absendung per Post ohne Anschreiben wieder beim Rechtsanwalt eingetroffen, freilich ohne dass die Ex-Praktikantin die verlangte Unterlassungserklärung unterzeichnet hatte; die Kostennote wurde auch in der Folgezeit nicht beglichen.

Daraufhin hatte der Rechtsanwalt für seinen Mandanten beim Landgericht Münster den Antrag auf Erlass einer einstweiligen Verfügung gestellt. In der als Anlage 4 beigefügten Erklärung versicherte der angebetete Herr Zimmermann die

Richtigkeit aller in der Antragsschrift enthaltenen Angaben an Eides statt.

Kollmann verstand die Antragsgegnerin nicht. Nach der vom Rechtsanwalt erstellten Antragsschrift hatte sein Mandant mehrfach klar zum Ausdruck gebracht, dass er keine Bekanntschaft oder gar Beziehung zu der jungen Frau wünsche. Er hatte auch deutlich kommuniziert, dass er nicht bereit sei, sich auf ein Treffen für das von ihr vehement geforderte „klärende Gespräch“ einzulassen. Die Aussage in dem von seinem Mandanten unterschriebenen, allerdings vom Personalchef gefertigten Praktikumszeugnis, dass die Antragsgegnerin eine „nette und sehr sympathische Art“ habe, sei eine bloße Floskel, die von ihr wohl völlig missverstanden werde.

‚Nun‘, dachte Kollmann ‚dieser Schwärmerei muss schnell ein Ende bereitet werden. Besser ein Ende mit Schrecken als ein Schrecken ohne Ende.‘ Vor einigen Jahren hatte eine durchaus nette Referendarin, die einige Monate bei ihm zur Ausbildung gewesen war, Kollmann etwas versteckte, aber doch nicht zu übersehende Avancen gemacht. Nachdem er dies bemerkt hatte – was ihm durchaus schmeichelte –, hatte er es tunlichst vermieden, allein mit der Referendarin im Fahrstuhl zur Kantine zu fahren. Man stelle sich nur vor, diese hätte sich ihm im Schutze des Fahrstuhls genähert oder nach einer Fahrt irgendwelche absonderlichen Behauptungen in die Welt gesetzt. Das wäre ein Fressen für Krescher und Co. gewesen und auch andere Kollegen hätten zumindest leicht den Kopf geschüttelt, „mal wieder typisch Richter K.“. Auch wenn sich später herausgestellt hätte, dass an der ganzen Sache nichts dran gewesen wäre, bestand die große Gefahr, dass irgendetwas doch hängen blieb. Vielleicht hätte die Justizverwaltung Kollmann keine weiblichen Referendarinnen mehr zur Ausbildung zugewiesen.

Apropos Krescher: Julius H. Krescher hielt sich, wenn auch zu Unrecht, für einen absoluten Frauentyp und einen wirklichen Frauenversteher. Vor einigen Monaten hatte er in großer Runde in der Kantine zum Besten gegeben, er fahre aus Gründen der Vorsicht schon seit seinem 15. Lebensjahr nicht mehr mit einer einzelnen Frau im Fahrstuhl, denn man wisse nie, was dabei rauskommen könne. Kollmanns Erwiderung „lieber Kollege Krescher, ich glaube, Sie sind der Letzte in dieser Runde, der sich insoweit Sorgen machen sollte" hatte für allgemeine Erheiterung gesorgt, indes nicht dazu beigetragen, das ohnehin angespannte Verhältnis zwischen den beiden Richtern zu verbessern. So blieben sie sich auch fortan in inniger Abneigung verbunden, und da sie beide noch im Dienst sind, sind sie es auch noch heute.

Kollmann hatte damals, um nicht in irgendwelche dummen Probleme mit der ihm ganz offenbar zugetanen Referendarin zu geraten, bei den wöchentlichen Besprechungen mit dieser die Tür seines Dienstzimmers offen stehen lassen. Schließlich hatte sie ihre Bemühungen eingestellt. Aber was wäre gewesen, wenn sie weitergemacht, wenn sie nicht aufgegeben hätte? Das mochte Kollmann sich gar nicht ausmalen und gerade deshalb verstand er den Antragsteller im aktuellen Verfahren so gut. Dem Manne musste schnell geholfen werden.

Deshalb entschied sich Kollmann, die einstweilige Verfügung ohne vorhergehende mündliche Verhandlung zu erlassen. Hierdurch wurde zwar der Anspruch der jungen Frau auf das rechtliche Gehör berührt. Außerdem widersprach dieses Verfahren dem althergebrachten Grundsatz „audiatur et altera pars", wonach das Gericht vor einer Entscheidung auch der *anderen* Seite Gehör schenken muss. Davon wird in Bezug auf den Erlass einstweiliger Verfügungen in der gerichtlichen Praxis indes „aus Gründen der Eilbedürftigkeit" häufig abgesehen. Die insoweit maßgebliche Zivilprozessordnung (ZPO) lässt dieses Verfahren zu, allerdings als Ausnahmefall. In der Praxis hat sich der Ausnahmefall aber in vielen Bereichen zum Regelfall entwickelt.

So auch hier, denn Kollmann war der Meinung, dass er schnell handeln sollte. Er ging davon aus, dass die in der Antragsschrift genannten Tatsachen der Wahrheit entsprachen. Nach dem Motto mit dem Ende und dem Schrecken erließ er deswegen die einstweilige Verfügung, ohne der Antragsgegnerin zuvor die Möglichkeit zur Stellungnahme zu geben.

Diese hatte nun die Möglichkeit, Einspruch gegen die einstweilige Verfügung einzulegen. Dann könnte sie in einer mündlichen Verhandlung ihre Argumente vortragen. Aber was sollte sie schon sagen? Etwa, dass der Antragsgegner noch nicht erkannt habe, dass sie eine wunderbare Zeit zusammen haben könnten? Dass sie ihn auf dem Weg zu einer richtigen Entscheidung unterstützen müsse? Dass sie genau spüre, dass der Antragsteller und sie füreinander bestimmt seien? Kollmann hatte vor einiger Zeit einen Kalenderspruch gelesen, wonach ein großes Problem der Liebe darin besteht, dass einer oft mehr liebt als der andere. Und dieser Mehr-Lieber leidet häufig. Der erfahrene Richter Kollmann ging davon aus, dass im vorliegenden Sachverhalt – wie in vielen anderen Verfahren nach Erlass einer einstweiligen Verfügung – von der Möglichkeit des Einspruchs kein Gebrauch gemacht würde. Diese Verfahren waren mit dem Erlass der einstweiligen Verfügung, die der Funktion nach auf eine *vorläufige* Regelung abzielt, sehr häufig endgültig beendet.

Kollmann malte sich ein zwar ganz und gar unwahrscheinliches, nein, sogar ausgeschlossenes Szenario aus: Darin stellte Eva gegen ihn einen Antrag auf Erlass einer einstweiligen Verfügung, über den nach der Geschäftsverteilung des Landgerichts und der Kammer ausgerechnet er zu entscheiden hätte.

Das war zum Glück aus zwei Gründen ausgeschlossen: Zum einen würde Eva so etwas nie tun und sie würde auch keinen Grund dafür haben. Denn wenn sie seine Annäherungsversuche zurückweisen sollte, würde er diese selbstverständlich sofort beenden. Das war doch völlig klar – es sei denn, er wüsste mit absoluter Sicherheit, dass sie nicht erkannte, einen großen Fehler zu machen. In dem Fall würde er, müsste er ihr gar helfen, den Fehler zu korrigieren. Und zweitens war es ausgeschlossen, dass er selbst über einen Antrag auf Erlass einer einstweiligen Verfügung gegen *sich* zu entscheiden hätte. In diesem Fall würde der Vorsitzende den Vorgang einem anderen Richter übertragen, selbst wenn Kollmann nach der Geschäftsverteilung zuständig sein sollte. So, das wäre schon mal geklärt.

10:14 Uhr: Kaffeezeit!

Draußen vor der Tür

Kriegsdrama von Wolfgang Borchert

Dienstag, 6. August 2019, 10:15 Uhr

Kollmann entschloss sich, heute auf das morgendliche Kaffeetrinken zu verzichten und stattdessen in die Innenstadt zu fahren. Er meldete sich bei AFK mit dem Hinweis ab, er müsse dringend zur Bank, und verließ das Gerichtsgebäude. Er wusste jetzt, was er tun musste, er würde mit Beharrlichkeit sein Ziel verfolgen. Das Wort „Penetranz" kam ihm nicht in den Sinn.

Zunächst machte Kollmann einen Test, um sich seiner Sache ganz sicher zu sein. Er betrat den Drogeriemarkt durch einen auf der Rückseite gelegenen Eingang, von dem er den Kassenbereich nicht einsehen konnte. Und jetzt unternahm er einen großen Selbstversuch, den er „Big-Butterfly-Test", kurz „BBT" nannte. Je nach dem Ergebnis dieses Tests wollte er seine Bemühungen um Eva intensivieren oder aber einstellen. Der Test bestand darin, dass Kollmann, ohne zu wissen, ob Eva anwesend war, allein aufgrund seines Bauchgefühls feststellen wollte, ob sie im Markt war. Kollmann war sich sicher, dass im Falle ihrer Anwesenheit in seinem Bauch die berühmten Schmetterlinge flattern würden. Er schloss die Augen und horchte in sich hinein. Doch es rührte sich kein Flügelschlag. Das war aber noch kein Beinbruch.

Schnellen Schrittes ging Kollmann durch den Markt zu den Kassen und stellte erleichtert fest, dass Eva keinen Dienst hatte. Dann war es ja kein Wunder, dass die Schmetterlinge sich ruhig verhalten hatten. Das Experiment war damit noch nicht geglückt, weil Kollmann noch nicht wusste, welche Reaktion Evas Anwesenheit ausgelöst hätte. Hätten sich dann die flügellosen Liebesboten gemeldet, als deren Urheberin die amerikanische Schriftstellerin Florence Converse gilt? In ihrem Roman „The House of Prayer" verwendet Converse zur Umschreibung einer unschuldigen, unerfahrenen Verliebtheit den Begriff „butterflies in the stomach".

Weil Eva nicht im Markt war, konnte Kollmann den BBT heute nicht zu Ende führen. Er machte sich deshalb unverrichteter Dinge leicht missmutig auf den Rückweg zum Landgericht. Um voranzukommen, musste er möglichst schnell herausfinden, wann Eva Dienst hatte und wo sie wohnte. Um diese Basics würde er sich in den nächsten Tagen bemühen.

An diesem Nachmittag zog sich die Fortsetzung der um 14:00 Uhr begonnenen Verhandlung gegen die drei Drogendealer aus Warendorf bis nach fünf Uhr hin. Die Staatsanwaltschaft hatte auch heute mehrere Zeugen aufgeboten, die aber – wie schon die meisten der bereits gehörten Zeugen – unter ganz erheblichen Gedächtnisverlusten litten. Vielleicht machte der Genuss von Rauschgift ja vergesslich. Der durchaus als Drohung zu verstehende Hinweis des Vorsitzenden Dr. Sondermann, dass die Zeugen auf ihre Aussage vereidigt werden könnten und auf Meineid eine Mindestfreiheitsstrafe von einem Jahr stehe, führte nur in wenigen Fällen zu einer Gedächtnisauffrischung.

Diese ausgeprägte retrograde Amnesie der Zeugen hatte immerhin den Vorteil, dass Kollmann als Berichterstatter relativ wenig mitschreiben musste. Denn was sollte er notieren, wenn die Zeugen sich nahezu philosophisch dahingehend äußerten, nur zu wissen, dass sie nichts wussten? Ein unbefangener Beobachter hätte vermuten können, dass die Zeugen allesamt „Hase" hießen, denn schließlich wussten sie in gleicher Weise wie Karl Viktor Hase gut 150 Jahre zuvor nichts. Der junge Jurist soll sich anlässlich einer gerichtlichen Untersuchung mit „Mein Name ist Hase, ich verneine die Generalfragen, ich weiß von nichts“ geäußert haben. Das Ergebnis der bisherigen Beweisaufnahme war deshalb sehr dünn, es war mehr als zweifelhaft, ob auf dieser Grundlage eine Verurteilung der Angeklagten in dem Umfang möglich war, den die Staatsanwaltschaft verfolgte.

Nach der Sitzung machte Kollmann sich gegen halb sechs nochmals auf den Weg in die Innenstadt, um sein naturwissenschaftliches Experiment in Form des Big-Butterfly-Tests weiterzuführen. Er betrat den Drogeriemarkt wiederum durch den rückwärtigen Eingang. Und siehe da. Obwohl er Eva nicht sah, flatterte augenblicklich nicht nur *ein* Schmetterling in seinem Bauch, vielmehr setzten sich Hunderte oder gar Tausende in Bewegung. Kollmann hatte das Gefühl, im Schmetterlingstal zu sein, einem wunderschönen Gebiet auf Rhodos, das er vor vielen Jahren mit Therese besucht hatte.

Bevor er Eva sah, wusste er schon mit 150-prozentiger Sicherheit, dass sie in der Nähe, dass *seine* Eva in *seiner* Nähe war. Schmetterlinge sind mindestens so zuverlässig wie Dänen, die ja, wie wir von Mike Krüger wissen, bekanntlich nicht lügen. Kollmann war gerührt, Kollmann war berührt, weil er Eva so stark spürte. Jetzt wusste er endgültig, dass er auf dem richtigen Weg war. Tausend geflügelte Liebesboten können sich nicht irren. Gestützt auf und getragen von dieser Erkenntnis entschloss Kollmann sich gemäß des Schiller‘schen Satzes „Nur Beharrung führt zum Ziel“, sein Vorhaben nunmehr beharrlich zu verfolgen.

Deshalb würde er jetzt sofort zwar keine Demonstration, sondern etwas ganz Neues, noch nie Dagewesenes, nämlich eine Deostration veranstalten, um zunächst einmal Evas Aufmerksamkeit zu gewinnen und die Sache so langsam, aber stetig ins Rollen zu bringen. Er hatte die für die Aktion erforderlichen Vorarbeiten bereits am Vortag erledigt.

Die sorgsam geplante Deostration konnte sofort beginnen: Kollmann nahm dazu den billigsten Deoroller für 0,39 € aus dem Regal und ging zum Kassenbereich. Ohne auch nur in irgendeiner Weise überrascht zu sein, registrierte er wie selbstverständlich und sehr zufrieden, dass er sich zu Recht auf seine Schmetterlinge verlassen hatte, denn Eva saß an einer der beiden geöffneten Kassen. Der BBT war gelungen! Kollmann stellte sich mit einem fast glückseligen Lächeln in die Warteschlange, die zu ihrer Kasse führte. Als die andere Schlange sich mehr und mehr verkürzte, widerstand Kollmann den bei vielen deutschen Käufern sehr ausgeprägten Hang zum abrupten, gegebenenfalls auch mehrfachen Bezahlschlangenwechsel. Er wartete vielmehr in stiller Vorfreude geduldig darauf, dass er mit dem Bezahlen an der Reihe war, und sagte freundlich zu Eva: „Entschuldigung, ich habe leider nur zehn Euro."

„Aber das macht gar nichts, kein Problem." Damit gab Eva ihm freundlich lächelnd neun Euro 61 heraus. Kollmann freute sich über dieses Lächeln, er bezog es auf sich, ausschließlich auf sich. Die Schmetterlinge überschlugen sich fast, sie setzten ohne Rücksicht auf Verluste zu einem mörderischen Rennen an. Kollmann kam deshalb nicht auf den Gedanken, dass andere Kunden auch in den Genuss von Evas professioneller, aber gleichwohl natürlicher Freundlichkeit kamen. Stufe eins seiner Erfolgsrakete war gezündet.

Nunmehr ging es an die Stufe zwei. Statt den Drogeriemarkt zu verlassen, ging Kollmann wieder an das Regal mit den Pflegeartikeln, nahm zur Fortsetzung seiner großartigen Deostration einen weiteren Deoroller heraus und stellte sich wiederum an Evas Kasse. Den Ruf der anderen Kassiererin, an deren Kasse gar kein Kunde stand, „Sie können auch bei mir bezahlen!“, überhörte er geflissentlich.

„Entschuldigen Sie, aber ich habe leider nur 20 €.“

„Aber das macht ..., sagen Sie mal ...“

„Ja, was?“

„Ach nichts, ich dachte nur ..., nein, alles in Ordnung.“ Damit gab Eva ihm freundlich lächelnd 19 Euro 61 heraus. Kollmann freute sich erneut über dieses Lächeln, er bezog es wieder ausschließlich auf sich. Na, das lief doch prächtig! Er war auf einem verdammt guten Weg und er würde die Stufen drei bis fünf auch noch zünden. Also wieder zum Regal und danach ab an die Kasse: „Entschuldigen Sie, aber ich habe leider nur 50 €.“

„Moment mal, so geht das aber nicht. Sie sind jetzt schon das dritte Mal hier und die Scheine, die Sie mir anbieten, werden immer größer, was soll denn das?“

„Ja, was soll denn das wohl? Was meinen Sie, Eva, was das wohl soll?“

„Wieso nennen Sie mich Eva, wer sind Sie eigentlich? Ich kenne Sie gar nicht.“

„Nein, Eva, Sie kennen mich noch nicht, aber Sie werden mich schon bald kennenlernen, weil ...“

„Moment mal, sind Sie dieser verrückte Heinz? Ja klar, das müssen Sie sein. Ich habe Ihnen doch geschrieben, dass ich mich nicht mit Ihnen treffen möchte, also lassen Sie mich in Ruhe, sonst rufe ich den Filialleiter!“

„Aber Eva, nun seien Sie doch vernünftig", sagte Kollmann fast bittend.

„*Ich* bin vernünftig! Aber *Sie* sind offenbar nicht ganz bei Trost! Nun hauen Sie endlich ab!", erwiderte Eva schon recht ungehalten.

„Nein, *ich* gehe nicht, bevor *Sie* nicht einem Treffen zugestimmt haben, verdammt noch mal!" Jetzt war Kollmann laut geworden.

„Wenn Sie jetzt nicht sofort gehen, gibt das Ärger, mächtig viel Ärger. Also lassen Sie den dämlichen Deoroller liegen und verschwinden Sie endlich!", schrie Eva.

„Nein, ich bleibe so lange, bis du vernünftig bist. Du weißt doch gar nicht, was gut für dich ist. Eva, ich, ich bin gut für dich!" Kollmann war noch lauter geworden, er schrie jetzt ebenfalls.

Die Kunden in der Warteschlange hinter Kollmann hatten zunächst ungehalten auf die Verzögerung reagiert, jetzt fanden sie das Schauspiel interessant. So etwas erlebte man nicht alle Tage. Der alte Knacker wollte sich ganz offensichtlich an die hübsche Kassiererin ranmachen, die aber nichts von ihm wissen wollte. Das wäre sicherlich auch ein tolles Format in Ergänzung zum Dschungelcamp, zum Bachelor und zu den anderen ähnlich anspruchsvollen Sendeformaten. Leider machte die Kassiererin dem Schauspiel ein Ende, bevor dieses richtig Fahrt aufnehmen konnte, denn sie betätigte den Notfallknopf, der sich links unter dem Kassentisch befand. Sofort ertönte ein lauter Alarm, der den gesamten Markt ausfüllte und in den Ohren schmerzte. Kollmann bezog das Geräusch aber nicht auf sich und blieb ganz ruhig stehen. In diesem Moment erschien schnellen Schrittes der Hausdetektiv: „Was ist denn los, Frau Hartmann?"

„Dieser Mann da belästigt mich. Der kommt immer mit dem billigsten Deoroller und will mit immer größeren Scheinen bezahlen. Der hat sich in den Kopf gesetzt, dass ich mich mit ihm treffen soll. Das will ich aber nicht. Der Kerl soll abhauen und mich in Ruhe lassen. Ich hab weiß Gott genug andere Sorgen und möchte nicht auch noch in der Seniorenbetreuung tätig sein."

„Das ist nicht so, wie es aussieht, ich möchte lediglich in aller Ruhe ein Gespräch mit Frau Hartmann führen. Aber sie weigert sich und ..."

„Wenn Frau Hartmann nicht mit Ihnen reden möchte, dann müssen Sie das akzeptieren. Ich darf Sie höflich bitten, sofort unser Geschäft zu verlassen."

„Nein, das werde ich nicht tun, ich möchte diesen Deoroller kaufen, und ..."

„Sie kaufen hier gar nichts mehr, bitte begleiten Sie mich jetzt sofort zur Tür!"

„Wie gesagt, ich möchte erst ..."

Zu weiteren Erklärungen sah Kollmann sich nicht in der Lage, weil der Detektiv, vormals aktiver Polizeibeamter, ihm ganz routiniert und unaufgeregt den linken Arm auf den Rücken gedreht hatte und ihn unter Anwendung einfacher polizeilicher Gewalt Richtung Ausgang bugsierte. Kollmann versuchte, sich zur Wehr zu setzen, war aber körperlich deutlich unterlegen. Außerdem hatte der Detektiv Kollmanns Arm noch ein Stück weiter nach oben gebogen, was sehr schmerzhaft war. Die Zuschauer waren fasziniert. Eine tolle Vorstellung, allerdings hatten sie gehofft, dass der alte Knacker ein wenig mehr Gegenwehr leisten würde, sodass es zu einer zünftigen Schlägerei gekommen wäre. Vielleicht hätte der Alte auch eine Waffe ziehen oder mit einem Schlagring auf den Detektiv einprügeln können. Auch die Verwendung von Reizgas hätte der Sache einen richtigen Pep geben können. Aber so? Die Story hatte ohne Frage vielversprechend angefangen, das Ende war eher flach, es war enttäuschend, in dieser Form nicht für RTL oder SAT1 geeignet. Die Szene mutete für die Gaffer nämlich so an, als wenn der Detektiv und der Alte, „warum wehrt der sich nicht, jedenfalls ein bisschen?", friedlich schicklich, fast freundschaftlich zur Tür gingen. Für die unmittelbar Beteiligten stellte sich die Situation freilich anders dar: Für den Detektiv war der Vorfall nach über 40 Jahren Polizeidienst bloße Routine, für Kollmann hingegen ein ganz neues und zudem recht schmerzhaftes Erlebnis. Nach Erreichen der Eingangstür ließ der Expolizist Kollmanns Arm los, gab ihm einen leichten Stoß und erklärte: „Ich erteile Ihnen ab sofort Hausverbot. Sie dürfen unser Geschäft nicht mehr betreten!"

„Das können Sie gar nicht, ich bin ein freier Bürger und kann einkaufen was, wo und wann ich will!"

„Sie mögen ein freier Bürger sein, aber ich war gerade so frei, Ihnen mit sofortiger Wirkung ein Hausverbot zu erteilen."

„Dass ich nicht lache. Freiheit ist nämlich immer die Freiheit der Andersdenkenden und ich denke anders über das Hausverbot, weil ..."

„Meister, sparen Sie sich bitte Ihre klugen Sprüche und machen Sie sich lieber ganz schnell vom Acker. Vielleicht sind Sie so freundlich und nennen mir vorher noch Ihren Namen und Ihre Anschrift, dann bekommen Sie das Hausverbot auch noch schriftlich erteilt."

„Den Teufel werde ich tun, mein Name geht Sie überhaupt nichts an!"

„Kein Problem, wir haben Sie in bester Qualität auf unserem Überwachungsvideo. Ich werde das Bild ausdrucken und alle Mitarbeiter informieren. Und sollten Sie sich nicht an das Hausverbot halten, werde ich das Bild wie einen Fahndungsaufruf, „Wer kennt diesen Mann?“, an alle Eingangstüren und ins Fenster hängen.“

„Das lassen Sie mal schön bleiben. Ich fordere Sie außerdem auf, das Überwachungsvideo unverzüglich zu löschen. Sie haben mit der Aufnahme gegen die europäische Datenschutzgrundverordnung und gegen mein Persönlichkeitsrecht verstoßen. Ich glaube, Sie wissen gar nicht, wen Sie vor sich haben.“ ‚Sonderbar‘, dachte Kollmann, ‚dass ich mich so ausdrücke, das ist doch eigentlich gar nicht meine Art.‘

„Sehr witzig, wenn Sie mir Ihren Namen nicht sagen wollen, wie soll ich dann wissen, wen ich vor mir habe? Aber Sie sollten wissen, wen Sie vor sich haben: Polizeihauptkommissar a. D. Franz!“

„Ja, das hab ich mir gedacht, das passt, ein ehemaliger Bulle ...“

„Das habe ich mehr als 40 Dienstjahre überhört, das werde ich auch heute überhören. Aber Sie sollten meine Ansage nicht überhören: Wenn ich Sie noch einmal im Geschäft erwische, werde ich Strafanzeige erstatten und meine Ex-Kollegen zu Hilfe rufen.“

„Oh Mensch, jetzt bekomme ich es aber mit der Angst zu tun. Sehen Sie, wie ich zittere?“

„Komm, lass gut sein, Romeo, und verzieh dich“, versuchte der Detektiv beschwichtigend auf Kollmann einzuwirken.

Kollmann ging auf diesen Versuch der Deeskalation jedoch nicht ein und erwiderte in arrogantem und überheblichem Ton: „Ach, und im Übrigen bestreite ich, dass Sie überhaupt eine ausreichende Vollmacht haben, um ein Hausverbot auszusprechen."

„Oh, jetzt wird das Ganze auch noch juristisch! Sind Sie etwa vom Fach? Vielleicht ein kleiner Rechtsverdreher oder ein übertrainierter Winkeladvokat? Seien Sie unbesorgt, ich habe eine solche Vollmacht."

„Quod esset demonstrandum!"

„Hört, hört, der feine Herr hat offenbar kein Benehmen, aber er kann ganz gescheit einige Brocken Ausländisch daherreden."

„Nun werd' mal nicht frech, Bulle. Für mich bist und bleibst du ein kleiner aufgeblähter Vertreter ohne Vertretungsmacht. Ein lächerlicher VoV."

„Ist gut, mein kleiner Romeo. Es reicht. Sei vernünftig und verzieh dich jetzt. Das bringt hier nichts, denn die Julia will nichts von dir wissen."

„Das kannst du überhaupt nicht beurteilen, aber du solltest wissen, dass ich Verbindungen in die höchsten und besten Kreise habe und dass ich schon morgen ..."

Was jetzt folgte, hörte der Detektiv schon nicht mehr. Er war inzwischen in den Markt zurückgegangen. ‚Mein Gott, was gibt es doch für verrückte Männer', dachte er. Aber verstehen konnte er diesen etwas sonderlichen Rechtsverdreher schon, denn die Eva war eine ausgesprochen sympathische und hübsche Frau. Wenn er 40 Jahre jünger wäre und seine Ingrid nicht hätte, wer weiß, wer weiß?

Da der Detektiv nicht sicher war, ob sein verliebter Romeo in Zukunft zur Besinnung käme, schoss er vor dem abendlichen Löschen des Videobands ein Foto von Evas Verehrer, druckte es aus und speicherte es zusätzlich ab. Eine gute Beweissicherung war auch im Laufe seiner langjährigen Polizeitätigkeit das A und O gewesen. Was man schwarz auf weiß hatte, konnte man später im Bedarfsfall getrost den anderen Angestellten zeigen und gegebenenfalls ins Fenster hängen.

Außerdem erstellte er einen kurzen Vermerk zu dem Vorgang:

Bearbeiter: Polizeihauptkommissar a. D. Franz
Datum: Dienstag, 6-8-19, Uhrzeit: 18:23 Uhr
Codewort Romeo
Vorgang:
Ein etwa 55- bis 60-jähriger Kunde kaufte mehrfach hintereinander einen Gegenstand geringen Werts und bezahlte jeweils mit einer großen Banknote bei der Mitarbeiterin Eva Hartmann. Der Kunde wollte damit offenbar Frau H. Aufmerksamkeit erregen, um so ein privates Treffen mit ihr zu arrangieren, was Frau H. aber ausdrücklich ablehnte. Nach einem kurzen Wortgefecht mit den üblichen Beleidigungen gegen mich als ehemaligem Polizeibeamten („Bulle") ließ sich der Kunde ohne ernsthafte Gegenwehr aus den Geschäftsräumen führen. Durch den Unterzeichner wurde ein Hausverbot ausgesprochen.
Beurteilung:
Nach diesseitiger, erster vorsichtiger Einschätzung auf der Grundlage der bisher vorliegenden Erkenntnisse ist der Kunde nicht gefährlich, könnte aber anstrengend werden. Bei Durchsicht eines versehentlich noch nicht gelöschten Videobandes wurde festgestellt, dass der Mann sich bereits gestern Morgen im Markt auffällig verhalten hat, weil er minutenlang den Kassenraum beobachtete. Nach direkter Ansprache durch den Unterzeichner gab der Mann eine fadenscheinige Erklärung ab. Es steht zu befürchten, dass er den Bezug zur Realität jedenfalls ein Stück weit verloren hat. Er hat sich wohl darin verrannt, Frau H. kennenlernen zu

müssen. Frau H. berichtete auf Befragen, dass es in der Vergangenheit durch den Kunden bereits zwei Versuche einer Kontaktaufnahme gegeben habe, zunächst per Brief, dann per WhatsApp. Er habe jeweils den Namen „Heinz" geführt. Außerdem meinte Frau H. sich zu erinnern, den Kunden wohl schon häufiger im Markt gesehen zu haben. Mir gegenüber verweigerte dieser die Nennung seines Namens. Er verwies auf seine Stellung und verfügt offenbar zumindest über juristisches Halbwissen. Ich könnte mir aber auch vorstellen, dass er von Beruf Rechtsanwalt ist. Deswegen hoffe ich, dass er das ausgesprochene Hausverbot beachtet und der Vorgang damit abgeschlossen ist.
Weitere Schritte:
Derzeit nicht angezeigt.
PHK a. D. Franz

Kollmann stand noch eine ganze Zeit draußen vor der Tür und rieb sich verwundert die Augen. Was hier gerade passiert war, war schier unglaublich. So etwas hatte es in Deutschland seit dem Ende des Zweiten Weltkriegs nicht gegeben. Zwar war er nicht der aus dem Krieg heimkehrende Unteroffizier Beckmann, dem der Einlass verwehrt, sondern der zum Kampf bereite Richter Kollmann, dem der Ausgang gewiesen wurde. Das musste man sich mal vorstellen: Ein kleiner pensionierter Polizist hatte ihm, einem aktiven Richter am Landgericht, ein Hausverbot erteilt. Das war absolut lächerlich und in keiner Weise zu akzeptieren. Armes Deutschland! Wohin war dieses Land verkommen? Kollmann schüttelte ungläubig den Kopf. Er stand zwar nicht im Regen, fühlte sich aber so und schaute bedröppelt drein. Was war zu tun?

Er entschloss sich zunächst für ein Brainstorming mit sich selbst und ging in sein – wie konnte es anders sein – vertrautes und geschätztes „Café Cognac“ an St. Lamberti. Von der aufmerksamen Bedienung bekam er, ohne ausdrücklich bestellt zu haben, einen Cognac mit einem Glas Kranenberger, also Leitungswasser, serviert. Hier lag, so dachte Kollmann, ein typischer Fall des bei Juristen so beliebten konkludenten Vertragsabschlusses vor. Konkludent bedeutet, dass aus dem Verhalten einer Person auf deren Geschäftswillen geschlossen wird. Dadurch, dass Kollmann sich hinsetzte, gab er das Angebot zum Kauf eines Cognacs ab, durch das Servieren des Getränks wurde dieses Angebot angenommen. Das alles ohne Worte, allein abgeleitet aus dem Verhalten der Beteiligten.

Man hätte auch so argumentieren können, dass das Hinsetzen nur eine „invitatio ad offerendum“, also eine Aufforderung an die Bedienung, war, durch das Servieren des Getränks ein Angebot zu machen. Dann wäre die widerspruchslose Entgegennahme des Getränks die Annahme zum Abschluss des Vertrags. Im Ergebnis lag nach beiden Ansätzen ein Vertrag vor, über dessen nähere juristische Qualifizierung sich Kollmann keine tieferen Gedanken machen mochte. Enthalten waren wohl Elemente des Kaufvertrags (Getränk), des Dienstvertrags (Service) und vielleicht auch des Miet- oder Leihvertrags (Stuhl, Tisch). Kollmann meinte sich recht vage an den Ausdruck „Typenkombinationsvertrag“ zu erinnern. Sei's drum, er war jedenfalls ein Cognac-Typ.

„Danke. Sie können bitte gleich einen zweiten bringen.“

„Mache ich gerne, aber wir haben noch bis sieben Uhr geöffnet, also Zeit genug für ein zweites oder auch drittes Getränk.“

‚Zeit genug, Zeit genug habe ich auch', dachte Kollmann. Er würde sein Ziel weiterverfolgen, weiterverfolgen müssen. Er wusste nicht, ob er die kurze Unterhaltung mit Eva als erstes Etappenziel verbuchen konnte, weil Eva jetzt wusste, wer er war. Aber eine Unterhaltung im eigentlichen Sinne hatte ja gar nicht stattgefunden, es war mehr ein Disput, nein, eher eine Abfuhr, sogar eine heftige Abfuhr, die Eva ihm erteilt hatte. Sie hatte ihm nämlich mehr als deutlich zu verstehen gegeben, gar unmissverständlich klargemacht, dass Sie nichts von ihm wissen wollte. Eva hatte dabei hässliche Wörter verwendet und unschöne Sätze gebildet, die sich schmerzhaft in Kollmanns Herz gebrannt hatten: „Sind Sie dieser verrückte Heinz?"

„Lassen Sie mich in Ruhe!"

„Sie sind offenbar nicht ganz bei Trost. Nun hauen Sie endlich ab!"

„Verschwinden Sie endlich!"

Und als trauriger Höhepunkt Evas Aussage, sie wolle nicht in der Seniorenbetreuung tätig sein. ‚Viel schlechter geht nich!', dachte Kollmann.

Was waren das für Töne? Arme kleine, verwirrte Eva. Sie war offenbar völlig durcheinander, ihr musste geholfen werden. Je mehr sie versuchen würde, ihn zurückzuweisen, desto stärker würde Kollmanns Drang, besser seine heilige Pflicht sein, ihr zu helfen. Er neigte seit frühesten Kindheitstagen dazu, anderen zu helfen; nicht nur seine Familie bescheinigte Kollmann ein wahrhaft ausgeprägtes Helfersyndrom.

Mehrfach hatte Kollmann bereits Betrunkene aufgegabelt und nach Hause begleitet. Noch zu Studentenzeiten hatte er einen jungen, vollkommen zugedröhnten Mann in dessen

Bett in der Kettelerstraße verfrachtet, ihm die Schuhe ausgezogen, die Hose geöffnet und den Betrunkenen zugedeckt. Kollmann hätte interessiert, ob dieser Kerl sich am nächsten Tag noch daran hatte erinnern können, wie er nach Hause und in sein Bett gekommen war.

Bei einer anderen Rettungsaktion hatte er eine Frau, die nicht mehr fähig war, Fahrrad zu fahren, zu Fuß zu ihrer Wohnung vis-à-vis der Kreuzkirche begleitet. Kollmann hatte sich damals die Frage gestellt, warum die Frau mittags um zwölf schon so mächtig einen in der Krone hatte. Das sicherlich nett gemeinte Angebot der Frau, doch auf einen kleinen Schlemmerschluck mit reinzukommen, hatte Kollmann höflich abgelehnt.

In lebhafter Erinnerung war ihm auch noch heute ein bereits lange zurückliegender Vorfall in Frankfurt, als Heinz, der Samariter, in Sachsenhausen eine ebenfalls stark betrunkene Frau angetroffen hatte. Er hatte ihr angeboten, sie nach Hause zu begleiten, doch stellte sich schnell heraus, dass die Frau vollkommen orientierungslos war und den Heimweg deshalb nicht kannte. Sehr unangenehm war, dass die Betrunkene ihren Retter aus „groscher Dankbarkeit" ständig küssen wollte, was Kollmann mit Mühe abwehren konnte. Dann hatte er Glück im Unglück, denn aus einem geparkten Auto stieg ein junges Paar, das die Frau kannte. Mit gutem Gewissen und erleichtert konnte Kollmann seine Rettungsaktion beenden. Aber der Äppelwoi hatte danach nicht mehr gemundet.

Ja, er, Heinrich Kollmann, war ein Helfertyp, er trug das Helfersyndrom in sich. Er musste und würde deshalb auch Eva helfen, ungeachtet der heftigen Abfuhr, die sie ihm gerade erteilt hatte. Das Hausverbot würde er selbstverständlich nicht beachten, er ließe sich doch von einem abgehalfterten Polizisten keine Vorschriften machen. Das wäre ja noch schöner! Denn das, was sich dieser Polizeiunterwachtmeister Fritz oder Franz oder wie auch immer der heißen mochte, da gerade rausgenommen hatte, war einfach nur lächerlich. Unglaublich war das, das konnte man nicht ernst nehmen. Dennoch entschloss sich Kollmann, aus Vorsicht die nächsten Tage auf kleinerer Flamme zu kochen. Denn es roch verdammt nach verbrannter Erde. Er unternahm mit einem weiteren Cognac einen Löschversuch. Danach sattelte er seinen treuen Freund Spartakus und fuhr nach Hause, um in Ruhe zu überlegen, welche weiteren Schritte er unternehmen würde, freilich ohne zu überlegen, ob es überhaupt sinnvoll war, weitere Schritte zu unternehmen.

Nach Golde drängt, Am Golde hängt Doch alles

Johann Wolfgang von Goethe. Faust. Der Tragödie erster Teil

Donnerstag, 8. August 2019, 11:15 Uhr

Mit dem nächsten Schritt wartete Kollmann, wie er meinte, „angemessene" zwei Tage. Eva sollte erst einmal ein wenig zur Ruhe und zur Besinnung kommen, andererseits musste die Sache aber auch vorangehen. Kollmann konnte sich inzwischen nicht nur gut vorstellen, nein, er war sogar sicher, dass Eva ihr gänzlich unangepasstes Verhalten, das sie an den Tag gelegt hatte, bereute. Das war sehr unschön gewesen, aber, das musste er zugeben, wohl nicht ganz allein Evas Schuld, sondern zumindest ein ganz klein bisschen auch die seine.

Denn seine Idee, nacheinander mehrfach den billigsten Deoroller zu kaufen und mit immer größeren Scheinen zu zahlen, war vielleicht doch nicht so gut gewesen, zumal dieser Hausdetektiv den Prozess auch noch vorzeitig beendet hatte. Kollmann hatte für die Deostration zuvor bei seiner Bank eigens einen 100- und sogar einen 200-Euro-Schein aus dem Geldautomaten gezogen. Sein Versuch, auch einen 500-Euro-Schein zu erhalten, war gescheitert, weil ein solcher Schein sich nicht im Automaten befand. Dies beruhte vermutlich darauf, dass die Deutsche Bundesbank die 500 €-Note mit dem Ziel der Bekämpfung der Geldwäsche nur bis zum 26. April 2019 ausgegeben hat und dieser Schein jetzt nach und nach aus dem Verkehr gezogen wird. Aber auch ohne die große Banknote war Kollmanns Vorbereitung perfekt gewesen, denn er hatte ja Scheine von zehn Euro bis 200 € bei sich. Das hätte für den Kauf von fünf Deorollern zu den etwas eigentümlichen Kollmann'schen Zahlungsbedingungen gereicht. Aber was nützte die beste Vorbereitung, wenn die Umsetzung des Plans, so wie hier, schon in einem frühen Stadium scheitert? Denn Kollmann war es nicht einmal gelungen, den 50-Euro-Schein erfolgreich zum Einsatz zu bringen.

Aber auch diese nur suboptimal verlaufene Deostration war für Kollmann kein Grund, um sein Vorhaben, Eva kennenzulernen und sie für sich zu gewinnen, aufzugeben. Und er hatte bereits eine neue Idee: Deshalb rief er von seinem dienstlichen Telefon beim Einwohnermeldeamt an, meldete sich als Richter Hermes vom Landgericht und fragte nach dem Wohnsitz von Frau Eva Hartmann. Auf die Rückfrage des datenschutzrechtlich nicht nur geschulten, sondern gar sensiblen Beamten am anderen Ende der Leitung, wozu Herr Hermes diese Auskunft benötige, erklärte Kollmann, Frau Hartmann solle als ganz wichtige Zeugin in einem beschleunigten Strafverfahren gehört werden, unter der letzten bekannten Adresse „Am Drubbel 17" sei ihre Ladung aber nicht möglich. Auf Kollmanns rhetorisch gemeinte Frage, ob das Aktenzeichen erforderlich oder ob die Anfrage gar schriftlich gestellt werden müsse, erklärte der Mitarbeiter: „Nein, nein, ich sehe ja aufgrund der Telefonnummer, dass die Anfrage vom Gericht kommt. Deshalb kann ich Ihnen die Auskunft auf dem kleinen Dienstweg sofort geben. Also, es stehen drei Personen mit dem Namen Anja Hartmann im Melderegister. Ich gebe Ihnen mal die Adressen."

„Pardon, nicht Anja, sondern Eva Hartmann."

„Ach ja, Eva, richtig, warten Sie mal. Da haben wir nur zwei Einträge, einmal Goethestraße 21 und einmal Rudolf-von-Langen-Str. 28, mehr kann ich leider nicht für Sie tun. Welche der beiden Damen Ihre wichtige Zeugin ist, müssen Sie dann selbst herausfinden."

„Es sei denn, Sie helfen mir noch ein bisschen mehr, können Sie mir nicht zusätzlich die Geburtsdaten mitteilen?"

„Ganz frei nach Karl Valentin: Können könnte ich schon, aber dürfen darf ich nicht. Ich habe eigentlich auch gar keinen Zugriff auf die andere Datenbank."

„Verstehe, aber es ist wichtig und es muss schnell gehen. Die Ladung muss heute noch raus, die Sitzung ist bereits übermorgen."

„Na gut, aber das bleibt dann unter uns."

„Aber sicher, machen Sie sich keine Sorgen. Ich werde Ihre Auskunft wie ein Dienstgeheimnis behandeln und deshalb nicht einmal einen Vermerk in die Akte nehmen, versprochen." Kollmann fand sich grandios, weil es ja gar keine Akte gab.

„Gut, ich vertraue Ihnen, ich muss dann mal eben schnell in eine andere Datenbank. Einen Moment noch, die Daten werden geladen. Also: Wir haben einmal das Geburtsdatum 9.9.1940."

„Die ist ja so alt wie meine Mutter, die ist es mit Sicherheit nicht."

„... und 21.8.1989."

„Das passt deutlich besser, die ist es, wo wohnt diese Dame denn?"

„Goethe 21, das ist hinter'm Bahnhof."

„Ja, ich weiß. Das ist höchstwahrscheinlich unsere Zeugin, denn der Raubüberfall hat sich in der Nähe des Bremer Platzes ereignet. Vielen Dank, Sie haben mir in dieser wichtigen Angelegenheit wirklich sehr geholfen, und bis zum nächsten Mal."

„Da nicht für und auf Wiederhören."

Der Mitarbeiter des Einwohnermeldeamtes fragte sich erst nach dem Ende des Telefongesprächs, warum der Richter Hermes aufgrund der Geburtsdaten der Frauen so sicher sein konnte, dass die zweite Eva Hartmann die gesuchte Zeugin war. Ihn beschlich das Gefühl, dass hier etwas nicht stimmte. Aber er ging seinem Unbehagen aus gutem Grund nicht nach, weil eine Aufklärung auch zu Problemen für ihn hätte führen können.

‚Goethestraße 21! Mann, Heinzi, das hast du gut gemacht, frei nach dem alten Spontimotto ‚Legal, illegal, scheißegal'. Aber der Zweck heiligt nun mal die Mittel', dachte Kollmann, zumal er sich auf einer fast heiligen Mission wähnte.

„21.8.89 und Goethestraße 21, das hilft enorm weiter."

Wieder hatten sich zwei kleine Mosaiksteine in das Puzzle eingefügt, jetzt kannte er Evas Alter und ihre Adresse. Das war sehr gut. Eva war also knapp 30 – in wenigen Tagen hatte sie Geburtstag – und damit immerhin ein paar Jahre älter als Henriette und Raimund, was irgendwie beruhigend war. Zugleich war sie etwa halb so alt wie Therese, was irgendwie beunruhigend war.

Kollmann ließ für diesen Tag das Richten Richten sein und nahm Evas Wohnadresse in Augenschein, er fuhr also zur Goethestraße 21. Dort stand ein unauffälliges Haus, vermutlich aus den Sechzigerjahren, schlichter Klinkerbau, mit acht Wohnungen, jeweils zwei pro Etage. Das Klingelschild „Hartmann", „warum setzen die Schmetterlinge sogar beim Lesen ihres Namens zum Flug an?", war das zweite von oben. Das sprach dafür, dass Eva im Dachgeschoss wohnte. Kollmann widerstand der Versuchung, den Klingelknopf zu drücken, zumal er nicht wusste, wie er reagieren würde, wenn

Eva zu Hause wäre und die Tür öffnete. Er vermutete, dass er die Flucht ergreifen würde. Also besser nicht klingeln, zumal er eine Erfolg versprechende neue Idee nach dem Motto hatte: „Kleine Geschenke erhalten die Freundschaft", hier besser „begründen die Freundschaft". Also fuhr er zurück in die Innenstadt zu dem Juweliergeschäft in der Ludgeristraße, in dem Therese und er vor 28 Jahren, „vor unvordenkbar langer Zeit", wie die Juristen so schön formulieren, ihre Eheringe gekauft hatten.

Nun, der Kauf von Eheringen stand noch nicht auf der Tagesordnung, deshalb entschied Kollmann sich für den Kauf einer goldenen Kette zum Preis von 298 €, wobei er den Juwelier bat, „E&H" einzugravieren. Er beglückwünschte sich zu seiner tollen Idee, „Besser geht nich!". Um drei Uhr holte Kollmann die auf seinen Wunsch versandfertig verpackte Kette ab, versah das Päckchen mit Evas Adresse und brachte es gegen Mittag zur Post am Domplatz. Er wunderte sich darüber, dass die Warteschlange vor dem wieder einmal einzigen geöffneten Schalter heute nur aus drei Personen bestand, in der Regel war sie wesentlich länger. Als Absender schrieb Kollmann noch schnell „Heinz", nur „Heinz", keinen Nachnamen, keine Adresse, auf das Päckchen und übergab es dem Postmitarbeiter. Mehr konnte und wollte er heute nicht tun, aber er hatte auch wahrlich genug getan.

Im „Beratungsteil" einer jener Zeitschriften, die vorwiegend in Wartezimmern von Ärzten und beim Frisör ausliegen, hatte der vorgebliche Psychologe Dr. Dr. Klug in seiner Eigenschaft als Lebens- und Eheberater den klugen Rat gegeben, dass schöner Schmuck das Herz jeder Frau öffne. Kollmann vermutete, dass diese Erkenntnis des „Dr. Dr.", ‚ein Stotterdoktor', hatte Kollmann gedacht, auf dem fundamental einfachen, aber doch so weisen Satz „Eine Frau ist eine Frau“ aus der musikalischen Komödie *„Une Femme est une Femme“* von Jean-Luc Godard aus dem Jahre 1961 gründete.

Wie dem auch sei: Kollmann ging als sicher davon aus, dass er Evas Herz mit der goldenen Kette erreichen würde und dass Eva sich nach Erhalt des Päckchens sofort bei ihm melden würde. Alles andere passte einfach nicht zu ihrem freundlichen Wesen.

Kollmann kam nicht einmal im Entferntesten in den Sinn, dass Eva kein Interesse an ihm haben könnte, dass auch diese Kette bei ihr zu keiner Meinungsänderung führen sollte und dass sie seinen blöden Brief längst weggeworfen und seine Telefonnummer überdies schon vor Tagen gelöscht hatte, ihn also gar nicht kontaktieren konnte, selbst wenn sie es gewollt hätte. Das alles war außerhalb seiner Vorstellungskraft, es war schlechterdings unvorstellbar, weil nicht sein durfte, was nicht sein konnte, oder auch umgekehrt. Also einfach in Ruhe abwarten. Er hatte seinen Teil getan, jetzt war seine Eva an der Reihe. Doch Kollmann sollte sich täuschen, Eva spielte nicht mit. Es galt das Motto: „Erstens kommt es anders und zweitens als man denkt.“

Aber schön der Reihe nach: Evas Arbeit als Kassiererin im Drogeriemarkt war nicht ihre Hauptbeschäftigung, vielmehr studierte sie an der Universität Germanistik. Das war bereits ihr zweites Studium. Das vorhergehende BWL-Studium hatte sie nach acht Semestern, nicht ganz freiwillig, sondern wegen einiger nicht bestandener Klausuren „geschmissen“. Da ihre Eltern nicht bereit waren, für ein weiteres Studium aufzukommen, und da Eva für das Zweitstudium keine Förderung nach dem BAföG bekam, finanzierte sie ihren Lebensunterhalt und ihr Studium über den Job im Drogeriemarkt, 19,25 Stunden pro Woche, und eine weitere Tätigkeit als Servicekraft, an vier Abenden in der Woche à 4-5 Stunden, in einem Speiserestaurant der gehobenen Kategorie. Ihr offizieller Verdienst lag in beiden Fällen nur knapp über dem Mindestlohn, aber im Restaurant gab es immer wieder ein mehr oder weniger üppiges Trinkgeld. Dabei waren die Gäste, die großspurig auftraten, „typische Neureiche", es richtig „krachen ließen", „was kostet die Welt?", und besonders feudal speisten, Champagner, Hummer, Kaviar, nach Evas natürlich vornehm zurückgehaltener Meinung der Weg in die Dekadenz, häufig weit weniger großzügig als diejenigen Gäste, die sich dieses Restaurant zu einem besonderen Anlass gönnten, etwa einem Hochzeitstag oder einem runden Geburtstag. An guten Abenden kam Eva auf mehr als 50 € Trinkgeld, was in etwa dem regulären Lohn entsprach. Es gab aber auch „gebrauchte Tage", an denen sie sich mit 15 € oder weniger Zusatzeinkommen bescheiden musste.

Mit ihrer Kollegin Anne, einer fest angestellten Servicekraft, verstand sie sich sehr gut. Häufig spielten sie das große „Wer-gibt-wie-viel-Trinkgeld-Spiel?". Dabei hatte Eva schnell gelernt, dass eine Rechnungssumme von 186,40 € deutlich besser war als eine solche von 194,40 €, weil im ersten Fall eine gute Chance, im zweiten hingegen die große Gefahr bestand, dass auf 200 € aufgerundet wurde, was in Zahlen gute 13,60 € zu eher mageren 5,60 € Trinkgeld bedeutete. Und da Eva und ihre Kollegin meistens um zwei Euro wetteten, blieben bei einem Verlust der Wette von den 5,60 € nicht einmal vier Euro übrig. Ein solcher Einbruch wirkte sich erheblich auf das Gesamttrinkgeld aus, da jede Serviererin nur für fünf Tische zuständig war, die überdies nicht jeden Tag alle besetzt waren. In letzter Zeit waren Eva und Anne dazu übergegangen, einen Trinkgeldpool zu bilden und die Zusatzeinnahmen zu teilen. Auf Trinkgeldwetten verzichteten sie fürderhin.

Durch die zeitliche Beanspruchung für ihre beiden Jobs im Gesamtumfang einer Vollzeitstelle hatte Evas Germanistikstudium gelitten, doch jetzt ging es langsam dem Ende zu. Spätestens am 22. Dezember würde sie ihre Magisterarbeit mit dem Thema „Das Ewig-Weibliche zieht uns hinan. Die Rolle der Frau in Goethes Faust. Der Tragödie Erster Teil und der Tragödie Zweiter Teil" abgeben. Sie hatte sich für dieses Thema nicht wegen ihres Wohnsitzes in der Goethestraße entschieden, vielmehr interessierte sie sich sehr dafür, welche Rollen den Frauen im Faust zukamen oder, vielleicht besser, in welche Rollen Meister Goethe sie hineingeschrieben hatte. Evas Hauptaugenmerk lag selbstredend auf Margarete, also Gretchen, aber auch die Nachbarin Marthe Schwerdtlein und andere Frauengestalten sollten Berücksichtigung finden.

Beim Erhalt des Päckchens mit dem Absender Heinz K. am Samstag war Eva natürlich sofort klar, dass dieses von dem Verrückten stammte, der sie seit einiger Zeit verfolgte. Sie hatte damit einen Wissensvorsprung gegenüber Gretchen, die sich nicht erklären konnte, warum sie in ihrem Zimmer plötzlich ein Kästchen vorgefunden hatte. Eva und Gretchen war gemein, dass sie nicht wussten, was sich im Inneren des Behältnisses befinden sollte.

Evas spontane Idee, das Päckchen „mit Annahme verweigert" an den Verrückten zurückzuschicken, ließ sich nicht umsetzen, weil der Absender nur aus dessen Vornamen und dem ersten Buchstaben des Nachnamens bestand. Ihr zweiter Gedanke ging dahin, das Päckchen zum Drogeriemarkt mitzunehmen und es diesem sonderbaren Heini, sollte er noch einmal auftauchen, was sie befürchtete, kommentarlos in die Hand zu drücken. Aber diese Idee setzte Eva nicht um, denn nun war sie ganz Gretchen, ihre Neugierde siegte und so öffnete sie das im Päckchen befindliche Schmuckkästchen.

‚Hübsch, eine wirklich hübsche Kette, Geschmack hat der alte Knacker, was man schon daran sieht, dass er sich für mich interessiert', dachte sie, ‚aber er hat ein ziemlich dickes Problem, weil ich mich nicht für ihn interessiere. Ich werde diese schöne blöde Kette deshalb auch nicht behalten.' Dann aber nahm sie das Schmuckstück, gleichsam gegen ihren Willen, aber dennoch willentlich, aus dem Behältnis und deklamierte dazu passend feierlich einige Verse aus der Kästchenszene aus Faust. Der Tragödie erster Teil

„Gott im Himmel! Schau,
So was hab ich mein Tage nicht gesehn!
Ein Schmuck! Mit dem könnt eine Edelfrau
Am höchsten Feiertage gehn. Wie sollte mir die Kette stehn?"

Damit legte Eva sich die Kette um den Hals und besah sich im Spiegel. Und was sie sah, gefiel ihr. Deswegen fiel es ihr schwer, die Kette vor dem Schlafengehen abzulegen. ‚Verdammt, ist die schön!' Auch am Wochenende und am Montag trug sie das Schmuckstück, allerdings nur in ihrer Wohnung.

Aber nachdem Eva eine weitere Nacht darüber geschlafen hatte, entschloss sie sich am Dienstagmorgen schweren Herzens, von der Kette Abschied zu nehmen. Sie sang leise „Nimm Abschied Kette, ungewiss ist alle Wiederkehr" vor sich hin und legte das Schmuckstück in die Schatulle zurück.

Auf dem Weg zur Arbeit deponierte sie Kästchen nebst Kettchen in der öffentlichen unterirdischen Toilette am Domplatz, verbunden mit einem aufgeklebten Zettel.
„Sie müssen diese Kette nicht beim Fundbüro abgeben, ich schenke sie Ihnen. Ich habe die Kette von jemandem geschenkt bekommen, von dem ich nichts geschenkt haben möchte. Viel Spaß damit wünscht Eva.“

Kästchen und Schmuckstück wurden keine Minute später von der obdachlosen Marie gefunden, die ihr Glück kaum fassen konnte. Ausgerechnet an einem 13. sollte sie so viel Massel haben. Leider machte Marie denselben schweren Fehler, den auch frisch gebackene Lottomillionäre gerne begehen. Sie erzählte, aber natürlich nur ihren besten Freunden, von dem freudigen Ereignis, und so erfuhren alle Kumpel, die wie Marie auf der Platte lebten, von Maries Glücksfund.

Und kurz danach passierte, was passieren musste: Ihr bester Kumpel Kurti, der eigentlich eine ehrliche Haut war und mit dem Marie schon so viele Jahre durch dick und dünn, durch Sommer und Winter, durch Hitze und Kälte, durch Hunger und Durst, durch halbwegs nüchterne und völlig zugedröhnte Zeiten gegangen war, konnte der Versuchung nicht widerstehen und brachte „die Kette vor hundsgemeinen Dieben in Sicherheit“, wie er es ausdrücken würde, um die goldene Kette zu versilbern. Zu seiner Ehrenrettung muss gesagt werden, dass Kurti von Anfang an vorhatte, den Erlös aus dem Verkauf mit Marie und den Männern, die mit ihnen auf der Straße lebten, schwester- und brüderlich zu teilen. Kurti war außerdem völlig zu Recht der Auffassung, dass er ein besserer Geschäftsmann als die anderen war und den höchsten Ertrag erwirtschaften würde. Marie hingegen würce sich bei einem Verkauf mit Sicherheit wegen ihrer ausgeprägten Gutgläubigkeit – Naivität war ein gar zu böses Wort – übers Ohr hauen lassen. Ihr unerschütterlicher Glaube an das Gute im Menschen, „ach Kurti, alle Menschen sind doch irgendwie gut", war schon zu Zeiten, als sie noch zusammengearbeitet hatten, Maries „kleines Problem" gewesen, das zu einem großen geworden war, sodass Marie einige Monate nach Kurti ebenfalls auf der Straße landete.

Unter einem Vorwand, „Ich muss mal schnell was erledigen.", machte Kurti sich wenig später mit seiner leichten Beute gut gelaunt auf den Weg zum Juwelier, dessen Name und Geschäftsadresse in feinen goldenen Buchstaben auf dem Kästchen stand. Er wusste, dass er das Richtige tat. Der zu dieser Zeit allein im Geschäftslokal anwesenden Mitarbeiterin kam die Sache schon aufgrund Kurtis äußerer Erscheinung spanisch vor.

„Ja, ein sehr schönes Stück. Ich glaube sicher, dass mein Chef die Kette ankaufen wird, so um 100 € könnte sie wohl bringen. Mein Chef kommt heute allerdings erst um elf Uhr in unser Geschäftslokal" – was nicht stimmte, er war nebenan im Büro –, „schauen Sie doch einfach um elf noch mal wieder rein."

Und nun verließ Kurti, der nach fast 30 Jahren auf der Straße die Vorsicht in Person war und Gefahren schon witterte, bevor erste Anzeichen überhaupt zu erahnen waren, sein Instinkt. Die Aussicht auf schnelle 100 € ließ ihn unvorsichtig werden. Zwar hatte er den Vorschlag, die Kette schon im Geschäft zu lassen, abgelehnt und erklärt: „Ja, das sollte sich einrichten lassen, elf Uhr sollte möglich sein. Aber vielleicht wird es etwas später, ich habe vorher noch einen anderen Termin, dessen Dauer ich leider nicht genau abschätzen kann." Natürlich hatte Kurti keinen anderen Termin, schon seit Jahren hatte er keine Termine mehr, aber aus seinem lange zurückliegenden früheren Leben als Immobilienmakler wusste er, dass es gut war, beschäftigt zu wirken und sich rar zu machen. Damit verließ er das Geschäftslokal.

In Vorfreude auf den baldigen Geldzufluss setzte er einen Großteil seiner aktuellen Barschaft, die sich auf genau 4,89 € belief, auf dem Rückweg in Flüssiggold um. Damit ging er zu seinen Kumpeln zurück und teilte das Getränk brüderlich, aber natürlich auch schwesterlich mit Marie, die sich gar nicht einkriegen wollte, weil sie die schöne Kette verloren hatte. „Wenn ich schon mal Glück habe, folgt das Pech auf dem Fuße. Ich bin und bleibe die Pechmarie", jammerte sie. Unter Kurtis Anleitung suchten Marie und andere Nichtsesshafte aus der Gruppe sorgfältig das Areal ab, wo der Verlust eingetreten sein musste. Die Kette wurde nicht gefunden, aber immerhin 2,27 Euro für die von Dirki verwaltete Mannschaftskasse, die damit auf fast zehn Euro anwuchs. Ein gutes Polster für schlechte Zeiten.

Kurti machte sich kurz vor elf Uhr auf den Weg zum Juwelier. Als er das Geschäft betrat, wurde er dort bereits von zwei Polizisten erwartet. „Ach Kurti, du bist das. Du hattest mir doch versprochen, sauber zu bleiben", meinte der ältere Polizist in vertrautem Ton. „Nun müssen wir dich leider mit zum Friesenring nehmen, da wartet wieder mal das volle Programm auf dich."

„Aber ich habe die Kette gefunden, ganz ehrlich, das müsst ihr mir glauben, und zwar auf dem Domplatz. Ich kann euch die Stelle zeigen."

„Ist klar, Kurti, du kannst uns viele Stellen zeigen, während wir dir nur eine zeigen werden. Du weißt doch, dass du noch unter Bewährung stehst, das dürfte jetzt wohl bald vorbei sein. Also mach keinen Ärger und komm mit. Heute ist ein doppelter Glückstag für dich. Erst hast du die Kette gefunden und jetzt spendieren wir dir eine Freifahrt zum Friesenring."

„Mensch Willi, du weißt doch, wenn ich was angestellt habe, gebe ich es auch zu. Diese Kette habe ich wirklich gefunden. Ich schwöre es beim Leben meiner Mutter."

„Ach Kurti, lass deine Mutter aus dem Spiel, sag besser gar nichts mehr und komm mit zum Auto." Damit bugsierte der erfahrene Polizist Kurti durchaus freundlich, ja fast freundschaftlich mit einem leichten Knuff aus dem Juweliergeschäft und forderte ihn absichtlich übertrieben formell und mit strenger Stimme, „Herr Mexers, bitte folgen Sie mir möglichst unauffällig!", auf, ihn zu dem versteckt geparkten Polizeifahrzeug zu begleiten.

Kurti kam dieser Bitte nach und versank in Gedanken: Er war sehr enttäuscht von sich. ‚Wie hatte er die Gefahr übersehen können? Dieses Gerede von der unsympathischen Verkäuferin, „ein falsches Biest!", dass ihr Chef erst um elf Uhr ins Geschäft komme, war nicht mehr als ein primitives Ablenkungsmanöver, ein blöder Bauerntrick gewesen. Wie hatte er darauf reinfallen können? Und warum hatte er nicht gerochen, dass die beiden Polizisten im Geschäft waren?' Er stand mit den Ordnungshütern in Münster keineswegs auf dem Kriegsfuß, aber sie waren auch nicht seine engsten Freunde. Er war deshalb immer stolz darauf gewesen, eine sehr feine Nase zu haben und, wie Marie sagte, bereits auf 100 m gegen Wind zu riechen, wenn sich ein Grüner näherte. Die Bezeichnung „Bulle" kam Kurti übrigens nicht über die Lippen, dafür war sein Verhältnis zur Polizei zu gut und die Achtung vor der schweren Arbeit der Polizisten zu hoch.

Auch wenn Kurti und die Polizei auf verschiedenen Seiten des Gesetzes standen, legte er viel Wert auf einen wechselseitig respektvollen Umgang miteinander. Und jetzt hatte er nicht gerochen, dass zwei Grüne in der Nähe waren! Wie konnte das angehen? War er etwa alt geworden?

Kurti hatte vor einiger Zeit am Straßenrand das Buch „Der Nase auf der Spur: Eine Spurensuche zu unserem wichtigsten Sinnesorgan" von Prof. Dr. Beate Salz-Riech gefunden. Darin hatte er gelesen, dass unsere Nase über eine Billion Gerüche unterscheiden kann. Die Nase gelte deshalb als Supertalent unter den Sinnesorganen, wobei das Geruchstraining bereits im Mutterleib beginne. Die Nase warne uns vor schädlichen Gerüchen und Gefahren, schon bevor wir diese sehen würden. ‚Das mag in der Theorie alles richtig sein, was die gute Frau Professor dort geschrieben hat', dachte Kurti, aber leider hatte seine Nase ihn in der Praxis nicht vor der Gefahr der Verhaftung durch die Grünen gewarnt. Er würde dieser Frau Doktor Salz-Riech später gerne ein paar Fragen zum Verhältnis von Theorie und Praxis und dazu stellen, ob die Aussicht auf 100 € ihn so stark beeinflusst haben konnte, dass sich sein gut ausgeprägtes Warnsystem abgeschaltet hatte.

Wie dem auch sei: Kurti trottete gleichgültig neben den Polizisten her. Weil diese ihn anständig behandelten – leider gab es auch andere Ordnungshüter –, nahm Kurti wenig später ohne jede Gegenwehr auf der Rückbank des Polizeifahrzeugs Platz. Und er hatte sogar seinen Sinn für Humor inzwischen wiedergefunden und sagte zu dem jungen Fahrer: „Fahren Sie mich bitte zur Polizeiwache am Friesenring 43."

„Geht klar, Chef, einmal Friese 43."

„Ich habe aber nur wenig Bargeld dabei und meine Mastercard vergessen."

„Macht nichts, die Fahrt geht aufs Haus."

Eine auf den ersten Blick fast anheimelnde Szene, wenngleich die drohenden Folgen für Kurti recht erheblich waren. Dennoch hätte Dirk Matthies vom 14. Polizeirevier in Hamburg an dem respektvollen Umgang der beiden Polizisten mit einem Obdachlosen seine wahre Freude gehabt.

Da es nach Lage der Dinge für die Polizisten nahe lag, dass Kurti die Kette gestohlen hatte und aus früheren Verurteilungen wegen Diebstahls, wie dem älteren Polizisten bekannt war, noch eine zur Bewährung ausgesetzte Freiheitsstrafe offenstand, unterrichteten die Staatsdiener nach Aufnahme eines kurzen Protokolls die Staatsanwaltschaft und brachten Kurti einstweilen in einer kleinen Zelle unter. „Tut mir leid Kurti, aber wat soll ich denn machen? Ich kann dich doch nicht einfach laufen lassen." Kurti befolgte im Übrigen den gut gemeinten Rat des Ordnungshüters, „Kurti, sag besser nix mehr.", und machte keine Angaben zum Tatvorwurf. Seine erste Einlassung, wonach er die Kette auf dem Domplatz gefunden habe, fand auch deshalb keinen Eingang ins Vernehmungsprotokoll, weil Kurti bei dieser Erklärung noch nicht über seine Rechte belehrt worden war.

Der für die Diebstahlsdelikte zuständige, frisch im Amt befindliche Staatsanwalt beantragte auf einem handschriftlich ergänzten Formular den Erlass eines Haftbefehls, den der junge und unerfahrene Richter am Amtsgericht ohne nähere Prüfung „wegen Fluchtgefahr" erließ. Diese gründete darauf, dass der Beschuldigte keinen festen Wohnsitz habe. Außerdem sei davon auszugehen, dass die Strafaussetzung zur Bewährung wegen der vorhergehenden Tat widerrufen und der Beschuldigte wegen der neuen Tat zu einer fühlbaren Freiheitsstrafe *ohne* Bewährung verurteilt werde. Es sei zu besorgen, dass er sich dieser Verurteilung durch Flucht entziehen werde.

Der Richter stützte seine Entscheidung auch darauf, dass der Beschuldigte, wie es gerichtsbekannt war, in der Vergangenheit einige Male Verhandlungstermine „vergessen", will sagen vertrunken hatte. Da Kurti zwar recht bibelfest – er hatte in seiner Geburtsstadt Tecklenburg zu den 33 % Katholiken gehört –, aber nicht kalenderfest war, ‚Was du heute kannst besorgen, schaffst du sicher auch noch morgen.', war er ganz ohne bösen Willen mehrfach nicht bei Gericht erschienen. Da den Münsteraner Polizisten Kurtis gewöhnlicher Aufenthaltsort bestens bekannt war, hatte es aber kaum Verzögerungen gegeben, weil Kurti von den Ordnungshütern aufgesucht und vorgeführt wurde. So konnten die Verhandlungen in aller Regel mit einer kleinen Verspätung durchgeführt werden. Ein erfahrener Amtsrichter war dazu übergegangen, Kurti jeweils eine Stunde vor dem angesetzten Beginn der Verhandlung zu laden. Er bezeichnete diesen Zeitraum als „Vorführreserve".

Allerdings hatte es auch zwei Ausnahmen gegeben: In einem Fall war der seinerzeit noch Berufstätige aufgrund geistiger Getränke verhandlungsunfähig, weil er am 26. Mai 1976 mit anderen glückseligen Preußenfans viel zu ausgiebig einen vor 35.000 Zuschauern errungenen 4:1 Sieg über Borussia Dortmund in der 2. Liga gefeiert und deshalb einen Gerichtstermin in „so einer dummen Steuersache" verpasst hatte. Im anderen Fall hatte er mit einem „geliehenen" E-Bike, ‚Das Ding fährt ja wie der Teufel, aber ich werde es zurückbringen', einen 89,7 km langen Ausflug nach Bielefeld unternommen, wo er im Ortsteil Lämershagen-Gräfinghagen anlässlich der Suche der Freiwilligen Feuerwehr nach einer entlaufenden Katze namens Ovi in einer bei OBI gekauften Gartenlaube entdeckt wurde.

Die Anordnung der U-Haft war eine harte, wohl nicht mehr vertretbare Entscheidung. Sie hatte aber immerhin ein Gutes, weil Kurti außergewöhnlich schnell, nämlich nach nur knapp zwei Monaten Kost und Logis im „Roten Schloss an der Gartenstraße" bereits am 8. Oktober der Prozess gemacht wurde. Der Richter hatte den Termin, weil der Angeklagte in U-Haft saß – „Haftsachen" sind beim Amtsgericht sehr selten –, besonders schnell anberaumt.

In der Verhandlung machte der gerichtserfahrene Angeklagte – die Erfahrungen beruhten mit einer Ausnahme aus dem Jahr 1976 - auf zahlreichen kleinen Ladendiebstählen pflichtgemäß alle erforderlichen Angaben zur Person, im Übrigen aber wie schon bei der Polizei von seinem Recht Gebrauch, die Aussage zu verweigern. Was hätte er denn auch sagen sollen? So ganz unrichtig war der Tatvorwurf nicht, denn er, der Kurti, hatte die Kette ja doch irgendwie gestohlen. Da er aber davon ausging, dass Marie die Kette ebenfalls gestohlen hatte, war die Tat nach seinem Rechtsverständnis eigentlich kein richtiger Diebstahl. Oder kann man einen geklauten Gegenstand noch einmal klauen? Und musste sich nicht auch auswirken, dass er den Erlös aus dem Verkauf der Kette mit allen und damit auch mit Marie geteilt hätte?

Kurti überlegte, ob er sich auf einen „unvermeidbaren Verbotsirrtum" berufen könnte. Diesen sonderlichen Ausdruck hatte er erstmals in einem Strafprozess vor 15 Jahren gehört. Während sein Verteidiger damals vehement darauf plädiert hatte, dass bei Begehung der angeklagten Tat ein solcher Irrtum vorgelegen habe, waren Staatsanwalt und Richterin ganz anderer Meinung gewesen und hatten den Gedanken des Rechtsanwalts gar als abwegig bezeichnet. Kurti hatte sich die Diskussion einige Minuten angehört und sich, zunächst unbemerkt von den drei Volljuristen, dann aber zu deren Überraschung voll in den Diskurs eingeschaltet. Die von ihm vorgebrachten Argumente waren so überzeugend, dass sich die Richterin, „Wo der Angeklagte recht hat, hat er recht.“, und anschließend sogar der Staatsanwalt, „Das habe ich eigentlich von Anfang an so gesehen.“, der zuvor als abwegig bezeichneten Auffassung von Kurtis Rechtsanwalt anschlossen. Der Prozess endete mit einem für alle Beteiligten, Kurti eingeschlossen, sehr überraschenden Freispruch. Die Kosten des Verfahrens gingen zulasten der Staatskasse.

Kurti gelangte nach reiflicher Überlegung zu dem Ergebnis, dass der damalige Fall nicht mit dem heutigen Fall zu vergleichen war, sodass ein unvermeidbarer Verbotsirrtum ausschied. Einen anderen erfolgversprechenden Ansatz für seine Verteidigung hatte Kurti leider nicht zur Hand. Trotz seiner in zahlreichen kleinen Strafprozessen gemachten Erfahrungen – mehr als einmal hatte man Kurti attestiert, dass er „sehr gerichtserfahren“ sei – reichten seine Rechtskenntnisse deshalb für die Beantwortung der Gretchenfrage nicht aus, ob die Ansichnahme der Kette nun ein Diebstahl oder kein Diebstahl war. Rein gefühlsmäßig meinte Kurti, dass juristisch kein Diebstahl vorlag, moralisch hingegen schon. Ob er damit richtig lag, würde er nie erfahren, denn er wollte Marie nicht mit reinreißen. Also schwieg er im Strafverfahren, sodass der erhellenden Wahrheit der Weg zum Licht versperrt blieb. Der unerfahrene, gerade ein Jahr im Dienst befindliche Richter sah ob dieses Schweigens Hilfe suchend den Staatsanwalt an.

Dieser wandte sich direkt an Kurti: „Herr Mexers, Sie wissen ja, dass Sie unter Bewährung stehen. Damit ist es auf jeden Fall vorbei. Falls Sie aber ein Geständnis ablegen, würde ich heute eine Strafe von nur sechs Monaten beantragen, andernfalls würde ich auf ein Strafmaß von nicht unter einem Jahr plädieren. Aber das müssen Sie selbst wissen, von meiner Seite ist das nur ein Angebot."

Kurtis junger Rechtsanwalt, der ihm wegen der U-Haft und wegen der aufgrund der Vorstrafen drohenden Freiheitsstrafe *ohne* Bewährung als Pflichtverteidiger zur Seite gestellt war, riet von einem Geständnis ab, „Aber das müssen Sie selbst entscheiden.", doch Kurti entschied sich aufgrund seiner vielfältigen Justizerfahrungen, die weit über denen seines unerfahrenen Verteidigers lagen, gegen dessen Rat für ein Geständnis. Ausgeschmückt mit seiner guten Fantasie schilderte er im Detail, wo, wie und wem er die Kette gestohlen hatte, und gab insbesondere eine sehr genaue Beschreibung des Opfers ab. Er nahm sich dabei Marie zum Vorbild, beschrieb sie aber so, wie sie vor 30 Jahren ausgesehen hatte, als sie noch bei ihm in der Immobilienfirma beschäftigt war, nämlich als hübsche und sehr attraktive junge Frau. Die Vorstellung, die Kurti dem Auditorium bot, war absolut bühnenreif, sodass sie Richter und Staatsanwalt überzeugte. Kurti kam zugute, dass er auf dem Graf-Adolf-Gymnasium in Tecklenburg der Theater-AG angehört und die Hauptrolle im Faust gespielt hatte, während das Gretchen von Marie verkörpert wurde. Die Aufnahmeprüfung für eine Schauspielschule hätte Kurti mit diesem Auftritt vor Gericht fraglos bestanden.

Der von der Schuld des Angeklagten voll überzeugte Staatsanwalt beantragte deshalb wegen Diebstahls eine

Freiheitsstrafe von sechs Monaten *ohne* Bewährung, der Verteidiger angesichts des geringen Schadens und des Geständnisses eine solche von zwei Monaten, die überdies zur Bewährung ausgesetzt werden müsse. Der Richter schloss sich dem Antrag des Staatsanwalts an und verurteilte Kurti wegen Diebstahls zu einer Freiheitsstrafe von sechs Monaten. Eine Strafaussetzung zur Bewährung lehnte er ab, weil der Angeklagte innerhalb der noch laufenden Bewährungszeit erneut straffällig in Erscheinung getreten sei.

Schließlich ordnete der junge Amtsrichter, was wiederum eine sehr harte Entscheidung war, die Fortdauer der Untersuchungshaft an, da wegen der verhängten Freiheitsstrafe von sechs Monaten und des drohenden Widerrufs der zur Bewährung ausgesetzten Strafe von acht Monaten „nunmehr eine besonders hohe Fluchtgefahr bestehe".

Kurtis Verteidiger wollte gegen die Fortdauer der Untersuchungshaft „entschieden und mit der gebotenen Schärfe" vorgehen, doch Kurti hielt ihn zurück, denn es war Herbst und die Temperaturen waren schon deutlich gesunken und so ganz unwohl fühlte er sich in der U-Haft nicht, zumal er einige Freiheiten genoss, die ihm in dem nach Lage der Dinge drohenden späteren Vollzug einer Haftstrafe nicht gewährt würden. Und er wusste natürlich, dass die erlittene U-Haft auf die sich leider abzeichnende Freiheitsstrafe angerechnet würde.

Kurtis Verurteilung stützte der Richter in erster Linie auf das glaubhafte Geständnis. Außerdem führte er in der kurzen mündlichen Urteilsbegründung an, dass sich keine Verliererin beim Fundamt gemeldet und nach der Kette gefragt habe, woraus wohl zu schließen sei, dass diese nicht verloren gegangen sei. Dass aber auch keine Anzeige wegen Diebstahls vorlag, übersah er möglicherweise, jedenfalls ließ er diesen Umstand unberücksichtigt. Und schließlich traute er Kurti, freilich ohne das zu äußern, aufgrund seiner Lebensweise, seiner Erscheinung und seiner Vorstrafen die Tat ohne Weiteres zu.

Kurtis immer noch zweifelnder Verteidiger riet ihm dringend, in die Berufung zu gehen. Kurti hielt das aufgrund seiner bisherigen Erfahrung mit der Justiz für wenig sinnvoll, nein, sogar für sinnlos. Aber er mochte den jungen Rechtsanwalt nicht enttäuschen und stimmte deshalb, aber wirklich nur deshalb zu.

Davon, dass Eva die Kette in der Toilette am Domplatz abgelegt hatte und diese anschließend der Finderin gestohlen worden war, sollte Kollmann erst viel später unter Umständen, die er sich heute noch gar nicht vorstellen konnte, erfahren. Im Augenblick wartete er schon eine geschlagene Woche seit dem Abschicken der Kette vergeblich auf ein Lebenszeichen von Eva. ‚Verdammt noch mal, was dachte sie sich dabei? Was sollte er denn noch anstellen, um ihre Aufmerksamkeit zu gewinnen? Diese Kette war doch wirklich hübsch, Eva musste das Päckchen längst erhalten haben. Und fast 300 € sind wahrlich kein Pappenstiel.‘ So ein teures Schmuckstück hatte er Therese noch nie geschenkt. Auch deshalb konnte Eva ihn doch nicht einfach noch länger ignorieren, zumal sie nach der Auseinandersetzung mit dem Hausdetektiv zwar seinen Nachnamen noch nicht kannte, aber doch immerhin wusste, wer er war.

Allerdings war Kollmann sich inzwischen sicher, dass die Deostration mit dem wiederholten Kauf des Deorollers keine zielführende, sondern eine schlechte Aktion gewesen war. Denn die liebe Eva hatte sehr ungehalten reagiert, außerdem hatte dieser blöde Polizist ihm dieses blöde Hausverbot erteilt. Der wusste wohl nicht, dass man gegen einen Richter am Landgericht kein Hausverbot verhängte, schon gar nicht wegen einer solchen Nichtigkeit. Er würde gelegentlich mal die Probe aufs Exempel machen und prüfen, ob das Hausverbot überhaupt ernst gemeint war.

Deshalb betrat Kollmann zwei Tage, nachdem Eva die Kette abgelegt und Marie diese gefunden hatte, gegen Mittag den Drogeriemarkt. Da Eva nicht an der Kasse saß – die Schmetterlinge verhielten sich absolut ruhig –, tätigte er keinen Einkauf, sondern schlenderte gemächlich, geradezu provozierend langsam durch die Gänge. Und schon sah Kollmann das pensionierte Rindvieh auf sich zukommen.

„Guten Tag, Sie wissen doch, dass ich Ihnen ein Hausverbot erteilt habe und ...“

„Und Sie wissen doch, dass Sie mir ohne den Nachweis einer Vollmacht gar nichts zu sagen haben, § 176 BGB sollten Sie“ – was Kollmann sehr ironisch sagte – „in Ihrer ach so wichtigen Position schon kennen und beachten.“ Kollmann verwechselte hier § 176 BGB mit § 174 BGB, handelte dabei aber in leichter Abwandlung der bei manchen Rechtsanwälten verbreiteten und beliebten Maxime: „Frisch behauptet ist halb bewiesen.“

Der Ex-Polizist kannte weder § 176 BGB noch § 174 BGB, sodass ihm Kollmanns Irrtum nicht auffiel. Mit einem solchen juristischen Kleinkram wollte er sich ohnehin nicht aufhalten. Deshalb setzte er nach dem Motto „Angriff ist die beste Verteidigung“ sofort zum Gegenangriff an. „Unterlassen Sie Ihre dämliche Paragrafenreiterei. Dafür ist hier nicht der Ort, dafür gibt es Gerichte. Ich fordere Sie zum letzten Mal auf, meinen Markt zu verlassen. Und zwar sofort!“

„Und was, wenn nicht? Und wieso ‚meinen Markt'? Warum verwenden Sie ein Possessivpronomen? Sind Sie etwa der Eigentümer ..."

„*Was* verwende ich? Was reden Sie daher? Sie sind ein ..."

„Ich übersetze es gerne für Sie. Sie haben offenbar in der Förderklasse der Polizeiunterschule nicht richtig aufgepasst. Also, ein Possessivpronomen ist ein besitzanzeigendes Fürwort. ‚*Mein* Markt' bedeutet deshalb, dass *Ihnen* der Markt gehört, was ja wohl kaum der Fall ist, weil ..."

„Seien Sie endlich still, Sie Klugscheißer, sonst ..."

„Besser einmal klugscheißen, als dauernd unter Verstopfung leiden!"

„Jetzt reicht es mir endgültig, ich rufe die Polizei."

„Ich denke, Sie *sind* die Polizei. Ach nee, Sie waren ja nur mal die Polizei, aber das liegt, wenn ich Sie so ansehe, augenscheinlich schon sehr lange zurück. Das war wohl kurz nach dem Krieg, oder? Sagen Sie mal, haben Sie Ihren spärlichen Sold eigentlich noch in Reichsmark bezogen oder waren Sie schon nach der Währungsreform und der Einführung der D-Mark im Jahre 1948 aktiv?"

Der Detektiv verspürte großen Drang, gegen diesen sich wie ein Vollpfosten aufführenden Kerl erneut „einfache polizeiliche Gewalt" anzuwenden, also diesem unverschämten Vogel den Arm auf den Rücken zu drehen und ihn zwangsweise in das Büro des Filialleiters zu schleppen. Von dort hätte er die Polizei angerufen, schließlich lag ein Hausfriedensbruch vor, weil dieser arrogante Blödmann trotz des Hausverbots den Markt betreten hatte. Aber so weit kam es nicht, denn sein Kontrahent wandte sich überraschend zum Gehen.

„Vielen Dank für das nette Gespräch, Herr Polizeiunterwachtmeister a. D. Fritz. Ich werde gern wiederkommen und unsere charmante Unterhaltung fortsetzen. Ach, grüßen Sie bitte Frau Hartmann von mir und richten Sie ihr aus, dass ich in den nächsten Tagen immer mal wieder reinschauen werde."

Der Detektiv war froh, als Kollmann endlich ging und sich der Vorgang jedenfalls für heute erledigt hatte. Er sah deshalb davon ab, ihm nachzulaufen oder ihn gar festzuhalten. ‚Mein Gott, ist das ein Idiot, und was hat der mit Eva zu tun?', fragte er sich. Egal, er musste seinen Dienst wieder aufnehmen. Zunächst verfasste er ein kurzes weiteres Protokoll zum Codewort „Romeo".

Eine halbe Stunde später hatte der Detektiv sein erstes Erfolgserlebnis für diesen Tag. Er ertappte eine junge Frau, die einen Lippenstift in ihrer Handtasche an der Kasse vorbeigeschmuggelt hatte. Direkt hinter der Kasse sprach er sie an. Sie wurde kreidebleich, war aber kooperativ, ließ ihn in die Handtasche sehen, folgte ihm bereitwillig in das Büro des Filialleiters und gab dort ihre Personalien an. Der Filialleiter hatte, wie er gönnerhaft sagte, „heute einen ausgesprochen guten Tag" und machte der Ertappten, nachdem der Detektiv gegangen war, „deshalb, und nur deshalb", den Vorschlag, eine Fangprämie von 50 € zu zahlen und ein Hausverbot von sechs Monaten zu akzeptieren. Von einer Anzeige bei der Polizei würde er entgegen der ausdrücklichen Weisung der Zentrale in diesem Fall ausnahmsweise absehen. „Ich habe eine Tochter in Ihrem Alter und ich bin ja kein Unmensch."

Die junge Frau, die unmittelbar vor der Prüfung zur Steuerfachangestellten stand, erklärte unter Tränen der Erleichterung und mit aufrichtiger Dankbarkeit ihr Einverständnis.

„Das ist wirklich total lieb von Ihnen, vielen lieben Dank. Ich kann die 50 € jedoch nicht in bar zahlen. Ich habe aber eine EC-Karte, geht es damit?"

Da der als Krankheitsvertretung eingesprungene Filialleiter es keineswegs für ausgeschlossen hielt, dass er die Fangprämie *nicht* weiterleiten, sondern für sich behalten würde, schlug er der Frau vor, zu einem nahe gelegenen Geldautomaten zu gehen. „Wir können die Zahlung wegen der Mehrwertsteuer, die ich Ihnen gerne ersparen möchte, nicht über die Kasse laufen lassen." Mit eben der „Mehrwertsteuer" oder besser „Umsatzsteuer" stand die angehende Steuerfachangestellte seit jeher auf Kriegsfuß. Wann immer sie den Terminus „Allphasen-Netto-Umsatzsteuer mit Vorsteuerabzug" hörte, wähnte sie sich in einem weit entfernten Dorf in Böhmen.

Die ertappte Diebin interessierte sich deshalb nicht dafür, warum der Vorgang nicht über die Kasse laufen könne. Sie wollte die Angelegenheit nur schnell hinter sich bringen und machte sich deshalb auf den Weg zum Geldautomaten. Zur Sicherheit ließ sie ihren Personalausweis zurück, „Ich muss ja was in der Hand haben, wenn Sie nicht wiederkommen." Sie kam aber zurück und deshalb war der Vorfall zehn Minuten später für sie erledigt. Beim Filialleiter sorgte er für einen steuerfreien Vermögenszuwachs in Höhe von 50 €. Das war genug Geld, um mal wieder beim Italiener essen zu gehen, wobei er kurz mit dem Gedanken spielte, diese Eva einzuladen. Aber weil er insoweit bereits zweimal auf Granit gebissen hatte, sah er davon ab. Er würde stattdessen mal wieder Marita anrufen, und wer weiß, vielleicht würde sich die Investition auszahlen und der Abend vergnüglich enden.

Kollmann fand sich auf der Straße wieder, aber er fand *sich* nicht wieder. Dieser Mann, der gerade im Drogeriemarkt für so viel Wirbel gesorgt hatte, war jemand, den er nicht kannte. Das war nicht *er* gewesen, so kannte er sich nicht. ‚Mein Gott, Kollmann, wie konnte das passieren, was ist da in dich gefahren? Was hast du gerade für einen Bockmist verzapft, was hast du für einen arroganten Blödsinn geredet? Wie hast du dich aufgeführt?' Es hatte nicht viel gefehlt und es wäre zu einer körperlichen Auseinandersetzung mit dem Detektiv mit einem anschließenden Polizeieinsatz gekommen. An die möglichen Folgen mochte Kollmann nicht einmal denken. Erst in jüngster Zeit war es in Münster zweimal passiert, dass Polizeiinterna, die wegen der daran beteiligten Personen (einmal ein Oberstudiendirektor, das andere Mal ein höher gestellter Mitarbeiter des Bischofs) in der Öffentlichkeit auf großes Interesse stießen, von der Polizei an die Presse durchgesteckt wurden. Offenbar gab es bei der Polizei zumindest einen Beamten, der sich zu seinem spärlichen A9-Kommissarsgehalt einen kleinen Nebenverdienst verschaffte. Bisher war es nicht gelungen, die undichte Stelle zu finden. Die Presse blockierte alle Anfragen nach der Herkunft ihrer Informationen und berief sich auf den grundgesetzlich geschützten Informantenschutz.

Kollmann begann an sich zu zweifeln, er hatte die Beherrschung verloren, er war nicht mehr er selbst gewesen. Er, der gestandene, der souveräne, der ewig beherrschte, der ausgeglichene und ausgleichende Richter hatte sich schlimmer aufgeführt als dieses Rüsseltier im Porzellanladen.

Zwar hatte er – zum Glück – nicht randaliert, zwar war er – zum Glück – nicht gewalttätig geworden, aber was wäre passiert, wenn der Detektiv ihn zur Feststellung seiner Personalien festgehalten oder gar körperlich attackiert hätte? Seine letzte körperliche Auseinandersetzung hatte Kollmann die schiefe Nase eingebracht, die seit 40 Jahren sein Gesicht zierte. Spätestens seit damals war er ein Schisser, seitdem gab er schon Fersengeld, wenn eine Gefahr auch nur zu drohen drohte. Und jetzt? Wie stand es jetzt um ihn? Wie weit wäre er gegangen? Wie weit würde er noch gehen? Wohin ging sein Weg? Kollmann bekam es mit der Angst zu tun, er hatte Angst vor sich selbst, vor seinem Verhalten, seinem Benehmen. Er flüchtete sich in die wohlbekannte Floskel „Heinrich! Mir graut's vor dir." Verdammt noch mal, die Causa Eva musste jetzt wirklich aufhören, sofort aufhören, noch war nichts passiert, jedenfalls nichts Wesentliches. Dass er in einem Drogeriemarkt der Stadt ein Hausverbot hatte, so what? Das war nicht mehr und nicht weniger bedeutend als der berühmte Sack Reis, der in China, das Fahrrad, das in Holland oder die Mülltonne, die in Hamburg umfiel. Mithin nicht der Rede wert.

Sie verirrt, und ich vermags nicht
Johann Wolfgang von Goethe, Faust. Der Tragödie erster Teil

Donnerstag, 22. August 2019, 15:40 Uhr

Inzwischen waren zwei Wochen seit dem Abschicken der Kette vergangen. Von Eva hatte Kollmann immer noch nichts gehört, die schöne Kette hatte also nichts bewirkt, er selbst hatte nichts unternommen. Er war endlich (!) stark (!) geblieben (!). Schon eine ganze Woche, denn so lange lag das Aufeinandertreffen mit diesem blöden Ex-Polizisten zurück.

Und diese Leistung wollte er in der Nähe des Tatorts gebührend mit sich feiern. Deshalb fuhr er mit Spartakus in die Stadt und setzte sich ins Lamberti-Café. Gut, dass er als Richter keine festen Arbeitszeiten hatte. Bei Kollmann kam hinzu, dass er in Zivilsachen in den allermeisten Fällen als Einzelrichter („Einzelkämpfer") tätig war und damit die Verhandlungstermine autonom bestimmen konnte. Und für diesen Einzelkämpfer war der Feierabend heute ein paar Stunden früher als gewöhnlich angesagt.

„Hallo, wie immer?"

„Ja bitte, wie immer."

Ein Mehr an Kommunikation war nicht erforderlich. Kollmann verstand sich mit der freundlichen Bedienung, die ihn bei sich „meinen Franzosen" nannte, ohne Worte. Warum konnte er sich nicht auch mit Eva so gut verstehen? Ach, das war ja jetzt egal; Eva war gestern und Cognac war heute.

„Cognac bleibt Cognac und Eva bleibt Eva", so einfach war das. Und mit jedem Cognac wurde es sogar noch einfacher. Nach dem vierten war Kollmann ganz sicher, seine Distanz zu Eva auch weiterhin zu halten. Doch nach dem sechsten änderte sich seine Stimmung: „Eva, Eva über alles!" Nein, er würde nicht aufgeben, er würde kämpfen und er würde gewinnen, sie gewinnen. Seine kleine liebe Eva, seine große Liebe Eva. Kollmann konnte nicht ahnen, dass sein Großvater 58 Jahre zuvor, bezogen auf die junge Polin Ewa, den identischen Gedanken gehabt hatte: „Meine kleine liebe Ewa, meine große Liebe Ewa."

Kollmann und Eva, das war der Stoff, aus dem die Träume sind, der Stoff für eine wunderbare Liebesgeschichte. Kollmann fasste deshalb im Trunke den Entschluss, seine Liebe zu Eva später als Vorlage für einen Roman zu nutzen. Er traute sich ohne Weiteres zu, den Roman selbst zu schreiben, „heutzutage schreibt doch jeder Romane", gegebenenfalls würde er ein ganz klein wenig professionelle Hilfe in Anspruch nehmen, einen Ghostwriter, aber auf keinen Fall brauchen. Bei der Abfassung des Romans würde er viele Parallelen zu berühmten Liebespaaren der Literaturgeschichte, angefangen von Romeo und Julia über Tristan und Isolde, Aphrodite und Adonis, Eurydike und Orpheus, Helena und Paris, Hera und Zeus bis hin zu Scarlett O'Hara und Rhett Butler ziehen.

Kollmann sah aber trotz seines erheblichen Alkoholkonsums das Problem, dass den sicher zahlreichen Lesern seines Romans das ständige Hin und Her nicht gefallen könnte. Mal wollte er um jeden Preis eine Beziehung zu Eva, dann gab er den Entschluss wieder auf, um von dem Aufgabebeschluss kurze Zeit später wieder ganz entschlossen zurückzutreten. Das könnte für einen Leser ermüdend sein, aber es entsprach nun einmal den Tatsachen. Er würde deswegen auf dieses „rein in die Kartoffeln, raus aus den Kartoffeln" nicht verzichten können.

Nach dem achten, oder war es schon der neunte oder gar der zehnte Cognac?, gab Kollmann seine Romanpläne wieder auf, weil seine Gemütsverfassung sich erneut geändert hatte. Je trunkener er wurde, desto wehleidiger wurde er. Promille und Schmerz korrelierten in beängstigender Weise.

„Noch ein-en bit-te."

„Sollten Sie jetzt nicht besser Schluss machen?"

„Ja, du hascht vollschändisch recht, noch einen und dann is aber Schlusch, aber sowasch von Schlusch."

„Ich stelle Ihnen gerne einen Cognac zurück, den können Sie dann morgen trinken."

„Scheer, scheer gute Idee, einen klitzekleinen noch heute und einen volldicken morgen."

„Na gut, wenn Sie unbedingt wollen, aber nur auf Ihre Verantwortung."

„Genau, allesch auf meine Verantwortung. Allesch immer auf meine Verantwortung. Ich trage Verantwortung, isch bin die Verantwortung, isch musch mit Verantwortung handeln."

„Ich glaube, es ist doch besser, ich bringe Ihnen sofort die Rechnung." Und damit verweigerte die aufmerksame Bedienung „ihrem Franzosen" einen weiteren Cognac, was dieser seufzend akzeptierte, ohne dass ihre Weigerung einen Einfluss auf sein generöses Trinkgeld hatte, „das ist schon wieder viel zu viel!"

„Ihnen nützt der Zufluss an money mehr als mir der Abfluss von money schadet, das ischt Volkswirtschaft. Grenzenloscher Nutzen oder irgend so was is das verdammte Stichwort", versuchte er mit verwaschener Aussprache zu erklären. Er kannte sich schließlich aus, er hatte auch mal *eine* Vorlesung in VWL gehört. Er kannte sich überhaupt aus, auch mit dem Leben, und sonst ganz allgemein mit allem. Und er kam auch total gut zurecht mit dem Leben und mit diesem allem, was noch sonst so und überhaupt sowieso irgendwie dazugehörte oder so ähnlich. Und jetzt war er voll, und er kam voll, aber so was von voll, er kam prima zurecht, immer, überall, in allen Dingen, wenn da nur nicht diese blöde kleine Sache mit der kleinen süßen Eva wäre. So seine trunkenen Gedanken.

Als Kollmann aufstand, bemerkte er, dass er „mächtig einen im Kahn" hatte. „Heidewisckka, Herr Kapitän!", entfuhr es ihm, gefolgt von: „Isch bin gansch allein so voll wie 10 Ruschen, groschartige Leischtung von mir, am helllichten Tag mitten in der alten und würdigen, ne der alt-wür-di-gen Pro-vin-schi-al-haupt-stadt." Kollmann torkelte unter den Arkaden des Prinzipalmarkts lang – Münsters gute Stube! –, Passanten wichen ihm aus, auch bedachte man ihn mit manch hämischem Kommentar.

Kollmann meinte sich daran zu erinnern, dass er wie üblich mit dem Fahrrad in die Innenstadt gefahren war, aber er wusste nicht mehr, wo er seinen treuen Kampfgefährten abgestellt hatte, jawoll Kampfgefährte, wasch denn sonst? Der kleine Sparti war sein Kampfgefährte, verdammt noch mal, in guten wie in schlechten Tagen oder wasch, bisch dass der Rahmenbruch uns scheidet, aber wo könnte der alte Zoschen denn nur stecken? Nachdem Kollmann zum Erschrecken einiger Münsteraner Bürger und zahlreicher Touristen zweimal laut, aber erfolglos, nach Spartakus gerufen hatte, „Wo bischt du alter Gaul? Komm endlich schum Kommandanten, du feige Schiege!", machte er sich zu Fuß auf den Weg nach Hause. Immerhin nüchterte er dabei ein wenig aus. Trotzdem bemerkte Therese, die ihren Mann singend ankommen hörte, „blau, blau, blau ist der Enzian", und ihn deshalb schon an der Haustür empfing, sofort, dass er getrunken, heftig getrunken hatte, dass er vollkommen betrunken war. Und das am hellichten Tag!

„Heinrich, was ist denn mit dir los? Du torkelst ja, du hast ja mächtig einen in der Krone. Wo kommst du her, wo ist dein Fahrrad? Ich glaub, ich spinne!"

„Die schüße neue Kollegin E-va-ma-rie hat ein bisschen was auschgegeben, zwei, drei Cognacchen könnten es wohl gewesen sein. Dasch Fahrrad, ja wo ist denn bloß der kleine schüße Spartakusch, ah, ja, ja, den habe isch wegen der Schicherheit, verstehste Reschi, nur wegen der Schicherheit, verstehste, bei Gerichte stehen laschen und deschhalb gibt es nun ein Gedichte: Der Sparti steht beim Landgericht im allerschönsten Abendlicht, haha, das isch aber luschtig. Luschtiger geht nich, Reschilein!"

„Ja, sehr lustig, total lustig, ich könnte mich glatt totlachen. Aber sag mir mal lieber, seit wann du Cognac trinkst?"

„Seit Eva, weil das isch nämlich so, ach isch auch egal, allesch egal, scheißegal oder illegal, oder evagal oder wo oder wasch ..."

„Ich versteh kein Wort. Wer ist Eva?"

„Seit A-dam und E-va, meine isch. Also seit der Ver-treibung aus dem Pa-ra-diesch trinkt der kleine Heini Cognac, nac, nac."

„Ach so. Jetzt habe ich es verstanden. Das habe ich wohl die letzten 30 Jahre übersehen."

‚Mannomann Kollmann', dachte er, ‚dasch war knapp. Da hättescht du dich doch fascht verplappert.'

Therese hakte zum Glück nicht nach, weil sie seine unsinnigen Äußerungen auf den erheblichen Alkoholgenuss zurückführte. Ihr war klar, dass ihr Mann mehr als zwei oder drei Cognacs getrunken hatte. „Mann, Heinrich, du bist voll wie eine Haubitze. Meine Güte, warum bist du nicht mit dem Taxi gekommen? So konnten dich doch alle Nachbarn sehen."

„Scheiß auf die Nachbarn, scheiß auf Taxi. Isch bin schehr gut zu Fuß. Und jetzt legt sisch dasch Heinrichsen inne Heia popeia. Es isch schon spät, gut's Nächtle und bisch morgen, mein kleinesch schüßes Großohrhäschen."

Keine drei Minuten später war er eingeschlafen, in Socken, Unterhose und Unterhemd, die andere Kleidung und die Schuhe hatte er sich mit letzter Kraft ausgezogen, auf die Abendtoilette großzügig verzichtet.

Therese blieb allein zurück und verfiel in Gedanken. Seit einiger Zeit hatte Heinrich sich verändert, er war etwas sonderlich geworden, er wirkte oft geistesabwesend, er war weniger freundlich, weniger aufmerksam, weniger liebevoll als zuvor. Dabei ging es nicht so sehr um die ganz großen Gefühle, um theatralische Gesten, gar um Liebesschwüre. Aus dem Alter waren sie raus. Nein, sie vermisste die kleinen, die vertrauten, die selbstverständlichen Dinge. Hier mal ein Klaps auf den Rücken ganz unten, dort ein wenig das Ohr gekrault, kurz über das Haar gestrichen, hin und wieder eine stille Umarmung oder ein scheuer Kuss. All das fehlte, das war nicht mehr da.

Wo war das alles geblieben? Wo war der alte Heinrich geblieben, der Heinrich, mit dem sie ihr Leben in den letzten 30 Jahren geteilt hatte? Der Heinrich, der ihr ein guter Ehemann, der ihren Kindern ein liebevoller Vater und natürlich der beste Opa der Welt gewesen war? *Diesen* Heinrich wollte sie zurückhaben, den Heinrich, den sie gerade hatte, hingegen zurückgeben. An Oma Marianne oder an wen auch immer, vielleicht gab es ja eine zentrale „Männerrückgabestelle“ zur Wiederverwertung oder gar zur Entsorgung. Sie würde morgen mit Heinrich reden. Sie würde ihn eindringlich und direkt fragen, was los sei, was ihn bedrücke, was ihm Sorgen mache, was oder wer zwischen ihnen stehe. Und solange sie keine richtige Antwort bekäme, würde sie nicht aufhören zu fragen.

Das Frühstück am nächsten Tag, einem Freitag, verlief in ausgesprochen ruhiger Atmosphäre. Der gestrige Vorfall blieb ausgeblendet, als hätte es ihn nicht gegeben. Kollmann schwieg dazu, Therese wollte das Fass noch nicht aufmachen. Sie würden das unausweichliche, hoffentlich klärende Gespräch am Abend führen. Kollmann musste wohl oder übel – Spartakus stand nicht im Stall, das Auto wollte er auch wegen eines eventuellen Restalkohols nicht nehmen – zu Fuß zum Landgericht gehen, wo er zehn Minuten nach neun Uhr eintraf. Er wurde vom Vorsitzenden der Strafkammer dringlich erwartet, weil bereits um 9:00 Uhr die Fortsetzung einer Strafkammersitzung hätte beginnen sollen.

„Was ist mit Ihnen los, Herr Kollege? Das ist jetzt nicht das erste Mal, dass Sie eine Sitzung vergessen oder zu spät kommen. Bitte stellen Sie das schnell wieder ab.“

„Natürlich, Herr Sondermann, ich bitte um Entschuldigung. Ich habe meinen Terminkalender verlegt. Ich werde ihn heute Nachmittag suchen oder mir besser sofort einen neuen zulegen.“

Berichterstatterin im heute anstehenden Verfahren war AFK, die deshalb die Zeugenaussagen mitschreiben musste. Das war auch gut so, denn Kollmann hatte einen dicken Kater und konnte sich nur schwer konzentrieren. In dem Prozess ging es um ein illegales Autorennen zwischen zwei 22-jährigen Männern, die in hochmotorisierten, geleasten Pkws auf der Landstraße von Coesfeld nach Nottuln mit 160-180 km/h unterwegs gewesen waren. Dabei war es am 3. Februar gegen 19:30 Uhr zu einem Unfall zwischen einem der Fahrzeuge und einem Trecker der Marke Deutz, 7250 TTV Warrior, gekommen. Der kleine und leichte Sportflitzer eines der beiden Angeklagten hatte dem „Krieger" aber nichts anhaben können, dieser war als klarer Sieger aus dem Kampf hervorgegangen. Der Treckerfahrer und der Rennfahrer waren fast unverletzt geblieben, der Sachschaden war hingegen erheblich. Die Anklage lautete auf versuchten Mord, da das Fahrzeug von der Staatsanwaltschaft als gemeingefährliches Mittel qualifiziert wurde. Der Mordvorwurf ließ sich aber im Laufe der Verhandlung nicht erhärten, weil keine Feststellungen zu einem, jedenfalls bedingten, Tötungsvorsatz getroffen werden konnten. Denn es macht einen großen Unterschied, ob ein solches Rennen in einer belebten Innenstadt mit dem rücksichtslosen Überfahren roter Ampeln oder auf einer weitgehend unbelebten Landstraße stattfindet.

Da am heutigen Tag nur noch die Plädoyers der Staatsanwaltschaft und der Verteidigung sowie das „letzte Wort" der Angeklagten anstanden, endete die Sitzung bereits gegen zwölf Uhr mit der Urteilsverkündung. Beide Angeklagten wurden wegen der Teilnahme an einem verbotenen Kraftfahrzeugrennen zu einer Bewährungsstrafe von 14 Monaten verurteilt.

Auf den Vorschlag des Vorsitzenden, man könnte das Wochenende doch mit einem gemeinsamen Mittagessen in der Gerichtskantine einläuten, „Königsberger Klopse", erwiderte

Kollmann, eigentlich liebend gern, er wolle aber doch lieber schnell in die Innenstadt huschen, um sich einen neuen Terminkalender zu kaufen.

Sein gestern bis zum vierten Cognac unwiderruflich gefasster Beschluss, Abstand von Eva zu halten, hatte bekanntlich nach dem weiteren Verzehr seine Gültigkeit verloren. Er war Geschichte. Kollmann machte sich zu Fuß auf den Weg in die Innenstadt und freute sich, als er zufällig seinen treuen Kampfgefährten Spartakus wiederfand. „Ich hatt' einen Kameraden", summte er leise vor sich hin. Wenn er heute Abend ohne Spartakus nach Hause gekommen wäre, hätte Therese sicherlich Nachfragen gestellt. Er hätte wohl irgendetwas von einem wirklich dreisten Diebstahl aus dem Innenhof des Landgerichts erzählen müssen.

Unter den Arkaden des Prinzipalmarkts war ein mobiler Blumenladen aufgebaut, was Kollmann auf eine spontane Idee brachte. Er kaufte einen großen Strauß roter Rosen und bat den jungen Verkäufer um einen kleinen Gefallen. Er möge diesen Strauß bitte sofort zu einem Drogeriemarkt bringen, der sich ganz in der Nähe befinde. Als der Verkäufer zögerte, nutzte Kollmann die argumentative Kraft eines Zehneuroscheins.

„Gut, ich mache das, für wen ist der Strauß denn bestimmt? Möchten Sie vielleicht eine Karte dazulegen? Ich habe hier eine kleine Auswahl."

„Gute Idee, ich nehme diese hier", sagte Kollmann und schrieb:

„Liebe Eva, geben Sie mir, geben Sie uns doch eine Chance. Ich kann, ich werde nicht nachlassen!!!!!
In Liebe
Heinz."

Auf dem Umschlag notierte er: „Frau Eva Hartmann" und den Namen des Drogeriemarktes. Daran, dass Eva vielleicht gar keinen Dienst hatte, dachte er erst, als der Blumenjunge schon unterwegs war.

‚Na, da werde ich mal schnell hinterhergehen und sehen, was passiert.'

Kollmann konnte kurz danach beobachten, dass der junge Bote direkt zur Kasse des Marktes ging, an der ein Angestellter saß, und diesen wohl nach Eva fragte, denn der Blumenjunge wartete. Und in der Tat kam Eva nach vielleicht einer Minute in den Kassenbereich. Freudestrahlend gab der junge Mann ihr den Blumenstrauß. Sie nahm diesen mit einem Stirnrunzeln entgegen, öffnete das Kuvert und schleuderte Sekunden später den Strauß und die Karte wutentbrannt auf die Erde.

Kollmann konnte nicht verstehen, was gesprochen wurde, aber er sah durch die große Schaufensterscheibe, dass Eva den jungen Mann offensichtlich heftig anraunzte. Dieser war völlig verwirrt, nahm schnell den Blumenstrauß vom Fußboden auf und verließ fluchtartig den Markt, wobei er fast mit dem im Eingangsbereich stehenden Kollmann zusammengestoßen wäre.

„Hier haben Sie Ihren Scheißblumenstrauß, so etwas habe ich ja noch nie erlebt!", brüllte er Kollmann an. Damit warf der zurückgewiesene Bote mit dem Strauß nach Kollmann, der diesen mit Mühe auffing. Er würde ihn Therese mitbringen. Das war nach seinem gestrigen, gelinde gesagt etwas unglücklichen Auftritt sicherlich eine gute Idee. Dass der Strauß gar nicht für Therese bestimmt gewesen war, sondern aufgrund gewisser Vorkommnisse seine Zweckbestimmung gewechselt hatte, musste sie ja nicht erfahren. Insoweit konnten die Blumen Kollmann doch noch einen guten Dienst erweisen. Diese Aussicht war aber auch das einzig Gute an der Aktion, denn diese war, wie alle anderen Aktionen zuvor, krachend gescheitert. „Schlechter geht nich!" Kollmann musste sich etwas anderes einfallen lassen, er kam einfach nicht voran. Aber wie sollte er es angehen, was sollte er machen? Die nächsten Tage unternahm er evamäßig nichts. Er hatte insoweit einfach keine Idee. Und auch keine Kraft. Dafür aber Angst vor einem weiteren Misserfolg.

Am nächsten Abend lief am Samstagabend im ZDF ein neuer Krimi aus der Serie „Wilsberg", in der der Hauptdarsteller nach Entzug seiner Rechtsanwaltszulassung als Antiquar und Privatdetektiv agiert. In dem schrägen Kommissar Overbeck hat Wilsberg einen kongenialen Gegenspieler. Die einzelnen Folgen spielen in Münster und Umgebung, das kleine Antiquariat an der Frauenstraße in der Nähe der Überwasserkirche ist zu einer Touristenattraktion geworden. Der größte Teil der Aufnahmen wird allerdings aus Kostengründen wegen des Sitzes der Produktionsfirma nicht in Münster, sondern in Köln gedreht. Aber immerhin taucht eigentlich in jeder Sendung zumindest einmal Münsters gute Stube, der 162 Meter lange Prinzipalmarkt mit seinen 108 Säulen, auf.

Für das Münster-Marketing sind Wilsberg und der ebenfalls in Münster angesiedelte „Tatort" mit Boerne und Thiel von unschätzbarer Bedeutung. Es gibt regelrechte Krimitouren durch die Stadt und Pauschalangebote unter dem Motto „Auf den Spuren des Verbrechens" mit zwei Übernachtungen im Doppelzimmer ab 250 €.

Da Wilsberg seine Detektivaufträge nur im Fernsehen erledigt, konnte Kollmann diese Supernase leider nicht verpflichten. Aber die Sendung hatte ihn auf eine Idee gebracht:

Er würde einen anderen, ähnlich dreisten und zumindest ganz am äußeren Rand von Recht und Gesetz handelnden Privatdetektiv beauftragen, ein paar Informationen über Eva zu beschaffen. Für einen berufsmäßigen Schnüffler sollte es zum Beispiel kein großes Problem sein, herauszufinden, wann Eva Dienst hatte.

Am Sonntagvormittag stieß Kollmann im Internet auf diverse Homepages von Detekteien. Er sichtete einige davon und nahm telefonisch Kontakt zum „Detektivkompetenzzentrum Vera Marbusse" auf, „7/24, keine Minute mehr, aber auch keine Minute weniger!" Auf der Homepage hieß es außerdem: „Wir verfügen über alle erdenklichen technischen Hilfsmittel. Wir erledigen deshalb schon heute die Aufträge, an denen andere auch morgen noch scheitern werden." ‚Keine schlechte Werbung', dachte Kollmann, ‚auch wenn sie möglicherweise wettbewerbswidrig ist.'

Kollmann war überrascht, dass die Inhaberin des Kompetenzzentrums an einem Sonntagvormittag sofort persönlich am Telefon war. „Hallo, hier ist die Vera, was kann ich für Sie tun?" Da ihre Organisation gerade einen anderen, sehr schwierigen, umfangreichen und äußerst delikaten Auftrag, „Ich kann Ihnen sagen ...", zur vollsten Zufriedenheit ihres Mandanten, eines angesehenen Münsteraner Kaufmanns, „erste Adresse", und bekannten Lokalpolitikers, „große, sehr große Volkspartei", erledigt habe, könne sie es doch tatsächlich einrichten, sich schon kurzfristig mit Kollmann zu treffen. „Glück gehabt, mein Lieber. Worum geht es uns denn?" Nachdem Kollmann sein Anliegen in groben Zügen geschildert hatte, nannte sie ihren Tagessatz, „500, natürlich zuzüglich Spesen", und bat „bei unserem ersten Meeting um eine kleine Anzahlung von 1.000 Flöckchen".

Dieses erste Meeting mit Frau Marbusse fand bereits am selben Tag – Kollmann hatte sich unter einem Vorwand, „muss mal frische Luft schnappen“, aus dem Haus gestohlen – um sechs Uhr in einem Hinterzimmer einer Wohnung im Hinterhof eines Hauses an der Warendorfer Straße statt, was Kollmann einigermaßen verunsicherte. Unter einem Kompetenzzentrum hatte er sich etwas völlig anderes vorgestellt, nämlich eine elegante Location am Münsteraner Hafen mit vielen eleganten Büros und hippen Mitarbeitern, die allesamt einen wunderbaren Wasserblick genießen konnten.

Kollmann war auch verwirrt über das Aussehen der Detektivin, das so gar nicht seiner Vorstellung entsprach. Sie trug ein buntes, sehr auffälliges Kleid, das Liz Mitchell von den Les Humphries Singers gut zu Figur gestanden hätte. Zu auffällig, viel zu auffällig, so konnte sie doch keine Beschattung durchführen. Wohl zur Tarnung trug die Detektivin, obwohl der Raum abgedunkelt war, eine stark an Kommissar Overbeck erinnernde Sonnenbrille. Fehlte nur noch ein Schlapphut!

Kollmann hatte Bedenken, ob dieses selbst ernannte Kompetenzzentrum über die in seinem Fall erforderlichen Kompetenzen verfügte. Er stellte seine Zweifel aber einstweilen zurück, weil er von der technischen Ausrüstung in Form von zahlreichen Rechnern und Computerbildschirmen, Kameras und Drohnen, die sich alle in dem kleinen Zimmer befanden, mächtig beeindruckt war.

„Wir können von hier aus die Überwachung jeder beliebigen Person vornehmen, ohne dass diese es bemerkt. Dafür installieren wir an geeigneter Stelle eine oder auch mehrere kleine Kameras, die uns Tag und Nacht wertvolle Bilder liefern. Es gibt auch die Möglichkeit, mit Peilsendern oder Drohnen zu arbeiten. Für viele Aktionen muss ich nicht einmal aufstehen, mir reichen meine Computer. Deshalb ein ganz dickes Lob auf die Digitalisierung und die Vernetzung. Nichts ist unmöglich, auch wenn bei sehr kritischer Sicht vielleicht nicht immer alles so ganz mit rechten Dingen zugehen mag. Ich sage nur Datenschutz, Persönlichkeitsrecht, Telekommunikationsgeheimnis und das ganze andere überflüssige Zeug. Wenn ich das alles immer beachten würde, könnte ich meine Arbeit einstellen. Sie verstehen, was ich meine?"

„Ja, das ist doch klar, denn der Zweck heiligt bekanntlich die Mittel. Da muss man schon mal ein bisschen außerhalb des Legalen arbeiten. Das verstehe ich gut, das mache ich doch auch häufiger", hörte Kollmann einen Richter vom Landgericht sagen. „Ich habe zwei Bitten an Sie, Frau Marbusse."

„Für Sie Vera."

„Also gut, Frau Vera ..."

„Nur Vera, ohne Frau ...", und dabei nahm sie ihre Sonnenbrille ab und machte Kollmann schöne Augen. Das war nun wirklich das Allerletzte, was er gebrauchen konnte. Er sah demonstrativ in eine andere Richtung und sagte: „Ja, äh, also" – Kollmann vermied eine direkte Ansprache – „es geht, wie am Telefon schon gesagt, um eine junge Frau namens Eva Hartmann, die im Drogeriemarkt in der Salzstraße in der Nähe der Lambertikirche arbeitet und in der Goethestraße 21 wohnt. Ich habe zwei Bitten: Zum einen möchte ich ein Bewegungsprofil von sagen wir mal fünf Tagen, außerdem, und das ist mir fast noch wichtiger, möchte ich wissen, wann

Frau Hartmann im Drogeriemarkt arbeitet. Ein Dienstplan wäre gut."

„Beschatten ist kein Problem, das ist unser Job. Das wird mein bester Mitarbeiter übernehmen, der ist gerade frei." Die Detektivin verschwieg, dass sie ohnehin nur *einen* Mitarbeiter auf 450-Euro-Basis beschäftigte, der als ihr einziger Mitarbeiter natürlich zugleich ihr *bester* Mitarbeiter war. Sie fuhr fort: „Das mit dem Dienstplan könnte etwas schwieriger werden, aber ich habe da schon eine Idee. Ich bin fertig studierte Informatikerin, nur die Bachelorthesis und so'n paar kleine Klausuren fehlen noch, und ich habe außerdem zwei Jahre beim CCC in Hamburg, also beim Chaos Computer Club, gejobbt. Mehr möchte ich dazu nicht sagen."

„Ich will auch gar nicht im Detail wissen, wie Sie Ihren Job erledigen. Ich denke vom Ergebnis her."

„Sehr vernünftig. Es bringt nichts, wenn meine lieben Kunden sich Gedanken zu meiner Arbeitsweise machen. Einige wollen zuerst alles genau wissen und erfahren, und dann haben sie plötzlich Skrupel, wenn ich ..., na, Sie wissen schon. Das behindert meine Arbeit. Wie kann ich Sie erreichen, Heinrich?"

„Am besten per WhatsApp, meine Mail-Adresse möchte ich Ihnen ungern geben, da besteht die Gefahr, dass mitgelesen wird."

„Gut, spätestens in zwei Tagen werden Sie von mir hören. Wenn Sie bitte so freundlich sein mögen, mir schon mal die 1.000 Flöckchen zu geben?" Kollmann übergab „der Vera" 1.000 €, die er vorher von der Bank abgeholt hatte, auf eine Quittung verzichtete er. Zum Glück hatten Therese und er jeweils ein eigenes Bankkonto, den Kontoauszug würde er verschwinden lassen.

Die Detektivin begann sofort mit ihrer Arbeit. Zu Kollmanns Überraschung dauerte es nicht zwei Tage, sondern nur 15 Minuten, bis sie den ersten Teil des Auftrags erledigt hatte. Noch bevor Kollmann wieder zu Hause angekommen war, schickte die Vera ihm als Anlage zu einer WhatsApp Evas Dienstplan für die nächsten drei Wochen, ihre Festnetz- und ihre Mobilfunknummer, ihre Personalakte, ihre Gehaltsabrechnung, 745,29 €, „mein Gott, ist das wenig", und ihre Bankverbindung, allerdings ohne Kontoauszüge. Kollmann war tief beeindruckt, „Schneller geht nich!", und rief bei der Vera an, woher sie diese Informationen so schnell bekommen habe. Er bekam die ausweichende Antwort, sie habe, wie ja schon erwähnt, in Hamburg mal bei so einem Club gearbeitet. Und dabei habe sie einiges gelernt, was man gerade in ihrem Job immer wieder gut gebrauchen könne.

Kollmann entnahm dem Dienstplan, dass Eva am nächsten Tag, einem Montag, frei hatte, am Dienstag war sie für die Spätschicht von 14:00 Uhr bis 21:00 Uhr eingeteilt, am Mittwoch hatte sie die Frühschicht von 9:00 Uhr bis 14:00 Uhr. Na, das waren doch prima Informationen. Evas Dienstzeiten ließen sich hervorragend, „Besser geht nich!", mit seinem Terminkalender für die nächsten Tage in Einklang bringen. Er würde dafür sorgen, dass seine Einzelrichtersitzung am Dienstag spätestens um 13:30 Uhr zu Ende ginge, am Tag danach saß die Strafkammer erst nachmittags ab 15:00 Uhr. Über alle anderen Zeiten konnte er frei verfügen. Sein neuer Plan bestand darin, Eva in Zukunft von zu Hause abzuholen und zur Arbeit zu begleiten, nach Arbeitsschluss würde er sie wieder nach Hause eskortieren. Ein Escortservice der etwas anderen Art.

Am Dienstag, dem 27. August 2019, startete Kollmann seine Aktion „Begleitservice – Radeln für die Liebe!". Er wartete mit Spartakus ab kurz vor halb zwei vor Evas Haus und hatte das Glück, dass sie von ihrer Wohnung zur Arbeit aufbrach und etwa zehn Minuten später aus dem Haus kam. Sie bemerkte Kollmann nicht, schloss ihr Fahrrad auf und fuhr los. Kollmann folgte ihr im Abstand von etwa 20-25 m. Diesen Abstand behielt er zunächst bei, dann musste Eva vor einer roten Ampel halten. Kollmann stellte sich direkt neben sie, blickte sie an, sagte aber nichts. Eva sah ihn überrascht an und äußerte dann leicht genervt „was soll denn *das* jetzt schon wieder? Sie sollen mich doch in Ruhe lassen, verdammt noch mal!" Danach setzte sie ihre Fahrt fort, ohne Kollmann weiter Beachtung zu schenken. Nach Erreichen der Fußgängerzone sprang Eva vom Fahrrad ab und schob dieses weiter.

Kollmann hatte fürs Erste genug getan und fuhr zurück zum Gericht. Nach dem Abendbrot erklärte er der überraschten Therese, er müsse noch mal schnell ins Gericht, er habe eine kleine Sache vergessen. Statt zum Gericht fuhr er in die Innenstadt, positionierte sich in der Nähe von Evas Fahrrad, mit ADFC-Aufkleber, und begleitete sie nach Hause. Zunächst hielt er wieder den Sicherheitsabstand ein, sodass sie ihn nicht bemerkte. Unmittelbar vor ihrer Wohnung überholte er sie aber und sagte lachend „bis morgen früh, liebe Eva. Ich wünsche dir eine gute Nacht."

Eva wurde die Angelegenheit unheimlich, sie begann sich zu ängstigen. Sie hoffte inständig, dass dieser blöde, aufdringliche Kerl morgen früh *nicht* wieder auftauchen würde. Woher wusste der überhaupt, wann sie Dienst hatte? Woher wusste der, dass sie morgen die Frühschicht hatte? Woher wusste der, wo sie wohnte? Das war alles sehr sonderbar, ja sogar mysteriös. Aber darüber wollte sie sich heute Abend keine Gedanken machen, sie würde erst mal den morgigen Tag abwarten. Wenn dieser Typ keine Ruhe geben sollte, müsste sie sich aber etwas einfallen lassen.

Eva schlief in der Nacht sehr unruhig und hatte einen sonderbaren Traum. Darin wurde sie Tag und Nacht von sieben kleinen Zwergen an jeden beliebigen Ort verfolgt. Ihr Versuch, den Verfolgern zu entkommen, scheiterte, da die verdammten Zwerge schneller und wendiger als sie waren. In ihrer Not wandte sie sich an die Polizei, wo sie die Auskunft erhielt, für Verfolgungsfahrten von Zwergen sei man nicht zuständig. Sie möge sich bitte an das zentrale Zwergenamt in Bad Zwergenhausen wenden. „Nein, eine Telefonnummer haben wir leider nicht. Bad Z'hausen liegt in einem anderen Bundesland, aber die Nummer müsste sich doch sicherlich finden lassen. Gehen Sie doch mal ins Internet." Aber dort wurde Eva nicht fündig. Schon den Ort Zwergenhausen gab es gar nicht, geschweige denn ein zentrales Zwergenamt. So quälte sie sich Stunde um Stunde mit ihren hartnäckigen Verfolgern.

Nach einer mehr als gebrauchten Nacht machte sich Eva am Mittwoch kurz vor halb neun Uhr auf den Weg zur Arbeit. Beim Verlassen des Hauses spähte sie, was unauffällig wirken sollte, aber sehr auffällig war, scheinbar gelangweilt nach links und rechts. ‚Gott sei Dank', dachte sie, ‚der Typ ist nicht da. Alle Aufregung umsonst.'

Kollmann war aber sehr wohl in der Nähe, hielt sich jedoch zunächst bedeckt. Erst als Eva vor einer roten Ampel halten musste, stellte er sich mit einem „einen wunderschönen guten Morgen, liebe Eva" direkt neben sie.

Sie erschrak so heftig, dass sie fast gestürzt wäre.

„Verdammt noch mal, nun lassen Sie mich gefälligst in Ruhe. Zum hundertsten Mal. Ich will nichts mit Ihnen zu tun haben, verdammte Hacke!", herrschte sie ihn an.

„Sie wissen doch gar nicht, was Sie wollen und was gut für Sie ist, Eva. Lassen Sie uns doch endlich ein Gespräch führen. Denn ich möchte und ich werde Sie kennenlernen, so wahr ich Heinrich Kollmann heiße."

„Nein, Herr Kollmann, es wird kein Gespräch geben. Nun hauen Sie endlich ab und belästigen Sie mich nicht weiter!"

„Für heute Morgen tue ich Ihnen den Gefallen, aber wir sehen uns schon heute Mittag um zwei wieder. Versprochen, Eva."

Kollmann war sehr mit sich zufrieden. Die Aktion „Begleitservice – Radeln für die Liebe!" war erfreulich gut angelaufen, denn jetzt hatte er schon mehrfach wenigstens kurz mit Eva gesprochen. Das war schon mal ein guter Beginn. Er würde sie schon noch auf Kurs bringen. Und später würde sie ihm für seine Beharrlichkeit dankbar sein.

Kollmann fuhr zum Landgericht und ging mehr schlecht als recht seinen Dienstgeschäften nach, weil er mit seinen Gedanken ganz woanders war. Wie lange würde es wohl dauern, bis Eva so weit sein, bis sie vielleicht sogar darum betteln würde, ein Gespräch mit ihm führen zu dürfen? Er war sicher, dass drei bis vier Tage dafür ausreichen sollten, zum Wochenende sollte die Sache klar sein.

Er blieb in den kommenden Tagen bei dem eingeschlagenen Weg, doch auch am Freitag, dem vierten Tag der Begleitaktion, wollten sich so recht keine Fortschritte zeigen. Wenn er Eva ansprach, ignorierte sie ihn. Sie behandelte ihn wie einen Fußballschiedsrichter, der regeltechnisch „Luft" ist. Als er Eva nach einer weiteren „Begleitfahrt" am Freitag für ihr schlechtes Verhalten tadeln wollte, fuhr sie aus der Haut: „Wenn Sie mich nicht jetzt sofort in Ruhe lassen, werde ich einen Rechtsanwalt beauftragen und Sie vor Gericht schleppen. Das Maß ist endgültig voll. Ich habe mir schon einen Rechtsbeistand gesucht, nämlich Dr. Henneberg. Das ist ein guter Freund meines Vaters. Montag um 17:15 Uhr habe ich einen Termin bei ihm."

Was waren denn das für Drohungen, was fiel Eva denn jetzt ein? Sie war ja noch weit weniger einsichtig als er angenommen hatte, sie war beratungsresistent, sie war bockig wie ein Kind, geradezu verbohrt. Krankhaft verbohrt, offenbar ganz und gar verwirrt und nicht in der Lage, einen einfachen, naheliegenden Gedanken zu fassen.

Das musste man sich mal vorstellen: Diese Verirrte drohte ihm, einem Richter vom Landgericht, mit dem Gericht. Da konnte man doch gleich den Bock zum Gärtner machen. Aber Vorsicht, Kollmann, was würde passieren, wenn Eva die böse Drohung in ihrer Verblendung wahr machen würde? Mit diesem Henneberg war nicht zu spaßen, das wusste Kollmann aus einigen Prozessen, in denen dieser Rechtsanwalt beteiligt gewesen war.

Blöderweise kannte Eva inzwischen auch Kollmanns Nachnamen, weil er ja angekündigt hatte, nicht klein beizugeben, so wahr er Heinrich Kollmann heiße. Und wenn sie diesen Namen bei Henneberg fallen ließe und Kollmanns Aussehen beschriebe, könnte dieser leicht eins und eins zusammenzählen. Das war schon recht vertrackt, hier kündigte sich eine mittlere bis große Katastrophe an.

Mit dem noch verbliebenen kleinen Rest an Vernunft erkannte Kollmann, dass auch die Aktion „Begleitservice – Radeln für die Liebe!" kurz- und auch mittelfristig nicht zum

Ziel führen würde. Eva war ganz offenbar auch damit nicht beizukommen. Außerdem bestand die ernsthafte Gefahr, dass dieser Henneberg einen Antrag auf Erlass einer einstweiligen Verfügung gegen Kollmann stellen würde.

Da der Sachverhalt dem Persönlichkeitsrecht unterfiel, wäre die „Arschlochkammer" zuständig, in der Kollmann zu ½ tätig war. Die Akte würde zunächst dem Vorsitzenden vorgelegt, und was dann passieren würde, mochte Kollmann sich gar nicht ausmalen. Denn er musste zugeben, dass aufgrund der äußeren Umstände, und mehr als diese wären ja aus der Akte nicht sichtbar, recht eindeutig der Tatbestand des Stalkings vorlag. Niemand würde zunächst erkennen, dass es hier, in diesem wirklich besonderen, geradezu einzigartigen Fall einen gravierenden Unterschied zwischen dem sichtbaren und dem unsichtbaren Sachverhalt gab, mit anderen Worten, dass hier ein typischer „Indes-Fall" vorlag.

Zwar sah es nach Stalking aus, indes war es Liebe. Kollmann war mehr denn je davon überzeugt, dass Eva ihn mindestens so stark liebte wie er sie. Das einzige Problem bestand darin, dass *sie* das noch nicht erkannt hatte, dass *sie* ihre Gefühle für ihn noch nicht richtig einordnen konnte. Dabei musste er ihr helfen, dabei würde er ihr helfen, aber ein gegen ihn gerichteter Antrag auf Erlass einer einstweiligen Verfügung wäre insoweit alles andere als hilfreich, er wäre in hohem Maße kontraproduktiv. Ein solcher Antrag würde nicht nur den Erfolg seiner Tätigkeit ernsthaft gefährden, sondern auch negative Auswirkungen auf sein berufliches Renommee haben. Er mochte sich das Getuschel von Krescher und Co. in der Gerichtskantine und auf den Gerichtsfluren nicht einmal vorstellen, „mal wieder typisch für Richter K.".

Kollmann war gefühlt zum hundertsten Mal an einem Punkt angelangt, an dem er beschloss, seine Bemühungen um Eva einzustellen, jedenfalls im Augenblick. Von dem ewigen Hin und Her war er inzwischen mehr und mehr selbst genervt. Aber die Situation wurde immer gefährlicher, er drohte alles zu verlieren, seine Frau, seine Kinder und auch seine berufliche Reputation, vielleicht sogar sein Amt als Richter, denn möglicherweise würde auch ein Ermittlungsverfahren wegen Nachstellens einer Person gegen ihn geführt. Er war ungehalten, böse mit sich, böse auf sich.

‚Das ist sie nicht wert, diese Risiken werde ich nicht eingehen, ich bin ja schon fast zu weit gegangen. Jetzt ist wirklich Schluss, endgültig Schluss. Sie verirrt und ich vermag's nicht.' Also mal wieder ‚endgültig Schluss', denn den Entschluss zum endgültigen Schluss fasste er ja nicht zum ersten Mal. Aber die Situation war auch noch nie so ernst, die Gefahr noch nie so groß wie im Augenblick.

Die aktuelle Risikoabschätzung sagte ihm ganz eindeutig: „Finito, that's all, das war's." Bedauerlich, sehr bedauerlich, denn Eva und er hätten eine wunderbare Zeit zusammen haben können. Da war er sich ganz sicher, aber er war sich in diesem Augenblick auch ganz sicher, dass es diese Zeit leider nicht geben würde. Er hatte alles versucht, aber nichts erreicht. Wie hieß es so schön in Arbeitszeugnissen über Arbeitnehmer, die nichts geregelt bekamen: „Er hat sich immer bemüht, den überschaubaren Anforderungen zu entsprechen." Ja, auch er hatte sich bemüht, sehr bemüht, bemüht um Eva, die seine Bemühungen aber nicht zu schätzen wusste. Das war bedauerlich für ihn, aber in gleicher Weise auch für sie. Sie hätte es so gut bei ihm, mit ihm gehabt, sie hätte nicht mehr arbeiten gehen müssen, er hätte ihr ein tolles Zuhause geboten, sie hätten sogar noch Kinder haben können. Warum konnte, warum wollte sie das nicht verstehen? Er fuhr frustriert und schlecht gelaunt nach Hause, wobei er aus Enttäuschung und Wut so heftig in die Pedale trat, dass das Getriebe und die Kette seines lieben Freundes Sparti knarrten.

Die vergangenen Wochen und das nunmehr feststehende ‚endgültige Aus‘ hatten starken Einfluss auf Kollmanns Befinden und Betragen. Gegenüber Therese war er kurz angebunden, häufig gereizt und auch sonst wenig verträglich. Sie hatte mehrfach versucht, mit ihrem Mann ins Gespräch zu kommen, doch er hatte immer wieder abgeblockt. „Es ist nichts mit mir, ich weiß gar nicht, was *du* immer hast.“ Schließlich legte sie ihm eindringlich nahe, sich beim Hausarzt untersuchen zu lassen, „Mit dir stimmt doch was nicht, das merke ich doch.“, was er aber zunächst beharrlich verweigerte. Endlich stimmte er scheinbar zu, nahm den von Therese vereinbarten Termin beim Arzt aber nicht wahr. Ihr gegenüber erklärte er, er habe eine kleine Unterfunktion der Schilddrüse und müsse deshalb regelmäßig ein Medikament einnehmen. Das sei alles. Er besorgte sich ein Placebo, das er jeden Tag und mit großem Ernst, „das darf ich auf keinen Fall vergessen!“, morgens vor dem Frühstück einnahm.

In den folgenden Wochen ließen seine beruflichen Leistungen mehr und mehr nach. Er vernachlässigte seine richterlichen Pflichten, er war unmotiviert, uninspiriert, lustlos, ja gleichgültig. Kollmann hatte absolut keine Lust, wusste aber nicht worauf.

Bereits zwei Monate davor hatte Kollmann damit begonnen, sogenannte „Schiebeverfügungen“ in die Akten zu den bereits laufenden Verfahren zu schreiben. Hinsichtlich neuer Verfahren hatte er bisher im Sinne einer effektiven Arbeitsweise jede ihm vorgelegte neue Klageschrift sofort gelesen und einen „frühen ersten Termin“ bestimmt, der etwa sechs bis acht Wochen nach Eingang der Klage stattfand. Jetzt wählte er das sogenannte „schriftliche Vorverfahren“, das die Gefahr in sich trägt, zu einer Vielzahl von Schriftsätzen zu führen, weil jede Partei auf jeden Schriftsatz der anderen Partei zu antworten hat. Ohne eine Steuerung durch das Gericht kann dieses Verfahren eine ausufernde und nicht enden wollende Korrespondenz auslösen.

Kollmann nahm die eingehenden Schriftsätze der Rechtsanwälte gar nicht zur Kenntnis, sondern begnügte sich damit, jeweils „Gegner zur Stellungnahme binnen sechs Wochen“ in die Akte zu schreiben. Er wusste deshalb gar nicht, ob und wozu eine Stellungnahme überhaupt noch erforderlich war oder ob der Vorgang nicht, wie Anwälte es formulieren, inzwischen längst „ausgeschrieben“ war. Er ließ die Sachen einfach laufen und setzte mit sechs Wochen zudem außergewöhnlich lange Fristen für die Erwiderungen. Wenn ein Anwalt genug von der Schreiberei hatte und „höflichst anregte, nunmehr kurzfristig einen Termin für die mündliche Verhandlung zu bestimmen“, kam Kollmann dieser Anregung zwar nach, setzte die Verhandlungstermine aber sehr weiträumig erst für drei oder mehr Monate später an.

Diese von Kollmann praktizierte Verfahrensweise hatte zur Folge, dass sein bisher gut und straff geführtes Zivildezernat, für das er als Einzelrichter allein verantwortlich war, mehr und mehr „absoff“, wie es in Juristenkreisen so schön heißt. Diese Entwicklung blieb den Mitarbeiterinnen der Serviceeinheit, die für Kollmann tätig waren, nicht verborgen.

Sie sahen aber keinen Grund, ihre Beobachtungen dem Vorsitzenden der Kammer oder gar den Präsidenten des Landgerichts mitzuteilen, sie wollten nicht petzen. „Richter K." gönnte sich wohl nur eine kleine Auszeit und würde sich bald wieder fangen.

An den Sitzungen der Strafkammer, die der Vorsitzende terminierte, nahm Kollmann natürlich weiter teil, aber sein Engagement und sein Arbeitseifer erlahmten auch hier täglich mehr. Zweimal lieferte er ein Urteil, das er zu schreiben hatte, nicht rechtzeitig ab, sodass Dr. Sondermann kurzfristig einspringen musste, um die Urteile noch innerhalb der gesetzlichen Frist fertigzustellen.

„Herr Kollege Kollmann, was ist mit Ihnen los? So kenne ich Sie gar nicht. Brauchen Sie eine Auszeit?", fragte Dr. Sondermann mehr als einmal.

„Nein, eine Auszeit brauche ich nicht, aber ich habe leichte gesundheitliche Probleme und muss es deswegen etwas langsamer angehen lassen. Aber das wird schon wieder."

„Gut, aber ich warte noch auf das Urteil zu der sexuellen Nötigung. Oder soll ich das schreiben?"

„Nein, um Gottes willen, das müssen Sie nicht. Das Urteil ist fast fertig, es wird rechtzeitig vorliegen."

Aber dieses schwierige und anspruchsvolle Urteil legte Kollmann nicht fristgerecht vor, er hatte bis zum letzten möglichen Termin für die Fertigstellung noch nicht einmal damit begonnen. In der Kürze der Zeit gelang es auch Dr. Sondermann in diesem Fall nicht mehr, das komplizierte Urteil rechtzeitig zu schreiben. Es lag erst einen Tag nach dem Ende der Frist vor. Weil die verspätete Fertigstellung eines Strafurteils einen absoluten Revisionsgrund bildet, hatte die von der Verteidigung beim BGH eingelegte Revision Erfolg, ohne dass geprüft wurde, ob das Urteil inhaltlich richtig war. Der Bundesgerichtshof hob das Urteil mit der Folge auf, dass das gesamte Strafverfahren von Anfang an noch einmal stattfinden musste.

Dr. Sondermann wurde daraufhin zum Gespräch beim Präsidenten des Landgerichts gebeten und sollte sich zu dem Vorgang erklären, weil ihn als Vorsitzenden die Verantwortung dafür traf, dass derartig weitreichende und folgenschwere Fehler nicht passierten. Er fühlte sich in diesem Gespräch sehr unwohl. Einerseits betraf der Vorfall ihn und seine Karriere, denn in Kürze würde der Vorsitzende eines Strafsenats am OLG Hamm in Ruhestand gehen und es war ein offenes Geheimnis, dass es nach Einschätzung des Justizministeriums für diese Stelle nur zwei geeignete Bewerber gab, *einen* aus Dortmund und *einen* aus Münster. Das, was Kollmann ihm da eingebrockt hatte, konnte zu einem herben Rückschlag für die Karriere von Dr. Sondermann führen: Es konnte ihm die Beförderung zum OLG Hamm mit einem Wechsel von der Gehaltsstufe R2 zu R3 und den schönen Titel „Vorsitzender Richter am Oberlandesgericht" kosten.

Auf der anderen Seite arbeitete er als Vorsitzender schon lange vertrauensvoll und kollegial mit dem Kollmann zusammen. Natürlich war ihm aufgefallen, dass sein Beisitzer sich in der letzten Zeit verändert hatte. Kollmann wirkte fahrig und lethargisch, antriebsschwach und emotionslos. Seine Konzentration und Arbeitszuverlässigkeit waren bis vor einiger Zeit deutlich besser gewesen. Dr. Sondermann vermutete, dass irgendetwas im privaten Umfeld passiert sein musste, was immer noch andauerte. Vielleicht hatte sein Kollege aber auch eine ausgeprägte Midlife-Crisis oder so einen neumodischen Burn-out. Da über Privates auch unter langjährigen Kollegen kaum gesprochen wurde, hatte er nicht nachgefragt. Aber der Vorsitzende wusste natürlich, dass dieses Missgeschick nicht passiert wäre, wenn er den nicht zu übersehenden Anzeichen mehr Bedeutung geschenkt hätte. Jetzt war das Kind in den berühmten Brunnen gefallen, doch musste und wollte er namentlich im Hinblick auf die angestrebte Beförderung zunächst einmal an sich denken und versuchen, möglichst unbeschadet aus der Sache herauszukommen. Der Vorsitzende verschwieg deshalb, dass es auch schon zuvor Probleme mit der rechtzeitigen Fertigstellung von Urteilen gegeben hatte.

„Ich kann mir das auch nicht erklären, mir ist jedenfalls nichts Gravierendes aufgefallen. Kollege Kollmann hat auch in der letzten Zeit unverändert gute Arbeit geleistet, so wie wir es von ihm kennen. Ich nehme an, dass es ganz plötzlich Probleme im familiären Umfeld gegeben oder er einen Burnout hat. Das könnte der Grund für dieses einmalige Versagen sein."

„Wissen Sie denn Genaueres dazu?"

„Nein, leider nicht, es ist nur eine Vermutung, ein Gefühl."

„Gut, was schlagen Sie vor, wie wollen wir weiter vorgehen? Wir müssen sicherstellen, dass sich so etwas nicht wiederholt."

„Kein Problem, Herr Präsident, ich werde ab sofort nicht nur *ein* Auge, sondern *zwei* wachsame Augen auf den Kollegen werfen. Seien Sie bitte ganz unbesorgt. Sie können sicher sein, dass es keine weiteren Probleme geben wird, solange ich den Vorsitz in der Kammer führe."

„Das ist ein gutes Stichwort. Wir sollten diese Sache möglichst auf kleiner Flamme kochen. Ich hoffe sehr, dass die Medien den Fall nicht an die große Glocke hängen. Andernfalls könnte es das mit Hamm für Sie gewesen sein, denn Sie als Vorsitzender stehen in der Verantwortung für das, was in Ihrer Kammer passiert. Meine volle Unterstützung in Sachen Beförderung haben Sie aber nach wie vor, auch wenn ich Sie nur ungern ziehen lasse."

„Ich danke Ihnen, Sie können sich auf mich verlassen, Sie haben mein Wort."

Am nächsten Tag wurde Kollmann zu einem „routinemäßigen Gespräch" zum Präsidenten gebeten, in dem dieser es bei allgemeinen Fragen nach Kollmanns Befinden beließ, ohne den konkreten Vorfall anzusprechen. Beide wussten natürlich, dass es einen sehr konkreten Grund für die Unterhaltung gab. Aber in dieser Situation zahlte sich Kollmanns fast 30-jährige Berufstätigkeit mit durchgehend ordentlicher bis guter Arbeit aus. Es war wohl auch nicht von Nachteil, dass der „Herr Präsident" Anfang der Neunzigerjahre – also lange vor seiner Ernennung zum Behördenleiter – als junger Richter einige Jahre in einer Kammer tätig war, in der Kollmanns Mutter Marianne den Vorsitz geführt hatte.

Kollmann und seine Mutter waren fast zehn Jahre gleichzeitig am Landgericht Münster tätig gewesen, er als „einfacher Richter" (Besoldung R1), seine Mutter bis zu ihrer Pensionierung im Jahr 2005 als Vorsitzende Richterin (Besoldung R2). Das Präsidium hatte es aber tunlichst vermieden, dass Mutter und Sohn in derselben Kammer tätig waren. Daran war auch weder der Mutter noch dem Sohn gelegen, weil das ein Zuviel an familiärer Nähe bedeutet hätte. Als Vorsitzende der Kammer hätte Mutter Marianne gar einen Beurteilungsbeitrag über ihren Sohn schreiben müssen, der eine der Grundlagen für die Beurteilung ihres Sohnes durch den Landgerichtspräsidenten gewesen wäre. Eine wahrhaft schauerliche Vorstellung! Kollmann hatten schon während der Schulzeit immer die Kinder leidgetan, die auf der Schule waren, an der ein Elternteil oder gar beide Eltern als Lehrer tätig waren, denn die nach seiner Einschätzung ohnehin armen „Lehrerkinder" hatten sich auf dem Schulhof das eine oder andere durchaus nicht immer Schmeichelhafte über die Mutter oder den Vater anhören müssen. Besonders starkes Mitleid hatte Kollmann mit den Kindern, die von der eigenen Mutter oder dem eigenen Vater unterrichtet wurden. Man konnte es wohl auch nicht als Vorteil verbuchen, dass man den Elternsprechtag überall und jederzeit durchführen konnte, indem die „Mutter als Mutter" die „Mutter als Lehrerin" fragte, wie sich ihr „kleiner Liebling" denn in letzter Zeit gemacht habe. „Hat Niklas-Marcel endlich die Kurve gekriegt?" „Nein, leider immer noch nicht. Da müsste mehr Unterstützung aus dem Elternhaus kommen."

Bei Juristen gibt es für eine vergleichbare Konstellation den schönen Ausdruck des „In-sich-Geschäfts", auch als „Selbstkontrahieren" bezeichnet. Hier geht es um die Frage, ob jemand als Vertreter eines anderen mit sich selbst ein Rechtsgeschäft tätigen kann, zum Beispiel einen Vertrag schließen. Virulent wird dieses Problem etwa bei einer GmbH, wenn der Geschäftsführer der GmbH in seiner Eigenschaft als Geschäftsführer mit sich als Privatperson vereinbart, dass der GmbH ein Darlehen aus seinem Privatvermögen gewährt werden soll. Um es auf die Spitze zu treiben, kann man auch von zwei GmbHs ausgehen, die *denselben* Geschäftsführer haben. Hier „verhandelt" der Geschäftsführer der A-GmbH mit sich als Geschäftsführer der B-GmbH zum Beispiel über den Ankauf einer Maschine. Es mag für einen Nichtjuristen schwer verständlich sein, dass derartige Verträge, wie sich aus § 181 BGB ergibt, unter bestimmten Voraussetzungen wirksam sind.

Wann das genau der Fall ist, wusste selbst der Präsident des Landgerichts aus dem Stegreif nicht, es interessierte ihn auch nicht. Er erkundigte sich lediglich höflich bei Kollmann nach dem Befinden der Frau Mutter, bat in Erinnerung an die damalige schöne Zusammenarbeit, „Ihre Frau Mutter hat mich maßgeblich geprägt.“, darum, einen herzlichen Gruß zu entrichten, und beließ es im Übrigen bei der freundlichen Floskel, es möge dem geschätzten Kollegen Kollmann gelingen, in Zukunft wieder an seine bisher gezeigten guten Leistungen anzuknüpfen.

Kollmann fasste diese Äußerung zutreffend als informellen Tadel, als folgenlose Ermahnung auf.

Ihm wie auch dem Präsidenten war bewusst, dass dieser, da Kollmann die richterliche Unabhängigkeit genoss, ohnehin keine große Handhabe hatte, um gegen ihn vorzugehen. Zwar war er als Präsident des Landgerichts der Disziplinarvorgesetzte und hätte Kollmann eine förmliche Rüge erteilen können, die Eingang in die Personalakte gefunden hätte. Die Rüge wäre aber folgenlos geblieben, weil eine Beförderung Kollmanns wegen einer vorzeitig abgebrochenen Erprobung am OLG Hamm ohnehin so gut wie ausgeschlossen war. Grundsätzlich kam auch in Betracht, dass das Präsidium des Landgerichts Kollmann im Wege der Geschäftsverteilung eine Tätigkeit in einer *anderen* Kammer des Landgerichts zuwies. Aber das war schon deshalb problematisch, weil dies eine Rochade hätte auslösen können, von der auch andere Richter betroffen gewesen wären. Eine Strafversetzung an ein anderes Gericht war hingegen so gut wie ausgeschlossen. Die Versetzung eines planmäßigen Richters ist nur mit dessen Zustimmung oder im Wege eines förmlichen Disziplinarverfahrens möglich. Für die Einleitung eines solchen Verfahrens reichte Kollmanns Verfehlung, das Strafurteil nicht rechtzeitig fertiggestellt zu haben, indes nicht aus. Kollmann war und blieb deshalb „Richter am Landgericht" in Münster und gehörte nach wie vor mit je ½ seiner Arbeitskraft der 17. Zivilkammer und der 15. Großen Strafkammer an. Viel Lärm um nichts.

Der Landgerichtsrat Alois Eschenberger war ein guter Jurist und auch sonst von mäßigem Verstande
Ludwig Thoma, Der Vertrag

Freitag, 1. Oktober 1999

Vor etwa 20 Jahren, nämlich im Herbst 1999, hatte Richter am Landgericht Kollmann – nicht zuletzt auf freundlich-familiäres Drängen seiner Mutter – das Wagnis einer Erprobung am Oberlandesgericht Hamm in Angriff genommen, aber nach nicht einmal zwei Monaten Mitte Dezember mit der Erkenntnis „Die Hammerwelt ist nicht meine Welt!" die Segel gestrichen. Damit hatte er die Ablegung des in Juristenkreisen sogenannten „Dritten Staatsexamens" verweigert, aber sich selbst „das schönste Weihnachtsgeschenk in seinem ganzen Leben" gemacht.

Die Situation einer Erprobung ist sehr speziell: Richterinnen und Richter, die in ihrem Beruf schon viele Jahre selbstständig gearbeitet haben, werden für einen Zeitraum von etwa sechs bis neun Monaten von ihren Gerichten zu einem „höheren Gericht", in der Regel einem Oberlandesgericht, abgeordnet und dort auf Herz und Nieren geprüft. Diese monatelange Erprobungssituation ist, wie leicht vorstellbar, nicht nach jedermanns Geschmack, was in besonderer Weise für den Richter am Landgericht Kollmann zutraf. Mit dem Abbruch seiner Erprobung hatte er sich praktisch jegliche Möglichkeit einer Beförderung verbaut, was ihn aber nicht besonders störte, denn seine Position als „Richter am Landgericht" in Münster konnte und wollte ihm auch danach niemand nehmen.

Vor Beginn seiner kurzen Hammer Zeit – manche sprachen auch von einer Hammerzeit – hatte Kollmann die allseits bekannten Geschichten gehört. Eine handelt davon, dass ein „Erprobungsrichter“ wie ein Floh behandelt wird. Das Tier wird in einen Schuhkarton gesetzt und springt zunächst gegen den Deckel des Kartons. Dann wird der Deckel in gewissen Zeitabständen immer weiter nach unten abgesenkt. Der Floh springt zunächst weiter dagegen, doch nach einiger Zeit kann der Deckel weggelassen werden: Der Floh springt nicht mehr, er hat sich (ein)gefügt. Dieses Verhalten wird so gewertet, dass damit das Ziel der Erprobung erreicht ist.

Gern wird auch die Geschichte mit der Heftzwecke bemüht, die der Vorsitzende Richter auf den Bürostuhl eines Richters gelegt hat. Der vom Amtsgericht zur Erprobung an das OLG abgeordnete Richter nimmt die Heftzwecke auf und schmeißt sie weg. Der Richter vom Landgericht weist den Vorsitzenden auf die Heftzwecke hin und wartet ab, was zu tun ist. Der planmäßige Richter vom OLG geht hingegen davon aus, dass der Vorsitzende sich beim Hinlegen der Heftzwecke sicher etwas gedacht habe, setzt sich deshalb auf den Stuhl und damit in die Heftzwecke.

Nun ja, das sind die immer wieder kolportierten Geschichten, die Kollmann natürlich auch *vorher* gehört hatte, freilich ohne sie zu glauben, doch wurden diese Schilderungen in seinem Fall von der Wirklichkeit noch weit übertroffen. Denn er war in einen Senat mit einem „starken Vorsitzenden“ geraten. Das war ein Richter, der „selbstredend unter Achtung der gebotenen Bescheidenheit und der absoluten Neutralität“ davon ausging, nicht lediglich ein weit überdurchschnittlich guter, sondern ein ohne Frage exzellenter Jurist zu sein, der als einer der wenigen Auserwählten die Weisheit mit güldenen Löffeln aus einem silbernen Füllhorn gefressen hatte. Daran war zutreffend, dass der Herr Vorsitzende tatsächlich viele juristische Einzelheiten kannte und auf ein wirklich beachtliches Faktenwissen zurückgreifen konnte. Allerdings gelang es ihm nicht immer, dieses Wissen angemessen und sinnvoll auf einen konkreten Fall anzuwenden. Schon während der Referendarzeit hatte er sich von einem Ausbilder die Bemerkung gefallen lassen müssen, „nun machen Sie mal halblang."

Es kam hinzu, dass der von Ludwig Thoma in seiner Abhandlung „Der Vertrag" geprägte Satz, wonach der Landgerichtsrat Alois Eschenberger ein guter Jurist und auch sonst von mäßigem Verstande sei, auf diesen Vorsitzenden in ganz besonderer Weise zutraf. Er war geradezu der Prototyp des viel gescholtenen „typischen Juristen". Über das Leben außerhalb der Justiz wusste er hingegen herzlich wenig. Und er unternahm auch erst gar nicht den Versuch, sich handwerklich zu betätigen, etwa einen Nagel in die Wand zu schlagen. Dafür nahm er für sich in Anspruch, in *seinem* Senat Nägel mit extra großen Köpfen zu machen. Deshalb sah Kollmann sich wie alle anderen „Erprobungsrichter" vor und nach ihm an seinem ersten Tag am OLG Hamm genötigt, sich einen zweistündigen Vortrag des Herrn Vorsitzenden zum Thema „Die sieben Todsünden des BGH" anzuhören.

Darin ging es um Urteile des Bundesgerichtshofs, die genussvoll zerlegt wurden, mit Seitenzahlen bzw. Randnummern, und sich hernach als grob fehlerhaft erweisen sollten. Schon ein durchschnittlicher Jurist müsse doch prima facie erkennen, dass in keinem der letzten BGH-Urteile zur ungerechtfertigten Bereicherung die modifizierte Zweikondiktionentheorie, also die Lehre von der Gegenleistungskondiktion, vollständig durchdrungen worden sei. Auch in anderer

Hinsicht gingen viele Urteile des BGH fehl. Es sei ein unbeschreiblicher Jammer, was da von Karlsruhe aus in die Welt gesetzt werde.

Damit der „werte Richter vom Landgericht“ sehe, dass es auch besser gehe, trug der Vorsitzende anschließend wie vor einem imaginären größeren Publikum, wobei er wie ein Gockel durch den Raum stolzierte, „als kleine bescheidene Auswahl“ sieben *seiner* besten Entscheidungen vor. Danach wandte er sich mit dem Satz „Jetzt habe ich die ganze Zeit nur über mich geredet, kommen wir doch mal zu Ihnen. Wie hat Ihnen mein Vortrag gefallen?“ an Kollmann. Dieser hatte sich die ausschweifenden Ausführungen bis auf ein gelegentliches „sehr interessant“, „unglaublich“ oder „das darf doch nicht wahr sein!“ schweigend angehört, auf eine inhaltliche Stellungnahme oder gar eine Gegenrede wohlweislich verzichtet. So verfuhr er auch jetzt, zumal offensichtlich war, dass gar keine Antwort von ihm erwartet wurde. Kollmann war aber sofort und unmissverständlich klar geworden, dass er bei diesem „Vorsitzenden Richter am Oberlandesgericht“, der es sehr bedauerte, nicht mehr den in den Siebzigerjahren abgeschafften Titel „Senatspräsident“ führen zu dürfen, als „kleiner Richter am Landgericht“ von vornherein wenige Chancen hatte, um sich zu beweisen.

Drei Jahre später sollte Kollmann, nicht ohne ein gutes Maß an Genugtuung verhehlen zu können, anlässlich einer Richterfortbildung in der Deutschen Richterakademie in Trier von einer Richterin vom OLG Hamm erfahren, dass auch *dieser* Vorsitzende den einen oder anderen herben Rückschlag hatte einstecken müssen. Denn der Bundesgerichtshof habe im Jahr 2001 binnen weniger Monate gleich drei Urteile *seines* Senats aufgehoben und die Verfahren zur erneuten Verhandlung und Entscheidung an das OLG zurückverwiesen. Dies hatte zur Folge, dass der neunmalkluge Herr mit seinen Kollegen nochmals zu entscheiden hatte, freundlich formuliert, dass der Senat eine *zweite* Chance erhielt. Der Vorgang erinnert ein wenig an einen Schüler der dritten Klasse, der seine im Diktat gemachten Rechtschreibfehler berichtigen muss. Zu allem Überfluss erfuhr auch der Präsident des OLG von den aufgehobenen Urteilen, weil die Akten nach der Rücksendung durch den BGH „über seinen Tisch liefen". Auch deswegen hat es kein Senat und namentlich kein Vorsitzender gerne, „von den Damen und Herren aus Karlsruhe" korrigiert zu werden.

Wenn der BGH ein Urteil der Vorinstanz, das kann in Zivilsachen ein Landgericht oder ein Oberlandesgericht sein, für falsch hält, wählt er fein nuanciert abgestimmte Formulierungen, um das Maß seiner Unzufriedenheit auszudrücken. In einer freundlichen Form heißt es etwa: „Das Berufungsgericht hat Folgendes ausgeführt ... Dem vermag der Senat (also der BGH) sich nicht anzuschließen." Es folgt ein wenig „zwar und aber" und „im Ergebnis" usw. Damit, dass ein anderes Gericht einer anderen Auffassung ist, können zwar nicht alle, aber doch *fast* alle Richter mehr oder weniger gut leben. Das gehört zum Tagesgeschäft. Unterschiedliche Meinungen gibt es auch innerhalb einer Kammer oder eines Senats. Das liegt in der Natur der Juristerei.

Wenn die Damen und Herren aus Karlsruhe mit einer Entscheidung der Vorinstanz indes so *gar* nicht zufrieden sind, bringen sie dieses auch schon mal gerne sehr klar zum Ausdruck. „Zwar hat das Berufungsgericht noch erkannt, dass es sich bei dem Zusammenstoß der beiden Fahrzeuge auf der Autobahn um einen Verkehrsunfall gehandelt hat. Alle folgenden Ausführungen sind hingegen maßgeblich von Rechtsirrtum beeinflusst und können unter keinem rechtlichen Gesichtspunkt Bestand haben."

Bisweilen werden einem OLG-Senat vom BGH sogar Hinweise zu der vom BGH für richtig gehaltenen Lösung gegeben, unter Juristen „Segelanleitung" genannt. Hierbei lassen sich zwei Arten unterscheiden: Der freundlichen Variante kann zum Beispiel eine Änderung der Rechtsprechung des BGH zugrunde liegen, die das OLG bei seiner zeitlich früher liegenden Entscheidung noch nicht berücksichtigen konnte. In der deutlich weniger freundlichen Variante finden etwa folgende Formulierungen Verwendung: „Das Berufungsgericht wird bei seiner erneuten Befassung mit der Sache zu beachten haben, dass ..." oder aber „Das Berufungsgericht wird Gelegenheit haben, der Frage nachzugehen, ob ... und die dafür erforderlichen Feststellungen nachzuholen." Das ist schon heftig, das ist nichts anderes als eine fein formulierte grobe Klatsche.

Im Jahre 2004 erfuhr Kollmann – mit mehr als klammheimlicher Freude – in der Kantine des Landgerichts, dass sein Herr Vorsitzender, der „Klügste der Klugen", kurz „KdK", wie er nicht nur am OLG Hamm genannt wurde, kurz vor seiner Pensionierung, „ein großer Verlust für das OLG!", binnen eines Jahres gar zweimal vom BGH eine unfreundliche Segelanleitung erhalten hatte.

Das Kürzel KdK leitete sich aus dem Namen des Herrn Vorsitzenden ab, der in voller Schönheit Dr. jur. **K**onstantin Albertus Maximilian Rolf Joseph Freiherr **de** **K**erkhoff lautete. Darüber, dass er den Doktortitel mit „rite", also der schlechtesten Note, erworben hatte, breitete KdK den gütigen Mantel des Schweigens aus. Hingegen sah er sich bei jeder passenden, leider aber auch unpassenden Gelegenheit genötigt zu erwähnen, dass sich der Stammbaum seiner Familie bis ins 15. Jahrhundert zurückverfolgen lasse. Einer seiner direkten Vorfahren habe gar an den Verhandlungen über den Westfälischen Frieden teilgenommen und dort eine tragende Rolle gespielt. Diese Umschreibung war indes nur im nicht übertragenen Sinne zutreffend, weil es sich bei diesem Vorfahren um einen Reitersmann gehandelt hat, der zwischen den Verhandlungsorten Münster und Osnabrück als Bote fungiert und Briefe und Nachrichten zwischen den beiden Städten hin- und hergetragen hat.

Im Übrigen hatte die Familie de Kerkhoff schon bessere Zeiten gesehen. Heute durfte man sie getrost der Kategorie verarmter Landadel zuordnen. Vor fast genau 100 Jahren war das einst im Familienbesitz befindliche, nahe Horstmar gelegene Wasserschloss Altmehringsburg in den Besitz eines Großindustriellen aus dem Ruhrgebiet übergegangen, der als Waffenproduzent, im Gegensatz zu den de Kerkhoffs, einer der Kriegsgewinnler des Ersten Weltkriegs war.

Wenn Kollmann heute, was zum Glück selten vorkam, an seine abgebrochene Erprobung zurückdachte, fiel ihm der Klarname des Vorsitzenden gar nicht mehr ein, er dachte nur noch an den „KdK". Kollmanns Freude darüber, dass der BGH 2004 in zwei Fällen eine Segelanleitung an KdK-Senat geschickt hatte, war deshalb besonders groß, weil in erster Instanz im Jahre 2001 bzw. 2002 jeweils die 5. Zivilkammer des Landgerichts Münster unter dem Vorsitz von Kollmanns Mutter Marianne entschieden hatte. KdK und „seine aufrechten Mannen", wie er die Beisitzer gerne nannte, hatten beide landgerichtlichen Urteile mit recht markigen Worten „gedreht", waren also zum entgegengesetzten Ergebnis gelangt. Der BGH gab den Verfahren indes einen entgegengesetzten Dreh, konnte aber keine endgültigen Entscheidungen treffen, weil beide Sachverhalte weiterer Aufklärung bedurften. Und deshalb gingen die Verfahren zurück an das OLG.

Natürlich widersprach KdK der Auffassung des BGH heftig und beklagte einmal mehr, dass es im Südwesten zu viele Einäugige gebe. Der Oberrhein sei ganz offensichtlich ein Eldorado für Menschen mit nur einem Sehorgan. Statt dieser Zyklopen sollten in Karlsruhe Spitzenjuristen wie er sitzen, die sich dann nicht mehr mit mehr, in der Regel aber weniger qualifizierten „Landrichtern“ befassen müssten, die *seinem* Senat von der unfähigen Justizverwaltung zum Zwecke der Erprobung aufgedrängt würden. Er verstehe bis heute nicht, warum man ihn nicht zum Richter am Bundesgerichtshof ernannt habe. Jetzt sei es dafür zu spät, seine erfolgreiche Zeit als Richter laufe ja in Bälde ab. Leider.

Bei dieser Einstellung des Herrn Senatsvorsitzenden mag es nicht verwundern, dass eine Erprobung in *diesem* Senat mit *diesem* Vorsitzenden der beruflichen Todesstrafe sehr nahe kam, weil sie in den meisten Fällen das Ende einer Karriere bedeutete, kaum dass diese begonnen hatte. Es ist möglicherweise auch kein Zufall, dass der Familienname Kerkhoff bis auf das zweite „f“ mit dem niederländischen Wort für Friedhof übereinstimmt. Nomen est omen.

Diese Umstände waren natürlich weithin bekannt. Auch deshalb hatte Kollmann darüber gerätselt, warum die Justizverwaltung ihm diesen Weg aufgegeben hatte. „Dieser Weg wird ein schwerer sein“, hatten die Kollegen vom Landgericht schon lange vor Xavier Naidoo völlig zurecht gemutmaßt. Im Verhältnis zu dem Weg, den Kollmann vor sich hatte, mutete der Gang nach Canossa wie ein Spaziergang an. Was hatte man sich dabei gedacht, ihn in diesen Senat zu stecken? Kollmann konnte nur Vermutungen anstellen.

Möglicherweise hatte man ohnehin keine großen Pläne mit ihm, oder aber man traute *ihm* zu, sogar in *diesem* Senat zurechtzukommen, um sich dadurch für hohe und höchste Weihen zu qualifizieren. Aber an die zweite Möglichkeit hatte Kollmann, obwohl mit einem gesunden Selbstbewusstsein ausgestattet, nun wirklich nicht ernsthaft denken mögen. Die Erfolgstreppe für ihn war schon vor der Erprobung recht kurz gewesen, realistisch hätte er allenfalls noch die Stufe von R1 auf R2 erklimmen können.

Dies war ein Ergebnis dessen, dass er sich in seinen bisherigen acht Richterjahren nicht durch *besonderen* Einsatz oder durch *besonders* gute Leistungen hervorgetan hatte. Er schätzte sich selbst als „knapp überdurchschnittlich" ein, nicht mehr, aber auch nicht weniger. In diese Richtung gingen auch die Beurteilungen, die Kollmann – wie jeder Richter – regelmäßig erhielt. Obwohl kaum jemand über das Ergebnis seiner Beurteilung sprach, wusste Kollmann, dass viele Kollegen deutlich bessere Ergebnisse als er vorweisen konnten.

Kollmanns Aufgabe während der Erprobung am OLG Hamm hatte, wie auch bei den planmäßigen beiden Beisitzern im Senat, darin bestanden, Voten zu den Erfolgsaussichten von Berufungen gegen Urteile des Landgerichts Bielefeld, für die der Senat zuständig war, zu verfassen. Ein Votum enthält einen begründeten Entscheidungsvorschlag, der sich in Teilen schon wie das spätere Urteil liest. Für beisitzende Richter am OLG findet sich häufig die Bezeichnung „Votenknecht". Richter der unteren Instanzen, die keine

Chance auf eine Beförderung zum OLG haben, trösten sich damit, dass sie ohnehin keine Lust darauf hätten, ihr Leben als Votenknecht zu fristen.

Nach Durchsicht des von Kollmann mit viel Mühe angefertigten ersten Votums, „fast schlimmer als damals bei den Examenshausarbeiten", hatte der Vorsitzende in der Gerichtskantine coram publico geäußert, dieses Votum stelle für einen Richter am *Landgericht* „eine sicherlich schon ganz beachtliche Leistung dar". Indes seien die in *seinem* Senat geltenden Anforderungen doch „etwas höher", will sagen, dieses Votum sei als Grundlage für die Beratung in *seinem* Senat allenfalls eingeschränkt geeignet. Um es positiv zu formulieren: Das Votum verfüge über ein ganz beachtliches Optimierungspotenzial. Kollmann möge doch bitte so freundlich sein, das Votum auf der Grundlage der „eingefügten Hinweise" zu überarbeiten. Diese Hinweise waren zahlreich, kurz und knackig, jeweils mit mindestens einem, teilweise gar mit mehreren Rufzeichen versehen und an Deutlichkeit kaum zu überbieten: „Nein!", „was soll denn das bedeuten?", „bloße Theorie!", „lebensfremd!!!", „abwegig!!", „Problem nicht erkannt!!", „aber wirklich nicht!"

Da Kollmann davor gehört hatte, dass alle „Erprobungsrichter" zu Beginn ihrer Tätigkeit unabhängig von der Qualität ihrer Voten von *diesem* Vorsitzenden in eben *dieser* Weise abgekanzelt wurden, hatte er sich die Kritik zunächst nicht allzu sehr zu Herzen genommen. Indes nahm diese auch in der Folgezeit kaum ab.

Nach den Sitzungen des Senats oblag es Kollmann, in den Verfahren, in denen er das Votum erstellt hatte, auch das Urteil zu schreiben. Damit hatte der Stress erst richtig begonnen: „Ich habe Ihren Entwurf durchgesehen und einige

Änderungen vorgenommen.“ Nun, es war nicht um „einige Änderungen“ gegangen, sondern um zahlreiche, die teilweise äußerst trivialer Natur waren. Kaum eine Formulierung oder gar ein ganzer Satz fand Gnade vor den Augen des Vorsitzenden: Hier ein anderes Wort, das schwache „da“ wurde durch das starke „weil“ ersetzt, dort ein anderes Substantiv, „Abzweigung“ statt „Abzweig“, dort eine Umstellung des Satzes, „bitte immer schön Subjekt – Prädikat – Objekt“. Der Höhepunkt der zahlreichen Tiefpunkte war folgende Äußerung des KdK: „Ich habe in Ihrem Entwurf neben einigen Änderungen auch einen Satz eingefügt. Ich konnte ja nicht wissen, dass sich dieser Satz kurz danach auch in Ihrem Entwurf befand. Ich musste *Ihren* Satz deswegen natürlich streichen.“

Alle diese „kleinen Urteilsergänzungen“ schrieb der KdK mit dem Kugelschreiber. Immerhin verwendete er nicht mehr, wie er es zunächst getan hatte, einen roten Schreiber. Diese Unsitte hatte er schweren Herzens nach langen Gesprächen mit dem Richterrat aufgegeben. Anlässlich seiner Verabschiedung nahm sich einer seiner Beisitzer aus dem Senat die Freiheit, oder besser Frechheit?, heraus zu bemerken, er habe seine Urteilsentwürfe immer mit einem zweifachen Zeilenabstand geschrieben, damit ausreichend Platz für alle erforderlichen Ergänzungen und Änderungen des „hochgeschätzten Herrn Vorsitzenden“ gewesen sei. Es war eben dieser Richter, der Kollmann zwei Wochen nach Beginn seiner Erprobung verstohlen, fast konspirativ zwei DIN A4-Seiten zugesteckt hatte, auf denen sich wohlgelittene Formulierungen des KdK befanden. Es waren Ausdrücke, die Kollmann niemals freiwillig verwendet hätte, aber jedenfalls bezüglich der Formulierungen verringerte sich die Zahl der „kleinen Anmerkungen“ in der Folgezeit, inhaltlich blieb aber alles beim Alten. Der Kollegin vom Landgericht Dortmund, die unmittelbar nach Kollmann in dem Senat erprobt wurde, sollte es noch schlimmer ergehen, da der KdK sie vor voller Senatsmannschaft einschließlich eines Referendars mit den Worten begrüßte: „Frau Kollegin, dieses Votum meinen Sie doch nicht ernst, oder?"

Dieser Vorsitzende stellte für Kollmann das *eine* Problem dar, das andere waren die beiden im Senat tätigen planmäßigen Richter. Denn die beiden etatmäßigen Beisitzer, immerhin knapp 50-jährige „Richter am Oberlandesgericht", kuschten vor diesem Vorsitzenden in einer geradezu beängstigenden Weise. Durch langjährige Übung geschult, Stichwort „Floh im Schuhkarton", verfassten sie ihre Voten so, dass diese im Ergebnis nach allen Seiten möglichst offen waren. So vermieden sie es, geleitet von der Befürchtung, dass ihr Vorschlag keine Gnade finden könnte, sich festzulegen.

Für diese recht ungewöhnlichen „Yin-und-Yang-Voten", wie Kollmann sie nannte, heimsten die „Votenknechte" regelmäßig viel Lob ein – „sehr differenziert dargestellt, eine wirklich gute Grundlage für die Beratung" – und konnten zudem in Ruhe abwarten, was der KdK vorschlug, um sich diesem Vorschlag, gerade auch unter Berücksichtigung des eigenen Votums, vorbehaltlos und uneingeschränkt anzuschließen. „Ihrem Vorschlag ist nichts hinzuzufügen, Herr Vorsitzender. Ich werde das Urteil in eben dieser Weise unter Berücksichtigung meines bereits vorliegenden Votums kurzfristig abfassen."

Einen Vorteil hatte dieser Typ Vorsitzender immerhin: Die „Beratungen", die überwiegend aus Monologen des KdK bestanden, waren recht kurz. Da gab es durchaus auch andere Senate, die sich in stundenlangen Diskussionen verloren, von netten Kollegen mit dem freundlichen Satz bedacht: „Sie tagten und tagten, aber es dämmerte ihnen nicht.“

Wie dem auch sei: Mit *diesem* Vorsitzenden und *diesem* Senat hatte Kollmann wirklich und wahrhaftig voll in die Grütze gefasst. KdK und seine beiden Votenknechte waren, um es zurückhaltend zu formulieren, recht speziell, sie waren gar einmalig! Denn es gab völlig andere Senate, in denen ein freundlicher, kollegialer Ton gepflegt und Rücksicht auf die besondere Situation der zur Erprobung nach Hamm geschickten Richter genommen wurde. Eine seiner Münsteraner Kolleginnen war vom Vorsitzenden eines anderen Senats schon fast mütterlich mit den Worten begrüßt worden: „Machen Sie sich bitte keinen Stress. Arbeiten Sie einfach so weiter, wie Sie es vom Landgericht gewohnt sind. Wir hatten ja schon einige Ihrer Entscheidungen in der Berufung. Sie bekommen das hin.“ Als diese Kollegin ihren ersten lang geratenen und ausführlichen Urteilsentwurf, der mit zahlreichen Nachweisen aus der BGH-Rechtsprechung und der juristischen Fachliteratur gespickt war, abgegeben hatte, erklärte der Vorsitzende freundlich: „Sehr schön, alles richtig, aber meines Erachtens viel zu lang. Nach der Prozessordnung soll der Sachverhalt, über den wir entscheiden, nur *knapp* dargestellt werden, die Entscheidungsgründe sollen lediglich eine *kurze* Zusammenfassung der für das Urteil maßgeblichen Erwägungen enthalten. Das wird leider, gerade auch hier im Hause, viel zu wenig oder gar nicht beachtet. Die meisten Urteile sind deshalb viel zu lang und viel zu ausführlich. Manche Kollegen ergötzen sich geradezu in einer Detailverliebtheit, die in keiner Weise mit den gesetzlichen Vorgaben übereinstimmt. Für das Urteil gilt überdies der schöne Satz: ‚Der Gewinner liest es nicht, der Verlierer glaubt es nicht.' Sie dürfen sich deshalb in Zukunft gerne kürzer fassen."

Natürlich hatte sich Kollmanns Kollegin über das Lob und die Anregung zur Kürze gefreut. Im Übrigen hatte sie bei dem Gedanken geschmunzelt, dass jede Sache bekanntlich zwei Seiten hat, mit Ausnahme der Urteile eines Kollegen vom Amtsgericht Coesfeld, der im ganzen Bezirk als „der schnelle Sigi" bekannt war. Er schaffte es tatsächlich, den nicht unbeträchtlichen Arbeitsanfall des Amtsrichters an den Vormittagen zu bewältigen. Nachmittags erwarb sich „der Sigi" langjährig große Verdienste als Jugendtrainer im örtlichen Tennisverein. Wenn ein Anwalt versuchte, ihn in rechtstheoretische Erörterungen zu verstricken, antwortete er gerne wie folgt: „Herr Rechtsanwalt, das ist ein sehr interessanter Gedanke. Aber haben Sie ihn auch ganz konsequent bis zu Ende gedacht?" In aller Regel überforderte diese Fragestellung die Rechtsanwälte, sodass sie Ruhe gaben. Den Gerüchten nach bestanden die Urteile dieses Richters oft nur aus *einer* Seite; sie stellten in dogmatischer Hinsicht wahrlich keine Meisterleistungen dar, aber weil der schnelle Sigi über ein sehr gutes Judiz verfügte, lag er im Ergebnis fast immer richtig. Und um seine Rechtsansicht aufs Papier zu bringen, reichte ihm die berühmte *eine* Seite. Kollmanns Kollegin hatte nicht vor, dem schnellen Sigi in dieser Hinsicht nachzueifern, aber lange Urteile würde sie in Zukunft auch nicht mehr schreiben.

Nun, so viel Glück wie diese Kollegin hatte Kollmann nicht gehabt. Er hatte einen Vorsitzenden erwischt, der in jeder Hinsicht, also bezüglich des Ergebnisses, der Formulierungen, der Rechtschreibung und der Interpunktion die Richtung wies. Er verstand sich nicht als primus inter pares, sondern sah sich als Chef im Ring. Die damit zusammenhängende Thematik wird unter dem Stichwort des „richtungweisenden Vorsitzenden" diskutiert. Dabei geht es nicht darum, ob es diese Art von Vorsitzenden *tatsächlich* gibt, sondern allein darum, ob es eine *juristische* Legitimation dafür gibt, dass es sie gibt. Die Ansichten dazu sind geteilt. Es finden sich durchaus Befürworter – vornehmlich unter den Vorsitzenden –, aber mindestens genauso viele Richter, die gänzlich anderer Meinung sind.

Ungeachtet dessen hatte es Kollmann mit einem sehr starken, einem richtungweisenden Vorsitzenden zu tun gehabt, den es nicht kümmerte, ob es dafür eine juristische Legitimation gab, dem es vielmehr genügte, dass es so war, wie es war. Mit allen Folgen für Kollmann und andere Betroffene vor und nach ihm, die die Justizverwaltung ohne vorhergehendes Gerichtsverfahren und unter Missachtung des Gebots des rechtlichen Gehörs zum „Karrieretod durch Erprobung" verurteilte, kurzum, es ging zum Kerkhof(f).

Dieser Senat mit *diesem* Vorsitzenden und den devoten Beisitzern war schon damals nicht Kollmanns Welt gewesen. Er wäre es heute noch weniger. Denn mehr denn je war Kollmann der Meinung, dass die Väter und Mütter des Grundgesetzes die *richterliche Unabhängigkeit* in Art. 97 des Grundgesetzes ausdrücklich festgeschrieben haben, damit jeder Richter seine eigene Meinung nicht nur vertreten *kann*, sondern auch vertreten *muss*. Das Privileg der richterlichen Unabhängigkeit bildete nach Kollmanns Auffassung das Korrelat zur Pflicht, diese auch auszuüben, gerade auch innerhalb eines sogenannten Spruchkörpers, also in einer Kammer des Landgerichts oder einem Senat des OLG oder des BGH. Es reicht nicht aus, dass jeder Richter auf dem Papier ein gleiches Stimmrecht hat, wenn seine Stimme nicht gehört wird oder wenn er sie – noch gravierender – erst gar nicht zu Gehör bringt. Denn was nützt es, wenn drei oder – wie beim BGH – fünf Richter zu entscheiden haben, aber nur einer entscheidet, *wie* entschieden wird. Allerdings wusste Kollmann nicht, wie die Meinungsbildung beim BGH erfolgt. Er war nur einmal privat in Karlsruhe gewesen, und er kannte auch keinen BGH-Richter näher, den er hätte befragen können. Aber ihm war bekannt, dass es bisweilen zu einer Änderung der Rechtsprechung kommt, nachdem ein Senat einen neuen Vorsitzenden bekommen hatte. Das war zum Beispiel im Zweiten Senat des BGH in Bezug auf den existenzvernichtenden Eingriff bei GmbHs der Fall.

Vom Bundesverfassungsgericht ist zu vernehmen, dass *alle* acht einem Senat angehörenden Richterinnen und Richter bei *allen* Senatsentscheidungen in voller Eigenverantwortung mitwirken. Hier gibt es häufiger Verfahren, die mit 5 zu 3 Stimmen enden, es reicht die einfache Mehrheit, aber auch Verfassungsbeschwerden, die mit 4 zu 4 Stimmen die Mehrheit verfehlen und deshalb scheitern. Im Gegensatz etwa zum Basketball erfolgt bei einem „Unentschieden" keine Verlängerung. Ein überstimmter Verfassungsrichter hat überdies das Recht, seine abweichende Meinung in einem Sondervotum kundzutun. Insoweit gibt es zwei Formen: wenn ein Richter mit der Mehrheitsentscheidung des Senats nicht einverstanden ist, als dissenting opinion, wenn er der Entscheidung im Ergebnis zustimmt, aber eine andere Begründung für richtig hält, als consenting vote. Hierin liegt eine durchaus genutzte Durchbrechung des Beratungsgeheimnisses, das für alle anderen Gerichte ohne Ausnahme zu beachten ist.

Da Kollmann seine Erprobung nach zwei Monaten beendet hatte, „Ich geh‘ da nicht mehr hin, keinen Tag länger.“, musste er sich keine Gedanken mehr um eine irgendwie geartete Karriere machen. Aber er hatte sich mit der Situation arrangiert: „Hier sitze ich warm und trocken“, pflegte er zu sagen. Er hatte sich am Landgericht in Münster im wahrsten Sinne des Wortes gut eingerichtet. Eine Stelle am OLG Hamm war ihm verschlossen, eine Beförderung zum Vorsitzenden Richter am Landgericht, womit ebenfalls eine Vergütung nach R2 verbunden ist, schied wegen des Abbruchs der Erprobung ebenfalls aus. Denn Kollmann hatte ja das „Dritte Staatsexamen“ verweigert.

Ob seine Karrierechancen bei einer Fortsetzung der Hammerzeit besser gewesen wären, wagte Kollmann zu bezweifeln. In einem freundlichen Senat hätte er hingegen durchaus die Chance gehabt, eine Beurteilung zu erhalten, die ihm einen Aufstieg ermöglicht hätte, vielleicht sogar zum OLG Hamm. Er zweifelte allerdings daran, dass er eine solche Chance genutzt hätte, weil im Falle einer erfolgreichen Bewerbung auf eine Stelle als Richter am Oberlandesgericht nicht klar gewesen wäre, in welchen Senat er gekommen wäre. Und es gab eine Reihe von Senaten, in denen Kollmann nicht gerne gearbeitet hätte. Einen hatte er ja während seiner kurzen Erprobung intensiv kennengelernt.

Nein, da blieb er doch lieber am Landgericht Münster. Hier wusste er, nicht nur bei der morgendlichen Kaffeepause, was er hatte. Außerdem empfand er es als großes Privileg, mit dem Fahrrad zur Arbeit fahren und in der Mittagspause hin und wieder einen kleinen Ausflug in die Innenstadt unternehmen zu können. Und nette Kollegen – von Krescher und zwei, drei anderen einmal abgesehen – und einen netten und verständnisvollen Präsidenten hatte er überdies.

Inzwischen waren zwei Wochen seit dem netten Gespräch zwischen eben diesem Präsidenten und Kollmann anlässlich des nicht rechtzeitig fertiggestellten Urteils ins Münsterland gegangen. Die Wogen hatten sich geglättet, auch wenn die andere Strafkammer, die den Prozess wegen der sexuellen Nötigung jetzt noch einmal von Anfang an zu führen hatte, sich wenig begeistert zeigte. Aber es passierte immer mal wieder, dass der Bundesgerichtshof in der Revision ein landgerichtliches Urteil aufhob. Derlei Entscheidungen des BGH sollte man als Richter sportlich fair und mit professioneller Distanz nehmen.

Apropos Distanz: Kollmann war froh, dass er inzwischen eine gewisse Distanz zu Eva aufgebaut hatte. Natürlich hatte er sie nicht vergessen. Wie konnte er auch, aber er dachte nicht mehr ständig und nicht mehr immer an sie. Vor allen Dingen war er bei seinem Entschluss geblieben, seine Bemühungen um Eva einzustellen. Daran würde sich auch in Zukunft nichts mehr ändern. Er würde nichts, gar nichts mehr tun, um sie für sich zu gewinnen. Er akzeptierte endlich, dass er sie nicht für sich gewonnen, dass er verloren hatte.

Bei aller Sehnsucht und trotz eines hohen Maßes an Traurigkeit stellte er fest, dass es ihm so besser ging. Seine Seele war zwar noch nicht vollständig zur Ruhe gekommen, aber er hatte eine Art von Frieden gefunden, einen Frieden mit sich selbst.

Give peace a chance
John Lennon

Freitag, 13. September 2019

An einem sonnigen Spätsommertag erinnerte sich Kollmann an seinen Aufenthalt am Aasee und die abendliche Fahrradfahrt nach jenseits von Mecklenbeck – beides lag kaum zwei Monate zurück, aber es kam ihm vor wie ein ganzes Jahr. Eva war nur eine kurze, eine längst vergangene Sequenz in seinem Leben gewesen, nicht mehr, eher weniger. Nachdem auch seine Aktion „Begleitservice – Radeln für die Liebe!" ohne den gewünschten Erfolg geblieben war, hatte er endlich schmerzhaft begriffen, dass er bei Eva nicht würde landen können. Und es war ihm tatsächlich gelungen, seine Bemühungen um sie einzustellen.

Da das Wetter heute ausgesprochen gut war, unternahm Kollmann auf dem Heimweg vom Gericht einen Abstecher zum Aasee und beschloss, dort wieder einmal die Happy Hour zu nutzen und das Wochenende mit einem kleinen Cocktail einzuleiten. Er wollte sich dafür belohnen, dass er an einem Freitag bis fast sechs Uhr im Gericht gearbeitet und die ganze zurückliegende Woche viel geschafft hatte. Kollmann rief Therese an und fragte, ob sie nicht dazukommen wolle.

„Würde ich schon gerne, aber ich bin dabei, Marmelade zu kochen, ich muss am Herd bleiben. Du kannst dir ruhig ein wenig Zeit lassen, vor der Tagesschau gibt es heute kein Abendbrot."

„Na, so lange wird es nicht dauern, bis gleich."

Kollmann fand einen schönen Platz in der ersten Reihe der höher gelegenen Terrasse des A2 und hatte wieder einmal

Spaß daran, die endlose Schlange der Jogger zu beobachten, die den Aasee umrundeten. Direkt unterhalb der Terrasse erklärte ein vielleicht zehnjähriger Junge seinem Freund mit großem Ernst, er sei gestern halb um den See gelaufen, dann sei es ihm aber zu weit gewesen, und deshalb habe er umgedreht.

Kollmann musste auch deshalb leicht schmunzeln, weil er daran dachte, dass er vor etwa 15 Jahren mit großem Eifer einige Monate gejoggt war. Durch einen dummen Zufall war er kurz zuvor an einen übermotivierten Fitnesstrainer geraten, der Kollmann dazu gebracht hatte, bereits vor dem Frühstück drei Kilometer zu joggen. Mit geradezu missionarischem Eifer hatte Kollmann es seinerzeit versucht, die übrigen Familienmitglieder dazu zu bewegen, sich ebenfalls schon vor dem Frühstück zu bewegen. Die damals sechs Jahre alte Moni war einige Tage mitgelaufen, Therese und die beiden anderen Kinder hatten Kollmann schlicht für verrückt erklärt und sich darüber amüsiert, dass er geradezu sklavisch den „zentral wichtigen Ratschlag" des Fitnesstrainers berücksichtigte, seine Turnschuhe so vor das Bett zu stellen, dass er beim Aufstehen fast automatisch in diese hineinschlüpfte. Nach etwa einem Vierteljahr hatte seine Begeisterung für das Joggen zunächst unmerklich, dann immer stärker nachgelassen, schließlich war sie ganz erloschen. Heute lebte er schon ab dem Frühjahr nach dem Motto „nur noch zweimal joggen und schon ist wieder Weihnachten!"

Der Caipirinha schmeckte vorzüglich. ‚Das Leben kann so schön sein', dachte Kollmann. Auf dem Aasee war keine Woge zu sehen, er war spiegelglatt, und auch die Wogen in seiner Beziehung hatten sich wieder geglättet. Therese war klug genug gewesen, nicht nachzufragen, nicht zu insistieren. Sie hatte sich mit seiner Erklärung zufriedengegeben, dass nichts passiert und jetzt alles wieder gut sei. Und dass es auch gut bleibe – die nächsten 50 Jahre. „Gott bewahre, keine 50 mehr, aber so 20 können wir mal fürs Erste ins Auge fassen."

Auch beruflich lief es wieder besser. Kollmann hatte nach mehreren Wochen, in denen er seinen dienstlichen Pflichten in seinem Einzelrichterdezernat nicht mehr nachgekommen war, die Kurve bekommen. Vorangegangen war ein erneutes Gespräch zwischen Kollmann und dem Präsidenten des Landgerichts. Weil mehrere Rechtsanwälte bei diesem vorstellig geworden waren, hatte der Präsident sich zunächst einen Überblick zu Kollmanns Dezernat verschafft und ihn anschließend zu sich gebeten. Über den Inhalt des Gesprächs ist wenig bekannt geworden, doch offenbar hatte der Präsident den richtigen Ton getroffen und Kollmann erfolgreich „ermuntert, sein Dezernat schnell wieder in Ordnung zu bringen". Die Verwaltung des Landgerichts stellte ihm dafür einen Verhandlungssaal für einen zweiten Sitzungstag am Freitag zur Verfügung. Mit großem Einsatz begann Kollmann damit, die Altbestände kontinuierlich abzubauen und sein Dezernat wieder auf Vordermann zu bringen. Das würde noch einige Zeit in Anspruch nehmen und konnte das eine oder andere Wochenende kosten, aber er war auf einem guten Weg.

Kollmanns Blick ging auf den Aasee, auf dem ein kleines Segelboot mit zwei jungen Mädchen an Bord den Namen Titanic trug. ‚Keine Panik auf der Titanic', dachte Kollmann, ‚sondern alles klar auf der Andrea Doria.' Denn er hatte sein Leben wieder in den Griff bekommen. Beruflich und privat! Kollmann war zufrieden und ausgeglichen wie lange nicht mehr. Die schöne Stimmung mit der milden Münsteraner Abendsonne und der wohlschmeckende Caipi machten überdies Appetit auf mehr. Kollmann drehte sich zur Seite, um eine weitere Bestellung aufzugeben. Aber bevor er den Kellner erblickte, sah er sie: Eva! Sie saß mit einer anderen jungen Frau einige Meter von seinem Tisch entfernt, offenbar hatte sie ihn nicht entdeckt. Kollmann beobachtete Eva fasziniert, sie war schöner und begehrenswerter denn je, aber nicht für ihn. Das Thema war beendet, die Episode abgeschlossen. Nicht wieder alles von vorne! Nicht noch einmal! Er drehte sich zur Seite, damit Eva nicht mehr in seinem Blickfeld saß, doch wie fremdgesteuert wendete sich sein Kopf immer wieder zu ihr.

Schließlich stand er auf und stellte sich an ihren Tisch. Warum er das tat, warum er damit eine weitere Kette von Ereignissen auslöste, vermochte er auch Jahre später nicht zu sagen. Er hätte einfach 20 € auf den Tisch legen und gehen sollen, nach Hause, zu seiner Therese, die in den letzten Wochen und Monaten so treu zu ihm gehalten hatte.

„Hallo Eva, das ist ja eine nette Überraschung, dass wir uns hier treffen. Ich habe Sie sehr vermisst."

Eva fiel fast die Gabel aus der Hand, der darauf liegende Bissen landete auf den Boden. Sie sagte aber nichts.

Das Schweigen wurde von der anderen Frau gebrochen: „Ist das dieser sonderbare Vogel, von dem du mir im Sommer erzählt hast? Ich dachte, der sei längst tot!"

„Ne, der ist nicht tot, und ja: Das ist er."

„Und was will der hier, was will der von dir?"

„Keine Ahnung, Melli, ich werde ihn auch nicht fragen. Ich warte einfach, bis er sich wieder verzieht. Irgendwann muss er das ja mal endgültig schnallen."

„Gute Idee, Eva, wir kümmern uns gar nicht um den, wir warten einfach ab, bis der Typ von allein verschwindet."

Und so geschah es. Die beiden beachteten ihn einfach nicht, er war Luft für sie. Sie unterhielten sich ganz ungeniert über andere Dinge, zum Beispiel über einen neu angelaufenen Film und über einen Artikel in den Westfälischen Nachrichten über einen Uni-Professor, der wegen unglaublich vieler und zudem nicht genehmigter Nebentätigkeiten einfach nicht mehr zu seinem Hauptjob gekommen war. Er hatte, um einer drohenden Dienstenthebung zuvorzukommen, in letzter Minute freiwillig den Dienst quittiert.

Diese Nichtbeachtung dauerte vielleicht drei Minuten, dann ging Kollmann zu seinem Platz zurück, deponierte wütend 20 € auf dem Tisch und verließ das Lokal. Er tat damit jetzt das, was er vor zehn Minuten schon hätte tun sollen. Sein Gemütszustand war besorgniserregend. Er war sauer, total sauer über die erlittene Demütigung, zugleich war er unglücklich, total unglücklich gepaart mit einem großen Stück verletzter männlicher Eitelkeit. Er war ein angriffslustiger Stier, aber auch ein in Selbstmitleid und Trauer versinkendes Häufchen Elend. Wie Dr. Jekyll and Mister Hyde.

Jetzt war er endgültig am Ende, aber er war sicher, dass dies immer noch nicht das Ende war, dass dies nicht das Ende sein durfte. Er musste kämpfen, er würde kämpfen, um seine Trauer, seinen Schmerz zu überwinden und um seiner verletzten männlichen Eitelkeit wegen.

Doch Kollmanns Wut und Frust hatten von einer Sekunde auf die andere nachgelassen, weil er eine neue geniale Idee hatte! ‚Besser geht nich!' Die Vera hatte ihm vor einiger Zeit nochmals den aktuellen Dienstplan von Eva zugeschickt. Diesen hatte er zwar heute Morgen gelöscht, ‚den brauche ich nicht mehr', aber zuvor einfach so aus Interesse noch einen schnellen Blick hineingeworfen. Deshalb wusste er, dass Eva am morgigen Samstag frei hatte, während ihr Dienst am kommenden Montag um 10:00 Uhr beginnen würde.

Außerdem hatte die Vera an Evas Fahrrad einen kleinen Peilsender angebracht, sodass Kollmann sie, oder besser gesagt ihr Fahrrad jederzeit mit seinem Smartphone orten konnte. Obwohl Veras Auftrag eigentlich zu Ende war und er diese auch schon bezahlt hatte, war der Peilsender nicht entfernt worden und zum Glück noch aktiv. So konnte Kollmann verfolgen, dass Eva bis neun am Aasee gesessen hatte, danach hatte sie sich einige Stunden in oder in der Nähe der Königstraße aufgehalten, jedenfalls ihr Fahrrad dort abgestellt. Um 1:06 Uhr schlug sein Smartphone wieder leise an – Therese schlief zum Glück fest und tief –, was bedeutete, dass Eva unterwegs war. Er sah, dass sie nicht nach Hause in die Goethestraße, sondern in die Nähe der Kreuzkirche fuhr. Warum sie das tat, konnte Kollmann nicht einschätzen, aber das würde er beizeiten herausbekommen.

Wie dem auch sei: Auf keinen Fall würde er die wenige Stunden zuvor erlittene Demütigung auf sich sitzen lassen, koste es, was es wolle. So nicht! So konnte man nicht mit Heinrich Kollmann, einem Richter am Landgericht, umgehen. Was war nur mit Eva los? Diese blöde Freundin hatte offenbar einen ganz schlechten Einfluss auf sie. Aber die würde ihn noch kennenlernen.

Kollmanns Frust und Wut waren am Aasee nicht nur spontan verflogen, sondern in beste Laune umgeschlagen, weil ihm eingefallen war, wie er Eva doch noch für sich gewinnen würde. Mit einem wirklich *sauguten Gefühl*, geradezu in Hochstimmung, radelte Kollmann pfeifend nach Hause. Er entkorkte eine Flasche Sekt, „Frag nicht, mir ist einfach danach!“, war *echt total gut drauf*, amüsierte sich wie selten zuvor über die Beiträge in der heute-show, er lachte sogar über den wie immer schreienden Gernot Hassknecht, sodass Therese ihn mehr als einmal stirnrunzelnd anschaute. Aber sie fragte nicht nach, obwohl ihr Heinrich ihr seit dem Sommer immer wieder Rätsel aufgab. Mal war er fast depressiv, dann, wie im Augenblick, euphorisch. Konnte er nicht einfach mal normal, einfach mal ausgeglichen sein, so wie früher?

Kollmann schlief wie beseelt mit dem Gedanken ein, am Montagmorgen um kurz vor zehn Uhr mit der Umsetzung seines neuen Plans zu beginnen. Dieser Plan der Pläne versprach nicht mehr und nicht weniger als den endgültigen Durchbruch! Er läutete ohne Frage das große Finale ein!

Gedacht, getan: Kollmann zog am Montag seinen besten Anzug – er hatte ohnehin nur zwei – und die feinen Lederschuhe an, sodass Therese ihn beim Frühstück etwas irritiert ansah. „Heute kommt so ein Mensch aus dem Ministerium und der Präsi hat uns gebeten, dass wir uns fein machen“, gab er zur Erklärung ab, von Therese leicht stirnrunzelnd zur Kenntnis genommen.

Kollmann holte aus dem Gartenhaus einen alten Campinghocker, kochte sich eine Thermoskanne Kaffee, und wollte einen weißen Trinkbecher mit einem roten Herz mitnehmen, doch war dieser im Becherreservoir mit dem ausgemusterten Geschirr im Keller nicht zu finden. Deshalb entschied er sich für einen blauen Becher mit einer weißen Friedenstaube, wie ihn zahlreiche Angehörige seiner Generation über Jahre genutzt hatten. Kollmann ahnte nicht, dass diese winzig kleine Planabweichung unvorstellbare Folgen haben sollte.

Nachdem er Spartakus gesattelt hatte, machte er sich in Vorfreude auf das, was passieren sollte, auf den Weg. ‚Richter Kollmann auf großer Fahrt', dachte er. Auf dem Kopf trug er – mit dem Schirm nach hinten – eine Basketballkappe der Chicago Bulls mit der legendären Nummer 23, die er vor einigen Jahren aus den USA mitgebracht hatte. Die „23" hatte früher der unglaubliche Magic Air Jordan getragen, sie ist bis heute im Basketballsport die beliebteste Rückennummer. Häufig kommt dem besten Spieler eines Teams das Privileg zu, sein Trikot mit dieser Nummer zu schmücken.

So ausgerüstet fuhr Kollmann mit dem Fahrrad – den Campinghocker hatte er auf dem Gepäckträger festgeklemmt, den Proviant in einem kleinen Rucksack verstaut – am Landgericht vorbei in die Fußgängerzone, obwohl diese für Fahrräder schon gesperrt war. Er setzte sich direkt vor das dem Drogeriemarkt gegenüberliegende Geschäft und stellte ein per Hand gemaltes Pappschild auf, auf dem nur drei Wörter standen: „Aus reiner Liebe."

Auf die Idee zu dieser Aktion war Kollmann gekommen, weil er fast noch zu Kindertagen an einem Sit-in teilgenommen hatte. Allein diese Bezeichnung gab einem Vorhaben eine unglaubliche Kraft. Der gewaltfreie Kampf galt in der Studentenbewegung in den Sechziger- und Siebzigerjahren als ein sehr probates Kampfmittel gegen alles und jedes.

Nach Kollmanns Erinnerung hatte sich der damalige heroische Kampf gegen eine Fahrpreiserhöhung der Stadtwerke Münster von 15 Pfennig für den örtlichen Busverkehr gerichtet. Dabei hatte es überhaupt keine Rolle gespielt, dass kaum einer der etwa 300 Teilnehmer jemals mit dem Bus fuhr, weil man ja ein Fahrrad hatte. Da die Polizei eine Blockade des Prinzipalmarktes nicht zuließ, blockierte man kurzerhand den Domplatz, wodurch immerhin einige Parkplätze wegfielen. Der konkrete Anlass für das Sit-in war übrigens unwichtig, auch eine Erhöhung der Buttermilchpreise hätte ausgereicht, zumal das Wetter ausgesprochen gut gewesen war. So hatte man friedlich vereint einige Stunden auf dem Domplatz gesessen, um danach mit dem Fahrrad nach Hause zu fahren.

Nachdem Kollmann sein privates Sit-in gestartet hatte und bereits einige Minuten – von vorbeihastenden Passanten nahezu unbeachtet – friedlich auf seinem Campinghocker gesessen hatte, kam Eva zur Arbeit, sah Kollmann, sah das Schild und sagte entrüstet: „Sagen Sie mal, geht's noch? Sind Sie jetzt komplett durchgedreht? Verschwinden Sie, Sie haben hier nichts zu sitzen und zu glotzen!"

„Ich bleibe hier sitzen. Ich bin ein freier Bürger in einem freien Land und kann sitzen, wo und so lange wie ich will. Dies ist schließlich ein öffentlicher Verkehrsraum." Während Kollmann dies sagte, hatte er sein Handy zur Hand genommen und mehrere Fotos von Eva gemacht. „Mann, das darf doch wohl nicht wahr sein. Löschen Sie sofort die Fotos oder ich rufe die Polizei."

„Meinetwegen kannste die Polizei rufen, die wird aber wegen einer solchen Lappalie nicht kommen, und wenn doch, nichts machen."

Eva rannte wutentbrannt in den Drogeriemarkt und fragte den Filialleiter um Rat. „Ignorieren, einfach ignorieren. Der will doch nur Ihre Aufmerksamkeit. Wenn der die nicht bekommt, wird der das nicht lange durchhalten. Und ich könnte Sie an Kasse 2 setzen, die von außen kaum einsehbar ist. Spätestens nach einer Stunde wird der den Spaß verlieren und sich verziehen. Wenn nicht, können wir immer noch mit ihm reden oder tatsächlich die Polizei einschalten." Eva war erregt und richtig sauer, aber mit dem Vorschlag ihres Chefs einverstanden.

Der kurz danach schlecht gelaunt und etwas verspätet zum Dienst erschienene Hausdetektiv, auf der Weseler Straße hatte es einen langen Verkehrsstau gegeben, nahm voller Freude – die schlechte Laune war wie weggeblasen – die Anweisung entgegen, ein wachsames Auge auf den sonderbaren Auf-dem-Hocker-Hocker zu haben. Denn mit dem hatte er ohnehin noch ein Hühnchen zu rupfen. Polizeihauptkommissar a. D. Franz nahm diese Aufgabe viel ernster, als sie gemeint war. Er zückte wie zu besten Dienstzeiten sein polizeigrünes DIN A6-Notizbuch und nahm die ersten Eintragungen wie folgt vor:

Protokoll einer Observierung
Montag, 16-09-2019
Bearbeiter: Polizeihauptkommissar a. D. Franz
Codewort: Hocker-Hocker
Auftrag: Observierung männliches Objekt, ca. 55-60 Jahre, mittelschlank, spärlicher Haarwuchs, gepflegt, Anzug, Kappe mit „23", möglicherweise Rechtsanwalt, Name N. N.
Vorgeschichte: vgl. diesseits gefertigte Vermerke vom 6-8-2019 und 15-8-2019 (Codewort: Romeo)
10:12 Objekt sitzt gegenüber Markt auf Campinghocker, handgemaltes Pappschild „Aus reiner Liebe"
10:17 Objekt greift zur Thermoskanne und verfüllt Flüssigkeit, vermutlich Kaffee oder Tee, in blaue Tasse mit weißem Vogel, vermutlich Friedenstaube
10:21 keine besonderen Vorkommnisse
10:49 junge Frau, ca. 25-30 Jahre, setzt sich zu Objekt. Objekt hat Campinghocker verlassen und sitzt ebenfalls auf der Erde

10:50 junge Frau verkonsumiert Flüssigkeit aus blauer Tasse mit weißer Friedenstaube, wie jetzt nach Detailbeobachtung (Fernglas) zuverlässig festgestellt
11.19 Gruppe um vier weitere Personen vergrößert
11:48 Gitarrenspieler dazugekommen, permanenter Gesang, Text unverständlich
12:00 Gruppe besteht aus ca. 20 Personen
12:01 Anweisung, Observierung wegen Mittagspause vorerst zu beenden und danach auf Minimum zu beschränken
13:00 Gruppe auf ca. 30 Personen angewachsen, darunter zwei weitere Gitarrenspieler, permanenter Gesang
14:00 Gruppe auf ca. 45 Personen angewachsen, Gesang wie vor, Objekt verlässt Gruppe
15:00 Gruppe auf ca. 65 Personen angewachsen, ca. 4-6 Gitarren, 1 Geige, 2 Bongos, 4 Triangeln, unbekannte Zahl an Mundharmonikas, anhaltender Gesang
16:00 Gruppe auf ca. 90 Personen angewachsen, Gesang
17:30 Gruppe auf ca. 110 Personen angewachsen, Gesang
18:00 Uhr: Gruppe auf ca. 150 Personen angewachsen, Gesang, Observierung unter Protest beendet wegen Dienstschluss; dringlich beantragte Überstunden nicht genehmigt
Ende des Protokolls PHK Franz

Die 150 Personen nahmen einen beträchtlichen Teil der Straße ein, die Eingänge einzelner Geschäfte waren nur noch schwer zu erreichen. Viele einkaufswillige Münsteraner machten einen weiten Bogen um die Salzstraße.

Nach kurzer Absprache kam die Geschäftsführung des Drogeriemarktes mit den Inhabern der betroffenen Geschäfte wegen des bevorstehenden Ladenschlusses überein, heute nichts zu unternehmen, zumal man davon ausging, dass der Spuk morgen vorbei sein werde. Die Gruppe löste sich nach Ladenschluss jedoch nicht auf.

Inzwischen hatte sich das Motto geändert, wofür der nur als Ersatz mitgenommene blaue Becher mit der weißen Friedenstaube der Auslöser war. Aus der Verwendung dieses Bechers, den der etwas sonderliche alte Mann zurückgelassen hatte, Kollmann war kurz nach zwei Uhr aufgebrochen, nachdem Eva bei Dienstschluss den Markt verlassen hatte, ließ sich gerade zwanglos ableiten, dass es bei der Aktion um den Frieden ging. Um was auch sonst? Was konnte denn wichtiger sein als Frieden?

Es war wirklich interessant zu beobachten, welche Folgen die winzige Planabweichung – „blauer Becher mit weißer Taube" statt „weißer Becher mit rotem Herz" – haben sollte. Der amerikanische Meteorologe Edward Lorenz hätte sich post mortem bestätigt gefühlt. Der als Vater der Chaostheorie geltende Wissenschaftler hatte entdeckt, dass ein Schmetterling, der in Shanghai mit den Flügeln schlägt, damit theoretisch einen gewaltigen Wirbelsturm in New York auslösen könne. Der Vergleich der von Kollmann unwillentlich losgetretenen Aktion mit dem sogenannten „Schmetterlingseffekt" sollte sich in den nächsten Tagen als durchaus berechtigt erweisen.

Denn allein und ausschließlich aufgrund des blauen Bechers mit der weißen Friedenstaube mutierte „Aus reiner Liebe" zunächst zu „make love, not war", woraus in diesen gretanischen Zeiten aber bereits am frühen Abend „Münster für den Frieden" oder „Münster for freedom", kurz „MFF", wurde. Dass „freedom" Freiheit und nicht Frieden bedeutet, störte niemanden, zumal Frieden und Freiheit ja ohnehin irgendwie zusammengehören.

Damit war das endgültige Motto der Aktion gefunden.

MFF

Kollmann störte das nicht, was hätte er auch dagegen unternehmen können? Er war ohnehin kurz nach Mittag nach Hause gefahren, hatte aber sein Wiederkommen für den nächsten Morgen angekündigt. Die jungen Leute erklärten, über Nacht bleiben zu wollen, denn das gesteckte Ziel, welches das konkret war, war trotz des Mottos MFF noch weitgehend unklar, könne man nur durch Beharrlichkeit und Kontinuität erreichen. Tatsächlich waren circa 50 vornehmlich junge Menschen „vor Ort die ganze Nacht im Einsatz". Gegen die doch recht empfindliche Kälte in den Morgenstunden sammelte man auf der Promenade ein wenig Holz und entzündete drei kleine Lagerfeuer. Außerdem waren am Abend wie aus dem Nichts Schlafsäcke, Decken – mit dem Aufdruck „Bundeswehr", wie geil war das denn? – und Campingkocher aufgetaucht, auf denen die ganze Nacht hindurch mit dem Wasser des Lambertibrunnens literweise Zitronenverbenentee gekocht wurde. Woher diese Frucht in so großer Menge gekommen war, wusste niemand zu sagen. Es passierte alles irgendwie von allein.

Bei Kollmanns Ankunft am nächsten Tag gegen neun Uhr, natürlich hielt er hinsichtlich der Zeit an seinen Gewohnheiten weiter fest – „warum hast du denn schon wieder den guten Anzug an?", hatte Therese überrascht gefragt –, saßen bereits circa 120 Menschen auf der Straße. Darunter waren einige lernunwillige Schüler, die beherzt die Gunst der Stunde nutzten, und eine lehrunwillige Lehrerin, die schon immer „echt für den Frieden" gewesen war, ihn aber in der 9b an ihrer Schule trotz des Namens „Friedensschule" bisher vergeblich gesucht hatte. Denn besonders in dieser Klasse ging es schon seit Monaten alles andere als friedlich zu, dort herrschte Krieg!

Kollmann hatte den Umstand, dass heute seine Einzelrichtersitzung mit gleich drei Dieselsachen anstand, schlichtweg ignoriert, und war huldvoll winkend – wie weiland Hape Kerkeling als Königin Beatrix – und mit einem Lächeln im Gesicht auf Spartakus am Landgericht vorbeigeradelt. Er hatte ganz bewusst darauf verzichtet, irgendjemandem Bescheid zu geben. Die würden ja selbst merken, dass er nicht da war. Heute wurde nicht gedieselt, heute wurde protestiert.

Das neue Motto „MFF" war nicht mehr zu übersehen. Es hing auf Tapeten gemalt an Schaufensterscheiben und war mit bunter Kreide in Regenbogenfarben von der Promenade beginnend bis zum Prinzipalmarkt auf einer Strecke von etwa einem Kilometer im Abstand von 39 Metern auf die grauen Pflastersteine der Salzstraße gemalt worden. Mit den 39 Metern sollte an den Ausbruch des Zweiten Weltkriegs erinnert werden.

Münsteraner Gutbürger brachten Kaffee, geschmierte Brote, Obst und Müsli und ermunterten die „Friedensbewegten", auf jeden Fall durchzuhalten. Ganz offenbar waren auch sämtliche Münsteraner Keller und Dachböden nach blauen Bechern mit weißer Friedenstaube durchsucht worden, denn im Laufe des Tages tauchten immer mehr davon auf.

Ein zufällig des Wegs kommender Auszubildender im ersten Lehrjahr von „Nanu-Nana", der an diesem Tag wieder einmal die Berufsschule schwänzte, „da lernt man doch nix!", ging zu Recht von einer rapide steigenden Nachfrage nach den blauen Bechern aus und bestellte spontan per Handy unter vollständiger Überschreitung seiner nicht vorhandenen

Kompetenzen per Luftfracht 5.000 dieser Becher bei einem chinesischen Lieferanten. Dabei gab er zusätzlich die Anweisung, auf dem rechten Flügel der Friedenstaube den Aufdruck „MFF“ und auf dem linken eine durchgehende Nummerierung anzubringen.

Allerdings kam es bei dieser dem erwarteten Becherhype zugrunde liegenden Bestellung des Azubi zu zwei „kleinen“ Übermittlungsfehlern, wobei nicht aufzuklären war, ob die schlechte Verbindung oder der Geschäftssinn des chinesischen Lieferanten ursächlich war: Aus 5.000 Stück wurden 50.000 Stück – zum Glück, da die Nachfrage riesig war! –, außerdem wurde aus „MFF“ versehentlich „WMF“, sodass Nanu-Nana schon wenige Stunden nach der Auslieferung der ersten Becher eine Abmahnung wegen einer Markenrechtsverletzung eines großen Herstellers von Kaffeevollautomaten, Kochtöpfen und Bestecken ins Haus flattern sollte.

Die Lieferung der blauen Becher war ungewöhnlich schnell erfolgt, denn diese trafen bereits 12 Stunden nach der Bestellung des Azubi, also gegen 22:00 Uhr des Tages zwei der Aktion, in Münster ein. Die 50.000 Becher waren innerhalb von nur drei Stunden in einer in China direkt am Flughafen ansässigen Fabrik produziert und ohne Zwischenhalt sofort in einen bereitstehenden Nachbau der Transall C160 verladen worden, „Iust in time“, wie der Chinese sagt. Acht Flugstunden später landete zum ersten Mal eine chinesische Frachtmaschine auf dem International Airport Münster/Osnabrück. Da auch die Erledigung der Zollformalitäten außergewöhnlich schnell vonstattenging und der Transport zu den Nanu-Nana-Filialen in Münster nur 30 Minuten in Anspruch nahm, fanden sich die Becher mit der Taube bereits zwei Tage nach dem Beginn der Aktion in den Verkaufsregalen von Nanu-Nana wieder und traten sofort einen ungeahnten Siegeszug an. Weder die große Menge noch der Fehldruck hatten Einfluss auf die geradezu explodierende Nachfrage, sodass der Preis der schnell ausverkauften Becher bei eBay in kürzester Zeit von 4,95 € auf über 35 € stieg. Eine sofort aufgegebene Nachbestellung blieb erfolglos, weil das chinesische Außenhandelsministerium einen weiteren Export untersagte. Dabei ging wohl die Sorge um, dass sich vor allen Dingen, aber nicht nur in Hongkong Nachahmer der Münsteraner Proteste finden könnten.

Während die Becher mit den Nummern 1 bis 4 nach Ende der Aktion nicht mehr auffindbar waren, schaffte es die Nummer 5 später in das Haus der Geschichte in Bonn. Für alle anderen einstelligen Becher wurden bei eBay hernach zwei- bis dreistellige Preise erzielt, die Nr. 1.000 brachte es gar auf stolze 1.437 Euro, die 50.000 auf sagenhafte 108.000 Euro, die ein weltbekannter Porzellanhersteller aus Sachsen zahlte, der sich bisher, wenn überhaupt, eher geringschätzig über die „billige chinesische Massenware" geäußert hatte. Der glückliche Verkäufer war ein Anhalter aus Sachsen mit aktuellem Wohnsitz in Magdeburg.

Ganz nebenbei bemerkt: Der Auszubildende fand sich kurz danach in der Geschäftsleitung von Nanu-Nana in Oldenburg wieder. Die Fortsetzung der Lehre wurde zurückgestellt, ein Besuch der Berufsschule war obsolet geworden. Manchmal müssen halt Prioritäten gesetzt werden. Damals wie heute hatte auch der im Jahre 2021 zum zweiten Mal zurücktretende österreichische Bundeskanzler Kurz sein Jurastudium noch nicht beendet und sich insbesondere wohl noch nicht näher mit den Vorschriften zur Korruption beschäftigt, die ihn indes in Bälde näher beschäftigen dürften.

Viele, wenn auch nicht alle Münsteraner Bürger und namentlich die Damen und Herren vom Münster-Marketing lobten die „tolle Aktion", die der Stadt des Westfälischen Friedens „ganz ausgezeichnet zu Gesicht stehe". Die örtlichen Zeitungen waren nun ebenfalls aufmerksam geworden und berichteten auf ihren online-Plattformen über die Bewegung und deren Motto MFF verbunden mit dem Hinweis, dass die Ziele der Aktion noch nicht vollständig klar seien.

Gegen 9:30 Uhr des Tages zwei war die Gruppe bereits auf über 300 Personen angewachsen, derweil hatte sich ein etwa 30-jähriger Mann zum Pressesprecher erklärt und bereitete sich auf Interviews vor. Um 10:06 Uhr traf ein Team von RTL ein und bescherte dem jungen Mann einen ersten, bereits in den Elf-Uhr-News bundesweit ausgestrahlten Auftritt. Von Kollmann nahm kaum jemand Notiz. Soweit seine Anwesenheit überhaupt registriert wurde, fand man es „voll krass", dass so ein alter Mann, der ganz offenbar aus gutbürgerlichen Kreisen stammte, *ihre* Aktion unterstützte. In diesem Augenblick konnte noch niemand ahnen, dass Kollmann nicht zu einem, sondern zu *dem* Gesicht der Aktion werden sollte, obwohl sein kleines Pappschild „Aus reiner Liebe" unter den zahlreichen „MFF-Schildern" gar nicht auffindbar war; es war nachts als Anzünder für ein Lagerfeuer verwendet worden.

Die findige Reporterin von RTL – sie sollte später dafür ganz groß rauskommen und überdies eine kurze Liaison mit dem Auszubildenden von Nanu-Nana haben – witterte zu Recht „ein vollgroßes Ding" und erarbeitete sich geschickt das Vertrauen der Demonstranten. Diese ließen es sogar zu, „Wir brauchen für unsere gute und gerechte Sache die

Medien.", dass sie sich zu ihnen setzte und im wahrsten Sinne des Wortes hautnah berichten konnte.

Die RTL-Frau sicherte sich außerdem „gegen ein kleines Honorar an die Mieterin" einen Fensterplatz über dem Eingang der Drogerie. Von hier konnten wunderbare Bild- und Tonaufnahmen gemacht werden. Sie erhielt übrigens nur einen Monat später den außer der Reihe vergebenen Pulitzerpreis und ein Jahr später gar das Bundesverdienstkreuz am Bande.

Vor Ort hatte sich die Zahl der Gitarren inzwischen auf 13 erhöht. Außerdem waren drei Geigen, ein Kontrabass, vier weitere Bongos, drei Triangeln und circa 8-10 Mundharmonikas hinzugekommen, gemeinsam spielte und sang man in einer Endlosschleife „all we are saying is give peace a chance". Die Anrainer, insbesondere die Inhaber der Geschäfte, waren inzwischen deutlich genervt und wollten dem Treiben nun endlich ein Ende gesetzt wissen. Sie riefen wiederholt beim Ordnungsamt an, landeten bei den Anrufen aber immer wieder in der obligatorischen Schleife:

„Haben Sie ein Anliegen zum allgemeinen Ordnungsrecht, dann drücken Sie bitte die Taste 1.

Haben Sie irgendein anderes Anliegen, drücken Sie bitte die Taste 2.

Besteht Ihr Anliegen darin, dass Sie nicht wissen, welches Anliegen Sie haben, dann drücken Sie bitte die Taste 3.

In allen anderen Fällen drücken Sie bitte die Taste 4."

Ganz unabhängig davon, welche Taste man drückte, hieß es danach etwa wie folgt: „Sie werden sofort mit dem nächsten freien Mitarbeiter verbunden. Im Moment sind alle Mitarbeiter im Gespräch. Sie stehen auf Platz 126 der Warteliste.

Die Wartezeit beträgt voraussichtlich 4 Stunden und 26 Minuten."

Schließlich machte sich einer der der Warteschleife überdrüssigen Geschäftsinhaber zu Fuß auf den Weg zum fast 300 Meter entfernten Ordnungsamt in der Klemensstraße 10 und erreichte nach Aufruf seiner Wartenummer 11, dass das Amt fast unmittelbar nach der morgendlichen Kaffeepause zwei Mitarbeiter schickte, die aber, obzwar sie vom Ordnungsamt waren, nicht wussten, wie sie Ordnung schaffen sollten. Ihre Aufforderung, „die nicht genehmigte Demonstration sofort zu beenden", endete jedenfalls in einem belustigten Gelächter.

Wenig später trafen zwei nur etwas übergewichtige, dafür aber deutlich unterdurchschnittlich motivierte Polizeibeamte ein, die ebenfalls keinen Erfolg hatten und sich deshalb zwar unverrichteter Dinge, aber doch stark erleichtert schnell wieder von dannen machten.

Dagegen blieb RTL am Ball, kurz vor 11:00 Uhr unterbrach der Sender das laufende Programm, die 34.518 Folge von GEZ-TZ oder so ähnlich wurde nicht zu Ende ausgestrahlt, und berichtete fortan per Dauerschalte live von den „schier unglaublichen Geschehnissen" in Münster. Nach und nach verbreitete sich das Gerücht, dass der russische Geheimdienst hinter „MFF" stecke und sich die Aktion gegen den durch Trump befeuerten amerikanischen Imperialismus und das amerikanische Hegemoniestreben richte. Dies konnte und wollte die RTL-Reporterin, die von rein gar nichts wusste, „weder dementieren noch bestätigen".

Die Zahl der Teilnehmer war gegen Mittag auf über 600 angewachsen, die bereits einen großen Teil der Straße auf einer Länge von über 200 Metern einnahmen.

Nur zwei Stunden später kam nach einem mit einer Gegenstimme und einer Enthaltung gefassten Beschluss der mittäglichen Redaktionskonferenz der Westdeutsche Rundfunk (WDR, Studio Münster) mit einem Ü-Wagen des Wegs, der wegen der vielen Teilnehmer schon an der Lambertikirche geparkt werden musste. Eine Unterbrechung der laufenden Sendung erfolgte im WDR zunächst noch nicht. Man sah sich als öffentlich-rechtlicher Sender seinem Programmauftrag verpflichtet und strahlte weiter in einer Doppelfolge „Die unglaublichen Geheimisse aus dem Tierreich, Teil IV und V" aus, zumal man sich ganz bewusst nicht auf eine Stufe mit dem Boulevardjournalismus vom RTL begeben wollte. Vielmehr sollte die weitere Entwicklung in Ruhe abgewartet werden.

Aber durch die ununterbrochene – von den zahlreichen Werbeblöcken einmal abgesehen – Berichterstattung von RTL und Radio Antenne Münster, mehr noch durch die vieltausendfache Verbreitung der Aktion MFF in den unsozialen Medien, gewann die Bewegung mehr und mehr an Zulauf. Um 15:00 Uhr saßen nach Angaben des selbst ernannten Pressesprechers weit mehr als 1.000, nach den wie immer darunter liegenden Polizeischätzungen knapp 750 Personen mit weiteichenden Folgen auf der Straße: Immer mehr Geschäfte waren nicht mehr erreichbar, weil die Eingänge blockiert waren, Passanten hatten große Probleme, den Bereich zu passieren. Sie mussten einen Slalom absolvieren und über die Sitzenden hinwegsteigen, was dazu führte, dass viele Einkaufswillige entnervt umkehrten. Im nahe gelegenen Rathaus war man „in tiefer Sorge", dass MFF unabsehbare Folgen auf das Gewerbesteueraufkommen der Stadt haben und einen weiteren Stau bei der Renovierung von Schulen und Kitas nach sich ziehen würde. Der nach 25 Jahren endlich beschlossene Neubau des Preußenstadions rückte in so weite Ferne wie ein Aufstieg der Adlerträger in die zweite oder sogar erste Liga. Ein Jahr später sollte gar der Abstieg in die Niederungen der vierten Liga erfolgen.

Im Polizeipräsidium am Friesenring liefen die Drähte heiß, aus Düsseldorf hatte sich der Innenminister zugeschaltet, aus Berlin gar Horst Seehofer. Drei Polizeipsychologen wurden um eine Einschätzung der Lage gebeten, sie kamen zu vier unterschiedlichen Ergebnissen. Nach Informationen eines gut vernetzten Polizeispitzels hatte sich die inzwischen ausgeschlafene Antifa auf den Weg gemacht, um „den Laden mal kräftig aufzumischen". Abordnungen von Attac, Greenpeace und ADFC waren schon vor Ort, in der nahe gelegenen Universität wurden der Ferienklausurenkurs abgebrochen und hitzige Diskussionen über die Aktion geführt. Am späten Nachmittag sangen, spielten, triangelten, bliesen und trommelten weit mehr als 2.000 Menschen für den Frieden.

„All we are saying is give peace a chance."

Zwischen St. Lamberti und Erbdrostenhof ging nichts mehr, auch weite Teile des Prinzipalmarkts waren inzwischen blockiert. Das Geschäftsleben in Münsters guter Stube brach völlig ein, es kam zu einem regelrechten Lockdown von weiten Teilen der Münsteraner Innenstadt, während aus allen Richtungen ohne Unterlass weitere Menschen herbeiströmten.

Die Stadtverwaltung hatte bereits um 15:36 Uhr gegen den ausdrücklichen Rat der eigenen Marketingabteilung, „carpe diem!", eine Verfügung zur sofortigen Auflösung der Demonstration erlassen, weil die öffentliche Sicherheit und

Ordnung gefährdet sei. Detaillierte Überlegungen zur Rechtsgrundlage und zum Umfang und Inhalt des grundgesetzlich geschützten Demonstrationsrechts machte man sich in dieser schwierigen Situation nicht, jetzt war sofortiges Handeln vonnöten. Da die Menge, wie zu erwarten war, der Aufforderung zur sofortigen Auflösung der Demonstration nicht nachkam und minütlich weiter anwuchs, entschloss sich der stellvertretende Leiter des Ordnungsamtes – der Leiter hatte bereits Feierabend gemacht und saß zu Hause gebannt vor dem Fernseher –, den gesamten Bereich räumen zu lassen. Dafür wurden im Wege der Amtshilfe in Windeseile aus der Polizeihochschule in Hiltrup nach Unterbrechung der großen Vorlesung „Kleine Staatsbürgerkunde" vier Einsatzstaffeln herangekarrt und mehrere Wasserwerfer in Stellung gebracht, die um 16:52 Uhr einsatzbereit waren.

„Keine Gewalt, keine Gewalt!", schallte es den Polizisten entgegen unterlegt von „all we are saying is give peace a chance". Die Situation war so friedlich – selbst die Antifa mit ihrem schwarzen Block verfiel in Blockstarre –, der Gesang so eingängig, dass nicht wenige der jungen Bereitschaftspolizisten sich dabei erwischten, den Song leise zu summen oder sogar offen mitzusingen. Etwa 20 Beamte verweigerten gar den Befehl zur Räumung und setzten sich, mit frenetischem Beifall bedacht, in voller Kampfmontur zu den Friedensbewegten. Die anderen begannen mühsam, einen Teilnehmer nach dem anderen wegzutragen. Dies war aber ein hoffnungsloses Unterfangen, weil es in der Nähe gar keinen Platz gab, um die Weggetragenen abzusetzen. Zwar bestand theoretisch die Möglichkeit, diese mit Kraftfahrzeugen abzutransportieren, doch waren nicht ausreichend Fahrzeuge vor

Ort. Außerdem kamen für jeden Weggetragenen neue Teilnehmer hinzu. Der Z-Wert, der angibt, wie viele neue Demonstranten zusätzlich kamen, wenn einer weggetragen wurde, lag teilweise über 3,0.

Ohne dass irgendjemand – außer der mehr als geschickt agierenden RTL-Reporterin – das „Warum" und „Wie" erklären konnte, hatte sich aus dem Kreis der Blockierer ein Sprecherrat gebildet, der von der agilen RTL-Frau nahezu selbstlos medientechnisch gecoacht wurde. Das Gremium bestand aus sechs Personen: einer Medizinstudentin aus Wanne-Eickel, einem holländischen Blumenzüchter aus Edam, einer spanischen Austauschschülerin aus Lloret de Mar, einem amerikanischen Althippie aus Kansas, einem Richter vom Landgericht aus Münster und der RTL-Reporterin Bärbel Klein aus Ibbenbüren als beratendes Mitglied ohne Stimmrecht.

Für die Bärbel zahlte sich jetzt „voll mega" aus, dass sie vor einem halben Jahr nach langer Arbeitslosigkeit den Teil 1 des zweiteiligen Fernlehrgangs „Von der Couch zum Coach" ohne Stütze von der Stütze, aber mit Unterstützung ihrer Großmutter etwa zur Hälfte absolviert hatte. Damit verfügte sie über ein gefährliches halbes Halbwissen und war damit zumindest der größeren Hälfte der Friedensbewegten klar überlegen. Dass es keine größere Hälfte gibt, sondern zwei Hälften immer gleich groß sind, interessierte sie nicht groß. Sie mochte sich auch nicht vorstellen, wie viel die Hälfte einer Hälfte ist. Das musste aber irgendwie weniger sein. Vermutlich jedenfalls. Vielleicht ein Viertel oder so. Sei's drum. It doesn't matter.

Alle Wege bahnen sich vor mir, weil ich in der Demuth wandle
Johann Wolfgang von Goethe, Briefe. An Johann Gottfried Herder, 13. Januar 1787

Dienstag, 17. September, 17:06 Uhr

Als „Sprecher unter Sprechern" fungierte inzwischen statt des selbst ernannten Sprechers auf Vorschlag der Viertel-Coach-RTL-Frau, „Damit machen wir deutlich, dass *unsere* Bewegung bis in das bürgerliche Lager reicht.", mit Zustimmung der in der Nähe sitzenden Demonstranten, „geht klar, mach mal, Bärbel!", und der anderen Mitglieder des von der Bärbel eingesetzten Sprecherrats, „geht klar, mach mal, Bärbel!", mit sofortiger Wirkung Kollmann. Die RTL-Bärbel hatte den aus ihrer Sicht schon recht betagten, etwas sonderbaren, aber dadurch auch sehr interessanten tollen Schwiegervatertyp, „ob der wohl einen Sohn hat?", mit dem feinen Zwirn und dem Käppi mit der 23 ganz bewusst in diese Position gehievt.

Unmittelbar nach einem verbotswidrigen, weil viel zu langem Werbeblock, „Bleiben Sie dran! Direkt nach der kurzen Werbung folgt eine wichtige Message!", für den RTL später vom zahnlosen Medienrat gerügt wurde, verlas Kollmann um 17:06 Uhr und damit etwa 30 Stunden nach Beginn der Aktion zum ersten Mal die „Muensteraner Message to the World". Diese Bezeichnung hatte sich gegenüber „Münsteraner Appell für den Frieden" durchgesetzt, weil – so die weltgewandte Coachin aus Ibbenbüren – „der Frieden keine Landesgrenzen kennt".

Die von der Bärbel lancierte „Wahl", es war ja mehr eine Bestimmung Kollmanns zum Sprecher, erwies sich als goldrichtig. Seine leicht sonore, im Gerichtssaal geübte Stimme klang kämpferisch, zugleich aber staatstragend. Sie appellierte an die Vernunft der Zuhörer, erreichte aber auch deren Herzen. Die Bärbel beglückwünschte sich innerlich „ganz doll" zu ihrem geschickten Schachzug und nahm auch den von Kollmann verlesenen, in weiten Teilen von ihr verfassten Text mit einer vielleicht etwas zu großen Spur an Selbstverliebtheit zur Kenntnis:

> „An alle Menschen auf unserer schönen Erde: Wir fordern die sofortige Beendigung aller weltweit geführten Kriege!
> Wir fordern alle Länder auf, sofort ein generell und ausnahmslos geltendes Exportverbot für Waffen zu erlassen! Die Produktion neuer Waffen ist ab sofort zu beenden! Die Maschinen sind unverzüglich zu stoppen!
> Wir werden diese einzigartige Friedensdemonstration hier in Münster, in der Stadt des Westfälischen Friedens, so lange fortsetzen, bis die Bundesregierung verbindlich erklärt, unsere Forderungen zu erfüllen.
> Wir fordern alle friedliebenden Menschen weltweit auf, sich uns anzuschließen und vergleichbare Aktionen zu starten, um alle Regierungen auf der ganzen Welt zu einem sofortigen Handeln zu zwingen!
> Hoch die internationale Solidarität!"

Kollmann hatte das Gefühl, neben sich zu stehen. Das eröffnete ihm die Möglichkeit, diesen Richter am Landgericht, den er *so* nicht kannte, intensiv zu beobachten. Überrascht stellte Kollmann fest, dass der Kollmann, den er sah, eine ganz erstaunliche Entwicklung genommen hatte, die Kollmann dem alten Heini gar nicht zugetraut hatte.

Da medientechnisch gerade eine absolute Gurkenzeit herrschte – der Supreme Court hatte mit neun zu null Stimmen ein einstündiges Twitterverbot gegen den amerikanischen Präsidenten verhängt –, gingen die Bilder der am frühen Abend auf fast 10.000 Teilnehmer rasant angewachsenen Menge in den unsozialen Medien um die ganze Welt, wo sich überall Gleichgesinnte fanden. Unter den Demonstranten in Münster waren seit nachmittags auch 14 Rollstuhlfahrer aus dem nahe gelegenen Tibusstift, 17 Kinder aus der Kita „Mi-Ma-Märchenland" und neun Kinder aus der Krabbelgruppe „Wilde 13" nebst einer unterbezahlten Erzieherin und einer gar nicht bezahlten Jahrespraktikantin. Bärbel Klein postierte die von ihr höchstpersönlich ausgewählten fotogensten Kinder auf die Knie der Rollstuhlfahrer, was sehr stimmungsvolle, gar anrührende Bilder ergab, die ganz wesentlich zum Erfolg der Aktion beitragen sollten. Denn niemand konnte und wollte sich der Botschaft entziehen, die von diesen Bildern ausging: Frieden für alle, für Jung und Alt, für Klein und Groß, für graue Seniorinnen und kleine blonde Jungs sowie für gebrechliche alte Männer und süße schwarzhaarige Mädchen mit dunklen Mandelaugen, ungleich schöner als jede noch so gelungene Käthe Kruse-Puppe. Als besonders gut erwies sich, dass drei Kinder optisch scheinbar einen starken Migrationshintergrund hatten, obwohl sie und ihre Eltern allesamt geborene Münsteraner waren.

Ein Jahr später gewann übrigens ein von Evas Kollegin Susanne gemachtes Foto beim Wettbewerb Alternatives World Press Photo den ersten Preis. Die Susi hatte es mit ihrem Smartphone der zweiten Generation unter völliger Außerachtlassung aller Regeln der Fotografie durch die mäßig verdreckte Schaufensterscheibe aufgenommen. In technischer Hinsicht hochgelobt und als Meilenstein der fotografischen Kunst gepriesen wurde die durch die Schaufensterscheibe unbeabsichtigt, was außer der Susi freilich niemand wusste, hervorgerufene Wirkung der marginalen, nur für das geübte Auge erkennbaren perspektivischen Verzerrung in Kombination mit der – so die Begründung – „fein nuanciert abgestimmten Konturenunschärfe", die freilich allein auf ein leichtes Verwackeln zurückzuführen war, was aber nicht einmal die Susi wusste.

Aber auch das Motiv wurde als absolut preiswürdig gepriesen: Das Foto zeigte, wie die kleine, zweieinhalbjährige farbige Greta Ida, die ihre pechschwarzen Haare wie Whoopi Goldberg zu Rastalocken geflochten hatte, auf Zehenspitzen stehend der im Rollstuhl sitzenden hilflosen, aschblonden 97-jährigen Josefine Klara Freifrau von Droste und zu Fischering einen blauen Becher mit weißer Taube an den Mund führt. Das Bild, Titel: „Der Friedenstrunk", vermittelte den Eindruck, dass die alte, gebrechliche Freifrau nicht in Lage wäre, ohne fremde Hilfe zu trinken. Indes war das Gegenteil der Fall. Die alte Dame hatte einen wachen Verstand, war körperlich fit – und deshalb so frei, mindestens dreimal in der Woche ins Fitnessstudio zu rollen – und überdies auch sehr gut auf den Beinen. Ihr rollendes Gefährt nutzte sie allein deshalb, um als Mitglied der Rollstuhlgruppe stets, so auch heute, in der Nähe des 82-jährigen Barons Ferdinand Hellmut Günther von Breitenstein zu sein, der sich zu ihrem Leidwesen allerdings stärker für junge Frauen um die 70 interessierte. Es bedarf wohl keiner Erwähnung, dass sich in dem der Freifrau dargereichten Becher inzwischen keine Flüssigkeit mehr befand, weil diese bei einer der zahlreichen Stellproben, „Es muss alles stimmen!", von der sich langweilenden Greta Ida verschüttet worden war. Doch aufgrund der für die Fernsehkameras gedachten perfekten Inszenierung durch die Bärbel ließ sich die Jury des Fotowettbewerbs täuschen: Die Macht des Bildes siegte, die zugrunde liegenden Fakten waren gänzlich ohne Belang.

Diese und ähnliche Bilder, auf einem reicht die kleine Ann-Katrin dem dankbar und glücklich lächelnden Baron von Breitenstein freundlichst eine Banane dar, führten dazu, dass die inzwischen weltweit aufmerksam gewordenen Fernsehsender, namentlich CNN, die BBC, das russische Staatsfernsehen und Hunderte anderer Sender, mit Ausnahme des chinesischen Staatsfernsehens, wie im Rausch Bildmaterial von RTL kauften, wodurch sich der Sender eine goldene Nase verdiente.

Die Muensteraner Message to the World wurde von polyglotten und sprachbegabten Teilnehmern in zahlreichen weiteren Sprachen verlesen, darunter in Englisch, Französisch, Spanisch, Russisch und Chinesisch. Weltweit Hunderttausende mit den Gepflogenheiten des deutschen Privatfernsehens nicht vertraute Zuschauer wunderten sich indes darüber, dass nach dem zweiten Absatz der Message ein Werbeblock für Katzenfutter geschaltet wurde, was später neben der Rüge für den zu langen ersten Werbeblock zu einer weiteren Rüge des immer noch zahnlosen Medienrats an RTL führen sollte.

In mehreren europäischen Ländern, aber auch in den USA, Südamerika, Asien und, trotz des Boykotts der Berichterstattung durch das staatliche Fernsehen, auch in China kam es ungeachtet erheblicher Zeitunterschiede zu Solidaritätskundgebungen. Auch ohne dass Kollmann dies alles in diesem Augenblick auch nur ahnte, geschweige denn wusste, stellte er noch einmal mit großer Zufriedenheit fest, dass er ein anderer geworden war. Er war nicht mehr der kleine, angepasste Richter am Landgericht, der nicht den Mumm gehabt hatte, dem KdK während der Erprobung am OLG Hamm die Stirn zu bieten. Heute würde er den Kreisel im Fahrstuhl gegen die Richtung laufen, dem Vorsitzenden mehrfach absichtlich auf die Füße und gegen die Knie treten und dabei nach jedem Treffer voller Vergnügen „du Opfer!" rufen. Selbstverständlich würde er als Erster den Fahrstuhl betreten und auch als Erster hinausgehen. Das stand ihm zu! Das war doch überhaupt keine Frage!

In der Tat hatte Kollmann eine erstaunliche Entwicklung genommen. Fast sechs Jahrzehnte war der revolutionäre Geist seines Vaters verschüttet gewesen, jetzt hatte er endlich den Weg zum Licht emporgefunden, sodass die Zukunft der Menschheit hell aus dem dunklen Vergangnen hervorleuchtete. Sein Erzeuger, dem es nicht einmal gelungen war, 1961 im kleinen sauerländischen Malve eine Revolution anzuzetteln, müsste verdammt stolz auf *diesen* Sohn sein. Kollmann nahm sich fest vor, nun endlich herauszufinden, ob sein Vater, von dem er nur wusste, dass er nach dem einmaligen Zusammensein mit seiner Mutter nach Kuba ausgewandert war, noch lebte.

Was Kollmann nicht wusste war, dass auch das kubanische Staatsfernsehen wie üblich alle Kanäle gleichgeschaltet hatte und live aus Münster berichtete. Deshalb sah Kollmanns Vater Che während der Frühstückspause um 9:30 Uhr Ortszeit voller Begeisterung diesen mutigen Richter vom Landgericht. Vielleicht hätte er, dachte Che, sein Jurastudium doch beenden sollen, denn offenbar gab es in der deutschen Justiz nicht nur Revanchisten, Speichellecker und Altnazis, sondern auch mutige Männer.

Als der Name und das Alter des Richters eingeblendet wurden (Henry Coleman, 57 Jahre), begriff Che trotz der den internationalen Medien geschuldeten leichten Verfremdung des Namens von einer Sekunde auf die andere, dass er möglicherweise vor 57 Jahren Vater geworden war. Spontan buchte der 81-Jährige den nächsten Flug nach Frankfurt, um seinen Sohn kennenzulernen, vielleicht lebte ja auch dessen Mutter, „wie war noch deren Vorname?", noch. Danach setzte Ste, wie er es vor fast 60 Jahren in den Schulungen seiner revolutionären Zelle gelernt hatte, eine Solidaritätsadresse in spanischer und deutscher Sprache auf. Hierbei unterliefen ihm in der deutschen Fassung mangels Übung einige Fehler. So wandte Ste sich „an alle mutig Mänschen in Muenster und die ganze Welt". Dessen ungeachtet unterzeichneten alle der über 500 Landarbeiter des Kombinats „Che Guevara" routiniert, denn dergleichen passierte wöchentlich, die ihnen von Vorarbeitern vorgelegte resolución tomada de acuerdo, freilich ohne diese zuvor gelesen zu haben.

Derweil löste die über die Medien weltweit verbreitete Muensteraner Message to the World schier unglaubliche Auswirkungen im Großen wie im Kleinen aus:

Im Kleinen saß eine völlig entnervte Therese gebannt vor dem Fernseher, nachdem Moni ganz aufgeregt angerufen und irgendetwas von „Papa im Fernsehen" geschrien hatte. Bevor eine Nachfrage möglich war, hatte Moni schon wieder aufgelegt. Therese hatte kopfschüttelnd den Fernseher angestellt, „Was war mit dem Kind los? Drogen?" Im 1. Programm lief eine vegane Kochshow ohne ihren Mann, im 2.

Programm lief eine Sendung mit den „Trinkenden Musikanten“, auch ohne ihren Mann, aber im 3. Programm war doch tatsächlich ihr Mann, ihr Heinrich zu sehen, der soeben in geradezu staatstragender Weise etwas vorlas: „... *alle friedliebenden Menschen weltweit auf, sich uns anzuschließen und vergleichbare Aktionen zu starten, um alle Regierungen auf der ganzen Welt zu einem sofortigen Handeln zu zwingen!*
Hoch die internationale Solidarität!“

Vor Thereses Augen verschwanden die Bilder, Schwindel erfasste sie. Was war *das* denn gerade gewesen? War sie verrückt geworden? Hatte sie eine falsche Dosis ihres Medikaments eingenommen? Laut Beipackzettel, den sie vor einiger Zeit gelesen hatte, „man sollte das nicht tun!“, waren bei unsachgemäßem Gebrauch „in sehr seltenen Fällen“, weniger als 1 von 10.000, Halluzinationen möglich.

‚Na, Gott sei Dank, das ist die Erklärung‘, dachte Therese. Im selben Augenblick klingelte erneut das Telefon, diesmal war Raimund am anderen Ende: „Mama, hast du das gerade gesehen? Papa war im Fernsehen, was soll das, was ist das? Ich verstehe das nicht“, schrie er.

„Ich verstehe das auch nicht, ich habe den Fernseher gerade erst angestellt, Moni hatte mich angerufen ...“

Jetzt klingelte es an der Haustür. „Warte mal, ich muss mal eben zur Tür.“

Draußen standen zwei Polizisten in Uniform, die Frau Kollmann-Hermesberger gerne einige Fragen stellen wollten.

„Sie kommen sicherlich wegen meines Mannes. Das passt jetzt aber gerade gar nicht, Sie sehen doch, dass ich telefoniere“, entgegnete die völlig verwirrte Therese den ob dieser Erklärung nicht minder verwirrten Beamten.

„Ja, das sehen wir, aber Sie müssten ihr Gespräch bitte mal kurz unterbrechen."

„Raimund, ich rufe dich gleich wieder an, hier stehen zwei Polizisten vor der Tür, die mich unbedingt sprechen wollen."

„Sag denen nichts, du hast als Ehefrau das Recht zu schweigen."

„Ist gut, aber ich weiß sowieso nicht, was ich denen sagen könnte. Tschüss, bis nachher. – Also, was möchten Sie wissen? Ich sage Ihnen aber schon gleich, dass ich nichts weiß. Ich habe selbst erst vor zwei Minuten vorm Fernseher von der ganzen Sache erfahren."

„Ach, Frau Kollmann-Hermesberger, das sollen wir Ihnen glauben?"

„Ja, und warum denn nicht?"

„Gute Frau. Ihr Mann führt eine weltweit reichende, offenbar seit Monaten, wenn nicht seit Jahren minutiös geplante Bewegung an, und Sie als Ehefrau wissen von nichts?"

„Nein, ich weiß tatsächlich von nichts, von gar nichts sogar."

„Na gut, aber wir werden wiederkommen. Das wird Folgen für Sie und für Ihren Mann haben."

Kaum waren die Polizisten gegangen, bimmelte schon wieder das verdammte Telefon. Ein Redakteur des SPIEGEL bat um nähere Informationen, kurz danach riefen eine Redakteurin der Tagesschau und Gundula Gause vom heute journal an, gefolgt von einem Korrespondenten der dpa. Therese beendete wortlos alle Gespräche und nahm hernach den Telefonhörer nicht mehr ab, wenn sie die Nummer des Anrufers nicht kannte. So klingelte und klingelte und klingelte es, fast als Dauergeräusch.

Der WDR war 30 Minuten zuvor mit dem einem öffentlich-rechtlichen Sender möglichen Engagement und Tempo in die Live-Berichterstattung eingestiegen. Um den exorbitant hohen Forderungen von RTL zu entgehen, produzierte der Sender unter Einsatz von Drohnen eigene Bilder, um diese gegen gutes Geld, „Wir handeln ausschließlich im Interesse unserer Gebührenzahler", an andere Sender zu verkaufen. Das führte dazu, dass auch viele andere Sender Drohnen einsetzten, sodass es infolge einer ausgesprochen hohen Drohnendichte zu zwei Kollisionen mit Abstürzen kam, die zum Glück ohne Personenschäden blieben. Trotz der Kollateralschäden in Form des Verlusts von vier Drohnen kreisten immer noch so viele Flugobjekte über den Köpfen der Blockierer, dass der Friedensgesang vor lauter Dröhnen der Drohnen kaum noch zu hören war. Man behalf sich deshalb damit, dass man den Livebildern einen Studioton beimischte.

Therese interessierte sich allerdings nicht die Bohne dafür, wie die Sender zu ihren Bildern kamen und dass der Ton aus dem Studio stammte. Sie saß über Stunden gebannt vor dem Fernseher und war nur daran interessiert zu erfahren, was mit ihrem Heinrich passiert war. Der Mann, den sie da im TV gesehen hatte und immer wieder sah – die Friedensbotschaft wurde vom WDR alle 30 Minuten ausgestrahlt –, war nicht ihr Heinrich, nicht der Heinrich, den sie vor 28 Jahren geheiratet hatte. Dieser Mann, im Untertitel inzwischen „Henry Coleman, press officer", war nicht *der* Heinrich, mit dem sie 30 Jahre so harmonisch und schön zusammengelebt hatte. Das war ein ganz neuer Heinrich, den sie nicht kannte. ‚Mein Mann, das unbekannte Wesen', dachte Therese.

Soweit die Reaktion im Kleinen.

Im Mittelgroßen hatte sich das Präsidium des Landgerichts um 17:20 Uhr im Zimmer des Präsidenten vor dem Computerbildschirm versammelt, um sich die Übertragung im WDR anzusehen. Zwei Mitglieder des Präsidiums hatten sogar, ein absolutes Novum, auf Bitte des Präsidenten ihre laufenden Strafkammersitzungen unterbrochen. Aus Düsseldorf war der Justizminister telefonisch zugeschaltet, aus Hamm der OLG-Präsident. Wie sollte man mit der Situation umgehen, dass Richter Kollmann als Rädelsführer auf einer inzwischen verbotenen, nicht mehr kontrollierbaren Demonstration agierte, die drohte, die Welt aus den Angeln zu heben?

Auf Vorschlag des Justizministers und mit Zustimmung des OLG-Präsidenten verständigte man sich darauf, Kollmann mit sofortiger Wirkung bis auf Weiteres vom Dienst freizustellen und sein Gehalt so schnell wie möglich auf die Hälfte zu kürzen. Die Geschäftsverteilung des Landgerichts sollte schon morgen entsprechend geändert, Kollmann einstweilen ausgeplant werden. Zu diesen Maßnahmen sollte der Präsident des Landgerichts Kollmann, wenn das überhaupt möglich war, vorab anhören, um diesem das rechtliche Gehör zu gewähren.

Im Großen waren die Folgen ungleich gravierender. In zahlreichen europäischen Städten kam es binnen weniger Stunden zu Demonstrationen, die eine ähnliche Entwicklung wie diejenige in Münster nahmen, mit einiger Verzögerung traf das gar weltweit zu.

Nach Schätzungen der UNO waren gegen 20:00 Uhr Ortszeit in Münster 60.000 und weltweit bereits über 500.000 Menschen auf der Straße, Tendenz rapide steigend. Die Friedensbotschaft war inzwischen in 67 Sprachen und Dialekte übersetzt worden, u. a. auch in Plattdeutsch, Sächsisch, Schwäbisch und Bayrisch, „wir müssen auch die Minderheiten mitnehmen!", sie wurde in den unsozialen Netzwerken fast eine Milliarde Mal gepostet, geliked und geteilt. Die Server von Facebook und Instagram brachen unter der Last des Datenaufkommens immer wieder zusammen, WhatsApp war über Stunden lahmgelegt, was für Milliarden Nutzer einem unvorstellbaren GAU gleichkam, weltweit Zigtausende in die Nähe des Suizids trieb und dem smarten Mark Zuckerberg heftige Umsatzverluste bescherte.

Das Stockholmer Friedensforschungsinstitut (SIPRI) feierte begeistert den Ausbruch einer „Pandemie für den Frieden" in Form weltweiter Demonstrationen und Aktionen. Mit Tränen in den Augen verkündete der SIPRI-Projektleiter Nan Tian: „Dies ist der schonste Tag in meines Leben. Ich danke die mutigen Frauen und Mannern aus Munster in Westfallen. Sie haben ein Pandemie für den Frieden ausgelost. Wir stehen an eine Zeitenwende. Die Welt wird nicht mehr so sein, wie sie war. Welt wird besser sein, besser als sie immer es je war. Das Energy, das durch das Stopp der Waffenproduktion frei wird, konnen wir in Klimaprojekte und in Ernahrungsprojekte fur das Dritte Welt verumleiten. Wir konnen es schaffen, dass niemand auf die Welt mehr hungern muss, dass niemand auf die Welt mehr Angst vor Bomben, Krieg und Vertreibung haben muss. Hein Kolman: Danke für alles, du bist ein absolutely Hero!"

Die Damen und Herren des Komitees zur Vergabe des Friedensnobelpreises beschlossen in einer eiligst einberufenen Videokonferenz, den Preis abweichend von der turnusmäßigen Vergabe unverzüglich an Heinrich Kollmann zu verleihen, um der auf ihn zurückgehenden Bewegung für den Frieden noch mehr Kraft zu geben. Ein Abgeordneter machte sich bereits in der Nacht mit Urkunde und Preisgeld in Höhe von neun Millionen schwedischen Kronen, was etwa 944.000 € entspricht, auf den Weg nach Münster, nicht ahnend, dass er am nächsten Morgen völlig übernächtigt im schleswig-holsteinischen Neumünster stranden sollte, wo es in Strömen regnete, nur 38 Menschen mit drei Hunden demonstrierten und ein Heinrich Kollmann nicht auffindbar war.

Und im ganz Großen war die Reaktion der nationalen und internationalen Politiker sehr unterschiedlich und – wie nicht anders zu erwarten – überwiegend irrational: Die deutsche Kanzlerin bezeugte den Blockierern am Tag zwei in einer direkt nach der Tagesschau gesendeten Sonder-Ansprache – eine solche sollte es später nur noch einmal in der sogenannten Coronakrise geben – ihren vollen Respekt und ihre Hochachtung. Sie sei innerlich ganz nahe bei ihnen und finde das Anliegen richtig und wichtig, alternativlos und uneingeschränkt unterstützenswert, um danach hinzuzufügen: „Aber bitte seien Sie unbesorgt, mit mir wird es auch mit Rücksicht auf unsere christliche Schwesterpartei so lange kein Verbot der Herstellung von Waffen und der Rüstungsexporte geben, bis es auf deutschen Autobahnen eine Pkw-Maut gibt. Wir sprechen von einem Junktim: Das eine ist ohne das andere politisch nicht durchsetzbar und deshalb schlechterdings nicht darstellbar."

Die Grünen gelangten auf einer Spontanklausur im ostfriesischen Friedeburg, „nomen est omen", zu einem ganz eindeutigen und unverrückbaren klaren „Jein". Während Anna die Aktion leidenschaftlich und aus vollem Herzen unterstützte, „Ich bin, Stand heute, insbesondere emotional total und völlig aus dem Häuschen!", war Lena aus Gründen der Staatsraison dagegen, „Gerade wir Grünen müssen, Stand morgen, insbesondere das tun, was insbesondere von uns, Stand übermorgen, getan werden muss!" Der nette Robert, der gegen sein eigenes Selbstverständnis erst als Zweiter das Wort erhielt, stellte sich voller Empathie auf die Seite der Friedensbewegten, plädierte dann aber, um regierungsfähig zu werden und um einer Spaltung der Partei vorzubeugen, eindringlich dafür, alle hergebrachten und überholten Denkverbote und Zwänge aufzuheben. Nur so könne gewährleistet werden, dass jedes Mitglied, ob Frau, ob Mann oder drittes Geschlecht, gemäß dem Motto „Was bin ich?" in eigener Verantwortung, frei und unbeeinflusst entscheiden könne, ob es ein Friedensaktivist oder ein Realpolitiker sei.

Die noch nicht gewählten Vorsitzenden der SPD, Saskia und Walter, schritten Seit an Seit singend mit Eskia und Norbert zur Pressekonferenz. Nach den noch zu machenden sehr guten Erfahrungen bei ihrer späteren Wahl kündigten sie eine Mitgliederbefragung an, die unmittelbar im Anschluss an schon bald stattfindende 23 Regionalkonferenzen vorbereitet werden werde.

Die Linke bezog klassengemäß im ostfriesischen Marx in der Gemeinde Friedeburg – „Nomen est omen, denn was die Grünen können, können wir noch besser!" – ohne jedes noch so kleine Wenn und Aber eine ganz eindeutige Position: „Keine Waffenproduktion und weltweit keine Waffenexporte!!! – es sei denn, diese wären, wo auch immer in der Welt, für den Aufbau des Sozialismus oder eine andere gute und gerechte Sache erforderlich oder aber der Hilferuf käme von einem lupenreinen Demokraten!"

Die FDP lindnerte dahin, lieber keine Waffen zu liefern als schlechte im Lande zu behalten, was nicht einmal ein kleiner Teil der größtenteils besserverdienenden Parteifreunde verstand.

Die andere Partei lehnte wie üblich eine inhaltliche Stellungnahme ab, zumal der geringe Anteil der deutschen Rüstungsexporte ohnehin nur ein Vogelschiss sei.

International äußerten sich ebenfalls zahlreiche Politiker: Der völlig unkalkulierbare amerikanische Präsident schloss sich der Bewegung – zur Bestürzung der amerikanischen Rüstungsproduzenten – überraschend an und twitterte spontan und wie immer ohne vorher nachzudenken die Aktion „WEAPON FIRST" los. Es sei „FANTASTISCH", so Trump, „dass die GROSSARTIGEN amerikanischen Waffen nunmehr alle im Lande blieben, weil sich dann jeder Amerikaner viel BESSER BEWAFFNEN könne, um sich im Kampf Mann gegen Mann zu beweisen. Das entspreche dem amerikanischen Verständnis von Fairplay und sei sicherlich auch irgendwo in der Verfassung oder in diesem GROSSARTIGEN alten Buch, mit dem er gerne mal ein FANTASTISCHES Foto machen möchte, oder wer weiß wo sonst verankert. Er freue sich jedenfalls schon heute persönlich darauf, möglichst vielen der lausigen Demokraten mit einer GROSSARTIGEN amerikanischen Panzerfaust die eine oder andere FANTASTISCHE volle Breitseite zu verpassen."

Nur einen Tweet später und damit noch innerhalb derselben Minute änderte er jedoch seine Meinung. So konnte er mit erheblicher finanzieller Unterstützung der amerikanischen Waffenlobby NRA, die ihn schon im Präsidentschaftswahlkampf 2016 mit etwa 31 Millionen Dollar unterstützt hatte, im Hinblick auf die am 3. November 2020 anstehende

Präsidentschaftswahl eine 100-Millonen Dollar-Medienkampagne starten. Dazu twitterte er, „es sei FANTATSTISCH, so GROSSARTIGE Freunde zu haben, die ihn bei einer so FANTASTISCHEN Sache so GROSSARTIG unterstützten."

Der französische Präsident Macron erklärte, ganz Paris träume von der Liebe, wie die große Catharina Valente ja schon 17 Jahre vor seiner Geburt gesungen habe. Aber „je suis vraiment désolé", so wenig wie es ohne Liebe gehe, gehe es eben auch ohne Kriege. Er sehe sich deshalb außerstande, sich der Bewegung anzuschließen.

Boris Johnson witterte eine erneute Finte der EU und startete mit der ihm eigenen Irrationalität, „I am the Bory, this is my story", und ohne zu wissen, welches Ziel er damit verfolgte, die Aktion „bum-bum-brexit".

Der türkische Präsident Erdogan drohte der Europäischen Union, die Grenzen für Waffen zu öffnen, sollte die EU nicht weitere Mittel für den Neubau von Waffenarsenalen und Waffenkammern in der Türkei zur Verfügung stellen. Notfalls werde er Tausende von Raketen auf die griechischen Inseln schießen.

Der chinesische Präsident Xi Jinping ließ sofort landesweit das Internet und den Platz des Himmlischen Friedens sperren. Beide Maßnahmen erwiesen sich aber als nicht ausreichend, weil die Menschen auf andere Weise Informationen erhielten und sich an zahlreichen Orten versammelten. Genaue Zahlen waren aus China nicht zu erfahren, aber die Agenturen gingen davon aus, dass sich mehr als fünf Millionen Menschen dezentral an den Aktionen beteiligten. Im Gegensatz zu Russland fanden in China für die am ersten Tag verhafteten 5.000 Demonstranten Gerichtsverfahren statt.

Zehn nach dem Zufallsprinzip aus den 2.980 baugleichen Marionetten des Volkskongresses ausgewählte Parteigenossen wurden für einen Tag zu Volksrichtern ernannt. Jeder Richter verhandelte zehn Stunden, und zwar jeweils eine Stunde gegen 50 Personen. Für jeden Angeklagten blieb damit eine Minute Zeit, die häufig schon durch die Feststellung der Personalien ausgefüllt war, außerdem standen zehn Minuten pro Stunde für die Teepausen der Richter zur Verfügung. Nach nur einem Tag waren die 5.000 Verfahren abgeschlossen. Dies wurde im chinesischen Staatsfernsehen, das über die Hintergründe der Prozesse nicht berichtete, als erneuter Beweis für die Überlegenheit des chinesischen Systems gegenüber den verweichlichten westlichen Demokratien gefeiert. Denn es sei mit einfachsten Mitteln gelungen, Saboteure, Kollaborateure, Konterrevolutionäre, Staatsfeinde und Feinde des chinesischen Volkes binnen kürzester Zeit unschädlich zu machen. Alle Verfahren endeten selbstredend mit einer Verurteilung, wobei die Begründungen variierten: Hochverrat (37 %) und Rowdytum (24 %) waren die Favoriten, aber schädliche Umtriebe, Verstoß gegen das Versammlungsverbot, prowestliche Propaganda und staatsfeindliche Agitation wurden ebenfalls bemüht. Interessant und dem westlichen Justizwesen fremd war, dass den Verurteilten zwar nicht zum „Ob", aber doch zum „Wie" der Bestrafung ein Wahlrecht eingeräumt wurde: Sie konnten frei entscheiden, bereits am nächsten Tag vor großem Publikum den himmlischen Frieden auf nämlichem Platz zu finden oder aber ihren Wohnsitz für mindestens 25 Jahre nach Uigurien zu verlegen. Bis auf zwei 89-Jährige und vier 87-Jährige wählten alle Verurteilten in der Hoffnung, lebend aus dem Umerziehungslager zurückzukehren, den dortigen Aufenthalt.

Die nächsten Ausführungen beschrieben
die Reaktion des russischen Diktators.

Wegen des im Augenblick der Drucklegung
andauernden brutalen Kriegs gegen die
Ukraine und aus Respekt vor dem
Volk der Ukraine bleibt diese Seite frei.

Aus der großen Welt zurück ins kleine Münster: Die Aktionen hielten die ganze Nacht fast unvermindert an, viele Demonstranten verzichteten auf das heimische Bett. So kam es in der westfälischen Metropole schon am Morgen des Tages drei im gesamten Stadtgebiet zu einem kombinierten Lock- und Shutdown. Mehr als 50.000 Menschen versammelten sich allein in der Innenstadt. Fast alle Geschäftsinhaber – *eine* Ausnahme bildete Nanu-Nana – hatten aus Vorsicht „vor dem Mob" ihre Ladenlokale erst gar nicht geöffnet, das galt auch für die Stadt Münster und alle anderen öffentlichen Einrichtungen. Schulen und Hochschulen blieben geschlossen. Viele Mitarbeiter des öffentlichen Dienstes machten nach dem Motto „my home it my office" die interessante Erfahrung, dass man die Dienstzeit auch zu Hause mühelos ohne Arbeit verbringen kann. Aus Sicherheitsgründen schlossen alle Speiserestaurants und Lokale, boten aber einen schnell aus dem Boden gestampften Außerhausverkauf an.

Die Aktionen beschränkten sich inzwischen schon längst nicht mehr auf das Stadtzentrum. Denn auch die Bewohner vieler Vororte wie Angelmodde, Westbevern, Gremmendorf und Sprakel waren infiziert. Im idyllischen Gimbte kam es gar zur ersten Demonstration in der bis in das Frühmittelalter (8./9. Jahrhundert) zurückreichenden Geschichte des Dorfes.

Alle Nah- und Fernverkehrszüge nach Münster waren überfüllt, der Verkehr am Bahnhof brach unter der Last der ankommenden Demonstranten zusammen. Als es wegen der Menschenmassen vor dem Bahnhof keine Möglichkeit mehr gab, diesen zu verlassen, blockierten die Ankommenden kurzerhand die Gleise, wobei die entstehende Schlange schon nach kurzer Zeit im Norden bis zur Schleuse am Dortmund-Ems-Kanal, im Osten bis Telgte, im Süden bis Hiltrup und im Westen bis weit hinter Havixbeck reichte. Damit kam der gesamte Zugverkehr endgültig zum Erliegen. Um 13:09 Uhr informierte die Deutsche Bahn mit einer geringfügigen Verspätung von nur wenigen Stunden ihre Kunden über „Zugausfälle wegen Menschen im Gleisbett" und gab den Tipp, den Großraum Münster großräumig zu umfahren. Auch die an Münster vorbeiführende Autobahn A1 war betroffen. Um Urlauber Richtung Nordseeküste nicht zu verärgern und aus Gründen der Verhältnismäßigkeit, beschränkte man sich aber darauf, nur die Fahrbahn in Richtung Ruhrgebiet zu blockieren, um die dort ansässigen Rüstungsbetriebe vom Nachschub abzuschneiden.

In der Nacht von Tag zwei auf Tag drei war auf dem Schlossplatz eine riesige Konzertbühne aufgebaut worden, die ab elf Uhr morgens bespielt wurde. Zunächst gaben der verkaterte Udo Lindenberg, „Komm, wir ziehen in den Frieden", und die nicht mehr ganz taufrische Nicole, „Ein bisschen Frieden", vor über 15.000 Zuhörern ihr erstes, zugleich aber auch letztes gemeinsames Konzert, „Die kleine Friedenstaube hat den Schuss nicht gehört"; „Igitt, der Typ ist ja völlig irre". BAP, die Toten Hosen und zahlreiche andere Künstler folgten.

Matthias Reim sang zur Kaffeezeit seinen Welthit „Frieden, ich brauch dich, ich brauch dich nicht, Frieden, ich lieb dich, ich lieb dich nicht, Frieden, ich will dich, ich will dich nicht, ich will dich nicht verlier'n." Am frühen Abend traf etwas verspätet ein unausgeschlafenes Double des 2002 verstorbenen Sängers Hans Hartz ein. Dieser hatte nach einem Konzert in Neuseeland, von wo er erst vor drei Stunden in seinem Privatjet Hartz IV zurückgekehrt war, einen Jetlag. Er besang dennoch eindrucksvoll mit rauchig-harziger Stimme die Müdigkeit der weißen Tauben. Die Zuhörer schwenkten dazu ohne Unterlass statt der obligatorischen Feuerzeuge begeistert Tausende und Abertausende blaue Becher mit weißer Friedenstaube.

Peter Maffay textete spontan, und dadurch noch etwas holprig um:

> Es war ein schöner Tag, in Münster an der Aa
> und dank Heinrich Kollmann, ein Wunder wurde wahr
> er stieß sie kraftvoll an, die tolle MFF
> und daraus ist geworden ein großes Friedensfest.
> Denn bald herrscht Frieden, nicht nur in Europa
> nein, es herrscht Frieden auf der ganzen Welt
> wir sehen schon die Friedenstaube fliegen
> und es herrscht Frieden.

Das Publikum raste und fiel begeistert ein:

> Denn bald herrscht Frieden, nicht nur in Europa
> nein, es herrscht Frieden auf der ganzen Welt
> wir sehen schon die Friedenstaube fliegen
> und es herrscht Frieden.

Diese Verse wurden sicherlich dreißig-, wenn nicht fünfzigmal geradezu inbrünstig gesungen, dazu die blauen Becher mit der weißen Taube über den Köpfen geschwenkt, bis der Peter der Menge Ruhe gebot. Nachdem diese eingekehrt war, ließ Maffay, die alte Rampensau, ganz bewusst einen kleinen Moment verstreichen, um sodann eine strategisch geschickt vorbereitete, an Symbolkraft nicht zu überbietende Aktion zu starten: Er hatte aus Österreich den achtzigjährigen Peter Siegfried Krausnecker, besser bekannt als Peter Kraus, einfliegen lassen und überdies Bettina Wegner eingeladen. So sangen Kraus, Maffay und Wegner gemeinsam einen textlich angepassten alten Maffaysong über eine Gewehrkugel mit dem neuen, Hoffnung machenden Vers, „und wenn du fliegst, dann fliegt nur ein Teil von dir, und der andere bleibt bei mir“. Dieses Lied stieß nicht zuletzt wegen der einzigartigen Zusammensetzung des Trios bei den Fans auf große Begeisterung.

Wegen der Ankündigung, das komplette Friedenskonzert täglich zweimal zu wiederholen, beantragte die Waffenschmiede Krauss-Maffei Wegmann – laut Homepage „der europäische Marktführer für hochgeschützte Rad- und Kettenfahrzeuge“ – wegen Verunglimpfung ihrer kriegerischen Marke am nächsten Vormittag beim Landgericht Münster den Erlass einer einstweiligen Verfügung gegen die ausführenden Künstler Kraus, Maffay und Wegner. Darin sollte diesen verboten werden, noch einmal in der Dreierzusammensetzung aufzutreten und den Song von der trägen Gewehrkugel zu Gehör zu bringen.

Der Antrag erlitt aber Schiffbruch, weil die zuständige Richterin diesen mit der Begründung, der Freiheit der Kunst gebühre ganz ohne Frage der Vorrang vor rein geschäftsmäßigen, ethisch überdies bedenklichen Interessen, ohne viel Federlesens mit nur zwei Sätzen abschmetterte. Zu dieser Kürze mag auch beigetragen haben, dass die Richterin etwas in Eile war, da ihr Jüngster um fünf vor zwölf und damit nur etwa eine Stunde nach Eingang des Antrags an einer „Friedensregatta für Optimisten“ auf dem Aasee teilnehmen sollte. Die Bezeichnung Optimist war bewusst doppeldeutig gewählt worden: Sie bezog sich zum einen auf die Bootsklasse für die kleinen Nachwuchssegler, daneben aber auch auf die großartige Entwicklung der MFF-Bewegung, die selbst die größten Optimisten nicht für möglich gehalten hatten. Leider erging es dem Nachwuchssegler nicht besser als Krauss-Maffei Wegmann. Weil er eine kleine Bö unterschätzte, erlitt er ebenfalls Schiffbruch. Dieses Schicksal sollte auch die spätere Schadensersatzklage der Waffenschmiede gegen Peter Maffay und seine Friedensfreunde am Landgericht Münster ereilen. Die Berufung am OLG Hamm, die Revision am Bundesgerichtshof und die Verfassungsbeschwerde am Bundesverfassungsgericht blieben erfolglos. Von der Anrufung des Europäischen Gerichtshofs sah der des Unterliegens überdrüssige Konzern ab.

Zurück zur aktuellen Situation: Am Abend des Tages drei brachte der ewige Hannes Wader auf der eigens aus Bregenz herbeigeschafften weltweit größten Seebühne, die auf dem Aasee errichtet wurde, mit der ihm ganz eigenen innigen Friedensinbrunst Auge in Auge mit der untergehenden Sonne die „Fünf wilden Schwäne" zu Gehör, von denen er zwar wusste, dass sie leuchtend weiß und schön waren, aber nicht, wohin sie zogen. Denn gar niemand, weder einer der 30.000 Zuschauer noch der Hannes, sollte die Tiere jemals wiedersehen.

Für 23:00 Uhr waren auf der Bühne des Schlossplatzes ganz besondere Künstler aus dem Ausland angekündigt worden. Weil nichts nach außen drang, machten die wildesten Spekulationen, wer damit gemeint sein könnte, die Runde. Unter anderem wurden die Stones und Elton John gehandelt.

Um 23:03 Uhr wurde die komplette Bühne in schwarzes Licht getaucht. Die inzwischen auf fast 30.000 Menschen angewachsene Menge hielt den Atem an und hüllte sich in ein andächtiges, fast heiliges Schweigen. Die Erwartungshaltung war unbeschreiblich. Die 13-jährige Yvonne S. aus Udo Lindenbergs Geburtsstadt Gronau hielt die Spannung nicht mehr aus und war der Ohnmacht nahe. Deshalb entglitt ihr der blaue Becher mit der weißen Friedenstaube, die stolz die Nummer 34.289 auf dem Flügel trug. Die Tasse fiel zu Boden, der Henkel brach ab, während der Becher im Übrigen und damit auch die Taube unbeschädigt blieben. Aber das Geräusch des abbrechenden Henkels peitschte wegen der andächtigen, gar gespenstigen Ruhe wie ein Schuss über den ganzen Schlossplatz.

Nachdem es gänzlich verklungen und die erwartungsvolle Stille zurückgekehrt war, gewahrten die unmittelbar vor der Bühne stehenden Friedensfreunde, dass aus dem hinteren Bereich voller Würde eine Frau mit einer Gitarre nach vorne schritt. Der erste Scheinwerfer wurde langsam hochgefahren, nach wenigen Sekunden war Joan Baez zu erkennen.

„Hello Munster, hello world. Ick bin so glucklich to be here. Ick bin ein Munsteraenerin. It's so peaceful, it's so beautiful. Thanks to Henry Coleman, thanks für euch allen."

Die Menge tobte, viele, besonders Ältere hatten Tränen in den Augen. Die Menschen waren nicht mehr zu beruhigen, sie gerieten in Verzückung, vereinzelt gar in Ekstase. Das von Johann Conrad Schlaun 1787 im Barockstil erbaute Fürstbischöfliche Schloss, das heute die Universitätsverwaltung beherbergt, drohte einen ähnlich großen Schaden zu nehmen wie bei den Luftangriffen des Jahres 1942 und 1945. Das Schloss wurde in seinen Grundfesten erschüttert; es wankte wie bei einem mittleren Erdbeben, hielt aber glücklicherweise stand. Im benachbarten Schlossgarten wurden demgegenüber über 100 Jahre alte Bäume entwurzelt. Aber die Begeisterung sollte sich noch steigern: Joan Baez griff wie beiläufig zur Gitarre, spielte ein paar Akkorde aus dem Song Sacco und Vanzetti, hielt inne, sah nachdenklich, wie gedankenverloren, ins Publikum und kündigte nach einer kurzen, fast schmerzenden Pause einen weiteren Gast an. Dieser habe zwar das erste Flugzeug aus den Staaten verpasst, sodass sie nicht zusammen angereist seien, doch sei der besondere Gast zu ihrer großen Freude in dieser Minute und damit gerade noch rechtzeitig eingetroffen. Die Bühne wurde wieder vollkommen abgedunkelt, dann erklangen die ersten Akkorde, die schon bald vom ekstatischen Jubel der Massen verschluckt wurden, sodass im Schloss einige Fensterscheiben barsten.

„Where have all the flowers gone?" sangen Joan Baez und Bob Dylan gemeinsam. Allein das Konzert dieser beiden großartigen Künstler dauerte statt der geplanten *einen* Stunde mehr als *drei* Stunden, also bis nach zwei Uhr nachts. Als Joan und Bob in der sechsten Zugabe a cappella die MFF-Hymne anstimmten, fielen geschätzt 50.000 gesangsdurstige Kehlen voller Inbrunst ein: „All we are saying is give peace a chance."

By the way: Erst einige Jahre später sollte sich der lange gehegte Verdacht des eingefleischten norddeutschen Hardcore-Dylanfans Hermann-Joseph Rollmeyer, „der Rolli", bestätigen. Diesem Fan war schon bei der in allen Dritten Programmen und in zahlreichen privaten Fernsehsendern erfolgten Liveübertragung aufgefallen, dass mit seinem Idol „irgendetwas nicht stimmte". Aber der Rolli konnte zunächst nicht ergründen, woher sein Störgefühl rührte. Erst nach mehrfacher Betrachtung des Auftritts in Slow Motion XXL einschließlich Standbild bemerkte der Edelfan, dass der vorgebliche amerikanische Songwriter den kleinen Finger der linken Hand für einige Sekunden geringfügig, indes vollkommen dylanuntypisch abspreizte. Der Rolli fand mit seiner Entdeckung aber nirgendwo, nicht einmal bei der Telefonseelsorge Gehör, weil alle Welt davon ausgehen wollte und deshalb davon ausging, dass der echte Bob Dylan sich der Welt gezeigt hatte. Die Abweichung vom Original war im Übrigen so minimal, dass selbst Joan Baez *nicht* erkannte, dass der Mann an ihrer rechten Seite *nicht* der Mann war, der in den Sechzigern einige Jahre der Mann an ihrer Seite gewesen war.

Erst im Mai 2025 sollte mittels einer mit einem Smartphone in einem Eppendorfer Grillimbiss von einem zufällig anwesenden Esser aus Essen aufgezeichneten, nur scheinbar halbdebilen Plauderei zwischen dem Imbissbudenbesitzer I. und dem arbeitslosen Bademantelträger D. ans Tageslicht kommen, dass Dylan sich in Münster und an anderen Orten in Europa und Asien immer wieder von dem deutschen Schauspieler, Sänger und Kabarettisten Olli D. hatte doubeln lassen. In dem zwischen Wirt und Gast geführten Gespräch ging es auf durchaus beachtlichem Niveau um Themen wie Wahn, Wahrscheinlichkeit, Wahrheit und Wahrhaftigkeit. Nach längerem gegen sich selbst geführtem Kampf entschloss sich der Besucher D. zu dem Bekenntnis, über viele Jahre, so auch im Friedensherbst 2019 in Münster, als Double für Bob Dylan aufgetreten zu sein. Der Bademantelträger schüttete die Wahrheit mit dem Bade aus, er trug seine Confessio wie entfesselt vor.

Angefangen habe alles, als Dylan einen 2013 fest zugesagten Auftritt auf der kleinsten Bühne der Welt im dem von D.

zusammen mit Cordula Stratmann einmalig moderierten Frühstücksfernsehen ganz kurzfristig abgesagt habe. „Nur so aus Spaß“ sei er eingesprungen und habe Dylan gedoubelt, was sonderbarerweise niemand bemerkt habe. Dylan habe aber, wie auch immer, Wind von der Sache bekommen und durch gleich 14 amerikanische Rechtsanwälte mit existenzvernichtenden rechtlichen Schritten gedroht. Allein um zu überleben, habe er den rabiaten Anwälten angeboten, den großen amerikanischen Künstler gegen Erstattung der Reisekosten auch bei anderen Gelegenheiten „zu vertreten“. Er wisse, dass das alles unwahrscheinlich klinge, aber er sei nicht wahnsinnig, die Schilderung entspreche der Wahrheit, sie sei wahrhaftig wahr.

Der essende Essener unterbrach das Essen und stellte diese sensationelle Neuigkeit bereits online, bevor er sein Menü, Pommes-Mayo-Curry, zu Ende gegessen hatte. Aus dem nur 2:13 Minuten langen Video erfuhr die Welt auch, dass Olli D. als Double wegen eines zuvor schon zweimal verschobenen Konzerts im Jugendzentrum Oberammergau bei der Überreichung des Literaturnobelpreises an Bob Dylan im Jahre 2017 zunächst hatte passen müssen. Erst drei Monate nach dem vom Komitee vorgesehenen Termin war D. stellvertretend für D. nach Stockholm geflogen und hatte die Preisurkunde und die Nobel-Medaille an einem geheim gehaltenen Ort unter Ausschluss der Öffentlichkeit entgegengenommen. Während des am Abend stattfindenden Konzerts in Stockholm verlor D. kein einziges Wort zu dem nur wenige Stunden zuvor übergebenen Preis und zu dessen Übergabe. Für dieses dem Publikum gegenüber überraschende, dem Komitee gegenüber befremdliche Verhalten gab es eine ganz einfache Erklärung: Original und Double hatten sich zuvor nicht auf eine Erklärung verständigen können, weil D. für D. über Wochen nicht erreichbar war, sodass D. nicht wusste, was er anstelle von D. sagen sollte. Und gemäß der von den Tremeloes bereits 1964 propagierten Weisheit „Silence is Golden" schwieg er halt. Der damals achtjährige Olli D. hatte den Song übrigens, wann immer er aus dem Röhrenradio erklang, bar jeder Kenntnis der englischen Sprache zur – allerdings nur anfänglichen – Freude seiner in „Offebach" lebenden Familie mit „Seiltanz von droben" mitgesungen. Dabei hatte der Offenbäscher Bub, obwohl er kurz zuvor eine Vorstellung in einem kleinen Wanderzirkus gesehen hatte, keine Vorstellung davon, was unter einem derartigen Tanz zu verstehen sein könnte.

Noch während das Konzert in Münster stattfand, sandte eine emotional völlig aufgelöste Yoko Ono aus einem tibetischen Kloster von ihrem hineingeschmuggelten Laptop per Skype unter bewusstem Verstoß gegen die geltenden strengen Klosterregeln eine Grußbotschaft und bedauerte bitterlich weinend, dass ihr John nicht mehr habe erleben dürfen, wie Joan und Bob auf der Bühne in Münster und vor den Augen der Welt gemeinsam Johns wunderbaren Song zu Gehör brachten. In den nächsten Stunden folgten die Auftritte zahlreicher anderer weltbekannter Künstler. Genau 50 Jahre nach dem legendärsten Festival der Musikgeschichte wehte mehr als nur ein Hauch Woodstock durch Münster.

Abseits des Schlossplatzes hatte Kollmann dank der Weitsicht der RTL-Reporterin dem selbst ernannten Pressesprecher inzwischen gänzlich den Rang abgelaufen und war ein gefragter Interviewpartner. Dummerweise hatte er auf dem Paulinum mehr als ausreichend Latein und Griechisch, aber nur wenig Englisch und gar kein Französisch gelernt. Deshalb konnte er den zahlreichen inzwischen anwesenden ausländischen Journalisten – der nunmehr zum ersten Mal in seiner Geschichte zum „International Airport" avancierte Flughafen Münster-Osnabrück platzte aus allen Nähten – die Interviews nur auf Deutsch geben. Aber es gab genug Teilnehmer, die simultan übersetzten. Kollmann war weltweit präsent! Er war die Greta der Bewegung MFF.

Alles lief prächtig, alles lief großartig. Kollmann konnte trotz der ihm angeborenen Bescheidenheit und anerzogenen Demut – sein Taufspruch hatte gelautet: „Alle Wege bahnen sich vor mir, weil ich in der Demuth wandle" – nicht umhin sich einzugestehen, dass er ein Held, ein wirklicher Held, ein Hero war. Er fand großen Gefallen in seiner Rolle und sonnte sich fast wie ein Sonnenkönig wohlig im warmen Friedenslicht, das seit Beginn der Abenddämmerung von unzählbaren Teelichtern erzeugt wurde. Diese wurden in die blauen Tassen gestellt, um ein Ausblasen durch den Wind zu verhindern.

Kollmann stellte mehr als zufrieden, gar ein wenig stolz fest, dass seine Aktion nunmehr bereits drei Tage andauerte und immer noch an Kraft gewann. So konnte, so sollte es weitergehen. Endlich hatte er nach 57 Jahren gefunden, wonach er, ohne es zu wissen, sein ganzes Leben lang gesucht hatte. Aus einem kleinen Richter am Landgericht war ein großer Richter für den Frieden, ein Friedensrichter für die ganze Welt geworden. ‚Besser geht nich!'

Inzwischen kursierte die Zahl von 20 Millionen Teilnehmern weltweit, Tendenz exponentiell steigend. In unzähligen Nachrichtensendungen, Kommentaren, Zeitungsberichten und Millionen Tweets in den unsozialen Medien hieß es übereinstimmend, dass die von Münster ausgegangene

Pandemie für den Frieden nicht mehr aufzuhalten sei. Es mutete beinahe so an, als seien die Medien gleichgeschaltet. Die Chefredakteurin Dr. Coro Navirus einer großen Tageszeitung konstatierte, MFF sei mit einem unsichtbaren Virus zu vergleichen, das sich in rasanter Geschwindigkeit und ungeachtet von Ländergrenzen und politischen Systemen um die ganze Welt verbreite, ohne zwischen Ost und West, Arm und Reich, Schwarz und Weiß oder wer weiß was für Merkmalen zu unterscheiden.

Die Zeitspanne, in der sich eine Verdoppelung der Teilnehmerzahl ergab, wurde ständig kleiner. Der Mitreiß-Wert (M-Wert), der angibt, wie viele andere Menschen ein einzelner Demonstrant mitreißt, lag aktuell über 4,0. Die Teilnehmer des Leistungskurses III Mathematik des Gymnasiums Paulinum errechneten, dass keine Kriege mehr möglich seien, sobald sich 80 % der Erdbevölkerung der MFF-Bewegung angeschlossen hätten. Insoweit wurde von einer Doktorandin der Soziologie der Uni Greifswald nach reichlichem Genuss von Küstennebel der Terminus „Durchfriedung" geprägt, der wie der Begriff der „Berufsverbote" in den Achtzigerjahren mangels Übersetzbarkeit weltweit eins zu eins in zahlreiche andere Sprachen übernommen wurde.

Bei einem konstanten M-Wert von 4,0, so das *vorläufige*, weil noch nicht abgesicherte Ergebnis des LK III Mathe, wäre eine Durchfriedung von 80 % der acht Milliarden Erdbewohner in weniger als drei Wochen erreicht. Sollte die Bewegung an Kraft verlieren und der M-Wert auf 2,0 sinken, wären etwa drei Monate anzusetzen. Ein Scheitern von MFF drohe demgegenüber, wenn der M-Wert dauerhaft unter 1,0 sinke, weil sich die Friedensbewegung dann totliefe. Diese Zahlen waren sehr griffig, verfügten aber über den Nachteil, dass sie nicht valide waren, weil niemand wusste, welche Daten, Annahmen und mathematischen Methoden ihnen zugrunde lagen. Eine Überprüfung war deshalb nicht möglich. Außerdem tauchten Zweifel auf, ob tatsächlich die Teilnehmerinnen und Teilnehmer des LK III Mathe des Paulinums die Berechnungen angestellt hatten. Gerüchteweise war zu hören, dass die Berechnungen von einer Grundschulklasse aus Altenberge stammten.

Dennoch waren diese Zahlen nun einmal in der Welt und wurden je nach Standpunkt gefeiert oder verflucht. Die weltweite Waffenlobby, die nicht von einer „Durchfriedung", sondern von einer „Durchseuchung" sprach, klammerte sich voller Hoffnung daran, dass der M-Wert schon kurzfristig, auf jeden Fall aber doch mittel- oder jedenfalls langfristig unter 1,0 sinken möge. Sie versuchte den politischen Entscheidungsträgern in Berlin und in zahlreichen anderen Hauptstädten durch ihre große Schar von Lobbyisten vor Ort klarzumachen, dass eine unkontrollierte weitere Durchseuchung durch strikte Ausgangssperren, weitreichende Kontaktbeschränkungen und das Verbot von Veranstaltungen mit Teilnehmern aus mehr als zwei Haushalten gestoppt werden müsse. Außerdem sei es erforderlich, sofort ein Importverbot für alle bereits produzierten blauen Tassen mit weißer Taube zu verhängen und deren Herstellung in allen Ländern der Welt bei hoher Strafandrohung, „Freiheitsstrafe nicht unter zehn Jahren, Abschöpfung aller erzielten Gewinne mit 500 % Strafzuschlag", zu verbieten. Denn die Symbolkraft dieses verdammten Keramikartikels billigster Machart sei geradezu überwältigend. Ohne eine vollständige Ausrottung der Tassen würde es kaum gelingen, die Bewegung zu stoppen.

Binnen weniger Stunden kam es zu einer unheiligen, gar unheimlichen Allianz der fünf Länder mit den weltweit meisten Rüstungsexporten – USA, Russland, Frankreich, Deutschland und China –, die sich bisher bis aufs Messer bekämpft hatten. Nach einer Studie des Friedensforschungsinstituts SIPRI entfielen auf diese fünf Länder in den Jahren 2015-2019 mehr als drei Viertel aller weltweiten Waffenexporte.

Eine Vorreiterrolle bei der Bekämpfung der MFF-Bewegung nahmen die deutschen Waffenschmieden ein, die sich wegen des drohenden Verlusts von – angeblich – „deutlich mehr als einer Million Arbeitsplätzen" in tiefer Sorge zeigten. Schnell wurde aus den satten Gewinnen des letzten Monats eine exorbitant teure Strategie gegen MFF „ins Leben gerufen" – eine etwas eigentümliche Umschreibung für eine Aktion von Rüstungskonzernen, deren Produkte daran gemessen werden, wie gut sie sich zum Töten eignen. Die Mitarbeiter der beauftragten Marketingagentur hatten zuvor eine Werbekampagne für die katholische Kirche betreut, „Der Missbrauch darf nicht zu politischen Zwecken missbraucht werden!", und standen ganz offenbar noch unter dem Einfluss der zahlreichen Gespräche mit den katholischen Würdenträgern. Dies mag der Grund dafür sein, dass sie bei ihrem neuen Auftrag an das Motto „Die Schöpfung bewahren" anknüpften und „aus tiefster Sorge um die gefährdeten Arbeitsplätze" der Slogan „Meine Beschäftigung bewahren", kurz MBB, kreiert wurde. Es mag ein Zufall sein, dass diese Abkürzung exakt der entsprach, die der größte Rüstungsexporteur Deutschlands Messerschmitt-Bölkow-Blohm bis zur Übernahme durch die Daimler-Benz-Tochter Dasa im Jahre 1989 geführt hatte.

Mithilfe der durch MFF in ihrer Daseinsberechtigung ernsthaft bedrohten Bundeswehr wurden aus einem der wenigen flugfähigen Helikopter Hunderttausende von Flugblättern mit der Losung „MBB“ abgeworfen, in denen in geradezu rührender Art und Weise, ausgehend von der gegenüber Arbeitnehmern bestehenden Fürsorgepflicht der Arbeitgeber, auf die drohende Massenarbeitslosigkeit hingewiesen wurde. Die uneinsichtigen Demonstranten nahmen den Hilfeschrei aber nicht gebührend zur Kenntnis, sondern bastelten aus den Flugblättern Sonnenhüte und kleine Papierschiffchen. Bald schwamm auf dem Aasee eine papierne Armada für den Frieden.

Kollmann verhinderte ein weiteres Anwachsen der Flotte, weil er sich ein Flugblatt nahm und den Text mit großem Amüsement durchlas. Danach steckte er das Pamphlet, denn mehr war es nicht, in die Tasche genau jenes Sakkos – den feinen Anzug hatte er heute im Schrank gelassen –, in der er in seinem früheren, gefühlt Jahrzehnte zurückliegenden Leben einige Tage den an Eva gerichteten Brief getragen hatte. ‚Mein Gott, wie unwichtig das alles geworden ist‘, dachte Kollmann, ‚wie konnte ich mich nur so verrennen? Das war sehr egoistisch, gar unverantwortlich, weil ich zu etwas ganz Großem berufen bin und jede noch so kleine Spur von Egoismus und Privatheit unterdrücken muss. Ich darf nicht an *mich*, ich muss nur an andere denken und daran, die Menschheit von der Geißel der Kriege zu befreien. Das ist meine verdammte Aufgabe, das ist meine wahre Berufung!‘

Genauso würde er es Therese, seinen Kindern, den Enkelkindern und später seinen Urenkeln erklären und ihnen dabei dieses unsinnige Flugblatt zeigen. Kollmann begriff mehr und mehr, dass das, was hier passierte, unvorstellbar war, dass es eigentlich gar nicht passieren konnte, dass alles unglaublich war. Und wer, bitte schön, hatte das alles ausgelöst? Er, er allein, er ganz allein! Und wie hat er das alles in Gang gebracht? Dadurch, dass er zu einem Sit-in in der Salzstraße statt eines weißen Bechers mit einem roten Herz der Not gehorchend den blauen Becher mit der weißen Friedenstaube mitgenommen hatte.

Kollmann war sich bewusst, dass die Historiker schon sehr bald weltweit die Frage diskutieren würden, welche Bedeutung dem Flügelschlag eines Schmetterlings in Shanghai im Verhältnis zum Gurren der Friedenstaube in Münster zukäme. Die Antwort lag auf der Hand: Der Schlag war ein Nichts, das Gurren der Taube war alles. Dank der von ihm, von ihm ganz allein gestarteten Aktion würde die Welt eine andere, eine bessere sein: eine Welt ohne Waffen, ohne Kriege, ohne Hunger und ohne Not. Es würde keine Flüchtlinge mehr geben, weil jeder Mensch, wo auch immer auf der Welt er geboren war und lebte, das tun konnte, was seiner Bestimmung entsprach: ein menschenwürdiges Leben führen. Kollmann lehnte als nüchterner Richter natürlich jede Form von Pathos ab, aber hier war ganz ohne Frage eine breite Spur Pathos angebracht.

Obwohl selbstredend das Große und Ganze im Vordergrund stand, verlor Kollmann auch das Kleine nicht aus den Augen. Nur ein Beispiel: Die Lage auf den griechischen Inseln würde sich verbessern. Zwar würden die Eilande nach wie vor nicht den griechischen Einwohnern gehören, aber immerhin würden die zahlungskräftigen Touristen wieder an die Stelle der zahlungsunfähigen Flüchtlinge treten. Eingezäunte, menschenunwürdige Flüchtlingslager wie Moria gäbe es nicht mehr, stattdessen würden gut gesicherte, vielsternige

Hotelfestungen mit Wachdiensten gegen unerwünschte Besucher entstehen. Kollmann würde, falls seine Zeit es zulassen sollte – was er als Kopf der Bewegung indes bezweifelte –, mit Therese im Wege des Inselhoppings diese hübschen Flecken Erde in Hellas besuchen, so wie sie es vor 30 Jahren als Rucksacktouristen getan hatten. Alles war gut, alles sollte so bleiben, wie es gerade war.

Aber nichts blieb so, wie es war, weil es gar nicht so war, wie Kollmann es wahrgenommen hatte. Denn all das, was er glaubte, erlebt zu haben, beruhte auf Wahnvorstellungen, ausgelöst durch die Einnahme starker Drogen: MFF hat es nie gegeben, Münster war kein zweites Woodstock, *diese* unsäglichen Statements der Politiker blieben der Welt erspart, der „International Airport Münster/Osnabrück" blieb ein kleiner unbedeutender Regionalflughafen und Olli Dittrich hat Bob Dylan nur ein einziges Mal, nämlich 2013 im Frühstücksfernsehen, gedoubelt. Und was hatte sich tatsächlich zugetragen?

Nun, ein freundlicher junger Mann hatte Kollmann etwa 30 Minuten nach Beginn seines Sit-ins, das bis dahin keinerlei Wirkung gezeigt hatte, hinter vorgehaltener Hand angesprochen. Kollmann hatte einsam und verlassen auf seinem Campinghocker gesessen, überdies war sein Kaffeevorrat bereits bedenklich zur Neige gegangen, und er spielte bereits mit dem Gedanken, die Aktion auf Dauer oder zumindest für heute zu beenden. Der Dealer hatte mit gedämpfter Stimme ohne Punkt und Komma, ohne Rücksicht auf Feinheiten der deutschen Groß- und Kleinschreibung, in rasantem Tempo und ohne eine Pause zwischen den Wörtern fast wie von Sinnen auf Kollmann eingeredet:

„dasistjavollechteinestarkeperformancealterdieduhierauflegstdu-
sitztimfeinenzwirnmiteinembasketballkäppiaufeinemcampinghockervollinnercityeysowashabeichvollnochniegesehenichschwöre“

„Das freut mich, dass es jedenfalls Ihnen gefällt.“

„javollhammerhartalterunddeswegenmacheichdireinvollsupersonderangebot.“

„Ach, und was soll das sein?“

„habeichhierdreikleinemuntermacherdiekannstefürzweihunnisvollandichziehen.“

„Und was soll das sein? LSD, Crystal Meth? Oder etwa Merters Echte, Rostermanns Melissengeist, Agnes Edelkirsch oder was?“ Die Namen dieser neuartigen synthetischen Drogen, die seit einiger Zeit den Markt überschwemmten, kannte Kollmann aus einem vor vier Monaten stattgefundenen Prozess gegen ein in ganz Deutschland tätiges Drogenkartell. Die Kammer hatte damals richtig zugelangt und gegen die sechs Angeklagten Freiheitsstrafen zwischen acht und zehn Jahren verhängt. Die dagegen gerichteten Revisionen der Verurteilten waren noch beim Bundesgerichtshof anhängig.

„sachanalterdukennstdichjavollausalterechtvollkrasshätteichdirbeideinemvollfeinenzwirngarnichtzugetraut.“

„Also, was ist das denn nun fürn Zeug?“

„nixnixvondemzeugwattekennstalteristvollneuundvollungefährlichabervollhundertmalbesserichschwöre.“

„Gut, ich nehme die Dinger, aber ich zahle nur 100.“

„needuopferdasläuftnichtdasistjavollaufdumping.“

„Gut, dann eben nicht.“

„manndumachstmichvollfertigmanaberichwillmalnichtsoseinalterdugefällstmirvollganzinechtichschwöre."

Kollmann hatte einen Hunni gezahlt und drei kleine, unscheinbar aussehende weiße Pillen erhalten, die der junge Mann, ein abgebrochener Chemiestudent, in der letzten Nacht in seinem kleinen Labor produziert hatte. Einigen Testpersonen hatte er zuvor entsprechende Pillen mit einer deutlich geringeren Dosis verabreicht, sie hatten „voll großartig" gewirkt. Jetzt hatte er die Zusammensetzung „etwas modifiziert", über die Wirkung wusste er noch nichts Genaues zu sagen. Deshalb und weil er ein durch und durch seriöser Kaufmann war und überdies viel Wert auf eine lang dauernde Kundenbindung legte, hatte der Dealer seinen neuen Kunden eindringlich, ausnahmsweise sogar mit Punkt, Komma und Ausrufungszeichen und Pausen zwischen den Wörtern, gewarnt: „Aber vorsichtig, Alter! Die Dinger sind voll hammerhart. Immer nur *eine einzige* nehmen und dann mindestens eine volle Ewigkeit von acht Stunden warten, sonst bekommst du aber so was von voll einen voll tollen Flash!"

Kollmann hatte nichts dagegen, voll einen Flash zu bekommen, schlug die Warnung des ehrbaren Kaufmanns in den Wind und schluckte alle drei Pillen mit dem letzten Schluck Kaffee innerhalb von wenigen Sekunden. Nur eine Minute später war er „voll" zusammengebrochen und hatte begonnen, „voll" heftig zu halluzinieren. Der Lieferant hatte nicht zu viel versprochen, er hatte „voll toll" geliefert.

Als Eva in diesem Augenblick, obwohl sie es eigentlich nicht wollte, doch einen Blick nach draußen auf den Verrückten warf, sah sie, dass Kollmann mit einem völlig verzerrten Gesichtsausdruck gekrümmt am Boden lag. Er schien einen epileptischen Anfall zu haben, was offenbar niemanden kümmerte, denn zahlreiche Passanten gingen kopfschüttelnd vorbei, wobei sie sich immerhin – so weit reichte ihr Interesse dann doch noch – fragten, wie der besoffene Penner an diesen feinen Anzug gekommen sein mochte; ein eingefleischter Basketballfan des UBC Münster widerstand nur mit Mühe der Versuchung, die Kappe mit der 23 „zu sichern", blieb aber auch im Übrigen untätig.

Eva rief hingegen sofort einen Krankenwagen und rannte danach auf die Straße zu Kollmann, hockte sich neben ihn und versuchte, erste Hilfe zu leisten, wobei sie beruhigend auf ihn einredete. Aber sie bemerkte schnell, dass sie ihn nicht erreichte, obwohl sie Kollmann in diesem Augenblick, nicht nur körperlich, so nah war wie nie zuvor. Sie wusste nicht, ob es aus Mitleid geschah, aber ihre bisherige schroffe Ablehnung gegenüber ihrem Verehrer nahm deutlich ab, sie empfand sogar ein bisschen Sympathie für den alten Herrn. Denn es war doch eigentlich herzergreifend, dass dieser sich für sie auf die Straße gesetzt hatte.

Und er konnte ja nicht wissen, dass sie sich aus alten Männern, aber auch aus jungen Männern, überhaupt aus Männern gar nichts, rein gar nichts machte. Sie war an Männern nicht interessiert nach dem, was sie bisher mit ihnen erlebt hatte. Im Übrigen war sie schon seit zwei Jahren mit Melanie zusammen, auch wenn sie noch nicht zusammenwohnten. Melli hatte eine hübsche Wohnung mit Blick auf die Kreuzkirche, aber Eva fühlte sich in der Goethestraße sehr wohl. Ein Mann hatte jedenfalls keinen Platz in ihrem Leben, vielleicht abgesehen davon, dass Melli und sie später einen oder auch zwei kleine Jungs adoptieren könnten, um diese *nicht* zu Männern, sondern zu Menschen zu erziehen. Denn insoweit gab es nach Auffassung beider Frauen beträchtliche Unterschiede. Aber die Familienplanung stand im Moment nicht auf der Tagesordnung, zumal es in ihrer Beziehung seit einigen Wochen ein wenig kriselte.

Wo man am meisten fühlt, weiß man nicht viel zu sagen

Annette von Droste-Hülshoff

Montag, 16. September 2019, 10:40 Uhr

Kollmann wurde mit Blaulicht und Martinshorn in die nahe gelegene Raphaelsklinik gebracht, wo ihm der Magen ausgepumpt und er für 72 Stunden in ein künstliches Koma versetzt wurde. Nachdem man ihn aufgeweckt hatte, erblickte er wie durch einen Grauschleier Therese und Moni an seinem Bett, beide übernächtigt und mit so traurigen Blicken, dass Kollmann seine Augen sofort wieder schloss.

„Heinrich", „Papa", „Therese", „Moni", mehr wurde an diesem und auch an den nächsten Tagen nicht gesprochen, aus diesen vier Wörtern bestand die ganze Unterhaltung.

Nachdem sich Kollmanns Gesundheitszustand nach weiteren fünf Tagen stabilisiert hatte, wurde er von der Intensivstation auf eine andere Station verlegt. Dabei hatte er das große Glück, eines der wenigen Einzelzimmer beziehen zu können. Therese und Moni besuchten ihn regelmäßig, konnten aber trotz allen Bemühens nicht herausfinden, was sich zugetragen hatte.

Warum hatte Papa sich auf einem Campinghocker in die Fußgängerzone gesetzt? Was hatte er zu sich genommen, was hatte ihn kollabieren lassen? Und was hatte dieses handgemalte Schild „Aus reiner Liebe" zu bedeuten? Fragen über Fragen, auf die es keine Antworten gab. „Wieso? Weshalb? Warum? Wer nicht fragt, bleibt dumm.", heißt es so schön in der Sendung Sesamstraße, die Moni sich immer so gern mit Papa zusammen angesehen hatte. Also fragten Therese und Moni ihn immer wieder, „wieso? weshalb? warum?", blieben aber dumm, weil Kollmann auf alle ihre Fragen stereotyp antwortete: „Ich weiß es nicht. Ich weiß nicht einmal, *dass* ich dort gesessen, und ich weiß erst recht nicht, *warum* ich dort gesessen habe.“

Etwa zwei Wochen nach Kollmanns Einlieferung in die Klinik bat der behandelnde Arzt Therese um ein Gespräch. „Frau Kollmann-Hermesberger, meine Kollegen und ich sind ratlos. So einen Fall haben wir noch nicht erlebt. Wir wissen immer noch nicht, was Ihr Gatte zu sich genommen hat. Es muss eine sehr starke, chemisch hergestellte Droge gewesen sein, nicht das Übliche, was seit Jahren auf dem Markt ist. Denn LSD, Crystal Meth und das ganze andere Teufelszeug sind in ihren Auswirkungen wesentlich moderater. Wir haben den Mageninhalt zu einer Analyse zum LKA nach Düsseldorf geschickt, ohne großen Erfolg. Nur einige Bestandteile konnten analysiert werden. Das Zeug ist völlig neu, wir wissen nicht, was drin ist, wo es herkommt, wo es hergestellt wurde und wie Ihr Mann drangekommen ist. Auch die Mitarbeiter der Drogenfahndung stehen vor einem Rätsel und sind sehr besorgt. Sie flüchten sich wie eigentlich immer, wenn sie nichts wissen, in die Vermutung, dass ein russisches Labor oder der Chinese dahinterstecken könnte. So gebe es zum Beispiel in Wuhan ein großes Labor, in dem vieles ausprobiert werde.

Zum gesundheitlichen Befinden Ihres Gatten: Sein Zustand ist jetzt so stabil, dass er nicht länger in unserer Klinik bleiben muss. Aber unverkennbar hat er erhebliche psychische Probleme. Er redet im Schlaf davon, er habe die ganze Welt gerettet und völlig zu Recht den Friedensnobelpreis erhalten. Die ‚NFF-Bewegung‘ oder so ähnlich, man kann es nicht genau verstehen, gehe schließlich auf ihn zurück. Wir wissen nicht, was es mit dieser Bewegung auf sich hat und was Ihr Mann damit zu tun haben könnte. Selbst bei Google sind wir nicht fündig geworden. Ein junger Kollege hat gar ohne Erfolg das Darknet durchsucht, keine Ahnung, wie er da reingekommen ist."

„Ich weiß, gerade gestern Nachmittag hat er mir gegenüber auch von dieser großartigen Bewegung gesprochen, die er in Gang gesetzt habe. Er sei ein Friedensengel, ein Friedensnobelpreisträger und möchte in Zukunft von mir Henry Kohlemann oder so ähnlich genannt werden."

„Ja, das passt zu unseren Beobachtungen. Außerdem macht uns sein Gedächtnisverlust große Sorgen. Ihr Mann weiß nicht, was passiert ist, wo es passiert ist, und kann auch nicht einordnen, wie lange er bereits bei uns in der Klinik liegt. Ihr Mann muss deshalb dringend weiterbehandelt werden."

Therese ahnte, was jetzt kommen würde, wollte es aber nicht wahrhaben und sagte deshalb nichts.

„Wir schlagen vor, Ihren Mann in die LWL-Klinik zu verlegen, damit er dort weiterbehandelt wird".

„Aber er könnte doch zu Hause wohnen und eine ambulante Therapie machen", warf Therese hilflos ein.

„Das halte ich aus medizinischer Sicht für ganz und gar ausgeschlossen. Nein, das geht wirklich nicht. Es wäre außerdem am besten, wenn der Aufenthalt in der Klinik auf freiwilliger Basis erfolgen würde. Eine Zwangseinweisung müsste richterlich angeordnet werden. Gerade auch angesichts des beruflichen Backgrounds Ihres Gatten und einer eventuellen späteren Rückkehr in den Beruf, die aus heutiger Sicht nicht unmöglich erscheint, hielte ich das für problematisch. Bitte reden Sie mit ihm. Wir haben das Thema bisher nur kurz angesprochen. Ihr Mann hat recht abweisend reagiert und gemeint, er sei nicht krank und müsse nicht zu den Verrückten in die Klapse. Er habe nur einen kleinen Schwächeanfall erlitten, sei jetzt aber wieder fit und könne in Kürze wieder arbeiten gehen, auch wenn er im Augenblick nicht so ganz genau wisse, wo er zuletzt gearbeitet habe. Vielleicht in Lüdinghausen oder in Hamm, es könnte aber auch Münster gewesen sein."

Therese schwieg, in ihrem Kopf schwirrten ungeordnet viele Gedanken herum.

„Lassen Sie sich gerne etwas Zeit mit Ihrer Entscheidung. Einige Tage kann Ihr Mann noch problemlos hierbleiben. Und es gibt auch eine gute Nachricht: Wir sehen keine Gefahr der Eigen- oder Fremdgefährdung."

„Na, das ist ja schon mal was, Herr Doktor. Vielen Dank, ich werde versuchen, mit meinem Mann zu sprechen. Ich bin keine Medizinerin, aber ich glaube, dass Ihr Vorschlag gut und sinnvoll ist. Wie lange müsste mein Mann denn voraussichtlich in der LWL-Klinik bleiben?"

„Das ist schwer zu sagen, weil wir ja nicht wissen, was er eingenommen hat und wie lange sein verwirrter Zustand und sein Gedächtnisverlust anhalten. Ich denke, wir sollten zunächst von etwa sechs Wochen ausgehen, danach sollte die Behandlung ambulant fortgeführt werden können."

„Ich danke Ihnen für das Gespräch. Zunächst werde ich mich mit meinen Kindern beraten, danach werde ich versuchen, mit meinem Mann zu sprechen."

Wenige Stunden später saßen Therese und die drei Kinder am Abendbrottisch. Keiner hatte Appetit, keiner aß etwas. Henriette und Raimund waren nachmittags kurz in der Klinik gewesen und hatten mit ihrem Vater gesprochen. Ihr Eindruck entsprach dem, den Therese gewonnen hatte.

In großer Einmütigkeit waren deshalb alle vier der Meinung, dass eine stationäre Behandlung in der LWL-Klinik alternativlos sei. Das Problem bestand jedoch darin, wer ihren Vater davon überzeugen sollte. Ohne dass es zwischen den Beteiligten abgesprochen war, richteten sich plötzlich drei Augenpaare auf Moni, die nachdenklich nickte. „Gut, ich probiere das, ich werde morgen mit Papa reden."

Und Moni schaffte es tatsächlich, ihren Vater davon zu überzeugen, dass er sich „jedenfalls für ein paar Tage" in der anderen Klinik weiter erholen sollte. Wohlweislich vermied sie Vokabeln wie Psychoanalyse, Gruppentherapie, neurologische Untersuchungen und dergleichen. Er solle nur ein wenig zur Ruhe und wieder zu Kräften kommen.

Auf seinen Einwand, für eine weitere Erholungsphase fehle ihm die Zeit, weil er „die Bewegung" weiter anführen müsse, erwiderte Moni, in der Bewegung gebe es ganz hervorragende Vertreter, die ihre Sache sehr gut machten. Er könne ja wieder einsteigen und erneut die Führungsrolle übernehmen, sobald er sich erholt habe.

„Ist die Bärbel dabei? Und man sollte unbedingt die Vera einbinden!"

„Die Bärbel ist in vorderster Front dabei, die Vera im erweiterten Kreis."

Moni hatte das scheinbar leichthin, in Wirklichkeit aber mit schlechtem Gewissen gesagt, da es eine glatte Lüge war. Denn sie wusste weder, was es mit dieser Bewegung auf sich hatte noch wer die Bärbel und die Vera waren. Sie suchte Trost darin, dass der Zweck bekanntlich die Mittel heiligt. Und sie hatte mit der bestärkenden Lüge Erfolg.

Am 2. Oktober 2019 erfolgte die Verlegung. Kollmann wehrte sich zunächst gegen einen Transport im Krankenwagen, ließ diesen dann aber zu. Doch er widersetzte sich erfolgreich dagegen, im Liegen transportiert zu werden. So genoss er die etwa vier Kilometer kurze Fahrt im Sitzen und warf einen interessierten Blick auf das, was sich auf den Straßen abspielte. Obwohl er nur etwas mehr als zwei Wochen in der Raphaelsklinik verbracht hatte, kam ihm einiges von dem, was er sah, fremd vor, was ihm zu denken gab.

In der LWL-Klinik bezog Kollmann ein großzügiges Zimmer mit Blick in den gepflegten Garten, der einen großen Teil des Areals einnahm. Schnell wurde der Psychotherapeutin, die die Eingangsuntersuchung vornahm und Kollmann in den ersten Tagen betreute, klar, dass das, was Kollmann zu sich genommen hatte, eine verheerende, immer noch deutlich anhaltende Wirkung ausgelöst hatte. Zwar reduzierten sich Kollmanns körperliche Defizite, abgesehen von gelegentlichen Schwindelanfällen und einer starken Müdigkeit, bereits deutlich. Der Patient litt aber immer noch unter Wahnvorstellungen und beklagte einen großen Gedächtnisverlust. So sprach er mit Frau und Tochter über familiäre Dinge und erinnerte sich an viele, wenn auch nicht an alle Einzelheiten, aber er wusste nicht, welchen Beruf er ausgeübt hatte. Und zu dem eigentlichen Vorfall, der ihn zunächst in die Raphaelsklinik und jetzt in dieses Haus gebracht hatte, vermochte er gar keine Angaben zu machen und reagierte bei Nachfragen zunehmend aggressiv. „Ich weiß es doch nicht, verdammt noch mal. Hört endlich auf mit der Fragerei!"

Die erfahrene Psychotherapeutin – sie blickte auf eine fast 30-jährige Berufstätigkeit zurück – konnte sich an keinen vergleichbaren Fall erinnern; sie war fachlich mit ihrem Latein am Ende, weil sich auch zwei Wochen nach Beginn der

Therapie allenfalls minimale Behandlungserfolge zeigten. Die Therapeutin stellte den Fall deswegen ausführlich im montäglichen Kolloquium vor, an dem alle Kolleginnen und Kollegen aus der Abteilung teilnahmen. Dabei zeigte ein junger Psychologe namens Andrej Mertens besonderes Interesse. Bei der nächsten Zusammenkunft überraschte er alle Anwesenden mit einem auf fünf Wochen angelegten, sehr differenzierten, wenn auch ungewöhnlichen Therapievorschlag nach einem Fünf-Phasen-Schema. Dieses enthielt einzelne Bestandteile, die in der Praxis bisher nicht bekannt waren, noch nicht einmal in der aktuellen Fachliteratur diskutiert wurden.

Auf die Frage, wie der Kollege Mertens so schnell einen so interessanten Ansatz entwickelt habe, antwortete er ganz bescheiden, er habe einige Nächte durchgearbeitet und sich sehr umfassend mit einer alten Studienfreundin beraten. Der Vorschlag sei deshalb zwar im Wesentlichen, aber nicht ganz allein auf seinem Mist gewachsen. Damit hätte er es bewenden sein sollen, doch unvorsichtigerweise fügte er hinzu, als junger Psychologe nehme er das Privileg für sich in Anspruch, abseits ausgetretener Pfade neue Wege zu beschreiten und mithin einen ganz neuen Therapieansatz zu verfolgen. Diese großspurige Bemerkung stieß bei den renommierten und erfahrenen Fachkollegen, was nicht verwundern mag, auf eine nur sehr kontrollierte Begeisterung.

Nach längerer hitziger Diskussion entschied das Kolloquium mit einfacher Mehrheit gleichwohl, namentlich auch wegen fehlender Alternativen, dem jungen Mann in Abstimmung mit der erfahrenen Psychotherapeutin den Fall zu übertragen. Dies geschah freilich unter der Bedingung, dass er außerdem wöchentlich im Kolloquium einen Bericht zu erstatten hatte. Das tat er in der Folgezeit und konnte dabei stetig auf kleine Erfolge verweisen. Zugleich informierte er über die nächsten von ihm geplanten Schritte.

Tatsächlich ging es in der „Causa Kollmann“ bergauf. Langsam, aber stetig besserte sich dessen Gesundheitszustand, Kollmanns Erinnerungen in Bezug auf den der Einweisung zugrundeliegenden Vorfall kamen Stück für Stück zurück. Zunächst sah Kollmann Evas Gesicht einige Tage wie durch einen Weichfilter gezeichnet, gleichsam wie auf einem Foto von David Hamilton. Dann nahm das Bild nach und nach schärfere Konturen an, und schließlich hatte er Evas Gesicht klar vor Augen. Plötzlich wusste er auch wieder, warum er auf dem Campinghocker in der Fußgängerzone gesessen hatte. Schließlich erinnerte er sich auch daran, dass ein netter junger Mann ihm drei kleine Pillen für einen „Hunni“ verkauft und dass er diese Pillen gegen dessen ausdrücklichen Rat gleichzeitig eingenommen hatte.

Als ein Seelsorger einige Tage später, bekleidet mit einer dunklen Soutane, mit den Worten „Im Namen des Herrn“ in Kollmanns Zimmer trat, erwiderte dieser spontan, dass es „Im Namen des Volkes“ heißen müsse. Im selben Augenblick war die Erinnerung zurückgekommen, dass er als Richter gearbeitet hatte. Kollmann wusste aber immer noch nicht wieder, an welchem Gericht er zuletzt tätig gewesen war. Auch sonst lag nach wie vor noch vieles im Dunkeln.

Die rudimentären Erinnerungen waren ein Grund dafür, dass Kollmann weder Therese noch Moni noch die Ärzte an seinen langsam zurückkommenden Erinnerungen teilhaben ließ. Insbesondere über Eva wollte er mit niemandem sprechen, zumal er auch damit zusammenhängend immer noch erhebliche Erinnerungslücken hatte. Wie hatte das angefangen? Was war in ihm vorgegangen? Wer war diese Eva überhaupt? Woher kannte er sie? Was hatte er von ihr gewollt? Auf keine dieser vielen Fragen fand Kollmann eine Antwort.

Moni brach derweil ihre Zelte in Hamburg vorübergehend ab, „Ich muss mich um Papa kümmern.“, und überließ ihr WG-Zimmer gegen ein kleines Entgelt einem kubanischen Austauschstudenten namens Stefanos, der einen deutschen Großvater hatte und ihr auf Anhieb sehr sympathisch war. Sie nahm als „inoffizielle Gasthörerin“ an einigen juristischen Vorlesungen, „Wiederholung und Vertiefung – WuV“, an der Uni Münster teil, die in den Semesterferien stattfanden. Im Übrigen arbeitete sie nach dem Motto „Man hört es in der Uni, aber man lernt es zu Hause“ viel am Schreibtisch ihres Vaters. Vielleicht würde das ohnehin später einmal ihr Arbeitsplatz werden.

Nachdem Kollmann sich fünf Wochen nach der Einlieferung eher ungewollt gegenüber dem behandelnden Psychologen Andrej Mertens, der über eine sehr gute Fragetechnik verfügte, ein wenig geöffnet und von der „kleinen Episode mit Eva“ berichtet hatte, sprach dieser – mit Kollmanns Einverständnis – mit Therese und Moni darüber. Folgenreich war aber, dass der Psychologe zwar gut fragte, aber schlecht zuhörte und Kollmann deshalb nicht ganz richtig verstand, zumal dieser sich unklar und nebulös ausgedrückt hatte.

„Frau Kollmann-Hermesberger, wir wissen jetzt im Groben, was passiert ist. Wenn Sie möchten, werde ich es Ihnen erzählen. Ihr Mann ist einverstanden, aber Sie müssten auch zustimmen. Die Wahrheit könnte ein Schock für Sie sein.“

„Schock hin, Schock her, wir wollen endlich wissen, was los ist, Herr Mertens. Die Wahrheit wird leichter zu ertragen sein als die unerträgliche Unwissenheit der letzten Wochen", antwortete Therese für sich und für ihre Tochter.

„Nun, dann muss ich Ihnen leider mitteilen, dass Ihr Mann vermutlich einige Monate eine Beziehung zu einer jungen Frau mit dem Vornamen Eva unterhalten hat. Mir gegenüber hat er sich ein einziges Mal ein klein wenig geöffnet und weinerlich, stockend und schwer zu verstehen genuschelt: ‚Eva wollte mich ... nicht ... mehr ... mehr kann ich doch ... auch nicht tun.'

Auf meine Nachfrage, wer Eva sei: ‚Eva aus dem ... Drogeriemarkt ... in der Salzstraße ... so jung und so schön ... meine zweite ... große Liebe.'

Wir müssen davon ausgehen, dass diese Eva die Beziehung zu Ihrem Mann beendet hat. ‚Eva wollte mich nicht mehr. Mehr kann ich doch auch nicht tun.' Ihr Mann hat danach wohl versucht, sie mit dem Sitzstreik vor der Drogerie umzustimmen. Bei der Gelegenheit oder vielleicht auch schon zuvor muss er starke Drogen gekauft und verkonsumiert haben. Das ist alles nicht absolut sicher, entspricht aber unserem heutigen Kenntnisstand. Mehr kann ich Ihnen deshalb leider nicht sagen, das ist alles, was wir im Augenblick wissen."

Das, was nach der Aussage des Therapeuten „alles" war, war indes mehr als genug. Es traf Ehefrau und Tochter völlig unvorbereitet, wie ein von hinten geführter Dolchstoß. Der Schock saß tief.

Therese war außer sich, sie konnte und wollte sich nicht beruhigen. Sie schrie, „Lasst mich!", und schlug sich mit der Faust gegen die Stirn, sodass der Psychologe einen Arzt hinzurief, der ihr ein Beruhigungsmittel verabreichte. Wie konnte Heinrich so etwas tun? Warum hatte er sie so schändlich hintergangen? Warum hatte er nicht mit ihr gesprochen? Warum hatte er kein Vertrauen zu ihr gehabt? Aber sie machte sich auch Selbstvorwürfe: Warum hatte sie ihn nicht zur Rede gestellt, obwohl sie in den letzten Monaten auffällige Veränderungen in seinem Benehmen festgestellt hatte? Und warum hatte sie das volle Ausmaß nicht erfasst, obwohl sie seit 30 Jahren mit Heinrich zusammenlebte?

Sie war tief enttäuscht von Heinrich, aber auch von sich. Sie hatte versagt, sie war ihrem Mann in dieser schwierigen Situation keine Hilfe gewesen. Vielleicht hatte sie nicht gefragt, weil sie Angst vor der Wahrheit hatte. Sie machte sich starke Vorwürfe. Heinrich hatte gefehlt, sie hatte versagt, was ähnlich schwer wog.

Therese fiel in ein tiefes Loch. Sie wusste nichts mehr. Sie wusste vor allem nicht, wie es weitergehen sollte. Was würde sein, wenn Heinrichs Aufenthalt hier zu Ende war, wenn er wieder zu Hause wohnen würde? Könnte das Zusammenleben je wieder so schön, so unbeschwert, so selbstverständlich sein, wie es bisher gewesen war? Oder würde die nächsten Jahre, vielleicht auch Jahrzehnte, immer etwas zwischen ihnen stehen, etwas Unsichtbares, etwas nicht Greifbares, Misstrauen, Zweifel, Fragen?

Moni war in sich zusammengesackt. Sie sagte nichts, sie atmete ganz flach, fast so, als wolle sie das Atmen einstellen. Die letzten Wörter des Psychologen hatte sie nur noch gedämpft wie durch Watte gehört. Für sie war in weniger als einer Minute eine Welt, nein, die *ganze* Welt zusammengebrochen. Der bisher schier unerschütterliche Glaube an ihren Vater hatte einen tiefen Riss bekommen. Das fast kindlich anmutende, grenzenlose Vertrauen war zerstört, die Liebe zu ihrem Vater, die verklärte Verehrung für ihn, der Stolz auf ihn, alles war zwar nicht weg, aber doch stark beeinträchtigt, es fühlte sich gänzlich anders an als zuvor. Wie sollte sie je wieder mit ihm reden, unbeschwert reden, vertrauensvoll reden, wie sie es von Kindheit an getan hatte? Sie wusste nicht, ob und wie ihr das in Zukunft gelingen sollte. Und sie hatte Angst, furchtbar große Angst: Um ihre Mutter, um ihren Vater, um ihre Familie. Nichts war mehr so wie vorher, alles war ungewiss. Das Heute war ungewiss, das Morgen war ungewiss und an das Übermorgen mochte sie erst gar nicht denken. Wie sollte das alles weitergehen, wenn es denn überhaupt weiterginge?

Therese hatte nach der Verabreichung des Beruhigungsmittels still und leise zu weinen begonnen. Moni nahm sie in den Arm, doch der Versuch, sie zu trösten, schlug fehl, zumal sie selbst dringend Trost benötigte.

Der Psychologe hatte die beiden Frauen taktvoll allein gelassen. So saßen sie noch eine ganze Zeit Arm in Arm in dem spartanisch eingerichteten Besprechungszimmer. Beide hingen ihren Gedanken nach, beide sorgten sich auch um die jeweils andere: Wie würde ihre Mutter damit fertig werden? Wie würde Moni damit fertig werden? Was steckte überhaupt hinter diesem „damit?" Wie hatte passieren können, was passiert war, oder war eigentlich gar nichts passiert, ließ sich vielleicht noch alles retten, ließ sich alles noch reparieren? Was konnten sie tun für den Mann, den Vater, die Mutter, die Tochter, für ihre Familie?

In den nächsten Tagen spendeten sich Therese und Moni wechselseitig Trost. Sie versuchten ihre eigene Schwäche, ihre Verzweiflung, ihre Traurigkeit zu überspielen und ein normales Leben zu führen, obwohl alles anders war als normal. Aber mit der Zeit wurden sie stärker, kämpferischer und auch zuversichtlicher. Sie waren bereit, die Herausforderung anzunehmen, sie wollten, dass alles wieder so sein würde, wie es vorher war. Sie sehnten sich zurück nach der glücklichen, der heilen Familie.

Das, was passiert war, sollte verdrängt werden, es sollte und würde in Vergessenheit geraten. Die genauen Hintergründe von Heinrichs Zusammenbruch waren zum Glück bei Freunden, Bekannten und Arbeitskollegen nicht bekannt, der Zusammenbruch selbst und dass Kollmann starke Drogen unbekannter Herkunft eingenommen hatte, waren hingegen in Münster einige Tage Stadtgespräch gewesen. Die Zeitungen hatten keinen Namen genannt, den „Vorfall“ als solchen aber ausführlich geschildert, ihre Berichte mit einigen Mutmaßungen und Andeutungen ausgeschmückt und mit einem Bild vom Hocker, der blauen Tasse mit der weißen Taube und dem Basketballkäppi garniert. In der Gerichtskantine und auf den Gerichtsfluren, selbst in Teilen der Anwaltschaft war „Richter K.“ mehrere Wochen das alles beherrschende Thema.

Das muss man sich mal vorstellen, das war eigentlich unvorstellbar. Ein auf einem Campinghocker in der Fußgängerzone sitzender Richter kollabiert nach der Einnahme starker Drogen und sitzt jetzt in der Klapse. Aber dieser Kollmann war ja immer schon ein wenig sonderlich. Obwohl 20 Jahre ins Münsterland gegangen waren, war der Versuch von „Richter K.“, auf der Weihnachtsfeier mit dem Vize einen Tango zu tanzen, plötzlich wieder omnipräsent. Und jeder erinnerte sich daran, dass dieser Kollmann mindestens (!) einmal unter dem Richtertisch seine durchnässten Schuhe und Socken ausgezogen hatte, nachdem er davor im strömenden Regen mit dem Fahrrad zum Gericht gefahren war. Er verhandelte also barfuß.

In dieses Bild fügte sich nahtlos ein, dass eine Justizwachtmeisteranwärterin (JWA), die davon träumte, später in einer JVA (Justizvollzugsanstalt) mit knackigen Knackis zu arbeiten, bei einer anderen Gelegenheit gesehen haben wollte, dass Richter K. seine wassergetränkte Hose und seine Socken in seinem Dienstzimmer auf der Heizung trocknete und die Akten ohne Schuhe, Socken und Hose bearbeitete. Stattdessen habe er seine Robe getragen, um – so die interessierte JWA – „sein Gehänge zu verhängen".

Ach ja, die Erprobung in Hamm hatte dieser Kollmann nach nur zwei Wochen oder so geschmissen, wer weiß, was dort alles vorgefallen war. Dieser Richter K. war ohne Frage ein sonderbarer Vogel. Ganz klar im Kopf war der jedenfalls nicht, das stand nunmehr wohl endgültig fest.

Nachdem Andrej Mertens Therese und Moni über Kollmanns Verhältnis zu der jungen Frau unterrichtet hatte, machte sich Moni auch viele Gedanken dazu, wie es wohl dieser Eva gehen mochte. Diese hatte möglicherweise mitbekommen, dass ihr Ex-Liebhaber zusammengebrochen und mit dem Krankenwagen weggebracht worden war. Stellte das eine Belastung für Eva dar? Oder hatte sie den Vorfall abgehakt und war froh darüber, dass ihr Verflossener jedenfalls im Augenblick aus dem Verkehr gezogen war? Könnte es für den Therapieerfolg sinnvoll sein, dass ihr Vater und Eva ein Gespräch führten, vielleicht unter Anleitung des Psychologen? Bestand so vielleicht die Möglichkeit, dass ihr Vater endgültig von seinem „Wahn" befreit würde? Wieso „Wahn"? Das war ein hässliches Wort, weil die Assoziation zu „wahnsinnig" auf der Hand lag, aber wie sollte man das

Verhalten ihres Vaters sonst nennen? Er war wohl im Liebeswahn gewesen, vielleicht war er es immer noch.

Früher hatte Moni, auf seinen Knien sitzend, mit Begeisterung das Lied vom kleinen Matrosen gesungen, bei dem nach und nach die einzelnen Wörter des Textes durch pantomimische Handbewegungen ersetzt werden:

„Ein kleiner Matrose umsegelte die Welt,
er liebte ein Mädchen, das hatte gar kein Geld.
Das Mädchen musst' sterben, und wer war schuld daran?,
ein kleiner Matrose in seinem Liebeswahn."

Erst jetzt bemerkte Moni, wie wenig kindgerecht der Text dieses Liedes war, das sie 100- oder 1000-fach ohne Verstand gesungen hatte. Warum musste das Mädchen sterben? Was hatte der Liebeswahn des Matrosen mit dem Tod des Mädchens zu tun? Hatte er seine Angebetete aus Eifersucht oder verschmähter Liebe umgebracht, weil sie ihn nicht erhört hatte? Ging es um eine unerhörte Liebe? War das ein Thema für ein Kinderlied? Wohl kaum.

Moni sprach mit dem jungen Psychologen, der ihren Vater behandelte, die Frage an, ob ein Gespräch mit Eva sinnvoll sein könnte. Der Therapeut war sich nicht sicher, ob sich daraus eine Besserung ergeben würde, meinte aber, eine Verschlechterung ausschließen zu können.

„Wir sollten das probieren, ich habe in anderen Fällen mit diesem Vorgehen schon recht gute Erfahrungen gemacht. Es gibt aber auch Konstellationen, in denen nichts dabei herumkommt. Könnten Sie denn so freundlich sein, diese Eva zu fragen, ob sie zu einem Gespräch bereit ist?"

„Ja, das kann ich übernehmen, ich kümmere mich darum." Moni ging auf dem Rückweg von der LWL-Klinik zum Drogeriemarkt und wandte sich dort an den Filialleiter. Sie schilderte ihr Anliegen und fragte höflich nach den Personalien der Mitarbeiterin Eva, stieß aber zunächst auf taube Ohren.

„Wir haben schon genug Probleme wegen Ihres Vaters gehabt. Jetzt muss für Frau Hartmann" – damit hatte der Chef ungewollt Evas Nachnamen preisgegeben – „und für unser Geschäft endlich Ruhe herrschen. Dieses ist bereits in einen zweifelhaften Ruf geraten. Immer noch stehen täglich Gaffer vor den Fenstern. Es fehlt nur noch, dass die Stadtführungen hier einen Halt einlegen. Und schauen Sie sich mal die Stellungnahmen auf Facebook an. Die alleinige Schuld an dem Vorfall wird von sehr aktiven Verschwörungstheoretikern Frau Hartmann zugeschrieben, die dort als ‚Liebesgöttin in Weiß', als ‚Racheengel mit dem Unschuldsgesicht', als ‚Femme fatale' und als ‚Dämonin Lilith' beschimpft wird, wer auch immer das sein mag."

„Ja, das ist alles ganz furchtbar. Es tut mir wirklich leid, dass es so viele Probleme gibt. Aber vielleicht könnte ich wenigstens kurz mit Frau Hartmann sprechen. Dann mag sie selbst entscheiden, ob sie eine oder zwei Stunden Zeit für ein Gespräch mit meinem Vater aufwenden möchte."

„Gut, einverstanden, aber Frau Hartmann ist heute nicht mehr im Dienst. Sie können morgen ab 10:00 Uhr noch einmal kommen."

„Können Sie mir denn nicht ihre Privatadresse nennen?"

„Nein, auf keinen Fall. Die Adresse ist privat, sie heißt ja nicht umsonst Privatadresse. Das machen wir im Übrigen aus Gründen des Datenschutzes grundsätzlich nicht und in diesem besonderen Fall geht das gar nicht. Ich möchte nicht, dass Sie Frau Hartmann privat aufsuchen. Das Gespräch mit ihr kann hier im Büro in meiner Anwesenheit geführt werden oder gar nicht. Ich habe schließlich eine Verantwortung für meine Mitarbeiterin."

„Gut, das akzeptiere ich. Ich versuche dann, morgen früh wiederzukommen."

Doch kaum, dass Moni den Markt verlassen hatte, rief sie auf ihrem Smartphone das elektronische Telefonbuch auf und wurde schnell fündig. In Münster gab es nur zwei Einträge mit Eva Hartmann. Moni wählte auf gut Glück die erste Nummer. Nach fünfmaligem Klingeln sprang ein Anrufbeantworter an, der von einer der Stimme nach jungen Frau besprochen war. „Hier Eva. Bitte piepen Sie nach dem Pfeifton!" Bei der zweiten Nummer hatte Moni mehr Erfolg. Aber es stellte sich schnell heraus, dass die Angerufene nicht die gesuchte Frau Hartmann war, sondern eine ältere Dame.

Damit sprach einiges dafür, dass die Frau mit dem Anrufbeantworter die „richtige Eva" war, wohnhaft in der Goethestraße 21. Natürlich konnte es auch sein, dass es eine dritte Eva Hartmann in Münster gab oder dass die „richtige Eva" gar kein Festnetztelefon hatte oder aber nicht im Telefonbuch stand. Doch diese nicht fernliegenden Möglichkeiten wollte Moni erst gar nicht näher in Betracht ziehen. Sie ging vielmehr davon aus, die richtige Eva gefunden zu haben, und überlegte, wie sie den Kontakt aufnehmen sollte. Das war, nach allem, was vorgefallen war, nicht ganz einfach. Moni wusste, dass eine junge Frau den Notruf getätigt und auch versucht hatte, erste Hilfe zu leisten. Das war möglicherweise diese Eva. Aber was bedeutete das? Und wie sollte sie das herausbekommen, ohne mit dieser Frau zu sprechen, am besten sofort zu sprechen? Das alles sprach dagegen, ein solches Gespräch in Anwesenheit des Filialleiters zu führen. Den Termin morgen würde sie wohl nicht wahrnehmen.

Ein solches Gespräch am Arbeitsplatz käme für diese Eva völlig überraschend, fast überfallartig, und könnte deshalb und auch wegen der Anwesenheit des Filialleiters zum schnellen Scheitern verurteilt sein. Moni entschied sich, behutsamer vorzugehen. Vielleicht sollte sie dieser Eva einen Brief schreiben. Das wäre zwar behutsam, aber möglicherweise käme keine Reaktion. Dann würde sie nie erfahren, wie die Angeschriebene reagiert hätte. Und sie konnte auch nicht mit Sicherheit ausschließen, dass die Frau mit dem Anrufbeantworter nicht doch eine falsche Eva Hartmann war. Also einfach zur Goethestraße fahren, dort klingeln und direkt das Gespräch suchen? Nein, das wäre wohl ähnlich überfallartig wie ein Gespräch in den Geschäftsräumen, gar ein wenig distanzlos, und barg die große Gefahr in sich, dass diese Eva abweisend reagieren würde.

Moni entschied sich deshalb gegen den Brief und gegen das direkte Ansprechen. Sie würde stattdessen versuchen, diese Eva telefonisch zu erreichen. Sollte erneut der Anrufbeantworter anspringen, würde sie wie beim ersten Versuch keine Nachricht hinterlassen, sondern es zu einem späteren Zeitpunkt noch einmal versuchen. Und das tat sie den ganzen Abend über. Beim sechsten Versuch kurz nach halb elf hatte sie endlich Erfolg.

„Hallo, hier ist die Wüste. Welches Kamel ruft so spät noch an?“, fragte die gut gelaunte Eva, die gerade vom Kino nach Hause gekommen war und zwei Aperol Spritz intus hatte.

Moni war verwirrt, fasste sich aber schnell. „Guten Abend Frau Hartmann, entschuldigen Sie bitte meinen sehr späten Anruf. Ich habe es schon ein paar Mal probiert, Sie aber leider nicht erreicht. Ich bin Monica Kollmann, die Tochter von Heinrich Kollmann. Das ist der Mann, der vor Ihrem Geschäft …"

„Ach du Scheiße, ich dachte, das sei endlich zu Ende. Ich möchte damit nichts mehr zu tun haben."

„Das verstehe ich sehr gut, aber leider ist es nicht zu Ende. Meinem Vater geht es sehr schlecht und ich möchte …"

„Mag ja sein, aber daran kann ich nichts ändern. Mir geht es auch nicht gut. Das ist nicht spurlos an mir vorübergegangen, das können Sie mir glauben."

„Ja, das glaube ich Ihnen gerne, aber ich bitte Sie ganz herzlich um ein Gespräch. Vielleicht hilft Ihnen das ja auch."

„Ich weiß nicht, eigentlich habe ich dazu keine Lust und auch wenig Zeit. Ich habe zwei Jobs und muss meine Magisterarbeit abschließen. Ich bin den ganzen Tag unterwegs und zeitlich total eingespannt."

„Verstehe ich, ich bin auch Studentin, aber es ist wirklich wichtig. Ich bitte dich" – Moni wechselte zum Du – „wirklich herzlich um ein Treffen, Eva."

„Ach, ich weiß nicht."

„Nur eine halbe Stunde."

„Gut, meinetwegen, aber nicht länger."

„Vielen Dank, das ist lieb von dir, Eva. Wann könnten wir uns treffen?"

„Ich habe morgen von zehn bis zwei Dienst, vielleicht um kurz nach zwei im Lamberti-Café. Kennst du das? Ach, und sag mir noch mal deinen Vornamen."

„Ich bin Monica, also Moni. Ja klar, das Café kenne ich, ich werde da sein, ich danke dir, Eva."

„Dann Tschüss und bis morgen. Gute Nacht, Moni."

„Ja, gute Nacht, Eva. Vielen Dank noch mal."

Am nächsten Tag saß Moni, ähnlich aufgeregt und angespannt wie vor einem Rendezvous, bereits zehn Minuten vor der vereinbarten Zeit im Café, nicht ahnend, dass Eva auch schon anwesend war. Sie hatte etwas früher Schluss gemacht. Erst als beide um Viertel nach zwei immer wieder etwas nervös auf ihre Uhren schauten, bemerkten sie sich.

„Moni?"

„Eva?"

„Ja."

„Ach Eva, ich freue mich so, dass du gekommen bist und dass wir uns kennenlernen und miteinander reden können."

„Ja, so ganz leicht fällt mir das nicht nach allem, was passiert ist. Aber du warst gestern am Telefon so nett, ich tue es deshalb dir zu Gefallen."

„Habt ihr schon gewählt?"

„Nee, noch nicht, bitte noch einen kleinen Augenblick."

„Ja, einen kleinen Moment noch."

Beide schauten kurz in die Karte, dann nahm Eva das Gespräch auf: „Also, um was geht es, was soll ich tun? Aber erst mal, wie geht es deinem Vater jetzt? Ist er noch im Krankenhaus?"

„In der Raphaelsklinik war Papa zwei Wochen, jetzt ist er in der LWL-Klinik, um sich weiter zu erholen und therapeutisch betreut zu werden. Er hat wohl mächtig starke Drogen zu sich genommen. Keine Ahnung, warum Papa das getan hat und wo er das verdammte Zeug herhatte."

„Ja, das muss das reine Teufelszeug gewesen sein. Im ersten Augenblick dachte ich, dass dein Vater sterben würde, als ich zu ihm hinübergelaufen war."

„Haben die Damen jetzt gewählt?"

„Einen Milchkaffee."

„Für mich bitte auch."

„Ach Eva, dann bist du also die junge Frau, die den Krankenwagen gerufen und die erste Hilfe geleistet hat?"

„Na, ich hab' mich darum bemüht. Aber ich wusste nicht, was ich machen sollte. Ich habe versucht, deinen Vater zu beruhigen, aber ich glaube, dass er mich gar nicht wahrgenommen hat. Er war völlig weggetreten. Und dann kam auch schon der Rettungswagen. Was danach passierte, weiß ich nicht. Die Polizei hat mich zweimal befragt, aber mehr konnte ich denen auch nicht sagen."

„Ach Eva, ich kann gar nicht mit Worten ausdrücken, wie dankbar ich dir bin." Und damit stand Moni auf und umarmte die ebenfalls aufgestandene Eva, wobei Moni sich wie eine Ertrinkende an Eva klammerte, was diese etwas überrascht zuließ. Als die beiden sich nach einiger Zeit wieder gesetzt hatten, fuhr Moni fort: „Also, meinem Vater geht es, wie die Ärzte immer so schön sagen, den Umständen entsprechend gut. Aber er hat in letzter Zeit keine Fortschritte mehr gemacht. Er macht den Eindruck, als stünde er unter einer großen Last. Immer wieder murmelt er vor sich hin: ‚Ich hätte das alles nicht tun dürfen, ich hätte meiner Eva das alles nicht antun dürfen, ich muss mich bei Eva entschuldigen.' Und deswegen meint der Psychologe, dass es gut wäre, wenn ihr euch unterhalten würdet."

„Um Gottes willen! Nein! Das möchte ich auf keinen Fall, das kann ich nicht, die Kraft habe ich nicht. Ich habe dir am Telefon schon gesagt, dass ich auch mächtig unter den ganzen Ereignissen leide. Ich weiß nicht, woher dein Vater meine Adresse, meinen Dienstplan und all diese Dinge hatte. Ich weiß nicht, wie lange er mir nachgestellt hat. Ich habe nur einige seiner sonderbaren Verhaltensweisen direkt wahrgenommen. Ich mag mir gar nicht vorstellen, was er sonst noch alles gemacht hat."

„Aber Eva, es ist wirklich ganz wichtig, dass ..."

„Nein, ich will das nicht, und selbst wenn ich es wollte, könnte ich es nicht. Ich habe ernsthaft überlegt, meine Wohnung und meine Telefonnummer zu wechseln und mich in eine andere Filiale versetzen zu lassen. Das habe ich alles deinem Vater zu verdanken."

„Oh Mann, was ist das für ein Mist. Das habe ich nicht gewusst und auch gar nicht bedacht, obwohl ich doch als angehende Juristin den Grundsatz „audiatur et altera pars" nicht nur kenne, sondern auch stets berücksichtigen sollte."

„Was bedeutet dieser Satz? Das ist Latein, oder?"

„Ja, das ist Latein und bedeutet so viel, dass man immer auch die andere Seite hören muss. Und das möchte ich auch gerne, ich möchte deshalb erfahren, was dir alles widerfahren ist."

„Das ist nett von dir, Moni, aber ich weiß nicht, ob ich mit dir oder mit irgendjemand sonst darüber sprechen möchte. Heute jedenfalls nicht, außerdem muss ich in fünf Minuten zur Uni zu einer Besprechung. Aber es war schön, dass wir uns kennengelernt haben. Ich hätte mir gewünscht, dass dies unter anderen Umständen passiert wäre."

„Ach Eva, du bist so nett. Können wir uns nicht noch einmal treffen, mit etwas mehr Zeit und in einer schöneren Atmosphäre?"

„Ich denk drüber nach, Moni. Lass mir ein bisschen Zeit, ich melde mich bei dir."

„Versprochen?"

„Ja, versprochen, am Sonntag oder spätestens am Montag. Ich muss jetzt schnell bezahlen."

„Ach lass, das übernehme ich."

„Das ist nicht nötig, aber gut, danke und Tschüss." Damit stand Eva auf und ging zur Uni.

Moni blieb noch eine Weile sitzen.

„Ist noch alles gut?"

„Ja, eh nein. Bringen Sie mir bitte einen Grappa, ach nee, lieber einen Cognac."

„Einen Cognac?"

„Ja, warum nicht? Spricht etwas dagegen?"

„Nein, ich meine nur. Also bis vor einiger Zeit ist häufiger ein sehr freundlicher älterer Herr gekommen, der den einen oder anderen Cognac zu sich genommen hat. Ich nenne ihn ‚meinen Franzosen'. Sonst trinkt hier eigentlich fast niemand Cognac und jetzt kommen Sie daher."

„Na, dann bin ich jetzt eben Ihre Französin. Wie sah der Franzose denn aus?"

Die freundliche Bedienung beschrieb den Gast und Moni wusste sofort, wer der „Franzose" war. Aber dieses Wissen behielt sie für sich. Sie beließ es auch bei dem *einen* Cognac und nahm danach an einer juristischen Vorlesung über besondere Klagearten teil, war aber so unkonzentriert, dass sie nichts vom Gesagten aufnahm. Es interessierte sie im Augenblick gerade nicht die Bohne, worin der Sinn einer Fortsetzungsfeststellungsklage, einer vorbeugenden Unterlassungsklage oder gar einer negativen Feststellungsklage liegen könnte.

Zwei Tage später meldete sich Eva telefonisch bei Moni. Die beiden verabredeten sich für denselben Abend beim Italiener gegenüber des alten Hüfferstifts, das heute die Fachhochschule beherbergt. Eva war sehr gefasst und berichtete im Laufe des Abends, was aus ihrer Sicht alles vorgefallen war. Schon vor der Vorspeise sprudelte es geradezu aus ihr heraus, zumal sie großes Vertrauen zu Moni gefasst hatte. Moni war, gar keine Frage, ein sympathisches Mädchen.

„Moni, ich glaube inzwischen, dass es auch für mich ganz gut sein könnte, wenn ich dir mal alles erzähle. Ich weiß heute gar nicht mehr, wann das alles angefangen hat. Es waren wohl zuerst einige Begebenheiten, auf die ich gar nicht geachtet habe. Erst im Nachhinein ist mir klar geworden, dass es möglicherweise Zusammenhänge gab.

Das erste Ereignis muss schon drei oder vielleicht auch vier Monate zurückliegen. Eine Kundin stand an der Kasse und hatte kein Geld oder nicht genügend Geld bei sich, irgendwie funktionierte auch deren blöde EC-Karte nicht. Plötzlich kam ein Mann an der Schlange vorbei und erklärte, er zahle das mit. Es kann sein, dass das dein Vater war, ich weiß es aber heute nicht mehr so genau. Obwohl das schon etwas Besonderes war, habe ich auf das Gesicht des freundlichen Mannes nicht geachtet. Ich weiß deshalb nicht, ob es dein Vater war.

Vielleicht zwei oder drei Wochen später habe ich einen Brief bekommen, den ich aber weggeworfen habe. Es stand sinngemäß drin, dass sich dein Vater mit mir treffen wolle, dass er mich kennenlernen möchte. Eine Adresse fehlte, er hatte nur seine Handynummer angegeben und um eine WhatsApp gebeten. Ich habe ihm dann eine kurze WhatsApp geschrieben und mitgeteilt, dass ich kein Treffen mit ihm möchte. Es wäre es wohl besser gewesen, wenn ich gar nicht reagiert hätte, aber ich wollte nicht unhöflich sein. Für mich war die Sache damit erledigt, für deinen Vater aber offenbar nicht.

Es kam dann zu einer peinlichen Szene im Drogeriemarkt. Dein Vater hatte sich irgendeine Kleinigkeit gekauft, einen Deoroller oder eine Zahnbürste, ich weiß es nicht mehr. Auf jeden Fall sagte er beim Bezahlen, er habe leider nur einen Zehneuroschein, was natürlich kein Problem war. Kurze Zeit später stand er wieder an der Kasse, wieder mit einem Deoroller oder so und erklärte jetzt, er habe leider nur einen Zwanzigeuroschein. Ich habe noch gar nicht geschnallt, dass dies derselbe Kunde war, mich aber schon gewundert, dass sich zwei Käufer innerhalb von vielleicht fünf Minuten dafür entschuldigten, kein Kleingeld zu haben. Und jetzt kommt es: Wiederum kurze Zeit später stand dein Vater erneut an meiner Kasse und meinte, es tue ihm leid, er habe nur einen Fünfzigeuroschein. Da kam ich mir verarscht vor und bin fast ausgeflippt. Was sollte dieser Unsinn? Ich hatte keine Lust auf so blöde Spielchen und habe gesagt, dass das so nicht gehe. Ein Wort gab das andere, sodass ich den Hausdetektiv gerufen habe."

„Mein Gott, das gibt es ja nicht. Das ist ja megapeinlich."

„Stimmt, das war sogar mehr als megapeinlich. Aber egal. Der Detektiv hat sich mit deinem Vater heftig gestritten und ihm dann ein Hausverbot erteilt. Danach haben die beiden sich wie Kampfhähne richtig gefetzt. Fast hätten sie sich sogar geprügelt ..."

„Nein, Eva, das glaube ich nicht. Das kann nicht stimmen, das kann nicht mein Vater gewesen sein. So kenne ich Papa nicht, unmöglich, du musst dich täuschen, Eva. Bitte sag, dass du dich täuschst."

„Nee, Moni, ich täusche mich nicht, denn anlässlich dieses Vorfalls habe ich mir den seltsamen Kunden zum ersten Mal genauer angesehen. Und heute weiß ich, dass es dein Vater war. 100 pro."

„Aber, das verstehe ich nicht, was sollte das denn? Warum hat er das denn nur gemacht?"

„Das klingt jetzt vielleicht blöd, aber ich glaube, er hatte sich in mich verguckt, richtig verguckt. Ich glaube, der wollte was von mir."

„Nein, das kann nicht sein, das ist unmöglich, er ist doch glücklich mit meiner Mutter ..."

„Moni, ich weiß es ja auch nicht, ich kann nur sagen, was ich vermute, wie es gewesen sein könnte. Soll ich besser nicht weitererzählen?" Eva hatte über den Tisch gegriffen und streichelte tröstend Monis Hand. Diese kämpfte mit den Tränen, das war zu viel für sie. Das konnte doch nicht sein.

„Nein, bitte erzähle weiter. Ich muss das alles wissen."

„Na ja, dann kam plötzlich dieses Päckchen mit ..."

„Was für ein Päckchen denn?"

„Nee, warte mal. Zwischendurch hat er mir auch noch mal Blumen, es waren rote Rosen, ins Geschäft geschickt. Ich habe sie dem kleinen Blumenverkäufer, der sie brachte, vor die Füße geworfen. Der arme Junge wusste gar nicht, was ihm geschah. Das war nicht richtig von mir, dafür müsste ich mich eigentlich noch entschuldigen. Aber ich war stinksauer, weil dein Vater keine Ruhe gab. Und danach kam dieses Päckchen."

„Und was war in dem Päckchen drin?"

„Eine goldene Kette. Und das Verrückte war, dass dein Vater das Päckchen nicht an die Firma, sondern in die Goethestraße geschickt hat. Ich habe mich natürlich gefragt, woher dieser Typ, Entschuldigung, woher dein Vater meine Adresse hatte. Woher wusste er, wo ich wohne? Ab jetzt hatte ich das verdammte Gefühl, verfolgt zu werden."

„Das ist ja furchtbar, das tut mir so leid. Ich weiß gar nicht, was ich dazu sagen soll. Ich ..."

„Ja, was soll man dazu sagen? Das wusste ich damals auch nicht, und ich weiß es bis heute nicht."

„Was hast du mit der Kette gemacht? Hast du sie an Papa zurückgeschickt?"

„Das ging leider nicht, dein Vater hatte keine Adresse angegeben. Ich habe überlegt, die Kette beim Juwelier, dessen Name auf der Schachtel stand, abzugeben, mich dann aber anders entschieden. Ich habe sie einfach auf die Damentoilette am Domplatz gelegt und auf einen Zettel geschrieben, dass die Finderin die Kette behalten darf und nicht zum Fundbüro bringen muss."

„Warum hast du das getan?"

„Ich wollte mit diesem Mann und mit der Kette nichts zu tun haben und auch keinen Gewinn damit machen."

„Verstehe, und was passierte danach? Hat Papa dann endlich Ruhe gegeben?"

„Nee, Moni, das wäre zu schön gewesen, aber jetzt ging es erst richtig los. Jetzt wurde es richtig unangenehm, jetzt wurde dein Vater echt lästig. Denn er lauerte mir morgens vor dem Dienst und abends nach Dienstschluss auf und „begleitete" mich auf seinem Fahrrad zu meiner Arbeitsstelle beziehungsweise zu mir nach Hause. Er sprach mich auch mehrfach an und bettelte darum, dass er sich unbedingt mit mir treffen ..."

„Hör bitte auf! Hör bitte auf, Eva, das ist ja nicht zu fassen, ich glaube das nicht, das ist ja nicht auszuhalten!"

„Frag nicht, wie es mir damals gegangen ist. Ich frage mich noch heute, woher er wusste, wann ich zur Arbeit musste und wann ich Feierabend hatte. Wie hatte er das herausgefunden? Hatte er einen Detektiv beauftragt, der mich Tag und Nacht beobachtet hat? Ich weiß es nicht, ich weiß es bis heute nicht. Aber falls ich doch irgendwann mit deinem Vater reden sollte, dann wird er mir viele Fragen beantworten müssen."

„Eva, ich verspreche dir, dass ich das für dich herausfinden werde, auch wenn ihr nicht direkt miteinander sprechen solltet. Ich werde keine Ruhe geben, bis Papa mir das alles erklärt hat, bis keine Fragen mehr offen sind. Papa sollte sich was schämen. Ich schäme mich jedenfalls furchtbar für meinen Vater."

„Das musst du nicht, Moni, es ist nicht deine Schuld, du kannst doch auch nichts daran machen."

„Hat er dich auch körperlich bedrängt, ist er handgreiflich geworden?"

„Nein, das zum Glück nicht, er hat es dabei belassen, mich anzusprechen."

„Na Gott sei Dank, und hörte das alles dann irgendwann auf?"

„Ja, irgendwann hat er diese blöden Begleitfahrten eingestellt und danach war tatsächlich einige Wochen Ruhe. Ich dachte, ich hätte es hinter mir. Aber leider gab es eine weitere Episode. Als ich mit meiner Freundin an einem frühen Freitagabend im A2 saß, hat dein Vater mich angesprochen so nach dem Motto: Ach, das ist aber schön, dass wir uns hier treffen, ich habe Sie sehr vermisst."

„Meine Güte, welcher Teufel hatte von ihm Besitz ergriffen!"

„Na, diese Situation löste sich zum Glück schnell auf, weil Melli und ich uns gar nicht um ihn gekümmert haben. Schließlich hat er sich dann verzogen, weil er wohl gemerkt hat, dass er bei mir nicht landen kann."

„Na, Gott sei Dank, das war doch schon mal was."

„Aber nicht das Ende, denn jetzt folgte der letzte Akt. Als ich am darauffolgenden Montagmorgen zur Arbeit kam, saß dein Vater auf einem kleinen Hocker gegenüber unserem Haupteingang und hatte ein handgemaltes Pappschild dabei, auf dem „nur wegen der Liebe" oder irgendwie so ein anderer Quatsch stand. Auf dem Kopf trug er ein völlig deplatziert wirkendes Käppi, das er auch noch falsch rum aufgesetzt hatte und das überhaupt nicht zu seinem feinen Anzug passte. Ich habe ihn aufgefordert zu verschwinden und den Unsinn zu lassen, aber er hat gemeint, als freier Bürger dürfe er überall sitzen, solange er wolle."

„Mein Gott", Moni hatte die Hände vors Gesicht geschlagen.

„Tja, und dann habe ich kurze Zeit später gesehen, dass dein Vater auf der Erde lag und sonderbare Zuckungen hatte. Deshalb bin ich schnell hinübergelaufen und habe einen Krankenwagen gerufen. Was danach passierte, weiß ich nicht. Ich war völlig fertig, sodass mein Chef mich nach Hause geschickt hat. Das hat mir zu allem Überfluss auch noch fast vier Minusstunden eingebracht."

„Eva, arme Eva, was hast du alles durchgemacht. Ich mag mir gar nicht vorstellen, wie ich an deiner Stelle reagiert hätte. Ich finde dich großartig. Danke, dass du dich nach allem, was Papa dir angetan hatte, um ihn gekümmert und Hilfe gerufen hast. Wer weiß, was passiert wäre, wenn er dort noch länger gelegen hätte. Vielleicht wäre er gestorben, und dann ..."

„Nein, das glaube ich nicht. Wenn ich ihm nicht geholfen hätte, hätte es sicher ein anderer getan."

Eva verschwieg wohlweislich, dass mehrere Passanten kopfschüttelnd „an dem Penner" vorbeigegangen waren. Danach riss das Gespräch ab, schweigend nahmen beide die Speisen ein.

‚Mein Gott, was war mit Papa passiert? Was hat er Eva angetan? Sie tut mir so leid. Wie kann ich das jemals wiedergutmachen?', dachte Moni.

‚Moni leidet fast mehr als ich, vielleicht war es doch nicht richtig, ihr das alles zu erzählen. Sie tut mir so leid', dachte Eva.

Die Frage, ob Eva zu einem Gespräch mit ihrem Vater bereit sei, mochte Moni an diesem Abend nicht mehr stellen. Das hatte Zeit. Die heutige Unterhaltung war für sie beide schon viel zu viel gewesen.

Nach einiger Zeit sagte Moni: „Eine Frage habe ich noch, Eva. Hast du jemals länger mit meinem Vater gesprochen oder dich mit ihm, wo auch immer, getroffen?"

„Nein, natürlich nicht. Es ist nicht mehr passiert, als ich dir gerade erzählt habe."

Erleichtert dachte Moni, dass ihr Vater *keine* Beziehung zu Eva unterhalten, sondern allenfalls versucht hatte, eine solche aufzubauen. Dieser Psychologe im Landeskrankenhaus hatte ihnen also Unsinn erzählt. Da musste ein Missverständnis vorliegen.

Wenig später brachen sie auf, nachdem Moni es gegen Evas Widerstand, „Ich will das nicht. Lass uns halbe-halbe machen.", gelungen war, die gesamte Rechnung zu übernehmen. „Als kleiner Ausgleich für deine von Papa verursachten Minusstunden."

„Ach, das wäre nicht nötig gewesen."

„Wir bleiben in Kontakt, ja?", sagte Moni.

„Auf jeden Fall, ich freue mich wirklich, dass wir uns kennengelernt haben. So hat alles vielleicht doch noch ein Gutes."

Nach einer herzlichen, fast innigen Umarmung trennten sich ihre Wege.

Moni fuhr mit ihrem Fahrrad nach Hause. Ihre Mutter wartete im Wohnzimmer, im Fernsehen lief das heute journal mit Marietta Slomka.

„Hallo Mama, ist irgendetwas Wichtiges in der Welt passiert?"

„Nein, eigentlich nicht. Trump spielt weiter verrückt und in China soll irgendein neues Virus aufgetaucht sein. Aber Trump und China sind zum Glück weit weg."

„Na ja, wie man's nimmt. Alles hängt doch irgendwie mit allem zusammen. Und Trump und China können uns nicht egal sein, leider." In diesem Augenblick konnte niemand ahnen, dass sowohl der amerikanische Präsident als auch das Virus wenig später völlig außer Kontrolle geraten sollten. Das Coronavirus trat im Frühjahr 2020 seinen Siegeszug um die Welt an, Trump akzeptierte seine in der Präsidentschaftswahl erlittene Niederlage nicht, was unter anderem zur Folge hatte, dass aufgebrachte Anhänger am Dreikönigstag 2021 nach monatelanger Aufwiegelung durch ihr Idol das Kapitol in Washington stürmten.

„Trump hin und Virus her", sagte Therese, „mich interessiert mehr, was sich bei deinem Treffen mit dieser Eva ergeben hat."

„Eva ist ein total nettes Mädchen. Ich habe mich wirklich toll mit ihr unterhalten. Ich mag sie sehr, erst recht, nachdem sie mir erzählt hat, was Papa getan oder wohl besser was Papa ihr angetan hat."

„Na, dann erzähl mal."

„Nein, Mama, besser nicht, jedenfalls nicht heute Abend. Wir können morgen oder in den nächsten Tagen darüber sprechen, ich muss das zunächst einmal selbst verarbeiten."

„Ach Kind, das ist keine gute Idee. Ich kenne dich doch, du darfst das nicht in dich hineinfressen, sonst ..."

„Mag sein, aber heute Abend bin ich zu aufgewühlt, zugleich auch zu müde. Ich möchte schlafen gehen."

„Na gut, wie du meinst. Gute Nacht, Moni."

„Ach Mama, bevor ich ins Bett gehe, möchte ich dir aber noch unbedingt sagen, dass Papa *kein* Verhältnis mit Eva hatte. Insoweit muss der Psychologe irgendetwas falsch verstanden haben. Papa hat Eva allerdings recht intensiv nachgestellt. Aber das erzähle ich dir alles morgen."

„Wie, kein Verhältnis? Und was heißt nachgestellt? Ist das sicher? Was hat der Mertens uns denn da erzählt? Das darf doch wohl nicht wahr sein. Glaubst du denn der Eva mehr als dem Mertens?"

„Ja, auf jeden Fall, Mama, du kannst ganz sicher sein, dass Eva die Wahrheit sagt."

„Na, das nenne ich doch mal eine gute Nachricht. Dann leg dich jetzt hin und schlaf gut, gute Nacht, meine Kleine."

In ihrem alten Kinderzimmer, das Moni jetzt wieder bewohnte, standen noch ein längst ausgemusterter Plattenspieler und eine Reihe von LPs. Sie zog eine LP von Cat Stevens mit dem Titel „Tea for the Tillerman" heraus. Zu ihrer Überraschung funktionierte der seit Jahren nicht mehr genutzte Plattenspieler noch. Das fast vergessene, früher so vertraute Kratzen und Knacken einer LP – trotz der Nutzung von Lencoclean – waren unüberhörbar, aber die ruhige Musik war einfach nur schön und tat ihr gut. Ihre Gedanken kreisten um Papa und um Eva und um Eva und um Papa. Sie schloss die Augen und versuchte sich beide gleichzeitig vorzustellen, was aber nicht gelang. Entweder war nur Papa oder nur Eva zu sehen, nie Papa und Eva zugleich.

Moni versuchte zu begreifen, was vorgefallen war, was ihren Vater zu seinem verrückten, gar absurden Verhalten veranlasst haben könnte. Hatte er vielleicht gesundheitliche Probleme, eine heftig ausgeprägte Midlife Crisis, eine Depression, eine Psychose oder weiß der Teufel was? Sie kannte sich damit nicht aus; sie war ja keine angehende Medizinerin, sondern eine Jurastudentin, aber es war klar, dass Papa Hilfe benötigte und deswegen war es gut, dass ihm in der Klinik geholfen wurde. Aber Mama, sie und ihre Geschwister mussten die Ärzte und Psychologen unterstützen. Und vielleicht konnte auch Eva helfen. Aber diese Frage mussten die medizinischen Experten entscheiden. Außerdem musste Eva natürlich erst mal zu einem Gespräch mit Papa bereit sein.

Moni erinnerte sich daran, dass ihr Vater bisweilen am Abendbrottisch von juristischen Fällen erzählt hatte, die er gerade bearbeitete. Natürlich hatte er keine Namen genannt, aber doch die eine oder andere „Anekdote“ zum Besten gegeben. Mehr als einmal hatte er von Menschen erzählt, die anderen Menschen nachstellten, diese bedrängten und die nicht bereit oder vielleicht auch nicht in der Lage waren zu erkennen, dass der andere nicht oder nicht mehr an ihnen interessiert war. Das konnten verschmähte Liebhaber sein oder Partner nach einer von der anderen Seite ausgegangenen Trennung.

Ihr Vater hatte oft gesagt, dass er hoffe, dass keines seiner Kinder je in eine solche Situation kommen möge. Daran, dass ihm dergleichen einmal selbst widerfahren könnte, hatte er ganz offenbar im Traum nicht gedacht. Aber nun war ein solcher Fall eingetreten, nun war dies ausgerechnet ihm passiert. Bisher hatte Moni ihren Vater für unfehlbar gehalten, er war ein Held für sie gewesen, ein Vorbild, ein Mensch, zu dem sie aufblickte, den sie verehrte, den sie liebte. So wie Papa wollte sie werden, klug, aufrichtig, gerecht. Und auch beruflich wollte sie ihm nacheifern, nicht zuletzt deshalb hatte sie sich für Jura entschieden. Für sie war klar, dass sie eine gute Juristin, eine gute Richterin werden würde. Was Oma begonnen und Papa fortgesetzt hatte, würde sie in dritter Generation fortführen. Natürlich wusste sie, wie schwer es war, eine Stelle als Richterin zu bekommen und wie viel davon abhing, in den beiden juristischen Examina eine ordentliche Note zu erzielen. Aber das würde sie mit viel Fleiß und Energie und der erforderlichen Portion Glück schon hinbekommen. Sie war keine Streberin, aber sie arbeitete schon jetzt konsequent und zielgerichtet. Im Gegensatz zu vielen ihrer Kommilitoninnen und Kommilitonen hatte sie einen Zeitplan aufgestellt, nach dem sie ihr Studium absolvieren wollte. Einmal in der Woche hatte sie sich in Hamburg mit Bettina, Sven und Kalle zum gemeinsamen Lernen getroffen. Der sanfte Druck der Gruppe half ihr, das jeweils abgesprochene ambitionierte Lernpensum zu bewältigen.

Aber wie sollte sie die Situation mit Eva und Papa bewältigen? Moment mal: Warum dachte sie zunächst an Eva und dann erst an ihren Vater? Sie musste, sie wollte beiden gleichmäßig helfen, solange und soweit ihre Kraft reichte.

Cat Stevens sang den Song „Father and Son“: *„Just relax, take it easy. You're still young, that's your fault. There's so much you have to know.“*

Ja, sie musste „relaxed“ bleiben, aber leicht nehmen konnte sie das alles nicht, auch wenn sie noch jung war und viel lernen musste. Denn es war schon zu viel passiert, es war zu viel Porzellan zerschlagen worden, der Elefant hatte schon mächtig Unheil angerichtet.

Moni verzichtete darauf, die LP umzudrehen, um auch die Rückseite zu hören, legte sich nach einer Katzenwäsche ins Bett und schlief, womit sie gar nicht gerechnet hatte, schnell ein.

Am Montag nahm sie, immer noch als heimliche Gasthörerin, von 10-12 Uhr an einer Vorlesung an der Uni teil, aß schnell in der Mensa am Aasee und ging danach zum Drogeriemarkt. Sie hatte Glück, Eva saß an einer der beiden geöffneten Kassen.

„Hi Moni, schön, dass du kommst, aber ich habe noch bis 14:00 Uhr Schicht. Aber ich kann wohl“ – und damit stellte Eva das Schild „Kasse zurzeit nicht besetzt“ auf das Förderband – „eine kleine Pause machen. Wir können uns aber auch nach Dienstschluss treffen. Danach wird es eng; um vier habe ich einen Zahnarzttermin und ab sechs Uhr gehe ich kowern.“

Moni als Münsteranerin verstand, was Eva sagte. „Kowern“ ist ein Ausdruck aus der Sprache Masematte, einer Geheimsprache, die früher in den Elendsvierteln von Münster gesprochen wurde. Einige Ausdrücke haben Eingang in die heutige Alltagssprache gefunden: Wenn in Münster eine

Kaline mit der Leeze vorbeiradelt, bedeutet das, dass ein Mädchen auf einem Fahrrad vorbeifährt. „Jovel" steht für gut und „schofel" für schlecht. „Kowern" bedeutet, in einer Kneipe oder in einem Restaurant zu kellnern.

„Hast du denn überhaupt mal Zeit für dich? Du schreibst doch auch an deiner Magisterarbeit, wie schaffst du das nur alles?"

„Timing, alles eine Frage des Timings. Mein Professor ist im Übrigen über jede Seite froh, die ich *nicht* schreibe. Er hat gesagt, ihm würden 50 *gute* reichen, ab 60 bekomme er auch bei guten Seiten regelmäßig schlechte Laune."

„Was ist das denn für ein fauler Vogel! Wie weit bist du jetzt?"

„Fast fertig. Es fehlen nur noch zehn Seiten und die Zusammenfassung. Und dann muss ich natürlich noch Korrektur lesen."

„Das könnte ich doch machen. Worum geht es denn?"

„Um die Frauenfiguren im Faust, also vor allen Dingen um Gretchen und Marthe Schwerdtlein."

„Diese Marthe, war das nicht die Nachbarin?"

„Ja, richtig. Also wenn du das wirklich machen willst mit dem Korrekturlesen, das wäre eine große Hilfe. Es ist ja immer besser, wenn ein Dritter das macht. Fehler in den eigenen Texten überliest man bekanntlich allzu gerne."

„Ja, das kenne ich, bei meiner letzten Hausarbeit fehlte gleich zweimal in einem Satz das ‚nicht'. Einmal hatte ich außerdem geschrieben: ‚Also besteht *kein* Anspruch auf Lieferung aus § 433 Abs. 2 BGB', obwohl ich direkt vorher zu dem gegenteiligen Ergebnis gelangt war und es außerdem § 433 Abs. 1 heißen musste. Man nennt das wohl betriebsblind."

„Betrieb ist das Stichwort, ich muss die Kasse wieder öffnen. Er da drüben" – dabei deutete Eva mit einer Kopfbewegung auf einen Mann in weißem Kittel mit drei Kugelschreibern in der rechten Brusttasche – „guckt schon leicht missmutig."

„Ja klar, mach deine Kasse wieder auf und sorge ordentlich für Umsatz. Ich hol dich dann um zwei ab."

Wer einen Fluss überquert, muss die Seite wechseln
Mahatma Gandhi

Mittwoch, 4. Dezember 2019

Kollmann war jetzt bereits zwei Monate in der Klinik und hatte sich inzwischen recht gut eingerichtet. Er war auf einer Station untergebracht, auf der sich die Patienten frei bewegen konnten, verschlossene Türen gab es hier nicht. Diese Abteilung war von dem Trakt mit den „schweren Fällen" getrennt. Kollmann hatte das Gefühl, dass er von Menschen umgeben war, die genau wie er einen einmaligen kleinen Aussetzer gehabt hatten und eigentlich vollkommen gesund waren. Er selbst musste sich nur kurz erholen und schon konnte es wieder nach Hause gehen. Lange konnte das nicht mehr dauern.

Kollmann genoss die Möglichkeit, in dem riesigen Garten – es war schon fast ein Park, der die Klinik umgab – spazieren zu gehen. Ganz besondere Freude bereitete ihm der Barfußpark, den er gerade auch bei kälteren Temperaturen gern nutzte. Und fast täglich traf er sich mit einigen anderen Patienten, die wie er „eigentlich nichts hatten", zum Boule spielen. Hier entwickelte er ungeahnte Fähigkeiten und sogar einen Anflug von Ehrgeiz. Besondere Freude bereitete es ihm, wenn es ihm gelang, seinen Kontrahenten im letzten Wurf „so richtig lang zu machen".

Therese hatte ihm einige persönliche Gegenstände gebracht und versorgte ihn regelmäßig mit frischen Blumen. Es ging ihm gut. Sein Tagesablauf war klar strukturiert: Nach dem Frühstück, das in einem großen Speiseraum eingenommen wurde – wie bei den anderen Mahlzeiten konnte dies ein wenig anstrengend sein, weil die „Verrückten" auch dabei waren –, begann um 9:30 Uhr ein kleines Sportprogramm, das häufig im Freien absolviert wurde. Um 11:00 Uhr traf man sich zur Gruppentherapie – „bisschen viel Gequatsche, aber so weit ganz nett" –, nach der dreistündigen Mittagspause stand nachmittags an zwei bis drei Tagen ein Gespräch mit dem Psychologen auf dem Programm, an anderen Tagen hatte Kollmann ab mittags frei. Bei schlechtem Wetter kam die Nutzung des Gartens nicht in Betracht und so traten gelegentlich Probleme auf, die freie Zeit zu füllen. Zwar kamen Therese und Moni fast täglich zu Besuch, aber es blieben noch viele freie Stunden.

Eva hatte sich inzwischen dazu durchgerungen, doch mit Kollmann zu sprechen. Der Psychologe legte diesbezüglich Wert auf ein behutsames Vorgehen, um die schon erzielten Therapieerfolge nicht zu gefährden. Deshalb führte er zunächst ein Gespräch mit Eva allein. Er tat dies allerdings nicht ausschließlich aus therapeutischen Gründen, sondern auch, um Stoff für seine Doktorarbeit zu sammeln. Auch deshalb dokumentierte er dieses Gespräch mit Eva, „auslösende Person", sehr ausführlich und bat sie zu einem zweiten. Eva erklärte sich dazu bereit, weil sie im Augenblick über ungewohnt viel freie Zeit verfügte, denn sie hatte – auch dank Monis Hilfe, die sorgfältig und schnell Korrektur gelesen hatte – schon drei Wochen vor dem Abgabetermin ihre Magisterarbeit beim Prüfungsamt abgeliefert. Deren Benotung stand freilich noch in den Sternen, weil „ihr" Professor chronisch überlastet war, was unter anderem daran liegen mochte, dass er in der Privatwirtschaft zahlreiche Seminare zum Thema „Zeitmanagement" anbot. Das waren echte Zeitfresser für ihn, die sich jedoch ausgesprochen gut auf seinem Bankkonto bemerkbar machten. Seine „Nebeneinkünfte" konnten in manchen Monaten spielend leicht mit seinen „Haupteinkünften" Schritt halten.

Nicht nur im universitären Bereich, sondern auch unter einigen Richtern spielen Nebeneinkünfte durchaus eine Rolle. Selbst Richter, die sich als „stark überlastet" bezeichnen, finden die Zeit, um das eine oder andere Zubrot außerhalb der Justiz zu verdienen. Sie können sich dabei auf die im Grundgesetz verbürgte Freiheit von Wissenschaft und Kunst berufen, wonach entsprechende Nebentätigkeiten erlaubt sind, wenn nicht dienstliche Gründe entgegenstehen. Während Lehraufträge an Universitäten eher kümmerlich vergütet werden, können Vorträge oder die Tätigkeit in einem Schiedsgericht sehr lukrativ sein. Kollmann hatte als unbestätigtes Kantinengerücht gehört, dass ein neuer Präsident des Bundesgerichtshofs die Anweisung gegeben habe, ein BGH-Richter dürfe mit Vorträgen und Seminaren nicht mehr verdienen als im Hauptamt. Das soll dazu geführt haben, dass ein Richter seine Tätigkeit als BGH-Richter „aus wirtschaftlichen Gründen" aufgegeben hat. Man muss halt Prioritäten setzen. Ob das tatsächlich zutraf, wusste Kollmann nicht.

Eva erwies sich für den „angehenden Herrn Doktor" als sehr gute Informationsquelle. Zusammen mit den Inhalten aus den vielen Gesprächen, die er mit Kollmann geführt hatte, sollte die – mit ein wenig Theorie anzureichernde – Datenbasis breit genug für seine Dissertation sein. Aber um ganz sicher zu gehen, führte er zusätzlich ausführliche Gespräche mit Moni, „sehr wichtige Bezugsperson des Probanden", und Therese, „wichtigste Bezugsperson des Probanden". Das Projekt lief ganz ausgezeichnet an.

Bevor der Psychologe auch nur eine Seite seiner – ganz ohne Frage „grundlegenden" – Arbeit zu Papier gebracht hatte, schwebte dem Andrej bereits der Titel des Werks vor Augen. Und da er nach seiner Meinung – und wer sollte das besser beurteilen können als er? – in keiner Weise zum Narzissmus neigte, fand er es völlig in Ordnung, den Titel seines Werks in Schriftgröße 40 auf seinen Computerbildschirm zu zaubern, wobei er seinem Namen bereits die beiden ersehnten Buchstaben und den kleinen Punkt voranstellte.

Extensive Verfolgungs-Aktivitäten (EVA) –
Ursachen, Folgen, Therapien.
Dr. phil. Andrej Hellmuth Mertens

In Bezug auf den Namen saß der angehende Doktor einem weitverbreiteten Irrtum auf, wonach der Doktortitel ein Namensbestandteil ist. Das ist, im Gegensatz etwa zu einem geerbten „Freiherr", nicht der Fall. Es gibt aber im Passgesetz und im Gesetz über Personalausweise jeweils eine Vorschrift, die die Aufnahme des Doktortitels neben dem bürgerlichen Namen, bestehend aus dem oder den Vornamen und dem Nachnamen, zulässt. Weitere akademische Grade sind hingegen nicht eintragungsfähig. Anders ist es in Österreich: Unser südliches Nachbarland ist viel großzügiger. Es lässt auch die Eintragung des Magisters, auch abgekürzt als „Mag." oder „Mag. rer. soc. oec." zu. Ab 2020 sind Personen, die die Meisterprüfung erfolgreich abgelegt haben, berechtigt, die Bezeichnung „Meisterin" beziehungsweise „Meister" vor ihrem Namen in Kurzform, „Mst."; „Mst.in", oder in vollem Wortlaut zu führen.

Andrej Mertens empfand es als zutiefst bedauerlich, gar als Verschwendung, dass er mit seiner grundlegenden Forschungsarbeit nur seinen „Doktor" machen würde, das Vorhaben wäre fraglos auch für eine Habilitation geeignet, um

Professor zu werden. Dafür müsste er sich dann also etwas anderes einfallen lassen.

Diese Gedanken waren sicherlich etwas zu großspurig, wenn man bedachte, dass der Psychologe bereits seit vier Jahren an einer anderen Doktorarbeit dokterte, aber bisher nahezu nichts Inhaltliches zu Papier gebracht hatte.

Sei's drum. Heute würde er beginnen. Eine mit einer Professur endende wissenschaftliche Laufbahn war zum Greifen nahe! Andrej Mertens sah seine Zukunft in wahrhaft schillernden Farben vor sich und wählte deshalb „Heute muss die Glocke werden! Frisch, Gesellen, seid zur Hand" zu seinem Motto.

Zunächst musste er in die konkrete Planung des Gesprächs zwischen Frau Hartmann und seinem Patienten eintreten, wofür eine Reihe von Fragen zu beantworten war:

- Wo soll das Gespräch stattfinden? Auf dem Gelände der Klinik oder an einem neutralen Ort? Vielleicht auf einem Spaziergang am Aasee oder auf der Promenade?
- Sollte er sich neben Herrn Kollmann und Frau Hartmann als Moderator oder Mediator aktiv an dem Gespräch beteiligen oder sollte er sich auf eine passive Zuhörerrolle beschränken?
- Sollte(n) und wenn ja in welcher Form Kollmanns Frau und/oder dessen Tochter einbezogen werden?
- Wie konnte er Herrn Kollmann dazu gewinnen, an dem Gespräch teilzunehmen?
- Wie sollte er Herrn Kollmann instruieren, der bis dato noch nichts von dem Vorhaben wusste?

Der Psychologe war sich sicher, „das ist alternativlos", dass er schon wegen der angepeilten akademischen Ehren an dem Gespräch teilnehmen musste – schließlich musste er es dokumentieren. Da Kollmanns Tochter Monica einen sehr guten Draht zu ihrem Vater hatte und, soweit er wusste, mit Frau Hartmann befreundet war, entschied er sich – nach vorheriger Rücksprache mit seinem angehenden Doktorvater – für Monicas Teilnahme. Um die Situation nicht zu komplex werden zu lassen, sollte Kollmanns Frau jedenfalls beim ersten Gespräch nicht anwesend sein. Vielleicht würde sie später eingebunden werden, das müsste aber sehr behutsam geschehen. Der Psychologe erinnerte sich gut an die heftige Reaktion der Ehefrau, als er ihr – fälschlicherweise, was er bis heute aber nicht wusste – von der nichtehelichen Beziehung zwischen Frau Hartmann und ihrem Mann berichtet hatte.

Andrej Mertens beschloss, die Unterredung in der Klinik stattfinden zu lassen, wenn das Wetter es zuließ, vielleicht auf einem kleinen Spaziergang im Park, ‚im Gehen redet es sich leichter', andernfalls im „großen" Besuchszimmer. Aber zunächst musste er seinen Patienten zu dem Gespräch motivieren.

„Herr Kollmann, Sie sind nun schon einige Wochen bei uns. Ihr Zustand hat sich deutlich verbessert und wir können bald den Entlassungstermin ins Auge fassen. Auf jeden Fall sollten Sie das Weihnachtsfest zu Hause verbringen können."

„Das ist erfreulich, ich hatte das gehofft. Ich fühle mich auch wieder gesund, vielen Dank für Ihre Mühen, Herr Doktor. Es war ja nicht immer ganz leicht mit mir."

„Doktor noch nicht, aber wer weiß, wer weiß, ich arbeite dran."

„Das war früher auch mal mein Traum, aber der ist geplatzt!"

„Und ich habe vor vier Jahren mit einer Doktorarbeit zum Thema ‚Nachtaktive Menschen – Gefangen in der Dunkelheit' begonnen. Eigentlich ist die Arbeit fertig, wie viele andere Zehntausende von Dissertationen auch. Nur der Schluss will mir nicht so recht gelingen."

„Na, da geht es Ihnen wie vielen anderen. Es ist allgemein bekannt, dass in deutschen Schubladen oder wohl besser auf deutschen Festplatten Unmengen *fast* abgeschlossener Doktorarbeiten liegen. Aber mal was anderes: Darf ich nicht schon früher nach Hause? Etwa morgen, oder übermorgen?"

„Nein, morgen noch nicht, aber ich möchte mit Ihnen über übermorgen sprechen. Ihre Tochter Monica hat einen guten Kontakt zu Eva Hartmann aufgebaut und ..."

„Davon hat sie mir gar nichts erzählt ..."

„Nein, das sollte sie auch noch nicht, aber ich habe eine gute Nachricht für Sie."

„Für mich?"

„Ja, Frau Hartmann möchte Sie übermorgen gerne besuchen."

„Mich besuchen? Wieso das denn? Sie kennt mich doch gar nicht."

„Moment mal, Herr Kollmann. Haben Sie etwa vergessen, dass Sie eine intime Beziehung mit Frau Hartmann hatten?"

„Was hatte ich? Ich habe versucht, Frau Hartmann zu einem Gespräch zu bewegen, mehr war da nicht."

„Wie bitte? Sie haben mir doch erzählt, Frau Hartmann habe nicht mehr gewollt und ..."

„Das habe ich nie gesagt, und wenn ich es gesagt habe, dann war es ein Versehen, ausgelöst durch die verdammten Medikamente, die Sie mir eingetrichtert haben. Oder Sie haben mich falsch verstanden. Verdammter Mist! Das darf doch wohl alles nicht wahr sein!"

„Das darf in der Tat nicht wahr sein. Hier ist wohl einiges falsch gelaufen."

„Das glaube ich auch. Ich kann nur hoffen, dass Sie meiner Frau nichts von dieser angeblichen Beziehung erzählt haben."

Das folgende Schweigen bestärkte Kollmann in seiner Befürchtung, dass dieser blöde Psychoonkel Therese und vielleicht auch Moni falsch informiert hatte. Beide hatten allerdings nie mit ihm darüber gesprochen. Das Thema „Eva" war kein Gesprächsgegenstand gewesen.

„Nun, wie dem auch sei", nahm Andrej Mertens das Gespräch wieder auf, „Frau Hartmann möchte mit Ihnen sprechen, um die Angelegenheit abzuschließen, für sich selbst, aber auch für Sie."

„Ich weiß nicht, ob ich das will, ich weiß nicht, ob ich das kann."

„Keine Sorge, Sie können das. Sie sind so weit gefestigt. Das ist jetzt schon fast der letzte, aber therapeutisch noch erforderliche Schritt."

„Aber nur, wenn Sie dabei sind. Das würde mich allein überfordern."

„Wenn Sie das wünschen, bin ich natürlich dabei, und Ihre Tochter Monica auch."

„Moni auch?"

„Ja, ich habe mit Ihrer Tochter bereits ausführlich gesprochen und sie entsprechend unterrichtet."

„Also hängt es nur noch von mir ab?"

„Ja, Sie müssen das entscheiden. Aber ich würde Ihnen dringend zu dem Gespräch raten, und zwar auch zum jetzigen Zeitpunkt. Wir sind schon so weit gekommen, lassen Sie uns jetzt zusammen den nächsten wichtigen Schritt tun."

„Was sagten Sie, morgen schon?"

„Nein, erst übermorgen, wir können das morgen noch zusammen vorbesprechen."

„Also gut, wir machen das. Ich bin einverstanden."

Eva und Moni trafen am Nikolaustag kurz vor drei Uhr zusammen in der Klinik ein. Sie gingen direkt in das große Besuchszimmer, in dem das Gespräch stattfinden sollte. Wenig später kamen Kollmann und der Psychologe Andrej Mertens hinzu.

Das, was in den folgenden 45 Minuten passierte, lässt sich nur unzureichend in Worte fassen, es war im wahrsten Sinne des Wortes unbeschreiblich.

Andrej Mertens hielt sich ganz bewusst zurück. Er beobachtete und war mit der Dokumentation voll ausgelastet. Drei Menschen waren zusammengekommen, aber jeder war auf sich allein gestellt. Die Antipoden bildeten Kollmann und Eva, Moni stand dazwischen, Kollmann zur Seite, aber auch ganz nah bei Eva. Der ganze Raum war mit Gefühlen, Erwartungen, Ängsten und Befürchtungen gefüllt.

Kollmann hatte Angst, noch mehr falsch zu machen, gar alles endgültig zu versauen. Er wollte Moni behalten, zugleich aber Eva irgendwie für sich gewinnen.

Eva wollte reinen Tisch machen. Sie wollte den Kollmann, den sie bisher kennengelernt hatte, hinter sich lassen und den Kollmann kennenlernen, wie er nach Monis Beschreibungen bis vor einem halben Jahr gewesen war.

Und Moni? Sie wollte ihrem Vater helfen, aber zugleich Eva beistehen.

Andrej Mertens befolgte seinen Vorsatz, nur dann einzuschreiten, wenn es unabdingbar erschien. Diese drei Menschen sollten möglichst allein zurechtkommen und die vielschichtigen Probleme auf der Grundlage seiner bisherigen Arbeit und seiner mit allen Beteiligten geführten vorbereitenden Gespräche lösen. Trotz der eigentlich unbeschreiblichen Atmosphäre soll hier der Versuch unternommen werden, den Ablauf der Zusammenkunft zu beschreiben, aber mehr im Stil einer Chronik aus neutraler Sicht:

Nachdem Kollmann und der Psychologe das Zimmer betreten hatten, stand Moni auf und begrüßte ihren Vater mit einer flüchtigen Umarmung, „Papa", „Moni". Eva blieb steif und unnahbar wie festgezurrt auf ihrem Stuhl sitzen. Die Anspannung bereitete ihr fast körperliche Schmerzen. Kollmann blieb zunächst unschlüssig stehen, hielt dabei einen Abstand von zwei Metern zu Eva ein, setzte sich dann aber ihr gegenüber an den Tisch, „darf ich?".

Alle Anwesenden warteten darauf, was jetzt passieren würde. Eine oder auch zwei Minuten geschah nichts, es herrschte ein eisiges Schweigen, eine geradezu gespenstische Atmosphäre, eine erdrückende Stille, die jetzt auch für Kollmann und Moni körperlich spürbar war, gar schmerzte.

Kollmann wusste nicht, ob und wie er das Gespräch beginnen sollte. Moni wollte nicht anfangen, denn heute ging es in erster Linie nicht um sie, wenngleich sie zweifach mittelbar betroffen war. Und Eva blickte starr geradeaus, an Kollmann vorbei auf die gegenüberliegende weiß getünchte Wand, an der ein Poster mit einem Landschaftsbild aus den bayerischen Alpen hing.

Genau in dem Augenblick, in dem sich der Psychologe einschalten wollte, brach Eva den Bann, wobei die nachfolgende Unterhaltung nicht exakt so verlief, wie sie hier dokumentiert wird. Es gab zahlreiche Pausen, zahlreiche Stockungen, mehrfach drohte das Gespräch zu versiegen.

„Guten Tag, Herr Kollmann."

Kollmann nahm seinen ganzen Mut und seine ganze Kraft zusammen und sagte kaum vernehmbar, mehr zu sich selbst: „Guten Tag Frau Hartmann, ich freue mich, dass Sie diesen schweren Weg auf sich genommen haben. Ich bin Ihnen sehr dankbar, zumal ich weiß, dass ..."

„Lassen Sie es gut sein, ich tue es auch für mich."

Kollmann fuhr, ohne Eva dabei anzusehen, monologartig fort: „Ich weiß inzwischen, dass ich mich falsch verhalten, völlig falsch verhalten habe, und ich versuche zu begreifen, was ich Ihnen damit angetan habe. Ich, also ich, ich ...", stotterte Kollmann, „ja also ... ich möchte mich in aller Form bei Ihnen entschuldigen und versuchen, das alles irgendwie wiedergutzumachen, soweit dies überhaupt möglich ist."

„Vielen Dank, Herr Kollmann, ich war", Eva schluckte und stockte für einen Moment, „ich war ja auch nicht so ganz freundlich zu Ihnen. Vielleicht wäre es besser gewesen, wenn wir uns einmal kurz unterhalten hätten. Möglicherweise habe ich durch meine brüske Ablehnung eines Gesprächs auch zu dem ganzen Dilemma beigetragen, weil ..."

Kollmann widersprach heftig, sehr heftig: „Nein, bitte, Frau Hartmann, suchen Sie die Schuld nicht bei sich. Ich bin allein und ausschließlich für alles verantwortlich. Ich habe mich wie ein Idiot benommen, weil ich ..."

Eva beschwichtigte: „Lassen Sie es gut sein, wir sollten versuchen, die Uhr auf null zu stellen, auch wegen Moni."

Jetzt schaltete sich Moni erstmals in das Gespräch ein: „Genau, Papa, lass es gut sein, fangen wir noch einmal bei null an. Es ist nämlich so, dass Eva und ich, na ja also ..."

„Was ist mit dir und Eva?"

„Na ja, es ist so, du wirst Eva in nächster Zeit häufiger sehen, weil, also das ist nämlich folgendermaßen, also ich möchte dir sagen, dass Eva und ich uns nicht nur sehr gut verstehen, sondern, na, wie soll ich das nur sagen ...?"

„Wir sind ein Paar", platzte Eva heraus.

„Ich verstehe nicht, was seid ihr?"

„Papa, das ist doch nicht so schwer zu verstehen. Eva und ich sind ein Paar, meinetwegen auch ein Liebespaar, wenn du das besser verstehst."

„Ja, doch, nein, ... also Moni, das verstehe ich überhaupt nicht. Moni, du bist doch nicht etwa ..."

„Doch, Papa, doch, ich bin lesbisch."

„Ach Moni, und was ist mit Klaus?"

„Mit Klaus ist es aus, schon seit Monaten, schon lange bevor ich mit Eva zusammen ..."

„Ich verstehe das nicht, warum das denn? Klaus ist doch so ein netter Kerl."

„Ach Papa, das wirst du schon noch verstehen, wenn nicht heute, dann morgen, und wenn nicht morgen, dann übermorgen oder noch später. Mama hat es jedenfalls schon verstanden."

„Und warum hat sie mir nichts gesagt? Wie lange geht das denn schon mit euch?"

„Bitte, Papa! ‚Wie lange geht das denn schon mit euch?' ist wohl nicht der richtige Ausdruck!"

„Ja, Entschuldigung Moni, das ist mir so rausgerutscht, aber das ist alles ganz schön viel für mich."

„Ja, Papa, aber in den letzten Monaten war es auch für andere ganz schön viel, für Eva, für Mama, für mich."

Eva hielt sich klug zurück, sie wollte in den Vater-Tochter-Konflikt nicht eingreifen. Der Psychologe war beeindruckt und fasziniert zugleich. ‚Das wird ja immer besser!' Eine tolle Wendung, dass die Tochter des Patienten mit der von ihm zuvor Angebeteten eine intime Beziehung hat. Der Apfel fällt nicht weit vom Stamm! Das war großartig! Dieser auch für Andrej Mertens neue Umstand barg jede Menge Konfliktstoff in sich, vielleicht stellte er aber auch einen guten Ansatz für die Lösung vieler Probleme dar. So eine Konstellation konnte man sich nicht ausdenken, so etwas passierte nur im echten Leben.

Der Psychologe sah seine neue Visitenkarte mit dem Doktortitel in diesem Augenblick besonders deutlich vor sich; sie war zum Greifen nahe, er hielt sie schon fast in Händen. Andrej Mertens, noch ohne „Dr.", schrieb mit, was das Zeug hielt, und ärgerte sich darüber, dass er kein Aufnahmegerät nutzen konnte, weil Kollmann das ausdrücklich abgelehnt hatte. Kurzfristig spielte er mit dem Gedanken, die Aufnahmefunktion an seinem Smartphone zu aktivieren, unterließ das dann aber, auch aus Angst, dabei möglicherweise erwischt zu werden. Und das hätte seine Zukunftschancen erheblich beeinträchtigen können.

Kollmann hatte große Probleme mit dem, was er gerade ganz unvermittelt gehört hatte. *Seine* Episode mit Eva war in den Hintergrund getreten, jetzt ging es nur noch um Moni, seine kleine Moni. Seine Moni war lesbisch. Das konnte doch nicht wahr sein.

Kollmann hielt sich für einen ausgesprochen toleranten Menschen. Er hatte deshalb nicht verstehen können, welche

Probleme einer seiner Kollegen mit der Homosexualität des Sohnes hatte. Das war doch heutzutage nichts Besonderes mehr. Sogar der verdammte § 175, der Homosexualität lange unter Strafe gestellt hatte, war 1994 endlich aufgehoben worden, nachdem zuvor mehr als 60.000 Männer „wegen Unzucht" verurteilt worden waren.

Gut, das war die eine Sache, das war der Sohn seines Kollegen. Aber hier ging es um *seine* Tochter, und das war eine ganz andere Sache. Aber andererseits war es doch eigentlich nur wichtig, dass Moni glücklich war. Wie hatte es eine Kindsmutter so schön gesagt: „Ja, ohne Mann ist es schon schwer, aber *mit* Mann ist es weiß Gott auch nicht einfach!"

„Papa, was ist, warum sagst du nichts mehr?"

„Ach Moni, was soll ich sagen? Ich muss erst mal zur Ruhe kommen, ich muss das alles verarbeiten. Ich denke, wir sollten unser Gespräch für heute beenden", und an Eva gewandt: „Liebe Eva, willkommen in unserer Familie. Jetzt wird hoffentlich alles gut, wenn auch ganz anders, als ich es mir in meinen abstrusen Gedanken ausgemalt hatte. Das Leben ist doch voller Überraschungen."

„Danke schön, Herr Kollmann, oder darf ich Heinz sagen?"

„Ja, bitte nenne mich Heinz und lass das ‚Sie' stecken. Ich merke gerade, dass ich mich schon, wenn auch ganz langsam, an die Vorstellung gewöhne, dass ihr ein Paar seid, und dass ich mich zu freuen beginne, für Moni, für dich, aber auch ein klein bisschen für mich. Denn jetzt werde ich dich häufiger sehen, ohne dass ich Deoroller en masse kaufen, dich wochenlang verfolgen oder gar ein in der Klinik endendes Sit-in veranstalten muss."

„Ja, Heinz, das könnte schon sein. Wir haben sogar schon eine hübsche Wohnung in Aussicht, nur zwei Straßen von eurem Haus entfernt."

Moni stand auf, umarmte Kollmann. Eva tat es ihr gleich, und danach gingen beide Frauen Hand in Hand aus dem Zimmer. Kollmann wunderte sich, dass die ganze Zeit keine Schmetterlinge in seinem Bauch geflattert hatten, auch nicht, als Eva ihn umarmt hatte. Das war das erste Mal, dass sie sich berührt hatten. Und trotzdem kein Schmetterlingsalarm. Das sprach doch wohl ganz deutlich dafür, dass er von seinem Verfolgungsdrang geheilt war, dass der nette Psycho gute Arbeit geleistet hatte. Vater Kollmann sah Moni und Eva sehr vertraut den langen Flur hinuntergehen. Dort waren offenbar ganze Schwärme der kleinen Falter unterwegs.

Kollmann blieb zurück, allein, wie er dachte, denn er hatte den Psychologen gar nicht mehr wahrgenommen. Dieser machte sich jetzt aber bemerkbar. „Sehr gut gemacht, Herr Kollmann. Sie haben großartig auf die Neuigkeit reagiert. Auch im Übrigen ist das Gespräch optimal verlaufen, gerade *auch* aus meiner Sicht. Ich bin sehr zufrieden."

Kollmann nickte nachdenklich, fast wie in Trance, und ging langsam in sein Zimmer zurück. ‚Moni und Eva sind ein Paar', dachte er immer wieder.

Am nächsten Tag kam Therese zu Besuch und übertrug viel positive Energie auf ihn. Kollmann kam gleich zum Thema: „Sag mal, seit wann weißt du das mit Moni und Eva?"

„Erst seit ein paar Tagen, aber geahnt habe ich es schon etwas länger, denn Moni hat sehr viel und in einer Art und Weise von Eva erzählt, dass ich fast schon so etwas vermutet habe. Am Mittwoch haben sich die beiden dann ganz offiziell bei mir als Paar vorgestellt. Moni meinte, es sei alles Knall auf

Fall gegangen. So etwas Schönes habe sie noch nie erlebt. Eva hatte sogar einen Blumenstrauß mitgebracht. Es hätte nur noch gefehlt, dass sie auf die Knie gegangen und um Monis Hand angehalten hätte."

„Und wie findest du das? Sag mal ganz ehrlich."

„Großartig, ganz großartig sogar. Ich habe Moni lange nicht mehr so glücklich und zufrieden gesehen." Und auf Kollmanns skeptisches Gesicht fügte Therese hinzu: „Mensch Heinrich, besser geht nich!, denn nach der Trennung von Klaus war Moni schon sehr niedergeschlagen."

„Wusstest du denn von dieser Trennung?"

„Moni hatte es mir nicht erzählt, aber ich habe es gespürt."

„Sonderbar, ich wusste bis gestern von gar nichts. Wann haben die beiden sich denn getrennt?"

„Ach, es war schon länger ein ständiges Hin und Her, aber ich denke, etwa vor einem halben Jahr war die Trennung endgültig."

„Sonderbar, ich habe nichts davon gemerkt."

„Ach, ihr Männer. Mit den Gefühlen habt ihr es ja nicht so. Und noch eine neue Nachricht: Moni bemüht sich um einen Studienplatz in Münster, und dann wollen Moni und Eva zusammenziehen. Sie warten nur noch auf die Zusage des Vermieters."

„Ja, das mit der Wohnung haben sie mir gestern schon erzählt. Mir geht das übrigens alles viel zu schnell. Die beiden kennen sich ja kaum."

„Ach ja, und wie war das damals bei uns? Also Heinrich, mach dich mit dem Gedanken vertraut, dass du keinen zweiten Schwiegersohn bekommst, sondern eine zweite Schwiegertochter. ‚Et kütt, wie et kütt', hat mein Opa immer gesagt."

„Ach ja, unsere Moni war schon immer etwas Besonderes, immer etwas anders als die anderen. Ich versuche, mich wirklich an diesen Gedanken zu gewöhnen und mich mit ihr, nee, mit den beiden zu freuen."

In den folgenden Tagen erhielt Kollmann regelmäßig eine Stunde Besuch, wobei sich Therese und Moni abwechselten, zum Wochenende kamen Raimund und Henriette, einige Male auch Kollmanns Mutter Marianne. Ein- oder zweimal wurde Moni von Eva begleitet. „Ohne Begleitschutz" wagte sich Eva hingegen noch nicht „in die Höhle des Deo-Löwen".

Kollmanns Gesundheitszustand verbesserte sich mehr und mehr. Er hatte auch den anfänglichen Schock, den die Beziehung von Moni und Eva ausgelöst hatte, überwunden und freute sich über Monis neue Freundin, die vielleicht sogar seine Schwiegertochter würde. Moni hatte eine richtig gute Wahl getroffen, er wusste, wovon er redete.

Am Freitag, dem 20. Dezember wurde Kollmann aus der LWL-Klinik als genesen entlassen und betrat erstmals nach mehr als drei Monaten wieder das Haus auf der Sentruper Höhe. Es folgte ein sehr ruhiges, gar beschauliches Weihnachtsfest innerhalb der Familie. Die Enkelkinder freuten sich, dass der beste Opa der Welt endlich von seiner großen Weltreise – was hätte man den Kindern auch sagen sollen? – zurück war. Silvester verbrachten Therese und Kollmann in sehr nachdenklicher Stimmung allein zu Hause, obwohl es einige Einladungen gegeben hatte. „Mensch, kommt doch einfach vorbei. Hiltrud macht ihr tolles Bio-Raclette." Doch die Kollmanns wollten allein sein, wollten über all das nachdenken, was sich im letzten halben Jahr ereignet hatte. Mit leichtem Optimismus, aber auch mit Sorge schauten sie auf das Jahr 2020.

Sey mit Lust bei den Geschäften am Tage, aber mache nur solche, daß wir bey Nacht ruhig schlafen können
Thomas Mann, Leitmotiv der Familie Buddenbrook

Mittwoch, 8. Januar 2020

Die Berufungsverhandlung in der Strafsache gegen Kurt Mexers „wegen Diebstahls" war für den 8. Januar 2020, 9:00 Uhr, vor der 11. Kleinen Strafkammer des Landgerichts Münster terminiert. Eine solche Kammer besteht aus *einem* Berufsrichter als Vorsitzenden und zwei Schöffen. Sie entscheidet über Berufungen gegen Urteile des Amtsgerichts in Strafsachen.

Da der etatmäßige Vorsitzende dieser Strafkammer am zweiten Weihnachtstag schwer erkrankt war, musste er kurzfristig vertreten werden. Und weil Kollmann am 7. Januar mit ½ seiner Arbeitskraft in Form einer Wiedereingliederungsphase seinen Dienst wieder aufnehmen sollte, hatte das Präsidium des Landgerichts am 29.12. entschieden, dass Richter am Landgericht Kollmann vorübergehend der 11. Kleinen Strafkammer zugeteilt werde, um den erkrankten Kollegen zu vertreten. Damit war Kollmann der einzige Berufsrichter in dieser Kammer und übte deshalb die Tätigkeit eines Vorsitzenden aus.

Das Präsidium hatte diese Entscheidung aus zwei Gründen getroffen: Zum einen lassen sich die bei Kleinen Strafkammern anhängigen Berufungsverfahren oft relativ schnell erledigen, die Verhandlungen dauern dann nur einen halben Tag. Der zweite Grund bestand darin, dass sich, sehr zurückhaltend formuliert, kein Vorsitzender einer anderen Kammer um Kollmann „gerissen" hatte. Denn es gab zu viele Gerüchte, zu viele Erzählungen, zu viele Geschichten über

Richter K. Nicht nur hinter vorgehaltener Hand wurde getuschelt, Kollmann sei „jetzt endgültig zu einem Problemfall geworden", der sich zu einer Belastung für jede Kammer entwickeln könnte: Kollmann war beruflich eine persona non grata.

Nachdem der in anderen Kammern Unerwünschte seine Arbeit am Dienstag, dem 7. Januar 2020 wieder aufgenommen hatte, stand also bereits am Folgetag eine Berufungsverhandlung mit RiLG Kollmann als Vorsitzenden an. Die vorbereitenden Maßnahmen, insbesondere die Ladung der Zeugen, hatte der erkrankte Vorsitzende der Kammer schon im November des Vorjahres getroffen.

Um Punkt 9:00 Uhr – „the same procedure as every day" – betrat Kollmann am Dienstag nach mehr als zwei Monaten zum ersten Mal wieder das Landgericht. Die Wachtmeister bei der Eingangskontrolle hatten ihn wie früher freundlich durchgewunken, „Tach, Herr Kollmann, schön, dass Sie gez wieder an Bord sind.", auch hatte man ihm sein altes Zimmer wieder zur Verfügung gestellt. Sogar die Kolleginnnen aus der Serviceeinheit waren die alten, da sie für mehrere Strafkammern tätig waren. Alles war damit eigentlich wie immer, aber alles war anders, als es vorher gewesen war. So kam es Kollmann jedenfalls vor, obwohl er wusste, dass dies nicht der Fall war. Denn nicht das komplette Landgericht, sondern nur *er* hatte sich verändert. Seine Wahrnehmung war eine andere als vor seinem Zusammenbruch. Auf dem Weg zu seinem Büro traf er „zum Glück" niemanden. Die Justizwachtmeister hatten aber schon früh am Morgen einige Akten und einen Terminzettel auf seinen Schreibtisch gelegt. Kollmann sah, dass bereits am nächsten Tag die Strafsache gegen Kurt Mexers, geb. am 23.11.1954, z. Z. in U-Haft, „wegen Diebstahls" anstand.

„Na dann, mein guter Kollmann, dann woll'n mer mal!" Damit nahm er schwungvoll und energisch und sogar mit ein bisschen Vorfreude die Akte Mexers zur Hand. ‚Endlich wieder arbeiten! Endlich wieder etwas Nützliches tun!', dachte er gut gelaunt und motiviert. Doch nachdem Kollmann die Akte aufgeschlagen hatte, änderte sich das schlagartig. Vor Schreck hätte er diese fast fallen gelassen, denn er traute seinen Augen nicht. Ganz vorne befand sich in einer durchsichtigen Plastikfolie das „corpus delicti": Es war die Kette, die er Eva geschenkt hatte. Daran bestand kein Zweifel, denn die eingravierten Buchstaben „E&H" waren deutlich zu erkennen. Kollmann erschrak so heftig, dass sein Kreislauf stante pede verrücktspielte, sein Puls raste und Schweiß auf seine Stirn trat. Wenn er nicht gesessen hätte, wäre er vermutlich gestürzt.

‚Das kann nicht wahr sein', dachte er, ‚das muss ein Streich, ein ganz böser Scherz, eine versteckte Kamera oder was auch immer sein, denn einen solchen Zufall, einen solchen bösen Zufall, den gibt es nicht, den kann es gar nicht geben. Höchstens in einem schlechten Film oder in einem drittklassigen Roman. Wer macht das mit mir, was soll das? Wer hat es auf mich abgesehen? Gerade jetzt, nachdem meine Gesundheit so weit wiederhergestellt ist, dass ich wieder arbeiten kann, dass ich glücklich darüber bin, endlich wieder arbeiten zu dürfen, und dann gleich so was. Verdammt noch mal, warum muss das so anfangen? Soll ich fertiggemacht werden? Endgültig fertiggemacht werden? Aber von wem und warum?' All das schoss Kollmann durch den Kopf.

Er war nicht in der Lage weiterzulesen; er schlug den Aktendeckel zu und schleuderte die Akte samt der verdammten Kette auf die Erde. Dieser Ausbruch geschah aus Wut, aus

Verzweiflung, mehr aber aus Angst, aus purer, nackter Angst. Hatte man ihm ganz bewusst *diese* Akte vorgelegt, um ihn zu testen, um herauszufinden, ob er noch als Richter arbeiten konnte? Ob er „diese Sache" wirklich endgültig verarbeitet hatte, ob er darüberstand? Wollte man ihn absägen, loswerden, in den Vorruhestand schicken oder sollte er gar zurück in die Klapse?

Nein, das musste ein blöder Zufall sein, denn als sein erkrankter Kollege Ende November die prozessvorbereitenden Maßnahmen, Terminierung, Ladung der Zeugen, getroffen hatte, war Kollmann noch in der Klinik. An eine Rückkehr in den Dienst war damals noch gar nicht zu denken gewesen. Und die Kollegen im Präsidium des Landgerichts, die ihn der 11. Kleinen Strafkammer zugewiesen hatten, konnten nicht gewusst haben, was er, was Kollmann wusste. Also ist es wirklich ein Zufall, ein sehr großer und sehr dummer Zufall, versuchte er sich zu beruhigen; er wollte und durfte keiner Verschwörungstheorie anhängen. Man hatte nichts gegen ihn, im Gegenteil. Man wollte ihm mit der Zuweisung zur Kleinen Strafkammer die große Chance geben, sich langsam wieder einzuarbeiten. Er musste daran glauben, dass man ihm nichts Böses, sondern Gutes wollte.

Mithilfe dieser Gedanken beruhigte er sich einigermaßen, doch konnte er in der nächsten Stunde nicht arbeiten. Er stierte vor sich hin, zerbrach eine Büroklammer nach der anderen und war so tief in Gedanken versunken, dass er regelrecht aufschreckte, als jemand um 10:14 Uhr an der Tür seines Dienstzimmers klopfte.

Auf sein wie aus weiter Ferne gerufenes „herein" steckte AFK ihren Kopf ins Zimmer. „Guten Morgen, lieber Kollege Kollmann. Schön, dass Sie wieder da sind, Zeit zum Kaffeetrinken."

„Guten Morgen Frau Falke-ähm Falke-Karwinski, ich möchte heute noch nicht in die Kantine. Sie sehen ja, was hier los ist, man hat mich ganz gut eingedeckt, und morgen steht bereits die erste Sitzung an."

„Ach, nun kommen Sie doch mit, es gibt viel zu erzählen. Seit Anfang des Jahres hat unsere Kammer eine neue Vorsitzende. Unser Sondermännchen" – den Ausdruck hatte Kollmann noch nie gehört und AFK auch nicht zugetraut – „hat nun endlich die ersehnten höheren Weihen erhalten und seine gelb-schwarzen Filzpantoffeln eingepackt."

„Moment mal, wussten Sie von den Pantoffeln?"

„Ja, klar, Sie auch?"

„Ich auch, allerdings. Und sagen Sie mal: Hat das geklappt mit Hamm?"

„Ja, es war wohl sehr knapp, aber es hat geklappt. Es stand sogar eine Konkurrentenklage eines Kollegen aus Dortmund ins Haus, diese wurde aber wohl fallengelassen."

„Schön für Sondermann. Ich gönne es ihm, er hat es verdient. Und wer ist jetzt Ihr neuer Vorsitzender?"

AFK verzog leicht den Mund. „Na ja, es ist leider Frau König geworden. Da hätte ich mir noch lieber den Krescherkusen, übrigens nomen ist wieder mal omen, gewünscht, aber das behalten Sie mal besser für sich. Ich bin gespannt, wie es laufen wird. Man hört nicht viel Gutes über die Königin. Unsere erste Sitzung in ganz neuer Besetzung – wir haben auch noch eine junge Assessorin bekommen – ist am Freitag."

„Ach, das wird schon. Ich war mal ein Jahr in einer Kammer mit der erhabenen Königin. Sie ist manchmal ein bisschen holzbacken und umständlich, aber man kommt gut mit ihr zurecht."

„Mag sein, aber trotzdem, gleich zwei neue Gesichter. Ich hatte gehofft, dass Sie wieder in unsere Kammer kommen."

„Das haben die klugen Damen und Herren vom Präsidium anders entschieden. Aber ich bin in den nächsten Monaten ohnehin nur ein halber Richter."

„Na, das passt doch prima: Dann kommen Sie doch jetzt mit in die Kantine und essen Sie ein halbes Brötchen."

„Das ist gut gemeint, aber nein, heute noch nicht. Die Arbeit ruft und ich denke, ich muss langsam wieder reinkommen."

„Keine Chance?"

„Nein, heute keine Chance, aber vielen Dank, dass Sie an mich gedacht haben."

„Ja, dann kann ich wohl nichts machen. Einen schönen Tag noch und einen guten Wiedereinstieg."

Und damit schloss sich die Tür. Kollmann war wieder allein mit *dieser* Akte und mit seiner Angst. Was sollte er tun? Sollte er zum Präsidenten gehen und sagen, dass er den Vorsitz in diesem Verfahren nicht führen könne? Was sollte er als Begründung angeben, was müsste er alles „auspacken"? Was würde der Präsident erfahren, was dieser bisher noch nicht wusste und auch nie erfahren sollte?

Außerdem gab es das Prinzip des gesetzlichen Richters, und Kollmann war nun mal nach der Geschäftsverteilung des Landgerichts für dieses Verfahren der gesetzliche Richter und damit zuständig. Er konnte sich in dieser Diebstahlsache nicht einfach davonstehlen, man konnte nicht einfach einen Richterwechsel vornehmen. Es gab aber die Möglichkeit, dass Kollmann sich für befangen erklärte. Die Gründe mochten wohl ausreichen, weil seine mögliche künftige Schwiegertochter möglicherweise das Opfer der angeklagten Tat war. Denn Eva hatte die Kette ja ursprünglich gehört. Diese Konstellation könnte den Verdacht der Befangenheit begründen.

Aber Kollmann hatte kürzlich von Moni erfahren, was Eva mit der Kette gemacht hatte. Er wusste also, dass Eva nicht bestohlen worden war, denn sie hatte die Kette ja absichtlich in der Toilette liegen gelassen, ihr Eigentum damit freiwillig aufgegeben. Die Kette war herrenlos geworden und konnte deshalb nicht gestohlen werden. Einen Diebstahl kann man nur an *fremden* Sachen begehen, aber nicht an herrenlosen, die niemandem gehören. Auch eine Unterschlagung etwa in Form der Fundunterschlagung war nicht möglich, weil auch dieses Vergehen eine *fremde* bewegliche Sache voraussetzte. Etwas sonderbar war allerdings, dass ein Mann angeklagt war, weil Kollmann sicher wusste, dass Eva die Kette in der Damentoilette abgelegt hatte. Was danach passiert war, wusste er natürlich nicht.

Insoweit gab es verschiedene Möglichkeiten: Entweder war dieser, Kollmann hatte die Akte inzwischen vom Fußboden aufgehoben und schaute auf deren Deckel, war dieser Mexers auf der Damentoilette gewesen und hatte die Kette dort gefunden und an sich genommen. Oder aber eine Frau hatte die Kette gefunden und der Angeklagte hatte ihr diese anschließend gestohlen. So könnte es auch gewesen sein. Und dann läge ein Diebstahl vor, weil die Kette zum Zeitpunkt der Tat nicht mehr herrenlos gewesen wäre. Wäre, hätte, Evas Kette.

Kollmann überwand allmählich seine Angst, schlug die Akte wieder auf und las zunächst das erstinstanzliche Urteil. Danach hatte der Angeklagte ein umfassendes Geständnis abgelegt, insbesondere das Opfer sehr detailliert beschrieben. Diese Beschreibung traf aber so gar nicht auf Eva zu. Zwar stimmte das Alter, „etwa 30 Jahre“, aber Eva hatte lange schwarze Haare, während die Frau nach der Beschreibung des Angeklagten kurze blonde Haare hatte.

Also, was tun? Mit einiger Mühe gelang es Kollmann, weitere Teile der Akte zu lesen. Sein erkrankter Kollege hatte zur morgigen Verhandlung neben zwei Polizeibeamten den Juwelier und dessen Angestellte als Zeugen geladen. Kollmann bekam es erneut mit der Angst zu tun. Mehr noch: Panik stieg in ihm auf. Was wäre, wenn der Juwelier ihn erkennen sollte? Was könnte er dann sagen, wie sich verhalten?

Er überlegte noch einmal, ob er nicht doch besser eine Selbstanzeige wegen der Besorgnis der Befangenheit erstatten sollte. Aber was sollte er zur Begründung angeben? Dass er wusste, dass Eva die Kette freiwillig aus der Hand gegeben hatte? Das hätte doch jede Menge Nachfragen ausgelöst. Nachfragen, auf die er zwar Antworten hätte geben können, aber nicht geben wollte. Nein, eine Selbstanzeige würde er nicht erstatten, obwohl ihm dieses Instrument bestens vertraut war.

Als junger Richter am Amtsgericht hatte Kollmann nämlich über zwei Befangenheitsanträge zu entscheiden, die gegen einen sehr erfahrenen Kollegen gestellt worden waren.

Im ersten Fall war es um ein sehr emotional ausgetragenes Scheidungsverfahren gegangen, über das dieser Kollege seiner Ehefrau, einer Lehrerin, ausführlich berichtet hatte. Diese hatte nichts Besseres zu tun, als das Kind der Scheidungswilligen, dessen Klassenlehrerin sie war, auf die Scheidung der Eltern anzusprechen: „Sag mal, Michael, was ist denn da bei euch zu Hause los? Verhält deine Mutter sich wirklich so zickig, wie dein Vater sagt? Und ist dein Vater tatsächlich ein Quartalssäufer, wie deine Mutter sagt?"

Im zweiten Fall hatte der Kollege einen Angeklagten zu einer Freiheitsstrafe von acht Monaten verurteilt. Dabei war ihm aber ein Verfahrensfehler unterlaufen, sodass mit großer Sicherheit damit zu rechnen war, dass das Urteil, gegen das ein Rechtsmittel eingelegt worden war, in der nächsten Instanz aufgehoben würde. Als dieser Angeklagte wenig später wegen einer anderen Tat erneut vor eben diesem Richter stand, erklärte dieser recht pragmatisch, „der Angeklagte bekommt heute ein paar Monate mehr. Damit ist die andere Tat mit abgegolten."

In beiden Fällen hatte sich der recht selbstbewusste Richter für „nicht befangen" erklärt. Kollmann hatte das anders gesehen und auch den Mumm besessen, entsprechend zu entscheiden. Maßgeblich war für ihn, dass die Befangenheit nicht tatsächlich vorliegen muss, sondern dass es ausreicht, wenn eine entsprechende Besorgnis besteht. Damit war der Kollege in beiden Verfahren „raus", ein anderer Richter musste sie zu Ende führen. Es verwundert nicht, dass Kollmann sich mit seinen mutigen Entscheidungen beim Amtsgericht keine Freunde gemacht hatte. Nun, das war vor fast 30 Jahren, heute, in eigener Sache, galt das Motto „indes der Fall liegt anders".

Eine Selbstanzeige würde alles gefährden, was Kollmann in den letzten Monaten mühsam geschafft hatte. Er wollte doch, dass noch mehr Gras, gar eine ganze Wiese über die „Akte Eva" wachsen sollte, dass nicht alles wieder aufgewühlt würde, dass nicht alles noch einmal von vorne losginge. Endlich konnte, durfte er wieder arbeiten, endlich wieder als Richter tätig sein, nachdem er sich zuvor durch die

Einnahme der drei kleinen weißen Pillen fast zugrunde gerichtet hatte. Schon deshalb konnte niemand von ihm erwarten oder gar verlangen, dass er eine Besorgnis der Befangenheit anzeigte, dass er mit einer solchen Selbstanzeige alles gefährdete. Nein, er musste die Sache durchziehen.

Deshalb versuchte er sich einzureden, dass alles gut gehen würde. Da der Juwelier ihn in Zivil und als Käufer gesehen hatte, während Kollmann bei der Sitzung in schwarzer Robe, mit weißem Hemd und weißer Krawatte gekleidet wäre und in der Rolle des Richters agierte, war das Risiko des Erkanntwerdens wohl nicht so hoch, zumal der Kauf schon fast ein halbes Jahr zurücklag. Aber eine gewisse Gefahr bestand schon. Die Situation konnte unangenehm, sehr unangenehm werden, ähnlich unangenehm wie sie für den Dorfrichter Adam im „zerbrochenen Krug“ gewesen war.

Genau kannte Kollmann die Handlung nicht mehr – die Lektüre in der neunten oder zehnten Klasse auf dem Paulinum lag schließlich mehr als 40 Jahre zurück –, aber nach seiner Erinnerung hatte sich in etwa Folgendes zugetragen:

Besagter Dorfrichter war nächtens in das Haus einer Frau zu deren Tochter Eve (nicht etwa Eva!) geschlichen; er hatte Eve mit einem gefälschten Papier, irgendetwas gegen deren Verlobten, unter Druck gesetzt. Bei einer Rangelei des Richters mit dem Verlobten des Mädchens war ein wertvoller Krug zu Bruch gegangen. Eves Mutter verklagte den Verlobten auf Schadensersatz; zuständig für den Prozess war der Dorfrichter Adam. Erschwerend kam hinzu, dass der sich auf einer Inspektionsreise befindliche Gerichtsrat als Beobachter an der Verhandlung teilnahm.

Adam als erfahrener Dorfrichter versuchte, durch zahlreiche Tricks die Wahrheit zu vertuschen. Eve sagte aber aus, dass es *nicht* ihr Verlobter war, der den Krug zerschlagen hatte. Als Adam Eve daraufhin bedrängte, einen anderen Mann zu beschuldigen, beschimpfte sie Adam heftig. Obwohl außerdem viele Indizien – Richter Adam war verletzt, eine Blutspur endete an seinem Haus, seine Perücke wurde in der Nähe des Tatortes gefunden – gegen Adam sprachen, verurteilte er Eves Verlobten zu einer Gefängnisstrafe. Eve, die bisher aus Angst geschwiegen hatte, gab nunmehr Adam als Täter an, der sofort die Flucht ergriff. ‚Mein Gott', dachte Kollmann, ‚da hat sich mein Vornamensvetter Heinrich aber ganz schön was zusammengekleistert.'

Nun war er zum Glück nicht der Dorfrichter Adam, sondern der Richter am Landgericht Kollmann. Dennoch war ihm mulmig zumute, weil er nicht wusste, was kommen würde. Auf jeden Fall sah Kollmann von der Selbstanzeige wegen möglicher Befangenheit ab. Er würde den Fall morgen verhandeln, so oder so. Er wusste, dass dies in einer Katastrophe enden konnte, aber es konnte auch gut gehen. Er musste, er würde es darauf ankommen lassen. Er hatte keine andere Wahl.

Nachdem Kollmann diese Entscheidung getroffen hatte, arbeitete er einige weitere Akten durch, wobei es ihm schwerfiel, sich zu konzentrieren. In den nächsten Wochen standen jeweils eine oder zwei Verhandlungen pro Sitzungstag an. Eine erste Durchsicht ergab, dass bei den anderen Verfahren keine großen Probleme zu erwarten waren. Gegen dreizehn Uhr beendete Kollmann seinen Dienst im Gericht, schließlich war er nur zu 0,5 tätig, und fuhr nach Hause. Er hatte sich zwei Akten mitgenommen, doch blieben diese wohlbehütet in der Aktentasche. Therese kam erst gegen sechs Uhr abends und erkundigte sich freundlich, geradezu fürsorglich, wie sein erster Arbeitstag gewesen sei.

„Nichts Besonderes, viel Kleinkram und Dezernatsarbeit. Ich muss sehen, dass ich den Laden ans Laufen bekomme, wofür ich mich natürlich in alle Akten einarbeiten muss. Ach, übrigens, der Sondermann hat es geschafft, er ist jetzt Vorsitzender in Hamm geworden. Für ihn also auch Edeka."

„Schön für ihn, aber was bedeutet noch mal dieses Edeka?"

„Na, das vergisst du immer wieder. **E**nde **de**r **Ka**rriere. Aber die Entlohnung nach R3, die das Sondermännchen" – Kollmann gefiel der Ausdruck – „jetzt bekommt, ist ja auch eine ganz gute Nummer."

Obwohl Therese zur Feier des Tages einige Leckereien und einen guten Rotwein aus einem am Kiepenkerl gelegenen stadtbekannten Feinkostgeschäft mitgebracht hatte, „hat mal wieder ein halbes Vermögen gekostet!", nahm Kollmann nur wenig zu sich.

„Nee, ich hab so recht keinen Hunger. Mein Magen grummelt ein wenig."

„Ach, das könnte ein bisschen Aufregung sein, weil es jetzt wieder losgeht. Wann hast du denn deine erste Sitzung?"

„Gleich morgen um neun."

„Oha, warum das denn?"

„Na, der gute Steinken konnte ja nicht wissen, dass er krank wird. Er hat deswegen ganz normal terminiert."

„Und um was geht es?"

„Kleinkram, nicht interessant, irgendein Diebstahl im Obdachlosenmilieu."

„Magst du es mir erzählen?"

„Ach nee, lass gut sein. Ist zu langweilig", sagte Kollmann, dachte aber: ‚Von wegen langweilig, ich kann mich an kaum einen Prozess in der Vergangenheit erinnern, der mehr

Spannung und Anspannung versprochen hat als der morgige verspricht."

Nach dem Abendessen wandten sich beide dem Buch zu, in dem sie gerade lasen, doch Kollmann gelang es nicht, sich zu konzentrieren. Immer wieder musste er daran denken, dass der Juwelier als Zeuge geladen war und dass das Urteil der ersten Instanz jedenfalls mit der darin enthaltenen Begründung höchstwahrscheinlich falsch war. Kollmann dachte nochmals nach und kam erneut zu dem Ergebnis, dass es die vom Angeklagten beschriebene andere Frau möglicherweise doch gab. Diese könnte die von Eva abgelegte Kette gefunden haben und der Angeklagte könnte ihr diese anschließend gestohlen haben. Ja, so könnte es auch gewesen sein. Dann wäre das Urteil des Amtsgerichts mit der Verurteilung wegen Diebstahls richtig. Aber das wären schon sehr merkwürdige Zufälle, an die Kollmann aufgrund seiner langjährigen Berufserfahrung als Strafrichter eigentlich nicht zu glauben vermochte. Er wusste einfach nicht, was er von dieser Sache halten und wir er sich verhalten sollte. Mit diesen Gedanken legte er sich schlafen.

Kollmann hatte eine sehr unruhige Nacht; mehrfach schreckte er auf, mehrfach versuchte Therese ihn zu beruhigen. Sie war in Sorge, ob der Wiedereinstieg für Heinrich nicht doch zu früh käme, wenn ihm ein Fall, in dem es nur um „Kleinkram" ging, um irgendeinen „Diebstahl im Milieu", eine so unruhige Nacht bereitete. Sie schlug ihrem Mann beim Frühstück vor, als Zuhörerin an der Verhandlung teilzunehmen, doch wies er ihren Vorschlag energisch zurück.

„Nein, das möchte ich auf keinen Fall! Bitte nicht. Das hast du bisher noch nie getan. Damit sollten wir auch jetzt nicht mehr anfangen, und schon gar nicht heute, an dem Tag, an dem ich meinen ersten Sitzungstag nach so langer Zeit habe. Vergiss es! Never ever!"

Therese war überrascht über seine barsche Reaktion. Sie konnte ja nicht ahnen, in welcher Zwickmühle ihr Mann steckte. Aber sie akzeptierte seine Ablehnung und gab ihren Plan auf.

Kollmann traf bereits um Viertel vor neun im Landgericht ein, da es üblich war, die beiden Schöffen – heute wie häufig eine Frau und ein Mann – zehn Minuten vor Sitzungsbeginn kurz in das anstehende Verfahren einzuführen, freilich ohne auf Hintergründe oder Einzelheiten einzugehen. Denn die Schöffen sollten ihre Entscheidung allein auf der Grundlage der Hauptverhandlung treffen. Kollmann eröffnete die Sitzung. Die vier von seinem erkrankten Kollegen geladenen Zeugen waren erschienen, wurden von Kollmann auf die Wahrheitspflicht hingewiesen und verließen zunächst den Sitzungssaal.

In ihrer anschließenden Vernehmung bestätigten die beiden Polizisten ihre Aussagen so, wie sie sich bereits in der Ermittlungsakte befanden. Dementsprechend wiederholte der ältere Polizeibeamte: „Also Kurti, ich meine natürlich der Angeklagte, hat die Tat für seine Verhältnisse relativ vehement bestritten. Normalerweise gibt er es zu, wenn er etwas angestellt hat. Aber für uns waren die Indizien eindeutig. Deswegen haben wir ihn mit zum Revier genommen. Aber ich möchte nicht darauf wetten, dass er die Kette wirklich geklaut hat. Ich kenne ihn schon seit 15 Jahren und, wie gesagt, normalerweise gibt er es sofort zu, wenn er etwas verbockt hat."

Nachdem sich auch der zweite Polizist in ähnlicher Weise geäußert hatte, sagte der Juwelier als Zeuge aus, wobei er Kollmann mehrfach musterte und nachdenklich ansah. Jetzt fehlte nur noch, dass er sich daran erinnerte, dass der *heutige* Richter der *damalige* Käufer der Kette war und dass er auf dessen Veranlassung das „E&H" eingraviert hatte. Bei diesem Gedanken schwitzte Kollmann Blut und Wasser: Das hätte mit Sicherheit einen Befangenheitsantrag des Verteidigers nach sich gezogen; die Schöffen hätten in der Beratung vermutlich einige sehr unangenehme Fragen gestellt. Was hätte Kollmann darauf antworten sollen? Was hätte er dazu sagen sollen? Wer war „E", wem hatte der Richter Kollmann die Kette geschenkt? Sicherlich hätte der Staatsanwalt beantragt, „E" als Zeugin zu hören. Kollmann hätte Evas Identität offenlegen müssen, das wollte er aber auf keinen Fall, das musste er verhindern.

Der Juwelier hatte Kollmann sofort als Käufer der Kette erkannt, ‚Ein geschulter Blick geht über alles.', aber diesbezüglich geschwiegen. Er wollte seinen Kunden schonen, er wollte kein Aufsehen, um seine Geschäfte auch in Zukunft seriös und möglichst unbeachtet von der Öffentlichkeit abwickeln zu können.

Da Kollmann diese hehren Ansichten des Juweliers nicht kannte, saß er während der gesamten Vernehmung auf heißen Kohlen. Nach gefühlten zwei Stunden – es waren indes nur 15 Minuten – war Kollmann mehr als erleichtert, als der Juwelier die Frage, ob er seiner Aussage noch etwas hinzuzufügen habe, mit „nein, das ist alles" beantwortete.

Kollmann konnte im Übrigen von Glück sagen, dass die Verkäuferin, der Kurti das corpus delicti zunächst zum Kauf angeboten hatte, nicht im Ladengeschäft gewesen war, als er die Kette für Eva gekauft hatte. Denn diese Dame hätte mit Sicherheit nicht stillgehalten, wenn sie Kollmann wiedererkannt hätte.

Ihr Aussageverhalten war indes bemerkenswert: „Mir war so was von sofort klar, dass der Angeklagte die Kette gestohlen hatte. Das konnte doch gar nicht anders sein."

„Nein, ich gehe nicht nach Äußerlichkeiten, aber ich verfüge über einen sehr guten Instinkt. Ich bin über 40 Jahre im Geschäft."

„Natürlich war es ein Trick, die Anwesenheit meines Chefs zu leugnen. Ich musste ja Zeit gewinnen, um die Polizei zu benachrichtigen. Und das hat auch wunderbar geklappt, denn so haben *wir* den Täter überführt."

Kollmann schloss die Beweisaufnahme, der Staatsanwalt und der Verteidiger hielten ihre Plädoyers, wobei sie, wie fast immer, zu unterschiedlichen Einschätzungen kamen.

Nach Auffassung der Staatsanwaltschaft war die Berufung zurückzuweisen, da eindeutig feststehe, dass der Angeklagte die Kette gestohlen habe. Der Verteidiger war hingegen der Ansicht, eine Bestrafung wegen Diebstahls könne nicht aufrechterhalten werden, weil nach dem Ergebnis der Beweisaufnahme gerade *nicht* feststehe, dass der Angeklagte die Kette gestohlen habe. Auch eine Unterschlagung liege nicht vor, weil ja die Möglichkeit bestehe, dass der Eigentümer oder die Eigentümerin der Kette das Eigentum daran freiwillig aufgegeben habe.

Der als bissig bekannte Staatsanwalt meinte, ungefragt erwidern zu müssen, dass diese Möglichkeit natürlich theoretisch bestehe, aber dass es theoretisch auch möglich sei, dass Preußen Münster wie weiland 1951 noch einmal deutscher Vizemeister oder irgendwann gleich deutscher Meister werden würde. Die Adlerträger müssten nur noch das eine oder andere Mal aufsteigen und dürften nicht in den Niederungen der vierten Liga verschwinden.

Kollmann bat den Staatsanwalt um Mäßigung und erteilte dem Angeklagten das „letzte Wort“. Kurti schloss sich in knapper Form den „wirklich schönen und gelungenen Ausführungen seines Herrn Verteidigers“ an. Dem sei aus seiner Sicht nichts hinzuzufügen.

Kollmann zog sich daraufhin mit den beiden Schöffen zur Beratung zurück. Er schloss sich dabei den von der Verteidigung geäußerten Bedenken an, dass man nicht mit Sicherheit wisse, was sich zugetragen habe. Im Detail wusste Kollmann dies tatsächlich nicht, aber er wusste mit Sicherheit, dass Eva die Kette freiwillig aus der Hand gegeben, also zumindest zunächst kein Diebstahl vorgelegen hatte. Aber dieses Wissen konnte und wollte er nicht mit den Schöffen teilen.

Dieses Nichtoffenbaren und der Verlauf der Berufungsverhandlung führten dazu, dass die Schöffen gänzlich anderer Ansicht als Kollmann waren. Für sie war die Sache klar: Der Angeklagte müsse so oder so verurteilt werden, entweder weil er die Kette geklaut habe oder weil er sie nicht beim Fundamt abgegeben habe. Kollmann versuchte es noch einmal: „Aber es ist doch verwunderlich, dass niemand einen Diebstahl angezeigt hat und dass auch niemand beim Fundamt nachgefragt hat. Das ist doch wie ein Mord ohne Leiche.“

Während der männliche Schöffe nachdenklich wurde, wiederholte die Schöffin die Bemerkung des Staatsanwalts zur deutschen Meisterschaft von Preußen Münster. Daraufhin kippte der Schöffe wieder um, sodass es aus Kollmanns Sicht wieder eins zu zwei stand.

Kollmann befürchtete, dass er sich geschlagen geben müsse, weil er die Schöffen nicht umstimmen, diese ihn aber überstimmen konnten. Denn ein Schöffe hat das gleiche

Stimmrecht wie der Berufsrichter, und für eine Verurteilung ist eine Zweidrittelmehrheit erforderlich, aber auch ausreichend. Das bedeutet, dass bei einer Besetzung der Kleinen Strafkammer mit *einem* Berufsrichter und zwei Schöffen nur dann eine Verurteilung erfolgen kann, wenn neben dem Berufsrichter zumindest auch *ein* Schöffe dafür ist. Es bedeutet aber auch, dass eine Verurteilung möglich ist, wenn der Berufsrichter als Profi dagegen, die beiden Schöffen als Laien hingegen dafür sind. Beide Möglichkeiten sind aber eher theoretischer Natur. Kollmann hatte sie in seiner bisherigen richterlichen Tätigkeit jedenfalls noch nicht erlebt. In der Regel gelangen die Kammern zu einstimmigen Entscheidungen; Kampfabstimmungen bilden die Ausnahme, und dass ein Richter von den Schöffen überstimmt wird, bildet eine gar seltene Ausnahme. Aber heute konnte ein solcher Fall durchaus eintreten.

Als es Kollmann nochmals mit „Was machen wir denn jetzt? Ich bin nicht hundertprozentig sicher, dass der Angeklagte schuldig ist" versuchte, jedenfalls *einen* Schöffen auf seine Seite zu ziehen, klopfte es an der Tür des Beratungszimmers, was sehr ungewöhnlich war.

Der Verteidiger des Angeklagten bat den Herrn Vorsitzenden in der Tür stehend um ein kurzes Gespräch. Außerdem reichte er Kollmann einen handschriftlichen, arg zerknitterten und deshalb nur noch schwer lesbaren Zettel: *„Sie müssen diese Kette nicht beim Fundbüro abgeben, ich schenke Sie Ihnen. Ich habe sie von jemandem geschenkt bekommen, von dem ich nichts geschenkt haben möchte. Viel Spaß damit wünscht Eva."*

Kollmann reichte den Zettel an die beiden Schöffen weiter. Nach kurzer Abstimmung betrat die Kammer wieder den Gerichtssaal. Kollmann gab den Zettel an den Staatsanwalt und verkündete, dass die Kammer erneut in die Beweisaufnahme eintreten werde.

Der Verteidiger erklärte auf Befragen des verärgerten Staatsanwalts – dieser war um 13:30 Uhr zum Mittagessen mit seiner neuen Flamme aus dem Grundbuchamt verabredet und saß deshalb auf heißen Kohlen –, dass der Angeklagte den Zettel gerade erst auf dem Gerichtsflur von einer Bekannten namens Marie, die wie der Angeklagte obdachlos sei, erhalten habe. Diese Marie sitze vor der Tür. Er beantrage, sie als Zeugin zu vernehmen.

Der Staatsanwalt war inzwischen auf 180. „Das wird hier ja immer abenteuerlicher, das ist doch ein abgekartetes Spiel." Dem Antrag auf Vernehmung der Frau als Zeugin widersprach er aber nicht.

Die Zeugin Marion-Ida, genannt Marie, Angermann, 62 Jahre, erwerbslos, wohnungslos, erklärte, sie habe erst heute Morgen von Lamberti-Erwin gehört, dass die Verhandlung gegen den Kurti stattfinde, und habe sich deshalb ganz eilends auf den Weg zum Gericht gemacht. Nach der Ankunft habe sie dem „Herrn Rechtsanwalt" sofort den Zettel gegeben, um zu beweisen, dass der Kurti unschuldig sei.

„Ich habe das Päckchen mit der Kette auf der unterirdischen Toilette am Domplatz gefunden, und zwar morgens so gegen zehn. Als ich die Stufen hinuntergegangen bin, ist mir eine junge Frau entgegengekommen, die mich freundlich gegrüßt hat. Daran erinnere ich mich genau, weil das so einer wie mir nicht oft passiert, müssen Sie wissen, Herr Richter. In der Regel sehen die Menschen durch eine wie mich einfach hindurch."

Die Zeugin fuhr fort, sie habe den Kurti gebeten, die Kette, die sie gerade zuvor gefunden habe, für sie zu Geld zu machen. Der Kurti habe ein wenig die Stirn gerunzelt, aber nicht näher nachgefragt, wo und wie sie an die Kette gekommen sei. Das sei ihm wohl egal gewesen, sie habe von sich aus auch nichts weiter dazu erzählt. Für sie sei allein wichtig gewesen, dass Kurti immer noch ein guter Geschäftsmann sei. Er habe noch von früher verdammt viel Businesserfahrung. Schließlich sei er der Boss der Immobilienfirma gewesen, bei der sie als Chefsekretärin gearbeitet habe. Leider habe Kurti *einmal* in seinem Leben etwas so richtig falsch gemacht, weil er sich mit Schrottimmobilien im Osten aber sowas von krass verzockt habe. „Schlimmer geht es nicht, Herr Richter." Kurti sei eigentlich immer ein ganz Vorsichtiger gewesen, nur dieses eine Mal eben nicht. Er habe ganz fest auf die vom Einheitskanzler Kohl versprochenen blühenden Landschaften im Osten vertraut. Deswegen und wegen der blöden Steuern habe er das Wohn- und Geschäftszentrum gekauft, schon lange bevor dieses fertig gewesen sei.

„Mag ja alles sein", warf der Staatsanwalt ein, „aber das tut hier nichts zur Sache."

„Das sehe ich aber ganz anders", so die Zeugin, „denn was dem Kurti passiert ist, erinnert doch an Thomas Buddenbrook, der ja auch nur *einmal* Getreide auf dem Halm gekauft hat, und das Geschäft ist dem Senator im wahrsten Sinne des Wortes so richtig verhagelt."

Kurtis Objekt im Osten, so erklärte die einmal ins Reden gekommene Zeugin weiter, sei wegen erheblicher Baumängel und fehlender Nachfrage nicht vermietbar gewesen. Nach jahrelangem Leerstand sei dem Kurti gar eine Abrissverfügung ins Haus geflattert; unterm Strich habe er fast zwei Millionen Mark in die Tonne gekloppt. Und da die Banken mächtig Druck gemacht hätten, habe die ganze Chose einen arg bösen Verlauf genommen. Scheidung, Pfändungen, Kreditwürdigkeit „null“, schließlich Entzug der Maklererlaubnis, das sei's dann endgültig gewesen. „Rien ne va plus“, mehr habe Kurti nicht gesagt. Kurz danach sei zunächst er, wenig später aber auch sie auf der Straße gelandet, weil sie dummerweise für einige von Kurtis Krediten gebürgt hatte.

„So war das und nicht anders. Das ist die Wahrheit, die ganze Wahrheit, nichts als die Wahrheit, ich schwöre.“

Der Staatsanwalt hatte inzwischen endgültig die Geduld verloren und drohte in die Luft zu gehen wie weiland das legendäre HB-Männchen Bruno aus der Zigarettenwerbung. Er kündigte den Antrag auf Vereidigung der Zeugin und sofort danach einen weiteren Antrag auf deren vorläufige Festnahme wegen des Verdachts des Meineids an. Zugleich attackierte er Kurtis Verteidiger und machte ihn für diese „Schmierenkomödie“ verantwortlich. Danach fuhr er die Zeugin an, dass er ihr kein Wort glaube. Sie solle diese angebliche junge Frau doch mal beschreiben.

„Das mache ich sehr gerne, ich kann sehr gut beobachten und mir Gesichter merken. Wissen Sie, ich habe einige Semester Kunst studiert und war Meisterschülerin von Professor Herzogenaurach. Porträtzeichnen war eine meiner Stärken. Geben Sie mir doch mal ein Stück Papier und einen Bleistift.“

„Ich weiß nicht, ob das sinnvoll und erforderlich ist, wir haben doch die Aussage der Zeugin“, warf Kollmann ein.

Doch der Staatsanwalt ließ sich nicht von seinem Vorhaben abbringen, Kollmann gab resignierend nach.

Marie nahm das von der Protokollführerin gereichte Blatt Papier und einen Bleistift und begann zu zeichnen. Nach weniger als drei Minuten, die Kollmann wie Stunden vorkamen, war das Porträt fertig, es war vorzüglich gelungen, Eva wirklich gut zu erkennen. Alle Anwesenden, der Staatsanwalt eingeschlossen, waren von den Zeichenkünsten der Zeugin sehr beeindruckt. Aber wie sollte es jetzt weitergehen?

Der Staatsanwalt rieb sich verärgert seine große Spürnase, das Mittagessen mit der neuen Flamme aus dem Grundbuchamt konnte er vergessen, der Verteidiger zuckte mit den Schultern, „Ich weiß von nichts, mein Name ist Hase.", die Schöffen waren von der Wendung, die der Fall jetzt möglicherweise nahm, überrascht. „Unverhofft kommt oft!"

Kurti ließ sich nichts anmerken. Er blieb ganz gelassen, er hatte in seinem Leben schon ganz andere Sachen erlebt. Die Protokollführerin hatte ein wenig geträumt, die Hochzeit ihrer besten Freundin stand bevor, sie war die erste Brautjungfer, und reagierte in gleicher Weise wie Kurti, nämlich gar nicht.

Kollmann unterbrach die Sitzung, um sich mit den Schöffen zu beraten.

„Der Staatsanwalt hat recht, das ist doch ein abgekartetes Spiel, das stinkt zum Himmel", echauffierte sich die Schöffin. „So einen Wisch kann doch jeder aufsetzen, ich glaube dieser Frau kein Wort. Wahrscheinlich bekommt sie flüssiges Zeugengeld. Allerdings muss ich zugeben, dass sie sehr gut zeichnet. Sie hat eine richtig hübsche junge Frau auf das Papier gezaubert."

„Na ja, aber es könnte schon so gewesen sein, wie die Zeugin es geschildert hat", warf der Schöffe ein.

„Ach was! Ich sage nur Preußen Münster! Und im Übrigen: Warum hat der Angeklagte beim Amtsgericht ein Geständnis abgelegt und warum verweigert er heute die Aussage? Können Sie mir *das* mal erklären?"

Kollmann hatte zunächst ganz bewusst nur zugehört, um die Ansichten der Schöffen in Erfahrung zu bringen. Erst jetzt beteiligte er sich an den Überlegungen: „Was halten Sie davon, wenn wir ein Gutachten dazu einholen, ob der Zettel schon zur Tatzeit geschrieben wurde und ob ihn ein Mann oder eine Frau geschrieben hat? Und vielleicht kann der Sachverständige aufgrund der Handschrift auch etwas dazu sagen, wie alt der Verfasser oder die Verfasserin des Textes ist. Wir würden außerdem Schriftproben des Angeklagten und der Zeugin nehmen, um herauszufinden, ob einer von den beiden den Zettel gefertigt hat."

„Das bringt doch nichts, da kommt doch nichts bei rum. Ich finde, das ist zu viel Aufwand für so eine Lappalie. Für mich hat der Angeklagte die Kette geklaut und damit basta", entgegnete die schon leicht genervt wirkende Schöffin.

„Ich finde, das ist keine Lappalie. Denn immerhin geht es darum, ob der Angeklagte in den Knast muss", meinte der Schöffe und fügte hinzu, dass er Kollmanns Idee gut finde und dafür sei. „Vielleicht sind wir danach klüger."

„Gut, dann machen wir das so", sagte Kollmann, worauf die Schöffin gereizt einwarf: „Nicht so schnell, denn ich bin dagegen."

„Ja, das dürfen Sie gerne sein", so Kollmann, „aber wir haben Sie gerade mit zwei zu eins überstimmt."

Die Kammer betrat erneut den Gerichtssaal und Kollmann erläuterte das weitere Vorgehen, vom Staatsanwalt kopfschüttelnd, vom Verteidiger zustimmend zur Kenntnis genommen. Kurti und Marie wurden um eine Schriftprobe gebeten. „Was sollen wir denn schreiben?"

„Schreiben Sie bitte einfach den Text von dem Zettel ab", sagte Kollmann freundlich.

Das Abschreiben fiel beiden recht schwer, weil sie in den letzten Jahren kaum einen Satz geschrieben hatten. Schon mit bloßem Auge war aber zu erkennen, dass der Text auf dem Zettel weder von Kurti noch von Marie verfasst war. Kollmann teilte mit, den Grafologen Dr. Bertrams als Sachverständigen zu beauftragen, bestimmte den Termin zur Fortsetzung der Hauptverhandlung auf Mittwoch, 22.01.2020, 9:30 Uhr, und schloss die Sitzung.

Für heute verabschiedete Kollmann die Schöffen, ging in sein Dienstzimmer und atmete erleichtert durch. Unterm Strich war es bisher sehr gut gelaufen, insbesondere weil der Juwelier ihn nicht erkannt oder aber geschwiegen hatte. Die erste Klippe war umschifft, die Titanic noch auf Kurs, der Eisberg in weiter Ferne.

Anschließend informierte Kollmann den Sachverständigen telefonisch vorab und bat ihn um eine schnelle Erstattung des Gutachtens. Das Ergebnis könne er auch gerne im nächsten Termin mündlich vortragen. Da Dr. Bertrams am Nachmittag ohnehin im Landgericht zu tun hatte, wurde abgesprochen, dass er sich die Unterlagen bei dieser Gelegenheit im Servicecenter abholen werde.

„Aber Herr Bertrams, bitte denken Sie daran, dass sich, kaum dass die Sonne ihren höchsten Stand erreicht hat, eine Servicewüste auftut."

„Ich weiß Bescheid, keine Sorge, Herr Kollmann. Ich werde schon kurz vor zwei im Gericht sein."

Weil die heutige Sitzung Kollmann sehr angestrengt hatte, machte er früh Feierabend. In den nächsten Tagen ging er schon wieder recht routiniert und sicher seinen Amtsgeschäften nach, bearbeitete Akten und bereitete die folgenden Sitzungen vor. Es gefiel ihm ausgesprochen gut, dass er nur zu 0,5 tätig war, in der Regel konnte er seinen Dienst nämlich bereits mittags beenden. Daran könnte er sich gewöhnen.

Mein schönes Fräulein, darf ich wagen.
Meinen Arm und Geleit Ihr anzutragen?
Bin weder Fräulein, weder schön,
Kann ungeleitet nach Hause gehen!
Johann Wolfang von Goethe, Faust. Der Tragödie erster Teil

Mittwoch, 22. Januar 2020

Heute stand die Fortsetzung der Hauptverhandlung wegen des Diebstahls der Kette an. Nach einem kargen Frühstück machte Kollmann sich mit Spartakus auf den Weg zum Landgericht. Er hatte während der Fahrt das Gefühl, dass sein treuer Gefährte heute etwas unrund lief, möglicherweise war auch der gute Sparti ein wenig nervös. Obwohl weder Mann noch Rad in diesem Augenblick ahnen konnten, wie dicke es kommen sollte.

Denn es ging sofort richtig los. Kaum dass Kollmann die Verhandlung wiedereröffnet hatte, sagte der Staatsanwalt, der als Letzter den Sitzungssaal betreten hatte, die von der Zeugin Angermann so trefflich gezeichnete Frau sitze vor der Tür auf dem Gerichtsflur.

Kollmann, der heftig erschrak, verneinte die an ihn gerichtete Frage, ob das Gericht die Frau als Zeugin geladen habe. Der Verteidiger erklärte, das treffe auch für ihn zu. Er kenne die Frau nicht und habe auch noch nicht mit ihr gesprochen.

„Sieh an, sieh an, hmm, hmm", räusperte sich der Staatsanwalt und meinte, süffisant anfügen zu müssen, „da die *geheimnisumwogende* Dame dann wohl auf *geheimnisvolle* Weise erschienen sei, halte er es für angebracht, das *große Geheimnis* zu lüften und die *große* Unbekannte als Zeugin zu vernehmen."

Kollmann, der die Sitzung zu leiten hatte, widersprach und sagte, man wolle zunächst den Sachverständigen hören, doch war dieser bisher noch nicht erschienen. In diesem Augenblick betrat eine Mitarbeiterin aus der Serviceeinheit den Sitzungssaal und reichte Kollmann eine kurze Nachricht. Danach hatte der Sachverständige gerade telefonisch mitgeteilt, dass er wegen eines schweren grippalen Infekts an der heutigen Hauptverhandlung leider nicht teilnehmen könne.

Noch während Kollmann diese Nachricht las, ging die große Tür des Sitzungssaals auf und Eva betrat ungefragt den Raum.

Nachdem Kollmann Eva erblickt hatte, wurde ihm abwechselnd heiß und kalt, er schwitzte vor Hitze und zitterte vor Kälte. Wo kam Eva plötzlich her und was wollte sie hier? Himmel noch mal, bisher war doch alles so gut gelaufen, jetzt aber drohte alles aus dem Ruder zu laufen.

Kollmann bemerkte, dass es Eva offenbar nicht besser ging als ihm. Sie wirkte wie vom Donner gerührt, als sie sah, dass Heinrich der Richter war. Damit hatte sie nicht gerechnet, das hatte sie nicht einmal als vage Möglichkeit in Betracht gezogen. Eva war vor Schreck und Überraschung nahe der Eingangstür stehen geblieben, sie sah Kollmann unverwandt an, dieser starrte zurück. Es schien, als verbinde ein starker Laserstrahl ihre und seine Augen. Im Raum herrschte eine gespenstische Stille. Alle anderen Beteiligten merkten, *dass* hier etwas vor sich ging, konnten aber nicht deuten, *was* hier vor sich ging. Dieser Zustand hielt sicherlich eine Minute an. Eva stand wie angewurzelt, Kollmann saß wie festgewachsen. Keine Bewegung, nur dieser Blick, dieser Laserstrahl, von ihr zu ihm, von ihm zu ihr.

Nach vielleicht einer Minute fragte der Staatsanwalt scheinheilig: „Herr Vorsitzender, ist alles in Ordnung? Möchten Sie die Sitzung vielleicht unterbrechen? Andernfalls beantrage ich für meinen Teil, die geheimnisumwobene Frau nun stante pede als Zeugin zu vernehmen."

Kollmann sträubte sich gegen diesen Antrag, aber der Staatsanwalt führte ein Affentheater auf und drohte, die Sache würde Folgen für Kollmann haben, wenn er sich weiterhin sperre. Es stehe nicht weniger als der schwerwiegende Verdacht der Rechtsbeugung im Raum.

Obwohl Kollmann wusste, dass dies Unsinn war und dass der Staatsanwalt ihm gar nicht drohen konnte, fühlte er sich bedroht. Da nun auch der Verteidiger und die beiden Schöffen der Meinung waren, dass es sinnvoll sei, die unerwartet erschienene Frau als Zeugin zu hören, war Kollmann wohl oder übel gezwungen, klein beizugeben. Als er aber immer noch zögerte, setzte der Staatsanwalt nach: „Also, was ist denn nun, können wir endlich beginnen?"

„Beginnen, womit beginnen?", entgegnete Kollmann verwirrt, um sich danach wieder zu fangen. „Ja doch, wir können beginnen, natürlich", und an Eva gewandt ganz förmlich: „Nehmen Sie doch bitte hier vorne am Tisch Platz. Darf ich um Ihren Namen bitten?"

Was für ein Unsinn, er kannte ihren Namen doch, aber was sollte er machen? Denn er durfte ihn ja gar nicht kennen. Kollmann wusste, dass er jetzt verdammt auf der Hut sein musste. Also war die Frage an Eva nach ihrem Namen völlig richtig. Man musste immer nach dem Namen einer Zeugin fragen, immer. Auch wenn man ihn schon kannte.

Insbesondere wenn man als Richter an einem kleinen Gericht tätig ist und am Gerichtssitz wohnt, kommt es immer wieder vor, dass man nicht nur die Rechtsanwälte, sondern auch eine oder gar beide Prozessparteien gut oder zumindest vom Sehen kennt. Das kann aber durchaus auch in Münster passieren. Kollmann erinnerte sich an eine recht feuchte Juristenfete – ein Rechtsanwalt feierte mit zahlreichen Kollegen und einigen ausgewählten Richtern seinen 60. Geburtstag –, die vor einigen Monaten im Vereinsheim eines Ruderclubs am Kanal stattgefunden hatte. Als Kollmann mit zwei Anwälten, auf die nächste Bratwurst wartend, am Grill stand, „muss heute mal sein, man gönnt sich ja sonst nichts", sagte einer der beiden Anwälte, dass man sich genau in dieser Konstellation am Dienstag im Landgericht zu dieser furchtbaren Bausache wiedersehe. Vielleicht gelinge es ja mit einer gemeinsamen Kraftanstrengung, die Sache zu erledigen. Der andere Anwalt erklärte, er habe kein Interesse daran, darüber heute nachzudenken. Er habe nämlich schon ein paar Bierchen und einige kleine Muntermacher intus und sei im Augenblick maximal und ausschließlich bratwurstfixiert.

Kollmann achtete penibel darauf, auch die Anwälte, die er persönlich kannte und mit denen er zum Teil befreundet war, in den Verhandlungen zu siezen, und zwar auch dann, wenn weder der Kläger noch der Beklagte persönlich anwesend, sondern die drei Juristen unter sich waren.

Ein besonderes Erlebnis war Kollmann aus seiner Tätigkeit am Amtsgericht Lüdinghausen in Erinnerung, als er einen Nachbarschaftsstreit zwischen zwei Bauern zu verhandeln hatte. In dem Rechtsstreit ging es darum, dass der eine Landwirt mit seinem Traktor mehrfach durch die Hecke des anderen gefahren war, während der andere Landwirt immer wieder Probleme damit hatte, die bestehenden Grundstücksgrenzen einzuhalten und deshalb gerne auf dem einen oder anderen Meter das Feld des Nachbarn bestellte und natürlich auch aberntete. Ein von Kollmann im Gerichtssaal angestrebter Vergleich kam aus zwei Gründen nicht zustande: Der *eine* Landwirt war völlig uneinsichtig, der *andere* war zwar auf dem Papier der Inhaber des Hofs, stand aber ganz offensichtlich unter der Knute seiner Mutter und durfte deshalb ohne Rücksprache mit dieser keine so weitreichende Entscheidung wie etwa den Abschluss eines Vergleichs treffen. „Da muss ich erst Mutter fragen."

Kollmann schlug den Anwälten deshalb vor, sich einen Eindruck von den Örtlichkeiten zu verschaffen und auch die „bestimmende Mutter" zum Vergleichsgespräch zu bitten. Der eine Rechtsanwalt erklärte spontan: „Gute Idee, Heini. Du kannst bei mir mitfahren." Kollmann hatte den Advokaten scheinbar gemaßregelt und recht streng gesagt: „Herr Rechtsanwalt Olbers, ich kann nur dann bei Ihnen mitfahren, wenn Ihr Kollege Dr. Weiß ebenfalls bei Ihnen mitfährt."

Sie fuhren dann zu dritt im Auto von Rechtsanwalt Olbers zu den Streithähnen. Vor Ort gelang es tatsächlich, den Rechtsstreit durch einen Vergleich zu beenden, über dessen genauen Inhalt Kollmann heute allerdings nichts mehr wusste. Ihm war aber gut im Gedächtnis geblieben, dass „Mutter" erst vom Feld geholt werden musste und mit dem Fahrrad und in Gummistiefeln auf dem Hof angekommen war. Die nicht ganz sauberen und durchaus nicht geruchsfreien Stiefel behielt sie auch während der Verhandlung, die im Wohnzimmer des Nachbarn stattfand, demonstrativ an. So traf der Charme des Gelsenkirchener Barocks in Gestalt eines 3,20 Meter breiten Wohnzimmerschranks unvermittelt auf den der Landwirtschaft anhaftenden spezifischen Geruch. Dazu paffte Mutter in einer Tour Zigaretten der Marke ERNTE 23 und verpestete zusätzlich auf diese Weise die Luft. Aus heutiger Sicht fast unvorstellbar ist, dass sich zu Beginn der Neunzigerjahre des letzten Jahrtausends niemand daran störte. Rauchen war angesagt, Rauchen war in, Rauchen war nicht geächtet, der militante Nichtraucher noch nicht geboren. Rauchverbote in öffentlichen Gebäuden, Gaststätten und Restaurants waren außerhalb jeder Vorstellungskraft. Dies sollte sich 2005 ändern, als in Italien ein weitreichendes Rauchverbot eingeführt wurde. Spanien folgte im Jahre 2006 und im Jahre 2007 war es tatsächlich auch in Deutschland so weit. Auch ehemalige Kettenraucher stehen heute hinter diesem Verbot und erweisen sich frei nach der auf F. W. Beinstein zurückgehenden Erkenntnis „Die schärfsten Kritiker der Elche waren früher selber welche" bisweilen als besonders extreme Verfechter. Der vom Saulus zum Paulus geläuterte Apostel hätte an derlei Zeitgenossen seine wahre Freude gehabt. Während der Rückfahrt vom Amtsgericht duzten Kollmann und der befreundete Anwalt sich selbstverständlich, denn die Verhandlung war ja beendet. Gleichwohl galt es damals wie heute, bei Gericht alle prozessualen Förmlichkeiten strikt zu wahren.

Zum Glück hielt Eva sich ebenfalls an die Regeln und erwiderte auf Kollmanns aus ihrer Sicht unsinnige Frage nach ihrem ihm bestens bekannten Namen fast schüchtern: „Ich heiße Hartmann, Eva Hartmann."

„Frau Hartmann, ich möchte Sie als Zeugin vernehmen und ich muss Sie, wie alle anderen Zeugen, vor Ihrer Vernehmung darauf hinweisen, dass Sie verpflichtet sind, die Wahrheit zu sagen. Es besteht die Möglichkeit, dass Sie auf Ihre Aussage vereidigt werden. Wenn Sie einen Meineid ablegen, ist die Strafe Freiheitsstrafe nicht unter einem Jahr. Aber auch wenn Sie nicht vereidigt werden, können Sie wegen falscher uneidlicher Aussage bestraft werden. Haben Sie das verstanden?"

Rein mechanisch bewältigte Kollmann diesen ersten Schritt. Eine solche Zeugenbelehrung hatte er sicher schon zehntausend Mal heruntergebetet. Das war einfach, das war bloße Routine, das konnte er sogar im Traum. Dies galt auch für die jetzt zu treffenden Feststellungen zur Person der Zeugin. Kollmann diktierte ins Protokoll: „Ich heiße Eva Hartmann, geboren am 21.8.1989, wohnhaft Goethestraße 21 in Münster, Studentin der Germanistik."

Bis auf Kollmann und Eva fragten sich alle Anwesenden – einschließlich der inzwischen aus dem leichten Dämmerschlaf erwachten und nunmehr immerhin mäßig interessierten Protokollführerin –, woher der Richter die vollständigen Personalien der überraschend aufgetauchten Zeugin kannte, die bisher doch nur ihren Namen genannt hatte. Der Staatsanwalt machte sich eine *kleine* Notiz, die er mit einem *großen* Fragezeichen versah. Sein Jagdeifer war geweckt: Er würde der Sache nachgehen; hier ging es ganz offenbar nicht mit rechten Dingen zu. Diesem Richter K. konnte man wirklich nicht trauen, was nicht verwunderlich war nach allem, was man in den letzten Monaten in der Kantine und auf den Gerichtsfluren von Krescher & Co. gehört hatte.

„Ja, das ist alles richtig", antwortete Eva, „aber ich habe mein Studium inzwischen abgeschlossen und bin auf der Suche nach Arbeit."

Richtig, daran hatte Kollmann nicht gedacht, er war unkonzentriert gewesen. Er wusste ja von Moni, dass Eva vor wenigen Tagen das Kolloquium abgelegt und ihr Studium mit der Note „sehr gut" beendet hatte. Einer Note, die 99,9 % aller Juristen nicht erreichten.

„Herzlichen Glückwunsch, dann" – mit Blick auf die Protokollführerin – „ändern wir das entsprechend."

„Eva, ich meine Frau Hartmann, ich möchte gerne wissen, warum du, quatsch warum Sie heute so plötzlich und ohne Ladung zum Gericht gekommen sind."

„Das ist ganz einfach zu erklären. Ich habe beim Frühstück in der Zeitung von diesem Prozess gelesen, über den in der Rubrik ‚Schicksale vor unserer Haustür' sehr breit berichtet wird. Laut Zeitung geht es um den Diebstahl einer Kette mit der Gravur ‚E&H', die der Täter gestohlen haben soll. Der Angeklagte soll gegen das Versprechen einer Strafmilderung ein umfassendes Geständnis abgelegt haben. Ich glaube aber, dass dieses Geständnis falsch ist, weil ..."

„Entschuldigung, Frau Hartmann, wie kommen Sie darauf, dass das Geständnis falsch sein könnte?", fragte der Staatsanwalt, ohne dass Kollmann diesem zuvor das Wort erteilt hatte. Der Vertreter der Anklage war offenbar der Meinung, sich nicht an die prozessualen Spielregeln halten zu müssen. Den Herrn würde Kollmann bei nächster Gelegenheit zurechtweisen.

„Also, das ist nämlich so", sagte Eva, „ich habe eine solche Kette mal von einem Mann geschenkt bekommen, von dem ich nichts geschenkt haben wollte. Deswegen habe ich das gute Stück auf der Damentoilette am Domplatz abgelegt, nach meiner Erinnerung genau an dem Tag, an dem nach dem Zeitungsbericht der Diebstahl passiert sein soll. Ich habe einen Zettel dazugetan, dass die Finderin die Kette nicht beim Fundamt abgeben muss, sondern behalten darf. Es war mein Wunsch, dass eine Unbekannte die Kette findet und damit glücklich wird. Damals war ich nämlich sehr unglücklich, es ging mir sehr schlecht. Ich wollte einfach nur, dass dieser Mann mich endlich in Ruhe lassen sollte, weil ..."

„Ich glaube", unterbrach Kollmann Eva hastig, „die näheren Umstände zu Ihrer damaligen Gemütsverfassung sind nicht von Belang, darüber müssen Sie uns nichts berichten, weil ..."

„Na gut, ich dachte nur, weil ..."

„Nein, nein, lassen Sie nur, das ist heute nicht wichtig."

„*Heute* nicht wichtig? War es denn *damals* wichtig?"

„Vielleicht, aber *heute* ist es jedenfalls nicht wichtig!"

„Na, wenn Sie das meinen. Sie müssen das ja wissen, Sie sind doch hier der Richter."

Kollmann war laut, etwas zu laut geworden. Er war irritiert, stark irritiert über Evas Auftreten, warum war sie so aggressiv und zickig? Aber er hatte keine Zeit, groß darüber nachzudenken. Er musste sich konzentrieren, er durfte jetzt weder einen richtigen noch einen falschen Fehler machen. Die Situation war extrem kritisch.

Alle Anwesenden, außer Kurti, den das scheinbar alles gar nicht interessierte, hielten den Atem an. Wenn jemand die berühmte Stecknadel fallen gelassen hätte, so hätten alle sie fallen gehört. Was ging hier vor, was wurde hier gespielt?

Der mindestens etwas nervöse Vorsitzende Richter und die mindestens etwas kecke Zeugin kannten sich ganz offenbar mindestens mehr als nur etwas. Denn diesem Kollmann waren die persönlichen Daten der Zeugin geläufig. Außerdem versuchte er diese daran zu hindern, bestimmte Hintergründe zu der angeblichen Aufgabe des Besitzes an der Kette zu erläutern. Dorfrichter Adam ließ grüßen. Zwar war es richtig, dass die Motivation der Zeugin für das Weggeben der

Kette für den Prozess allenfalls von geringer Bedeutung war. Aber vor allen Dingen der Staatsanwalt und die inzwischen hellwache Protokollführerin, „Marita“, sollte sie später zu ihrer Kollegin sagen, „das war heute echt spannend, sowas habe ich noch nicht erlebt“, hätten dennoch gerne – und sei es auch nur colorandi causa – etwas mehr zu dem von der Zeugin erwähnten geheimnisvollen Mann gehört. Aber Richter K. hatte die Zeugin insoweit gerade ausgebremst. Warum hatte er das getan? Ganz offensichtlich stimmte hier etwas nicht. Hier war was im Busch!

„Frau Hartmann“, sagte Kollmann, „wenn Sie bitte einmal zu mir nach vorne kommen würden, um sich diese Kette und diesen Zettel anzuschauen.“

„Dafür muss ich nicht nach vorne kommen. Das ist die Kette, die ich weggegeben habe, und der Zettel ist auch von mir. Ich weiß auch noch, was draufsteht, nämlich dass die Finderin die Kette nicht zum Fundamt bringen muss, sondern behalten kann, weil ich diese von jemandem geschenkt bekommen habe, von einem Mann, der mich endlich in Ruhe ...“

„Ich habe Ihnen doch schon gesagt, dass das heute nicht wichtig ist!“

„*Heute* nicht wichtig? War es denn *damals* wichtig?“

„Vielleicht, aber *heute* ist es jedenfalls nicht wichtig!“

„Na, wenn Sie das meinen. Sie müssen das ja wissen, Sie sind doch hier der Richter.“

‚Verdammt noch mal‘, dachte Kollmann ärgerlich, ‚Eva soll dazu endlich Ruhe geben. Das habe ich ihr doch schon zweimal gesagt.‘ Zugleich fragte er sich erneut, warum sie so aggressiv und zickig war. So kannte Kollmann Eva gar nicht. Was sollte das? Wollte sie ihm schaden? Sann sie auf späte

Rache für das, was er ihr angetan hatte? Er wusste es nicht, er wusste nur, dass er mit Evas Vernehmung zum Ende, schnell zum Ende kommen musste, bevor hier etwas anbrannte. Die Streichhölzer lagen nämlich bereits auf dem Tisch, der Staatsanwalt griff schon danach und wartete nur auf die Gelegenheit, um ein furchtbares Feuer zu entfachen. Am liebsten hätte Kollmann Eva als Zeugin sofort entlassen. Aber nach der Prozessordnung musste er den anderen Beteiligten zuvor die Möglichkeit einräumen, Fragen an diese zu stellen. Um dem Genüge zu tun, murmelte er ganz leise vor sich hin: „Sind noch Fragen an die Zeugin?"

Wie zu befürchten stand, sagte der sich im vollen Jagdmodus befindliche Staatsanwalt: „Vielen Dank, Herr Vorsitzender. Ja, ich habe noch einige kurze Fragen." Damit wandte er sich betont freundlich, fast einschmeichelnd an Eva.

„Frau Hartmann, zunächst einmal meinem ganz herzlichen persönlichen Dank dafür, dass Sie Ihrer staatsbürgerlichen Pflicht nachgekommen und heute zur Verhandlung erschienen sind. Ein solches Verhalten ist in diesen Zeiten leider alles andere als selbstverständlich."

„Na, es war auch nicht ganz einfach. Ich musste mich erst bei meinem Chef freifragen, der nicht begeistert reagiert hat. Wahrscheinlich drückt er mir auch noch ein paar Minusstunden aufs Auge."

„Umso mehr möchte ich mich bei Ihnen bedanken."

Eva nickte, der Staatsanwalt fuhr fort: „Frau Hartmann, kannten Sie den Wert der Kette oder hatten Sie zumindest eine Vorstellung davon, was diese wert gewesen sein könnte?"

„Darüber habe ich nicht nachgedacht. Das war mir auch völlig egal. Ich wollte diese Kette ohnehin nicht behalten, weil ich die von jemandem geschenkt bekommen habe, von einem Mann ..."

‚Verdammt noch mal, Eva soll endlich damit aufhören!', dachte Kollmann, aber Eva fuhr nach einer kurzen Pause fort.

„... also von einem Mann, aber dazu soll ich ja nichts sagen, das ist ja *heute* nicht wichtig ..."

„Doch, doch, das kann heute schon wichtig sein. Ich würde das gerne von Ihnen erfahren. Also, von wem hatten Sie die Kette?"

Kollmann überlegte, ob er dazwischengehen und die Frage nicht zulassen sollte. Man kennt das aus amerikanischen Krimis, in denen beim Kreuzverhör immer wieder Fragen „nicht zugelassen" wurden. Kollmann hielt es aber für taktisch klüger zu schweigen. Er wollte sich nicht mit dem Staatsanwalt anlegen, denn das würde gerade *dieser* Staatsanwalt nicht vergessen und das Geschehene nicht nur allen seinen Kollegen erzählen, sondern auch dem Generalstaatsanwalt und dem Landgerichtspräsidenten mitteilen. Deshalb schritt Kollmann nicht ein. Einem Rechtsanwalt gegenüber hätte er sich anders verhalten, den hätte er humorlos ausgebremst. Den hätte er auf den Topf, aber so was von auf den Topf gesetzt.

Eva sah den Staatsanwalt ängstlich und leicht verwirrt an. „Also soll ich jetzt doch darauf antworten? Vor fünf Minuten sollte ich es nicht, weil ...?"

„Ich bitte Sie ausdrücklich darum. Nennen Sie uns den Namen des Mannes, der Ihnen die Kette geschenkt hat."

Eva antwortete zögernd und ausweichend: „Also, ich habe die Kette von jemandem geschenkt bekommen, von dem ich nichts geschenkt haben wollte. Ein, wie ich *heute* weiß, wohlsituierter älterer Mann wollte sich unbedingt mit mir treffen, was ich aber nicht wollte. Diese Kette war ein weiterer Versuch, mich zum Einlenken zu bewegen. Er hatte sie mit der Post geschickt. Ich wusste damals nicht, wie er meine Adresse herausgefunden hatte. Ich vermutete, aufgrund einer kriminellen Machenschaft. Und weil ich ohnehin mit diesem Mann nichts zu tun haben wollte, wollte ich diese Kette nicht behalten. Mehr möchte ich dazu nicht sagen."

„Danke schön, Frau Hartmann. Das ist sehr interessant, wirklich sehr interessant. Sie haben mir mit dieser Auskunft schon mal sehr geholfen. Ich habe nur noch eine einzige Frage."

„Ja bitte?"

„Wie heißt der Mann, der Ihnen die Kette geschickt hat?"

‚Was geht hier vor? Was soll ich machen?', dachte Kollmann. An einen so bösen Verlauf der Sitzung hatte er nicht mal im Traum gedacht, träumte Kollmann. Denn genau in diesem Augenblick erkannte er, dass das bisher Geschehene nicht real war, dass er das alles nur geträumt hatte, dass er einen heftigen Albtraum hatte. Aber wider Erwarten und wider alle Vernunft löste diese Erkenntnis keine Erleichterung aus, weil sich das Geträumte so verdammt real anfühlte. Überdies ging dieser böse Traum, was möglicherweise eine Langzeitfolge der von Kollmann eingeworfenen drei kleinen weißen Pillen war, unvermindert weiter, obwohl Kollmann sich dagegen sträubte, ihn weiterzuträumen.

Kollmann wälzte sich im Bett, es stand Spitz auf Knopf. Wenn Eva jetzt auspackte, konnte er einpacken. Die Verhandlung war ihm entglitten. Er saß neben sich, er sah sich selbst, darauf wartend, endgültig entlarvt zu werden. Er agierte nicht mehr, er reagierte nicht mehr, er tat nichts. Er ließ einfach alles geschehen. In wenigen Sekunden war er fällig, dann war das Spiel aus, endgültig aus. Er würde untergehen. Wie die Titanic, die bereits mit dem Eisberg kollidiert war und zwangsläufig sinken würde, während das Bordorchester mit dem Staatsanwalt als Erstem Geiger wie unbeeindruckt immer weiter den Bolero von Ravel spielte.

Derweil zögerte Eva immer noch mit ihrer Antwort. Sie schaute Kollmann ängstlich an, der ganz leicht den Kopf schüttelte, um ihr zu bedeuten zu schweigen.

„Frau Hartmann, ich frage Sie noch einmal, wie heißt der Mann, der Ihnen die Kette geschenkt hat?"

„Das, ja das wusste ich damals nicht. Auf dem Päckchen stand nur sein Vorname."

„Ah ja, und wie lautete der Vorname?"

„Heinz."

„Aha, also Heinz. Verstehe ich Ihre Aussage richtig, dass Sie *damals* nur den Vornamen des Absenders kannten, den Nachnamen hingegen nicht?"

„Ja, das ist richtig."

„Und: Kennen Sie *heute* den vollständigen Namen?"

Eva zögerte erneut mit ihrer Antwort und sah wieder ängstlich und Hilfe suchend zu Kollmann, der aber keine Reaktion zeigte. Alles Kecke und Zickige war von Eva abgefallen. Sie war wieder die liebe kleine Eva, wie sie es in Kollmanns längst vergangenen Träumen immer gewesen war.

„Nun antworten Sie endlich auf meine Frage!"

Eva sah Kollmann immer noch flehend an, der aber immer noch nicht reagierte. Sie war verzweifelt, sie wusste nicht weiter, der Staatsanwalt hatte sie in die Enge getrieben.

„Ich warte immer noch auf Ihre Antwort, Frau Hartmann. Ich frage Sie noch einmal: Kennen Sie den vollständigen Namen des Mannes?"

„Ja, ich kenne den Namen, aber ich ... möchte ihn ... nicht sagen."

„Frau Hartmann, ich weise Sie darauf hin, dass es hier nicht darum geht, was Sie möchten oder nicht möchten. Sie sind verpflichtet, den Namen zu nennen. Vergessen Sie bitte nicht, dass Sie als Zeugin vor Gericht stehen und vollständig aussagen müssen, sonst ..." Der Staatsanwalt ließ seine drohenden Worte einen Moment im Raum stehen.

Eva schwieg weiter, Kollmann tat wie unbeteiligt, der Verteidiger und die Protokollführerin hielten die Luft an, Kurti sah gelangweilt aus dem Fenster. Wieder hätte man die berühmte Stecknadel fallen hören können.

„Frau Hartmann, ich mache Sie darauf aufmerksam, dass ich Beugehaft gegen Sie beantragen werde, wenn Sie jetzt nicht *sofort* den Namen des Mannes nennen. Sie können dann im Frauengefängnis in einer mit drei oder vier Frauen belegten Zelle ganz in Ruhe darüber nachdenken, ob Sie zu einer vollständigen Aussage bereit sind. Ich kann Ihnen versichern, dass das Leben in einer solchen Zelle alles andere als komfortabel oder gar lustig ist."

„Aber das geht nicht, ich kann den Namen wirklich nicht preisgeben."

„Und ob das geht! Also zum letzten Mal! Meine Geduld ist jetzt endgültig am Ende: Wie heißt der Mann, der Ihnen die Kette geschickt hat?"

Eva biss sich auf die Unterlippe, die zu bluten begann, das Blut tropfte auf ihre beige Bluse, was sie nicht bemerkte. Aber Kollmann sah es und er konnte es nicht länger ansehen. Es reichte. Er musste Eva aus der Bredouille helfen, zugleich wollte er seinem Albtraum definitiv ein Ende setzen. Deshalb nahm er seinen ganzen Mut zusammen und sprang hektisch auf: „Moment mal, Herr Staatsanwalt. Ich kenne den Namen, der Absender des Päckchens heißt Heinrich Kollmann. Er ist Richter am Landgericht Münster. *Ich* habe es getan. Ich habe Frau Hartmann die Kette geschickt, weil meine Tochter Moni mit ihr ein Verhältnis hatte. Ich war zunächst absolut gegen diese Beziehung und habe mit aller Macht versucht, die beiden auseinanderzubringen. Das haben Moni und Eva, also Frau Hartmann, mir sehr übel genommen. Mit der Kette wollte ich mich bei Frau Hartmann für meine vorherige sehr brüske, gar beleidigende Ablehnung entschuldigen. Das hat damals zunächst nicht geklappt, weil Eva meine Entschuldigung aus verständlichen Gründen nicht annehmen wollte. Aber wenig später hat sie es dann doch getan. Und heute bin ich froh, ja sogar sehr froh, dass Frau Hartmann zu unserer Familie gehört. Ich hoffe von Herzen, dass Eva meine künftige Schwiegertochter wird."

So weit der erste Teil von Kollmanns Albtraum. Therese erzählte ihm am nächsten Morgen, er sei gegen fünf Uhr wie von der Tarantel gestochen aus den Federn gesprungen, habe vorm Bett gestanden und unverständliches Zeug gemurmelt, was so ähnlich wie „Halt, Herr Staatsanwalt, ich habe es getan" geklungen habe. Danach habe er eine Zeit lang wie geistesabwesend im Bett gesessen, sich dann aber endlich wieder hingelegt.

„Hast du etwa jemanden in die ewigen Jagdgründe geschickt oder vorgestern den Geldautomaten bei der Sparkasse in Greven gesprengt?", hatte Therese scherzhaft gefragt.

„Nicht den in Greven, aber der in der letzten Woche in Telgte geht auf meine Kappe." Damit hatte seine Frau sich zufriedengegeben. Aber sie machte sich Sorgen, dass ihr Mann seine Berufstätigkeit möglicherweise zu früh wieder aufgenommen hatte. Ganz offenbar setzten ihm die Strafverfahren mächtig zu, auch wenn Heinrich mehrfach betonte, er sitze einer Kleinen Strafkammer vor, in der es nur um Kleinkram gehe, der sich für einen Vollprofi wie ihn mit links erledigen lasse.

Indes war der Albtraum auch nach Kollmanns Geständnis, Eva die Kette geschickt zu haben, noch nicht zu Ende, weil der Staatsanwalt in bester Waidmannsmanier immer noch keine Ruhe gab, denn schließlich war er ein Staatsanwalt. Er nickte leicht, wie zur Bestätigung einer schon länger gehegten Vermutung. *Dass* hier etwas nicht stimmte, war ja mindestens so klar wie klare Kloßbrühe. Das Verhalten des Richters K. würde recht unangenehme Folgen für diesen haben. Dafür würde er sorgen.

„Herr Vorsitzender, ich darf Sie darauf hinweisen, dass Sie gegen die Pflicht verstoßen haben, den anderen am Strafverfahren Beteiligten den Namen der Zeugin zur vollständigen Aufklärung des Sachverhalts mitzuteilen, zumal man sich dann möglicherweise das in Auftrag gegebene Sachverständigengutachten hätte sparen können", warf der Staatsanwalt Kollmann vor. Außerdem habe Kollmann, und auch das wiege schwer, versucht, die Zeugin daran zu hindern, bestimmte in ihr Wissen gestellte Tatsachen zu offenbaren. Interessant sei das, das sei alles wirklich interessant. Mehr als interessant sogar. Er habe sich nicht einmal in seinen schlimmsten Albträumen vorstellen können, dass ein deutscher, dem Recht und Gesetz verpflichteter Richter so ein Verhalten an den Tag lege. Aus seiner Sicht stehe zumindest der schwerwiegende Verdacht einer versuchten Rechtsbeugung im Raum. Wie Kollmann sicher bestens bekannt sei, sei er als Staatsanwalt nach dem Legalitätsprinzip ohne Ansehen der Person verpflichtet, die Ermittlungen aufzunehmen, sobald ein hinreichender Anfangsverdacht für die Begehung einer Straftat bestehe. Dieser lasse sich hier nicht lediglich ohne Weiteres bejahen, nein, er dränge sich geradezu auf.

Kollmann krümmte sich im Bett, nahm eine Embryonenstellung ein. „Aufhören! Aufhören!“, der böse Traum sollte endlich aufhören, der böse, böse Staatsanwalt sollte endlich schweigen. Er, Heinrich Kollmann, Richter am Landgericht, hatte doch gerade ein Geständnis abgelegt. Was wollte dieser verbeamtete Wadenbeißer denn noch mehr?

Der Staatsanwalt entsprach Kollmanns Wunsch und Flehen nicht, sondern fuhr unvermindert fort: „Und überdies, Herr Vorsitzender. Sie wären als Richter gut beraten gewesen, Ihre mögliche Befangenheit anzuzeigen. Denn schließlich besteht der Verdacht, dass die offenbar intime Freundin Ihrer Tochter das Opfer der heute angeklagten Straftat ist. Und sollte Frau Hartmann diesen ominösen Zettel auf der Toilette abgelegt haben, was ich indes immer noch nicht glaube, werden Sie das mit großer Sicherheit gewusst haben.“

Im Übrigen – aber das behielt der Staatsanwalt wohlweislich für sich –, passte es bei *diesem* Vater sehr gut ins Bild, dass die Tochter lesbisch war und dass er deren Gespielin als „künftige Schwiegertochter“ bezeichnete. Was waren das für Sitten, was waren das für Zeiten? So etwas hatte es früher nicht gegeben.

„Herr Vorsitzender“, damit nahm der Vertreter der Anklage den Faden wieder auf, „dass Sie der Zeugin das corpus delicti geschickt haben, ist eine mehr als interessante und für die anderen Prozessbeteiligten neue Information. Ich hätte mir gewünscht, dass wir dies früher erfahren hätten. Aber sei's drum: Fürs Erste habe ich nur noch eine winzig kleine Frage, die Sie sicherlich ohne Probleme beantworten können: Wieso sind die Buchstaben ‚E&H' auf der Kette eingraviert, das ‚E' dürfte für Eva stehen, aber wer steckt hinter dem ‚H'? Ich vermute mal ganz stark ‚H' wie Heinrich, denn schließlich haben Sie, wie wir ja inzwischen von Ihnen höchstpersönlich erfahren durften, Frau Hartmann die Kette geschickt. Hatten Sie etwa eine Beziehung mit der Zeugin? Dafür spricht, dass Sie ihr Geburtsdatum und ihre Wohnanschrift kennen und ohne die Zeugin zuvor zu befragen ins Protokoll diktiert haben. Überdies haben wir gerade gehört, dass Ihre Tochter Moni heißt, sodass das ‚H' gar keinen Sinn ergibt. Also wieso steht da ein ‚H' und kein ‚M'?"

Dann fügte der Vertreter der Anklage, wie an ein großes Theaterpublikum gerichtet, im pluralis majestatis hinzu: „Wir sehen der alles erhellenden Antwort des Herrn Vorsitzenden nunmehr mit großem Interesse entgegen!"

Kollmann wunderte sich sehr über den Auftritt des Staatsanwalts und besonders darüber, dass dieser *ihm*, also dem Richter, Fragen stellte, da die Prozessordnung dergleichen nicht vorsah. Aber er hielt es für besser, dieses sonderbare Verhalten nicht infrage zu stellen, sondern zu antworten. Und es fügte sich mehr als glücklich, dass Kollmann genau in diesem Augenblick einen Geistesblitz hatte, was in seinem Leben weiß Gott nicht oft der Fall war. Ohne Nachzudenken sagte er ganz ruhig, gleichsam mit traumwandlerischer Sicherheit: „Das ist ganz einfach zu erklären, verehrter Herr Staatsanwalt. Unsere Tochter Moni hatte als Kind Probleme mit dem Buchstaben ‚M'. Auf die Frage nach ihrem Namen hat sie deshalb immer ‚ich binne Honi' geantwortet. Und ‚Honi' ist bis heute ihr Kosename geblieben."

Der Staatsanwalt runzelte die Stirn, gab sich aber einstweilen wohl oder übel mit dieser Erklärung zufrieden. Kollmann befürchtete indes, dass der Ankläger der Sache nachgehen und ihn entlarven würde. Kollmann sah Eva an, dass diese sich darüber wunderte, wie geschickt er die Wahrheit verdrehen konnte. Hoffentlich verfiel Eva nicht auf die Idee, Moni in Zukunft „Honi" zu nennen, denn das würde Moni, die schon je nach Tageslaune säuerlich reagieren konnte, wenn man sie Monica nannte, ganz und gar nicht ...

Bevor Kollmann diesen Gedanken zu Ende träumen konnte, sorgte das an anderen Tagen schon mal arg verhasste Geräusch des Weckers endlich für ein abruptes Ende seines Albtraums. Nur mit Mühe gelang es Kollmann, sich zu erholen, sein Magen grummelte, das Frühstück schmeckte ihm nicht. Er aß nur eine Scheibe Brot und trank unter Verzicht auf seinen heiß geliebten Kaffee nur ein Glas Tee. Danach machte er sich mit Spartakus auf den Weg zum Landgericht. Er hatte während der Fahrt das Gefühl, dass sein treuer Gefährte heute wie schon vor zwei Wochen wieder etwas unrund lief, möglicherweise war auch der gute Sparti ein wenig nervös. Doch diese Annahme sollte sich als falsch erweisen, denn bei einer späteren Inspektion stellte sich heraus, dass im Hinterrad zwei Speichen gebrochen waren. Das war die alleinige Ursache für den unruhigen Lauf.

Die ab 9:30 Uhr stattfindende Fortsetzung der Berufungsverhandlung gegen Kurt Mexers wegen Diebstahls nahm hingegen einen ausgesprochen ruhigen Verlauf. Kollmann legte seine anfängliche Nervosität – der Albtraum wirkte zunächst noch mächtig nach – recht schnell ab und leitete die

Verhandlung souverän. Dazu trug entscheidend bei, dass Eva *nicht* vor Gericht erschien und folglich auch *nicht* als Zeugin vernommen wurde. Demzufolge sah Kollmann sich auch *nicht* genötigt zu offenbaren, dass er Eva die Kette geschickt hatte. Wie geplant erstattete derweil der *nicht* an einem grippalen Infekt erkrankte Schriftsachverständige mündlich sein Gutachten.

Dr. Bertrams führte aus:

- Er könne nicht mit Sicherheit sagen, wann der Text geschrieben worden sei, aber es sei mit Sicherheit auszuschließen, dass dies kurzfristig, etwa in den letzten zwei Wochen geschehen sei. Realistisch dürfte ein Zeitraum von sechs bis zwölf Monaten sein.
- Aufgrund der Handschrift sei mit großer Sicherheit davon auszugehen, dass der Text von einer Frau geschrieben worden sei. Er nehme überdies an, dass die Verfasserin eine jüngere Frau sei, zwischen 20 und 40 Jahren, aufgrund der Diktion möglicherweise mit akademischem Hintergrund.
- Mit fast absoluter Sicherheit sei aufgrund der von ihm vorgenommenen Schriftvergleiche des Textes mit den Handschriften der Zeugin Angermann und des Angeklagten auszuschließen, dass die Zeugin oder der Angeklagte den Text verfasst hätten.

Die Prozessbeteiligten nahmen dieses Gutachten zur Kenntnis. Der Staatsanwalt hatte weder eine Frage an den Sachverständigen noch gab er eine Erklärung ab. Der Verteidiger hatte ebenfalls keine Frage. Die Sache hatte sich für seinen Mandanten völlig unerwartet zum Guten gewendet. Er wollte diese Entwicklung nicht durch unüberlegte Fragen in Gefahr bringen.

Kollmann schloss die Beweisaufnahme und bat den Staatsanwalt um sein Plädoyer. Jetzt zeigte dieser eine ungeahnte Größe. Ein solches Verhalten war bei ihm und vielen seiner Kollegen durchaus nicht immer der Fall. Denn obwohl sich die Staatsanwaltschaft gerne als „die objektivste Behörde der Welt" bezeichnet, hatte Kollmann doch die Erfahrung gemacht, dass die Ermittlungen zu Ungunsten der Angeklagten in aller Regel zumindest leicht intensiver waren als die zu deren Gunsten.

In seinem Plädoyer führte der Staatsanwalt als Vertreter der Anklage aus, dass dieses Verfahren für alle Beteiligten einen sicherlich mehr als überraschenden Verlauf genommen habe. Nach dem Ergebnis der Hauptverhandlung sei dem Angeklagten nicht nachzuweisen, dass dieser die Kette gestohlen oder unterschlagen habe. Auch wenn er nach wie vor keineswegs von der Unschuld des Angeklagten überzeugt sei, beantrage er das erstinstanzliche Urteil und den Haftbefehl aufzuheben und den Angeklagten aus Mangel an Beweisen freizusprechen. Der Verteidiger schloss sich dem mit einem zufriedenen, immer noch etwas ungläubigen Lächeln an.

Kurti verzichtete generös, „Lassen Sie es gut sein, Herr Vorsitzender. Das kostet nur Zeit!", auf das ihm zustehende „letzte Wort". Was hätte er auch sagen sollen, zumal er nach den Angaben zu seiner Person am ersten Verhandlungstag ohnehin nichts mehr gesagt hatte?

Kurti wusste im Übrigen nur zu gut, dass er viel Glück gehabt hatte, denn er hatte Marie die Kette tatsächlich doch irgendwie geklaut. Außerdem hatte er nach wie vor keine

Ahnung, wie Marie in den Besitz des Schmuckstücks gekommen war. Aufgrund seiner großen Lebenserfahrung vermochte Kurti nicht daran zu glauben, dass Marie die Kette tatsächlich in der Toilette gefunden hatte. Es sei denn, man dehnte den Begriff des Wortes über seinen eigentlichen Kerngehalt etwa in dem Sinne aus, dass auch ein leichter, mit wenig Anstrengung verbundener Gelegenheitsdiebstahl eingeschlossen war. Die Frage würde er mit Marie diskutieren. Schon in ihrer Zeit als Chefsekretärin in seiner Immobilienfirma hatte Marie ein feines Gespür für und eine große Liebe zur Sprache – besonders von Goethes Faust war sie fasziniert gewesen. Außerdem verfügte sie schon immer über einen beachtlichen Einfallsreichtum. Dieser war ihr zweifellos zugutegekommen, um sich für das Gericht eine wirklich gute Geschichte auszudenken. Mit diesem handgeschriebenen Zettel hatte sie sich selbst übertroffen und ein wunderbares Beweisstück aus dem Ärmel gezaubert.

Kurti interessierte sehr, wer den Text verfasst hatte. Vielleicht die nette Sozialarbeiterin, die hin und wieder, oft sogar außerhalb ihrer Arbeitszeit, bei ihrer Gruppe vorbeischaute? Aber wie hatte sie es hinbekommen, dass dieser Zettel nach Meinung des Sachverständigen bereits vor sechs bis zwölf Monaten geschrieben worden war? Das sollte Marie ihm später einmal in Ruhe erklären. Das hatte Zeit. Kurti konnte nicht wissen und sich auch nicht vorstellen, dass es auf diese Fragen keine Antworten gab, weil Marie die Wahrheit gesagt hatte.

Für heute war er froh, dass seine treue Gefährtin, wie es sich nach fast 30 Jahren „Platte“ gehört, hinsichtlich des gemeinen von ihm begangenen Diebstahls nicht nur stillgehalten, sondern sogar für ihn gelogen und ihn dadurch rausgehauen hatte. Denn er wusste nur zu gut, dass Marie ihm keinen Auftrag zum Verkauf der Kette erteilt hatte. Den hatte er sich selbst erteilt! Marie hatte indes vollkommen zu Recht darauf hingewiesen, dass er immer noch ein wirklich guter Geschäftsmann war.

Alles in allem waren Marie, Kurti und die anderen Kumpanen wie eine richtige Familie, denn es gab durchaus mal Streit, etwa um den besten Schlafplatz, doch wenn's drauf ankam hielten alle auf Gedeih und Verderb zusammen. Kurti dachte wehmütig daran, wie er seine Leute und die Platte in den letzten Monaten vermisst hatte.

Mit weit stärkerer Wehmut dachte Kurti aber daran, dass der letzte Kontakt zu seiner biologischen Familie schon viele Jahre zurücklag. Ob es einen weiteren geben würde, stand in den Sternen. Kurti wusste nicht einmal, in welcher Stadt seine zwei Söhne und seine Tochter heute lebten. Pirmasens, Bad Berleburg und Castrop-Rauxel waren die letzten ihm bekannten Wohnsitze der Kinder. Kurti hätte so gern erfahren, ob er inzwischen Opa geworden war. Dass er seine Familie damals verloren hatte, empfand er als größte Katastrophe seines Lebens. Der Verlust seiner Firma, seines Jobs und seines Hauses und dass er auf der Straße lebte, traten dahinter zurück. Und so wie es aussah, würde er heute wohl wieder auf der Straße landen. Dieser Richter mit seinen beiden Hilfsrichtern, von denen die Frau recht biestig dreinschaute, musste ihn wohl freisprechen, zumal sogar dieser schneidige Staatsanwalt, wenn auch zu wohl Unrecht, aber was soll's, der Meinung war, dass er unschuldig sei.

In der Beratung mit den Schöffen fasste Kollmann das Ergebnis der Hauptverhandlung zusammen: „Ich glaube, wir können jetzt davon ausgehen, dass es die von der Zeugin

Angermann gezeichnete Frau tatsächlich gibt und dass diese uns nicht bekannte Frau den Text auf dem Zettel verfasst hat." Daran war richtig, dass die Verfasserin des Textes nach dem Ergebnis der Hauptverhandlung eine unbekannte, für Kollmann hingegen eine bestens bekannte Frau war.

„Wenn wir von der Aussage der Zeugin Angermann ausgehen", so fuhr Kollmann fort, „lag also weder ein Diebstahl noch eine Unterschlagung vor, weil die *unbekannte* Frau den Besitz an der Kette offensichtlich freiwillig aufgegeben hat."

„Ja, aber dann könnte die Zeugin die Kette auf der Damentoilette gefunden und der Angeklagte könnte ihr diese anschließend gestohlen haben", warf die Schöffin ein. „Denn warum hat er nicht zu seiner Verteidigung erzählt, dass die Zeugin ihm die Kette mit der Bitte, diese für sie zu verkaufen, übergeben hat? Nee, nee, das passt doch alles hinten und vorne nicht zusammen. Für mich ist es ganz eindeutig: Die Zeugin hat gelogen."

„Ihre Annahme, dass der Angeklagte der Zeugin die Kette gestohlen hat, könnte zwar theoretisch zutreffen", so Kollmann, „aber dafür haben wir nichts. Im Gegenteil: Die Zeugin hat nach meiner Meinung sehr plausibel und gut nachvollziehbar unter Hinweis auf die geschäftlichen Erfahrungen des Angeklagten ausgesagt, dass sie diesem die Kette mit der Bitte anvertraut hat, das Schmuckstück für sie zu Geld zu machen."

„Und genau das glaube ich der Zeugin nicht. Denn warum hat der Angeklagte das nicht zu seiner Verteidigung gesagt? Weder bei der Polizei noch bei Gericht? Warum hat er die ganze Verhandlung geschwiegen? Und warum hat er beim Amtsgericht ein Geständnis abgelegt? Das müssen Sie mir mal erklären, denn Sie sind doch hier der Richter!"

Kollmann wunderte sich über die Wortwahl der Schöffin, die ihm irgendwie bekannt vorkam. ‚Stimmt, ich bin hier der Richter', dachte er und sagte: „Zunächst einmal zum Schweigen des Angeklagten. Das ist sein gutes Recht. Daraus dürfen wir keine Rückschlüsse ziehen. Zu Ihren anderen Fragen: Ich sehe dafür eine gute Erklärung. Möglicherweise ist der Angeklagte davon ausgegangen, dass die Zeugin Angermann die Kette gestohlen hatte und wollte diese nicht belasten. Denn die Erklärung der Zeugin, dass sie die Kette auf der Damentoilette gefunden habe, dürfte aus der Sicht des Angeklagten wenig glaubhaft gewesen sein. Ich weiß außerdem aus anderen Prozessen, dass das Wort ‚gefunden' in den hier beteiligten Kreisen durchaus auch mal in dem Sinne von entwendet oder gestohlen verstanden wird. Davon sollten wir einmal gedanklich ausgehen."

Beide Schöffen schwiegen einen Moment, dann räumte die Schöffin ein: „Ja, stimmt, ich glaube das zwar immer noch nicht, aber so könnte es gewesen sein." Auch der Schöffe wollte diese Möglichkeit nicht ausschließen. „Das ist eine ernst zu nehmende Überlegung."

Kollmann fügte an, dass nach dem althergebrachten Grundsatz „in dubio pro deo", pardon natürlich „pro reo", im Zweifel zugunsten des Angeklagten zu entscheiden sei. Im Übrigen müsse nicht der Angeklagte beweisen, dass er unschuldig sei, vielmehr müsse sich aus dem Ergebnis der Hauptverhandlung eindeutig und ohne jeden ernsthaften Zweifel ergeben, *dass* er schuldig sei. Bei der anschließenden Abstimmung votierten neben Kollmann auch die beiden Schöffen für einen Freispruch.

„Gut", sagte Kollmann, „dann müssen wir nur noch schnell über die Frage der Haftentschädigung sprechen, weil der

Angeklagte ja über fünf Monate in Untersuchungshaft gesessen hat."

Beide Schöffen waren der Meinung, dass der Angeklagte die Haft selbst verschuldet habe und deshalb nicht zu entschädigen sei. „Das wäre ja wohl noch schöner", so die Schöffin.

„Ja, genau. Das wäre wirklich ein Stück aus dem Tollhaus." Außerdem habe der Angeklagte, so der Schöffe, gar keinen Schaden erlitten, sondern auf Staatskosten ein warmes Bett und Vollpension genossen. Dafür müsse der eigentlich Logiskosten zahlen, denn es sei ihm doch besser gegangen als auf der Straße, fügte der Schöffe, der allerdings noch nie ein Gefängnis von innen gesehen hatte, hinzu.

Kollmann war anderer Ansicht, zumal nach seiner Meinung schon der Erlass des Haftbefehls durch das Amtsgericht juristisch gesehen nicht lediglich auf wackeligen Füßen stand, sondern unbegründet war. Der Tatvorwurf betraf nur den Diebstahl einer Kette, die angegebene Fluchtgefahr war als gering anzusehen, denn wohin sollte der Angeklagte flüchten? Er verfügte gar nicht über die erforderlichen Mittel, um sich abzusetzen. Kollmann hatte deshalb überlegt, bereits nach der ersten Verhandlung vor zwei Wochen den Haftbefehl aufzuheben oder jedenfalls dessen Vollstreckung auszusetzen. Nur wegen des nahen zweiten Verhandlungstermins hatte er davon abgesehen.

Jetzt überlegte Kollmann, ob er in die Diskussion zum Thema Haftentschädigung einsteigen oder ob er den Schöffen folgen und eine Entschädigung ablehnen sollte. Das wäre sicherlich der einfachere Weg. ‚Aber', so dachte er, ‚ich bin nicht vor 28 Jahren Richter geworden, um den einfachen Weg zu gehen.' Er beschloss deshalb zu versuchen, jedenfalls *einen* der Schöffen umzustimmen. Da er insoweit die größten Erfolgsaussichten beim männlichen Schöffen sah, wandte er sich zunächst an diesen: „Sie haben vollkommen recht damit, dass der Angeklagte vermutlich keinen materiellen Schaden erlitten hat. Jedenfalls wissen wir das nicht. Im Falle einer zu Unrecht angeordneten U-Haft wird aber auch der immaterielle Schaden ersetzt; das ist so eine Art Schmerzensgeld."

„Ach, das wusste ich nicht. Aber muss es nicht eine Rolle spielen, dass der Angeklagte durch sein Verhalten die Anordnung der U-Haft mit ausgelöst hat?"

„Auch damit haben Sie im Ansatz wieder ganz recht", erwiderte Kollmann betont freundlich, „denn in der Tat ist eine Entschädigung ausgeschlossen, soweit ein Angeklagter die U-Haft vorsätzlich oder grob fahrlässig verursacht hat. Nicht ausreichend ist dafür aber, wenn er, wie hier geschehen, von seinem Recht Gebrauch macht, die Aussage zu verweigern. Überdies kann die Entschädigung ganz oder teilweise auch dann versagt werden, wenn der Angeklagte die U-Haft dadurch veranlasst hat, dass er sich selbst in wesentlichen Punkten wahrheitswidrig oder im Widerspruch zu seinen späteren Erklärungen belastet hat. Gleiches gilt, wenn er wesentliche entlastende Umstände verschwiegen hat, obwohl er sich zur Beschuldigung geäußert hat."

„Na bitte", so die Schöffin, „genau das ist hier doch der Fall, denn schließlich hat der Angeklagte beim Amtsgericht ein falsches Geständnis abgelegt."

„Zu dem Zeitpunkt", erwiderte Kollmann, „saß er aber bereits zwei Monate in U-Haft. Außerdem wissen wir nicht mit letzter Sicherheit, dass das Geständnis falsch ist. Wir wissen nur, dass der Angeklagte in unserem Verfahren nicht einwandfrei als Täter eines Diebstahls oder einer Unterschlagung überführt worden ist. Denn mit mir haben Sie gerade dafür gestimmt, den Angeklagten freizusprechen. Im Übrigen", so fuhr Kollmann fort, „war die Anordnung der U-Haft meines Erachtens von Anfang an nicht berechtigt. Ich bin der Meinung, dass keine Fluchtgefahr vorlag, denn wohin hätte der Angeklagte flüchten sollen?" Den „kleinen Ausflug", den dieser vor einigen Jahren nach Lämershagen-Gräfinghagen unternommen hatte, vergaß Kollmann absichtlich zu erwähnen. Er fuhr stattdessen fort, dass es in dem Strafverfahren nur um den möglichen Diebstahl eines Gegenstands im Wert von etwa 300 €, das wusste Kollmann, weil er die Kette gekauft hatte, gegangen sei, also um Kleinkriminalität. Die mehrmonatige U-Haft betrachte er als unverhältnismäßig.

„Wie hoch wäre denn die Entschädigung?", wollte der Schöffe wissen.

„Im Augenblick 25 € pro Tag"

„So wenig?"

„Ja, aber es wird über eine Erhöhung diskutiert", die in der Tat am 8. Oktober 2020 auf 75 € pro Tag erfolgen sollte.

„Gut", so die Schöffin, „dann schlage ich, um die Sache zu beenden, die Hälfte des aktuellen Satzes, also 12,50 € pro Tag als Entschädigung vor." Mit diesem Vorschlag war der Schöffe, „sehr gute Idee!", sofort einverstanden.

„Das wäre sicher eine Möglichkeit, an die man denken könnte", sagte Kollmann, „aber wir müssen über die Höhe noch gar keine Entscheidung treffen. Das erfolgt erst später in einem gesonderten Verfahren. Wir müssen heute nur entscheiden, *ob* es überhaupt eine Haftentschädigung geben soll. Und insoweit stimme ich Ihnen zu und freue mich, dass wir uns für heute in allen wesentlichen Punkten einig geworden sind."

Die Schöffen waren irgendwie nicht ganz überzeugt, nickten aber. Deshalb betrat die Kammer nach 35-minütiger Beratung erneut den Sitzungssaal. Nachdem alle Anwesenden – Marie eingeschlossen – sich von den Plätzen erhoben hatten, verkündete Kollmann folgendes Urteil:

„Im Namen des Volkes

Urteil

Auf die Berufung des Angeklagten wird das Urteil des Amtsgerichts Münster vom 08. Oktober 2019 (Az 96 Ds 12376/19 Js 1246/19) aufgehoben.

Der Angeklagte wird freigesprochen.

Die Kosten des Verfahrens und die notwendigen Auslagen des Angeklagten trägt die Staatskasse.

Die Staatskasse ist verpflichtet, dem Angeklagten für die in dieser Sache vom 13.08.2019 bis zum 22.01.2020 erlittene Untersuchungshaft eine Entschädigung zu gewähren."

Dieser Umstand verhalf Kurti einige Zeit später zu einem unverhofften Vermögenszuwachs in vierstelliger Höhe. Leider war das Geld schnell verzehrt, Kurti hatte gerade zu dieser Zeit *zu* viele Freunde und war eine Spur *zu* großzügig, sodass sich die U-Haft nicht als nachhaltige Investition in die Zukunft erweisen sollte.

Kollmann verkündete außerdem den Beschluss über die Aufhebung des Haftbefehls des Amtsgerichts Münster vom 13.08.2019 und begründete sodann mündlich das soeben verkündete Urteil. Da der Staatsanwalt und der Verteidiger einen Rechtsmittelverzicht erklärten, wurde das Urteil sofort rechtskräftig, das Verfahren war damit beendet. Marie erhielt eine Bescheinigung, um ein bescheidenes Zeugengeld in Anspruch zu nehmen, das sie freilich schon auf dem Weg zum Treffpunkt gegen Flüssiggold tauschen sollte.

Auf Kurtis Frage, was denn jetzt mit der Kette geschehe, erklärte Kollmann, diese werde zu einem späteren Zeitpunkt herausgegeben. Als Kurti sehr höflich darum bat, die Kette schon jetzt zu erhalten, verständigte sich Kollmann, der wegen des gerade auch für ihn guten Ausgangs des Prozesses in Geberlaune war, durch einen kurzen Blick mit dem Staatsanwalt darauf, diesem Wunsch ausnahmsweise zu entsprechen. Das war ungewöhnlich, aber das Strafverfahren gegen Kurti mit Kollmann als Richter wegen des Diebstahls einer von Kollmann verschenkten Kette war schließlich auch ungewöhnlich gewesen.

Nachdem Kollmann Kurti die Kette ausgehändigt hatte, trat dieser noch im Gerichtssaal mit theatralischer Geste zu Marie, deutete galant eine knappe Verbeugung an und sagte ähnlich wie weiland auf der Bühne des Graf-Adolf-Gymnasiums in Tecklenburg: „Mein schönes Fräulein, darf ich wagen, meinen Arm und die Kett‘ Ihr anzutragen?“

„Bin weder Fräulein, weder schön, kann ohne die Kett‘ nach Hause gehen“, replizierte das Ex-Gretchen.

Aber dann ließ Marie sich die Kette doch umlegen; sie strahlte und wirkte um mindestens 20 Jahre jünger.

‚Eine Frau ist eine Frau‘, dachte der Staatsanwalt.

‚Sie muss eine sehr schöne Frau gewesen sein‘, dachte Kollmann.

‚Bemerkenswert, wie diese Frau ihre Würde bewahrt hat‘, dachte Kurtis Verteidiger.

Arm in Arm schritten Kurti und Marie – würdig wie ein Brautpaar auf dem Weg zum Traualtar – in Richtung der großen Ausgangstür, was sogar den harten, abgeklärten Juristen naheging. Kollmann, dem eine kleine Träne über die Wange lief, war drauf und dran, den Staatsanwalt, Kurtis Verteidiger und die Protokollführerin zu animieren, gemeinsam ein Spalier zu bilden. Er unterließ dies aber, um Krescher und den anderen Eseln kein neues Futter für neue Geschichten vor die Füße zu werfen. Allerdings summte Kollmann laut und vernehmlich den Brautchor „Treulich geführt ziehet dahin" aus der Oper Lohengrin von Richard Wagner, konnte aber nur die Protokollführerin als baldige erste Brautjungfer dazu gewinnen, ihn musikalisch zu unterstützen, während der Staatsanwalt die Augen verdrehte und der Verteidiger nachsichtig lächelte. In diesem Augenblick kam Richter Kollmann dem Ruf, der ihm als „Richter K." voraus- und nacheilte, wieder einmal verdammt nahe.

Marie, Kurti und ihre Kumpanen feierten den ganzen Nachmittag, den Abend und die halbe Nacht nach dem Motto „Kurti gut, alles gut" ein feuchtfröhliches Wiedersehen. Marie sollte die Kette zeitlebens tragen, wobei Kurti fortan den Diebstahlschutz übernahm, „Das ist ab sofort absolute Chefsache!", also in die Rolle des Gärtners schlüpfte, der vorher der Bock gewesen war. Nur einmal, als die Tafel und andere soziale Einrichtungen im März und April 2020 wegen der Corona-Pandemie ihre Tore schließen mussten, sollte Marie die Kette ablegen und ins Pfandhaus tragen. Aber es gelang ihr zur großen Überraschung des Pfandleihers, ihr einziges nennenswertes Hab und Gut mithilfe ihrer Freunde wenige Monate später wieder auszulösen.

So fand die Geschichte um die Kette, die um ein Haar eine für Kollmann verhängnisvolle Kette von bösen Ereignissen ausgelöst hätte, ihr glückliches Ende. Kollmann wusste nicht, ob der Juwelier ihn erkannt hatte, aber das war jetzt egal, weil dieser ja geschwiegen hatte. Andernfalls wäre Kollmann in Teufels Küche gekommen, denn er hätte offenbaren müssen, dass er pflichtwidrig ganz wesentliche Aspekte nicht in den Prozess eingebracht hatte. „Hätte, hätte, Evas Kette". Das wäre tragisch gewesen, weil sich die Wogen, die die „Episode Eva" privat, aber auch beruflich ausgelöst hatten, inzwischen wieder geglättet hatten. Passend dazu war auf dem Aasee tagelang nicht einmal eine *kleine* Welle zu sehen, das Wasser war glatt wie ein Kinderpopo.

Therese und Kollmann genossen ein spätes zweites Glück als „Häschen" und „Näschen". Dies erinnerte an das Gleichnis vom verlorenen Sohn. Sie feierten und sie freuten sich, denn ihre Beziehung war fast tot gewesen, nun lebte sie wieder, war fast verloren gewesen, nun war sie wieder gefunden. Eine mit vielen guten Vorsätzen begonnene und auf mindestens zehn Doppelstunden angelegte Paartherapie, „Zunächst mal zehn Sitzungen à 90 Minuten, die werden wir sicher brauchen, danach sehen wir weiter.", beendete das Ehepaar Kollmann einvernehmlich nach der zweiten Sitzung. „Das ist nichts für uns!", „Hast recht, das brauchen wir nicht." An den weiteren acht geplanten Abenden gingen sie fein essen, wobei sie einmal von Eva, die einen Nachtisch „aufs Haus" brachte, aber ein Trinkgeld ablehnte, bedient wurden, außerdem besuchten sie kulturelle Veranstaltungen oder lange vernachlässigte Freunde.

Eva und Moni genossen ein zartes junges Glück mit dem „besten (Schwieger-)Papa der Welt." Sie schworen sich am

23. Februar 2020 bei eisiger Kälte, die sie mit mehreren Cognacs vergeblich zu bekämpfen versuchten, auf dem Longinusturm in den Baumbergen ewige Treue und planten voller Begeisterung und Zuversicht eine gemeinsame Zukunft. Melli und Klaus waren endgültig Geschichte.

Andrej Mertens erwarb nur zwei Jahre später seinen Doktortitel mit der hochgelobten Arbeit „Extensive Verfolgungs-Aktivitäten (EVA) – Ursachen, Folgen, Therapien", für die er den mit 15.000 € dotierten Dissertationspreis der Deutschen Gesellschaft für Psychologie erhielt. Die Jury ließ sich insbesondere davon leiten, dass es dem Preisträger gelungen sei, das schwierige Beziehungsgeflecht zwischen Vater, Tochter und der dritten Person perfekt und nachhaltig aufzulösen. Außerdem stelle der theoretische Teil eine herausragende Leistung mit völlig neuen, bisher nicht bekannten Therapieansätzen dar. Eine Kurzfassung der Dissertation publizierte der frisch gekürte Doktor voller Stolz in einer anerkannten deutschen Fachzeitschrift. Doch damit nicht genug, obwohl es in einer Ex-Post-Betrachtung mehr als genug gewesen wäre. Obzwar der Aufsatz in deutscher Sprache verfasst war, stieß er auf ein internationales Echo und wurde in englischer Sprache im American Journal of Psychology nachgedruckt.

Dr. phil. Andrej Mertens war mehr als angetan von sich, er platzte fast vor Stolz und plante voller Begeisterung seine akademische Karriere, doch sollte diese jäh enden, bevor sie überhaupt begonnen hatte. Dem russischen Psychologen Dr. Igor Bolotow fielen schon nach der Lektüre des abstracts zu dem im amerikanischen Journal erschienenen Aufsatz starke Parallelen zwischen der in Deutschland verfassten Arbeit und seinen eigenen Forschungsergebnissen auf. Er mochte eigentlich nicht daran glauben, dass der deutsche

Wissenschaftler bei ihm abgekupfert hatte, zumal sein Therapieansatz bisher gar nicht veröffentlicht worden war. Dr. Bolotow hielt es auch für ausgeschlossen, dass der BND oder ein anderer feindlicher Geheimdienst sich einen Zugang zum Intranet seiner Universität verschafft hatte. Umso mehr interessierte ihn die Sache. Wie konnte es sein, dass nahezu zeitgleich an zwei Orten ein gänzlich neuer, indes offenbar ganz ähnlicher Therapieansatz gefunden worden war? Das musste er herausfinden, denn schließlich war er als Wissenschaftler immer auf der Suche nach Erkenntnissen gemäß dem Motto: auf dass ich erkenne, was die Welt im Innersten zusammenhält.

Mithilfe einer freundlichen Mitarbeiterin in der Zentralbibliothek gelang es dem russischen Forscher mit einiger Mühe und einigen indirekten Kosten, den Aufsatz aus den USA zu beziehen und übersetzen zu lassen. Danach war die Sache eindeutig. Obwohl Dr. Bolotow nach wie vor nicht wusste, *wie* der Kollege Andrej Mertens an seine Untersuchung gelangt war, stand fest, *dass* eindeutig ein Plagiatsfall vorlag.

Andrej Mertens, der im zarten Alter von 13 Jahren gegen seinen Willen mit seinen Eltern und Großeltern als junger Spätheimkehrer aus Russland nach Deutschland gekommen war – der 13-jährige Spätheimkehrer betrat bei dieser Gelegenheit erstmals deutschen Boden –, hielt auch nach der Ankunft im gelobten Land über die unsozialen Medien engen Kontakt zu seinen russischen Freunden. Einen besonders intensiven Austausch pflegte er zu seiner Kindergartenliebe Elena, die wie er Psychologie studiert hatte. Sie promovierte an der Universität in Sankt Petersburg zu divergierenden Behandlungsmethoden in Russland, den USA und

Deutschland und war immer auf der Suche nach aktuellen Beispielen. Schon kurz nach Kollmanns Eintreffen in der Klinik hatte Andrej sie umfassend über die Causa Kollmann informiert. Unter anderem übersetzte er den Abschlussbericht aus der Raphaelsklinik, in der Kollmann die ersten zwei Wochen nach dem Zusammenbruch verbracht hatte, ins Russische, was ihm nicht schwerfiel, weil er immer noch über gute russische Sprachkenntnisse verfügte und überdies zwei Auslandssemester in Sankt Petersburg studiert hatte. Natürlich war ihm bewusst, dass er damit gegen seine beruflichen Pflichten und Standesvorschriften verstieß. Aber diese, nach seiner Meinung unbedeutende Regelübertretung sollte sich mehr als lohnen: Denn Elena versorgte ihn im Gegenzug, „do ut des", mit höchst interessanten, noch unveröffentlichten Forschungsergebnissen aus dem Petersburger Institut, die Mertens nahezu unverändert in den Therapievorschlag nach dem Fünf-Phasen-Schema übernahm, den er seinen Kollegen im Montagskolloquium als „seinen" verkaufte.

Und nachdem Mertens zu einem späteren Zeitpunkt von Elena zu seiner großen Freude und auch Erleichterung gehört hatte, dass die in Petersburg entwickelte Behandlungsmethode dauerhaft unter Verschluss bleibe – es hatte zwei Suizide von Patienten gegeben –, schmückte er sich bei der Erstellung seiner Dissertation wie ein Pfau ungehemmt mit fremden Federn.

Nun ist es natürlich unproblematisch, fremde Quellen zu nutzen. Die Probleme beginnen aber, wenn man es unterlässt, daraus gewonnene Erkenntnisse wissenschaftlich sauber zu belegen. Darauf hatte Andrej Mertens indes großzügig mit der aus seiner Sicht gut nachvollziehbaren Begründung verzichtet, dass seine *neuen* Erkenntnisse andernfalls ja nicht mehr *seine* gewesen wären.

Dr. Bolotow nahm indes Kontakt zu seinem „werten deutschen Kollegen" auf und erklärte sich bereit, die Angelegenheit kollegialiter gegen Zahlung eines Unkostenbeitrags in Höhe von 15.000 Euro – bei der Höhe orientierte er sich am Preisgeld, das sein Kollege laut Internet für die Dissertation erhalten hatte – zu vergessen. Nur vier Wochen nach der Zahlung traf bei dem finanziell schon blutleeren Dr. Mertens die höfliche Bitte für eine weitere Zahlung als Strafzuschlag in Höhe von nochmals 15.000 € ein. Nach Ablauf der gesetzten Frist und einer freundlichen Zahlungserinnerung hatte Mertens zwar das Glück, dass nicht die nach der östlichen Landeshauptstadt benannte Inkassofirma tätig wurde, aber das Pech, dass das Dekanat des Fachbereichs Psychologie der Universität Münster einen dicken Einschreibebrief von der staatlichen Universität Lomonosov Moskau (MGU) erhielt, an der Dr. Bolotow inzwischen lehrte.

Die Aberkennung des Doktorgrads für Andrej Mertens war eine reine Formsache, die Deutsche Gesellschaft für Psychologie forderte die 15.000 € Preisgeld zurück, das Ende der gerade begonnenen akademischen Karriere war unwiderruflich eingeläutet. Die LWL-Klinik legte ihm überdies dringlich nahe, sich freiwillig nach einem neuen Arbeitgeber umzusehen. Gegen das Versprechen eines guten Zeugnisses stimmte Andrej Mertens einem Aufhebungsvertrag zu, um sich hernach, wie es in seinem äußerst positiv formulierten Arbeitszeugnis so schön hieß, „beruflich anderweitig zu orientieren und neuen Herausforderungen zu stellen". Ob und wie weit er dabei Erfolg gehabt hat, ist nicht überliefert. Seine Spur sollte sich nämlich an einem trüben Frühlingstag des

Jahres 2020 in den Münsteraner Rieselfeldern, einem 4,3 km^2 großen, nördlich des Stadtteils Münster-Coerde gelegenen Europäischen Vogelschutzgebiet verlieren. Die Gerüchteküche wollte wissen, dass der Spätheimkehrer für den KGB gearbeitet habe und kurz vor seiner Enttarnung in das Reich des Bösen heimgekehrt sei.

Während der Psychologe Andrej Mertens, der Kollmann erfolgreich behandelt hatte, also beruflich scheitern sollte, gelang es Kollmann, wenn auch langsam, diesbezüglich wieder Tritt zu fassen. Er war klug genug, auf seine Frau Therese zu hören und seine Stelle nach dem Ende der dreimonatigen Wiedereingliederungsphase ab dem 1. April 2020 bis auf Weiteres auf 0,75 zu reduzieren. So gönnte er sich jeden Freitag mit gutem Gewissen einen *Frei*tag, dehnte das Wochenende also auf drei Tage aus. Wohl auch deshalb überstand Kollmann nach dem furchtbaren letzten Halbjahr 2019 und den schwierigen ersten Monaten des Jahres 2020 die Jahre bis zu seiner Pensionierung. Ob er unter voller Arbeitslast die Kraft gehabt hätte, den gleich zu Beginn im Prozess um die Kette drohenden herben Rückschlag wegzustecken und auch die nächsten Jahre unbeschadet zu überstehen, war mit Fug und Recht zu bezweifeln.

Am 1.10.2027 sollte Kollmann genau an dem Tag in Pension gehen, an dem seine soeben frisch promovierte Tochter Monica, „Moni“ war out, ihre Stelle als „Richterin auf Probe“ am Landgericht Münster antrat. Kollmann genoss seine Zeit als Pensionär. Er blieb ein „Neun-Uhr-Typ“, freilich mit dem Unterschied, dass das nicht die Stunde seines Arbeits-, sondern seines Frühstücksbeginns war. So lebte RiLG a. D. Kollmann glücklich und zufrieden mit Therese zusammen; gemeinsam unternahmen sie zahlreiche, auch mehrtägige

Fahrradtouren; allerdings blieb Spartakus nach einem Rahmenbruch im Teutoburger Wald auf freier Strecke auf der Strecke. Und das im zarten Fahrradalter von nur 32 Jahren. Kollmanns Versuch, im Kulanzweg einen neuen Rahmen zu bekommen, scheiterte an der Uneinsichtigkeit des holländischen Herstellers, was Kollmann jedoch verschmerzen konnte. Denn er war einfach nur glücklich, dass *seine* Tochter Richterin geworden war. Denn mit Monicas Eintritt in die Justiz, auf den ihre Frau Eva und der kleine Jan-Frederick „ganz megastolz waren", sollte sich der von Kollmanns Mutter Marianne begonnene Kreis nach drei Generationen schließen. Besser geht nich!

Nachwort

Der Roman ist eine Fiktion, auch wenn ich viele Dinge aufgenommen habe, die ich in meinem juristischen Studium an der Universität Münster, in der Referendarzeit, u. a. am Landgericht Münster und am OLG Hamm, sowie in meiner fünfjährigen Zeit als Richter an einem Amtsgericht und am Landgericht Oldenburg erlebt habe. Ich möchte ausdrücklich betonen, dass ich als Richter mit sehr vielen netten und freundlichen Kollegen zusammenarbeiten durfte – an einen Typen wie Krescher kann ich mich nicht erinnern! Überdies habe ich eine achtmonatige Erprobung am Oberlandesgericht Oldenburg absolviert, in der es keinerlei Probleme gab. Meine Zeit als Richter war eine gute Zeit.

Die Kantine am OLG Hamm befindet sich heute im Erdgeschoss. Um die Fahrstuhlfahrt, die ich in ähnlicher Weise als Referendar im Jahre 1978 erleben durfte, unterzubringen, habe ich sie in den 6. Stock verlegt. Und ganz wichtig: der KdK, Dr. Sondermann, AFK, Krescher und alle anderen Figuren sind frei erfunden, auch wenn hier und dort gewisse Ähnlichkeiten mit lebenden Personen nicht völlig ausgeschlossen werden können. Ich habe überdies am Landgericht Münster eigens für diesen Roman eine 17. und eine 19. Zivilkammer, eine 11. Kleine Strafkammer sowie eine 15. Große Strafkammer eingerichtet. Der Leser mag im Übrigen selbst entscheiden, welche der Schilderungen er für wahr hält und welche meiner Fantasie entsprungen sind.

Die Schilderungen, die sich auf Kollmanns Mutter Marianne und auf Kollmanns nichteheliche Geburt beziehen, beruhen auf meinem Roman „Niemand hat die Absicht“ (3. Aufl., Geest-Verlag Vechta 2020).

Quellen

Zahlreiche Informationen habe ich Wikipedia und anderen im Internet oder sonst öffentlich zugänglichen Quellen entnommen, ohne das jeweils im Einzelfall kenntlich gemacht zu haben. Aber ich war auch niemals Minister der Verteidigung, möchte weder Bundeskanzlerin noch Regierende Bürgermeisterin in Berlin werden und auch keine wissenschaftliche Arbeit, sondern einen Roman vorlegen. Deshalb habe ich – bis auf eine Ausnahme – darauf verzichtet, Urteile, die ich verarbeitet habe, zu zitieren.

Hier deshalb nur eine kleine Auswahl einiger zentraler Quellen:

BGH, Urt. v. 05.03.1963, VI ZR 55/63 – Fernsehansagerin („Ausgemolkene Ziege"), BGHZ 39, 124 ff. = NJW 1963, 902 ff.

Ferguson, Gary, Die 8 großen Lehren der Natur, dtv, 1. Aufl., 2020, S. 103 f.

Stangl, W. (2020). Stichwort: ‚*Sehnsucht*'. Online Lexikon für Psychologie und Pädagogik,

Fehler! Linkreferenz ungültig. Abruf 5.3.2022

Danksagung

Ich danke Günther Dey, Rolf Meyke, Wolfgang Mittrup und Joseph Pohlschneider, die mich bei der Erstellung des Manuskripts in vielfältiger Weise unterstützt haben. Besonderer Dank gebührt Inge Witzlau vom Geest-Verlag, die zahlreiche Unebenheiten im Text ausgebügelt hat. Etwa noch verbliebene Fehler gehen allein zu meinen Lasten.

Abkürzungsverzeichnis

Az.	Aktenzeichen
BAföG	Bundesausbildungsförderungsgesetz
b. u. v.	beschlossen und verkündet
BGB	Bürgerliches Gesetzbuch
BGH	Bundesgerichtshof
BGHZ	Entscheidungen des Bundesgerichtshofs in Zivilsachen, Amtliche Sammlung
Bl. d. A.	Blatt der Akten
c. t.	cum tempore (= 15 Minuten nach der vollen Stunde)
GKG	Gerichtskostengesetz
GVG	Gerichtsverfassungsgesetz
LG	Landgericht
LKA	Landeskriminalamt
NJW	Neue Juristische Wochenschrift
NJW-RR	NJW-Rechtsprechungs-Report Zivilrecht
OLG	Oberlandesgericht
OStA	Oberstaatsanwalt
PM	Polizeimeister
POM	Polizeiobermeister
RiLG	Richter/Richterin am Landgericht
MZ	Münstersche Zeitung
StGB	Strafgesetzbuch
StPO	Strafprozessordnung
WN	Westfälische Nachrichten
ZPO	Zivilprozessordnung

Jos F. Mehrings
Niemand hat die Absicht
Roman
Geest-Verlag 2018
ISBN 978-3-86685-701-8
456 S., 14,80 Euro

Heinrich Kollmann ist der 57-jährige Bürgermeister der sauerländischen Gemeinde Malve, dessen kleine dörfliche Welt aus Hof, Ehefrau und Kindern bis dato vollkommen in Ordnung war. Als Bürgermeister hielt er zudem die Zügel fest in der Hand und hatte damit das Dorf uneingeschränkt im Griff.

Aufgrund einiger unvorhersehbarer und einschneidender Ereignisse gerät seine scheinbare Idylle innerhalb weniger Tage ins Wanken und Kollmann entwickelt sich zu einem tragischen Helden, der sich von all seinen gewohnten Strukturen löst und sich dabei lediglich auf seine 21-jährige Tochter Marie verlassen kann. Die dörflich-naive Jurastudentin in Münster, die sich nach einer blauäuig begonnenen großen Romanze mit dem revolutionären Che wenig später in einer noch größeren Enttäuschung wiederfindet, erweist sich neben dem Außenseiter des Dorfes, Epi, als seine einzige Stütze.

Ein Roman voller Sprachwitz und Poesie, aber auch Traurigkeit, garniert mit Ausblicken in die Zukunft, die heute schon der Vergangenheit angehört. Um die Figur Kollmanns entwickelt sich eine geradezu epische Erzählung, in der im Mai 1961 gleich mehrfach ein historischer

Satz fällt, der nur kurze Zeit später im anderen Teil Deutschlands in ganz ähnlicher Weise zu hören ist: „Niemand hat die Absicht …“

Eine Geschichte mit herrlich tragikomischen Zügen, voller Sprachwitz und Melancholie.
woll-magazin

Im Roman erleben die Leser viel vom Lokalkolorit der Unistadt Münster im Muff der frühen Sechziger.
Westfälische Nachrichten